Staread
星文文化

婆娑行

（上）

画骨师 著

长江出版社

图书在版编目（CIP）数据

婆娑行 / 画骨师著 .

—武汉：长江出版社，2018.7

ISBN 978-7-5492-5844-4

Ⅰ . ①婆… Ⅱ . ①画… Ⅲ . ①言情小说—中国—当代 Ⅳ . ① I247.5

中国版本图书馆 CIP 数据核字 (2018) 第 142306 号

婆娑行 / 画骨师　著

出　　版　长江出版社

（武汉市解放大道 1863 号）

选题策划　柯　伟

市场发行　长江出版社发行部

网　　址　http://www.cjpress.com.cn

责任编辑　陈　辉

印　　刷　三河市嘉科万达彩色印刷有限公司

版　　次　2018 年 7 月第 1 版

印　　次　2018 年 7 月第 1 次印刷

开　　本　700mm × 1000mm　1/16

印　　张　34

字　　数　518 千字

书　　号　ISBN 978-7-5492-5844-4

定　　价　69.80 元（全两册）

目录

楔　子

天地玄黄，宇宙洪荒。上下四方为宇，古往今来为宙。远古洪荒中，洪水滔天，阴阳两仪初分，万物莽莽苍苍。精怪丛生，百兽蒙昧，秉天地灵气所化，留无数神祇故事供人传唱至今。

第一章

飞上凤凰变枝头

凡人的话本子里有那么句话，大意是说上天有好生之德，在给你关上一扇门时，往往还会大发慈悲再留半扇窗什么的。

没本事的人都爱自我安慰，没本事的狐也一样。我对这段来历颇为可疑的胡言乱语体会日深，结结实实领悟到，上天他老人家好生缺德，通常会在关门落锁后，顺带把苦主的脑袋也给夹门上。

我心绪纷杂的时候，闲愁一闷，很容易就迷糊过去。一觉醒来云雾蒙蒙，茫然起身四下一望，竟还留在洞府东头的海棠林里，且辨不清眼前半明半晦的天色，究竟是晨曦还是傍晚。小心翼翼尝了口悬在草叶尖梢的露水，才确定这是夕霜无疑了，简直恨不能当场把自己骂个体无完肤。

可见成大事者，不能贪睡。

身为一介女狐，不认路算不得丢人，不过是我诸多缺陷里沧海一粟的一桩，但发作在这节骨眼儿就有点雪上加霜的意思。怪只怪前些日子谨慎太过，将行李东一件、西一件埋得太严实，分藏在好几十块不同的青苔石和海棠林里不同的老树根儿底下。结果别人是找不着了，自己要全部寻回来也够呛。尤其埋的时候是白天，到了要找时却是晚上，狐狸眼睛夜里再灵光，辨不清方向也白搭。

连绵东陵丘十里海棠林，每块石头、每棵树都长得差不多。私毁婚约离家出走这种事，终究不孝不悌，又不能声张，只得独自吭哧劳碌半宿，好歹把阿爹这片宝贝林子里究竟栽了多少海棠树给扒拉清楚。一共十万零两千九百八十一株。不要问我怎么数清的，一棵棵树底下刨完坑，终于把耗时小半年预备下的行囊全部归拢，我只想四爪朝天躺下静静。

这一静就静出了大娄子，不知怎么就沉睡了过去，一觉无梦又到黄昏。本来说好一早在须弥谷会合，也不知现下什么时辰，哥哥可还如约留在谷口等我。

一千六百年前那场大变故后，统领涂山氏的狐帝芜君为保护族众，施法布下天罗结界，将整个东夷神州封得滴水不进。涂山国从此与外界隔绝，无论来头多大的仙妖神魔，一概拒之门外懒得相与。天罗印固若金汤，唯一的罩门只在朔望之期、父君闭关的小周天，法力相对较弱。这空隙转瞬即逝，每隔三百年才出现一回，要是今儿走不掉，可就再没机会。

一想到这关节，顿时头大如斗。那位雷霆铁腕的远古神祇狐帝芜君，不巧正是区区不才在下的养父。

其实芜君待我不薄，说是恩重如山毫不为过。虽是义女，抚育教养皆与亲承血脉的长兄涂九歌一视同仁，甚至还多出好些罔顾原则的偏爱，懈怠、偷懒等不断的小错，能睁只眼闭只眼的也就放过了，从不狠心责罚。

但明眼人都能看出来我和哥哥的区别。

哥哥是狐中翘楚，英俊潇洒风流倜傥自不必提了，难得的是仙根道骨上乘，颇有父君风仪，一举一动莫不风靡万千狐女。唯我这么个狐中败类，最大的作用是令全族蒙羞，顺带滋生无数茶余饭后惹笑谈资。掰指头一算，迄今为止虚度狐龄九百九十九岁零九个月，从来也没干过什么入得了眼的正经事。做狐不行，修仙不灵，实在辜负阿爹他老人家一片厚望，居然为我取名涂灵。早知今日，叫涂不灵还好些。

就这么一个天不灵地不灵、废柴得令人迎风洒泪的劣女，终于也要抖擞起来把破罐摔个惊天动地——违抗芜君的旨意逃婚，勉强能算得上一桩惊动全族的大事。不知将来有无可能被树成反面典型录入训诫书，被后世狐子狐孙们引以为戒。

都说好事多磨，此举就算所行非正，到底也是有苦衷的。既然才刚开始，老天就给了这么多曲折作暗示，或许意味着总有一天会变成件好事吧。

这么胡思乱想着，惴惴不安的小心肝逐渐平定不少，脚步也变得轻松起来。我是一头多么治愈的狐啊，简直是身残志坚乐观向上的活体教材。

俗话说久病成医，这么会自我安慰，大抵是因为从小饱受各种打击。

每次同父兄一道出现在族众面前，长老们都会摇头晃脑地在背后掩着袖子窃窃议论：长得倒还真是……唉……可惜了。拿出得道高狐那种特有的冷淡倨傲，像在交流什么彼此心知肚明的丑闻，偏又自矜身份，半个字也不肯再多吐露，翻来覆去就这么几句，指指点点一番，再抚须露出心照不宣的微笑。

我没有真正明白过那微笑的意义，但在心里没来由地厌恶。从那些绵绵不绝的隐晦私语里，七拼八凑出一个不得不面对的事实：我长得很可惜。

瘦骨伶仃一只狐，毛不光来也不滑，颜色也是毫不起眼的纯白，好在没什么杂毛。但那些都不重要，最最要命的是——我只有一条尾巴！身为涂山狐族，这简直是个致命缺陷，好比先天残疾。至于为什么会这样，实乃不解之谜。

小时候着实为此难过了很久，哭哭啼啼缠着父君追问，我究竟是不是青丘捡来的野狐狸？为什么连尾巴都只有一条？族中这一辈资质最差的狐狸涂大垂，痴长到六百岁时都立不起耳朵，也能拖着九条打卷的细尾巴在我面前招摇来去，出言讥笑。他拔高尖细的嗓子指着我大叫：你有什么资格做我们涂山的少主，还好意思叫涂灵？你知不知道这个名字……

我尚来不及打听这名字究竟饱含多少深意，大垂就被哥哥一记分花拂叶的扫堂腿踹上云头。浑圆身躯从我头顶划过一道令人赞叹的饱满弧线，翻滚如雪球，骨碌碌直往东陵丘旁的碧水寒潭砸去。那次以后，大垂见了我总是臊眉耷眼溜边儿走。其实他心眼儿并不坏，大概身为弱者，心气先自矮了半截，自卑又没安全感，需得找个更弱的来平衡一下受伤的心。然而机缘不够凑巧，万物造化除了拼强弱，还得讲究些许运气。我虽不才，奈何靠山巍峨。大垂这下子被搞得身心俱伤，恢复起来恐怕遥遥无期。

但愿我走以后，折耳狐涂大垂能忘掉这段短暂屈辱的插曲，多把心思放在怎么把耳朵修炼得直立起来上。我这个垫底儿的不见了，涂山最没出息、功课一塌糊涂的就得数他，前景不堪设想。

至于我曾耿耿于怀的那个问题，则始终没有得到答案。父君半眯着眼，温和笃定地告诉我："你确实是我们涂山的狐，与青丘那一支并无半点干系。闲言碎语俱属无稽之谈，不必放在心上。不过尾巴这种事，就像修为一样，不可强求。"

世上无解的谜题太多，说来无非因果。但这么不堪的果，反倒令我不敢过分探究前因，生怕受不住刺激。文殊菩萨也说，求知是万千烦恼之源。既成事实，只得接受。

狐尾的渊源说来话长，其实也简单。涂山狐是娲皇之后，开辟鸿蒙以来与天地同寿的上古灵物，天生九尾。而青丘狐是山林走兽修炼化生，尾巴要一条一条修，除非有莫大的造化机缘，能得九尾之尊的灵狐屈指可数。因此虽同为狐兽，秉性却南辕北辙。

涂山氏生来便是高等狐族，骨子里矜傲非凡，自谓具绝代之容姿，盖世之灵慧。亿万年间皆避世于清净福地幽林深谷，向来不屑与异族为伍。青丘狐则生来烟火尘心炽盛，品性奔放不羁，动不动就私奔到凡间发展出一段天雷勾动地火般的孽恋，且有愈挫愈勇的趋势，前仆后继无穷尽。那些流传于世的狐妖志怪话本，皆是多情的青丘狐女们惹出的风流桃花债。年深日久，从此坐实了狐族妖行媚色、举止浮浪的名声。天性贞纯的涂山氏被殃及池鱼，众口铄金再也洗之不去。为着这缘故，我们涂山的狐和青丘的狐一向不大对付。

身后那条可怜巴巴的单尾，自然成了族人攻击的最佳借口，流言蜚语从未止息。不记得哪位颇具争议的先辈说了，万箭穿心么，习惯就好。

习惯是习惯了，后遗症不容小觑。再顽强的心脏被戳那么多个窟窿，心眼得缺成什么样可想而知。

我自幼体弱，先天不足得很，鸿儒们顾及芜君颜面，功课上并未多作留难，反倒隔三岔五通融一二，尽量避免我在同辈的比试中出丑。这番师德令人感慨，也难说不是"哀莫大于心死"，最后干脆放任自流。然而这却怨不得旁人，谁也没料到英明如芜君也会看走眼，不知从哪儿捡了块如此不堪雕凿的朽木回来养在膝下，越长越不成器。修炼得磕磕巴巴就罢了，连狐族一向引以为傲的皮囊也不周全。

没有九尾这种一目了然的缺陷暂且不提，左胸腋下竟还长了块杯口大的银色圆鳞，毛发不生，摸上去又凉又硬像层厚甲，不知是什么东西。很长一段时间里我几乎以为那是斑秃，没有秃在脑袋上实属不幸中之万幸。虽地方隐秘不会被看到，纵化作人形也有衣衫遮掩，但隐疾就是隐疾，瞒天过海也瞒不过自己。总之内忧外患得一无是处，想想就忍不住悲从中来。

悲到深处泪涟涟，就连哭，都不是件轻松的事。涂山狐声线柔婉，泣如歌吟摄人心魄。我却无论如何哭不出那等妙韵，反有个令所有人瞠目结舌的毛病，流出的泪水当风化珠，颗颗晶莹透亮，然而百无一用。据说东海鲛人一族也有泣泪成珠的禀赋，鲛珠一枚价值万金，引得凡人贪婪心起，不惜葬身海底也趋之若鹜。

可惜对一只涂山狐来说，唯一的这点微末本事，也俗气得很，和清心寡欲视金银如粪土的仙家气节丝毫不沾边。涂山是东夷福地，漫山林芝仙果，水中遍生珠玉，俯首可拾，拿去装饰洞府都嫌不够清雅，丢还丢不过来，谁顾得上稀罕我的破泪珠子。末了只能自娱自乐，用来打弹珠玩。

族众芸芸，唯有哥哥最护我、疼我，连那些分文不值的泣珠都一颗颗捡起来，放在玉净瓶里好生收着，说是总有一天会变成宝贝。

我委屈地揪住他的尾巴抽抽搭搭，“有什么用有什么用，涂山又不像青丘，热热闹闹、效仿凡人设什么集市，金银珠宝毫无用处，总不能得罪了人就说，大爷我给你哭一个当作补偿？”

他扑哧一笑，伸出毛茸茸温暖的前爪盖在我耳朵上，“在涂山无用武之地，不代表在别处不会大放光明。有没有用，以后你就知道了。”

涂山少主九歌，狐龄不多不少整一万六千，慧根深种，早已开了天心目，能预知百千年后事。但彼时我是一点儿不相信会有他所说的那种以后，也从未想过有朝一日会离开涂山，离开父君和哥哥。

《八荒志》里有涂山国史经，曰：“芫君出世，无为而治，无有刀兵刑狱之苦。地皆七宝，衣食自然，民生丰乐，不贪钱财，凤凰白鹤为家鸡，麒麟狮子为家畜，纯以道法为事，男女悉圣德贞洁，无有淫心。”

如此清净宝地，我自幼生于斯，长于斯，在此流连近千载，如今竟真的要割舍而去了。但是，不得不走！

一切的根由，乃是父君匆匆与天族定下的那纸荒唐婚约——他要把我嫁给一只开明兽。

涂山这么好，我终究还是寄人篱下的过客。狐帝芜君的女儿，实在当之有愧。金枝玉叶的福气太贵重，废柴之身，纵一朝好运攀住了凤凰的华羽，也不过变作一根枯枝，被瑞气千条衬托得愈发可笑。

第二章

明珠委地付东流

天地万物自有法度，神是神、仙是仙、妖是妖、魔是魔，凡人纵然也可以修道飞升，但总归不是一路。

族中后辈们自幼苦读，除了修仙法门，也需知晓身为灵兽该严守的规矩。那些厚厚的卷宗昭示了一个毋庸置疑的真理：跨越种族的恋爱一般都没什么好结果。别说涉凡，就连同族灵物之间也最好井河不犯，否则修为尽毁算轻的，死路万万千，条条通黄泉。

前车之鉴浩瀚如尘，随手扫扫就有一大堆，花好月圆的结局却罕见。譬如远古前唯一一对历尽劫波结成连理的银狐女和黑龙君，是以狐女在渡劫时被挖去双眼推下诛仙台为代价。更近的么，一千六百年前，阿爹膝下最珍爱的女儿云门到底也没能逃脱。

云门帝姬是整个涂山国的禁忌，轻易不许提及。我对那个传奇般存在却无缘一见的姐姐所知甚少，只听说她搅进那场遇龙不淑的孽缘里，饱受折磨九尾尽断，仙骨根根被剔得半缕不存，连法身元丹都被天火焚毁了。否则，以阿爹那么大的神通，不至于眼睁睁看着爱女灰飞烟灭。

云门姐姐的生母——涂山君后，也就是我名义上的阿娘，原身并非狐族，而是条名唤千葵的银蛟龙。据说在潜修紧要关头，得知女儿惨死的噩耗，一时气血逆涌重伤了经脉，侥幸逃过死劫，但从此也长眠不醒，沉在摩云池底，对日月晨昏四时更替再无知觉。父君踏遍三十六大罗天，想尽办法讨来一双极乐果，化作冰莲朵朵浮于池间，保持阿娘法身不毁、容颜如生；每逢月圆之夜，便携我和哥哥同去探望。

我留在三丈开外的仙障中远目望去，见一条巨龙盘蜷如云，额顶如意珠澄澈晶莹，被托在硕大的冰魄玉盘上缓缓破水而出，通体都笼罩着柔和银辉。就连那天际异彩流光的奔涌星河，也不得不为之黯然失色，沦为陪衬。

父兄说我修为太差，恐被摩云池灵气灼伤，只可远观，不能离得太近。无论远近，千葵都是我有生以来见到的第一条龙。从记事起她已沉睡了数百年，我们从未说过话，她应该根本不知道有我这么个冒牌劣女的存在。但不知为何，每次遥遥相见，总能牵动起几丝莫名的熟悉感，想要靠近却又心生复杂的哀怯之感，温存而酸楚。或许能被芜君收为养女，多少还是有些说不清、道不明的缘分在里面。

我私下里向哥哥打听："阿娘究竟伤得有多重，连父君那么厉害的神通都束手无策，她会永远这样睡下去再也无法醒来吗？"哥哥素来言行审慎，自开了天心目以来，忌讳更是多得了不得，虽堪称涂山当之无愧的活体全书，可惜轻易无法泽及我等无知苍生。

他蹲在山顶，叼着根紫藤凝望天边沉吟了半晌，方艰涩地说出："妙方宝境。如果能进到妙方宝境，寻得起死回生的灵泉作引，或许能让阿娘醒来。但那太难了，妙方宝境瞬息万变，不在三界五行中。据说法门千年一启，没人知道将显圣在何处，又该如何进出。机缘难求，这和拥有多么高深的道行没什么关系。"

我垂下眼皮摇头哀叹，感到无比惋惜。千葵的法身真美，银光潋滟似琉璃，炫目得难以言喻。若化成人形，该是怎样一副倾城容色。无论飞禽走兽还是草木顽石，修行的第一要旨就是先化形。因为人身是天地至灵，是最接近远古神祇的形象。

顿了顿，实在按捺不住心底好奇，接着再问："龙是不是都长得这么好看？"

哥哥一双轮廓清朗的狐狸眼微眯起，偏过头来将我背心扫得一片凉飕飕，白毛根根直立。涂山氏与龙族交恶，积重难返再无转圜，我不是不知。但想着阿娘也是龙，这般讳莫如深，岂非等同于对君后不敬。万物有灵，良莠纷杂，本不该一概而论。神仙有堕恶，妖魔亦有良善。狐都分好坏，龙自然不能全一竿子打死，未免太有失偏颇了些。

腹诽如此，却不敢辩解半句。舔了舔嘴唇，把未曾出口的大逆不道之言全咽进肚子里，撑得立马打出个忽忽悠悠的饱嗝。

脊背蓦地滑过一阵暖流，是哥哥在将我身上奓起的寒毛仔细捋顺。

“‘开时不解比色相，落后始知如幻身。[1]’旁人偶说两句玩笑也就罢了，唯独你不可以。你是芜君的女儿涂灵，和龙有关的只言片语，以后都休要再提，万一让那些长老们知道，非扒了你的狐狸皮不可。”

我一听述经论道就要打瞌睡，忙诺诺点头表示记住了。转念又琢磨起那玄之又玄的妙方宝境来，也不知修出怎样通天的缘法才能得其门而入，一窥乾坤。

摩云池畔，父君凝望银蛟的眼神深不见底，除了无能为力的思念与伤怀，还有些难以描述的情绪在翻滚纠结。一卧一立的龙与狐，像是在以义无反顾的姿态共同守护着某个遥远的、属于宇宙洪荒的秘密。

父君与阿娘情深意笃，当年缘起一念，也是历经了许多波折才终于结成夫妻。

亿万年的漫长洪荒里，确曾有过狐女嫁入龙族的先例。后代皆卵生，孵化后雄者原相为龙，雌者仍旧为狐。因此前从没有龙女下嫁狐君，所以千葵和芜君的后代品类成谜，直到第一双儿女临世。长兄九歌是条通身银雪的雄狐，他的嫡亲妹子云门，则是四海八荒唯一一只半龙半狐之身的灵兽，称龙狐兽。

这女儿显然给了所有人一个始料未及的巨大惊喜。帝姬云门，惊才绝艳，额间天生一朵凤尾眉心轮，皎若弦月，象征着无上高华的祥瑞佛印。

千葵有孕之初，九瓣莲盛、明珠投怀皆入梦来。怀胎三年九个月，帝姬始降。彼时涂山彤云密布，雷鼓大作，紫气长虹纵贯苍穹，每一株天意菩提树都分长五枝，结出五瓣花蕾。来自西方净土的八十一只珍禽异兽衔鹤眼灵

[1] 此句引自白居易《感芍药花寄正一上人》。

芝，绕洞府盘桓齐鸣。全族上下惊异欢腾，视为前所未见的吉祥瑞兆。

云门天生九窍玲珑心，九尾尖耳，青梅初长成，美貌已名动天下。更兼灵慧无双，百岁即可幻化人身，未足五百岁时，第一场天劫都还未至，便已修得道法精益，在普陀珞珈山大光明顶受了佛荫加持，仙途无可限量。

若非那场意外，她原该是继承先君衣钵的下一任涂山女帝，终了却落得个剔骨诛仙的结局。

思及前几日刚在梨树上磨了回指甲，不小心被木刺扎一下就龇牙咧嘴疼老半天，剔骨那得多么疼，真是想想就打寒战。太惨了！

如果不是这么巨大的丧女之痛急需弥补，阿爹他老人家断不会纡尊降贵从山野里捡我这么个不成器的弃狐幼婴来养。虽也是涂山狐，到底来历不明了些，根基有遗憾也是情有可原。

所有族人都一致认定这是个错误。他们认为，云门帝姬没有教养好，被条孽龙迷惑自毁仙途，纵然是天大的错误，也不能试图用另一个错误来弥补，否则只会造成更耸人听闻的错误。

总而言之，修道之途需得斩断七情、清心寡欲，这么简单的道理，狐族儿女们学了一代又一代，莫非阿爹临了倒老糊涂了，竟执意要不满千岁的幼狐以身越雷池？

可他说，我没让你去爱那头开明兽，只是让你嫁人。

这逻辑陡峭得峰回路转，想据理力争也无从下口。果然亲生的和捡来的就是不一样，平日里千好万好，到了关键时候，打发起来独断专行得令人瞠目。

其实，阿爹的良苦用心我也不是完全不能体会。眼看下一场天劫将至，只剩三月之期，他非得火急火燎地赶在这节骨眼儿嫁女，再不开窍的狐脑子也能明白几分深意。我根骨太差，贪玩、贪睡，修为不佳，快满千岁才勉勉强强修成个女体，哪来的能耐挺身与天地抗衡。但渡劫这事为防徇私舞弊，向来避讳九亲，再厉害的阿爹和哥哥也帮不了我。只有结一门位列仙班的姻亲，才能借夫君之力共承天劫。

可据说那开明兽实乃是个鬼斧神工的兽，从没有过艳闻缠身。乍一听恁地清纯，可七万多岁的高龄还未曾婚娶，就实在算不得优点，反倒可看出他是有多不招人待见。更不忍细想的是，他居然长了九颗脑袋。

就因为我没有九条尾巴，所以要嫁有九个头的家伙来补偿？且那厮还是个昆仑宫看大门的。简直是晴天霹雳，说什么也不能答应。

但谁不答应也没用，在父君一力主张下，这门亲事很快得以敲定。我多方求告无门，顿感了无生趣，整日躺在狐狸洞里哭得奄奄一息，眼看洞口就要被那些一颗更比一颗大的明珠塞满。

哥哥素来疼我，终于看不下去，然而就连他耗尽唇舌也劝不动固执的父君。最后他想了个不是办法的办法，觉得让我偷偷见一见那头开明兽，说不定能一见钟情。毕竟我在涂山活了快一千年，除了那些满怀鄙夷、自诩清高的同类，根本也没见过任何异性。

三天后，哥哥从天族好友游奕灵官处借来一面天罡阴阳镜。那镜子非同凡品，乃是天上地下独此一家的宝物，可照彻阴阳，通见三界之广，万里之遥，黄泉地府的游魂散魄要寻出来也无可遁形，找个有名有姓的小小天官更是不费吹灰之力。

待镜中那团缭绕的仙雾缓缓散开后，一扇金芒万丈的巍峨宫门顿时映入眼帘。我上上下下找了许久，终于发现哥哥指点处，一坨不成形、黑不溜秋的物事正靠在玉阶旁打呼噜。巨大的浮雕梁柱上回纹与云纹相错，一看就气派非凡，衬托之下，开明兽越发显得形如蝼蚁，寒碜可怜。

“妹子你看，那开明兽长得就是一副天打雷劈的模样，不去扛天劫都对不起他。虽然丑了点，但我们涂山的狐是有内涵、有格调的狐，不能像青丘那帮俗物整天只顾以貌取人。”

我定睛把那九张天打雷劈的脸挨个打量一遍，果然每颗脑袋都丑得惊天地泣鬼神，各有各的难看，匪夷所思但绝不雷同。简直不敢想象，他是被雷火烧焦了多少回才混上这守门的活儿！转瞬又觉得这想法太不厚道，人家只是长得丑，又没做错什么，遭到这样暗地里的嘲讽、嫌弃，委实不应该。我又不是正宗涂山帝姬，身上并无芜君的血脉，长得虽也是个涂山狐模样，但放在美貌名扬天下的狐族里，泯然于众没商量，绝对算不上出挑，连尾巴都只有一条。

开明兽居着仙职，正经官门中人，答应娶一个来路不明、品相不佳的狐女，帮她承天雷渡劫，就算是看在狐帝羌君的面子上，也确实算得上面丑心善的典范。且他身家清白俸禄丰厚，家底也算殷实。

我撇了撇嘴，肚皮翻白直挺挺倒向床榻。“还是让天上的雷，劈死我吧！”

奈何我只是个浅薄的狐，狐狸的修为没多少，狐狸的脾性却一点不缺。狐族绝色，生性好美，对姿容的要求早就刻在骨子里，放血都涤除不尽，真是一点办法没有。

哥哥默然无语，大概正暗悔自己做了件弄巧成拙的蠢事。我倒吸口凉气，挣扎着爬起身来，眼中蓄满一泡泪，揪紧阿哥的尾巴，结结巴巴剖白：“我如此贪睡，若嫁了这么一堆天打雷劈的脸，就得天天做天打雷劈的噩梦，醒来一看见他，和噩梦里也没有区别。这样算下来，不管睁眼闭眼，余生都将再无可恋，就算能活个长长久久千年万载又有什么可羡？这么悲惨的狐生，绝非所愿啊，哥……”

硕大的明珠噼里啪啦往下掉，砸得哥哥足尖立马红肿一片。他龇牙跳脚往后连蹦了数步，正欲一溜烟遁去，刚跨出洞口，就被那些满地乱滚的泪珠儿绊倒，结结实实摔了一跤。

自从在天罡阴阳镜中见了开明兽的真容，我更加心意难平，撑着连月水米未进的身子骨虚飘飘求情，死马也得当成活马再医一医。

“父君是上古尊神，九重天上仙友众多，有渊源的至交也不少，难道除了那开明兽就再寻不出个靠谱点的女婿吗？”

阿爹尴尬地咳嗽一声：“至交好友嘛，倒是有，然时日紧迫，一下子要寻出可堪此重托的来实在不易，再者说为父也不能恩将仇报不是？”

这话一出，我俩都双双愣了一下，好像有哪里不对，又似乎……没什么不对的。

既然连把我嫁给至交都算恩将仇报，我就更不能为了区区一轮天劫陷父君于不义，落下个嫁祸于人的恶名。再没出息，这点做女儿的自觉还是有的。为今之路，只有逃跑一条。

第三章

悠悠陌上初薰处

疾奔到须弥谷，幽翠林莽蓁蓁，黄昏落霞正盛，高耸入云的山头积雪被涂抹上一层胭脂流光。

一景一物，一草一木，当时只道是寻常。就快要离开了，才觉出那么多留恋不舍，怎么看都看不够。正左顾右盼间，冷不防脚下绊着什么，一个趔趄直往乱石堆扑去，触地却柔软如绵，丝毫没有迎来意料之中的尖锐磕碰。定是法术所变，是哥哥，他还没走。心头一块大石咣当落了地，当即发自肺腑嗷号一声："长兄如父啊……"

阿哥皱眉将我从横七竖八的包袱里扒出来，望着堆起来比他还高半个头的行李，目瞪口呆。

"这些……全都是你要带的？"

我小心观察了下他的脸色，嗫嚅着解释："那个……找行李时略出了点意外，是不是来得太晚了？本来也没想带太多，今天藏一点明天藏一点，结果挖出来竟攒出这么大一堆……"

哥哥扶额，压根儿懒得再听我嘟囔，蹲下身开始挨个翻拣，"这个不用带，这个也不用……算了，还是直接从你能用的挑起。"

我坐在大青石上，支着脑袋看他四爪翻飞，动作迅疾，不多会儿就归拢得七七八八，然后不知从哪儿掏摸出块天青色的包袱，往上一盖，方才还小山般的行李瞬间被遮没，缩成只青瓜大小的兜囊，抽绳一紧，玲珑轻便。

"这包袱叫兜云锦，采九嶷山巅的流云炼化成璇瑰织就，水火不侵内有乾坤，只要不是能颠山倒海的妖物，大都降得住。你带着上路，也好防身。”

抚摸着兜子上精致非凡的祥云纹，再也按捺不住一颗八卦沸腾的心，打趣他道：“哎，听说九嶷山的瑶姬对哥哥你芳心暗许可不是一天两天了，这法器不会就是她送的吧？九嶷山高寒绝顶,集七万束流云才能拢出一缕旋瑰，啧啧，大手笔，真是慷慨得拿人手短……”

眉飞色舞赞叹一番，见阿哥一张万年冰山脸没什么反应，又眨眨眼，“其实瑶姬长得也还不错，不过她真身是尾雪貂，配你总还差那么点儿意思。可怜落花有意奈何流水无情……”

话音未落，额间早挨了一记无情弹指。

“胡说八道就数你行，念书时若有这般口若悬河，也不至于老被同门排揎得落花流水。”

涂山少主九歌，风流倜傥青年才俊，千年万载以来桃花连绵不绝，直到父君布下结界封了整个东夷神州才略消停些。繁花迷乱，他却从来半朵不入眼，连从中沾衣而过都懒得，直接撇落脚底。

据闻，人间某朝某代，有个名叫潘安的美男子，姿容绝代，但凡出行都会引来无数春情涌动的姑娘围观。光看必然是不能满足少女心的，想要博取垂青总得来点实际的。于是乎为了引起玉郎关注，姑娘们拼命往他坐的车辇里丢时鲜瓜果，等此公溜达一圈还家，车上鲜花果子堆得满坑满谷，还有个词叫“掷果盈车”。可见长得好看，天上地下都占便宜，戴花不用买，吃果不用栽。

爱慕哥哥的各路红颜，比起那些凡人来，手段却没新巧到哪儿去，因涂山被仙障所封，她们再也没法子寻出由头串门溜达，各种传情达意的法器宝物下雹子一样隔三岔五掉遍山头，里头无一例外还夹着情诗绣帕款诉衷肠。笔墨皆婉转悱恻，真真用尽心思。但情爱这事天道并不酬勤，直教人疑心红鸾星君在布红线时干脆忘了牵扯老哥这一根。

我闲来最大的乐趣就是满山遍野捡宝物，反正涂山出不去，想还也没处还。哥哥遂挑拣一番，有合用的就留下，分发给各家狐子狐孙们勤加练习，很快便武装出一个涂山童子阵，唯少主九歌马首是瞻。

哥哥领着我往谷口走去，一边从腰间取下只青玉净瓶塞进兜云锦，晃了晃还哗啦作响，细看却是他收存的泣泪明珠。

我撇撇嘴，好生纳罕，“带这个干什么？泪珠子么，再哭就有了。”

他转过身，深深望我一眼。“带着。我希望你离开涂山以后，不要发生任何会伤心到掉眼泪的事。起码，在我找到你之前。”

东夷已经被封锁了整整一千六百年，我走之后，过不了几天父君定会让阿哥将功折罪来寻。这也是他此番吃了熊心豹子胆，竟敢放我弃婚私逃的缘故之一。我一跑，他就有了名正言顺出山的理由。好男儿志在四方，整日被拘在自家山头大门不得出二门不许迈，闷得发霉闲得落灰，英雄毫无用武之地，成什么样子！

素来心性果敢的哥哥也有犹豫不决时。脚步越来越慢，磨蹭半晌方踟蹰道：“真的不再想想？妹子还记不记得，你刚修成人身那年，红鸾星君驾临涂山拜访父君，预言千年以后，愿为你承过第一道赤焰劫的人，就是你将来要嫁的天命郎君。如果这就是天意，不管你走到哪儿都没用。”

说起红鸾星君我倒还有几许印象，是个极年轻貌美的女仙，头戴鱼尾冠，以青鸾为坐骑，烈焰红裳翩跹，引来无数艳羡目光。她原系西方昊天大帝穷桑氏与西王母之女，号龙吉长公主，在九重天上做蕊宫仙子时，还曾与哥哥有过参禅论道的交情。且这位星君封神的来历，与涂山氏亦渊源颇深。

两千七百多年前，殷商帝辛无德，亵渎娲皇，在神庙题写轻薄之言，惹下天怒难息。娲皇遂遣涂山九尾狐化身倾国祸水苏妲己，倒行逆施扰乱朝纲，引周武灭商。朝歌王气一夕间溃散，这位公主恰于此时下界历劫，助战姜尚，施雨灭西岐魔焰。后来牧野之战功成，帝辛自焚于鹿台，龙吉便在凤凰山青鸾斗阙得道，返本归元后封了神职，司管三界六道众生姻缘。

前辈们的事迹堪称轰轰烈烈，红尘颠覆，荣枯纷叠。总觉历经如此风云跌宕，才不枉开了灵识得道一场。只为了苟活余生而胡乱以身作嫁，这荒唐安稳不要也罢。与开明兽陆吾的婚约，在我眼里无非是场交易，强扭的瓜儿终究不甜。

“昆仑神宫看大门的活儿虽清闲，随意擅离职守也是要触犯天条的。开明兽长了九个脑袋，就算个个都不灵光，加一块总能靠点谱，这点道理想必计算得过来。他不会去找一个素未谋面的人的麻烦。我的天命也好天劫也罢，必不会着落在他身上。只不过……悔婚一事，怎么说都是涂山理亏在先，万一天族的人闹上门，还得托赖哥哥从中斡旋，别把父君气出个好歹来。想那开明兽不至于太过较真，横竖买卖不成仁义在，涂山也不是谁想闹就能随随便便闹上一场的地方。”

觑个空儿瞅了瞅身后那条瘦小、干巴得和耗子尾差不多的单尾，深深觉得留在涂山也没什么前途。万一哪天渡劫失败，引来天雷把这洞天福地烧焦就不好了。到时血肉模糊的一堆，又要引起父君惨失爱女的悲痛回忆。哪怕实在过不去，死在外面好歹干净一点，也算对父君养育之恩的微末回报。若侥幸逢凶化吉，则来日方长。我心中还藏着个或许太过天真的念头，打算着劫后倘有余生，必得为君后千葵去寻一寻那妙方宝境。

话虽如此，自己也明白渡劫这种事不可能总指望运气，此次怕是凶多吉少。得道灵兽每隔五百年须渡劫一回，上次的风雷劫归护法天君辛环管，辛环按辈分算还需尊称父君一声君上。千岁以后的赤焰劫，则交代在九天应元雷神普化天尊闻仲手里。这尊大神秉性刚直不阿，戮魂幡上嵌有坎离震兑之宝，一旦祭起，焚焰滔天，催魂夺魄从不留情面。凭我这点浅薄道行，恐怕不会再有那么好运能轻易蒙混过关。

一生当中什么样的决定才是正当无误，什么样的决定又会带来何种因果——这问题其实不需刻意去思考，岁月漫长，自会给出答案。彼时我不以为然，认定我正在下决心做的事就是最重要并且是正确的。这般天真执拗，去意已决。

很多年后回想起来，也只得暗叹一声冥冥中自有定数。我以为的冤家路窄，其实不过是宿世安排下的久别重逢。生关死劫，都是该有的蹉跎。

黄昏最后一缕微光沉落前，草叶尖凝结的清露在星芒下倏然消失。哥哥趁日月轮替、天地混沌的瞬间，倾尽全力将天罗结界撑开一道罅隙，容我纵身跃过。

依依惜别之际，尚不忘挥着爪子千叮万嘱，指点我出涂山后径直向西而行，务必离水泽之处远一点。他的担心不无道理，自云门帝姬被诛了仙，涂山氏与四海水族从此结下不共戴天的梁子。在族人心里，无论河鲜还是海鲜一概都属败类，用来果腹都嫌腥膻得慌，更别提那些始作俑者的恶龙。狭路相逢恐生不虞，还是能避则避。

这年春生时节，我有生以来初次踏足东夷神州之外，被称为三界红尘的所在，顿感天清地阔、耳目一新。那种充塞心胸的汹涌激荡，就叫作自由。在万仞高山之巅游弋，在堆叠的云朵间腾挪，在连绵千顷黄沙中嬉戏，无拘无束随心来去。世间这样广袤，无一处不充满新鲜惊奇。

星河侧转，北斗回旋。逍遥闲散的云游生活，就这样漫不经心消磨了两个月。我曾刻意放慢脚步，也在沿途留下无数隐蔽的标记，奇怪的是哥哥始终音讯全无。我不知自己私逃出谷后，涂山究竟发生了什么，他是否因此受了极严厉的责罚尚未能脱身来寻？直到那一天，我正盘坐在青松下吸纳日月精华，对着皓月从山峦背后缓缓升起的银辉，才发现这些日子早就迷失了方向。

太阴东升西落，乃上古以来天道运行的法度。这轨迹绝不会有丝毫逆转偏颇，那么错的必然是我，竟尔糊涂至此。

脚下这条路，并非西去之途。不是向南，也不是朝北，而是通往更遥远的东边。东荒之极，灌愁海的尽头——云梦大泽。

所以说，没有方向感，真是要命。

破船到江心，补漏也晚了。若赶紧往回折，意味着还需经过涂山。羌君的女儿逃婚远走，那地方定已沿途遍布眼目，说不准路旁哪一株花精草怪为抢个头功，都会前去通风报信。一旦行踪暴露被捉回，可谓前功尽弃。

眼看天劫将至，西去东至，原都没什么要紧，只是难过与哥哥在须弥谷的最后一面，竟成了此生诀别。

这么满怀惆怅地信马由缰胡乱晃荡，不觉钻进一片婆娑翠林。青苍的藤蔓蜿蜒，树干粗壮、高达万丈，根深叶茂，浓枝繁密。此些树我却是认得的，名唤“怀其叶”，叶脉赤红，花盏透明，在暗夜会发出淡淡白光，可用来占卜。然而，夕开朝落，从不与日争辉。果实成熟则为郁紫色，食之能见梦兆吉凶。

月光下一望无际的花海璀璨扶疏，无比诱人。闪亮的草叶缀着露水，泛起千层细浪，宛如波光粼粼的寒潭。林子很大，越走越深，从哪个方向来的早已记不清。光线也随枝叶的纵横交叠越发黯淡，变成了墨色，反倒衬得那花盏朵朵晶莹，星火流萤般剔透。

忽地一阵熏风过处，将悬然欲坠的怀其叶花纷纷摇落枝头，似繁星漫洒，拂了一身还满。禁不住玩心大起，在那些闪烁的落花堆里打了好几个滚，清香四溢，飞溅出的汁液沾染鼻尖，微凉甜润得很。忽觉背心生疼，似硌着个什么浑圆坚硬的物事，又不像石头有棱有角。回身扒拉出来细看，却是枚通体郁紫的果实，想是被方才那阵微风同繁花一同扫落。

怀其叶果成熟后都包裹着寸许厚的壳子，从那么高的梢头坠地也完好如初。因从未亲眼得见，难免生出几分好奇，拿在手里欲对月瞧个仔细，身后暴起一声大喝："何方妖孽，胆敢擅闯禁地偷摘仙果？！"

静谧深夜里突然掀起声如洪钟的巨大波响，我被惊得浑身寒毛一奓，根根向后竖起。我下意识倚着树干左右打量，见四下树影斑驳，虫鸣唧唧，何曾有什么妖物？方顿悟过来那"何方妖孽"，指的正是本狐仙。

茫然纳罕间，迎面狂风骤起，横扫得落叶漫天飞舞盘旋，大地都隐隐传来闷雷般沉重的震颤。再循声望去，纷扬的枯叶草屑后，一个辨不出模样的黑影缓缓踱步而出，身形似庞然大物，一双炬目瞪得溜圆，森然绿光炯炯如炽。

第四章

“狐”如一夜春风来

这一程跋涉，万里递迢，途中也见识了不少灵物，多是些灰兔、青雀等守宫之流，最大的是一头三百多岁的灰狼精。同为道友，大家也都很客气，言笑晏晏打个招呼，闲聊两句便各奔前程，颇有些江湖儿女皆兄弟的豪情。可后来才知道，他们之所以态度和善，只不过因着修为的年头都还没超过五百年。我在后起之秀遍地的涂山堪称废柴一根，到了不明底细的小精怪们面前，却是堂堂一尾快满千岁的涂山狐，风光抖擞得很。

做狐有做狐的好，基本上没有天敌。坏处是，只要你修为不够强大，那但凡比你厉害的都可能是你的天敌。这道理三界通用，弱肉强食在哪里都是一样。

比如眼前这位，一看就非善类。该长耳朵的地方戳出来两只牛角，灰色的皮毛宛如岩石，沿脊竖满倒刺，若忽略身后拖着的那根棒槌尾，倒是头吊睛白额猛虎模样，当真丑得不可方物，跟开明兽陆吾倒很有些异曲同工之妙。

这念头刚冒出，先暗暗在心中告了个罪，作孽作孽，非是我有心一而再再而三讥讽贬损，实因长到这么大，从未见过第二副如此叹为观止的尊容，堪称标杆，不自觉总拿他出来作比。

怪物张牙舞爪，绕着我嗅了一圈，声如洪钟般质问：“哪里来的小狐妖，倒还识货，岂不知仙果是有主之物，怎敢不问自取？！”

啧，这虎精，白瞎了那么大双磨盘眼，眼神差得逆天，连涂山狐都认不出来吗，张口妖孽闭口妖孽，真是见识短浅。

刚要出言相辩，眼角一瞥，却见虎精踱步间按在山石上的硕大爪印，悄无声息沉入青岩三寸深浅，顿时倒抽一口凉气。妖不可貌相，这回怕是遇上大麻烦。看这两步虎虎生威，没个两三千年的修为决办不到，轻易招惹不起。

狐在屋檐下，形势比我强。且这厮看起来脾气也不怎么样，硬碰硬必讨不了好去，只得耐下性子赔笑解释："大人容禀啦，这果子原是被方才那阵不识相的妖风刮下枝头，小狐途经此地恰巧拾得，捡起来开开眼则罢，并没打算偷摸吞吃。"

说着好生捧起那怀其叶果，虔诚地放回它面前，还不忘顺手从地上捡起片树叶垫着。一只修为可算得上高深的妖，被拘在这么片荒无人烟的破落地界守林，必然犯下过罪大恶极的错失，谁知道它还会干出什么。

虎精看也不看一眼，鼻子里哼出团白气，丝毫不为所动，鄙夷地冷哼一声："偷盗仙果被逮个正着，还敢狡辩！捡起来就是你的，想看便看？那这林子是本大王看守的，你既不打招呼就闯了进来，则该任由发落！"

赔礼道歉做小伏低都好说，好汉不吃眼前亏，但任由发落这个真不行。怀其叶果有啥了不起，涂山磨盘大的灵芝遍地皆是，看都看腻了，隔三岔五拔来煲佛跳墙，也没敝帚自珍成这样。何况赤焰劫迫在眉睫，区区梦境的吉凶对我根本毫无意义，偷吃又从哪里说起？果子虽有些妙趣，吃了既不能延年益寿，又不能增长修为，硬说是"仙果"未免也太言过其实。可见这守林子的兽也是个虚张声势之辈，莫非我看着就像乡下来的妖怪，好欺负好糊弄吗？

不忿归不忿，估量了一回虎精膀大腰圆的身子骨，浑如铁塔杵在面前，连须带尾比我的狐身大上七八倍不止。咕咚咽下口唾沫，能不动手，还是尽量君子动口。

咬咬牙，将笑容的弧度再加深些，诚恳得都快在暗夜里闪闪发光了。"小狐有眼不识泰山，与大王好歹远日无怨近日无仇，果子的事确实是一场误会，冒犯处还请多多包涵……"

虎精见好不收，抖抖鬃毛越发笑得恣狂："仙果已然离枝，又被你弄污，早就仙力尽失，比枯草还不如，要还也晚了。不过嘛……若想将功补过，倒还有一个法子。”

狐狸尖耳一竖，正打算俯首恭听。它的下半句话，却着实让我一团僵笑瞬间冻结在腮边，沉得牙帮子酸疼。

它说：“你看起来，很好吃。”

我讪讪一笑，悄无声息往后挪了两步：“大王谬赞了，这玩笑可开不起。实不相瞒……小狐身无四两肉，且……上次洗澡约莫已是七八百年前……又或许是八九百年？隔太久实在记不清了……”

虎精生得高大，视野自然广阔，也闲闲往树干后一绕，看似漫不经心，实则不动声色地封住了我左右两处的退路。

“你既弄污了果子，便把它吃掉也罢。”

这又是闹的哪一出？想必武力既已占据上风，便不吝表现出些许宽宏度量。但那怀其叶果眼下是枯草不如，姑奶奶我还未必乐意尝，省得平白坐实了偷取污名，倒还欠个不清不楚的人情。

我怯怯摇了摇头，表示对仙果毫无染指之心，脑袋上方又传来桀桀怪笑：“然后本大王再把你吃了，这笔账便就此扯平，也不算草菅狐命。”

它似乎对这狗屁不通的法子甚觉满意，喉头咻咻作响，是凶兽猎食时发出的兴奋鼓风声，獠牙下散发着催人欲呕的腥气。

看样子是要动真格的了，果真时运不济祸从天降。说得冠冕堂皇，原是看上了我腹中这颗区区不足千年的元丹。难为它强取豪夺之际，还不忘费心编造出个由头。但这番公平委实太过牵强附会了些，又或许，是独个儿困在这破林子里蹲守时日漫长，空虚寂寞又惆怅，难得见着个活物，吃之前难免要抓紧时机絮叨絮叨，顺带表现一下它无中生有的恪尽职守？可见无人观赏的愚蠢同曲高和寡的才华一样令人寂寞。

我哆哆嗦嗦稳住身形，决定再垂死挣扎一下，把能想到的曲意阿谀之词都搬了出来：“大王秉公明断，若要屈尊吃了小狐，实在……也不敢不从。既犯下大错，只要能让大王息怒，区区皮毛肉身何足惜？但填个牙缝，却是一锤子的惩处，未免罚得不够尽兴，且以大王之威武，也不差小狐这区区千儿八百年的道行……不如让小狐追随大王，做大王的跟班，浇水守林任凭差遣，您若指东我绝不往西，您让上天我绝不入地……大王慈悲……”

低眉顺眼絮絮求告间，暗中屏气一凝，狐身徒然腾起微弱仙气护体，毛发尖梢流转出细微银光。似这般好话说尽，已是让到不能再让，若实在逼人太甚，纵打不过也得拼尽全力打上一场。大不了临死前将元丹毁去，断不能落入此等凶蠢恶兽之手。

因存了鱼死网破的心思，倒也不如何害怕，默默将半生不熟的法诀背诵了一遍，临阵磨枪不快也光。虎精闻言却愣了下，眼神迷离起来，气势似乎有所收敛，仿佛在认真考虑方才的提议。看来我猜得不差，它那庞大狰狞的身躯下，竟也有颗敏感孤寂的玻璃心。连这都能连蒙带猜算中，涂山狐生来长于蛊惑，擅心术之摄，果然不仅仅是个传说。

“你方才说，愿做本大王的随从，侍奉左右任凭差遣，此话当真？”

一听有戏，忙不迭双爪作揖，做尽狗腿子的形容：“助纣为虐在所不惜！”

光杆大王新近收了手下，搞不好还是有生以来第一个追随者，正摇头晃脑得意非凡，好一会儿才双双琢磨过来，这话听着恁地别扭。我心中咯噔一下，赶忙带着哭腔转圜：“小狐不会说话……那个那个……不是助纣为虐，是……为虎作伥当仁不让！”

事后想想，真不知哪根筋搭错了弦。果然天性就是作死，武力也难以矫正。

此话虽有些唐突，却算得上应景。因在涂山修习课业时，最喜各类精怪闲话杂记，通读起来能忘了例行的当堂瞌睡。师曾有云：昔被虎精所食之人，既已成鬼，魂魄遂为虎所驱役，称“伥鬼”，专门四下去引诱活物来给这虎吞食。

如此说来，若做了它的随从，自然也得跟着为非作歹，到处诓赖途经于此的倒霉过客偷摘仙果，诓了来供其果腹。说是为虎作伥又有什么不对？奈何实话常常并不讨喜，这么直白的表忠之法显然让他颜面扫地。

虎精不料眼前畏畏缩缩的口中餐竟敢出言冒犯，当即气得吹胡子瞪眼，迫不及待要立威作势，抬爪就是一记耳光扇来。我大惊失色，下意识举起胳膊护住脑袋，腋侧露出的银鳞却突然针芒大盛，从虎精蒲扇大的巨掌间穿过，扎个通透。

银光将整个昏暗的林子照得雪亮，我也被那突如其来的光芒晃得眼晕，恍惚中听见虎精负痛嘶吼。它好像受伤了，谁干的？我？还没弄明白是怎么回事，这就要打起来了？好不容易才周旋出个柳暗花明的景况，竟急转直下到如此地步,令人扼腕。但以卵击石绝非所愿,我二话不说扭头奔得快如闪电。从小到大不成器，被欺负是家常便饭，久经锤炼的逃生技能还算可圈可点。

身后追来如箭矢如暴雨般的磅礴戾气，紧紧咬住脚后跟不放，卷起一阵腥风。

“狐性狡诈，竟暗箭伤人，果然信不得！有本事你别跑！”

废话，有本事谁还跑。好在狐狸本是山林走兽，论灵巧终究比那庞然大物略胜一筹，闪转腾挪间渐渐拉开了距离。反正已撕破脸，此时不还嘴更待何时，我一边四爪如飞，一边回头将那臭不要脸的虎精痛骂一场，相当酣畅淋漓。不料乐极生悲，这树林太密，地上又藤蔓横杂，拐弯不及竟“咚”一声撞在树干上，摔了个头昏脑涨。可见凡事皆有代价，一心不宜二用，没人能同时兼顾耍嘴皮子和逃亡。

不过这场逞一时口舌之快的代价格外大些，还没等重新爬起来，虎精狰狞的身影已笼罩而下。我被扬起的尘土呛得咳嗽，暗叹此番定难逃虎口，半空突然悠悠荡过一声冷笑：“涂山狐就这点出息？连头身大无脑的蠢物也斗不过，真是把涂山的脸都丢到海底渊去了。”

此话一箭双雕，把我这受害者和凶手骂得一视同仁。天可怜见，我有没有出息，和谁又有半分干系了？再者说今晚之事，真真无辜得紧，我只是不巧路过，一阵妖风恰吹落了果子，就惹来这么场无妄之灾。

身大无脑的蠢物勃然大怒，扬起脑袋咆哮：“什么人？！”

被诬赖在前，却不敢据理力争，为个破果子折腰求着给一头虎精做跟班，最后连跟班都没做成，被追得满山打滚还撞了树。这么丢脸的一幕，竟然被人躲在暗处偷看得一清二楚，我这一惊同样吃得不小，恼羞成怒下简直要跟虎精同仇敌忾。

半空中传来的声音如琼玉相击般清脆，气韵悠闲：“本座是你祖宗。”

若没理解错，此乃陈述。那风平浪静的嗓子毫无起伏，仿佛在告知虎精一个理所当然的事实。

我张口结舌，一头虎精已足够难缠，虎精的祖宗究竟是个什么怪物，赶在这当口斜刺里冒出来横插一杠，敢情是要分一碗狐狸羹回去尝尝？

顺着虎精的视线向上望去，见一青年白裳似雪，头戴琅玕月冠，身携金边紫云翩然而降，纤长手指与白玉扇柄几乎融为一色。因隔得太远，面容被花叶遮挡并看不真切，身段倒是十分潇洒，哪怕跟哥哥比起来也毫不逊色。

青年足尖轻点在一朵盛放的怀其叶花上，就这么悬立树梢，摇扇笑道：“好歹也是只涂山狐，生吞活剥当真暴殄天物。”

一般出场那么招摇说话又极度乖张的主儿，都不好惹，这是常识。他虽化了个人身，但绝对不可能是人。

虎精一时也搞不清状况，迟疑着往后退了半步：“那你想清蒸还是红烧？”

我被噎得怒从心起，果真世风日下坏事成双，这祖孙俩当面讨论起菜谱来了。树上的虎精祖宗貌似比树下的虎精还要难缠，可眼下也顾不得这些，横竖在劫难逃，就算是个泥人还有三分土性子，被莫名其妙折腾了半晚，再好的脾气也要炸毛。

我背靠着方才撞了脑袋的树桩，右爪偷偷将系在腰间的兜云锦包袱解了下来，藏在身后抖搂一阵，将里面乱七八糟的物件倒干净。冰凉薄软的云锦攥在掌心，却又犯了难。

这对祖孙一上一下，已是把飞天遁地的两条生门都堵死，若他俩联起手同时袭来，我只有这么一件法器，抛向谁好？无论先抵挡哪一方，剩下的另一个都不好应付。

就在犹豫不决的当口，树上的衣冠禽兽依旧气定神闲：“油腻腥膻，乃是修行大忌。”

开什么玩笑，合着清蒸红烧都不称他老人家意，莫非要烧烤？

白裳翻飞如练，那厮已从丈高的树梢轻轻跃下，在苍黯的草叶间划出一道逆风的轨迹，翩然立在十数步开外，接着又道：“根基虽差得惨不忍睹，脑子看来也不太灵光，凑合着也算只千年狐精，用来炼丹倒能将就。”

第五章

潜龙临渊

攥着锦云兜的爪子微微发抖，被那人语气里诚恳的遗憾呛得眼前一黑，简直心如死灰。你爷爷才油腻，你奶奶才腥膻！堂堂一尾千年涂山狐，炼个元丹还委屈了他是怎么？

但离得近了，那人的形貌终于清晰起来。狐族都天生一副好皮相，也算得天独厚的优势。其他妖兽则不然，唯有修行越深湛，才能随心所欲变幻人身。纵然涂山遍地翘楚，我在观赏美色这上头已疲劳得很，此番还是看得呆住，几乎忘记了呼吸。

虎精长得天怒人怨，没想到它祖宗竟是个雪堆玉凿的翩翩公子模样，每一根睫毛的光泽都无可挑剔。凡人别的本事没有，于笔墨上头向来颇有几分神妙处。依稀记得用来形容俊朗无双的，常是唇含朱丹、鬓似春裁，削剔瘦骨丰神，眉如清风点翠。然而这些生花妙笔，统统都不足以描绘他的神韵之万一。当一个妖怪可以随时随地、毫无破绽地变幻为人，它的修为就不止千百年之功。

最让我悚然心惊的是，青年额间雪白的皮肤下，竟还隐隐生着一簇印轮，透出淡薄的天青色，依稀是朵浪花形状，既妖异焕然，又似佛性空灵。原身暂看不出来，但能把人形幻化得如此精致无瑕，可见法力深不见底，来头必然不小。

那眉心轮罕异得很，乃超出三界五行的标识，绝不是什么灵物都能有，修行少于两万年想都不必想。哥哥那样厉害，苦修一万五千年才开了天心目，离化生眉心轮尚有好长一段距离。他不仅有眉心轮，还生得那么大，圆满无缺，无论真身是个什么，必都非同凡品。

可惜了这么俊美的皮囊，却是敌非友，不过同那些坠入魔道的精怪一般，都指望着将我捉去炼丹好增加修为。

修行是桩苦差事，飞升之途千险万劫，天雷地火一样也少不了。渡得过的，从此更上层楼，渡不过么，就此灰飞烟灭。所有修行者都心怀宏大愿景，要摆脱肉体的束缚远离天敌威胁，要逃脱上天残酷任性的摆布，要超越法术深不可测的极限，看见更多神秘罕有的风景，凌驾于众生之上。于是他们渐渐无法遏制那样的念头——只要夺取弱者的修行甚至生命，就能迅速使自己变得更强大。

至于何以演变到如此地步，也有一段缘故。《八荒志》里曾有一章，记的是千多年前，魔君重楼造反，因不服族众被驱逐到暗无天日滴水成冰的极北之地，只能在漆黑里忍受荒寒折磨，于是祭出穷尽修为打造的法器，将日月星辰都拴在天穹之极北，东、西、南三海顿时陷入永夜昏冥。

此大逆之举惹得东皇太乙震怒，四海龙君之首敖临渊遂请命平定叛乱，率山精水怪百万众攻打北荒付虞山。那一仗打得可谓惨烈绝伦，颠山倒海日月无光。据说龙君性子桀骜，又不巧和魔君担着些不足为外人道的仇怨，是以那场名为替天行道的降魔鏖战，也下了不少公报私仇的功夫，造成极其严重的后果。后果之一便是不周山倒，天地通途被焚毁，飞升之路断绝。从此无论凡人还是灵兽精怪，修仙更难了不知多少倍。

可惜我那课书乃是本残篇，俗称删节版，这一篇章早被细心的哥哥撕得零落不全。于是那个金戈铁马的遥远年代究竟发生了什么，龙君和魔君间又曾有过何等毁天灭地的滔天血债，个中曲折统统不得而知。

话说回来，既然天地通途已毁，取易舍难也是人之常情。当恃强凌弱的杀戮成为与天劫抗衡最有效的捷径，没谁愿意再去费时费力钻研经籍刻苦修炼。一念贪婪偏离了正途，逆天而行吞食同道，最终回头无岸，堕落到万劫不复的境地。盗取元丹炼魂吞食这种手段过于阴狠毒辣，已是魔门做法，修习者天地不容，一旦露面，皆被群起而诛之。哪怕侥幸逃脱得活，也将遭到驱逐，流放到八荒外的极北苦寒之地。难道面前这莫名其妙从天而降的公子哥儿，竟是来自极北苍溟城的妖魔？

公子哥儿摇着折扇步步靠近，仍在用那把清冽如冷泉的声线，说着四六不着的混话。虎精这才琢磨过来，白衣祖宗非是同它商量如何分一杯羹，而是打算直接独占我这块砧板上的肉，要来个虎口夺食。

他啪一声合拢折扇，朝虎精一指："白狐留下。你，要么滚，要么打。"

强抢豪夺也那么理直气壮，我几乎忍不住同情虎精，看来先下手也未必为强，除了运气，还需比比谁更无耻嚣张。虎精被彻底激怒，二话不说后腿微屈，摆出攻击的姿势。妖风诡劲飒飒，气力无比强劲，直压得万草低伏。

青年身形一晃，向旁跃出丈许，恰到好处避开了虎精势如雷霆的一扑。交手数轮，看似懒散闲适，实则游刃有余。那身白裳铺展开来，衣襟层叠如流云，腰间佩玉被风吹得叮咚作响。起伏间光华绽放，广袖携起三分明月落。

我躲在树后抱着尾巴唏嘘，跳舞跳得像打架的常有，打架打得像跳舞的难得。这神魔莫辨的小哥，委实是个人才。感叹完了，才想起正事还没办，热闹哪里都可以看，眼下当务之急是趁他俩打得难舍难分之际，赶紧神不知鬼不觉开溜。

刚蹑手蹑脚挪出数步，一阵异香携风扑来，面前堪堪立起一片被怀其叶花挡出的结界，明灭闪烁，似一面星辰筑成的花墙。美则美矣，凭我的本事却无论如何冲不破，出不去，奈何倒霉催。青年与虎精周旋得密不透风，还不忘偏过头往这边扫过一瞥眼风，调侃的神色仿佛在说，想趁乱逃跑，窗都没有。

这下倒好，不想看的热闹也得老老实实蹲着看完。

不过这场恶斗堪称相当精彩，我看得越发入神，暗中腹诽那白衣祖宗，真乃蠢妖怪，光顾着耍帅，用人身和那么庞大的虎精赤手空拳相搏，无异于蚍蜉撼树，再厉害也讨不了便宜去。

似乎听到那几声微不可闻的嘀咕，下一瞬白裳人影已消失在一团金芒中，紧随而来的是场倾盆大雨。

稠密的雨水冰凉，很快将浑身皮毛淋得湿透。茫然被禁足在花海间，就像一头扎进无边无际的云絮，失去方向，也没有明暗，眼前只氤氲着大片深深浅浅的白。我不确定自己遇到什么情况，使劲揉了揉眼睛，直到穿过雨幕看清天幕中盘旋的巨大阴影。

他的真身。头角峥嵘，额间一颗如意顶珠，青金深邃宝光灿灿，髯鬣随风千回百转，色白如玉的鳞甲边缘泛着浅金，抖动时摩擦出沙沙脆响，似金箔相撞。那身形蜿蜒在黑压压的云层间辗转，出入携风伴雨，光如日月，其声如雷。

上天往我的脑袋里塞了一个念头，我立刻知道自己遇见了什么——亿万生灵中独一无二的存在。蛇永远只能在地上匍匐爬行，唯有飞龙才能在天。

这面如冠玉的白衣青年，竟是只龙妖。古书云：龙者，天地至灵，能幽能明，能隐能显，春风时登天，秋风时潜渊，又能行云致雨，腾踔太空。

不是说龙可随意变化能粗能细么，可他个头未免太大了。华丽的尾鳍扇面般迤逦展开，随万里云波摆荡如绸，波澜壮阔似锦。虽在摩云池远远见过千葵的真身，同这条比起来还是不可同日而语，看一眼都禁不住心惊胆战。

修道深浅有别，仙佛位序森严，龙这东西自然也有高下之分。有鳞者为蛟龙，有翼者为应龙，有角者乃虬龙，无角者是螭龙。龙角又称“尺木”，龙无尺木，不能升天。鲤鱼和蛇蟒若遇上特殊机缘，苦修个千年万载亦可化龙，但没有角，或只有独腿，和自然造化孕育的龙仍旧有天壤之别。生来龙形，得天独厚，已是省却了数千年的修行之功。

眼前这与虎精缠斗的龙，头角崭然，四爪藏锋，恐怕是尾天生的白蟠龙。

此龙油头粉面，举手投足倜傥得光风霁月，没想到打起架来心狠手黑，一个摆尾就将大片参天古木扫得残枝零落，利爪直取虎精命门。父兄说得没错，龙果然是种残忍又邪恶的生物。

见虎精受伤气力难继，妖龙盘旋几轮，复又变回人身，飘飘然落在近前。

妖怪打架我虽没亲眼见过，但听说得多了，各种话本经史里也不乏记载。至于斗法时用的武器么，更是五花八门，有用葫芦宝剑，也有用笛子长箫，可他居然生生化出了一张琴。

龙行降下的云雾凝成无数水珠，缀在草尖上闪闪发亮，好像一片夺目星光。但所有的光都不及他耀眼。青年器宇轩昂，风姿凛然如同帝王，仅是默默扶琴，就威严得令风云失色。

瑰绮的光在他指间起落转腾，琴音瑟瑟流淌，空灵邈远。既有道心，又有妖骨。从丝弦间泻出的光芒迅速缠绕上虎精妖体，龙轻念禁咒，琴光幻化出的绳索灵如游蛇，很快便将困兽般委顿在地的虎精团团缠住。

整片树林发出炫目的光，云水蒸腾的雾气重又弥漫，霎时间龙吟虎啸地动山摇。虎精被光绳越绞越紧，庞大的身躯也不断缩小，最后变得和一只猫儿差不多，仍在喷着鼻息嘶吼，神色看来颇为痛苦。

我瑟缩在花墙后，突然觉得于心不忍。那么大头虎精，不知扛过了多少天劫才修到如今，反正就算不为其所食，再过月余我也是命不久矣，何必带累它枉做陪葬。

随手拈了枚方才清空兜云锦时散落的泣珠，往那琴弦上弹出去，将琴音扰乱。龙翻飞的纤指一凝，“你干什么？”

“凡间有道菜色叫龙虎斗，你们看起来，很好吃……哈哈哈。”

话一出口，恨不能当场把自己拍死，这说的什么？龙妖一张俊脸冷若冰碴，倒是停住了继续弹拨丝弦的动作，好整以暇朝我望来。我尴尬地咳嗽一声，往身边堆叠的残枝败叶指一指，意思是，尊驾摆了摆尊尾，就把人家整片宝贝林子毁得七七八八，眼下胜负已分，算起来里子面子都不亏，不如高抬贵手留人一线生机。

龙极聪明，当即明白了我的所求。沉吟片许，指着虎精语带朗声道：“既恃强凌弱，就该料到早晚会遇上更蛮横不讲理的强者，实乃天道循环恶有果报。原是它乱了规矩在先，你倒说说本座又为何要放它一条生路？”

这般斤斤计较、睚眦必报，抢个食罢了，还攀扯上天道，上天他老人家何其无辜。见那龙将那紫光闪烁的琴虚晃一下，依旧收进袖中拢了。施施然踱步到虎精面前，伸出脚上云头履的靴尖拨了拨被捆得肉粽般的猫儿，不，虎精。

口口声声佛家因果，心中却并不见慈悲为怀，一看就不是什么正经龙。

“诚然它不是对手，只该怨自己学艺不精。但强者的存在并非为了对弱者赶尽杀绝，教训一下也就罢了。尊驾道行既远在虎精之上，应该有那个那个……得饶人处且饶人的雅量，若非以畜生的标准严格要求自己，那小狐确也没什么好说。”

猫儿般萎靡的虎精起先大为意外，燃起一线希望停住了挣扎。后来实在听不下去，“呜呼”一声之后用复杂的眼神望着我，琥珀色的眸子里写满我俩都快被一锅烩的惆怅。我却觉得事已至此，光靠苦苦哀求是没有用的，这龙看起来也不像容易被一把鼻涕一把泪打动的样子。不如反其道而行之，就算最后还是双双难逃一死，好歹临死前骂他个痛快。

龙心难测，这么难听的挑衅也能理解成激将，果然品味异于常人。他轻哼一声，大袖挥展在半空划过半道弧，虎精身上的光绳当即消失，“嗖”地钻回他袖中，想是和那张精致得悚然的怪琴融为一体。

虎精脱困，拔腿欲逃，没跑出两步又停住，回过头望着依旧困在花海结界中的本狐仙。犹豫片刻，看看我又看看龙妖，竟似下了好大决心般，摇身也化成个人形，重新往结界走来。

大概在方才的龙争虎斗中耗损了太多真元，他此番竭尽全力也只能幻化成个二十来岁的青年模样，以此证明自己的法力并不算太弱，就算受伤也不畏惧龙妖。虎精的真身长得难以入目，化成人形倒高大伟岸得很，他有一头长及腰间的发，浓密乌丝之下的五官线条英朗，身着暗青重甲，冷峻的脸上散发着高贵荣光。

这竟是要同舟共济当场报恩的形容。我被他那大义凛然唬得一愣，赶忙不耐烦地挥挥爪：“你快走吧，走吧，这事儿跟你没关系。反正我的天劫快到了，眼看是过不去，就算不被你俩瓜分也离灰飞烟灭不远矣。你回去找个山洞养伤，以后多花些心思把这林子好好打理出来，一定还能再收到称心如意的狗腿子……啊不，随从。”

这倒是实话，被虎抓去吃肉还是被龙抓去炼丹，原本区别不大。

但虎精脾性拧巴，好劝歹劝说之不动，龙妖则翩然闲立在不远处，看我俩这对患难之交，隔着花墙上演一出生离死别荒诞戏码。

滂沱之势渐收，蒙蒙细雨仍旧连绵不绝。蒸腾水雾将龙妖长发打湿，水墨般的光泽凝聚成缕，从莹白剔透的侧颜垂坠下来，带着凌乱而漫不经心的美。

第六章

穷奇英招

虎精被花墙挡在三尺之外，拱手自报家门："在下名英招，敢问狐姑娘如何称呼？"

我琢磨着此间一别，当是后会无期，便告诉虎精也无妨。来日若有机缘，他或许会念在一命之恩的交情，将我被龙妖掳走的凶信带回涂山，也算给父兄一个交代，免得生不见狐死不见尸。

"东夷涂山族之后，涂灵，小字幼棠。"

虎精眉宇耸动，露出几分恍然又惊诧的神色来，连道"方才多有得罪"。

我对英招这名号则完全没有印象，为了配合虎精刚才那番肃然起敬的表情，也合爪作揖，客气地表示了如雷贯耳。

哥哥说父君在山脚捡到我时，恰逢涂山四月天。拎起来一看，见是尾刚满月的狐狸幼崽，没精打采皱巴巴。然而那年春光烂漫，雨水又丰沛，洞府后的八棱海棠开得特别好，便给我取了这么个清隽灵秀的小字。至于大名么，向来没几个人会叫。

彼时我还不知道，"涂灵"这两个字究竟意味着什么。直到又过了很久以后，我俩双双流落在北溟历劫时，大垂才忍不住告诉我，此乃每一任涂山狐族继任帝君独有的尊号。在正式承袭帝位之前，无论男女，一律都唤作涂灵。这尊号，芜君用过，云门也曾用过。因降生时天呈异象，祥瑞无极，她的名字生来便叫涂灵，小字云门。那都是三千六百多年前的事了。

龙妖还算守信，既答应了不伤英招性命，便不再动手纠缠。末了只是施个定身咒将他牢牢定住，擒我驾上云头杳然远去。

被龙妖拎着在广袤的浓云间拐了几个弯，早已晕头转向，完全辨不清东南西北，不知他这是要把我提溜到哪儿去。好容易落脚在一处巍峨苍野，四下打量，才发觉此山怪异得很，草木不生，遍布琼瑶玉石，那些秀逸扶疏的兰芝玉树，细看竟都是琉璃碧玉生成。

龙妖很是瞧不上我这般没见过世面的模样，只顾东张西望，看什么都觉得新鲜，便负手慢悠悠解释道，方才我误打误撞闯进去招惹了虎精的那片怀其叶林子，原是长留山侧脉的一座险峰，眼下么，则是长留再向东二百八十里处，叫作章峨山的所在。

言罢不再搭理我，趁着风清月朗的片刻辰光修起早课来。真是个勤勉的妖，打架打得风生水起，果然不是没有道理。龙妖在碧玉花叶间跏趺而坐，纤长如笋的手指拈出一双莲华印，山中月皆栖于他眼波，越发清幽莫测。

见他气息沉匀，已是入了禅定，机不可失时不再来，我脑子一热就把整块兜云锦给劈头盖脸丢了过去。

兜云锦着实算得上降妖伏魔的珍珑宝器，可我忘了他是条龙，驾驭万川云水之气的龙。拿瑰云织就的锦兜来网他，相当于抛过去一块搓澡布给他挠痒痒。眼见那云锦悬在龙妖头顶三尺处，被徒然腾起的扇形圆光擎住。那光芒亮彻了半边天幕，绚烂如虹，盛大磅礴。兜云锦荡悠悠转着圈儿只是不能落下,反倒越变越小,渐缩成一方姑娘家用的手帕子模样,飘然滑落在他肩头。

龙妖神色如常，用两指将那帕子拈起，在眼前抖搂了一回，唇角勾起抹淡笑，仔细叠好了掖回袖里。

他笑什么？莫非以为我在勾引他不成,据说人间女子若看上了哪位郎君，最常用的传情达意之法，就是抛下块手帕丢枚玉佩什么的，故意被那郎君拾了去，一来一往便有了借口成就一段风月。天地明鉴，他若存了这个念头，那可真是天大的误会。我虽贪生怕死，为了活命去色诱天敌这种事还是不屑为之。

可话要明说，我祭出兜云锦乃是为了生擒活捉他老人家，岂不更加糟糕。喉头打了个颤，张口结舌赶忙解释道：“那个……尊驾的头发被雨淋湿了，小狐手边只有这块帕子，献出来给擦擦，还望不要嫌弃……”

末了赔上一声干笑，换来他漠然一句：“你很聒噪。”

龙妖不为所动，眼观鼻鼻观心，仍旧修他的早课。我立即识趣噤声，面上勉为其难堆出个花见花开的无辜样，内心却悲情得很，我只知道春天山里有狼，怎么知道还会有龙？

陪着枯坐半晌，龙妖打坐完毕，悠悠吐出一缕云雾，才想起身旁还有我这么只活物，冷不丁发问：“涂山芜君是你什么人？”

我尴尬咳嗽一声，“英雄莫问出处。”

悦耳低沉的轻笑响起，笑声中还夹杂着些许无奈和调侃：“你这么不长进，你爹知道吗？”

龙妖口气倨傲，可似乎没有敌意。月照烟峦，那点碎银波光盛在他如水清眸里晃呀晃，深得好似空无一物那样。

“我可是涂山灵狐，跟头虎精打来打去成什么样子……诚然打不打得过这事另说，总之……”

他显然被我不识货的孤陋寡闻震惊，打断道：“虎精？谁告诉你那是头虎精？他连名字都报上了，你竟然不认识？方才与本座缠斗的，乃是穷奇。”

我果然是乡下来的妖怪，一出山门，惹下的乱子个个大有来头。

经龙妖这一番挤对，只得竭力搜索枯肠，依稀记起混乱的《仙妖谱》上曾有过记叙，确实出现过英招这么一号人物。“少昊帝有不才子穷奇，外貌似虎如牛，性喜毁信恶忠，崇饰恶言，乃大凶大恶之兽。数百年前，此子因欲偷食穷桑树之果而得长生，触犯天条获罪。”昊帝念父子亲情不忍杀之，遂将其流放。

课书里说的是：“迁于四裔，以御魑魅。”穷奇遭到贬谪后，沦落在长留向西三百里，名曰积石之山的穷荒僻壤，看守那片怀其叶树林。需得在戴罪期间，降服数以百万计的妖鬼魑魅方能将功抵过。他从此自称“广漠风之所生也”，再也不肯承认自己是昊帝穷桑氏之子。

难怪英招对“偷摘仙果”这事怀有如此深重的偏执，动不动就要诬赖过客偷了他看守的果子。他自己就曾因偷摘果子而遭贬黜，大概留下了颇惨痛的阴影。那么说来，我一念之仁救下的不良青年，竟是龙吉公主被贬落蛮荒的亲兄长。涂山国与西方天帝的渊源，又阴错阳差深了一层。

“穷奇可是少昊帝的儿子，你既一早认出来了，居然还把他揍成那样。俗话说打狗也得看主人，就不怕西王母爱子心切找你麻烦？做妖还是低调点。”

龙鄙夷又傲娇地扭过身来，笑靥加深：“看你印堂发黑，天劫将至，竟还有闲情逸致替旁人担忧。本座游方四海途经此地，顺手替昊帝教训逆子……咦，你这狐狸口无遮拦，谁说本座是妖来着？既认定本座是邪魔外道，不如此刻就把你淬了来炼丹如何？恶名不能白担，总要做得实至名归才好。”

果然还是躲不过这一遭。我喟然长叹，叼着手指苦兮兮劝道：“小狐修为尚浅，天资又实在不佳，万一炼出颗杂质不纯的丹丸来，把尊驾吃得闹肚子就不好了……”

见我吓得口齿不清，龙越发放恣，一声朗笑震动重霄，随意向身后一挥手。刹那间满山青帐，翻飞翩舞，其间万千宝轮，光华流动，又有僧佛童子，各自肃立，法相庄严，教人眼花缭乱，直疑到了珞珈圣地。

我跌坐在地，目瞪口呆。眼前所呈现，竟是传说中百闻却未能一见的观沧海。

观沧海出，庄严胜妙，万物归宿。江海皆道心，浮沉了无痕。

三界诸神佛，能有资格修习这门功法的屈指可数，练到第七重天的更是闻所未闻。登峰造极处，可随意召唤东方琉璃世界、西方极乐世界、婆娑长乐世界三千佛族之力，起死回生，破灭净土。

“你……究竟是谁？”

龙唇角微捺，手中一晃又化出那把折扇轻摇，姿态优美。

“你可以叫本座龙君，也可以称临渊上神。”

临渊……上神？我有限的所知所学里，只晓得一条名叫临渊的龙。统领东海海族，乃四海龙君之首，化生于东极云梦大泽的白龙神，灵泽龙王敖临渊。当年血屠三界的神魔大战，就是那位龙君的赫赫手笔。

此段公案众说纷纭，结局也出人意料得很。坊间野史传言，东皇太乙乃是个小心眼，魔族叛乱初平，紧接着便对功高震主的龙君左右看不顺眼，于是以征伐过度涂炭苍生为借口，功劳只字不提，反降下相当重的责罚。龙君桀骜，从此卸去一身功名隐遁，仙踪无觅。千年过去，八荒六合都再无音讯，彻底来了个神龙不见首也不见尾。

传说中叱咤风云的战神，和面前容止如玉的风流纨绔，真的是同一条龙吗？看修为倒极有可能，观沧海绝不是普通幻术做得了假的。只没想到，龙君临渊竟这样年轻。原来他不是什么妖兽魔怪，却是四海之主，还担着上神的品阶。

我定了定神，内心充满务实的欢快。非妖非魔那就好办了，好歹也是同道中人，起码不至于真的抓我去炼丹。话虽如此，多少还是有点别扭，直纳闷现如今的神仙怎么都堕落成这个德行了？和经籍里描述的一本正经、肃穆端庄完全不搭边。据说远古的神祇，那可是仙风道骨稳重儒雅得很。真是世风日下，仙祚不昌。

“这位大神，好大的神……”

他微微皱眉，不厌其烦纠正：“是上神。”

后来临渊告诉我，因多年前不幸在凡间见识过一回跳大神，那些满面黧黑手舞足蹈的神棍，在混吃混喝时也被称作大神。他从此对这一称呼深恶痛绝，多么有损一方海主光辉英明的形象。

我还沉浸在不用被丢进炉子炼丹的喜悦里，一时得意忘形，欢快地摇着尾巴打趣他：“都修成上神了，怎么说也是一方君主，倒把海务统统丢下，跑出来闲云野鹤四处游荡，管闲事乱打架，还吓唬良家道友，真是突破了世人对勤政爱民的认知。”

龙君斜斜倚着身子往琼玉碧树上一靠，摆出一副人畜无害的模样：“本座也很想爱民如子啊，可本座又还没有儿子，怎么知道爱民如子是个什么感觉？”

我记得传闻中那位云梦泽龙君，是如何的少年得志，年纪轻轻已位列四海龙主之首，出入必乘风雷辇，身携十八双天夜叉为仆，经行处皆有光驰电掣云雨相随，总之排场煊赫得很。可惜官场黑暗，纵然功勋盖世，末了也只得效仿人间那些难遇明主的贤达，归隐山林避祸于野。

一身功名皆被雨打风吹去，江山代有才人出，现沦落得赋闲在荒山野岭跟穷奇抢狐狸玩，当真今非昔比，令人感慨龙困浅滩的凄凉。

他现如今这副玩世不恭的做派，说不定正因受了东皇那场颠倒黑白的大委屈之故，才意懒心灰吊儿郎当起来。涂山狐心肠慈软，这么一想，难免对龙君生起几分同情。看来天分高也有遭嫉的苦，反倒不如我这泯然于众的小小劣狐自在逍遥。背负不起太多期待，也就不需要面对沉重的责任和桎梏。

一时也不欲再跟他做口舌之争，眼巴巴指指他衣袖道："那什么……把兜云锦还我，我要走了。"

长夜浅曙，山中冷月已悄然沉落西峰。挨过整宿的跌宕奔波，此刻也觉有些支持不住，只想讨回身边唯一的法器，速速与他分道扬镳。龙君也好龙妖也罢，和我们狐族都不该再有任何瓜葛。

龙君乜了我一眼，拒绝得干脆利落："不行！"

我大惊，愣在当下："为……为什么？"

"本座刚刚从穷奇手里救了你啊，救命之恩合该涌泉相酬，你这滴水都还没报呢，怎能一走了之？"

我："……"

一直以为自己脸皮就算够厚了，堪称涂山之最，原来还是坐井观天般的见识。没想到此龙百尺竿头更进一步，不要脸起来冠绝古今。

"对那头仗势欺人的破穷奇都能说出任凭差遣的话，一点儿气节都没有。唉，那本座都路见不平出手相救了，你会不会给本座为龙作伥？"

哪壶不开提哪壶，这桩丢脸破事实乃生平大耻，可一不可再，否则自己都会把自己彻底看扁。遂把前胸一挺，气壮山河答他："不会。"

龙君仿佛早有预料，挑了挑眉洒脱一笑："不会没关系，你笨嘛，那我教你。"

别说神仙，就算是个凡人也该知道何谓施恩莫图报。涌泉相报这种话，从施以援手的那方嘴里冒出来，怎么听怎么别扭。就像求人帮忙却嚷嚷着你反正也就举手之劳一样，效果和骂人差不多。看来这龙君自下野离朝，觉悟和神性都退化得厉害。

“上神神通广大，仰慕龙君威仪的追随者遍布四海，自然有的是虾兵蟹将愿为驱策，又何必强人所难……”

“本上神不拘一格，就爱好个强人所难。再说送上门的鱼虾太聒噪，记性又不好，需得有个机灵的侍婢提醒本座，练完丹记得关火。”

仿佛想起什么，龙君俊秀的侧脸看上去有些忧郁，苦恼地补充：“上回睡过头给忘了，一炉子通红滚烫的乌金炭从海崖火山口喷出，把整片东陆烧得颗粒无收，施了好久的雨才弥补回来。你不知道，施雨很累的。”

我费了好大劲，才将呼之欲出的笑给硬生生憋回去：“真是闻者伤心……龙君节哀顺变。”

龙怕失了颜面，复又昂首振作道：“不过也没什么，区区小事何足挂齿。本座是龙嘛，光明正义的化身，泽被四海乃职责所在，既然犯了错，当然要不辞辛劳补赎。”

第七章

与君明珠

这尊光明正义的化身，此刻正在光明正大地企图强迫道友为奴为婢。

才出虎口又入龙窝，我叫天不应。

“承蒙龙君不嫌弃，但这……这实在……”

龙摇头晃脑，一双潋滟的桃花眼笑意盈然。“怎么样，本座可是东海之主，神通广大，呼风唤雨不在话下。做本座的随从，风光无限，多少人求之不得，本座还不稀罕搭理。”

我挠挠耳根，琢磨着怎么既不得罪他，又能婉转地把意思表达明白，半晌方艰难地开口：“小狐何德何能，大恩大德实在受之有愧。再说……你的真身有那么大，我的真身很怕水，实在没办法以身相许，你看……”

龙君鄙夷地嗤一声：“谁要你以身相许了，龙族对浑身长毛的兽类没有兴趣，本座是条对审美要求严格且很有格调的龙。”

话虽如此，被大喇喇直接否定还是有点自卑。涂山狐是三界之中最美丽的生灵，个个媚骨天成，美貌名倾四海八荒，素有“艳盖三界”之称，引无数神魔尽折腰，被这么鄙夷还是头一遭。虽然我这只废柴狐长得确实不怎么样，但家族名誉还是要维护一下的。

“是是是，高贵的龙族口味一向奇重，要不怎么龙生九子各不同？什么千年王八万年龟，就没有入不了眼的。你看啊，你的那些亲戚们，和狼生睚眦、和牛生麒麟、和鱼生鸱吻、和王八生霸下，连和蛤蟆都能生椒图……”

“谁说是龙就沾亲？他们娶了谁、生了什么，和本座有何干系。你够胆再说一遍？”

“好话不说二遍。”

他似乎有点生气，眉心火树银花的轮印凛然加深，可惜长相实在太美，颊边那一层嗔怒染上的绯红更衬得眉目宛然，丝毫也不能起到威慑的作用。

大概因为我没有及时表现出诚惶诚恐，龙君一口气顺不过去，当即化出龙形。海水一样清冽的气息扑面而来，比山中万般灵物更纯澈洁净。真奇怪，我从来没有见过海，父兄连水泽之处都忌讳让我靠近。可我知道，那就是海。他就是山川湖海。

被龙闪电般缠住，四爪不能动弹，每一根寒毛都传来微微的压迫感，却并没如之前担心的那样越绞越紧。龙是冷血动物，鳞甲片片清凉，触之润泽如玉。我好歹也是只快要成年的黄花女狐狸，乍然和别的兽类挨得那么近，顿时心跳得厉害。我把那理解为惊恐。一定是这样，突然被条大发脾气的龙缠住，没有理由不害怕。下一瞬他唇启珠玉，让我的心跳得更加厉害。

“涂幼棠，有没有人告诉过你，你这个画风很容易死于非命？”

脑子嗡地一响，血往上涌，庆幸满脸绒毛遮住了不合时宜的红晕。

“我好歹也是尾千年狐，屠杀过灵物，天劫很重的……雷神爷爷这些年来脾气越发暴躁，龙君你你你……不如再考虑一下？”

龙冷笑一声，抬爪撩了撩须髯，终于把我放开，游弋着缠向一株琼枝，碧翠玉树盘着条灿白浅金的蟠龙，说不出的相宜合衬。

“芝麻大的胆子，针尖大的本事，也好意思游方四海。靠一个蠢字就想行走江湖？一个月以后你的天劫就要来了，还是先操心操心自己怎么渡。到时天打雷劈死得难看，白浪费了一副尖牙利齿。”

“干吗好端端咒我天打雷劈，狐狸我上辈子是踩你尾巴了吗？”

“是！”

踩了尾巴多大个事。原来是条记仇的龙，小气成这样真令人无言以对。

他虽然小气又傲娇，还动不动就爱吓唬人，毕竟有一命之恩在前。不由寻思着方才那番话委实难听得过分了些，谁被说成和蛤蟆凑作一对也要炸毛，何况那么爱美又骄傲的龙，可他并没有真的伤害我。

暗自检讨了半天，觍着脸踟蹰地挨过去："龙君……富有四海……宽宏大量……那个……能不能先把兜云锦还给小狐？"

龙不说话，攀绕在琼树上盘旋来去，一扬尾扫来片浓云，端端正正从头顶浇下，把我当场淋成了落汤鸡。

不撞南墙心不死，只要能把哥哥赠的唯一一件傍身法器讨回，随便他怎么羞辱取笑好了。想了想，低头将腰间挂着的玉瓶取下，哗啦啦倒出许多明珠来，散开滚落了一地，晨曦最美的朝露也比不上这些泣珠的剔透晶莹。

我捧着明珠讨好道："我拿一斛明珠跟你换好不好？你看，是不是很漂亮，这个在凡间可是很值钱的。"

龙都喜欢闪闪发亮的东西，我懂得。据说龙宫皆以最上等的水晶珊瑚建造，堂皇璀璨，无一处不流光溢彩，是海底最瑰丽的所在。

果然，龙君灯笼大眼一亮，盯着那些明珠端详了半天，还抬爪拾起颗最大的来，对着天光细看。

"美得惨绝人寰对不对？龙君喜欢吗？"

龙用锋锐的指甲划拉着地上的明珠，默然不语，大概是在考虑交换价值。好一会儿才闷闷吱声："说人话。"

"……啊？"

"本座可是堂堂东海之主，好好的一条龙为什么要说兽语？收个满口禽兽之言的手下，传出去都要被笑掉大牙。体谅你笨，才陪你讲了那么久，已经很屈尊。"

三界中人语乃是官话，讲究个虚虚实实迂回婉转，靠啰唆麻烦而造就的附庸风雅，莫名其妙备受推崇。兽语则干脆利索得多，直来直去，蹦出一个词那就是字面意思，不会延伸得无边无际，演化出千八百种解释。大概龙君觉得我说话实在太难听，他老人家奉承话听惯了，受不了这旁逸斜出的刺激，才明令禁止我再用兽语对答。

但我课业不精，唯有兽语说得顺溜，人话却学得落花流水，磕磕巴巴艰涩得很。识时务者为俊杰，只好入乡随俗。

"兜云锦……是我的……要物归原主。"

他不接茬，蓦地将龙首垂到我脑门上方，惊奇地“咦”了一声：“才不到一千岁的狐狸，修为差得吓人，哪里来的眉心轮？”

呃……想是绒毛刚被雨水湿透，全倒伏着贴在皮肤上，依稀显出了额间那枚淡粉的印记。

赶忙挥爪解释：“不不不，我这个叫胎记，长得呢是彪悍了一点，颜色也不够低调，其实不过用来唬人……一遇上行家，还是拿不出手的。”

龙君对这个说法不大满意，疑惑地绕着我上下打量。

我怯怯赔笑：“你见过这么大的眉心轮吗？”

那天生的印记形状模糊，勉强说像朵凤尾也说得过去，大小却几乎快和龙君的沧浪眉心轮比肩，乍一看很容易以假乱真。人语里所谓鱼目混珠，指的就是本小狐。

他用爪托腮，龙脸上看不出喜怒，片刻后才幽幽道：“我见过这么大的堕仙印。”

又将声音放轻些，“你……真的叫涂灵？”

我点点头，蹲下身将明珠挨个捡回净瓶中放好。哥哥说，有没有用，以后就知道了。看来他所言非虚，自从见了这些珠子，龙君的态度立马和缓了许多。

大概就因为额间有个胎记，阿爹思念逝亡的爱女心切，才会将我捡回来抚养。否则天下之大，弃狐野狸万万千，哪能只只都那么好命能认芜君为父。但纵然造化垂爱，也有缘尽时。离家日久，留下个悔婚私逃的烂摊子，还不知清高的父君将怎样面对天族的兴师问罪。越想越觉得鼻尖发酸，明珠又噼里啪啦掉下来，越捡越多，怎么也收拾不完。

龙君冲入云天清啸一声，招来片薄雾，半遮半隐地重变回了人身。

他走上前，若有所思垂眸望我一眼：“原来你也是芜君的女儿。已经养到快满千岁，竟然瞒得天地不知。”

我羞愧地低下头，觉得这也很好理解。涂山芜君毕竟是上古尊神，娲皇的后人。养个连九尾都修不出来的笨狐狸做女儿，难道很光彩嘛。何况还有云门姐姐那样的珠玉在前。既然说出去也是丢脸，不如不提。再说自云门帝姬仙陨，紧接着就是君后重伤长眠，涂山国从此与外界不通消息。

但他刚才说“也”。据我所知，阿爹和阿娘结缡数千载，膝下亲承血脉的只有一子一女，长子涂九歌和幼女涂云门。难道他竟认识云门姐姐？

对我的疑惑，龙君仿佛不大上心，寥寥数语便揭过：“当年涂山帝姬被诛仙，在昊天塔下受了剔骨灭魂之刑，一场浩劫闹得八荒六合不得安宁，老一辈的神魔妖仙没有不知道的。那……芜君还有没有再去找你姐姐？”

我愣住：“找？怎么找？”

芜君神通，求来聚魂灯一盏，上穷碧落下黄泉。但无论九霄还是冥界，都再寻不着云门半点生息。司命神君早已将她在三生石上除了名，是彻底罹灭于天地间了。

龙君还没有后代，大概不能体会这种血浓于水的骨肉亲情，很是轻描淡写：“上古尊神么，年岁亿万千载，漫漫长生无以打发，都喜欢找些有挑战性的事来做。梦想还是要有的，万一实现了呢。”

我爱惜地捋捋尾巴上的绒毛，“但不包括找一个三生石上除了名的堕仙……这不叫梦想，叫做梦。你知道，梦这个东西么，总归是要醒的。”

情之一字，误尽苍生。

所谓神祇，洪荒初开时秉天地灵气化生，寿与天齐万古长存，法力虽也分个高低，但不禁七情六欲，亦通嫁娶。若非生来仙胎，比如凡人、草木、飞禽走兽之流，也可通过修行以图来日飞升，然则仙途漫漫，一步一劫，且需付出断情灭欲的代价。

说壁垒森严也罢，若处处都有公平，世间早就乱成一锅粥。

可惜了云门，天生一身仙骨，最大的劫数竟藏在原本不需拘束的几缕情丝上。辜负了初衷，一曲到终，也没有找到她想要的白日梦。被缚在昊天塔受刑的景象，恐怕比我所想的还要惨烈万倍，而她念念不忘的那条龙又去了哪里呢？

连我偶尔想想也觉物伤其类，难怪涂山狐对龙族怀有那么大仇怨。

龙君幽幽感叹，一贯春风薄情的神色竟难得染上几丝惆怅。

他说，万一实现了呢？像他那么大尊神，年纪轻轻已权倾四海，真可谓生而逢时，愿有所偿。动辄翻云覆雨通天彻地，还有什么想做而做不到、想实现却实现不了的。不像我，连千年劫都没本事化解，为了逃个婚还被撵得满山遍野跑。我猜不出他的伤感所为何来，境界不同不相为谋。

他敛裾蹲下，伸手帮着一起收拾，指节清劲如竹，指甲圆润漂亮。“那你的梦想又是什么呢？既然不肯听父母之命盲婚哑嫁，莫非也打算着跑出来后自去寻一段如意良缘？”

我叹息一声，坚决地摇头。“谈情说爱这么高危的事情，显然不适合我。”

云门是个红颜薄命的传说，我没见过她，也不想做她的影子，留在涂山被人处处拿来作比，比来比去都是云泥之别。其实像我这么没出息的狐，哪里配做云门的影子。她天分殊异万年难遇，艺高狐胆大，兴趣又广泛得了不得。但纵有那么大的本事，一样逃不过灰飞烟灭的下场。

情爱之虚妄如同镜花水月，难辨真假。所谓欢欣喜悦未见得落到实处，艰难苦楚却一样躲不过结结实实打在身上。一想想什么剔骨天火，吓得尾巴尖都要打卷。不知道阿爹和哥哥在对我这个替代品感到失望的同时，会不会也怀有几许欣慰。

龙君莞尔：“若觉得找同道中人谈情说爱太难把握，也可以效仿青丘狐到凡间与人游戏，反正他们寿元有限，区区数十载岁月对狐族来说不过弹指一瞬。”

“情爱本就是个极其危险的勾当，不会因为你找的对象废柴就不危险了。都说凡人没本事，弱得随便拈个诀都能弄死。可他们心机似海深啊，算计起来阴谋诡计层出不穷，又自私贪婪得毫无底线。嫁个凡夫俗子作配，不过闲来吟两首酸词，还得给他们变了金来又变银，生儿育女纳妾养家。凡人皆有生老病死，一旦生病更要盗灵芝吐元丹给他们续命，哪有那么好的事，凭什么？”

人间唐朝时，一位狐女姐姐迷恋上了人类的书生，安守清贫矢志不移，却抵不过那凡人追求功名利禄的贪念，勾结垂涎她美色而不得的官僚，设计放出猎犬将她扑咬致死。一部广为流传的《任氏传》，简直就是血泪斑斑的罪证。（唐朝狐鬼志怪传奇《任氏传》，写狐女任氏恋嫁书生，将狐族弱点告知。书生贪慕荣华，将秘密出卖，与贵族勾结设计害死狐女，遂再攀高门另娶，一时风光无限。后任氏魂魄含冤未尽，不愿转世，求告阎君终得重返人间报仇雪恨。）

我觉得很不忿，绝看不上这种占尽便宜攀附裙带的做派。

龙君沉默了下，语气平平：“你是个很有志向的狐。”

对这一点我表示英雄所见略同，听他口风渐软，赶紧把话头绕回正事：“龙君明察，你看小狐这么志大才疏，又没几斤几两真本事，实在需要点法器傍身以防不测，那兜云锦……”

第八章

君无戏言

小小的狐有大大的梦想。

我告诉龙君，涂山君后已重伤沉睡了千年，我此行的初衷，除了逃婚以外，更要紧的一桩事则是去寻那妙方宝境。希望他能看在我一片孝心的分儿上，勿再从中作梗，早日另觅随从。

龙君充耳不闻，把满地明珠收得一颗不剩，顺手就将净瓶揣进了自己袖里，却也没见把锦云兜还来。

我瞠目结舌，青天白日朗朗乾坤，这个行径是不是叫作打劫?

按他的说辞，明珠就当作我为方才信口开河致歉的贡奉，他勉为其难收下，然则救命之恩还是要报。至于兜云锦么，反正以我道行之浅薄，不管拿着什么法器被抢都是早晚的事，不如他这个做君上的替手下代为保管。

看他为自己精打细算得处处思虑周详，偏又眉目坦然，一副天经地义模样，果然奔放的无耻不需要解释。

我好歹也是尾千年灵狐，涂山的挂名帝姬，给条龙做小伏低委实也太难看了些。万一被芜君知晓，恐怕彼此面子上都不大过得去，还不知会闹成怎样。越想越不合宜，急忙再次推拒，这炼丹童子真是当之有愧。

话未说完，他时刻不忘拆台："什么千年狐，不到一千年。严格来说，九百九十九年还差一个月。"

我理直气壮反驳："不到一千年的千年狐，也是千年狐！"

耳畔传来百转千回的一声"嘁"。怕鄙视得不够彻底，紧接着再次补刀：

“你在千年狐里的脸皮厚得也算旷古绝今。”

简直倒打一耙，我气结，扭过头去懒得理他。

为了澄清抢夺锦云兜之举并非为了贪图法器，龙君将广袖一挥，又化出那张降服了穷奇英招的古琴来。

见他横琴膝上，素手拨弦，越发花容月貌风姿卓然。不得不承认，这龙只要不开口说话，还是宝相庄严很唬人的。

龙君弹奏一会儿，面上带着些得意，神秘兮兮探首道：“你知不知道这琴为什么那么厉害？”

我满心愁苦，摇摇头表示不知。

他指尖一划，淌出串行云流水的清音，接着用比鸣琴更动听的声韵将上古旧事娓娓道来。

“这琴不是普通的琴，名唤‘桐峰紫瑟’，又称少昊琴。

“少昊帝名玄嚣，其父乃太白金星（东华帝君），也就是那英招的大父。英招的祖母则是天山仙女皇娥，擅用五色流云织出瑰丽如锦的霞光，装点穹宇。有一天年轻的神女乘木筏沿银河溯流而上，泊在了西海边的穷桑树旁。此树有万丈之高，根深叶茂，花繁盈枝。紫色的果实万年一熟，若有缘法吃上一枚，修为大增，寿同金石。

“皇娥在穷桑树下邂逅了守护神树的东华帝君，彼此一见倾心。东华召来桐峰紫瑟，倚穷桑树弹奏妙音。皇娥闻弦歌知雅意，当即引歌而和之。霎时间花开鱼跃，凤凰齐鸣。曲毕，皇娥便邀东华共乘一筏，以月桂枝做桅，择芳熏草拴于枝头，又刻玉鸠立于桅顶，双双随水漂去。

“后来他们的儿子少昊降世，西方飞来五只凤鸟以贺祥瑞。那些凤凰按五方之色红、黄、青、白、玄生成，因此少昊又称凤鸟氏。

“少昊继位之初，在西海之滨立国，称西方天帝，尊凤鸟为族神。东华为他聘了凤鸿氏之女为妻，也就是后来的西王母。少昊年少有为，当上乘龙快婿没多久就接掌了整个凤鸿族，麾下辖有鸿鸟氏、凤鸟氏、玄鸟氏、青鸟氏等共二十四氏族。他的百鸟之国与父君统领的东夷福地一衣带水，紧邻相望。”

我听得咋舌，没想到原来上古那些一本正经的神祇，男欢女爱起来竟如此奔放直接。

龙君继续讲道："那个洪荒初开的年代，天地通途尚在，仙妖神魔与凡人的关系都很混乱，时不时便有烽烟四起，天上地下打成一团，远不如现在泾渭分明。东华将与皇娥定情的桐峰紫瑟传给了少昊，助他平定疆域震慑四方。又过了许多年，昊帝携那张琴南征北讨，终于将百鸟之国治理得政通人和。

眼看规矩和秩序都立得差不多，古琴积攒的戾气也越来越深重。因琴中吞噬的邪灵太多，每逢月圆之夜便响起金石声如泣，修为定力不足者闻之，无一例外被琴音所控，陷入嗜血癫狂。到了后来，那些邪灵汇聚成一股强大的力量几欲冲破封印，少昊渐渐难以压制。为避免桐峰紫瑟彻底化为魔物，遗祸无穷，遂将此琴丝弦毁去，琴身则沉进东海最深处，再不见天日。"

龙君执掌东海之初，在巡海时发现一处海域每到月夜便发出妖异红光，照彻天宇，四方水族避之唯恐不及。凡有不慎靠近或斗胆前去一探究竟者，皆被红光吞噬，从此下落不明。

自己管辖的海域出了这种诡事，龙君不能坐视不理，遂孤身潜入万丈冰渊，斗法七七四十九个日夜，方收伏了这张几欲化魔出世的残琴，从此携在身边为己所用。至于昊帝么，昏了头将自己解决不了的麻烦随便往东海乱扔，险些酿成大祸，怎么说都理亏在前。东华帝君治下甚严，从未徇私偏废法度，龙君没为枉死的海族闹上天界告上一状，已是息事宁人给了他极大的面子。少昊听闻此事后，也只得睁只眼闭只眼，佯作不知。若早料得今日，还不如当初把琴随手一丢，哪怕砸到花花草草也比荼毒东海要上算些。

这么说来，龙君用桐峰紫瑟教训英招，出手虽重了些，也非全无道理，乃是为那些无辜丧生琴下的海族讨个公道，所谓父债子偿。

我为之前腹诽他心狠手黑感到些许歉疚，怎知其中还有这么一段渊源。

"就因为这是昊帝的琴，所以英招才会那么害怕？"

龙君起身，优雅地拂了拂衣袖，眼尾微扬，日光下的眸子里洒有万点金芒。

"光凭少昊一张丝弦尽毁的旧琴当然没那么大威力，又在东海沉了那么多年，早就朽得同糟烂木头差不多。它之所以变得这么厉害，全因这新续上的琴弦，乃是龙筋所制。”

到底没见过世面，乍一听说这么曲折传奇的故事，心潮澎湃得很，竟没顾上问，他到底是扒了哪个倒霉同类的筋才修复好这张上古遗珍。

回忆起往昔峥嵘岁月，叱咤风云何等风光！龙君顿感威勇不减当年，昂着脑袋趾高气扬：“本座是不是很神通广大？连少昊都束手无策的魔物也能炼化成神器，威力大了百倍不止，世间法器千万，可与之相媲者不过寥寥一二。”

被龙形临渊缠住的教训余威尚存，我适时调整出个钦佩仰慕的表情来。按他的意思，他都有那么厉害的法器了，没必要强占我区区一块手帕子，说代为保管就只是代为保管。我却觉得，你都有那么厉害的法器了，为什么偏不肯把简陋的兜云锦还回来？就算扶弱济贫也得讲究个你情我愿。

龙君十分耐心地继续往自己脸上贴金：“世人有句话，叫作‘名将配宝刀’，本座神通盖世无双，只有如此珍贵非凡的宝物，才配得上本座。”言下之意，他老人家肯纡尊降贵收我做随从，是莫大的垂青。

看我没什么反应，龙君扭身说：“算了，连九尾都修不出来的笨狐狸，根本不懂欣赏这么厉害的神界利器。”

我只得诺诺讪笑，他却有点不耐烦起来，翠眉微蹙：“你到底能不能体会本座的无与伦比、绝世无双？”

我浑身一哆嗦，赶忙竖起拇指：“能，太能了。龙君，天妒英才。”

“是天纵英才！”

龙君以手扶额：“你到底念过书没有？这个词不是这么用的！”

对于学业不精这事，我向来有自知之明，低头认错已成习惯。“念过一些……《灵物史》刚念到《和龙的渊源》这一章……”

“哦？”他顿时来了兴致，“说说看，书里是怎么形容本座的？”

我们涂山的狐，是高贵自律的生灵，从不屑撒谎。若如实相告，说不定他一怒之下不愿收我做侍从了，倒也是好事。打定主意，便原原本本转述：“课本上说龙这物种，厚颜无耻节操成疑，道德水准更是跟闹着玩似的。本性轻浮喜淫，擅长勾引良家道友。”

龙君倒吸一口凉气，显见得全部的定力都已经用来维持风度。面面相觑半刻，才故作轻松地叹息道："祖传偏见，害人不浅啊！"

又不甘地撇撇嘴："芜君的夫人千葵姬不也是龙族？"

"阿娘是银蛟龙，蛟龙和龙还是有区别的。"

虺五百年化为蛟，蛟五百年化蛟龙，一千年化角龙，再又千年则化云龙。

千葵邂逅芜君的时候年纪尚轻，还是个活泼娇俏少女。她在沧浪屿的月光下戏水玩耍时，恰逢江潮漫涌，卷起千层巨浪，片刻工夫便把往来行商的船只打得粉碎，漆黑一片的江面上顿时哀号震天。千葵见之不忍，当即化出原身，潜入水底将溺水商客托起，送到礁石上。后面赶来搭救的商船一见这百年难遇的奇景，纷纷感慨发财的好机会到了，竟顾不上打捞同伴，反而撒出大网欲将她捉回陆上去换取银两。

古人云："欺山莫欺水。"陆上的生灵对江河湖海向来怀有敬畏，出海前通常会重金聘请法师书符画咒，再将施过法禁的铜钱一枚枚缝制在渔网结上，以防途中遭遇水怪妖物出没伤人。用来围捕千葵的，正是这样一张不同寻常的渔网。

千葵只顾救人，却不料人心这样贪婪险恶，反遭恩将仇报身陷囹圄。她一时躲避不及，被那网绳缠住尾鳍动弹不得，半点法力也施展不开，挣扎了不多会儿便精疲力竭。粗鄙的凡人大笑着将她捞起来丢在甲板上，当成怪物指指点点评头论足。千葵惊恐不已，只得掩面嘤嘤哭泣。

蛟女的声线空灵如丝，婉转悠扬，无论清歌还是啜泣都荡气回肠，能借碧波远传千里。青衣狐君恰乘着兰叶舟游江路过，被如泣如诉的哀婉之声吸引，当即分水凌波而至，将她救下。千葵大概从没见过这么唇红齿白姿容无瑕的男子，直怀疑芜君女扮男装，就要拉着袖子对月义结金兰。

芜君红着脸解释半天，他乃涂山狐族，长成这样是理所应当，金兰姐妹的情意心领则矣，实在结拜不了。千葵愣住好一会儿，仰起巴掌大的小脸，面如银莲皎洁，望着芜君惊讶地问："怎么狐狸精也有男的吗？"

狐族男子多内敛，性子沉静，向来不大招惹是非，是以流传在外的各种故事多是以狐女为主角。这才造成了天真不谙世事的千葵以为狐狸精只能是女的这种印象。芜君为了证实他这狐狸精确实是个如假包换的男儿郎，不知做了些什么。据说颇有些甜蜜温情又很是少儿不宜的情节在里面，我等后生晚辈无缘详知。后来么，千葵就被芜君带回了东夷涂山。

狐帝乃上古尊神后裔，娶亲是要正经上报天庭、录载在册的。《八荒志》对这一段恋情也有过详尽记述，一度成为神族中广为流传的美满佳话。我却私下听说，阿娘因为执意要嫁给父君，彻底放弃了修成角龙的机会。直到陷入长眠，真身始终都是银蛟。

龙的好意不易消受，他既讲了一个故事给我听，我便也还他一个。否则谁知他老人家心血来潮之下，又打算想出什么法子逼我报恩。利滚利，最难偿。

他支颐听完，唇边挽起一抹浅笑："话都说不利索的单尾狐狸，涂九歌怎会放心你孤身一人去寻什么妙方宝境？"

"你还认识我哥？"

他闻言却一愣，转过脸去留给我个神秘莫测的后脑勺，顿了顿方道："认识。一起喝过酒，打过架。算不得朋友，也……说不上是敌人。"

我简直要扑地绝倒："兔子都不吃窝边草啊！故人之妹也好随便提溜来做手下的么，差辈儿了啊……"

龙君不紧不慢掸了掸袍角的灰："可惜本座不是兔子。你还想救千葵吗？那更得追随本座不可。听说妙方宝境这一世的入口，约莫会出现在太虚黄泉海。"

第九章

太虚黄泉

太虚黄泉海是一个极其特别的所在。坐落于东荒瀛海、冥府黄泉与天河仙池的三流交汇之处，终年紫雾蒸腾，连太白星的光芒也无法在正午将其穿透。

此地灵气之盛冠绝三界，途经地府的亡魂怨灵大多不甘寂寞，又或许对阎君安排的轮回转世之途不满，总是想方设法冲破藩篱，企图沐黄泉海而重生。当然偷渡这种行径扰乱天道伦常，绝对是为世所不容的。鬼差仙卒多方围追堵截，也难免百密一疏。那些漏网的游魂散魄们，最终借着黄泉海的灵气，阴错阳差化生出各种奇怪的生灵，善恶难辨，有的无害，有的凶残。

其中天性顽劣的那些，游荡在黄泉海为非作歹，以魂魄为食，成群结队祸害一方。若贸然靠近，遇上一只都够呛，更别说一群。就算没有这些凶灵魑魅，黄泉海的入口仙障之森严也非等闲，强行开启则会引出毒火烈焰天卷罡风，使方圆数千里重返洪荒。总之，是个非常非常危险的地方。从没下过水的山林走兽如我，想要顺利抵达，恐怕非得借龙君一程东风不可。

我默了一默，底气已然不足："这是两回事……龙君满腹诗书博学多才，有没有听说过'施恩莫望报'？"

他神色清朗，半刻也未见迟疑："没有听说过。"

那心安理得的坦荡态度，就像跟英招说"本座是你祖宗"时，如出一辙。或许龙的世界观就是这么简单直接，有恩就要报，不服就开打。

若论打架，我自然是怎么都不可能打得过他。

两眼一闭，决定认命。“能追随龙君左右，小狐……非常之高兴……万分之荣幸……”

奈何我认命，命不认我。

赖皮龙有风驶尽帆，欢欢喜喜靠过来，显然已把我当成了他豢养的灵兽逗弄。“怎么个高兴法，有多荣幸？”

大概龙都骄傲得要死又爱面子，与生俱来带着这种丧心病狂的谜之自信。

我甩了甩脑门上剩余的水珠，一抬头正对上他俯身逆光的容颜。轮廓何其清秀俊俏，纯真得令人难以抵抗。我被那无邪的笑容明晃晃照得睁不开眼，几乎要心生不忍，如果坦白直言本狐并不稀罕，说不定他真的会……很受伤？龙君此刻看起来，当真十分高兴的样子。

除了父君和哥哥，谁也没这么稀罕过我。九尾族人眼高于顶，向来不屑与我这等废柴为伍。就算只是跟在他们身后做个被呼来喝去的小小跟班，都没人愿意带我玩。可龙君似乎很想和我做伴，虽总不忘端着四海之主的架子，求贤若渴之心倒是颇为执着。

只怪自己太心软，不由开始绞尽脑汁思索，该怎么呵护龙恩公的玻璃心。那词儿怎么讲来着？“荣到……三生都有幸！”

毫无底线的奉承话刚说完，浑身立马冒起鸡皮疙瘩，寒毛直竖，整个狐看上去明显胖了一圈。他终于听得龙心大悦，心满意足伸个懒腰，径直拎起我拢进袖里不知将往何处行去。

满袖的龙涎香熏得我头昏脑涨，连打了三个喷嚏，顺手牵过他内袍擦了擦鼻子，又折起角来小心盖在身上。连月奔波在外风餐露宿，此刻藏于宽大柔软的袖筒间，觉得非常暖和安全。和一条连观沧海都修习有成的龙结伴而行，起码不用担心动不动被抓去吃肉炼丹。再说，他还答应了要帮我一起去寻找妙方宝境的入口。这么大尊上神，应该不至于为了骗个随从信口胡诌吧！想那人间的真龙天子，不都有个词叫什么，君无戏言。

龙君说这就是所谓的祸兮福所倚，我迷迷糊糊几欲睡去，用尚不利索的人语应道：“是是是……虎口脱险，又遇龙君，祸不单行。”

他不答言，却突然将衣袖抖搂得地动山摇。“你该好好学学说话了。什么祸不单行，明明是因祸得福！”

作为龙族的死对头涂山狐，只好带着祖传成见，就这么委委屈屈当了龙君座下看守丹炉的烧火丫头。

一觉醒转，已是月朗星稀，又不知行了多少路程，此刻身在何方。

我俩择了一处山间岩洞，燃起篝火驱散春寒。望着月亮升起的方向，突然发觉此地离东海又偏离出千八百里地去。水族离水太远终究难以适应，他身为龙君，出现在积石山那等绝塞遐荒实在奇怪，这又是要去哪儿？

龙君说他在找一个故人，历遍山川湖海，找了许久都未曾找到。正好前些日子做了个梦，那故人留下模糊不清的只言片语。于是他连夜赶往积石山，想借着怀其叶预兆梦境吉凶的灵力占卜一番。

怀其叶的花朵果实并非全都适宜用来解梦，整片林子也只一株花王拥有最强的灵力，又唤“曼荼玻璃翠”，卜兆极是灵验。但那玻璃翠的开落毫无规律，远比优昙一现更为难求，百年能见一次已是殊遇。若不巧正开在日月轮替的瞬间，则刚一绽放便立刻凋零，根本来不及卜问梦兆究竟预示了什么。

这趟积石山之行，龙君苦候了三百年，才等到花王初绽羞颜，却正赶上英招与我纠缠。他化出原身遨弋于天时，隔着云端远远望见了玻璃翠突如其来的绽放，还来不及采撷，就被龙行降下的暴雨打落枝头。

我内疚地往角落缩了又缩，一时不知怎么安慰他才好。竟是因为救我，错过了那么重要的花讯么。可他说并不，就在转瞬即逝的遥遥一瞥里，他已经看到了所要寻找的消息。枯守漫漫三百载光阴，等一朵花开，纵然即开即落，仍旧未算错过，也不为可惜。

我虽是个女儿家，却天生缺乏那么点儿春花秋月的敏感纤细心肠，只觉这龙真是，闲得慌。

“那你还要不要再回去一趟？就算其他的怀其叶花灵力参差不齐，多试几朵说不定也能有所收获。”

整片林子虽已毁得差不多了，几朵花想必还寻得出来，英招在他手底下吃过大亏，此刻大概正忙着养伤，不会再不知死活地阻挠。

他却望着我笑笑，眼底水波潋滟。“现在不用了。”

“啊？那……你要找的人怎么办，就不找了？”

“不管看得到还是看不到，努力去改变自己不能接受的事，它就会换一条道路。花兆是吉也好是凶也罢，都不会改变我寻找的决心，能否得到玻璃翠已经不重要。”

我叼着指尖听得似懂非懂。偷眼看他被火光映得暖澄澄的眸子，似有几缕轻愁薄染。能让小气龙君念念不忘寻找那么久的人，一定欠了他很多、很多钱。

他不再说话，又细心地往篝火中添了几根柴，便自顾出了岩洞，盘坐在溪涧流水里吐纳日月精华。缭绫白裳在清波中徐徐铺展如白莲，薄纱随银波浅荡，风姿倜傥如月下仙。这龙虽心眼略小脾气又过于傲娇了点，好像，也没那么讨厌，并不像课书里说的那样大奸大恶狠毒心肠。

想是白日被雨淋透一遭，又听了那么多离奇故事，竟难得地做起梦来。似醒非醒间隐约听闻一个渺远的声音在耳畔呢喃：“你是真的……什么都不记得了……还是，根本就不是你？……”

迷梦中神志混沌不清，所有虚幻的情绪都会被无端放大。那呓语听得我心口骤然发酸，茫茫然将尾巴抱得更紧一点。

翠林间第一缕曦光斜斜照进岩洞，落在眼睫将沉眠唤醒。

这悠长一觉睡得神清气爽，难得的安稳，完全不用担惊受怕，也无须时刻提防半夜会不会钻出什么凶兽妖魔来袭，真是背靠龙君好乘凉。

四下环视，篝火残烬的余温犹存，岩洞内却空空如也。龙君哪里去了？纳闷地走近溪涧张望，右爪不经意踩着什么滑溜溜的东西，一个趔趄差点摔进水里。好不容易扶住块凸起的青石稳住身形，低头一看，差点没背过气去。满脑子顿时轰然作响，翻来滚去都是一句话：完了完了，我踩他尾巴了，怎么办怎么办？龙君这么小气又记仇，还不一脚把我踹进海底，永世不得翻身……

被端端正正踏在足底的，恰是半扇铺展在青苔石上的浅金尾鳍。拨开丛生的菖蒲浮萍，只见一条四爪朝天的龙，正闭目平摊在清浅溪水中晒肚皮。还算比较含蓄，化得只比山林巨蟒略大些，四仰八叉不忍直视。细看又发现一群绸带般的五彩小鱼，正围绕在他身边殷勤来去，替龙君清理鳞片间微小的苍苔水草。山涧鱼族寿元短暂，记忆比寿数更短，此番偶遇天降神龙歇在浅滩，不知是几世修来的福气。因一向胆小怯懦，加上水族对龙天生的敬畏，个个表现得不遗余力，做足俯首帖耳鞠躬尽瘁的形容。

忍不住默默叹息，他这种动不动就化出原身招摇显摆的行径，究竟是对自己的本相怀有着怎样如痴如醉的自信！

龙君约莫正被鱼群伺候得身心舒泰，还没发现自己尾巴被踩。我定在原地，往前走也不是退也不是，生怕一动就惊扰了他。正踟蹰间，青石后激起一片琼珠四溅的水花，龙君昂起上半身，微眯着眼错牙冷哼："本座的龙尾妨碍你脚落地是怎么？踩了这半天还舍不得抬一抬尊爪？"

我吓得一蹦三尺高，再落下时不偏不倚摔进了溪水里，忙不迭爬起来告罪："小狐瞎了眼……"

"看来你不仅脑子笨，眼神也不太好。这么大条威严英武、金光闪闪的龙都视而不见？"

龙的起床气滔滔不绝，我扒拉着苔藓滑腻的青石，下半身都泡在水里，苦不堪言。真是，谁知道龙有那么懒，睡到日头过晌午都不舍得起身。虚荣就罢了，还美其名曰维持人形很累，需要时不时放松一下筋骨。

喋喋不休了小半个时辰，龙君终于泡在水里洗漱完毕，婉转而起，神气地悬在溪涧上方盘旋个来回。水底的彩带鱼们已然神魂颠倒，顿时响起一片欢呼如潮。我心念一转，龙君爱听奉承话，投其所好，说不定能弥补他被踩了尾巴的创伤。

"龙君的真身清秀高雅……充满力量……小狐把持不住，这才一不留神越过了界……"

当着一群仰慕得豆泡眼里星光乱转的鱼族，威严要紧，不能兴之所至就扭身娇嗔，必须不遗余力地体现性格，当作对恭维习以为常。他盘踞在凸起的岩石上，龙爪漫不经心地笃笃叩击着石块，假装没有听到，但显然很是受用。

我胸无点墨，会的人语本就不多，溢美之词已倾囊而出，也不知够不够哄得龙君息怒。见他偏过头去不再搭理，只得委委屈屈从溪水里爬起来，躬身退下。原本蓬松柔软的白毛半湿半干，纠结成绺，微风吹过禁不住冷得哆嗦。在家千日好，一朝颠沛在外，才晓得何谓冷暖自知。

顾影自怜的当口，忽觉背脊生暖，扭头一看，兜云锦已好端端披在了背上，就快夺眶而出的泪珠子瞬间给憋了回去。裹着云锦化出的帕子，觑眼偷望，龙君正将尾鳍垂进溪水里，与那些小鱼凌波嬉戏，一派怡然自得模样。

心头忽涌起一点奇异的温软。他不仅认识哥哥，还从穷奇爪下救我一命，为此错失了珍贵的玻璃翠，又好心地答应帮忙寻妙方宝境，我没有理由害怕他。

擦干了毛发，与那些依依不舍的彩带鱼告别，我俩重新上路。毕竟男女有别，仙族虽不似人间礼法森严，到底也该有个规矩。左思右想一番，遂不肯再卧在他袖子里，执意要自己下地奔波。

他不解道："按说你这还差一个月就满千岁了，不至于连人身都还化不出来，何必非要四爪傍地爬着走？"

我是个没什么追求的涂山狐，觉得做狐狸就很好，没必要花费力气维持那么一副非我族类的皮囊。再艳丽光鲜又有什么用呢？哥哥说得对，色相虚妄，最易招来是非。云门姐姐美得名动三界，命运并未见得因此就肯多垂怜顾惜一些。还不如省省精力，留着应付不知何时到来的天劫。

想到迫在眉睫的天劫，爪子沉重得都快抬不起来。"我的千年劫快到了……你也知道对吧。普化天尊很厉害的，到时天雷梵焰打下来，万一连累龙君就不好了……"

他已经大大方方把兜云锦还回，可见真的不是有心扣留财物以作要挟，反倒是我厚着脸皮跟在他身边，却只为了妙方宝境的所图。若他琢磨过来，打算与我这麻烦分道扬镳，也在情理之中。

嬉笑怒骂了这一程，怕是到了不得不挥袖作别时。然后，要么相忘江湖，要么生死殊途。

不知怎么，明明千不甘、万不愿报这劳什子的恩，此刻竟有点说不清道不明的失落。但愿龙君早日找到称心如意的炼丹童子，在那之前别再贪睡忘了关火，否则又要很辛苦地施雨补救。

第十章

投桃报李

龙君步履如常，完全体会不到我这千回百转的一番苦心，绯红的唇角轻撇："凭他？"

我费劲地比画着解释："这是天劫，很大、很大的雷，不是普通私人恩怨……"

他折扇轻晃，仿佛打发什么不值一提的小麻烦。"罢了，本座多年不插手天族是非，旧日交情却还留得一些，届时想个法子为你从中调停一二，想来问题不大。"

我闻之讶然，顿时没出息地心花怒放。

难怪人间都说有钱能使鬼推磨，看来只要银子砸到一定份上，龙也能推个差不多。这厮巧取豪夺了我那么多明珠，应该不至于太应付差事，那我真是赚大了。毕竟明珠嘛，再哭就有了，小命若被雷劈散，那可彻底玩儿完。这就叫留得青山在，珠玉滚滚来。

龙君掰开我紧抱住他大腿的双爪，谆谆教导："话说回来，你也该进益些了。不管做狐还是做人，终归得靠自己，过了这一劫，下回又打算怎么蒙混？"

"道理是这么个道理，可我自己比别人还靠不住……龙君救苦救难，能者多劫……"

龙君踉跄一下，扶着树无语望苍天："你要说的，大概是能者多劳。"

道理都懂，明白却做不到的只好假装不懂。

后来我才知道，看起来轻描淡写的龙君，许下了一个怎样珍重的承诺。纵然他神通广大，天劫却并非真的那么容易打发，也绝没有什么调停一说。

心情一放松，马上觉得肚子饿。修为精深到能吸风饮露的龙君对此表示出了极大的不屑，还是勉为其难准我半个时辰自去林间觅食。神仙都以不食烟火为傲，根本无法体会口渴腹饥这种浅薄又发乎天然的需求。正因为相当容易被满足，所以会带来小小快乐。

兜转在附近杏林里，摘了数枚刚挂枝的青果，咬几口实在食之无味，又酸又涩，只得丢下。刚打算往远一点的地方再找找看，却见草丛里窸窸窣窣闪过一抹深碧。蹑手蹑脚躲在树干后探头望去，见是只呆头呆脑的绿毛龟，正支棱着脖子茫然地左顾右盼，看样子像迷路了。

狐狸脑瓜一转，电光石火间忽冒出个念头。都说龟壳占卦最是灵验，因其背甲隆起像天，腹甲平坦如地，暗合天圆地方之相，人间的巫师通常用龟甲置于火上炙烤，观察裂纹来预知存亡兴衰，卜问吉凶。面前这只绿毛龟背壳浑圆，伸展开来足有两扇磨盘大，龟龄少说也超过两千年，岂不正是送上门来的好卦盘？

端看它唇腭有鳞，绿甲带黄斑，四肢说是爪，指间却有蹼，模样是奇怪了些，作用想必也差不多。如果捉它回去送给龙君兆梦，也好弥补一下错失曼荼玻璃翠的遗憾。

龟虾蚌贝之流在百兽虫鱼中灵识开窍得最晚，也就是常言说的比较笨，痴长年岁不长脑子，纵然岁寿高，本事却大多稀松平常，对天生灵兽的狐族来说，哪怕千年的王八万年的龟也不足为惧。主意打定，这就从藏身的树后轻轻朝它靠近。

但我在涂山一向尊老爱幼与人为善，连架都没打过一场，实在不知该如何下手，又从哪里捉起。只犹豫了一瞬，决定见机行事。为报答龙君肯挺身而出帮我化解天劫的主仆恩义，不行也得行。看他追债追得那么执着，要真找不到债主，不知会有多么伤心。

上去就动手似乎有点不成话，先好言商量，万一它慈悲为怀同意了，那就皆大欢喜。

“这位……龟大叔？”

龟听见身后动静，悠悠挪动四肢，光这转身就快花了好几千个弹指一挥间。我等得不耐烦，跃出半步落在它正前方。它将脖子伸得更长些，又用了约莫几百个刹那，将我上下打量清楚，才慢吞吞说出话来：“小姑娘想是不大出门，老夫这把年纪都快当得你外公了，哪能叫大叔？”

“唔，龟公公。”

“……还是叫大叔吧。狐姑娘有何贵干？”

“贵干谈不上，有件小事想烦请龟大叔帮个忙。”

“老夫很忙。”

我愣住，顿感难以为继。没料到一把年纪的龟这么难打交道，直接就把话头掐断得干脆利索。在我有限的常识里，就算拒绝也不该如此没有礼貌，好歹听人把话说完再找个过得去的理由敷衍。它到底懂不懂什么叫婉拒？果然水族个个性格崎岖得各有千秋，每一种都那么令人讨厌。

反正不管它怎么答，直着拒还是拐弯儿拒，结果都一样。我出于礼节，还是简单把前因后果交代清楚。话音刚落，就见识了造化神奇的一幕。

我从没见过哪只龟能跑得那么，那么快。但再快也快不过山林走兽本小狐。才追了不过小半座山头，就把它严严实实堵在一堆乱石中间。

眼看它已无处可逃，便寻思这么大只龟，唯有化作人形才扛得动。遂捏个诀变出人身来，虽只是个十五六岁的人类少女模样，胜在四肢纤长十指灵活，拾掇只乌龟不在话下。

那龟吓得抖如筛糠，呼哧带喘从蹼缝间偷瞄我一眼，小如针尖的绿豆眼顿时瞪圆成黄豆，口齿不清吐出几个字：“娘……娘娘？”

我硬起心肠：“你叫我娘也没用，大家物种不同，非要攀亲带故是不现实的。本姑娘云英未嫁，几时生出过老得能当外公的儿子。”

趁它莫名其妙发愣，我眼明手快掏出兜云锦罩了下去，扛着就往回走。

绿毛龟一路上撕心裂肺求告不休，树叶都震得簌簌发抖。想是被这动静惊扰，丈外一团白茫云水之气骤然腾起，往这边直直压过。龙君来得这么快？简直缩地成寸，莫非是不放心我一个人走远，所以一直悄悄跟在附近吗？真是条有责任心的龙，费这么大劲儿替他捉只龟也不冤。

不过……让他看见我这样子终归不大方便。化成人身，和一条龙孤男寡女在荒山野岭四处游荡，这话若传回涂山让族人知晓，我的狐狸皮恐怕当真不保。念及此，简直忍不住要佩服起自己的深思熟虑来，果然出门历练一番，反应和见识都与之前大不相同。孰料百密一疏，刚变回狐狸模样，背上那坨硕大的龟就直接把我压趴在地，半分动弹不得。

龙君白裳如练，足尖轻点蔓草，倏忽便凌空而至。掀开沉重的兜子把我解救出来，好看的眉宇拧成一团："你又闹什么妖？"

乍一听到龙君的声音，那龟突然扯着脖子开始嗷嚎："君上……君上救命啊！"

他神色复杂地望我一眼，迟疑地伸出手去将兜云锦上的绳索解开，一个尖脑袋骨碌钻了出来，一副泫然欲泣的模样。龙君与龟默默对视良久，双方脸上的表情都堪称精彩。

"太玄？你不好好在东海待着，跑这儿来做什么？"

绿龟连滚带爬扑上前去，死死揪住龙君袍角。龙君转过身，不动声色甩了两下没甩掉，只得任由那龟挂住大腿哭天抢地："君上！真的是君上……小的该不会是在做梦吧？君上啊，小的找你找得好苦啊！"

龙君显得很平静，脸上看不出什么喜怒，只是难掩几分不耐烦，"本座不是早说过，尚有要事在身，暂不能回去么。"

"君上有所不知，自君上撂下东海踪影全无，云梦泽群龙无首，连东海都已乱成一盘散沙，这千多来年饱受各方水族欺凌，过得是一天不如一天……"

我在一旁听得越发心惊胆战，讪讪道："你们……认识啊？"

真是天理昭彰，从没干过坏事的人只要壮着胆子干一次，准撞墙上。

龙君费了好大劲儿才终于把大腿从太玄怀中拔出，散漫丢了个眼风过来："你现在可以告诉本座，方才究竟演的哪一出？"

这就很尴尬了。原本一番好意，孰料弄巧成拙。我抱愧得很，深深垂下脑袋。"那个……在积石山害龙君错失玻璃翠，终究不大过意得去……据说超过千年的龟壳用来占卜也是很灵验的，所以……所以……”

“所以就怎么？”

“所以打算把龟烤来吃了，龟壳留下给龙君占卜。”

名叫太玄的绿毛龟胆小如鼠，当即连头带尾一起缩进壳里，瓮声瓮气地嘟囔：“小的是河鲜不是海鲜，没有盐，口感不好。”

都说强将手下无弱兵，龙君打起架来气盖山河，带的爪牙怎么没出息成这样，反差也忒鲜明了些。我蹲下身，伸出小爪敲敲它龟壳：“吃太咸了也对身体不好，清淡才有利于修行。再说，盐我身边还带着一小包，烤只龟么勉强是够用的。”说罢拎起兜云锦掏弄一番，摸出一纸包青盐来在它跟前晃了又晃，以证所言非虚。

谁叫它家君上素行不良，几次三番恐吓说要捉我去炼丹。我又不能真的把龙君怎样，只好以其人之道还治其仆之身，将就着吓唬吓唬他的手下，也算扳回一局。

太玄龟壳抖了抖，又往边上挪出两三寸，恰覆在龙君脚面，将云履的翘头彻底压瘪。龙君护短，对我的不可救药实在忍无可忍，用手盖住前额：“你离家出走，连盐都自备？芜君没有给你吃饱过吗？”

开了灵识的精怪，若道行高深，便能将原身的本性抑制升华。譬如乌龟可以健步如飞，熊罴不用在隆冬长眠，狐狸都可以吃素。但是我不行，若连口腹之欲这点快乐都失去，简直不知漫漫修仙路还有什么值得期待。

这么没出息的追求，打死都不能承认。“那什么……主要不是为了吃，原是打算借它的龟壳来给龙君占梦……龙君离开东海找人已经很久，天大地大，老这么找下去也不是办法……”

龙君撇了撇嘴角，一字一顿咬牙道：“可你说的那种占卜用的东西，不应是绿蠵龟的龟壳，而是瑇瑁。”

见我一脸茫然，龙君耐下性子传道授业。他告诉我，瑇瑁在人间被称作玳瑁，又唤十三鳞，龟壳的边沿有波浪锯齿，背甲平滑，头顶有鳞，通常是灰褐色。而太玄么，明摆着是只水龟，四足扁平便于划水，背甲中央共有五盾，左右分列四盾，眼上各具鳞片一对，以翠墨二色居多。

解释完了，又指指绿龟："你捉回来的这只绿蠵龟，是本座兜山转海躲了好些时日的龙宫龟丞，太玄。"

他游方四海逍遥了上千年都没被太玄找着，这下被我一兜子网了来堵在面前，难免不心塞得无以复加。

太玄缩在龟壳里审时度势，大概觉出龙君在侧，没有危险，又见缝插针开始了新一轮的喋喋不休："君上不能丢下东海一走了之啊！北溟那些海夜叉趁君上不在，这数百年越发猖狂得肆无忌惮，屡屡来犯弄得民不聊生！小的们日夜翘首以盼，茶饭不思，就只巴望着龙君归位，重新入主东海龙庭，为我等做主，呜呜……这回好不容易才找到君上，君上若一定要走，小的拦不住，回去也无颜见东海父老，就先把小的晒成鱼干曝尸荒野吧！"

刚才还对着我倚老卖老，架子都快要端到天上去，现在趴在地上一口一个君上，撒泼打滚涕泪横流，委实很有当龟孙子的本钱。敢情它说的很忙，就是忙着满天下找龙君回去跟什么海夜叉打架。我对它这种罔顾客观事实的一哭二闹三上吊非常嗤之以鼻，忍不住出言提醒："你明明是只龟，又不是鱼，要怎么晒才能晒成鱼干？"

龙君合上折扇轻轻咳嗽半声，我顿时吓得醒了个神，自己默默掂量一番，人家太玄是从龙侍驾多年的旧仆，阿谀奉承熟练得行云流水，交情非是我这两三天前才新收的烧火丫头可比。再则，龙君愿不愿回去说到底是他们东海的内部矛盾，我多嘴去管这闲事作甚？何况方才拿锦云兜捉龟的旧账尚未来得及清算，还不知会被骂成什么样。自己一堆烂账清不完，哪还有余心余力再去结个梁子。

犯错就要认，挨打要站稳，不挨打的要旨是嘴要闭得准。我及时醒悟，靠着树干站得笔直，还不忘将指尖叼住以免又祸从口出。

太玄乍然被挤对，眯觑着眼朝我望过来，嘴里不知喃喃了几句什么，约莫是告状之类，接着便被龙君提溜着双双隐入小树林密谈。

龙君与忠仆叙旧，我原没兴趣偷听，奈何狐狸耳朵尖，他俩偏又站在上风口，只言片语还是零碎传来。

"是是是，小的发誓，绝没看错，当真一模一样，就这只的性情么……

倒是……倒是变得天真了很多……”

龙君幽幽长叹：“你其实是想说，傻了不止一星半点吧……”

“毕竟年纪还小，之前又受过那么大一番磨难，灵识退化也是情有可原。这不正好衬托君上您的英明睿智、德化通神……若带在身边慢慢调教，这个养成的乐趣当真妙不可言……”

一阵稀里哗啦响动传来，不知他俩谁没站稳，仿佛摔得不轻。龙君一向淡静悠闲的语气，竟带上稍许不易察觉的颤颤。

“太玄这些年果真长进不少，出来略逛了几圈，别的本事没有，倒沾染上一身红尘恶习。本座委实很有必要烤一烤你那龟壳，看还能占卜出多少歪门邪道的下流心思。”

“呃……君上息怒……息怒……小的口无遮拦，无心冒犯……只是，原本踏破铁鞋无觅处，误打误撞却终于近在眼前，还有什么理由羁留在外？这么多年过去，多少仇怨也该化尽了，不如早日回龙宫，安稳社稷，平定东海，也好心无旁骛再续前缘，那个——那个君后双修，开枝散叶……”

第十一章

前尘遗往

太玄说话实在是太玄了，主要是速度太慢，字斟句酌修辞讲究，平仄对不上还得咽下重来，逐字逐句分辨能急死人，也难为龙君好耐性。

我人语懂得有限，这墙根越发听得云里雾里，完全搞不清他们在商讨什么千秋大计，渐觉索然无味。加之方才满山遍野捉龟，跑得汗流浃背实在太累，不觉又蜷在树根底下睡了过去。

一双主仆直絮叨到日头偏西，太玄终于死缠烂打出一个折中的结果。龙君答应回东海一趟，整顿朝纲，顺带料理料理一团糟的海务。但他不愿随太玄同路启程，而是打发了太玄独自先行一步，回去预备接驾事宜。并定下两月为期，允诺两月内必定重返龙庭。

太玄嘬着牙花原地转了好几圈，显然对这安排颇感踌躇，生怕刚追到手的龙君又在眼皮底下跑个无影无踪，到时哭都找不着坟头。他是龙，来去如风形如电掣，真要再失踪个几百年，一只龟又能奈他何？龙君假装看不懂，闲闲打发道：“你慢，你先走。”

又将扇柄朝我一指：“本座新收的手下，不识水性，还需花点时间循序渐进慢慢适应。再者……人间有句话说的是，千里之行始于足下，须知走路乃是一种情趣。你们这些家伙啊，学了点不入流的驾云之术就只晓得成天飞来窜去，急功近利，只重结果而不懂得体会过程，实在本末倒置。”

我揉着惺忪睡眼，实在忍不住扑哧笑出声来。听他又一本正经地开始胡扯八道，内心油然而生一个大写的“呸”。

龙能遨弋苍穹，乘风托云，日行九万里不在话下。若化出原身从这山头飞到云梦大泽，也就一眨眼的工夫还能打个来回。他这么磨磨蹭蹭非得用脚翻山越岭走回东海，傻子也该听出是缓兵之计，不过多拖延一时算一时，届时归不归位还不是他老人家一转念的事。

太玄无疑是个合格的狗腿子，只管服从不动脑子，浑身上下散发着鹰犬独一无二的气质和光辉。绿豆眼滴溜一转，当即心领神会："必须的！走路诚然是种不可多得的情趣，俗话说那个日久生……"

龙君长眉一挑，愀然作色道："你今日话未免太多了。再要啰唆，就此作别，以后有缘再见。"

太玄噎了一下，当即行礼如仪，爬上片稀薄的云彩往东边驾去，慢腾腾一步三回头。

哄走了太玄，龙君长吁一口气，开始纳闷自己保持了千多年如梦似幻的行踪，是怎么被只连路都走不利索的龟给追上。

"这就叫瞎猫撞上死耗子，概率虽然低，还是有的。"

龙君委屈地抱膝扭过身去，悲从中来絮絮叨叨："你拐着弯骂谁是死耗子？若没记错，太玄明明是你翻山越岭抓回来堵在本座面前，有这事对吧？现在还好意思说风凉话，本座和你究竟有什么仇什么怨？啊？还有没有天理了？"

托赖太玄演示了那么久的活体鹰犬，奴颜婢膝炉火纯青，我在旁边看也看会了些。毕竟过意不去，忙心虚地凑上前给心塞的龙君捶背顺气。

想来想去，太玄之所以能追到这座山头，也不是全无根据。左摇右摆毫无立场的杂草最喜欢和风一起散布流言，又或许是溪涧里那些数不清的彩带鱼，悠悠众口最难塞。

我掰着爪爪数给他听，他老人家这一路上招摇得不行，光是原身就暴露了不知多少回，和英招打架那次不算，其余平均下来一天总还有那么一两遭吧。睡觉需放松、打坐要天然，维持人身超过三个时辰就嚷累，遇见个水族都忍不住显摆显摆。那么大条龙，动辄招云唤雨搞得电闪雷鸣，真是想不引起注意都难。

龙君爱面子，自作孽这种事实显然难以接受。“都怪你，怎么会有那么笨的狐狸，连陆龟和水龟都分不清。”

我乃是个甚少出门的走兽，怎会知道龟也有那么多种类。龙君惆怅之余，不免勾起些对阔别已久的东海的回忆。他告诉我，海底的生灵大多自远古化生，千姿百态品相各异，水族们最引以为傲的便是一身斑斓纷呈。游动时被水光折射开来，姿态优柔，美不胜收。

感慨完了还不忘挤对我：“所以就算是水龟也分许多种，色泽形貌皆可辨别，独特得各有千秋。不像你们狐狸，走哪儿都撞色。”

这个说法我很是不服：“撞色有什么了不起，谁丑谁丢人。”

狐狸么，只分银狐和赤狐两大族，除了银白就是火红，偶尔夹杂些不入流的土黄灰褐，绝大多数都在撞色。

“你是不是丢人丢习惯了，所以脸皮才这么厚？去去去，树根儿底下罚站去，面壁思过，没叫你不许回头。”

时乖运蹇，终究逃不过责罚。我磨磨蹭蹭抱着树桩站好，直后悔方才林子里的青杏怎没顾上多摘几个。又饿又累又难过，耳朵垂下来挡住眼睛。龙君是坏人，一点儿也不知体谅我捉龟原是一片好心。果然没有拍马屁的天分，就不要去尝试这么高危的活动。

折腾了一下午，眼看天光都快要逝尽。满树杏花堆云叠雪，随夕照跌落山风。也不知龙君在背风口窸窸窣窣做些什么，约莫到了修晚课的辰光，却不像是在安静打坐。

身后柴枝烧得哔剥脆响，不多会儿，又飘来一阵浓似一阵的焦香。深深嗅吸了一口，确实是食物的味道没错，可他说没叫我便不许回头……真煎熬。龙君是上神，根本不会肚子饿，吃饭这种事和养花一样可有可无，纯粹算作个消遣，莫非他在给我弄吃的？心痒痒地舔了舔唇角，偷摸扒拉着矮树丛，朝火光处悄悄靠近。

那抹熟悉的白色背影正对着篝火有条不紊忙活，夜露沾湿薄裳也全然不觉，身旁还放着我吓唬太玄时落在地上的半包青盐。龙君席地而坐，拎着一大串穿好在树枝上的蘑菇，架在火上均匀翻转。间或伸出修长如玉的手指，拈起小撮盐末，细细洒在烤得金黄的野蘑菇上。一条心无旁骛烤蘑菇的龙，多么接地气，也算世间奇景，可惜没能欣赏到他蹲在地上刨坑挖蘑菇的风采。

“龙君……这是在干什么？”

他没好气地斜我一眼：“你不是肚子饿吗？本来脑子就不灵光，再饿上两顿越发笨得厉害，带累本座一世英名。”

我所有注意力都被吱吱作响香气四溢的蘑菇抓住，委屈顿时一扫而空。蘑菇鲜美多汁，被烤得金灿灿，闪烁着温暖诱人的光泽。食物让人快乐，就是这么容易满足。

龙君最见不得我这副没出息的馋样，又忍不住训话，拎着那串刚烤好的蘑菇晃来晃去：“以后不许再自作主张惹是生非。这回亏得是遇上太玄，人家那是让着你，它都三万六千多岁一把乌龟年纪，真要动起手来会打不过你这花拳绣腿？”

“我有兜云锦……”

于是刚回到手里还没超过一天的法器，再次被龙君不留情面地收走，“代为保管”。

吃着香喷喷的烤蘑菇，只觉他那张精致得总有距离感的脸，从没那么慈眉善目丰神俊朗。其实就算以一只走兽的眼光来说，龙君的原身乍一看虽有些狰狞吓人，却也足够威武漂亮。但对其他的水族么，就实在难以欣赏得起来。有一百种颜色的龟也是王八，怎么都比不上声名远播的涂山狐族。

我这么自信满满，也是有原因的，并非光为着跟龙君抬杠。

无论草木百兽，得道开灵识后满一千岁算成年，所以八荒六合每隔千年都要举办一次盛会，名为“露华鉴”。挑个良辰吉日，将各大族类后辈中的翘楚聚集一堂，互相认识切磋一番，算作个正式成年礼。最初不过是单纯的展示法术修行，渐渐变成色艺的高下甄别。到了后来越发跑偏得没有边，天族聘妃也开始从此间遴选，更因此演化出一段不成文的规矩，能得露华鉴桂冠者，十有八九是东皇老儿家内定的子孙媳。许多原本出身低等的兽族则开始伺机而动，借此利用出类拔萃的女儿攀附高门，嫁入天界，以图改变整个种群的命运。

据闻云门帝姬自将满千岁以来，甫一亮相便不费吹灰之力拔得头筹，成为毫无争议的三界美人之首。往后的漫漫数千载光阴，皆无人出其右。

那年的露华鉴刚结束，东皇便遣了数位德高望重的仙家驾临涂山，为一名身份极是微妙的化外散仙陆压求亲，欲将云门娶入天族，与东夷涂山结为姻亲。芜君对此态度模糊，起先一听那散仙的名字便心生不悦，后来却不知为着什么缘故，竟又应下了这门亲。在闹出那桩不堪之事前，云门身上已经负有和天族的婚约。

但这婚约持续的时间短得可怜。

陆压道君的原身是离火之精，远在创始元灵分离混沌之前就已经临世，身世来历却始终扑朔迷离。按坊间流言的说法，他便是上古妖皇东皇太乙硕果仅存的唯一一个儿子。之所以没有正经天族太子的名分，乃是因陆压此人生性最喜胡闹，从无一天的正经。法力虽高深，却是个十足惹是生非的好材料，曾作下过翻天覆地的乱子，连独断专行如东皇也不便在众目睽睽下偏私枉法，因此始终未过明路。小道消息甚至言之凿凿考证出，他就是当年在后羿箭下逃生的那只三足金乌。

“先有鸿钧后有天，陆压道君还在前”，这陆压的降世甚至位列天地之前，比鸿钧老祖更早些，辈分高得吓人。虽然神仙形貌皆可永葆青春，但这么一大把年纪还与刚成年的后辈作配，实在不好听了些。也难怪从没违拗过父君半个字的云门姐姐，唯独对这桩婚事态度坚决、抵死不从。

地上的神族尤其是灵兽，欲与天族攀亲原本难比登天，要出尔反尔解除婚约更是难上加难。小小狐女不识抬举的固执使东皇颜面尽失，几乎便要强行仗势做成此事。孰料云门虽生具慧根，犯起倔脾气来，狐狸的野性子也是半点不缺。眼看大婚之期将近，她特意挑了个风和日丽的吉时，将天族装满了整整九十九辆云辇的聘礼一股脑儿全部拉上，打算原封不动送回去。还没等到昆仑神宫门外，就在途中“不慎”惊散了天马，那些聘礼落雷一样噼里啪啦往下砸，又“恰巧”把陆压位于北海西牛贺洲的洞府砸塌了大半。

事情发展到如此地步，已是难以转圜。芜君到底心疼女儿，携族中长老上九重天赔礼道歉时，自谓教女无方，顺带提出将这门亲作罢。东皇自然不愿吃这个闷亏，故绵里藏针多有刁难。谁也没想到的是，就在两下里僵持不下的当口，被莫名其妙悔婚还赔了一座洞府的陆压竟会不计前嫌，主动出面在东皇面前调停，言语间颇有遗憾，却也对这仅有一面之缘的“未婚妻”流露出颇多赞许之意，并未咄咄逼人。

东皇固然势大，涂山狐帝芜君也不是轻易好招惹的人物，硬碰硬未必讨得了多少好处。冤家宜解不宜结，陆压既主动递了个梯子，这桩一厢情愿的儿女婚约遂顺势草草作罢。

陆压虽表现得大度，天族与涂山国之间却难免生了嫌隙。云门香消玉殒后，露华鉴又被一群各怀鬼胎的乌合之众搅和得臭名昭著，涂山狐族傲骨自矜，从此再无狐女肯去参与这名不副实的成年仪式。

再后来么，露华鉴便一届不如一届，什么乌贼海参大螺蛳，只要能化出人形的都踊跃参与。最近获此殊荣的，乃是一尾红黑相间的赤练蛇。

那幅传遍四海的画像，我曾在闺训讲学时看过一眼，其实不过略齐头正脸些，别说放在三界，就算在涂山也不见得出挑，只胜在妖形异态款摆招摇。哥哥说，此女眼神不定，四下乱飘乃轻浮之相。修行满一千年的蛇就算再绵软，也不可能腰都挺直不起来。正经人家的姑娘走路不会这么左摇右摆，胯都快要送到天上去。执教的狐姑姑以这条赤练蛇为例，告诫狐女们闺阁仪态是多么重要，否则再美的皮相都会被糟糕的气质毁于一旦。

而赤练蛇凭借那副软绵绵的腰肢，最后嫁了天族十二元辰中二十八星宿之一的轸水蚓，仙阶不高就罢了，还不幸担着个凶星的名声。此公属水，为蚓，乃南方第七宿，居朱雀之尾，在天宫的职责乃是拉天车的。

天车驾辇横木为“轸”，其部位与轸宿居朱雀之位相当，轸水蚓故此而得名。其性情腼腆，阴阳合体，是二十八宿中最没存在感的老实人。世人却多有诟病嘲讽，谓之曰：“轸宿凶星不敢当，人离财散有消亡，葬埋婚姻皆不利，朝朝日日有惊慌。”可见人们对于老实人都是当面不吝夸赞，背后却不大看得起。

赤练蛇族天生脾气骄纵火暴，加之年少成名，难免过分自傲些。那轸水蚓却是出了名的牵着不走赶着倒退，凡事一味忍让，说好听点是无争强好胜之心。两口子一旦爆发冲突，结局毫无例外是以轸水蚓被赶出家门，露宿在他拉的辇车中苦挨一宿完事。那一蛇一蚯蚓，自成姻亲以来，气势上强弱互补，身份又互为益彰，也算求仁得仁。

第十二章

月迷津渡

“可见悔婚弃嫁也算涂山传统，源远流长。”我舔舔嘴唇，用明显没什么说服力的理由给陈年旧账做了个总结，烤蘑菇已被吃得干干净净。没有什么一串儿烤蘑菇解决不了的忧伤，如果有，那就两串。

龙君听得饶有兴味，唇角轻挑，露出一排珠玉般细白如糯的贝齿。带笑的半边侧脸沉浸在深浓夜色里，竟显得有些忧郁。我从未见过这样奇怪的牵扯柔肠的表情，明明在没心没肺笑着，眉宇间却凝成一片化不开的伤怀。一时好奇，竟自望得痴了。

见我盯着他发呆，龙君有些不自在地偏过头去，“正经课书没背出来几本，闲篇倒知道得不少。”

当真冤枉，我空有一颗八卦之心，实则连前辈们颠倒风云的边都摸不着。对云门悔婚这桩往事，哥哥有一回在我的生辰宴上喝得多了些，曾满怀惆怅地叹惋：“如果没让云门去参加那年的露华鉴就好了，她就不会遇上……”欲言又止，连这么一句思怀亲妹的惋惜之言也从未说全。我所知的那点微末篇章，全是从族人的闲言碎语中七拼八凑得来。

彼时我以为他所指的乃是一把年纪的陆压，后来才知道未必。她遇上的是她命里躲不过的劫数。若非在露华鉴的风波中邂逅那条龙，说不定她就老老实实听从父君的安排嫁给了天族未正名的太子，余生又将是另一番光景。

然而命盘难逆，天妒红颜。滔天情债一身偿，终了磋磨得芳魂半缕不存，彻底没了余生可言。

“你就没想过，这么逃婚出来，到时天劫没人帮你担当，真的会一命呜呼？”

毕竟生死攸关，且牵扯到涂山狐族的气节，为了让这个严肃的话题显出些应有的正经，我勉力将呼之欲出的饱嗝忍住。

“小狐虽没出息，但并不像龙君以为的那么贪生畏死。其实就算龙君不及时出现，我也已经做好准备毁去元丹，跟英招拼死一搏。”

“那是因为你还不知道自己对这世间、对别人有何意义。不知道这条命要来有何用，轻视生、轻视死——这不是勇敢，只是空虚。当你将来遇到即使倒在地上也要守护的东西，或许会对生死有另一种定义。灰飞烟灭固然没什么大不了，却也没你以为的那么轻如鸿毛。”

这说法倒新鲜，我之前从未想过。“龙君的话太深奥……小狐不懂龙君说的那种执着。但清修之道，讲究个随适所愿，守中于一。如果世上真的存在那样一种必须依靠毁灭来成全的东西，我希望我永远也不要碰到。”

龙君依旧言笑晏晏，眼眸深处似有什么难以描述的东西一闪而逝，淡淡回了句：“也好。”

一时两厢无语，各自沉吟了半晌，他拨弄着篝火又道：“总归人各有志，又何必对赤练蛇诸多嘲讽？世人皆诟病蛇族匍匐泥泞，生来只配尘埃里打滚，与虫豸为伍，她如此百般折腾，也只是不甘被天命摆布。”

我这才恍然几分，龙跟蛇算近亲，渊源匪浅，修炼有成能飞升化龙的蛇说来还是龙的前身，我这么毫无顾忌地议论那赤练蛇，虽然也是客观事实，难免扫了龙君的面子。真是失礼失礼，难为龙君还体贴怜下地给我屈尊庖厨烤蘑菇。

心中微惭，嘴上却不愿服软。赤练蛇宏愿得偿，想必不会在乎三界怎么议论。跟天族的亲是她自己要攀，日子再磕绊也是她自己在过，被说说又不会少块肉。旁人觉得是笑柄，说不定人家正乐在其中。

“既然做了选择，想要得到些什么，总要有准备付出点代价。要不是云门姐姐没了，第一美人的名号什么时候轮得上她？唉，说起来你们龙族欠咱们涂山狐好大笔血债，以后那条小蛇化龙的时候，于情于理龙君都得帮忙使绊子，要不就让化龙池的水结个冰什么的。”

他失笑：“化龙池结冰？亏你想得出来。灵物飞升乃天道伦常，神佛都不得擅加干预。若像你说的动不动就凭一己喜好胡乱插手，天上地下得乱成什么样子？当真胡说八道。”

“我本来就是狐嘛，狐说八道也是理所应当。”

龙君就是护短，博爱得很，什么乌龟草蛇等八竿子才打得着的远亲也一视同仁。念及此，又想起不幸被我一兜子捕获的绿蠵龟。太玄也是悖晦，山长水远四下打听，好容易才从溪涧彩带鱼嘴里探得龙君行踪，沿途追赶却在杏子林里迷了路，后来发生了什么大家都知道了。

“龙君为什么不愿回东海？看太玄哭得那个惨样，说不定真的被什么海夜叉欺负得很厉害……”

龙君像在谈论一件和他不相干的事，懒洋洋打个哈欠：“关在龙宫里有什么意思，一群笨头笨脑的鱼虾龟蟹，连座东鄰城都管不好。不如四处走走逛逛，游览好山好水四时风光，天空海阔自在得多。”

我觉得很是纳罕，完全不能苟同。上神的境界实在难以理解，清静无为也不是这么个无为法。

“我虽没什么出息，法力也低微，但若涂山有难，一定会挺身而出保护自己的子民。正因为没有通天的本事能遍识周天物事、预见宿世因果，才有勇气在自己的遭遇里见招拆招，而不是被想象中的苦难困住脚步。”

原以为按龙君语不气人死不休的性子，定要当作个笑话指着我捧腹轻嘲一番。

然而这次并没有。他只是温和地望着我笑笑：“你一向如此。”

一路上被排揎惯了，冷不丁被认同一回，顿感尤其别扭，积攒了好久的饱嗝终于一个没摁住，忽忽悠悠冒了出来。

半晚闲谈就这么没头没尾地草草结束，我扒拉出一堆落叶胡乱睡下，龙君负手立于风露中宵，不知在想些什么。越过他清削的肩头，只见天际压着一团团暗灰的云，像一头没精打采的巨兽，背向西边，望着更加虚无缥缈之处。

第二天清晨，龙君调转方向，携我往东折返而行。虽没做任何解释，但估摸是改了主意，要回东海践行与太玄的约定。

暮春花残，谷雨将过。日夜兼程奔波了近月余，终于抵达一处烟波浩渺的水域。

云梦大泽在凡间被称为“八荒之地”，是八荒海疆独有的物华天宝之处，通常指的四海之外或方外，神秘而邈远，常人难以触及，绝非寻常江河湖泊可比。

父兄连摩云池都不让我靠近，这是我有生以来，第一次如此近距离地见到浩瀚无垠的水泽。潮汐温柔漫卷，湿润的长风浩荡缠绵，带着潮湿清新的气息扑面而来，令人忍不住心生酸楚。这种莫名其妙的情绪，大概还是源自没见过世面。

我小心地探出爪爪踩进水里，浅波清凉，沙砾绵软，刚漫过三寸高低。低下头轻舔一口，惊喜地叫出声来，竟是淡水。云梦泽虽与东海一脉相连，水却甘润得很，并无半点咸涩。

龙君慢悠悠在岸边踏沙踱步，氤氲的水雾似云烟缥缈，缭绕在翩飞的襟袍间，衣带当风飘飘洒洒，更添仙风道骨。

他回眸一笑，“你不是说，向来很怕水吗？”

山林走兽不会浮水，也是狐之常情。乍见这么大这么大的一片汪洋，顿时激起豪情万丈：“沧浪之水清兮，可以濯我狐！”

前方挺拔秀颀的背影突然顿住，龙君伸手揉了揉眉心，沉默了一会儿方道：“本来打算去附近寻个渔村买条船，先到忘归涯适应一下。看来是不必了！”

狐狸四爪从未离开过岩石和泥土，固然修为再差的灵狐也不可能溺水而亡，但淹不死和以四肢为鳍在水中代步，完完全全是两回事。尤其像我这样从小到大不被允许靠近水泽的笨狐狸，对水的恐惧早已被吓唬得根深蒂固。在那些反反复复耳提面命的告诫里，海就是危险的代名词。

我哆嗦着赶紧跑回干燥滩涂，甩干湿淋淋的四爪，脸上堆满讨好的笑，委婉向龙君提出，船还是要的。小濯怡情，大濯要命，万一不幸成了开天辟地以来第一只被水吓死的涂山狐，谁去给龙君守丹炉呢？

云梦泽南接玄黄大陆，绕过羡鱼川，延生出一脉支流，通往凡间一处名唤“珠涯岛”的所在。那支流与羡鱼川之间，隔着一面海天相接的仙障为屏，凡人肉眼难见，远看去便以为是绵延的陡峭山崖，往往绕船行之。

顺着蜿蜒滩涂驾云而起，一炷香时辰便到了珠涯岛上的渔村。秋浦村地方不大，靠山吃山靠水吃水，与外界甚少往来，也极难见到陌生来客。龙君生得貌美，冠履衣饰皆华贵不凡，又是初来乍到，难免被人多看两眼。沿途身上落满各种缠绵眼风，真是男妒女羡，就差没捧出大筐的鱼虾螃蟹往他身上倒。我想那大概是因为龙君此次入村并未乘坐车辇的缘故，实在没有容器可以盛下那么多倾慕的赠礼。

他似乎很享受四面八方驻足惊叹的目光，心情舒畅，连砍价也砍得风生水起舌灿莲花。享受了那么多惬意的仰慕，也时刻不忘多占便宜少吃亏，千真万确是条小气的龙。托赖村长牵线作保，龙君最后以极低的价格向一户渔民家买下了村里最大最坚固的一艘渔船，船身宽约四丈，内舱分上下两层，价值珠铭两枚、合币三只。

白纸黑字画押落契，他径自举步登船，晃荡着哗啦作响的钱袋子，连解释带炫耀地掰扯给我听：所谓珠铭，乃是一种极为稀有的金色珍珠，颗颗圆润剔透、大小均等，只有万丈深海的一种五色蚌才能孕化。因为罕见且难以采集，水族们每月一次的海市大集也使用已含有那种珍珠的活贝，海陆通用，称为合币。

坐拥东海龙宫，随身带着那么一大兜子珠铭，却要和辛苦打鱼为生的村民压价。我恍然大悟，锱铢必较这个词，想必就是为他而生。

然而我还是太过天真，他斤斤计较的对象，并不仅限于渔民。龙君指间光芒一弹，化出套茶几座椅，施施然落了座，又掏出那张买卖文书来，捉过我一只前爪，啪嗒按下了爪印，梅花篆一般落在船契右下方。

他交叠着一双长腿，斜倚在靠背上舒展筋骨，顺带指点江山：“本座同渔民讲价讲得辛苦，却并非图个给自己省钱，乃是为幼棠你考虑——这船是因你而买的，珠铭与合币就挂在账上算你先欠着，月利三分息，合贝叶钱九十枚。龙宫最末一等的小仆，月例是三十枚贝叶钱。本座宽宏大方，暂也不着急用钱，来日方长，你就安下心来慢慢还吧！”

我顿时傻了眼，一颗受惊过度的心吓得都快要蹦出嗓子，无论如何是安不下来，费劲地吞吞吐吐辩解：“……话……也不能这么说……”

“不这么说要怎么说，本座是龙，渡海还需要船吗？不是为你买的是为谁？你若觉得太贵，立刻回去把船退了也不是不成。”

“龙君既能纵横海疆，或许……可以驮着捎带我一程……那个，避水诀我还是会念的……”

“你念个避水诀把水都隔开了，本座还怎么游？堂堂东海龙君，被人看见驮着只狐狸东游西荡成什么样子？难道把本座当成是你的坐骑？异想天开也要有个限度。”

话说到如此份上，巨额债务已成定局。我渐渐寻摸出个规律来，每发现一项龙君的爱好，必然要被坑一回。说好的宽宏大方究竟在哪里？如果有的话，这个下限恐怕比茫茫东海还要深几分。遇上条兴趣广泛到连放高利贷都轻车熟路的龙，我也是醉得不轻。

凡间有句话：虱子多了不痒，债多了不愁。命运这东西，能认下一回，就能再认一回。反正我也说不过他，扒拉着爪爪算了半天，越发算不清究竟要在龙宫做多久炼丹小童才够还清买船的账，月滚三分利，真是令人痛彻心扉、长歌当哭。

然而哭也很消耗精力，在龙君身边蹉跎这些日子，我对悲剧的耐受力有了飞跃式的提高，已经轻易哭不出来，拿泣泪明珠抵债的良好愿望顿成泡影。

龙君交代完债务，开始悠闲地对夜色自斟自饮。他优雅地托起茶盏轻抿一口，澄碧茶汤中荡漾着一轮初升的新月照影。

踮起爪尖扒着船舷往外望去，一时觉得胸臆都为之清舒空净。

海上生明月，原是这样浩大宁静的盛景。

月色迷离，水面腾起的薄雾柔白轻软，始终凝聚不化。他放下茶盏，指着明月外环绕的一圈琥珀色辉光，告诉我说，那就是月珥。

云梦泽如此广袤无垠，一眼望不到边，除了水还是水。果然轻舟在手，别无所求。我晕陶陶绕着舢板转了一圈，好奇地左顾右盼。刚自在了没多久，那眩晕的窒闷越发加深，胸中耐不住阵阵翻腾，开始从船头吐到船尾，最后被龙君拎起来趴在椅子上奄奄一息。

“狐狸也会晕船，果然还是修为太差。”

龙君摇头叹息，一副操碎了心的无奈模样，从腰间香囊中取出颗带着松柏冷香的褐色丸药来，托在掌心伸到我面前。

“把这个服下，会好受些。”

一朝被蛇咬，不对，被龙咬，步步都不敢再掉以轻心。犹豫了片刻，苦着一张脸哼唧：“这药……多少钱？”

他微微一愣，随即轻笑起来，眼睛在月色水波的映照下澄澈明亮，似盛满了潋滟星光。

“本来没打算收药钱，你既然这么上道……”

“别别别……小狐就随便问问，龙君宽宏大方，不必当真……”

舌尖轻巧一卷，就着他的手将那丹丸吞入腹中，呼吸逐渐顺畅，忽听得潺潺流水声里隐约飘出一段哼吟，时远时近，虽没什么曲调，却异常空幽，极是清婉动人。

我支起脑袋茫然四顾：“谁在唱歌？”

“东海鲛人。我们快到忘归涯了。”

第十三章

平地劫波

在外流离千载，此番得以重归故里，龙君却并未显出多少应有的轻松愉悦。

清风将垂落颊边的两缕长长鬓发吹起，和着鲛人起落的歌声，龙君简短地回答了我的疑问，东海并非他的故乡。

龙君身世伶仃，无父无母，最初不知是如何被遗落在云梦泽羡鱼川的一枚龙蛋。这枚孤零零的蛋在川泽绝崖间躺了好几千年，无人孵化，裹满厚重青苔，落魄得跟块顽石差不多，过往鱼虾游累了都会一屁股坐上去歇歇。

后来机缘巧合，远居于西北海外的烛龙夫妇前往两仪山参加论道法会，途经云梦泽，无意中发现了这枚天地所化的灵胎。烛龙夫人彼时尚无子女，一时心慈，便将龙蛋带回赤水之北的阴山照拂。这一孵就孵了整整八百年，才破壳而出一尾须爪俱全的小龙，鳞片是发白的浅金，细看额间还生有米粒大小的如意珠，很是玲珑神气。烛龙夫妇甚感欣慰，认为天生神龙，实属造化难得，就此好生养在膝下。因龙蛋是在羡鱼川所化，遂赐名临渊，悉心教导与亲生之子无异。

烛龙又称烛九阴，辈分奇高，来头很大，与盘古氏同为上古开辟创世之神。据说身上一枚龙鳞便可有逆天改命、扭转鸿蒙之功效。《述异记》载述：“阴山之神，名曰烛阴，视为昼，瞑为夜，吹为冬，呼为夏。”

连一呼一吸之间都可影响四季轮替，这么位分尊崇的神祇自然早就归隐方外，不插手三界是非多年。作为他们的养子，龙君的童年过得很是心无旁骜，只以清修为要。天地所化的神龙慧根无双，修习日进千里，刚满千岁便已崭露头角，诸天神佛无不以为神异。再又一万五千年后，龙君身负八荒六合历劫征战打下的累累功勋回归东荒，顺利承了云梦泽龙君之位，就此自立门户，成为实至名归的一方龙主。

我只知道当年的创世神祇都已经陆陆续续羽化，泯归于天地间了，却没想到原来传说中舍生取义、将西北无日之处照明于幽阴的烛龙夫妇，竟然就是龙君的养父母。

阴山烛龙为维护天地大道，祭出元神照彻幽冥，从此再不会以龙形现世，难道在世间竟没留下一点血脉传承？

“那他们自己没有孩子吗？”

龙君眼睑轻垂，羽睫投下一片浅影，低声道：“他们后来有过一个女儿，是我名义上的妹妹……叫离珠。”

“哦……龙君也有妹妹。”

烛九阴夫妇对龙君有山高海深的抚育教养之恩，不知他会不会像哥哥疼爱我一样护惜那个没有血缘的烛龙妹子。“听说阴山之神双双羽化得早，你们兄妹岂不是很小就开始相依为命了，离珠现也在东海么，还是留在西北海外替父母守护阴山？”

龙君的声音突然清冷下来：“她已经过世了。”

我有点蒙，烛龙是上古神兽，寿元比起一般的龙要长得多，年纪比龙君还小的烛龙妹子竟如此早夭，可想必然不会是普通自然造化所致，不知又暗藏多少曲折。龙君功成名就的风光背后，原来还有这许多畸零坎坷。生来便是孤儿，无依无靠，险些难以孵化寂灭于卵中，好不容易被德高位重的养父母收留，又与幼妹少年失怙。现在连唯一算得上至亲的妹子也早早亡故，彻底孑然一身。

因同是被捡来收养的孤儿，倒有几许同病相怜之感。那种在尊贵族群间寄人篱下、毫无归属的卑微失落，我太清楚了。但无论如何我父兄尚在，还比他稍幸运些。若有机缘，或许该去问问司命星君怎么给龙君写的命谱，发挥得实在太随心所欲了点。他性格再不讨喜，好歹也是为平定战乱立下过不世之功的神龙，被折腾得这么不留情面，可见天地不仁。念及此，不由生起几丝懊恼和同情，当着好好的夜色海景，聊些什么不行，偏又提起龙君的伤心事。

他似乎也不愿多谈过往，踱步到船头临风而立，神色寂寂，连月色都跟着黯淡了几分。龙君抬手一挥衣袖，将明月旁缠绕的云絮拂散开，半遮半隐的一轮冰魄光芒大盛，水面顿时流霜粼粼，似铺满了落雪纷扬。

平寂的海上突然热闹起来，许多鲛女纷纷浮出水面，围绕渔船扬起婉转歌喉。濡湿的长发柔顺地垂在身后，吃了水的皮肤在月光下闪闪发亮。

东海鲛人在传说中向来是极神秘魅惑的存在。“鲛人即泉先也，又名泉客。水居如鱼，不废织绩，其眼泣，则能出珠。”

与修罗族相反，鲛人男子极丑，女子极美，皆是半人半鱼之身，体侧有鳍。而东海鲛人是鲛族中的翘楚之辈，无论男女皆容貌无瑕。他们擅于捕捉月光织绡，织出的鲛绡轻薄如雾白似霜雪，又名“龙绡”，做成衣裳入水不濡，价值万金，是海市上流通的最珍贵的货物。女鲛更有泣泪成珍珠的禀赋，其鱼膏丰腴，炼成油脂燃灯，可万年不灭。

鲛人留在世间的名声毁誉参半，既有“沧海月明珠有泪”的盛赞，又流传着以歌声魅惑往来行船海客，让人意乱神迷辨不清方向，最终被拖入水中吞食的恶名。

月迷津渡，船行无声。一群鲛人环绕左右轻歌曼舞，走马章台般仪态万千，身形极飘逸柔软，当真美得诡异。

我禁不住好奇，往船舷靠近，想看得更清楚些。龙君嗳了声，忙把我拉回来：“别靠太近，鲛人天生具备魅惑的能力，不能盯着看，当心看久了摄魂，自己就往海里栽。”

“不会，我是涂山狐。”

若论摄心夺魄之术，可与狐族平分秋色者屈指可数，东海鲛人算是其一。大家天赋上头旗鼓相当，迷魂这伎俩对我自然没什么用处。这么悦耳的歌声，难得一见的良辰美景，不看个够才叫可惜。

龙君还是不放心，将我拽得近些，在一旁抱胸指点：“鲛人以鱼虾螺贝为食，原本与陆上的生灵井河不犯，变成如今局面，完全是人咎由自取。”

陆上人性贪婪，远渡重洋多是因听说了海外鲛人的神妙之处，专程为捕获女鲛牟利而来。人间的王孙贵胄死后入葬，往往不惜重金买来女鲛，离水风干致死，整个制成仰头跪坐的人鱼灯，体内膏脂便是现成的灯油，燃于陵宫墓室，取魂魄转世长明不灭之意，谓之吉祥尊荣；又有身份贵重的豪绅，以拥有一尾东海鲛人为雅趣风尚，命巫师在府邸泉池内施咒，造下禁制豢养，迫使其泣珠织绡，奇货可居大肆炫耀。

人为刀俎，鲛人一旦不幸落入人手，再难重见天日，任由宰割至死方休。

我听得怅然，美好的生灵，都命途多舛。

“真可怜……但鲛人熟识水性，人落水却不能活，要在茫茫海上捕捉鲛人也不是那么容易吧？”

龙君摇头，唇角挑起抹冷笑：“鲛人胆小，又心软慈悲，但凡遇到有人不慎落水，必定显身施救。那些为官府采珠捉鲛的渔民因此想出个丧尽天良的法子来，将年幼的孩童扔进海里假装成溺水模样，引鲛人出现，再趁机一网打尽。”

再慈悲的善心被这样反复利用，也难免消耗殆尽。东海鲛人族群一再折损，被捕获的下场又如此悲惨。柔弱的鲛人为了自保，变得如同惊弓之鸟，一旦发现人类的渔船靠近，就率先施展唯一可作武器的媚术，先下手为强，防患于未然。

这么说来海鲛吟歌魅人，也是不得已而为之，情有可原。若因此担上天性残忍的恶名，实在有失公允。

大概唱了半天一无所获，船周歌声渐稀，鲛人捧着采月霜织出的轻纱三三两两重新潜回海底，不多时便散得干净。

海上的天气瞬息万变，柔和湿润的海风不知何时变得猛烈，被龙君挥袖扫出的月色重又失去光彩，不知隐到何处去了。方才搜肠刮肚呕得那么厉害，浑身虚飘飘乏力的很，一阵倦意袭来，正打算回舱中寻个暖和的角落凑合一宿，便听得一声巨响轰然炸裂在船尾，震得甲板都发颤。

“触礁了？”

我还没明白过来发生了什么，就被龙君取出兜云锦连头带尾囫囵装了进去，拎着丢进船舱。

“你的天劫到了，听见任何动静都不要出来。”

天劫来得太吊诡，没有一点点防备。

普化天尊闻仲到底在天界厮混多年，人情世故上颇有些造诣，约莫是看龙君也在这条船上，才勉为其难留出几分薄面，将第一道雷远远劈在船尾聊作示警。

船身受损，难以控制，剧烈颠簸起来，舱内所有物什都被晃得七零八落，有的被高高抛出舷窗，有的直接互相撞个稀碎。

我艰难地稳住身形，从兜口钻出半个脑袋，正看见高耸的桅杆被一道闪电拦腰斩断，冒着青烟摔落甲板。方才还优美平静的海景彻底变换了模样，漆黑的波涛万顷无边无际，如同误入了另一个世界。

船舷两侧吊着灯笼，一点忽明忽暗的烛火扑朔，照出浓黑得伸手不见五指的乌云，锅盖一样丝风不透越压越低。这时头顶上响起惊雷如鼓，一声比一声催得更紧，就快变得比雨点更繁密。设想过许多次赤焰劫来临时的模样，每一种都比不上眼前真实的震撼，强悍到不容违拗，带着摧毁一切的剧烈力量迫近。

远离了陆地，浮木般漂在茫茫海上，原本就左支右绌的微末法力更加难以施展。我完全不知道该怎么办，束手待毙未免太没骨气，可即使用尽全部力气，也只能勉强保住这艘渔船暂时不被击碎。

就算今日注定葬身海底，多撑得一刻是一刻，明知过不去也不能在临死前给涂山族丢脸。龙君撂下那句话后就再无音讯，看来普化天尊刚正不阿的声名不假，此番大概调停无望。这本就是我自己该承的灾劫，并没真指望不相干的旁人去以命犯险。大难当头，抽身而退也是人之常情。这一路上已多亏他诸般照拂，最后将我藏进兜云锦听天由命，算是仁至义尽。

独自面对应付不了的天劫，用不连累涂山的方式，寻一个远远的去处灰飞烟灭，是我一早就想好的结局，尽管中间意外生出这一段阴错阳差的枝节，末了还是殊途同归。

龙君曾经说："努力去改变自己不能接受的事，它就会换一条道路。"但能轻易被改变的，就不叫天意。

说不上来什么感觉，并不是难过，也没有孤立无援的感伤，反倒有点欣慰。还好他走了，走了就安全了。这么厉害的天雷，何必误伤无辜。他已回到他的故国东海，从此继续做万众簇拥的龙君上神。只是可惜以后再听不到那么多好听的故事。

所谓天劫，一旦劈下，不落在应劫者身上誓不罢休。渔船被顶在浪头上起伏颠簸得厉害，汹涌的海水倒灌进来，浇得人睁不开眼睛。滔天浪翻，樯倾楫摧。那雷火却依旧不依不饶，巨大的火球从四面八方朝船身袭来，电光石火，砸透舢板直穿深海。

费劲钻出兜云锦，顶着透骨凛冽的飓风往船舱外爬去，原本在舷舱两侧翻来滚去的雷火突然变得稀疏，容我留下一点喘息之机。转而又觉得不对，落下的雷火赤焰虽少了，响动却仍狂骤不减，那些雷都掉到哪里去了？

抹掉一把湿透头脸的水珠，仰头朝海上极目眺望，顿时惊得站立不稳，直接滚出内舱摔在甲板边沿。只见一条遮天蔽日的巨龙浮动于天幕，盘曲的身体卷成一面很大的屏障，华盖一般遮挡在半空。

龙身上的浅金鳞片在乌云中闪耀着点点亮色，似迷梦中羸弱的光芒，不管在浓云中潜得多深都熠熠生辉。是龙君！他并未食言，也绝不是一走了之。他没有办法说服闻仲偃旗息鼓，只能硬生生以身代承，化出原形挡在渔船和天雷中间。天际雷电如织，交错成一片晦暝的火网，每一束火轮都被龙盘曲的身体遮住，只剩下零星电光散落在渔船四周。

见过那么多次龙君的原形，唯独这次却与以往不同。细看去，前肢肋下还生有一双飞翅，其翼若垂天之云，若彻底伸展开来，身长恐怕足有千里。

寻常的蟠龙绝不是如此模样，唯有应龙才能化生飞翼。眼前这一条，肋生双翅，鳞身棘脊，利齿森森，颈细尾长，竟是传说中万劫不死的应龙。

第十四章

天地一炉

我所知道的唯一一条应龙仅存于上古时期，曾奉黄帝之令讨伐蚩尤，在禹治洪水时，神龙又以尾扫地，疏导洪水而立下救世奇功。按年纪来算，定然不是眼前的龙君。难道他竟是洪荒以来，第二条修成应龙之身的龙么。

应龙是龙中之龙，齿骨为金石，精髓为珠玉，汗滴为雨泽。寻常灵物被天火蹭到一点就能烧得魂飞魄散，他却接二连三挡了数不清的赤焰雷还能若无其事。这尊上神，远比我之前所以为的还要尊贵神通，相比之下，越发自觉轻如鸿毛。

怒海惊涛，赤焰熊熊，烧得天地共为一炉。

有增无减的万钧雷霆激得应龙生了怒气，清啸一声踏碎云霄，朝着雷火最密集的方向拧身，猛然一个摆荡。

神龙摆尾，威力足以横扫万里，地裂山崩。没有被雷劈散的渔船，险些被他扫起的滔天巨浪绞碎。

闻仲那厮大概也没料到龙君发起脾气来这么气势惊人，一时偃息了雷鼓。

危险暂时远离，我悬着的心却半点松不下来。龙君已活了两万多年，见多识广，不可能不知道天劫是怎么回事，何必应承下这种费力不讨好的苦差去强出头。冒着生命危险不说，就从他曾经同东皇结下的那么大梁子来说，跟天族有关的一切自然是避而远之为好，这一来恐怕还要变生龃龉。他究竟为什么要为一只素昧平生的笨狐狸这么做？绝不可能是图区区一斛明珠或收一个仆从。

有个大胆的念头突然从脑子里冒出，压也压不住。这难道是……姐夫？

他对云门的少年往事那么感兴趣，又对封闭千年的涂山了如指掌，还认识哥哥。只有这一个解释略说得通，他是看在早夭的旧爱分儿上，愧屋及乌，才挺身而出补赎往日亏欠。

可听说云门恋上的那条是苍龙，青鳞，无犄角。龙君不光头角峥嵘，连飞翼都修出来了，满身鳞甲片片浅金，眉心青海波佛印深邃如碧，是条如假包换的应龙。千头万绪，扑朔迷离，被雷声轰得嗡嗡作响的脑瓜早乱成一锅糨糊，左思右想都琢磨不通。很久以后我才明白过来，或许当时内心深处里，并不希望他真的是那位“姐夫”。

正在怔忡间，龙君收拢飞翼，将龙形略缩小几轮，自云端降下船头，将破破烂烂的船尾压得高高翘起，狰狞口齿猛地凑到面前：“你到底，造了多大的孽？这不是普通的千年劫！”

我这一下更转不过弯来，搜肠刮肚回忆在区区不满千年的岁月里，身为一只连家门都没迈出过的普通单尾狐狸，究竟能犯下什么罪大恶极的过错，惹出滔天雷劫。

反省无果，只得战战兢兢摇头，刚要开口劝他离开这是非之地，身后忽传来一阵异动。我茫然回过头去，瞪大眼睛看见那团软趴趴丢在角落的兜云锦，从中袅袅升起一股白烟，须臾化作一只东倒西歪的白毛折耳狐。

将要散尽的白烟后头响起熟悉的声音：“不好意思，我也没想到两个天劫来得这样凑巧——大概闻仲觉得跑两趟太麻烦，正好我与涂灵凑在一处，就顺手一道劈了。”

“大……大垂？你你你……你怎么会在这儿？”

折耳狐狸抖擞了一下乱糟糟的毛，一瘸一拐蹭过来瞟我一眼，又对怒目而视的龙君草草拱手，施施然行了个自以为倜傥周全的见礼：“请叫我的大名，涂青岚。”

龙君凝眉不语，轻哼一声捋了捋髯须。

我以爪捶地，近乎咬牙切齿：“好大垂，你回回坑我都坑得那么及时，前后拿捏得一丝不错，这到底是一种什么样的精神？简直难能可贵啊！”

大垂比我略年长一些，狐龄整一千五百岁，按灵兽五百年渡劫一回的规矩，算来也到了有生以来第三轮天劫将至的当口。

都说他乡遇故知，乃人生一大喜事，但这么个遇法我却着实半点高兴不起来。

毕竟身在龙君船上，东海又是龙君的地盘，作为不速之客，好歹也要给个交代。他自顾两头解释："我是想挑个最合适的时机突然现身，给你个惊喜……"又对龙君道，"那什么，涂灵毕竟是我涂山的少主……"

这面子给得太不合时宜，连我都不敢尽信。当年在涂山追着我嘲讽不休，口口声声单尾破狐狸不配做狐帝之女，到了外面竟肯转脸认我做涂山少主，他究竟是不是方才不小心蹭着点雷火，脑壳被劈出了毛病？

按大垂的说法，原是一早察觉我要逃婚出走，毕竟多年冤家，哦不，多年同窗一场，又担着同宗同族的情谊，实在放心不下，这才想尽办法偷摸跟了出来，乃是个护主之心。我却觉得，他约莫是担心我一走了之，涂山最垫底的废柴之首就成了他，出于那点不便明说的私心，干脆以龟息之法将原身凝成一缕气机藏于兜云锦内，借着我的手被哥哥一道送出了天罗结界。

至于他口口声声为着要保护我而来，又为何在积石山遇险时没有及时出现，大垂解释为他功法不精，一路上睡得太沉，实在挣不脱兜云锦束缚，以致错失了共患难的良机。

我尴尬地掩面掉过头去，顿感无颜面对龙君。真是狐生何处不相逢，长使英雄泪满襟。

龙君弄清楚来龙去脉，再好的涵养也按捺不住："你们把本座当避雷紫金梁使？好大的胆子！"

刚要出口的劝和之言，又被他吹胡子瞪眼给堵了回去："本座只答应了替你料理天劫，并没包括他的。"

大垂对龙的偏见与涂山族众一脉相承，当即握爪成拳敲了敲自己的胸脯："一人天劫一人当，本公子堂堂涂山九尾灵狐，又不是只有一条尾巴的小丫头，用不着旁人多管闲事强出头，否则何必在这当口现身？"

冷眼打量大垂公子那对至今都软绵绵立不起来的耳朵，被这雷火烧上一圈，还不外焦里嫩。事已至此，再不济也该站出来表个态了。

遂吁出一口长气，端正对龙君作了一揖，用磕磕巴巴的人语阐明心迹：“大垂的出现实属意外中的意外，情况演变成这样实非所愿，并没存着要算计龙君涉险的卑鄙心思。我再不济事，法力好歹也比大垂强出那么一丁点儿。再者说，身为涂山少主之一，必须肩负起保护族人的责任，接下来这烂摊子，就由小狐替冒失尾随上了渔船的涂青岚一并承担了，不敢再连累龙君。”

龙君半眯着眼听完，未置可否。大垂见好不收，脑袋摇得拨浪鼓一般。末了被龙君一指：“驾云会不会？是男人就跟本座上来，自己的雷自己担着！”

闻仲大概觉得机不可失、不宜久耗，又怕这么拖下去越发枝节横生，决定速战速决以完此债，又一鼓作气打下漫天雷火。

大垂顾不上斗嘴，忙拈起颠三倒四的驾云诀，还没升出三尺高，就被中了天雷彻底坍塌的船舱横梁正正砸中后脑勺，一声没吭摔在甲板晕了过去。

眼前的一幕叫龙君已经不知道该说什么好，悬悬盘在船头垂首沉默。尽管已经将龙形缩小得很婉约，看起来还是一尊悲壮的背影，又悲又壮。

有这等成事不足败事有余的族类，直教人惭愧欲死。“我……我这就自己去……”

龙君利爪一收，刨得舷板上立马透出五个窟窿：“你什么你？你去能管什么用？！你这个骗子啊……”

气归气骂归骂，他到底还是不计前嫌地重新冲上九霄，与闻仲的最后一击倾力周旋。华丽的尾鳍摆荡，带起清光一片，划了个优雅的圆弧，深深扎进浓云里消失不见。

我跌跌撞撞扑到船舷边，他方才盘坐的甲板黏糊糊，留下小摊温凉浓稠的液体。原来龙血是青金色的，碧海一样的天青，夹杂着点点碎金，星汉天河般绮丽。他并不像表现得那么若无其事，他受伤了。闻仲的戮魂幡终究非同儿戏，又有大垂的那轮天劫并作一处，不啻百上加斤。龙君他……真的应付得过来吗？

我满心惆怅难以言表，回过身一顿左右开弓的耳光扇下去，大垂终于被揍得垂死中惊坐起。弄醒了大垂，对接下来该干什么却完全无计可施。云层中的斗法愈演愈烈，我俩扒拉着断掉一半的船舵，仰头望天，排排坐。“这么大条应龙哎，挡一个赤焰劫应该……没问题吧？”

大垂伸出右爪两指，颤巍巍竖在面前，“是两个……”

我俩相顾无语凝噎。龙君这回真是被坑死了，不不不，他可千万不能死，万一有个三长两短，罪过就太大了。

望着爪子上沾染的龙血，气就不打一处来：“都怪你，谁让你跟来的，谁要你保护来着，你那点子微末本事能先管好自己就不错了，添乱就属你行！”

大垂双颊被扇得高高肿起，口齿越发模糊不清，犹自不死心地辩解：“涂幼棠你有点良心好不好？要不是放心不下你这颗病秧子，我至于冒着触犯族规的罪过私自出山？究竟谁才跟你同宗同族你先搞搞清楚，法力这事咱俩半斤八两，谁也别说谁……再说我怎么知道天劫会突然应在这当口，闻仲又不是我招来的对不对？这也就是漂在海上不好施展，要是在陆地……”

“行行行，你大义凛然，你视死如归，你最了不起，行了没？这么大份人情我这单尾破狐狸实在当不起。你方才既然认了我这个涂山少主，就得听令行事，这次要是能大难不死，你立刻、马上，给我滚回涂山！连一根毛都不许留下！”

他气鼓鼓脖子一梗：“不回。”

我懒得再跟他浪费口舌，“那你爱去哪儿去哪儿，爱干吗干吗，总之别跟着我。我还有要事在身，带着你不方便。”

“回去做什么？去告诉芜君和九歌少主，他们的宝贝涂灵逃婚出来，一路上跟条龙打情骂俏，还自降身份甘愿为奴为婢？莫非这就是你不方便带着我要办的要事啊？啧啧……”

这冷箭放得厉害，我心口咯噔一记。与龙为伍，这话要传回去，当真跳进天河也洗不清，父兄不知会多么失望。死大垂、破大垂，居然出言威胁，以前怎么没发现这厮除了自卑胆小，还如此不知好歹没眼色。赶他走本是为他着想，我跟随龙君只为寻找妙方宝境。太虚黄泉海危险重重，他死活非要掺和进来，谁知最后能不能全身而退？

但当务之急是堵住他那张胡说八道没遮没拦的臭嘴。我定了定神，竭力将口气放得柔和几分：“这个……凡事好商量，诚然暂时不回涂山，也不是不行……”

大垂见我态度松动，清了清嗓子，又拉起我一只前爪语重心长道：“幼棠我跟你讲，你出门少，不知道外面的世界有多复杂。龙这种东西终究是邪非正，千万别被眼前的小恩小惠迷惑，之前那位……的下场你又不是不知道。我身为涂山族人，有义务维护家族荣誉，必须跟在幼棠你身边勤加提点，互相扶持，顺便监督你不要一时糊涂做错事。俗话说那个江湖险恶，海就更甭提了，我看这应龙也不是泛泛之辈，这么尽心尽力上赶着，替你个素昧平生的小丫头片子去挨天打雷劈，图什么？总不会是心血来潮吧？”

没想到在涂山闷得跟个锯嘴葫芦似的大垂，一鼓捣起阴谋论来嘴皮子利索得很，我都替正在帮他挨雷劈的龙君感到不值。但之前关于云门姐夫的推断终究只是揣测，并未得到证实，为免节外生枝，还是先不要告诉大垂的好。思来想去，找了个连自己听起来都说不过去的理由：“我欠他钱了……还有积石山那次……”

“那次要不是他捷足先登突然冒出来，我也可以救你啊！我看他就是不安好心，说不定跟穷奇都是一伙儿的，唱双簧呢，专门诓骗你这样的无知幼女。唉，龙性本淫你不知道吗？”

我把爪子狠狠甩了一下抽回来：“他诓我能得什么好处？诓来一堆天雷啊！什么淫不淫的……涂大垂，就算咱俩两小无猜吧，等这天劫一过完我就成年了，好歹也是个姑娘家，你诽谤别人的时候能不能嘴上顺带拴个把门的？！”

“我没诽谤他，实话有时候就是不怎么优雅动听……龙你不太熟，蛇你总该知道吧，和龙是近亲，基本上一个德行，交配的时候几十条不管认不认识，统统袒腹相见，亲亲热热滚作一团。最后生下一窝后代起码十几个爹，也分不清谁是谁的种。真是饥不择食，淫不择妻，道德沦丧的典范啊！”

赤裸裸毫无修饰的描述太有画面感，听得我瞠目结舌脸上滚烫，忙跺脚捂住耳朵：“有你这种满脑子百兽交配常识的同类，我也真是……”

脚下舢板突然一个剧烈震颤，将我俩颠得东倒西歪。这才想起来，光顾着争论龙君是否心怀不轨，都忘了施法保住这艘船。耳边传来榫卯脱节的吱扭脆响，本就千疮百孔摇摇欲坠的船体再也支持不住，瞬间被巨浪拍得四分五裂。

第十五章

旧影蹁跹

被高高抛起摔入海中的瞬间，后腰似乎被零星散落的雷火擦过，尖锐难挡的剧痛袭来，我忍不住惊呼，那点微弱声音刚一出口，便渺然消融在洪涛轰隆的嘈杂里。

落水的过程似乎只有一瞬，又仿佛尤为漫长。酸麻灼痛的感觉如同被铁蒺藜紧紧束住全身，每一根筋骨都酸软得使不上力气。狂风骤雨交织的天幕逐渐离我远去，原来从高处落水，就像直接摔在地上一样既硬且疼。

海上风雷盘旋，水里有无数细小的气泡和微光。漫天漫地的湛蓝由浅渐浓，如此静谧深远，浑然一体，美得摄人心魄。脑子里有一段遥远的浮光掠影在不断翻涌，我对眼前的一切都感到似曾相识，仿佛前生经历过一样。

腰后被天雷击伤的痛楚有增无减，灼烫如火烧，在下半身大肆蔓延开来，神志也变得愈发凝钝。不断加重的眩晕里，忽听见一个陌生又熟悉的嗓音，携着汩汩水流，游丝般在耳畔响起：等我修成了通天彻地的应龙，就让你坐在我的龙角上，御风驰骋，巡游四海。从此三界奈何，天地无疆。

说这话的人是谁，成为一个我无法想起的谜。这个人似乎隐藏在洪荒中一处极深远的混沌里，可不知怎么，无论如何都忆不起来。

震天的轰鸣渐褪渐模糊，隔着光影曲折的水面，仍能看见发出巨大亮光的闪电正在云层边缘酝酿起来，很快交织得密集如网，利剑般穿透而下。万钧之势像要把整个东海都炸裂，却到不了我沉落的地方。原来不知不觉间，已经沉得有那么深，并且还在不断地下坠。

狐狸四爪纤细，不适合用来浮水，淹固然是淹不死，也不能一直这么随波逐流沉下去，否则不知会被随时变化的洋流冲向何方。定了定神，竭力守住灵台最后一丝清明，决定先变回人身再想法子重新回到海面。

刚要试着活动一下手脚，却感觉到了异状。低头往身下看去，吓得冷不防呛进一口腥咸的海水。四周光线越来越黯淡，堆积过多的深蓝几乎变成了墨色，一切都显得诡影重重疑幻疑真。是我对水泽过于恐惧，以致生出幻念吗。原本该是人腿的地方，自腰往下变成了一段纤长的尾，说像鱼尾却并不扁长，细碎的鳞片小片小片如同扇贝合页，错落有致嵌排开来，发出柔和寡淡的白光。伸出颤抖的手掌小心摸了一下，和以往触碰在肌肤的感觉并无二致。细看两侧还生有裙摆般的长鳍，如纱如绡，飘飘拂拂随着水波摆荡，横斑潋滟。

这是什么怪物的尾巴，怎么会突然出现在自己身上？！

我在巨大的恐惧中发不出任何声音，对突然发生的变故感到惊骇无极。模糊地呜咽了下，口中咕噜噜吐出一串泡泡。变成这个样子，要怎么回涂山，怎么再见父兄？不过蹭着半点雷火，竟任性得连品种都变异了吗？

随着无法自控的沉落，原本柔软的海水也变得越来越重，像结实的墙从四面八方狠狠压来，挤迫得心肺欲裂。一波细小的鱼群从头顶穿梭而过，狡黠鱼眼与我匆匆对视一瞬，又无动于衷地继续游开。我猛地醒过神，盯着那些鱼儿游动的身躯，心中闪过一个念头，既然都是尾巴，想必也能像它们一样在水中灵活游弋，只要离开了这片诡异的深海，说不定还能恢复原样。

说来容易，从未靠近过水泽的我连用四肢划水都困难，更别说操控一段突如其来的陌生尾鳍。

东海究竟有多深、多广？已经在水中沉落了那么久，上不见天日，也完全看不到尽头。环顾四周，左侧是岩石礁崖黑乎乎的轮廓，右侧有一小处珊瑚水草丛生的沙地，身下不巧正对着一段海沟裂谷，暗涌翻滚，深不见底。若真的沉下去，还不知会遇到什么可怕的东西。满心彷徨不安，只得试着学那些鱼儿一样款摆了下尾巴，顶端扇面般银鳍粲然铺展开来，平摊着向上一荡，却不料把整个身体扇得更向下猛沉了几尺。方向搞错了？可究竟怎样才算是正确的摆尾方式？笨手笨脚如我，完全分辨不清。

简直欲哭无泪，我不敢再朝下看，也不敢再贸然乱动一下。怎么办呢，这条破尾巴长在身上，根本发挥不了任何用处，只是个累赘。又长又僵又沉，拖累得我和半身不遂没有区别。大垂不知落到哪里去了，龙君也不在……越想越惊慌，一双胳膊拼命划拉着，眼看就要够着沙地的边沿，头顶突然霞光大盛，照亮了幽冥般的海底，百里方圆都明光如昼。一阵激流回旋卷过，震得海水剧烈颠荡起来，壁边缘岩石不住滚落，我闪躲不及，被咚地砸在后脑，狠狠摔进了泥沙里。

彻底失去意识之前，那个声音重又缥缈地出现。

“真的是你……你终于回来了。”

我听不懂这话里的意思，却觉得莫名安心，终于放任自己在看起来危机四伏的海底陷入昏沉。

不知过了多久，再醒来时，发现自己正躺在一丛硕大华丽的粉色珊瑚上。咫尺间散漫坐着个熟悉的身影，一身白裳在水中铺展开，一派烟斜雾横。

揉了揉摔得酸疼的手肘，寻思方才那一阵明盛的霞光定是龙君潜入海底所致，还有不偏不倚砸下的碎石，约莫是他老人家无意摆了摆头尾，就搅起漩涡惊潮，卷得我身不由己摔晕过去。

“醒了？”

他没事，好端端坐在面前，看来这轮天劫终于渡过去了，算是有惊无险。我激动得难以言喻，猛地点了点头。

“本座看你落水，匆忙间来不及赶回，就先给你变了条龙尾暂用着，没想到你果然就是这么笨，居然还能一沉到底。”

龙尾不像人腿，怎么可能施个法就临时变出来，那世上岂不随便什么飞禽走兽都可以化龙？但我当时竟毫不怀疑，相信了这个漏洞百出的解释。他说得也没错，我就是笨，什么时候都那么好骗。

想到船上生死攸关的一幕，心中不是不感动。龙君果然是做大事的龙，和闻仲较劲得难分难解之际，还不忘留出心力来照拂我，临危慷慨赠了龙尾一条。就算只是看在云门姐姐的面子上，也称得上劳心劳力竭尽周全。至于不大会用，完全是我自己天资不佳的缘故。羞愧难当，遂抿着唇偷眼打量他，一声“姐夫”堵在喉头，百转千回不敢出口。

我这厢正欲语还休，龙君倒先发了话，却没问我的伤势如何、有无大碍，只似笑非笑地望着我道：“你从船上落水时，叫我什么？”

一句话就吓得我直接从珊瑚丛上滑跌而下，险些又要坠进身后的海沟。他划开水波趋近前来，一手闲闲撑着珊瑚，另一只胳膊从我腰间环过。劲力承托得极巧妙，既不碰着伤处，又能让半身不遂的我不再继续沉底。

龙君以人形在水中游弋，一举一动都优柔雅致，堪称风华绝代。我怔怔望了片刻，这才想起来，被从甲板抛坠海面的一瞬间，自己望着浓云中盘曲的龙影，下意识惊呼出声。脱口而唤的那两个字，不是“龙君”，却是“临渊”。事出突然，我被天雷船倾吓破了胆，怕是一时情急口不择言了些，竟真的被他听见。

那么大尊上神，被个无名小卒直呼名讳难免觉得被冒犯，龙君又小气，说不定暗中生恼，这就秋后算账来了。

“父君常教导，若有要紧的事需交代……那个……唤人名姓乃是为了表示郑重的意思……我当时以为自己快死了，有点遗言还没来得及说给龙君……”

“唔，那你现在可以说了。”

这龙性子较真，完全不懂什么叫就坡下驴，非得打破砂锅问到底。我当时脑中一片空白，根本什么都来不及想，这会子上哪儿去给他找遗言听。侥幸天劫余生，可也被折腾得够呛，心头一时间悲喜交集百味杂陈，忍不住扁着嘴抽泣两声。

龙君说得对，我从来就不知道自己对这世间、对别人有何意义。不知道这条命要来有何用，也不曾拥有过即使倒在地上也要守护的东西。我只知道自己若死了，父君和哥哥会难过，但神仙岁月漫长见惯生死，想必过不了多久也就逐渐淡忘。蝼蚁尚且贪生，我不想死只是出于本能，却找不到非得活下去的理由。有牵挂的人才会有遗言，像我这种空虚伶仃的野狐狸，哪会有什么遗言可留。

或许，也不是真的一点都没有。

“如果……如果我死了，买船欠的那些钱就算了，好不好？你千万不要去涂山讨债，父君和哥哥都很不喜欢龙，他们看见你，一定会打起来……说不定还会杀了你……”

“他们杀不了我。”

啧，龙君这脾气，实在让人心累。只听说过人为财死，鸟为食亡，身为万兽之灵的龙，何必为了仨瓜俩枣那么执着。

“钱财到底身外之物……父君是远古神祇，神通很厉害的，连东皇都要给几分薄面……”

“所以，你这是在担心我？”

“啊？我没……我的意思是……

“我的意思是，本小狐在涂山的名声已经糟糕得一塌糊涂，最好还是不要再留下个生前欠下巨债，连累父兄代偿的笑柄。欠谁的银子不好，偏偏欠下了狐族死对头龙的糟心钱。”

但龙君显然误会得厉害。差之毫厘，谬以千里。

他蓦地倾身俯就，一双眸子深若潭水亮若辰星，花瓣般柔软湿润的唇贴住我的。初时还带着些许试探，从唇角辗转迂回，我惊得来不及做出反应，却被他认作默许。带着点杏仁清苦的舌尖绵而韧，滑动间将紧闭的齿关撬开，倾掠如火，里里外外不留余地。

我就像那些呆头呆脑没有眼睑的鱼一样，始终睁大眼睛，听着他擂鼓一般的心跳声近在咫尺，唇已被封得严严实实。

再无知的幼女也约莫知道他这是在做什么。在我对风月之事极其有限的常识里，这种情况下最正确的举动，似乎应该是狠狠推开他，再补上一记倾尽全力的耳光，才算是个善始善终。但此时此刻，心头唯剩一片空白恍惚，说不清是不敢还是别的，如果推不动怎么办？要不先推试试看？好容易哆嗦着，将压在龙君胸前的胳膊抽出来，却瞬间他被捏住了腕子，顺其自然往自己肩上一绕，微微低哑的声音贴着耳根道：“放这里。”

这……我彻底傻了眼。虚虚拢着他的肩，无所适从地保持着这个被轻薄的姿势，直到他意犹未尽地停下，好半天才反应过来，喃喃道：“你欺负我？”

“这怎么能叫欺负。”

“你占我便宜！”

“你哪里便宜了？”

“……”

他突然变态的原因完全没有线索，我不由得想起大垂之前说的龙性本淫……万一他真的兽性大发……我浑身猛然一个激灵，吓得带出了哭腔：“你误会了……”

“那就当我误会了吧。你要实在觉得吃亏，大可以再亲回来，我保证不躲。”

鉴于此龙强词诡辩一向理直气壮，又有主场优势，我顿感讨债无望。什么叫亲回来，还嫌便宜占得不够彻底是怎么。就算再傻的狐狸，也没拎不清到这种程度。

“以前哥哥总说涂山外面都没什么好人，我一直也那么觉得。直到遇见你以后，我才发现，那些全都是好人啊……”

“涂九歌是只睿智的狐狸。”

“你还不放开！”

他眼眸微垂，瞥了瞥身侧黑水翻涌的海沟：“我要是现在放开，你就掉下去了。”

在上古传说里，曾有黄龙为报答一个凡人女子华胥氏的相救之恩，于是在渭水雷泽留下一枚脚印，被那女子外出时踩中，便有了身孕。后来此女生下一个男婴，胞衣却没有裂开，浑然如同生下一卵，使华胥氏极为害怕。本来么，一个大姑娘家未婚有子，生下的又是枚蛋，必然恐惧得很。惊惶无措下，她将孩子弃之东海，谁知此子天生神异，三弃而不死，最终长大成人，就是生于华胥水畔的人王伏羲。[1]

---

[1] 注：上古神话中有三位因踩到神祇足印而受孕的女子，分别是神农后稷之母姜嫄；《山海经》有载，另有人王伏羲之母华胥氏；还有一位是与黄帝同一时期的帝俊，后被天昊收养继承帝位。这里略做改动，综合了一下。

也不管人家姑娘想不想生孩子，需不需要这种报恩方式。莫非他亲我，真的是因为感动于我劝他不要招惹狐帝的“担心”？龙的自以为是，果然从古至今一脉相承。那凡人女子只是踩了一脚龙的脚印，便以未嫁之身怀了龙子，我被他这样那样……后果简直不堪设想。

我的天，稍微设想一下，心肝都颤抖成一团，双手捂脸哭问道：“我……我会不会怀孕啊？”

第十六章

莲步孤行

龙君显然也被这天马行空的后果唬得一愣，诧异地将我打量一遍，带着几许探究，仿佛在认真考虑，又摸了摸下巴："你说生孩子？唔……这个发展速度会不会太快了点？不过如果你想的话……"

占便宜在先，装傻在后，仗势欺人也要有个限度。我羞恼交加，连珠炮似的怒气再也压抑不住："想你个头！你哪只眼睛看出我想和龙生孩子了，我好好的一只狐狸为什么要莫名其妙和龙生怪物？龙有什么了不起，既不是飞禽又不是走兽，阴不阴、阳不阳，只能给那些凡人拿去绣成衣裳上的画儿拜来拜去，好大的脸面吗？你就是要表达感激之情，也得问问我愿不愿意吧？！"

与其他灵物不同，龙卵自化生后雌雄一体，修八百岁方成年，以修为高低择人身。后来有一次太玄说漏了嘴，我才知道龙君在选择性别前发生了点不足为外人道的小波折，这波折似乎还和他没有血缘的烛龙妹子离珠有关。于是龙君蹉跎到足足满一千岁时才在灵鹫山前转男身，因此很忌讳旁人拿这一段过往来取笑。

打人不打脸，龙君闻言怫然作色，坚硬的胸膛抵在我身前，带着不容置疑的压迫，一寸寸越贴越近："你说谁不阴不阳？我看起来，雄性化得不够明显？还是，你想现在就试一下我究竟是阴还是阳？"

他每靠近一分，我便不由自主往后仰倒一分，试图拉开点微不足道的距离。原本就逼仄的一丁点空隙瞬间便退无可退，身下的珊瑚岛枝丫嶙峋，斜刺里突出来扎在腰后伤处，痛得嘤咛一声，眉头紧皱，几欲呕出心头血。

龙君顿了顿，终于撑住珊瑚往后略退开数寸。我缓过神来，万般委屈地扭过头去不再看他。须臾便感到一只温暖的手掌，正沿着脊骨轻轻抚下。刚要发力推开，他的手已停在那伤处覆着，手指微动，似在探查伤势："最后一朵轮室被雷火劈伤了。好在伤得不算太重，这裂纹若能好好运气调息，最多花上月余便可弥合。"

得道的灵兽或人体，每具血肉之躯中都暗藏七枚"轮室"，以莲花为形，自天灵盖往下沿脊椎排列。七朵莲花凝聚着元神的精血与气机，一旦这些莲花分崩离析，花瓣枯萎，花根劈裂，即意味着魂魄离散再无所依托，肉身亦随之破碎消亡，生命彻底宣告终结。[1]

我沉默不语，眨了下眼表示知道了。转而侧过身去，紧紧攀着唯一能支撑身体的珊瑚不撒手。

"你是打算扎根在珊瑚上吗？还是先学学怎么用这条尾巴，再耽搁下去，你那耳根子发软的跟班不知要被洋流冲到何方。海底怪物多，要是不巧遇上哪只肚子饿的把他当成点心……"

我沸滚如岩浆的怒火猛地被这句话浇得冷却下来：大垂，大垂现在还生死不明。虽然天劫的危险已经远去，但水中不比陆上，对我等走兽而言是完全陌生的地界，发生什么都有可能。他虽然不是个令人愉悦的伙伴，除了添乱也没什么别的功能，却是流落异乡时身边唯一的陪伴。他是涂山的族人，我决不能不管他。

雷火之伤可以暂且不顾，当务之急是先解决半身不遂的问题。我抽抽搭搭："龙君大人大量……能不能……帮小狐把人腿变回来……尾巴我实在是……"

他半仰着头不知望向哪里，伸手摸了摸鼻尖："本来是能的。现在心情不大美妙，恐怕忘了怎么变回来了。"

我耷拉下耳朵，明知于事无补，还是有气无力地指责道："这么睚眦必报，真是大丈夫？"

[1] 注："莲花轮室"说，系印度教金刚乘的佛经教义在民间经过反复嬗变而成。

这厮傲娇地转过身去，“你不是说本座不阴不阳吗，那为什么还要维持君子风度做大丈夫？你的要求是不是有点太高、太分裂了？简直离谱！”

内忧外患积忧重重，终于再也忍不住，抱着那珊瑚号啕大哭起来，惊起一群斑斓小鱼从藏身的缝隙里四下游散，边游还不忘边回头窥探，看他们的龙君是怎么欺负一只手无缚鸡之力的女狐狸。

“把腿还给我，呜呜呜……”

我哭得越发悲从中来，因整个泡在水中，泣泪再也无法化成明珠，流出的泪水与海水融为一体，搅和得身旁的海都更咸了好些。

龙君也有点讪讪，尴尬地轻咳一声，趋近前安抚道：“我并不是有心刁难。你后腰的伤虽不致命，可也不轻，半个月内暂时变不回人腿。好了好了，别哭了……浮水也不难的。来，我教你怎么游。”

这个说法似乎也过得去，反正事已至此，我信不信又有什么区别。

他拧身，水中霞光流转，当即也将下半身化出龙形，璀璨的浅金龙鳞与我的淡白银鳞交相辉映。

“看，是不是很好玩，有尾巴也没什么不好，可曲可伸，稍一摆荡便在水中来去自如。”

我点点头，不得不承认，他那漂亮的尾鳍在水中灵活流畅得无所不能，游弋起来如行云流水，称心遂意得很。良师在前，硬着头皮也得上。龙君言传身教了两个时辰，终于从最初的兴致勃勃熬到心力交瘁。枉生着一段龙尾的我，只会匍匐在沙地上乱扭乱蹦，无论如何都游不起来。

我想他大概切实体会到了涂山长老们的苦处，每一个给我传道授业的师父，最后都会露出这种怆然涕下的哀恸之色。饶是龙君惯熟水性，此番也累得够呛。他盘踞在沙地上暂歇，百思不得其解地望着我抱臂纳罕：“都是龙尾，怎么区别就这么大？”

我练得快要抽筋，恐怕就是马上还回来一双人腿，也退化得路都不会走。顿觉满心沮丧，指指他的尾鳍，再摸摸自己的：“龙君的是真的……我的是假的……太难了……”

“你不要老想着它是假的，从本心上都不能接受，又怎么指望灵肉合一融为己用？”

废话，他跟他的龙尾朝夕相处了好几万年，当然对怎么操控了如指掌。我这刚有了尾巴才几个时辰，怎么能一概而论？万一我死活学不会，他不耐烦起来直接把我丢进东海底……虽然跟着他也不见得好到哪里去，搞不好还会被借着匪夷所思的理由占便宜。简直越想越绝望，被他数落得抬不起头，欲辩无言，又要嘤嘤哭起来。如同溺水之人攀附浮木，无助地只得将手中珊瑚丛越攥越紧。

他好像知道我在想什么，起身游过来，将我因用力而指节发白的手指掰开，放在自己腰间。

“来，再试一下。放心，我不会把你一个人丢在这儿。等你学会了，再去找大垂，然后一起游回东鄰城。”

接着，他抿唇一笑，又调侃道：“要是连浮水都学不会，怎么做得好本座的炼丹丫头？到时被鱼虾螃蟹笑话欺负了，我可懒得管。”

言毕，将曼妙纤长的龙尾轻轻绕上我的，温凉的触觉隔着鳞片传来，丝滑如玉之清润。

在龙君如此不遗余力地贴身教导下，我像个蹒跚学步的孩童，放松心情，任由两段龙尾环环缠绕，学着如何左右摆荡，如何划分水波调整方向，终于渐渐有了点起色。

水族大多昼伏夜出，想是夜已过半，沉寂的海渊渐渐变得热闹起来。大群灯笼鱼亮起尾灯，浮起点点萤火朝我们靠拢，暗绿的光斑翩跹起伏，似星子都沉落深海，温柔得令人心醉。还有许多叫不出名字的水族，形状怪异斑斓，纷纷从沙石底或海礁的缝隙里钻了出来，越涌越多，数之不尽。

每一种水族都有自己的浮水方式，有的挥舞鳞鳍，有的扭动身体，蚌贝开合扇叶，连软脚虾细如牛毛的肢节都有摆荡韵律。融入其中，也不觉浮水有多困难，直兴奋得嗷嗷欢呼：“会游了，会游了！我这算不算……那个词怎么说来着，叫‘大器晚成’对不对？”

龙君松了始终缠绕在一处的龙尾，尚不忘适时打击：“明明是个笨鸟难飞。”

笨鸟也罢，难飞也罢，终究还是飞起来了。得意忘形之下摆尾摆得厉害了些，歪歪扭扭一鼓作气往前冲，眼看收势不住，就要往礁岩上撞去。事出突然，回天无力，只好双眼一闭打算硬扛下这一撞。片刻后，整个上半身结结实实蹭上一处暖厚胸膛，四片湿润的唇瓣再次紧紧相贴。

现世报来得快，此番重蹈覆辙，我是始作俑者。刚才骂他骂得酣畅淋漓，这下又该怎么自圆其说？真真因果循环，报应不爽。

龙君挡在正前方，好整以暇倚靠着岩壁，这回双手却非常老实地垂在身侧，只是眨了眨眼，学着我的语气道："哎呀，你占我便宜？"

为了扳回点颜面，脸一红便脱口而出："你哪里便宜了？明明是你让我亲回来的！"

"对！所以我们扯平了。"

他宛然一笑，唇边旋出朵梨涡来，甜得我心头发腻，耳郭都生起燥热。

真是，我又不是故意偷香窃玉，倒比他这蓄意劫色的更慌乱无措，是个什么道理？但哥哥常说，一件事情但凡到了要追究出个道理当依据的程度，说明没有道理可讲。反正若论劫色，人家姿容比我还要美得多些，到底也不算吃亏吧。自我安慰了半天，没出息地闷头游开去："我要先去找大垂……"

绕着海沟四下打量一圈，越发没了头绪，这海底看起来到处差不多，每从珊瑚和礁石都极相似，远比在陆上还要难分辨方向。

只好又游回来眼巴巴望他："龙君有没有看见他落水时掉在哪个方向了？"

他没有再为难，爽快地点点头："跟我来。"

牵着他的衣袖，趁夜色往不知名的方向左绕右绕，拐了数不清的弯道，终于在一处水草丛生的平坦沙石地上发现大垂的身影。

故人重逢四目相对，我俩双双一副惊骇得见了鬼的表情。

大垂还是维持着狐狸的身形，囫囵装在一个浑圆透明的大水泡里，里面似乎没有水，四壁虽薄却极绵韧，无论他怎么手挥足蹬都踢不破挣不脱。

龙君在一旁略做解释："海底洋流瞬息万变，吃肉的水族也不少，本座施了个法术把他装在里面，这水晶轮轻易破不开，免得再有意外。"

我激动地看了一眼龙君，感念他这份仁至义尽的好心周全，摆尾朝大垂的水泡游去。

大垂“咚”一声扑过来，整张肉乎乎的狐狸脸挤扁在水泡边沿，扭曲得不忍直视，指着我下半身语无伦次地叫唤：“幼棠？！你你你……你的轮室被劈开了？那这尾巴……”

我欢喜地绕着水晶轮扭动了一番，显摆道：“龙君送我的，你看，银光闪闪的哎，是不是很漂亮？而且我现在还会浮水啦，虽然游得不大好，总归会越来越熟练就是了。”

大垂对龙君成见颇深，虽有救命之恩在前，一时半会儿还是难以接受，看看我又看看龙君，脸上阴晴难定，终于咬咬牙开口：“幼棠，既然千年劫已经过了，你这就跟我回涂山吧。趁现在……还来得及。”

我愣住，没想到在船上还死活不肯走回头路的大垂会突然提出这么个建议，态度逆转得彻底。我不是不想回去，但不能是现在。扭绞着手指搜索枯肠，把什么过河拆桥、卸磨杀驴、鸟尽弓藏等等存货都搬了出来。总而言之，不能如此不讲信义，借龙君打发了天劫就寻思分道扬镳。再者说，妙方宝境的所在好不容易有了线索，怎能在这关键时刻知难而退。

我俩口舌官司打得热闹，你一言我一语自说自话试图劝服对方。龙君盘踞一旁听着，姿态闲散，神情略带睥睨，话出口便是一锤定音：“本座不是桥，不是驴也不是弓。这位涂什么……涂青岚是吧，要走请随意，海阔天空，尽可自便，若要回涂山带芜君来东海要人也不是不行。本座既答应了幼棠帮她去寻妙方宝境，已是有约在先，一言既出势在必行，她现在不能跟你走。”

这话说得有理有据逻辑严谨，以我对龙君的些微了解，已算相当客气，恐怕是个先礼后兵的前兆。他当初对英招可没这等磅礴的耐心，直接撂下一句“要么打，要么滚。”凭大垂这点斤两，若惹怒了龙君，和直接投海自尽没什么区别。且听他几次三番话里话外流露的意思，真要动起武来，父君和哥哥联手都未必能有把握降服得住一条应龙，不管是不是夸大其词，都不能掉以轻心。

眼看他俩实力悬殊却道不同而剑拔弩张，这可怎么办呢？

第十七章

龙狐迤逦

诚然武力不能解决所有事情，但解决大垂绰绰有余。

我把这一层关窍委婉地给大垂递过去，好生分析利弊，劝他勿要以身作死，凡事顺其自然总有柳暗花明的一天。若真能寻得妙方宝境救回君后千葵，也是大功一件，日后回了涂山必然颜面有光。

权衡的结果是，大垂一口咬定放心不下涂山帝姬孤身入龙潭，决定冒死相随，须臾不离左右。

龙君未置可否，抬臂轻轻揽住我尚不算灵活的腰肢往东游去，看也不再看他一眼。我将被海水冲卷得四下飘浮的长发拨了几缕下来挡住侧脸，假装没有感觉到大垂如芒刺般射来的目光。

游出一小段，稍微平复了下忐忑的心情，这才不放心地悄悄回头往身后探去。只见大垂被拘在那水泡子中，已经自学成才摸索出了以球代步的技能，像凡间那些被装在铁丝圆球笼子里的老鼠一样四爪刨腾，催动水泡滚动，气喘吁吁地紧随其后。

我觉得不落忍，有心给他讨个人情，鼓起勇气问龙君："反正都要收留他回龙宫了，为什么不给大垂也变一段尾巴出来？好歹日常活动也方便些……"

龙君眼角余光冷冷扫了一眼，若无其事道："这狐狸屁股太大，腰肥臀圆，化出尾巴来不协调，还是踩球比较适合他。"

大垂一字不落听进耳朵里，气得脸红脖子粗，四爪倒腾得更厉害，眼看就要超过我俩，边游边骂道：“水族就是没眼光！本公子英俊潇洒风流倜傥，涂山一等一的俊俏美男，哪里不协调了？！那些鱼虾螃蟹才叫奇形怪状，腿比我毛还要多，分得出哪儿是腰、哪儿是屁股吗？真是莫名其妙！”

话已至此，我不便再多言置喙，既已决定追随龙君，自然随他安排，他说什么就是什么吧！只得悄悄对大垂打了个爱莫能助的手势，示意他噤声。我不敢再看他，生怕瞅一眼这副踩球的尊容就要忍不住笑得抽筋。男人都好面子，我想大垂必然也不愿这么丢脸的形象被我铭记于心。

龙君维持着矜傲的缄默，携着我分波逐浪，一下子又把大垂远远落在两三丈开外。自从回到东海，他便似收敛了性情，变得庄重沉默不少，也不再伶牙俐齿随意调笑。打量之下才发现，他不知何时已另换过一身衣裳，紫袍襟摆处用金线绣了栩栩如生的云纹和羽徽，极其繁复细致，不知是青鸾抑或是凤凰的图腾。随着他的一举一动，在水中徐徐铺展，华贵如孔雀开屏。

为了缓解沉闷得略显诡异的气氛，我绞尽脑汁想要寻个话头出来。在不知道该说什么的时候，说好听的总没错。鼓了好久的劲儿，才握拳腼腆道：“龙君的衣裳，真好看——一定很贵吧？”

龙君不知在想些什么，寡着一张脸答非所问：“你好像很关心他。”

一路上时不时分神去关注大垂有没有跟丢，次数太频，想必已被龙君尽收眼底。我不觉得这有什么不妥，顺口应道：“应该的嘛。”

大垂的爹是昌邑长老，司掌经籍法典规矩礼仪，性情却并不刻板严苛，堪称涂山十长老中脾气最温和敦厚的一位，平日里对我和颜悦色诸多关切，不合身份的话从不贸然出口，是个令人敬重的长者。他膝下唯一的儿子现随我流落在外，于情于理都得多加照拂。

大垂追赶得气喘吁吁，不失时机插进话来：“那是自然，本公子与幼棠从小一处长大，青梅竹马同游共息，那情谊岂是寻常可比？她不关心我，还去关心谁？再者说了，有些人哪，仗着多活了些年岁，就在姑娘面前力求表现，经年累月摔打下来皮糙肉厚得很，想来也用不着旁人瞎操心。”

我听得皱眉，这话就过分了。同宗同族的小字辈狐狸粗略数数也有好几千只，谁跟谁不是一处长大。一起闯祸一起挨罚，牵起来都是一条藤上的瓜。

龙君刚刚帮他挡过了那么严厉的天雷赤焰劫，连个谢字都欠奉也就罢了，这话里话外还夹枪带棒算什么意思？若硬要论手帕交，和我这朵青梅同游共息的涂山竹马，全加起来起码上千只，大多也不过是个见面点头的情分。

对他这种添油加醋、言过其实的歪风邪气，必须及时加以遏制。“涂大垂，咱俩一起长大是没错，可是……”

可是什么还没来得及说完，龙君玉琢般的侧颜转瞬更沉冷了几分，微不可闻地哼一声，扬尾溯流潜下。身上若有若无的霞光倏忽远去，周遭只剩下了海礁怪石嶙峋，幢幢黑影像怪兽的轮廓张牙舞爪林立。

我愣在原地惶惶不安，不知道自己说错了什么，又怎么惹得龙君不高兴。刚才不还好好的嘛，我还夸了他的衣裳好看。反省无果，龙心如同海底针，完全摸不着规律，顿时有几分理解了凡人所谓的伴君如伴虎。他们的君王以真龙天子自称，发起性子来也不过就凶得像虎，我身边这条货真价实的龙，喜怒无常得教人惆怅难解心惶惶。

腰上有伤，游动的力道就不好控制。一个拧身摆荡，“不慎”将扇面般硕大的尾鳍甩在大垂寄身的水晶轮上，抽得那球连番翻滚，身后哀号顿起：“啊啊啊……涂幼棠你胳膊肘朝外拐！是非不分啊！”

我一边向前追赶龙君而去，一边回过头淡定解释：“这是龙尾，不是胳膊肘。”

龙君划水划得极快，一路上却时不时招鱼逗虾，不知有意还是无意将速度延缓了下来，始终游弋在视线所及的前方。

我游得气都快断了，好不容易追上，见龙君暂歇在一处平缓滩涂，正扯下海藻包扎胳膊。顿时想起甲板上那摊龙血，他被天雷劈出的伤口。眼泪融在海里看不出来，那么血也一样吧。何况龙血本就是青金色，跟最深邃的海水颜色差不多。

他带着伤忙活了整夜，始终一声不吭，半字也未提及。我只觉心里一抽一抽，有种陌生的、钝钝的痛，二话不说开始用手在沙地上刨坑。

他看了片刻，终于忍不住开口：“你在干什么？”

“认错。刚才路上遇到一只牡蛎，我问它说水族做错事惹同伴生气了该怎么办，它告诉我道歉态度要诚恳，就把脑袋埋在沙子里。”

龙君毫不买账，漠然道：“谁是你同伴，你青梅竹马的同伴不是那只折耳狐吗？本座是高贵的龙，才不要和你这忘恩负义的赖皮狐狸为伍。”

天地良心，出言不逊得罪龙君的是涂大垂，和我又有什么干系了，这般迁怒，纯属殃及池鱼。但不管怎么说，堂堂海主帮不相干的狐族对头渡劫反遭奚落，总归受了委屈，严重点说还算天大的委屈。大垂无论如何是我带出来的，理亏在前不敢再辩，只得默默听着。

“你俩一唱一搭的好双簧，刚还骂本座什么来着？皮糙肉厚力求表现？本座的英明神武还用得着表现吗？就算要表现用得着跟你俩表现？”

我心惊肉跳连忙摆手：“哪里哪里……龙君细皮嫩肉……只有捡钱的，没有捡骂的……”

他再不看我，低头裹缠胳膊上的伤处：“真是狼心狗肺，没想到芜君这样好家教。”

刨坑的手顿了顿，这话说得有点狠，直接累及父君清誉了。家教一事原怨不得父君，自己从小没出息到大，若能有云门当年一半的天资禀赋，也不至于丢脸从山上丢到海底。一想到红颜薄命的姐姐，心又软了几分。不管他是不是姐夫，曾和哥哥有过怎样的交情，如今都救了我一次又一次，被骂两句难听的又怎样。渊源这么深，也不是三言两语能牵扯得清。

我端正了态度，再接再厉继续转圜：“龙君救命之恩……再生父母！”

这恩谢得太有分量，龙君乍听之下，额角蹦了一蹦，忙伸出三指用力按住，艰涩道：“……差辈儿了！本座不是那个意思。”

海藻滑腻，他一手拉扯了半天还是裹不匀称，索性闷闷地拽下扔过一旁。

水族虽然离不得水，但有了伤口一直泡在咸涩的海水里谁都吃不消，也不利于伤处愈合。龙君前臂一道狰狞裂口翻开，灼伤翻卷的皮肉边沿已经浸得泛白。我小心翼翼游上前去，拎起他一角袖子嗫嚅：“龙君受伤了……”

龙君爱面子，轻描淡写丢下一句：“小伤而已，不碍事。”

道歉嘛，光嘴上有诚意是不够的，总得拿出点实际行动。我悄悄摸索一阵，从衣襟里将缠绕在腰肢的兜云锦解下。这物件在龙君眼里虽不稀奇，却是我身边唯一拿得出手的法器，功能齐全，最难得的是水火不侵，用来包扎伤处再合适不过。腰后的伤没了云锦隔绝，突然被冰冷海水浸透，痛得眼冒金星。但这样的痛楚，龙君已经独自忍受了很久，或许比我的更剧烈难熬。

他看我拽着那块云锦怯怯蹭过来，没有吱声，默许了为他清理伤处的示好。我捡起一片锋利的贝叶残片，先将伤口周围腐肉仔细削除，手下力道已是放得轻之又轻，还是感觉到他身上微微传来的抽搐，似是被触痛又竭力按捺。终于包扎妥当，系上结，龙君抬起胳膊凝眉端详一阵，嘟囔道："这结怎么系得像泥鳅一样，歪歪扭扭丑得很，快解开来重系。"

我偷偷抿唇笑笑，身受重伤也不忘注重仪表，真是爱美爱到无可救药。但他终于肯主动跟我说话了，大概表示这一节不愉快的插曲就算揭过了吧。

"龙君胸怀宽广，大人不计小狐过……"

龙君把脸别开，好半天才唔了声，撩下袖口将手臂盖住，顺带遮掩了重新打理过一遍却还不如泥鳅的如意结。

耽搁这一阵，臊眉耷眼的大垂也踩着球追赶而至，此番倒识趣不少，只远远停在丈许外不敢靠得更近。

伤口和海水之间有了缓冲，疼痛减轻，龙君心情渐渐好转，还随手送了我几颗沿途海蚌敬献的彩珠，说是东鄰城外有绵延十里海市，届时可拿去换些可心的小玩意。

涂山素来清净，不似青丘作兴效仿凡间设下集市。我一直对那烟火繁盛之趣心向往之，一听东海也有这等热闹可瞧，顿时乐不可支，欢快地扭了扭身子，拍得水花乱响。

龙君皱眉提点："做本座的随从，更需时刻检视言行，不要动不动就摇尾巴，陆上的狗子才这模样。"

说罢闲闲瞥了一眼拘在球中的大垂，这厮已经琢磨出个省心省力的窍门，将九条狐尾伸出水泡外，四爪踢蹬得累了就以尾代步，摇摇摆摆划起水来也灵活得很，就只是不大雅观。大垂被指桑骂槐指狐为狗，老大不忿，刚要还嘴又被我一瞪眼堵了回去，将九条狐尾摇得发羊痫风一般。这两人一路上唇枪舌剑火药四散，我也逐渐习以为常，就当听戏。

龙君没有骗我，半个月后，在距离东鄰城还有七八十里地时，那双睽违已久的人腿终于重新化形而出。他又神色郑重立下规矩，嘱我无论何时都不可擅自显现他送我的这条龙尾招摇过市。我欣然应允，龙君虽没解释缘由，我却自有觉悟。所谓一山不容二虎，一座龙宫里自然也不能同时出现两个拥有龙形的人，就算只有一半也不行。事关权威，半点僭越不得。

不能再以龙尾游弋，速度必然慢了下来。眼看答允太玄的两月之期将近，龙君也彻底化回人形，又从袖中唤出一匹通身似雪的白龙马来，双双骑着它继续朝龙宫跋涉而去。他那宽大的袖袍跟太上老君的乾坤袋很有一拼，什么都装得进去，不知平日随身带着那么多东西沉不沉得慌。至于九尾做桨的大垂嘛，只好依旧踩他的水晶球。

龙君在前控缰，我坐在背后极是纳闷，只觉他这怜下护短也太魔怔了些，寻常都是坐骑驮着主人，几时见主人将坐骑收得好好的扛着到处跑？大概正因如此，这白龙马被养得甚是骄纵，打不得骂不得，跑几步就要歇一歇，动不动还停下来嚼几口海藻打牙祭，又馋又懒令人耳目一新。

行至东鄰城外三十里地，白龙马使起小性儿来再不肯向前，磨磨蹭蹭跑到一处珊瑚海亭歇脚。守那处海亭的是一尾大红螺，看道行约莫七百年，靠给往来行客备些牡蛎海瓜子等吃食做营生。

我数了数兜里前几日获赠的彩珠，估摸一顿简陋的东道主还请得起，讨好地朝龙君笑笑，指指隔壁桌上一盘海瓜子："故乡小吃，要不要尝尝？"

龙君瞥一眼，露出心有余悸的神情摇了摇头。

"很多年前在凡间游历，一时新鲜跑到酒楼，想要尝尝凡人的烟火烹煮是何滋味，谁知他们呈上来那鱼全都没剔过刺，险些活活把本座噎死。"

我往外掏摸彩珠的手僵了僵，想笑又不敢，暗叹真是条不知民间疾苦的娇贵的龙。想来也是，他甫一降世便被收为烛龙义子，身份已然非凡，过得金尊玉贵得很，后来自立门户，在龙宫也有成千上万的水族日夜伺候，哪里知道在民间吃鱼要先剔刺这种常识，当苍蝇小馆的炊夫都有龙宫御厨的水准呢。一条差点被鱼刺噎死的龙，也算惊天奇闻。

说话间，龙君已向殷勤游来的红螺大姊客气地付了数十枚贝叶钱，拱手表示只需借地暂歇，其余一概不需叨扰，若方便的话，从附近割几捆海藻来饲喂门口那匹白马即可。

第十八章

夜来幽梦

红螺大姉是个爽快人，见豪客出手如此阔绰，言辞又谦雅和善，热心地从珊瑚凿出的壁架上取出一卷书册子来，朝我俩挤眉弄眼道："两位客官今儿算是来着了，这可是坊间近来流传最火的黑市小说，龙宫新颁下法令，官方本不允许流通传阅的。这不，法令刚出，价格已哄抬到两枚珠铭一本，都还供不应求，一上市就卖断了货，十里八乡的墨鱼为拓印这卷书，喷墨都喷得快变成透明鱼了。原本借阅一个时辰都得收合币两枚，老身今日尽个地主之谊，借给二位打发时间，要看得高兴啊，再随手打赏几个小钱便罢。老身做生意一向童叟无欺和气生财，从不争多论少的。"

那翻得卷了边儿的书册跟凡间话本子颇似，封皮上赫然三个龙飞凤舞的大字：龙狐传。龙君听得极纳罕，接过来哗啦啦乱翻一回，不解道："这写的什么？"

"这个呀，是咱们东海龙君的艳情史啊！两位必是外乡远道而来的客人，多了解点当地的风土人情没坏处。"

我心头一跳，拿过来粗粗扫几眼，行文很是有点风流神妙的趣处，能描写和不能描写的地方应有尽有，起承转合虚虚实实都不缺。连章节回目也写得极是香艳旖旎，还带着点欲盖弥彰的勾人韵味，有个叫什么"沉珠侧畔韶华虚，龙狐迤逦婆娑行"。看来东海水族的八卦氛围跟涂山比起来一点儿也不遑多让。只是好端端的，为甚叫个龙狐旖旎？他几时跟狐族牵扯到一块，看来关于云门姐夫的揣测越发有了几分准头。

龙君确然是个人才，虽远离东海日久，留下的风流传说却绵绵不绝推陈出新，都好几千年过去，还能稳居东海艳闻话题之榜首。

隔壁桌坐着一对老海龟和乌头章，面前剥空的海瓜子壳堆起来有小山高，正边吃边聊相谈甚欢。见这边厢龙君对着这书册子瞪眼发呆，指指点点交头接耳议论起来。

我被那极具蛊惑的语气吸引，蹲在地上边画圈圈边竖起狐狸耳朵仔细聆听。

那龟道："《龙狐传》被认为是黑市淫秽禁书，依老夫看，却有个九成的真。半个月前，听一群灯笼鱼嚼舌，说千多年来杳无音信的龙君突然出现在即翼泽附近，我老大不信，忙赶了过去，你猜怎么着？"

"什么怎么着，我上哪儿知道去！你既去查证了，那到底是不是君上？他既到了东海，又不回东鄰城，耽搁在即翼泽干什么？"

老龟神秘兮兮眯眼一笑，将话音又放低了几分："干什么？老夫赶到一看，咱们那位向来号称清心寡欲痴情念旧的君上啊，正在搂着一条小银龙怀柔四海……我远远地观察了好一会儿，寻思这当口上前打搅多有不便，就没上前参拜。看龙鳞颜色，独一无二片片烁金，千真万确是咱们东海的那位君上无疑。"

乌头章听得云里雾里一知半解，不耐起来，撇嘴道："你们海龟说话都这么文绉绉，什么叫怀柔四海？"

"就是交尾嘛，缠得那个紧，翻来滚去好半天……啧啧，连个遮掩处也不寻，露天席地，急不可抑啊！"

"小银龙？东海最近是来了几条新近从化龙池蹦出来的小龙来着，有青有黑，大多须爪还化不齐全，离修出雌雄还早着呢，没听说有银鳞的雌龙啊。"

老龟咂摸咂摸嘴："嗨，你个不开窍的榆木脑袋，当然是从外头带回来的，妾不如偷嘛！隔得太远，我也望不真切，那雌龙也化着半身人形，却又不大像人，说鲛人也不似鲛人，手指间没有蹼，一双耳朵是尖的。倒有点像……像是千多年前那位……"

乌头章唏嘘一叹，丢了颗海瓜子进嘴里嚼得嘎嘣脆。"可怜夜来姑娘在龙宫苦苦守了好几千年，里外操持，一片痴情四海皆知啊，却连个正经名分都没挣上，别说妾了，通房夫人也还不算，要知道这事，不知伤心成怎样！”

“她怎么不知，要不你以为那禁书令是谁颁下来的？龙宫里头除了这么一位护法大祭司，还有谁有这么大权力？”

“要我说，龙君心也忒硬了些，夜来姑娘倾心吐胆好些年，便是块石头也该焐化了。他却不知怜取眼前人，偏不肯将这层窗户纸捅破，还丢下整片东海到处去寻那位明知没结果的主儿。要寻着也罢了，半途又招来些狐亲鬼妾带在身边惹眼。”

这信息量未免太大，我消化不及，没想到身为上神的龙君情史竟这般浩瀚丰富，又是龙宫大祭司，又是什么小银龙的。窃笑了半天方悟过来，那老龟口中银鳞尖耳的绯闻女主，莫不是指的本小狐？半个月前在即翼泽，龙君赠我龙尾一枚，又亲身指点如何运用，彼时附近也冒出过大片鬼鬼祟祟的灯笼鱼来着。

正寻思，龙君猛地将我拉起来丢上马背，便要远离这是非之地。白龙马海藻还没嚼够，老大不情愿地迈起碎步，半盏茶工夫还没走出十几米，身后那龟的絮叨仍旧连声传来，字字入耳。

“谁让咱们君上就好这一口呢，见了那些桃花眼尖耳朵的就走不动道。你方才不是还说那小银龙长着双尖耳吗，鳞尾又是银色的，约莫和那位容貌相似得很了，这就叫个人不如故。譬如你打碎了一只极喜欢的海螺杯子，便总想着要再寻出只一模一样的来慰怀，再不济也得有个七八成像。”

“狐族嘛，媚色绝伦，四海八荒见了能走得动道的，怕也寻不出几个。唉……真是作孽，事情都过去千把年了，还是看不破放不下，白白蹉跎了夜来姑娘，一片真心付东流啊！”

“你老糊涂了怎的？这儿就是东海，再往东的东荒之极可不就是云梦泽么，君上的化身之所啊，还能往哪儿流？只怕再熬上些年月，流来流去流成仇喽……”

白龙马听得打了个响鼻，龙君催马催得急了些，不知怎的没坐稳，竟从骑得好好的马背上摔了下去。连从坐骑上摔下来都摔得那么帅，难怪跑外头躲了千多年都躲不开一身的风情月债。他那一摔却把白龙马吓了一跳，尥起蹶子来直接将我掀翻，面朝海底沙直直扑下，花了一千年才长出来的一点点胸都快被拍平了。

我艰难地爬起来问龙君，“什么叫交尾？”

他半支着身子默了一瞬，简明扼要地解释：“交尾就是跳舞。”

“哦……他们看见龙君教我浮水，以为我俩在缠着尾巴跳舞，然后误会了对不对？”

这次他却没有吭声，脸色也纠结得很。大概觉得被族人看见堂堂君上跟个来历不明的黄毛丫头手舞足蹈，还传出暧昧流言，实在有失身份。

耳边传来一声冷哼，扭头看时却是大垂。他一直默默跟在我俩身后，海亭的坊间流言想必也一字不漏听了进去，却难得安分得很，没有再出言不逊跟着冷嘲热讽。识时务者为俊杰，我对他的觉悟感到很欣慰。龙君看样子已被得罪得不轻，再要火上浇油，我厚着脸皮求情都未必护得住他。

追随龙君时日不长，惹的麻烦一桩接一桩。这场桃色艳闻说到底是为教我浮水而来，连累龙君遭此非议，原本就不怎么样的清誉彻底毁于一旦，还在族人心里烙下个到处留情不知怜香惜玉的浪荡形象，本小狐罪过匪浅，越发愧疚得无以言表。

语言无法表达的，就只有落实在行动上了。我借口腰后的伤处一颠簸就疼得厉害，不肯再和龙君共乘一骑，反正那白龙马溜达的速度跟步行也不相上下。龙君受刺激过度，一时半会儿暂时平复不过来，显得有些心事重重，漫不经心点了点头算作应允。

大垂见我速度慢下来，落在骑行的龙君后头渐拉开了距离，不失时机凑上前聒噪：“好事不出门坏事传千里，你看看，这才几天，连什么《龙狐传》都编出来了，海族果然没有一个好东西，满心满脑子都是海淫海盗！”

我感到万分为难，惹了烂摊子就落跑，实在于心难安。但大垂对海族的对立情绪不是一朝一夕，恐怕难以在片刻间争论出个结果来，便有气无力应道：“若不是龙君挺身而出化解了赤焰劫，我早就连命都没了。误会嘛，总归是能解释清楚的，身正不怕影子斜。”

他果然不买账，甩着九尾催动那球拦在面前软磨硬泡：“幼棠，别再往前走了，跟我回涂山吧。你想想，芜君那么疼你，你却偷跑出来弃家不回，还跟在条龙身边惹出那么多有损闺誉的闲言碎语，他要听见得气成什么样，你忍心吗？”

大垂在涂山属于没什么存在感的那类狐狸，意见一向不被重视，话也就变得越来越少，通常扮演倾听起哄带吆喝的角色。这一有了发挥空间，被压抑的婆妈天性释放出来，一发不可收拾，终于惹得我彻底不耐烦。

“要回你自己回，谁又没拦着你。父君和昌邑长老也很疼你啊，可你不也是违抗了封山谕旨偷跑出来的，并没名正言顺到哪儿去，好意思跟我掰扯什么忠孝仁义？再说我这次来东海是为了君后，又不是私奔！”

“那怎么行，眼睁睁看着你被那风流成性的龙拐回龙宫，这么无情无义背弃同族于水火的事，我涂青岚绝对不会做。”

我简直气结：“你死活非跟着我，到底是要干什么？”

大垂滚圆的狐狸眼一瞪，十足无辜模样：“我这不是放心不下你吗？！”

“涂大垂，咱俩也算知根知底，明人面前不说暗话，以我对你的了解，这么些年来你唯一放不下的也就只有碗了。”

“现在还有幼棠你啊！”

我气喘得急了些，被咸涩海水猛地噎了一口，无奈道：“大垂……你想开点好不好？我到底欠你什么，你告诉我，我这就还回去还不行吗？”

“幼棠，你有没有想过……这还没到东鄰城，流言蜚语就已经刮得满天飞，真要进了龙宫，万一他有很多奇怪的妻妾，到时个个把你当成眼中钉肉中刺，你确定能应付得过来？海里不比陆上，那些奇形怪状的鱼凶悍得很，说不定还有毒，个个性情不明、道行成谜，万一因妒生恨抓住你，再扒了皮做成狐毛坎肩……”

我愣了愣，突然觉得大垂的顾虑也不是完全没有道理。俗话说龙生九子各不同，难道集齐凤凰、狮子、老虎、王八、蛇等九种禽兽，就可以召唤神龙？人间的帝王后宫尚且讲究个一后四妃九嫔，更广的还有七十二世妇、八十一御妾。龙君一举一动都这么排场喧天，恐怕真的有可能把龙宫搞得花团又锦簇，艳福与天齐。

“我只是个烧火守丹炉的，你突然跟我说后宫倾轧争风吃醋这种事……关我什么事？”

大垂急得在水晶轮里化出了人身，珠圆玉润的重量猝不及防将水泡压破，咕咚一声滚下地来。一张久违的脸好歹不负涂山狐族声名，虽然不至于像他吹的那样“英俊潇洒风流倜傥，涂山一等一的俊俏美男”，也颇有几分眉清目秀的韵致。

眉清目秀的大垂此刻正毫无形象地龇牙咧嘴，真诚得像个神经病：“幼棠你真是太傻太天真了，须知女人拈酸吃醋起来是没有道理可讲的，欲加之罪，何患无辞啊！”

大垂总是有这种本事，能把人原本好端端风和日丽的心情搅和得乌云密布。我有点生气，却又搞不清楚究竟在为什么生气，于是气得更加堵心。大概成年以后的女狐狸，每个月总有那么几天听什么都不顺耳，极其容易暴躁。

说起来我能活过千岁顺利成年，还多亏了龙君仗义。连天劫都敢眼也不眨就硬扛了，到了龙宫，若有无知水族因为些莫名其妙的理由前来寻衅，想必也会秉公处理。

念头刚落定，把自己都吓了一跳，我竟对他依赖到这个地步了吗？想起初遇的那晚，在溪涧旁的清谈。我曾那么信誓旦旦放言，要坚持自己选择的道路，不被想象中的困难束住脚步。就算真有随流言而生的是非刁难，也应该靠自己见招拆招一一化解。况且他那些或许有或许没有的复杂关系，统统都未经证实，只存在于大垂一面之词的猜测里。

“大垂，要走还是要留，你自己考虑清楚就是。内心戏太多了，不利于心智健康。”我不再看他，扭头往东鄰城的方向继续走。赶出半里地，忽琢磨过来这日的大垂有点不同寻常，看起来比任何时候都要顺眼些。仔细回忆了一下，才猛然发觉，年满一千五百岁，刚渡过第三轮天劫的折耳狐涂青岚，已经能够立起尖耳。

略一分神，龙君单骑独行的身影已消失不见，前方突然传来一阵喧嚣，“快……快跑啊！那些海夜叉又来了！”

第十九章

兵临城下

奔忙逃窜的海族从身旁成群涌过，搅起泥沙翻腾，原本清澈的海水瞬间变得浑浊，几乎不能目视。我被呛得咳嗽几声，逆着鱼潮向兵戈铿锵声起处奔去。

捏个诀拨开面前混沌密布的砂石碎藻，见一团翠色的光影闪动，游如灵蛇，和一道黧黑煞气缠绕在一起，正打得难解难分。翠色光影太轻而飘忽，明明打斗费力却不肯退却，处境越来越逼仄。一阵罡风扫过，翠影闪躲慢了半分，被凌厉之势裹挟着高高抛起，再落下时却被徒然大盛的一轮霞光承托住，轻放在一旁的海礁上。

日光也无法穿透的幽暗深海忽腾起异光闪烁，短暂的光亮中，我看到另一道白如雪芒迅疾若电的身影，虚晃一下跃入阵中，是龙君！他速度飞快地绕着黑影攻击，来去之间如晓角吟风、一叶坠落。

和在积石山与英招交手时的悠闲不同，龙君的姿态让我想起多年前在涂山密林中意外撞见的一次捕猎。苍鹰扑兔——迅疾精准，成败系于弹指一瞬。因为过程太过短暂，我仍记得当时目瞪口呆的惊叹，却难以用任何所知的词汇来描述细节。面前的一切又唤起我回忆里那只凶猛的鹰，劲气悍锐、目射寒辉。

此情此景令人大开眼界，我惊得将身子前倾，努力去看。寻思这一身技艺横扫天下亦不为过，四海战神之誉绝非浪得虚名。

可战神也经不起接二连三的车轮战，何况他还刚应付过两轮惨烈的天劫。

狐狸眼尖，我细心地发现龙君一手执着把不知从哪儿化出来的长剑，挥舞得翩若惊鸿，另一只受过重伤的手臂却虚飘飘垂在身侧，完全使不上力气。

刚要上前帮忙,手腕被趋步赶来的大垂死死拉住:“你去瞎掺和什么？！”

他低下头，借那点不甚明亮的散射幽光打量我，目光是探究，不是询问。他不需要我的回答。我张大嘴，手腕笨拙地动了动，完全挣不开。这才醒过神来，觉得有必要为自己下意识的鲁莽举动解释一下，好半天才挤出个惭愧且心虚的答案:“龙君身上有伤,他要有了闪失,黄泉海就彻底进不去了……”

大垂神情前所未见地严肃，把话一字一顿说进我耳朵里：“海族的事自有他们龙君去料理，他要是解决不了，你去又有什么用？妙方宝境就算找不着，君后大不了和以往一样沉睡，情况不会再坏到哪儿去。可北溟夜叉和极北苍溟城的魔族关系千丝万缕，难道你想把涂山卷进这场是非？”

我无言以对，被牢牢控在当下，汹涌洋流卷起发丝纷扬，团团漂浮在眼前，缠绕得似人心乱如麻。

斜前方海礁上的翠色倩影喘息初定，已经重新振作起来，双手一晃，指尖锋芒暴涨，重新化出片片利如勾刀的指甲，又要游过去助阵。原来她是鲛人。东海鲛族性情和顺，原本不擅打斗，鲛女更是身骨柔弱，只有指间刀锋般的利甲作为唯一的武器，平日藏在蹼膜中隐匿不见，遇到危险时才会探出来防身。

阵中传来龙君低喝，气息沉稳：“夜来退下！”

鲛女闻言，停在数尺外不敢再近前，只怔忡了一刹，又扭头冲进夜叉兵卒与水族将士缠斗的阵营中，率众奋力搏杀。我被大垂拽着矮身藏在一丛海藻后，翘首屏息望去，只见虾兵蟹将鱼卒尚可，算是久经严训，阵形虽被打得零散仍旧不失章法。那些男鲛人就实在孱弱得不堪一击，五个加起来也干不过一只海夜叉,跟冲锋陷阵毫无惧色的鲛女相比,阴盛阳衰之态昭然若揭。

无论水族还是飞禽走兽，雄性向来肩负着保护族中妇孺的重任，到了东海鲛族这儿竟完全掉了个个儿，祸事临头反倒需要他们的鲛女挺身而出迎头对敌。男鲛如此不成气候，难怪夜来对同族完全提不起兴趣，按坊间传言的说法，是早就对骁勇善战的龙君芳心暗许矢志不移。我觉得这很能理解，再坚强的姑娘终究也是个姑娘，强悍勇猛很多时候都是被逼出来的。若有得选，谁想跟一群不是女娇娥却胜似娘娘腔的伪汉子作配？漫漫生涯简直可以预见，除了操不完的心，就是受不完的累。

我是没什么法力、心气也不高的笨狐狸，除了吃和睡，对打架这种事向来避而远之，也很少有机会如此近距离观赏短兵相接的阵仗。此番见两拨人马打得涛惊浪涌，莫名其妙热血沸腾起来，暗忖太玄果真没有夸大其词，那些海夜叉着实凶悍蛮横不好对付。刚一回来就在家门口遇上外敌来犯，龙君肩上的担子之沉重，令人望而兴叹。

阵中突传来一声嘶吼，震得耳朵生疼。声波扩得太大，又囿在深水之中，一时不好分辨究竟是谁发出。我惊得心口一窒，嗓子像被什么狠狠揪住，几乎整个瘫软在大垂胳膊上。很快便有丝丝缕缕的血腥在海水中漂浮漫延开来，我慌乱地伸手扒拉，凝目仔细分辨那些血水的颜色，是融于湛蓝的青金还是鲜红？可惜光线太暗，被恶斗搅和得泥沙翻腾的海水过于浑浊，根本什么也看不清。究竟谁受伤了？大垂对战况如何并不挂怀，只默默守在我身边寸步不离，扣住我腕子的手越来越松，又骤然收紧，无论如何苦挣不脱。

心神不宁间，混沌深处猛地腾起一蓬妖异紫光，将混沌照彻。几乎与此同时，和龙君缠斗相抗的夜叉头领，已被少昊琴一根龙筋弦穿颈而过，将整颗头颅齐肩铰下，当场身首异处。那头颅死相狰狞血淋披面，须发虬结，只需看一眼便催人欲呕。死不瞑目的断首被龙君用剑柄挑着，端立礁崖之巅高高举起，清喝道："太玄何在？！"

泱泱众卒间连滚带爬摔出一团绿乎乎的物事，扑通跪倒在礁下。他是一众龙宫兵卒里唯一未着战甲的，相当好认。太玄真身是龟，那副与生俱来的硬壳就是最坚韧的甲胄，原不需再画蛇添足穿什么铠甲。

龙君将敌首往太玄怀里一丢："传令下去，俘虏无赦。所有叛军尸首统统给本座把皮扒下来缝制成海疆图，悬于东鄰城楼外十丈高台，让胆敢以下犯上觊觎东海的狂徒好好看清楚，这就是下场！"

片刻前还气势汹汹的夜叉族被突然出现的龙君扰乱了阵脚，军心涣散，纷纷丢下手中的叉戟四处奔逃乱撞："……是……是东海龙君！他家龙王爷回来给东粼城报仇了！”

擒贼先擒王，这下马威给得太狠，将余下的海夜叉彻底震慑住，再也无心恋战，一片丢盔弃甲砸得沙地沉渣又起。

痛打落水狗，乃人生一大乐趣。夜叉骤失主将，当即溃不成军，被东海水族一鼓作气打得抬不起头来。待将散兵余寇赶出这片海域，剩下的无非就是清扫战场检点伤损。

我暗暗松一口气，却发觉右侧蓬乱的海藻间隐约传出动静，蹑足过去拨开一瞧，正对上一双惊恐泪眼。是只落单的海夜叉。但这夜叉年纪太小了，根本还是个孩子。他的族人逃命逃得匆忙，混乱中将他落下。

看他手中并无兵器，吓得缩成一团瑟瑟发抖，模样甚是可怜。大垂重重叹息一声，果然心领神会，知我又要忍不住多管闲事，已经连劝都懒得，反正也是浪费口舌。我蹲下身去，揪过一丛海藻将这暗处遮得更严实些，低声问他：“你今年多大？小小年纪不老实待在学堂念书，学人家跑出来乱打仗？你怎么不上天呢？”

小夜叉抽抽噎噎伸出两根手指，无辜地眨巴眼：“我叫春空，今年两百岁……”

素闻夜叉族好战，却没想到好勇斗狠的风气歪成这样，连刚满两百岁的幼童都硬拉出来上战场，打的还是这种名不正来言不顺的糊涂仗，当真作孽。这夜叉年纪虽小，眼色却颇机灵乖觉，见我面露不忍，立即扑上前来，紧攥住衣角就不撒手：“狐狸姐姐……你是不是认识我家君上？我……我在苍溟城见过你的画像，一模一样，他们找了你好久……姐姐救我……我不想被捉去扒皮，呜呜呜……”

我被他惊人之语吓得倒抽一口凉气，奈何海中没有凉气，只有一口冰冷的海水结结实实呛进胸口。这是个什么情况？从未出过涂山的我，几时又和群魔乱舞的苍溟城扯上干系，还留下画像在城邦供魔族瞻仰？

魔君重楼在那场焚天毁地的神魔大战里被打散元神封印进昊天塔，早就囚了快两千年了，冤有头债有主，要报仇也该去找东海龙君，找我做什么？关系攀扯得也太匪夷所思，和太玄被捉住时叫的那声“娘”有一拼。想必方才和大垂躲在一旁袖手观战良久，被他看在眼里，便认为我俩不会是和东海水族一伙的，这般东拉西扯，不过巴望着我能施以援手救他一条小命。

大垂不知着了什么魔，自从下海以来耐心差得很，让他回去又不肯，留下来就动不动要炸毛。此刻皱着眉，故意龇牙咧嘴做出个凶巴巴的模样，朝那小夜叉吼道："你这死孩子，瞎说什么？！果然邪魔外道都上梁不正下梁歪，张嘴就知道胡诌！信不信我现在就找人来……"

"大垂你够了没？没见他都吓坏了，欺负小孩子家算什么本事！你去找人来扒了他的皮，就不怕涂山跟北溟夜叉结梁子了？"

春空边哭边求，奶声奶气的"姐姐"叫得人心尖都发颤。我寻思大家都是出门在外，谁没个水深火热的时候，不搭把手实在说不过去。他年纪到底还小，看着也不像那些天性凶蛮的同类般好杀成性，若能逃得一线生机，以后知错则改，不再胡乱掺和恃强凌弱的兵戈之事，也算功德一桩。

正琢磨，怯怯悲声仍在耳畔萦绕不去："姐姐救命……你的话，龙王会听，你帮我求求他好不好……我连叉子都拿不稳，真的没杀过半条鱼……真的……"

虽有心怜恤幼小，但该怎么救，却犯了难。堂而皇之牵了他出去求情肯定不行，看东海水族那副荡寇雪耻的架势，积年仇怨难平，对夜叉是早已恨之入骨，那等于直接把他往死路上领。再则，龙君的态度也不好估计得太乐观，当着一众族人的面，刚斩杀完敌军将领，转脸就赦免战俘，出言反复，威信何存？

我尴尬地摸摸他的头，笑得有些底气不足："春空……你这就实在太抬举了，实不相瞒，姐姐我就是一个守丹炉的，人微言轻得很，我的话哪里劝得动龙君……"

小夜叉拼命摇头，叼着手指，嘴一瘪又要号啕出声："不会的不会的，姐姐你骗人……我才不会认错，我记得他们说……"

话未说完，一道青光覆下，涕泪横流的小夜叉已不见了踪影，只剩一块皱巴巴的淡绿手帕子忽忽悠悠飘落在浓密海藻间。大垂紧绷着脸："周围到处都是东海兵卒，往北去的几条海路都被设下关卡封死了，就凭这笨头笨脑的小奶娃子怎么跑得出去？真要想救他，只能先把他变成帕子带在身边藏好。”

他拎起帕子在面前甩甩，语气仍旧又冷又硬：“说什么说？小小年纪爱嚼舌，尽是些道听途说的混话。要想活命，嘴巴闭紧一点，到了晚上再找机会放你出来，听见没？！”

淡绿的手帕子抖了抖，团得更紧更皱巴了一些，果真再也没发出过半点声音。

身上藕色衫裙乃是我在涂山日常穿的那种，袖口浅窄且有丝绦绑带，自己平素举动又活泼有余斯文不足，上蹿下跳间恐不慎将春空化成的帕子遗失，反倒害了他，思来想去，只好将绿帕叠成长条系在左腕间。小汗巾子似的，并不扎眼，便是被看见也无妨，谁会想到一个小小烧火丫头随意扎在手上的丝帕，竟是只落难的夜叉童子？所谓灯下黑，最危险的地方也最安全。

刚挖空心思把春空安顿好，便听得前方一声大喝：“幼棠哪里去了？！”

第二十章

针锋初对

瞒着龙君私放敌俘，难免做贼心虚，慌里慌张伸头一看，擅拍马屁的太玄连浮车玉辇都拉过来备下了，就等着将盼星星、盼月亮，好容易盼回来的龙君赶紧接回城中。

被浮沙乱石搅得一塌糊涂的战场已清理妥当，十八双鲛仆分列在车辕两侧，垂目恭候。那些男鲛人容貌俊朗，身型却纤秀颀长，乍一看和女鲛差不多，打仗筑城都指望不上，堪称百无一用，也就只能给龙君摆摆排场拉个车。

待龙君被太玄搀着举步落座，又不知从哪里飞出八条奇形怪状的小龙盘桓在浮车左右，仿风声长吟，和鸣一阕《承云曲》。那些龙一看就是刚从化龙池里蹦出来的速成品种，原身也不知是蛇是龟，先天不足得很，鳞色仿若洗旧的青苔，青中带黑，有的尾短，有的只有独腿，腿上仅生着三爪，一条也没有犄角。

都说对比出真知，我这才切实有几分体会到了龙君他老人家的难能可贵。修行之人讲究因果，若天生得一副周正美丽皮囊，亦是很大的福报，说明宿世积德不浅。

兵戈止息后不过短短半个时辰，水族们已从四面八方蜂拥而至，越聚越多。兵甲肃立外围，保护中间刚从城中闻讯赶来的老弱族众，五颜六色蔚为壮观，皆伏首跪了一地。

摆荡着翠色尾鳍的鲛女袅娜游上前，欠身盈盈一拜："夜来率族众，迎君上王驾重归，荡除劫波，挽东海春秋安澜。"

她果然就是那个龙王座下护法大祭司，传说中痴情守望无怨无悔的夜来姑娘。一口文绉绉的人语说得何等恭顺柔婉，连我这不相干的外人听在耳里都觉熨帖，大概也很对龙君胃口。

但龙君大战方休，显然没什么情绪，淡淡地吩咐族众平身后便沉着脸朝这边望来，目光半寸也不曾稍移。

我手忙脚乱拨开缠绕的海藻，从藏身处钻出，亦步亦趋朝那万众瞩目的浮车走去。众目睽睽下，浑身都不自在，短短一箭之地都快要走成同手同脚。好在太玄小老儿不计前嫌，和和气气地游过来引路，牵着我一只袖口径直往龙君座前领。

龙君正接过鱼官奉上的莲子露润喉，边喝边慢悠悠瞥过一眼：“你老背着胳膊干什么？走起路来老气横秋，远看还以为两个太玄爬过来了。”

心头一紧，不自觉拽紧了春空化成的帕子，朝袖口掖得更进去点儿，“啊……没，没什么……就是，腰疼得直不起来，用胳膊挺着点儿……”

他估摸想起了我腰后的天雷伤，拍了拍玉辇扶手：“上来。”

我忙不迭应声，战战兢兢踏上浮车，尽量将身子缩得小些免得太占地方。刚蹲好在脚榻旁，便忍不住好奇地打量起那百闻未曾一见的鲛女夜来。

她眸子的颜色极淡，有一头暗蓝长发，束在一枚宝树形的金箔发冠内，稍一摇动，金叶和珊瑚铃便撞在一处沙沙作响。除却冠冕妆容，她的衣裳也与众水族不同，估摸是龙宫大祭司的法袍，形制相当隆重讲究，乃是鲛绡织成的素雪十二重衣，虽层数繁复，却轻柔飘逸得很，一点儿也不显臃肿，华丽招展难以言喻。眉目之风流妩媚，同在羡鱼川海面上偶遇的那些鲛女比起来不知精致多少，简直不可同日而语。端的是靥生娇袭之态，眼波似嗔还羞。

这等千娇百媚的美人鱼儿，任谁看了也要生起我见犹怜之心，难怪海亭那只乌头章话里话外不无惋惜。按大垂的说法，身为一条天性本淫荤素不忌、生平以收集各类古怪妻妾为偏好的龙，竟舍得对这么条堪称鱼中极品的鲛女视若无睹，眼界真是高出天际。但那又有什么办法？从爱慕哥哥而不得的一众红颜身上，我早已领悟到缘分情爱之事天道并不酬勤，不是执着坚定就一定能有结果，根本毫无道理可讲。

感慨之余，依稀记起人间曾有首流传甚广的诗句，“花非花，雾非雾，夜半来，天明去。来如春梦不多时，去似朝云无觅处。”美则美矣，却凄凉缥缈了些，与夜来坎坷的情路异曲同工，都是个落花自去飘摇无痕的调调。不知她的闺名可是出自此篇，堪称鱼如其名相得益彰。但这鲛女年纪轻轻就担着祭祀之职，如此位高权重，在龙君游方归隐的漫漫千年里，料理海务统领族众，雷厉风行不让须眉，可见必然有好几把刷子。

她不仅名儿别致，连尾巴上的鱼鳞也长得很有性格，幽碧凝翠，放在一堆暗琥珀色的鲛人里格格不入，重衣大袖下露出的小节手腕纤弱欲折，肌肤凝成玉冻子一般。唯有指间的肉蹼对一个姑娘来说略显怪异了些，不够清爽伶俐，却丝毫无损于她灼然的美貌。这些普通人眼中的瑕疵，说不定正是海族审美的标杆。

总之无论陆上还是水里，半人半鱼的夜来都当之无愧称得起万中无一的美人。

美人心，海底针，大多喜怒不形于色，旁人轻易弄不明白她们究竟在想什么，我就更没这天分。只见那美人秀眉轻蹙，一双妙目将我从头到脚探究一轮，语调轻轻柔柔，分不清是责怪还是询问，拿捏得恰到好处，却半点颜面不留，开口就将所有目光重新聚拢在这方寸之地。

“你是谁？怎么竟在车里？”

我愣了愣，回望她：“那我应该在车底？”

她也愣住，大抵没想到我答得这么直白顺溜。桃叶般淡粉的眼睑轻垂，不再吱声，只装作随意地掸了掸本就纤尘不染的袖口。

夜来身边一左一右紧随着两名侍婢，其中纤眉高挑的那位，想是主仆同心，将她自矜身份而不便说出口的盘诘倾囊相倒：“哪里来的莲藕精，如此不知礼数，竟敢和君上同乘一辇？那王驾浮车也是随便什么人都轻易坐得的吗？半点自知之明也无，简直放肆！”

原是为这个。如果蹲在龙君搁后爪的脚榻边也算坐的话，那我勉强够得着点不知礼数的边。诚然一族有一族的规矩，这帮海鲜也未免太装腔作势。区区一架鱼力浮车有劳什子了不起，昔日年幼顽皮之时，涂山狐帝的凌烟辇我也不是没拆过几辆当柴来烧。回忆就此打住，英雄莫论当年勇，如此荡气回肠的黑历史不提也罢。

再寻思今日之事，这车并不是我死乞白赖非想蹭上来，乃是她家龙王爷亲开尊口吩咐了，欠人手短君命难违。何况我欠钱也好欠命也罢，欠的是龙君，又不是这条无名鲛女，总不能因为我穿了件藕荷色的衣裳，就随便骂人是莲藕精。那赶明儿若换了条紫色裙衫，岂不要被认作茄子精？我透过栏杆缝隙偷瞄了一眼身着青衫紧随在侧的大垂，恐怕在这些水族眼里，正是个水灵碧翠的黄瓜精。且他又正生着闷气，恰憋得满脸泛青。

大垂本就极力反对我一意孤行非得下这趟海，再要骂不还口任人奚落，指不定会生出怎样的冲突。遂赶紧依样画葫芦，调整出个同夜来一般无二的无辜表情，正经道："这位姐姐有所不知，我涂山一族向来生性洒脱不拘俗礼，在下不才偏就剩放肆这么点本事尚算拿得出手，如若造成不适，您就自己忍忍。"

涂山国的名头毕竟拿得出手，跪伏在地的水族中顿时响起一阵嘈杂窃窃私语，好几个胆大的已按捺不住，翻着眼皮朝车辇中探头打量。

那侍婢年纪不大，年轻人都气盛得很，平素贴身伺候的又是龙宫一把手，想必习惯了目中无人，从未受过顶撞。乍一当着众人的面遭此抢白，面子上挂不住了，涨红一张俏脸就要再行申斥，被夜来拂袖喝止："凌波多嘴。"

教训完下人，那夜来旋即微微颔首，眼波不着痕迹朝龙君身上滑过，顾盼间风姿楚楚，又道："原是涂山远道而来的贵客，原该以上宾之礼迎之。婢子管束不严，言行放肆了，然不知者难究其过，无心之失还望君上恕罪。"

一番措辞通情达理，勉强算得上道歉，却不是对我，乃是对着龙君。

我这才知道那脾气火辣拿腔捏调的侍婢名叫个凌波，日后行走龙宫低头不见抬头见，定要留心远着些的好。见仆则知其主，凌波的不善令我对这娇柔万方的夜来姑娘印象大打折扣。挑起口角的明明是她，结果白脸凶煞尽由着底下人唱了，自己扮起红脸来，倒落个知进退、识大体的面子情儿。到底非同一族，鱼心隔肚皮，这般心口不一，何止好几把刷子，简直怀揣的全是刷子。

大概人语学得好的，多少都难免沾染上凡间的虚伪习气。有的人原本素不相识，远日无怨近日无仇，偏生一见面就气场不对彼此心生厌恶，也属正常。讨厌就是讨厌，喜欢就是喜欢，何必假惺惺。我们狐狸向来爱憎分明，从不装模作样。譬如大垂，毫不掩饰对水族的厌恶，横眉竖目瞪着夜来，脸色始终未见和缓。

龙君轻咳一声，眉眼倦淡发话道："新收的手下就是难调教，遇事先畏首畏尾躲在一旁看热闹。救驾来迟，就罚她先给本座捏捏肩膀。若不一同在浮车里，怎么伺候？行了，这就走吧。"

看来坊间议论得不错，最难消受美人恩，给夜来的面子再薄，也终究要比旁人的厚上几分。她既冠冕堂皇地请罪了，龙君怎忍心再加责难。三言两语将夜来侍婢的无礼揭过，顺带不着痕迹地点明了我区区新收跟班的身份，并算不得什么远道而来的贵客。

抵达东鄰城前，与龙君的约法三章里原有这么一条：除了不可随意显出龙尾，更不许向任何人透露我是涂山帝姬，连涂灵两个字都不可提及，就老老实实做个侍婢，以小字幼棠为名。

问他为什么，龙君摸了摸下巴，语重心长地解释道："芜君的女儿，在海里挨揍的概率很高。"我琢磨着龙族与狐族一向积怨甚深，也怕把父君的脸面丢大发了日后不好转圜，便点头默允。

事情确实是这样，但落在夜来那一干鱼眼看人低的鲛人耳朵里，岂不更把我轻慢几分。因此总有点难以言喻的失落，谁叫我欠他的呢，真是不计较憋屈计较了又矫情。

只得低眉顺眼站起身来，绕到珊瑚宝座后头，在龙君肩膀上有一下没一下捶捏。一边恪尽职守，一边还要打起精神颤巍巍保持平衡，生怕那些手短胳膊细的男鲛仆拉车不稳，被颠得摔个四爪朝天。腰间雷伤尚未痊愈，自从把兜云锦给了龙君包扎手臂，又泡了这许久海水，已是疼得越来越厉害，经不起再有磕碰。

大垂不知是哀我不幸还是怒我不争，已闷头走到队伍前头，再懒得朝这边回顾。太玄对我投来同情的一瞥，拨开四爪游上前，看着跷腿倚坐在浮车中的龙君，左端详右端详，心满意足得老脸都快要开出花来。欲言又止好半天，才终于小心翼翼开口问道："君上久别故土，在外边儿又是孤身一人，左右连个端茶送水的侍从也无，这次回来该当好生歇歇，就不走了吧？！"

龙君闻言，挑起了眉："唔……不一定。若待得烦了，少不得还需四处走走逛逛。老拘在龙宫有什么意思？衣来伸手饭来张口，连筋骨也舒展不开。"

复又朝我努努嘴："现在不是有她伺候吗。手脚虽笨些，端茶送水倒也勉强凑合。本座在哪儿，幼棠跟着去就是，衣食起居上头你们就不必瞎操心了。"

话音刚落，太玄脸上堆出的绚烂花朵瞬间凋谢，换副哭丧样："小的们心里苦啊！君上也看见了，自从您撂下东鄰城一去无踪，族中男女老幼被那些夜叉欺负得大白天都不敢出门，东海是群龙无首……"

龙君故作惊讶，眼角眉梢都是戏弄的快意，指指盘桓在浮车左右的八条鸣乐小龙道："你们都有群龙了，还非要本座回来干什么？"

这促狭，当真令人难以消受。手腕上的绿帕子拧了拧，连少不更事的春空都已经听不下去。太玄毕竟追随了龙君好几千年，对这位君上的脾气还是摸得准。这种时候当然不能张嘴就夸，必须先配合一个煞有介事的惊诧，表示话出口前每一根汗毛都经过仔细掂量，溢美之词才能显出十足分量。

"此龙非彼龙啊！君上大气磅礴气势如虹，随便亮个相都能让芸芸众生闪瞎了眼，心潮澎湃如同海水倒灌，钦佩之情奔腾万里绵绵不绝！天生神龙，和那些刚从化龙池蹦出来的后生小子怎可同日而语？放眼天下，也就唯有君上这等德才兼备、艺高惊天的龙中翘楚，才能力挽狂澜，救东鄰城于水深火热之中！您就是东海独一无二的指望，君上啊，您可万万不能再抛下我们不管……"

似这般好话说足一箩筐，果然把龙君哄得欢喜起来，面露得色，却也始终没将口风松动，不肯明示来日究竟是走是留。后来大垂极为不屑地评价道，这都是套路。所谓欲擒故纵，又叫个欲拒还迎。明明心里放不下，偏偏嘴上不肯认，好好的一拍即合平白添上许多坎坷和蹉跎，乃至最后造成无法挽回的差错。

他再三告诫我，如果以后遇到类似的情景，无论对着何人何事，都不要再枉费执着。最后总结道："连自己真实心意都不敢面对的人，根本就不配得到最好的相对。"

一番谆谆教诲听得我满头雾水，待思及夜来那双蕴含着千言万语却哑忍如同深井的清瞳，方觉很是有几分道理。原以为除了憨玩胡混外懵懂无知的大垂，一出了山门，简直如同被哥哥附身，瞬间风格大变，说出的话越发晦涩深奥。他毕竟年长我许多，漫长岁月不是白活，就算纸上谈兵也能比我多谈个几册。凡人形容这种差距，通常说某吃的盐比某吃的米还多，大垂这碗多出五百年的盐疙瘩全搁一块，准能咸死我。

龙君避过话头，微眯起眼意欲假寐，太玄舔了舔唾沫四溅的厚唇，不着痕迹朝我扫一眼，表情之诡异令人费解。又附上前低声道："自君上重归的消息一传出，四海如沸，小的已给西、南、北三海的龙主都下了帖子，君上的远近故交都会在三日后应邀赴宴，为君上接风洗尘……玉琼川的那位鲤鱼公主您还记得不？就是锦澜小殿下，据说有要事相商，已先一步驾临城中苦候，夜来姑娘安顿她在冷泉宫住了好些时日。"

龙君含糊"唔"了一声道："玉琼川的鲤皇老儿哪里去了？动不动就闭关躲清闲。本座和他女儿又不熟，遣个小丫头来作甚，到时席中一帮爷儿们个个辈分高过她一头，无话可聊岂不尴尬。"

太玄幽幽长叹："君上有所不知，这些年不仅东海四分五裂，就连周边属国都被战乱波及，危如累卵。鲤皇他老人家……早在两百年前已被夜叉王所害。夜叉王使的手段极不光彩，卑鄙毒辣令人齿冷——乃是趁鲤皇赴禹门赤水跃龙关飞升之际，趁其不备发起偷袭，将老鲤皇千刀万剐，死状惨不忍睹……"

第二十一章

蜃中镜影

龙君毕竟是龙君，“泰山崩于前而色不变，麋鹿兴于左而目不瞬。”突闻故人噩耗，眸光一敛，端静如水的面上却半分形色不露。沉吟了片许，才低声询问：“若没记错，他女儿锦澜今年不过才一千三百多岁，还是个小姑娘家。玉琼川现在继位主事的是谁？”

太玄是个心肠慈软的龟，抬袖揩了揩眼角的几滴同情之泪，叹息着回道：“鲤皇在距离龙关不足百里的河津口罹难，原身尸骨都被作践得寻不齐全了，玉琼川举国守孝，尚未推举新王继位——再说也寻不出太合适的来，鲤族中暂时主事的，是锦澜殿下的亲姐姐锦芙长公主和她母族中的堂兄，世子延维。”

龙君默然点头，重又支颐闭上了眼睛，只是原本放松的肩头变得不易察觉地紧绷了些。

我垂首盯着手腕上的绿帕出神，寻思那夜叉王到底何许人也，竟枭狠至此，连即将化龙的万年鲤皇都敢眼也不眨就杀害。课书上耳熟能详的各种妖魔中，仿佛并没这么号人物，想是近些年来新起的邪恶蛮族也未可知。

龙这个物种很讲究，乃天地神物中的至灵，就算是罪大恶极的妖龙，如需剿灭也须层层上报天庭，反复核证，由东皇御笔钦定，才能押赴三十三重天的断龙台处决。随意斩龙会遭天谴，相比之下，杀条鲤鱼罪过就轻得多。鲤皇苦修数万载，眼看就要脱胎换骨飞升化龙，却在这当口死于非命，怎不叫水族唇亡齿寒。

看来夜叉王不仅残暴好战，心思也够诡诈。鲤鱼化龙乃是生死攸关的大事，紧要关头需将周身鱼鳞统统褪下，弱点罩门都暴露无遗，最容易在这当口被乘虚而入。夜叉王明知杀鱼和杀龙天差地别，老鲤皇未褪鳞前有仙法护身，道行高深不好对付，才刻意埋伏在龙关附近伺机发难，果然奸计得逞。

龙君一路上都沉默得很，半梦半醒不知在琢磨什么，直到浮车行至宫城下，才理理衣襟端坐起来，略打量了一眼久违的亭台楼阁。

所谓富有四海这种空洞浮夸的形容，终于在这一刻有了具体而微的呈现。传说中的东鄰城龙宫，原是座镜城。

镜城者，乃分水陆两重，水下一城深隐于万丈海底，水上一城倚万仞绝壁而立，两座城池宫阙一模一样分毫不差，隔水相照，仿佛互为镜影。

这种奇特的形制与我等山林走兽居住的洞府迥异，不知有什么来历讲究。按说水族都离不得水，自然是长居海底更惬意，却为何多此一举在海面大兴土木，重建出一模一样的宫阙？给谁住的？我好奇心盛，悄声去向太玄打听，他却含含糊糊说不出个所以然，只告诉我那海上龙宫千多年来从无人居住，是座空城。龙君离宫前有旨，任何人无谕不得擅入，否则无论老幼皆降重罪，越雷池者将被逐出东海发配到南溟修海堤，再不得重归族中。此外，又命两条蜃龙日夜守护，勿使闲杂靠近。蜃龙口吐云雾即成幻影，便是所谓的海市蜃楼，可迷惑往来船舶，远离这处冰冷华丽的海上禁地。

凌波伫立的镜宫龙城，成为整个东海讳莫如深的秘境。方圆百里遍布结界，连飞鸟靠近都会迷失方向，就算偶有道行高深的水族不小心路过，也纷纷识趣地选择绕道而行。

凝目朝海水上方影影绰绰的镜城倒影望了又望，如此金碧辉煌的殿宇就这么空放着落灰，当真浪费。不过龙君是四海海主之首，排场豪奢些也情有可原，想是同陆上那些富可敌国的豪绅怀着同样心思，银子多得花不完，买酒都喝一碗倒一碗。房子就算用不上，摆在那儿闲来无事光看着也舒心。

蹲在浮车内，被万众水族簇拥着进了这万仞宫墙，才知方才远观的堂皇远不及此间华美于万一，连书中形容的天上仙阙恐也要在相较下黯然失色。霜华如雪满瑶台，紫气霞光重重缭绕。眼前晶莹灿烂的光芒，却不是转瞬即融的薄雪轻霜，而是来自无数散缀的明珠宝石，交相映照，熠熠生辉。

水族族众居外城，龙君的行宫为内城。城中飞檐画壁无数，珊瑚雕栏，金砖铺地，水晶琉璃为墙，雕花精细繁复。阔阁亭台内遍燃鱼膏灯火，遇水不熄，观之七彩颜色。外设温润白玉雕凿而成的甬道，以流泉宫正殿为起点，围绕其建三层，正北为基，做八卦之形。檐下又广悬千盏銮铃，洋流卷过，鸣声清幽此起彼伏，唤御铃廊。凡举目所见，城阙垣墙、门窗堂阁、柱梁斗拱、周匝罗网，装饰皆七宝所成。

我已经快要被那些沿途数不清的明珠翠宝闪瞎了眼，下得浮车，连落脚都小心翼翼，生怕一个不慎踏碎那透薄如蝉翼的白玉砖，恐怕哭瞎了也赔不起。一边咬牙接受着金钱粗暴的洗礼，一边颤悠悠尾随龙君蹭进了流泉宫，哀怨的眼神在他挺直的背脊上转了又转，原来龙君这么有钱……他都这么有钱了，居然还连区区几十枚贝叶的辛苦钱都吝啬克扣，简直丧心病狂。堂堂海主上神，说好的视金银如粪土的仙家气节哪里去了？不行，一定要想法子将他丧失已久的觉悟找回来。守丹炉的活计并不轻松，烟熏火燎没日没夜，高危又乏味，怎么都得把月俸再涨涨，否则滚雪球一样的利息，到什么时候是个头。

主意刚打定，还没来得及开口，龙君已在宝案前升座，雷厉风行，三言两语便将战后一团乱麻般的海务料理出个头绪。从军机布防到四海盛宴，事无大小巨细靡遗，如此成竹在胸，恐怕在回宫的路上早就一一思索敲定。

众鱼官领了命，各自散去。太玄难掩内心激动，生怕差事办得不够利索再惹龙君不悦，一贯四平八稳的八字步都改成小碎步颠连。

海主归位，方临城下便以一敌万、力退强敌，让所有水族日夜忧戚的心都重新燃起了希望。有靠山倚仗，就是不一样，腰杆也能挺得更直溜些，脸上纷纷挂着喜气洋洋的笑，气氛默契而热烈。

我被这满堂欢欣的氛围所感，也难免心生几许慨然。仙家岁月寂寥，修炼又是那样一桩令人望而生畏的苦差，习得通天彻地的本事，往往意味着要面对天崩地裂的劫难。若说有些许价值，大概就是像龙君这样，有能力保护自己的族人，让弱者得到庇荫，所向披靡处，令所有阴谋杀戮都臣服退避。我觉得这远比修成多么无上的道法，或在神仙传上名列高贵无双的仙品更有意义。

殿门一经合上，龙君立即化出原形，懒洋洋盘踞在高高的龙座中央。一丝不苟维持了半天的庄严宝相，想必已累得够呛，迫不及待要舒散舒散筋骨。他朝下一望，清冷的嗓音在殿宇内荡出回声："你蹲那柱子下边儿傻笑什么？"

"呃……小狐……替太玄他们高兴……"

龙君抬爪伸了个懒腰，一举一动都带动水波，晃得满殿陈设叮咣乱响："离那么远，说话声跟个水蚊子似的嗡嗡嗡，听起来都费劲，累着本座。"

一个合格鹰犬的觉悟，就是听得出话风、看得懂眼色，不需事事都吩咐得一清二楚。我立即从善如流地从立柱阴影下探出来，准备恪尽职守近身伺候。刚要迈开腿，却不禁暗叫一声苦。那玉阶高得令人望而却步，也不知一共修了多少层。没了龙尾浮水，再高的台阶都得一级一级爬，数到第一百七十七阶时已经气喘吁吁眼冒金星，只好化回原身四爪并用往前挪。

千辛万苦挣扎上来，当即直直扑倒，肚皮贴在滑润微凉的白石上，累得瘫软如泥。

"龙君为什么要……要把御座垒得那么高？"

却只闻其声不见其人："你过来看不就知道了。"

鲛绡帐垂幔无数，堆叠得似雾似雪，重帘后隐约显出一个忧郁得如诗如画的背影。我蹑手蹑脚撩开帘幕进前，那千重轻纱后掩藏的，是一面悬浮在海眼后的巨大漩涡，正缓缓轮转，波纹间带起斑斓四散的清光。漩涡里头正上演着数十亿凡世纷呈镜像，各个王朝的兴衰更迭如走马观影。红颜枯骨，青丝白发，迅疾得不啻弹指一梦。隔水遥望三千世界云起云落，花绽花息，如同身处在一个半醒的太虚幻境。

龙君告诉我，这就是可与定海紫金梁齐名的龙宫镇海之宝——溯世镜。

神仙见凡尘如蝼蚁微尘，焉知冥冥苍穹中的天意之眼俯视我们，这般营营役役修炼历劫，此起彼伏地飞升陨灭，或许同那些朝生暮死的脆弱凡人，根本也没什么区别。

龙君神秘兮兮眨眼，指点着镜中笑道："如果不是身处在高不可攀的地方，又怎么能将旁人从来无缘得见的美景一览无余？"

“可是到了最高的地方，才发现最美的风景都在下面，再也碰不到摸不着，只能孤孤单单地远看着，又有什么意思呢？”

他微愣了一刹，垂下头，黯然道：“唔……其实很多时候，也难免觉得无聊。那又有什么办法呢？你从小长在涂山，到处是奇峰绝壁，也知道上山容易下山难的道理。”

隔着海眼远观不相干的众生浮沉，这就是龙君隐秘而安静的爱好。看起来高高在上，却藏着难言的寂寥。那些将他奉若星辰的战战兢兢的水族，他们只是需要他、畏惧他，却未必真的喜欢他。

龙君是令敌人闻风丧胆的征伐利器，是东海繁荣昌盛的指望，但正如他所说，这里并不是他的家。难怪那会儿在山涧，和一群偶遇的彩带鱼都能玩得那么开心。彩带鱼傻头傻脑记性短，活在浅溪里优哉自在，没什么天敌，不需要一条动不动就吓死人的龙来做靠山，也能一直过得很好，所以它们对龙的亲近欢喜才是发自本心，纯粹得多，不会带来压力困扰。

不管什么物种，孤单得太久，性格多少都会变得有点怪异，我决定以后对龙君更包容一点，尽量不要再伤着他春花秋月般纤细敏感的心。

龙君负着手，重又半躺回七宝榻上歪着，恢复了一贯漫不经心的闲散模样。榻前的玉案上摆着一只托盘，内中有数碟海蛎子、海瓜子和一把虎鲨利齿打磨成的牙骨匕首，是虾仆呈来给龙君消闲的小食。

“你觉得本座眨眨眼睛，这海蛎子会不会自己把壳打开？”

我看看海蛎子又看看离得丈远的龙君，谨慎道：“不会。”

“那还不赶紧拿刀替本座剖开？”

我那守丹炉的重任早已咣当砸在了大垂手里，现如今的活计从烧火丫头变成贴身侍女，开始料理和龙君有关的一切私人事务，包括饮食起居和整理衣饰公文，另需负责接引传报——简单说就是用尽一切聪明才智，找出各种匪夷所思的理由，把龙君懒得见的人好言拒之门外。

对这场心血来潮的安排，龙君解释得理所当然，龙宫不养闲人，既要死皮赖脸留下，就算是团死灰也得发挥点余热，否则立马卷铺盖走人。原以为如此一来，本就对龙君七个不服八个不忿的大垂必然彻底忍无可忍，谁知他忍无可忍之下还能从头再忍，竟视死如归应下这门苦差，拿着和我一般无二的月俸，在炉灶旁搭起了狐狸窝。

大垂脸皮薄，又欠着龙君一场天雷劫在前，银子的事不方便亲自去争多论少计较长短，这重任自然落在我肩上，顿感任重而道远，崎岖兼渺茫。

一边拿过牙骨匕首将牡蛎剖开，一边琢磨该如何不着痕迹又敲山震虎地把涨月钱这话挑明。说轻了他装听不懂，说重了搞不好这点可怜巴巴的月俸都会再遭克扣。龙君将一双长腿交叠着架在条案上半卧，海蛎子递过去，他连接都懒得接，微偏过头就着我的手吮入唇中，再满足地咂咂嘴。柔软湿润的唇瓣轻覆在指尖，蜻蜓点水般一掠而过，酥麻暖意将打好的腹稿搅和得一塌糊涂，不禁又想起在即翼泽他那莫名其妙的“报恩”。

“诚然本座是个视金银如粪土的神仙，该有的清高淡泊一样不缺，正因如此，才不能拿那些俗物侮辱了幼棠你啊！谈银子太伤感情，可见本座对你的信任和看重，你有没有感觉到知音难觅的感动？”

感不感动不好说，我此刻的脸红一定是因为愤怒。和龙君商议要事，总会纠结到底是用人语还是兽语，说人话我掰不过他，十有八九词不达意就得被绕进去，说兽语么，生怕一个不小心就忍不住骂出声来。亏得方才一念心软，还暗暗决定要对他这种扭曲的人格多包容体恤些。孤单的人都缺乏安全感，没有安全感就会很爱钱。龙君富有四海还吝啬成这样，可见曾经遭受过多么巨大的心灵创伤，恢复起来恐怕不是一朝一夕。

但他的童年有缺憾，不能总让无辜的本小狐来买单。不就是比不要脸吗，面子乃身外之物，就该说扔就扔，扔得气壮山河掷地有声。

“君上太客气了……那什么，俗话说一文钱难倒英雄汉……”

他不接茬，满殿寂寂，我骑虎难下，遂把心一横眼一闭：“就请君上狠狠地侮辱我吧！”

还没来得及睁开眼偷瞄龙君是何反应，就听闻下边哐啷一声脆响，一尾侍卫打扮的鲥鱼不知何时游了进来,又不知怎么竟将手中的鱼叉掉在了地上。鱼眼睛闭不上，哪怕睡着了也瞪得溜圆，因此看起来总是一副受惊过度的惊恐呆滞表情。

“禀……君……君上……小的不是有意搅扰，实在是不知君上正在……”

龙君直起身子，迅速从目瞪口呆中回过神，咳嗽了一声：“什么事？说重点。”

鲥鱼咽了口唾沫，结巴老半天才把吓忘了的要紧事想起来：“是……是锦澜殿下求见，说什么也拦不住，已在殿外哭哭啼啼吵嚷了多时……小的无法，只能来请君上示下，是宣她进来还是……”

第二十二章

冤家路窄

侧耳细辨，关得严丝合缝的殿门外，果真传来阵阵抑扬顿挫的啼泣声。

龙君叼着海蛎子吮唇思忖半晌，仍旧不为所动。

“本座刚回宫，还有些要事处理。先请她回去歇着，明儿宴席上再参拜也是一样。”

鲥鱼苦着脸：“君上……小的要是请得动……哪能在这要紧关头冲撞进来搅扰了君上兴致……”

龙君细长眼尾一挑，颔首朝我吩咐道：“能被一文钱难倒的，是英雄汉。可幼棠你这浑身上下，哪一根毛看起来也和英雄两个字不相干。既口齿练得这样伶俐，就随近侍一同出去处理一下，把那鲤鱼公主好生劝回冷泉宫待着。一个姑娘家堵在本座门口哭哭啼啼成什么样子，丝毫不知避讳，叫人看见还不定瞎猜到哪儿去，本座的清誉啊！……”

鲥鱼替锦澜通传觐见不成，不敢再回去碰钉子，怕被那位公主忧愤交加之下迁怒降罪，便顺势将这烂摊子朝我怀里一丢，撇个干净。将去处稍作指点一番，就拎着那根破鱼叉抱头游窜得不见踪影。

还没食君之禄，就得忠君之事，所谓鞠躬尽瘁莫过于此！

狐狸爪子轻，掌心又有肉垫，虽没刻意放轻脚步，触地仍旧无声。我七拐八绕，终于循着哭声在御铃廊尽头发现几个珠环翠绕的倩影，你一言我一语酬唱得热闹。没听上几句，就暗叹龙君这聊胜于无的“清誉”还真是，恐怕无论如何都将不保了。

她们聊得这么起劲，贸然冲出去打断总归不大礼貌，只得暂且藏身在廊柱后，先想想怎么才能不把这苦差办砸。我拨开一串碧翠欲滴的海葡萄，就见一左一右两名穿红着绿的小婢子簇拥着一位珠光宝气的少女，不知是劝解还是拱火。

俏立在廊下那位衣饰打扮最为华贵的，想必就是锦澜，正绞着手中一方粉帕子，犹自哭哭啼啼："红袖你看，都这个时辰了，里边还是毫无动静！听闻君上素来善待四方属国，礼数最是周全的。玉琼川遭逢惨变，今日却为何这般冷淡怠慢于我？"

穿红衣名叫红袖的那名侍婢唯恐天下不乱，涂得猩红的鱼唇一噘："礼数周正那是以前，此一时彼一时，听说龙君这次回来，还从外面带了个来路不明的妖精坯子，缠得君上五迷三道，多半是被这位绊住了手脚！也不知原身是个什么，《龙狐传》里写得仿佛那位还魂再世一般……奴婢留了心，这些日子听鱼虾嚼舌，有的说是尾银龙又有说是只狐狸，探口风竟还和涂山脱不了干系……真要是借上那阵东风，可不恰好落在了君上的心坎里，这不，已经留在左右贴身伺候了……"

我脚一软差点滑倒在地，忙拽住根藤蔓勉强稳住了身形。这红袖确是个煽风点火的一把好手，好端端一个纯洁的剥削与被剥削的关系，也能生生穿凿附会成一段露水奸情。我有生以来头一回听人把"伺候"这个词说得如此韵律婉转耐人寻味，无端引出多少暧昧遐想。她留在鲤族为奴为婢真是埋没人才，太可惜了，要改行去说书一定红遍海疆前途无量。

绿衣裳的婢子接着惊诧掩口道："别瞎说！便是来自涂山又如何，涂山漫山遍野都是狐狸，龙狐兽那样稀罕，哪里就轻易再寻得出来了？多半是个西贝货，用幻术变来消遣着玩儿的。再者说……那位都死了千多年了，就算还过魂来也是个老掉渣的黄脸老太婆，有什么好担心？"

锦澜幽幽一叹："绿袖你不懂……还活着的人再好，也没法跟死了的人争。叹就叹父皇去得突然，没能趁在位时早早把这门姻亲落了定，否则也不至于耽搁到如今无人做主……"

原来又是一桩龙君的桃花运。这位鲤族公主的族内遭逢巨变，迢迢远道而来惦念的，竟不是为父报仇保护臣民，却只希图要和龙君共谱一段鱼龙佳话。一夜鱼龙舞，多么香艳而令人浮想联翩。应龙配鲤鱼，外人看来虽不搭调，说不定在鲤族心里，正是天造地设的佳偶一双。据说陷入爱情的女人心思都敏感忧郁，且爱钻牛角尖。果然，这连面都还没见上，就已经在想象中发挥出了好几本醋海生波情路坎坷的折子戏。

那锦澜自伤身世、太过投入，一时抽噎得上不来气，身子一晃，连嚷头晕。被绿袖凑上前堪堪扶住，轻言软语劝道："君上避世千余年，这才刚刚归位，想必海务缠身忙得无暇他顾，也不是有心冷待了公主。再者，这话若私下里去提起,万一要被拒绝可不就彻底没了转圜？倒不如趁明儿四海盛宴，各方海主都在，算来也都是您的长辈，定也乐得玉成其好。那时再当着大伙的面禀了，岂不多几分助力？"一边说一边给红袖递了个眼色。

红袖也立即识趣地改口："凭什么样的庸脂俗粉，也盖不过您的天生丽质。公主可别再胡思乱想妄自伤心，万一哭肿了眼睛，明儿宴席上可就要被旁人抢去风头了……"。

锦澜这才渐渐收了泣声，赶忙捏起帕子仔细擦拭泪眼，又左右问可红肿了不曾，妆容是否有损。一行三条鲤鱼，弱柳扶风般游得远了。

她们仨走了快小半个时辰，我还石化在御铃廊柱底下不知该做何反应。

没想到即翼泽一段小插曲，传扬得这样尽人皆知，被众口悠悠添油加醋，和真相差了十万八千里不止。大垂的担忧并非全无道理，我一意孤行留在龙宫，所要面对的已不仅仅是克扣月俸，恐怕过不了多久，就要疲于应付龙君身边的各路滚滚桃花，到处都是越描越黑的误会和敌意。

思来想去满腹委屈，对这位新近丧父、尚在热孝之中便等不及要缟素换红装的锦澜更觉无语。好歹也是一族的公主，事情还没搞清楚，仅凭道听途说的流言就骂骂咧咧毁人清誉，背地里对不认识的姑娘污言秽语百般羞辱，末了自己都能给自己气晕，莫非这就是传说中的"公主病"？

好在病犯得还算及时，我这"妖精坯子"有幸不必撞到气头上去自讨没趣。锦澜一行走了就成，不管碰没碰面，这桩差事总算完结。只要不堵在流泉宫外号啕得惹人注目，愿上哪儿哭都随她自便。

闷头往回挪着步子，袖子里忽传来低低的稚嫩语声：“姐姐，方才那锦澜公主说后悔没趁鲤皇在世赶紧跟龙君定亲时，你脉搏跳得可厉害啦！”

我吓了一跳，才想起来这一整天被支使得手忙脚乱，都快忘了身边还带着个小夜叉春空。都是漂泊异乡孤苦无依，顿生起同是东海沦落人的惺惺相惜之感。眼下人生地不熟，也就只有误打误撞被偷带进宫的春空能做个伴，陪着说两句话。

“我那是气的。堂堂千年狐仙被骂成妖精坯子，换成你也心跳加速。”

“姐姐你说，明儿席上龙王会答应和玉琼川联姻吗？他是龙哎，娶条鲤鱼回去做君后也太委屈了。不过凡事有利必有弊，真要娶了鲤鱼公主，玉琼川又没有可堪重任的皇子，正好顺手把整个鲤鱼国接管过来嘛！到时候东海、云梦泽、玉琼川三大水域同气连枝一荣俱荣，龙王起码能在神仙榜上再跃晋好几位！”

我情不自禁哆嗦了一下，心道这孩子不愧出身夜叉族，对扩大地盘有着旁人难以想象的执着。八字还没画出一撇，已经开始给龙君规划起靠男色收归玉琼川的康庄大道。不过那家伙……真是怎么看怎么像长了张吃软饭的脸，天赋超群可堪展望。

当年的昊天大帝也是娶了凤鸿氏之女为妻，才顺利接掌了整个凤鸿族，创立百鸟之国。这桩远古联姻的旧典故，还是龙君炫耀那琴时主动告诉我的。说明他对神族联姻扩张势力这种事并不排斥，也觉得天经地义。

这么一想，不知怎么，竟有点难以言表的郁闷，心不在焉唔了一声道：“他答不答应跟我有什么相干，姐姐我就是个跑腿的跟班，才懒得操这闲心。”

“唉……姑娘们都这样，口中说的是无所谓，其实心里很介意。”

“春空……”

“姐姐是不是也觉得我说得很有道理？”

“你们海夜叉的书院整天都在教些什么？你哪只眼睛看出来我很介意了？”

狐帝芜君在仙谱上如此位高权重，不也淡泊名利得很，为隐世避乱而封山锁国千年，从不琢磨什么开疆辟土挑起征伐的污遭事。就算君后长眠不醒，始终半点未有过停妻另娶的心思。不是所有族群都像我们涂山狐那么忠贞，对婚嫁之事只以是否情投意合为取舍标准，所以我对政治联姻一时有点难以苟同，也属人之常情。但若说介意，那就太过了。这倒霉孩子并没觉出不妥，仍旧兴致勃勃嘟囔：“不过话说回来，身为一条上可化龙下可糖醋的菜鱼，有攀龙附凤的心也是不甘平庸努力进取的表现嘛，勇气可嘉。”

我有气无力抖了抖衣袖，“小孩子家，说话不要这么刻薄，不然睡觉会做噩梦，懂不？”

被大垂下令噤言太久，春空的活泼心性早压抑得难受，一开口就滔滔不绝，威胁恐吓都再唬不住。

“姐姐你不知道吧，当年我四皇叔选妃时呈上来的名册子里，就有这条叫锦澜的鲤鱼。结果被他拿笔第一个划了去，也是连面都懒得见，还说，四海都传这二公主脾气骄纵天资又差，想必熬成老太婆都跃不过龙门化不了龙，谁稀罕娶她。就算生得有几分姿色，也瑜不掩瑕，聘正妃嘛，正室须贤德，纳妾才纳色。倒是她的姐姐锦芙殿下，是个很有抱负的女中豪杰，老鲤皇在世时膝下无子，长公主刚满五百岁那年就立誓终身不嫁，矢志留在族中治理玉琼川。我皇叔可怜啊，连叹佳人在水一方，奈何天命偏偏无缘，至今都还孑然一身……”

原来锦澜还有个广受好评的长姊，姐妹俩似这般成年累月被人比来比去，导致她长期生活在镇国长公主光芒四射的阴影下，难怪这么患得患失敏感自怜。春空的皇叔也没好到哪儿去，相亲而已，没看上就算了，还背后将人评述得这样不堪，可见夜叉的刻薄乃家族基因，基本上一脉相承。他毫不留情面冷拒了锦澜，转眼又被锦澜的姐姐不屑一顾，因果循环报应不爽。从这点上，他和那失之交臂的二公主倒很有共通之处，说不定最合凑成一对怨侣。

其实春空所言也有几分道理，不管从哪个角度看，锦澜和龙君都算不得良配。夜叉族都看不上的女子，硬要入主龙庭实在异想天开了些。然则这种军国大事，确实排队也轮不着我操心。只是难免暗自担忧，端看今儿无意间撞见的这一出，万一龙君真把她娶进东海，我这无辜的眼中钉首当其冲就是要被清扫打压的对象。前路将何等坎坷，简直两眼一抹黑。我甚感凄凉，抬头望了回穹顶，干笑一声：“看不出你小小年纪，四海艳闻知道得倒挺多。”

手帕子紧了紧，稚嫩的童声志得意满："八卦乃快乐之本。"

"春空呀，那姐姐也告诉你个秘密好不好？"

"好呀好呀，姐姐快说！"

"以前涂山也有个人特别爱八卦，后来他死了。"

春空："……"

礼尚往来一番，春空终于聒噪得乏了，软绵绵覆在我腕子上，乖顺得与方才判若两人。

入夜后的东鄰城静谧华美，就只光线不大好，到处是一团团深浅不一的黯蓝迷蒙。只因月光无法穿透那么深的海水，所有照明都仅依靠夜明珠柔和的光辉。而鱼膏灯油至为神圣珍贵，非重大节庆或隆重场合，不会轻易燃起。

东海鲛人临终前，遗愿大多是将身体献给龙宫，由专司灯烛事的鱼官负责净化，再用特殊的法子炼制成长明灯油，封存进水晶棺内，一只叠一只摞在潜鳞宫，似一面水晶墙。他们将这种特殊的身后事仪制称之为"灯葬"。

炼化之前，还需举行一场盛大的祭祀，那仪式过程极神秘，概不外传。届时所有排得上号的海族都将齐聚一堂，为这些大义凛然的英灵祈福，感谢他们无私奉献，为东海带来光明。只有身家清白、在世时未曾行过大奸大恶之举，也没犯下重大过失的鲛人，才有资格将遗体献给龙宫炼制鱼膏。据说唯有如此，炼出的灯油才最纯净芬芳，真正能千年万载长明不灭。

灯葬祭魂，乃是身为鲛族最大的荣耀，虽死犹生，灵魄永存。

长明灯这样稀罕，我也就随龙君入城时有幸见过一次，那是为了迎接龙王重归东海的最高礼遇。现下那些灯还余下燃着的数十盏，也都设在龙君下榻的流泉宫内，殿外海域照明基本靠灯笼鱼和夜明珠。我本来就方向感欠佳，只得深一脚浅一脚循着记忆往回找。一边磨蹭一边四下张望，还没走出几步，不知绊着个什么，来不及惊叫就狠狠摔了个大马趴。额角磕在廊柱鼓墩上，剧痛袭来，连呼吸都为之凝窒，一时爬不起身。

几乎与此同时，耳边响起一串此起彼伏的娇笑，比檐下銮铃齐振还要刺耳。

拨开眼前的浮藻碎沙，鼻尖前二尺远近摆荡着两条招展鱼尾和一双纤足。仰起头来一看，真真冤家路窄，对面一行三人不是夜来主仆又是谁？

第二十三章
暗箭难防

没想到再次见面，一出场就表演了个五体投地的才艺，实在感人。我趴在地上万分尴尬，都来不及去想好好的平坦玉雕回廊，究竟是什么东西突然伸出来把我绊个跟头。因为眼前所见的，已足够让我惊诧。

所有鲛人说到底都是种半人半鱼的水族，因已有了一半天生的人形，道行再高也不可能再修出人腿来，只能以鱼尾在水中游弋，否则改换物种就是乱了天道伦常。但夜来竟然有人腿。那双美腿在纱裙下透出隐约轮廓，修长而不失丰润，多一分则肥少一分则瘦，雪白玉足上穿一双米珠镶嵌的丝云履，缀满银甲鱼细亮鳞片，华贵精致，踏沙无痕。

夜来将掩住半面的袖口放下，柔态清丽，眼风似有似无扫落，我顿觉周身的海水仿佛生了钩子一般，变得又扎又冷。

“新来的侍婢，太玄没有教过你规矩吗？这礼虽大，却不伦不类得很，真是……”

凌波将琥珀色鱼尾在白玉地砖上绕了个弯，又扫起一阵浮藻，嘻笑接口道：“我家姑娘是龙宫唯一的护法祭司，身份尊贵非凡，受个小婢子跪地一拜怎么都不为过，只怕还得再加磕三个响头才够。这四不像的礼，说轻不轻，说重不重的，倒惹人笑话……哈哈。”

规矩，规矩你个头。我福至心灵，突悟过来今儿摔的这一跤并非意外失足，乃是场十足的人祸。俗话说双拳难敌四手，本小狐不巧又负伤在身，对面暗藏锋利指甲的鲛人爪子却有不多不少整六只，年纪加起来怕是起码上万岁。我正暗自掂量以寡敌众是否能计较出个长短来，另一位始终低眉顺目的侍婢此时轻轻开口道：“这位……涂姑娘，你是不是迷路了？”

话未问完就被凌波当场呛了回去：“姜夷你别瞎掺和，正经事上稀里糊涂，偏这会儿和稀泥抖机灵，姑娘平日里疼你都白疼了？！你怎么知道这贱婢是迷路？都过了宵禁时辰，还鬼鬼祟祟跑出来乱逛，说不定有什么蹊跷！眼下和外族大战刚过，怎知她不是混进来打探消息的奸细？倘误了大事，你就是同谋！”

原来夜来的另一贴身侍婢名唤姜夷，看起来性子倒颇平和温怯，比那个动不动就散德行的凌波要得体得多。但这主仆三人的格局，明眼人都能看出几分端倪，要说夜来有多“疼爱”姜夷，着实并不见得。凌波方才边骂边伸出手在她胳膊上狠掐了一把，想必下手不轻，疼得姜夷倒吸一口凉气，喉头强抑的痛吟也短促地溢出几分，夜来却只装看不见听不着。看样子，反是对那凌波更宠信器重，放纵偏私至此。

自入了龙宫，衰运连连，硬要与位高权重的龙宫祭司争持，又恐暴露了贴身藏着的春空，只得暂且忍气吞声。素昧平生的姜夷莫名被连累，平白挨了一顿排揎刁难，我倒很承她的情。思索来日方长，总要找机会还上才好。

容底下人夹枪带棒的丑话都吐尽了，一贯语声温柔的夜来才居高临下徐徐开口道：“君上既钦点了你做贴身婢子，就该随时待命勤谨侍奉。这龙宫内城不是你该胡闯乱逛的地方。”

她俩主仆同心，紧锣密鼓连讽带刺，话风密得连只言片字也插不进去，语毕就牵起裙摆作势欲走。

最初的晕眩过去，我逐渐回过神，只觉额角痛楚难当，且兼连惊带恼，直气得发蒙。刚要挣扎着爬起来，那只缀满银甲鱼细亮鳞片的绣鞋就要往我手背踩下。

故意使绊在前，恶言诬赖我是奸细在后，犹不知足，竟还想得寸进尺添上皮肉伤。我完全没料到她会突然发难，摔在地上无处可退，已绝不可能在方寸间避过这一脚。正打算咬牙生受了，却听得头顶一声尖叫，夜来不知怎么，竟往后飞弹出数尺，也摔倒在廊柱之下。一只手还捂着右足，指缝中隐隐冒出鲜红血丝。美丽的翠眉紧蹙，似受了极大的痛楚。

一双侍婢大惊失色，顾不上搭理我，赶忙扑了过去搀扶。凌波口中呼天抢地："姑娘，姑娘你怎么了？！小贱婢竟敢暗箭伤人，简直胆大包天！姑娘这双腿脚可是君上耗了上千年修为才化出来的，若伤了可怎么得了？"

我愕然，刚才明明是她装作无意非要踩我一脚来着，我这受害者还什么都没做，她反倒受伤了？听凌波一迭声的念叨，原来那双纤秾有致的美腿，也是龙君所赐。对永远只能半人半鱼的鲛人来说，这样慷慨的大礼，是骨肉相连的深恩厚意。有了人腿，鲛人的美丽顿时锦上添花，更加完满无缺，从此再不必拘束在水中，便是戈壁险峰也去得了。我却只有一条被严令禁止显露的假尾巴。

但现在显然不是走神琢磨这些的时候。凌波哭嚷得草木为之含悲、风云为之变色，不知道的远远听着，还以为夜来死在这儿了。我疑惑地打量她一回，见夜来神色尚算镇定，正轻咬着唇略撩起裙角检视伤处。

血仍汩汩涌出，她确凿无疑是受伤了，可她那一脚虽用了结结实实的力度，却并没真的踩到我，就已经摔了出去。究竟是如何伤的？低头看时，手背半点痛楚皆无，袖口一抹绿光却倏忽隐没，顿时心中雪亮。

定是春空看不过眼，一时冲动便在暗中出手相助。这孩子，太过莽撞，万一她们不依不饶追究起来，被看出端倪，发现龙宫内城里竟混进只海夜叉，还伤了大祭司，这奸细的罪名可就彻底坐严实，大罗神仙也护不住他这条小命。

事已至此，若我主动担下这"暗箭伤人"的干系，说不定还能有几分转圜。无论如何，不能让春空暴露在夜来面前。遂扶着栏杆站起身来，揉了揉胳膊肘，顺带将袖口向下拽了几分，对柳眉倒竖的凌波潦草拱了下手道："不好意思，我手背太硬，妨碍你家姑娘脚落地。不过么，这个夜路走多了，难免脚搁得不是地方，下回小心伺候着点儿。"

诚然我是个一心向善宽容大度的狐仙，但自身修为有限，这宽容便马虎潦草了些，揽罪的话说得必然不大动听。更何况，是她家主子先有心出脚伤人在前。

凌波气得面孔煞白："胆大包天的小狐媚子，以下犯上伤了姑娘千金之躯，不但不认罪领罚，还敢出言不逊颠倒黑白，简直反了！姜夷，你去替姑娘教训教训这贱婢，必要狠抽她两百个耳刮子，看她还张狂不张狂！"

手忙脚乱在一旁织鲛绡为夜来包扎伤口的姜夷闻言，吓得将手中玉梭跌落在地。看了看我又看了看凌波，满面为难，好半天才诺诺垂着头劝道："姑娘……这……涂姑娘想必也是无心之失……"

夜来闻言，抿着唇角眉心一拧，却不再出声，只将头微微一偏。凌波会意，站起来对着姜夷扬手就要劈下。

"你不打她，便是偏帮外人反作践自家姑娘，真是乱世荒年奴欺主！姑娘可是君上心尖儿上的人，四海八荒谁敢轻易伤她一根头发？！眼看君上都已经归位了，东海也该好生立一立规矩！姑娘的委屈不能白受，若不肯去教训那贱婢，这耳光就由你代偿！"

爽脆火辣的巴掌堪堪要落在姜夷面颊，就被一只斜刺里伸出的手钳住，就势一甩，力道之大掀得凌波一个趔趄几乎没摔在夜来身上。

"你东海的规矩再大，管不得我涂山的狐族！"

定睛一瞧，赶来英雄救美的不是别人，正是本该蹲在离火宫守丹炉的大垂。

"大……大垂……你怎么会在这儿？"

他瞪了一眼惊恐未定的凌波，又握住我一双手，不知有心还是无意，把出溜上去的袖口又拽了拽，切齿扬声道："本狐仙掐指一算，便知幼棠你今晚命犯小人必有麻烦，这才赶了来。可伤着哪里没有？哪条不长眼的臭鱼烂虾要敢欺负你，我第一个刮了她的鳞给你出气！"

难为大垂及时现身雪中送炭，这般盛情难却，前因后果总要与他简述分明。我仰头吁了一声，无奈道："也没那么严重。大概我皮糙肉厚，茧子都长到手背上了，又厚又硬，不知怎么就把这位尊贵的夜来姑娘脚底给硌出个血口子。"

大垂耸眉瞪眼："她敢踩你？！涂山帝君的宝贝女儿，平日里重话也不曾听过一句，何尝受得这等鸟气，真当我涂山无人了吗？"边说边撸起袖口，做出个凶神恶煞模样，就要朝跌坐在廊柱下的夜来逼近。

我大骇在当下，大垂这张没遮拦的嘴，真真要坑我虐我千百回。说好不许暴露身份，谁知刚到龙宫的第一个晚上就被嚷嚷出去，回头该如何向龙君交代？可那毕竟只是我与龙君私下的约定，原也怪不得毫不知情的大垂。

不得不佩服的是，夜来到底在龙宫身担要职，颁得政令带得兵，是经过大阵仗的鲛，估计把东海所有男鲛的胆子全捆在一块也没她的大。大垂来者不善，她却丝毫也不放在眼里，只将花瓣般的眸子微微眯起，轻飘飘将提起的裙角放下，端坐原地不闪不避。我却发现那藏在广袖中的利甲，不动声色间已暗暗长出数寸。

见她有恃无恐，越发怀疑大垂此番冒失去寻晦气，怕是十有八九要吃亏。再说此地终究是东海，水族的地盘，贸然犯了众怒越闹越大，扯出春空来就彻底收不了场了。横竖我也没吃什么大亏，与夜来各负一伤算落个平手，不如大事化小。心念电转间，忙扑上前将大垂连拖带拽，把那修行之人原该戒嗔戒怒、静心养气的大道理从头到尾念叨一通。暗叹当年在涂山背书时若能似这般超常发挥，怎至于门门功课无一生还。

凌波护主心切，早张开双臂挡在夜来面前，颤声嚷道："哪里来的混账小子胡说八道，涂山帝姬死了快两千年了，几时听说狐帝又添了女儿？多半是小狐媚子拿着涂山的名头在外招摇撞骗冒名顶替！你要再敢上前一步，我……我这就喊人了……来人哪！来人……"

大垂被我拦腰抱住左右挣脱不开，约莫也记起还有春空这档子事，略冷静了些，嘴上仍旧不肯示弱，指着凌波怒斥："你又是哪里来的无名小卒，龙宫的下人罢了，算个什么东西？！芜君乃上古尊神后裔，新添位千金也要敲锣打鼓先同你报备一声不曾？好大的口气也不怕风闪了舌头！"

夜半三更人迹寥寥，想是觉出由着侍婢和一只陌生男狐狸僵在廊下吵来吵去太不成体统，夜来终于扶着凌波站起身来冷冷发话："凌波少安毋躁。一场误会，免得倒叫人笑话咱们东海以多欺少。也罢，本姑娘并不是睚眦必报之辈，这次冲撞便不与你计较了，就此别过。"

路过我身侧时，却顿了顿，一芽精致的下巴微昂起，并未回过身来，对着空寂的长廊深处又道："新来的侍婢，你叫个什么？涂……涂幼棠是吧。我不管你究竟是谁的女儿，真也好假也罢，既到了东鄰城，就得规规矩矩入乡随俗。说句不好听的，若真在涂山那样金尊玉贵，何不回去好生做狐帝的掌上明珠，却跑到对头的地界自讨苦吃为奴为婢，是个什么道理？但来而不往非礼也，本姑娘也好心提点一句，这龙宫的夜路坎坷得很，说不定哪天就一脚踏空栽沟里。你也要多加小心。"

我实在懒得跟她多费口舌，只巴望这盏不省油的灯早早离去，省得夜长梦多。她们多耽搁一刻，春空就多一分暴露的危险。只得抄着手打个哈哈道："好说，好说。"

凌波搀着夜来游出十数步远，才敢隔空瞪着我恨恨找补几句："涂山的狐媚子，东海不是你们该来的地方，何不早日夹着尾巴打道回府是正经？偏死皮赖脸缠着君上，好不知羞！这儿没人欢迎你！姑娘不能伤得不明不白，今晚之事绝不会就此作罢，你等着瞧！"

第二十四章

金樽漫醉芙蓉帐

她们一走，我紧绷的神经顿时松懈下来，软绵绵往廊柱上一靠，望天叹道：“难怪人都说美人的颜值和脾气相配，连骂起人来都这么出口成章有理有据。”

大垂对美貌的夜来从头到尾没什么好感，忍不住用力唾了一声：“啊呸！什么美人，满身鱼腥味，人前一派纤纤斯文、弱柳扶风，背地里训起丫鬟来恨不能生吞活剥了，真是比麻袋还能装！”

半抹秋叶绯的纤影一闪，险些被“生吞活剥”的姜夷这才怯怯地从一株紫珊瑚后游出来，对着大垂袅袅下拜：“多谢涂公子相救，小女姜夷，在此拜谢。”

大垂余怒未消，冷眼瞅了瞅姜夷：“我出手帮的是幼棠，顺捎着替你挡了顿巴掌，可不是专为救你，谢就不必了。”

姜夷没想到他话出口这般不留情面，当即愣住，眼圈泛起微红，却不曾恼，复又柔声再谢：“话虽如此，小女终究承蒙此助，却不能罔顾恩义当作理所当然。”

她如此谦恭知礼，大垂终于不好意思再咄咄逼人，赧着脸讪道：“那什么……小事一桩，何足挂齿。时候也不早了，你也赶紧回去吧。”

姜夷默然，朝夜来离去的方向看了一眼，只是低着头不说话。

看她那百般踟蹰的模样，我也猜到几分缘故，搔搔额角唏嘘：“今晚这一闹，算是彻底把龙宫祭司给得罪了。端看方才凌波那副扯着大旗当虎皮的德行，她哪还敢回龙绡宫，肯定直接被当成出气筒，指不定被折磨成什么样。”

大垂也恍然明白过来，同情地朝她望去。姜夷不知是害羞还是忧惧过甚，将头垂得更低，双手扭绞着裙边绦带，一双清秀妙目波光盈盈，委屈得鼻尖都一翕一翕的。

“哎，你要是回不去，打算去哪儿？”大垂问起话来干巴巴，语气倒很是带了几分关切，她却再不肯开口。我顿生不忍，想起藏在袖里的春空，寻思帮一个是帮，帮两个也是帮。说到底，姜夷也是因为不肯替夜来打我巴掌才遭此非难，就当还人情也该替她想个法子化解。

“大垂，要不你把姜夷带回离火宫凑合一宿？夜来正气头上，总不能真把她逼回去往那火坑里填。”

此话一出，大垂和姜夷都吃了一惊，面面相觑，又不约而同掉过头，将视线错转开。

半晌，大垂应声道：“倒也不是不行。反正那地方烟熏火燎又是龙宫重地，轻易没人踏足。但我话说在前头，躲得了一时躲不了一世，姜夷是夜来的贴身侍婢，若那条臭鱼心胸狭窄定要发狠治她的罪，早晚都避不过去。”

话刚落，姜夷的肩膀又微微哆嗦了一下。

“要不……你先收留她一晚，我回去设法跟龙君求个情，把姜夷从夜来身边要出来，以后就留在流泉宫。反正鲛人有那么多，换个侍婢服侍她又不会少块肉。”

事到如今，眼看也只能这样，走一步算一步，先挨过今晚再说。权宜之下，姜夷又再三称谢，方卷起翠尾袅袅随着大垂往离火宫游去。

扰了半宿，我好不容易跌跌撞撞寻摸回流泉宫，满目皆是黑灯瞎火，只有夜明宝珠微弱的荧光星点散落。夜阑人静，龙君想必也早已在殿后的寝宫安歇。

乍一闲下来，头也痛来腰也痛，一瘸一拐蹭到水镜前撩起刘海细看，额角好大片青肿，皮肉破损处都已渗出血丝。夜来那厮阴招太损，这一跤着实摔得不轻。旧伤未愈，又添新痕，我甚惆怅，又想起暗地里伸出来绊到身前的硬物，现下仔细回忆分辨，那触感确然只能是她那双筋骨俱全的人腿，绝非绵软滑溜的鱼尾可以做到。按凌波的说法，正是龙君无与伦比的恩赐。

上千年的修为，是多么可遇而不可得的机缘，天劫都得历过两轮，足令所有修行之人垂涎。他随手就能拿来相赠，可见对夜来的眷顾何等非比寻常。今晚这场风波恐怕不会轻易平息，待天亮后闹将起来，不被倒打一耙就算不错。至于如何说服龙君把姜夷从“伤得不明不白”的夜来身边调走，我实在半分把握也没有。他怎会听凭我一面之词就轻慢楚楚可怜的夜来呢，简直痴人说梦般渺茫。

腰后的伤处被海水浸泡得越来越疼，不争气的温热又从眼眶漫延开来。还好身在幽暗深水里，光影曲折，是哭是笑的，就连自己也常看不大分明。因此并未及时发现，镜中不知何时又映出了另一个熟悉的身影，正立在我身后咫尺远近。

那清俊眉眼比起白日里的冷冽也多出几分柔和，琅玕月冠已摘下，长发松松绾起一半，丝缕碎发随着洋流翻卷摆荡，飘逸得如轻烟岚絮。

“你在哭什么？谁欺负你了？”

我心头一抽，下意识就要抬袖去擦，又悟过来这是在水里，擦个什么？岂不更坐实了方才那番举动，就是在夜半无人处顾影自怜对镜啼泣。

“谁哭来着……只是干活儿累了……突然有点想家。你不是睡了吗？”

龙君到底不是姑娘家，不明白丢人这种事，哪怕再轻车熟路，也是绝不可能变成习惯的。不被撞破就不算，便是不巧被撞个正着，不肯承认也不算，总之能少一桩是一桩。

念及此，一只正要拭泪的胳膊僵在半空，收也不是，放又没处放。突然福至心灵，硬生生拐了个弯，扑上去把那光洁无尘的水镜边角反复擦了又擦，却不料反擦出好大片泥迹子来。想是方才在御铃廊摔倒，袖口边沾染的碎藻尘泥。

这就很尴尬了。自己弄脏的镜子，哭着也要擦完。只得噙一泡泪趴在水镜前，继续跟那块越抹越污的泥迹子较劲，镜中人白衣翩然，只是不言不语，就这么好整以暇立在原地笑吟吟看着。我被他笑得心里没底，急需找点事情做做压惊，偷眼瞥见镜台旁小几上正放了只海螺杯，盛了些薄胭脂色的水，约莫是果露花茶之类，看着早已凉透，便信手捞过来一饮而尽。

茶这东西，乃是陆上凡人们最喜欢的杯中物之一，无论家里家外，不拘时间地点，实乃打发闲暇附庸风雅之常备良品。据说颇有些提神醒脑强身健体等功效，因此又号称“不夜侯”，晚间不宜饮用，否则恐难以安眠。这半盏冷茶滋味却很有些与众不同，并不似在涂山时偷喝父君的那些清茗，不苦不涩，唯独花香太重，果蜜也难掩浓酸。一口下去，生津通窍，几丝热流从腹中腾起直蹿入脑，果然醒神。意犹未尽舔了舔嘴唇，暗叹忙里忙外了整天，连水也顾不上抿半口，不喝这茶还没怎么，一喝反倒更觉干渴。

费解的是龙君并未说明他为何这么晚了还在空旷的殿里游荡，神色却突然变得十分古怪。看看空杯，又将我从头打量到脚，仿佛不认识一般，几番欲言又止，终于开口道：“你知不知道你刚才喝的什么？”

我闻言一愣，用食指从唇角蹭下几滴来，放近鼻尖疑惑地嗅嗅。胭脂色在指间洇化开，花香馥郁得引人心头生出莫名烦乱。除此之外，并无什么殊异处。

“这花茶熬得忒浓了些，难怪不大解渴。”

他伸手在眉心揉了揉，复又指着空螺杯，半晌未曾发声。不知怎的，连气息也调不大均匀起来，一副流畅口齿前所未有地磕巴出好几个断句：“谁告诉你那是花茶？那是太玄自作主张端来给……给……虽则本座并没打算喝，但也没说让你喝。你这……是不是有点太不把自己当外人了？”

将他一贯的脾性略加揣摩，我顿时了然。这大半夜不睡觉，原是小气的毛病又犯了。不过喝掉他一杯懒得碰的冷茶，就计较成这样。临渊君其人，能将“我的就是我的，你的也是我的”这种精神贯彻始终，令人钦佩之余唯有无语凝噎。

反正今晚已经足够倒霉，就让背运走得更猛烈些吧！我往旁让了让，摆出个俯首认错的姿势，试探着问道：“这茶是不是很贵？要不……照旧还从月俸里扣？”

他顿了好一会儿才回答：“不是钱的问题。”

对我这种身负巨额债务的穷人来说，只要不是钱的问题，那任何问题都不成问题："不贵……不贵那就好办了！左右不过一杯茶么，龙君是有品位有格调的上神，哪能喝这么娘娘腔的东西？再说现下时辰已经不早，茶喝多了睡不着……小狐正好为龙君分忧……"

话说得太多，越发觉得唇舌焦渴，连一向偏凉的海水也仿佛渐渐升温，令人周身燥热。大概先时在廊下惹了一场气恼，夜半无眠且兼连惊带吓，脑子忽地有些不清不楚，几欲站立不稳，又扶着茶几迷糊补了一句："……那什么，茶还有吗？"

镜中人秀颀的身形已模糊成重影，似乎正微侧着头，一抹无奈的浅笑淡淡倦倦挂在唇边，又向前踱了半步，胸膛整个抵在我后背。我被那眸中流转的清光晃得眼晕了一晕，只觉这镜中的场景恁地熟悉。还没反应过来，身后人已举臂，将手掌轻轻覆在了眉眼间，一股异香从那袖口腾起，比龙君平日里熏染的龙涎瑞脑更深浓了几分。甜暖的晕眩和无力交替重重袭来，我再支撑不住，腿一软便摔进一个比海水更热的怀抱。

头顶传来幽幽一叹："这么笨的狐狸啊，天上地下再去哪里寻得出第二只来……连春药和花茶也分不清。"

身下的床榻软得胜似青烟，与肌肤熨帖不留一丝缝隙，很是受用。我迷迷瞪瞪翻了个身，又翻回来，还是恍惚如坠云山雾海。胸腹间一股血气上涌，如火焰掠遍四肢百骸，将所有血液都熬得黏稠，就要伸手去将腰间系带扯开来凉快凉快。

那手却不知被谁攥住，从身前拿开，又不轻不重地控在上方。勉力睁开眼睛，帐幔堆绣的花枝云纹如星火流窜，天也旋旋地也昏茫，只能依稀辨出面前倾身俯就的轮廓有着说不出的熟悉，似与某个曾经出现过的画面重叠。

而交叠，交叠如此迫在眉睫，带着势不可当的沉沦力量，无论是虚妄的残影还是真实的肌肤。不安的重与失重，在辗转厮磨间灼化成灰。

本就缺斤少两的神志此刻清明尽失，被浑身突如其来腾起的热浪冲毁得一丝不存，脑中闪过无数凌乱而难以捕捉的念头，每个都匪夷所思又理所应当。怎么是他……竟然是他……原来是他……还好……是他。

说不清沉溺还是紧张，又或者两者都是，赶忙重新闭上眼，难耐地扭了扭身子，便觉出依稀有双手揉了揉我鬓边头发，带着点微喘的叹息绵长。

那轻叹的余韵袅袅未歇，唇瓣已覆上一片柔软冰冷。如同烈日焚炙下，唯一的回应便是吮咬需索。神志只停留在很遥远的空茫之处，唯记起幼时，涂山常年是个半春半冬的气候，夏秋都极短。每到满目银装素裹之季，最爱去尝那绿梅花蕊间的薄雪轻霜，何等冷彻甘甜，又带着点春茶般的寒涩，在舌尖一点点融成爽冽的露水。

花间雪，逝无凭，再怎样恋恋不舍，还是被吐息的灼热化尽了。寒暖交融，就是此刻唇齿缠绕间意犹未尽的滋味。

由凉薄渐至温软的贴合被骤然抽离，整个人蓦地失去依凭，空荡得惴惴又无措。这一点点清凉，对烧得燥渴难抵的肌肤而言简直杯水车薪，终于忍不住挣扎着呢喃："还要……"

双手始终被牢牢扣住，可即使挣脱出来，我也浑然不知该往何处摸索。究竟要寻个什么，才能压住这把升腾得奇异莫名的心火。眼前人影忽远忽近，晶莹的额角边几缕碎发垂下来，拂在我滚烫颊边，丝丝痒得钻心。每摆荡一下，肌肤都瞬间抽紧，激起一阵战栗。片刻后，那身影重新贴近，额头相抵，像贴着一块凉润玉石，终于好受了些。

"你还小……我不能这么对你。等你以后长大了，想起……说不定就不愿意了，还会恨死我。"

"恨……你？你在说什么……为什么……"

耳畔的声音似乎有些压抑，暖而沙哑，十分地惹人心醉。

"有时候我常觉得，其实什么都不知道，大概也是一种幸运。甚至盼望你永远也别再想起过去，是不是一切都可以好生重来？那时……是我错了。"

额间的冷意顿时如千山漫雪席卷而来，冰凉镇定之感瞬间铺天盖地覆盖了周身。我被沉沉的眼皮压着，再望不见一丝光，只能身不由己向无边的黑暗中沉坠下去。

第二十五章

紫螺明珰照新妆

“他们都说这妄念悖逆天地，必不得善终。可如果那人是你，唯独是你，我情愿一错再错，误到岁月尽头，仍旧沉醉不知归途。临渊。”

“涂灵殿下，有没有人告诉过你，做错了事就一定要付出代价？天地最是糊涂不仁，本座不曾畏惧过天意，也从不在乎报应。若这世间真有因果，何以公道黑白终究颠倒湮灭。既如此，代价就由我亲手替她收回。”

“你为什么不肯信我……为什么？就因为她死了而我还活着，是不是？就算我现在死在你面前，你都只会认为这不过是理所应当给她抵命，是不是？既然你心中早已认定，多说无益，又何必还要再问？”

“因为我想最后一次，亲耳听到你的谎言，才可以死心得更彻底一点。”

……

清泠泠的女音时隐时现，如同丝弦般轻颤低回，字字句句都支离破碎，却弥漫着透骨伤怀。说话的姑娘究竟是谁，何以会有这样悲伤欲绝的泣诉。仅仅在混沌中听着只言片语，堵在胸中的那团情绪就已压得我快要不能呼吸，不仅沉重，而且疼痛。一时忧悸交加，几乎入了魔障，好在眉心那点凉意仍似冷泉连绵不绝，带着不可抗拒的力量，将体内滚沸的邪火郁燥平息。

从纷繁迷离的乱梦中悠悠醒转，早就天光大亮。

睁开眼左右看了看，牙白的华盖绀紫的衾褥，身下一张软榻大得吓人，四柱雕花嵌宝，前后左右摸不到边。这是谁的床？宽阔得未免也太夸张了，恐怕就是龙君化出原身都能盘着睡下。

等等……搁得下龙君的床？！莫非……这是……这就是……他的床？我被这大胆猜测惊得手足无措，生怕好的不灵坏的灵，往日在涂山与同伴猜谜从没一次能答对，此番却天公不佑蒙个正着。赶忙掀开被子跳出来，好在一身裙衫仍旧整整齐齐，每一层都纹丝不乱裹在该穿的地方。

心下稍定，又偷眼朝窗下亮处瞧去，只见九重纱帐后影影绰绰，书案前正端坐着个持卷批阅公文的侧影。鲛绡如此轻薄，隔着那么多层都能看出他深邃眉眼染上的一抹淡青倦色，想是在尺牍间劳神了整夜。

若他真的终宵未眠，必然，也只能是因为，我不知怎么强占了去，还四仰八叉蒙头酣睡了一宿的，千真万确是他的龙床。可事情究竟怎么会变成这样，实在是半点头绪皆无。

我捧着脑袋竭力回想，昨儿先是气喘吁吁爬上了高台玉阶，同龙君并肩观赏了一回溯世镜，接着被吩咐去殿外打发锦澜，结果无意中听来一场骂，那鲤鱼公主不请自来又不赶自去，被我歪打正着捡了个轻省结果交差。刚要折返，却不慎迷了路，在半道跟夜来一行生起冲突，将额角摔伤。再后来，是大垂突然出现，替我壮了回声势……还有好心的姜夷，我原本打算着替她向龙君请个示下，早日脱离夜来那片苦海，免得再遭报复打骂……

前因后果断续浮现，最后一点清晰的印象，便是自己孤零零回到流泉宫，满腹委屈在水镜前偷掉了几滴泪，被发现后又抹不开面子，强言狡辩无意间喝下的那杯没人要的冷茶，乃是在为龙君分忧。

分忧，分忧，分掉他的忧，却害自己快要愁白了头。

再后来又发生了什么，全是一团糨糊，无论如何都再忆不起来。迷梦中那措辞漠然决绝的男子，声音多么多么像一个人。究竟谁死了，谁还活着，他又是要去为谁索取代价？还有那些含义莫测的絮语，时而冷酷，时而伤感。在耳边清晰而又痛彻地低诉，我错了。是我错了。可即使将整个灵识陷入最深的昏蒙，我也并不敢相信，真的是他。龙君向来何等骄傲，怎会轻易说出“我错了”这种没出息的话。就算有什么事真是他的错，大抵也会为了面子死不承认。

自从积石山偶遇，继又结伴同行，我也逐渐对这类越来越频繁出现的幻听习以为常，有时甚至会觉得诡异又有趣。就像涂山那些被撕得零落不全的上古传说话本，没头没尾，全是断续不成章的零碎故事——别人的故事。

突然心头一个激灵，我并不是孤零一人，须臾不离的，还有隐秘藏在袖中的春空。昨夜究竟是个什么情景，只要用传音秘法问问他不就清楚。如此想着，便伸手去摸腕子，这一掏摸不要紧，顿时惊得更加冷汗如瀑。绿帕子不见了。

我握着空空的手腕僵坐至不能动弹，心乱如麻。最坏的结果是，那小小幻术变成的绿帕被法力高深的龙君一眼识破，当场将春空擒获，交由属下发落去了。如果春空真的被他发现……说不定此刻早已被剥了皮，缝成海疆图挂在城楼外。而我又该如何面对龙君，怎么解释刚进东鄰城就私自把外敌偷带入宫？通敌藏奸的大罪非同小可，恐怕自身尚且难保，还奢谈什么再设法去救姜夷。

晨钟幽幽鸣过三巡，也不知那夜来是否已有备而来，真要恶人先告状起来，和春空的暴露撞在一处，事情就不仅仅是一场私下冲突那么简单。积忧重重，我满心惶惑缩在角落，连掀开床帐的勇气都失去。

正惆怅欲死，空荡殿宇忽响起龙君半声轻咳，语气一贯的清淡安闲，辨不出什么情绪，倒似乎……没有愠怒："你还要懒床到什么时候？那可是本座的床。"

我赶紧连滚带爬钻出华幔，苦着脸解释："小狐实在……实在不知昨晚究竟怎么会……会……"

他耸了耸眉不置可否，拉响了立柱旁一根直垂落地的玉色丝绦，殿外顿时响起一片银铃声响，此起彼伏煞是悦耳。待铃声稍歇，紧闭的殿门缓缓打开，天光如瀑流泻了满堂。一大早，就有数不清的鱼仆虾侍列队而入，沿阶跪出老长的一溜，个个手中捧着玉盘，内盛巾栉、漱盂、玉带等不一而足，开始服侍龙君更衣洗漱。但凡所有之物，无不奢靡精细到极致，令人目不暇接。

仆从虽众，难得的是个个忙而不乱，一番有条不紊的操持过后，很快便收拾停当。龙君负手慢慢朝水镜走去，左右扭了扭身子，观赏仪容。镜中人足踏藕丝青绫履，琅玕月冠上嵌一颗硕大明珠，朝云雪翎迤逦遍地，白光流灿，不垢不染。直到再挑剔的眼光都难以寻出一丝瑕疵，才不紧不慢点了点头，挥袖将众仆屏退，想是终于觉得满意。

太玄紧随其后，俯首举臂，呈上一根满镶明珠七宝的珊瑚法杖。穿透海水的第一缕阳光映照在他侧脸，缥缈而又生动，更衬得一身瑞气千条。

我被这排场喧天的架势碾压得自惭形秽，吐了吐舌头缩到一旁，以免有碍观瞻。一边将身子藏进屏风后，一边从雕花镂空的缝隙朝外探看，忍不住啧啧暗叹，龙君真是有型，实乃当之无愧的水之精魂。虽然小气抠门又矫情，这么多缺点也掩盖不住他美色与气韵齐飞的光芒，难怪闭门不出都惹得桃花漫天。

走神了半晌，才恍然明白过来，他捯饬得这么花见花开，十有八九是因为四海盛宴即将盛大开席。算算日子，可不就在今朝。

龙君已落座在水镜旁的案几后，抚着珊瑚宝杖悠然道："幼棠过来。"

我惶恐站直了身子，小心翼翼蹭过去叫声："龙君有何吩咐？"

他轻拍了拍膝盖："站那么远干什么，本座又不会吃了你。坐下。"

我审时度势，估摸着龙君态度之所以如此意外和缓，大约是因着今日大宴四海宾朋，心情上佳的缘故。眼前唯一一条明路，就只有抱大腿，求原谅。

然世间恒有两大悲剧，一个是表错情，再就是会错意。

"本座说的是，坐在你面前那凳子上，几时让你坐本座腿上来着？"

那你没事乱拍什么膝盖？海水中浓浓的尴尬简直饱和得要冲破天际，我闷头把石凳上一小块青苔擦掉，沮丧而紧张地重新找准位置。任由发落已成定局，站着死坐着死都一样，伸脖缩脖都是一刀子。

但垂头等了许久，也没再听见任何动静。龙君不知为何，一径沉默，叫人难以揣测他此刻是个什么表情。是会直接怒斥我恩将仇报，还是……

随着太玄清脆的巴掌声响起，从配殿悄无声息地游进来一双蚌女，手捧托盘施施然俏立在身后。

当下不敢回头，只稍抬起眼角从镜中偷眼望去，蚌女呈上的又是一套梳篦环佩，看着却不像龙君能用的东西，乃是女子梳妆之物。再定神细看，金银杂错纷呈中蓦地显出一痕翠碧，春空化就的绿帕子可不就整整齐齐叠放在胭脂匣旁。

“我的手帕！怎么……怎么会在这儿？”我起身直扑过去，激动得声音都发颤，将捧着妆奁的小蚌女吓了一跳，蚌壳啪一声合上，好在我收手及时，还是差点被夹了手指。

春空好小子，十足机灵，见情势有变，闭气凝息得一丝破绽也无，就连我乍看去，也几乎要以为那只是一块平平无奇的旧汗巾子。我疑惑地将绿帕重新系回腕间，想问又不知该从何问起：“这……这手帕……”

他却没往心里去，随口唔了一声，应道：“你昨晚回来时魂不守舍，恰把帕子落在那廊柱底下，被值夜的虾卒拾了去。龙宫里法度清明，路不拾遗，东西无论失落在何处，总是丢不了的。”

看来春空并未被识破，危险暂时已经过去。但对昨晚喝完茶后究竟又发生了什么，仍旧一头雾水。我在心里猜出成堆的答案，可惜无人前来揭晓谜底。

龙君施施然起身走来，对着我镜中素面朝天的模样大摇其头：“你如今已成年了，再不是小孩儿家，装扮也太素净了些。在本座身边伺候，要注重仪表，今日阖宫大宴，四海贵胄齐聚一堂，有许多上宾雅客要见，这身行头怎么成？不知道的还以为我东海社稷不兴国库空虚，连贴身丫鬟都打扮得如同叫花子一般。”

这话引得我暗生不忿，难道不是吗？旁的鱼仆平日里不小心摔破个茶杯砸个碗都没事，到了我这儿偏变成什么论功行赏有过该罚的破规矩，三十枚贝叶钱的月俸七削八减下来，早已经提前克扣到了两年后，还要和大垂平分。堂堂龙君上神，抠门得耸人听闻，说出去都没人肯信。以后谁要嫁给他当夫人，别说润色妆奁，恐怕连梳头油都得自备，真是倒了八辈子霉。

“俗话说巧妇难为无米之炊，小狐那点月俸早已尽填了买船的账，眼下是连颗芝麻大的米珠都买不起，只好天然去雕饰。”

龙君对这般中肯的抱怨毫无体会，自顾抱臂寻思了一番，便挥退蚌女，煞有介事地挑了把篦子，开始亲自上手为我梳理头发。

这一下受宠若惊，我赶紧将腰背挺得笔直，纹丝不敢擅动。这厮对衣食住行都极讲究，于审美上头的精巧心思也颇别具一格。满把青丝在他手中被灵活的纤指分成数股，上下翻飞左缠右绕，很快被绾成一个九环望仙髻。顶髻上端正束一只海松色珊瑚宝树冠，又分拨出两缕长及腰际的发丝，用丝绦松松束着，自耳后垂下。

我仰起头，左看看右看看，镜中映出一芽玲珑下颌，狐狸天生的桃心脸，尖耳朵没了遮掩，光明正大贴着脑袋两侧竖在外边。额前细碎刘海恰将那枚以假乱真的眉心轮胎记遮去，轮廓清爽了许多，亦不失精致柔和。平素向来很少花心思打扮，突然拾掇起来，顿时判若两人，也不禁有了小小欢喜。

大功告成，龙君心满意足，得意道："怎么样，是不是好看多了？"

龙君不仅爱美好打扮，也相当会打扮，梳头绾发的功夫堪称一流，真是秀外慧中。但若贸然张口就夸，定又惯得他飘飘然到飞起，鸡蛋里也要勉强挑根骨头来念叨，方是个矜持的道理。

"模子好，梳什么头都好。哎对了，这两绺头发怎么不全拢进发冠里，单留出这点搁在外边多不利索，刺挠得脖子痒痒……"

龙君淡若远山的眉尾略动了动："若按那个梳法，明眼人都会看出，你自幼没有娘亲照拂。"

"为……为什么？我梳什么头，和君后又有什么干系了？"

他咳嗽两声："如果一个姑娘家有娘亲贴身照拂教养，就会告诉她，未嫁的女儿不可将头发全盘在脑后，虽华丽大气，却是极不得体的装扮，会惹人背地里指点笑话。"

我闻之讪然，默默抿了抿唇。身为弃孤，终究算不得什么光彩身世。但我们狐族于天伦亲情这上头，素来比别的族类更淡薄些。便是双亲俱全的小狐狸崽子，也从没有娇生惯养一说，不过在爹娘膝下抚育到断奶，就得赶出窝去自寻天地，从此风雨独行生死由命。

灵狐后代自幼便晓得谋生不易，仙途更是艰险，这看似不近人情的残酷，反倒是种别样成全。洪荒宇宙几经灾劫，以致远古众神凋零，而今唯龙族、凤族和狐族三大族群得以存续于世，统领一众零弱小族，大概正得益于此。

这么一想，倒也释然。命里有时终须有，命里无时无所谓。安逸也好坎坷也罢，冥冥中自有一番安排。大概独自消化过了许多的讥笑嘲讽，因此总是这么会自我安慰。

太玄拱缩着肩，碎步蹭上前来打了个岔，化解了我迫在眉睫的尴尬，又顺水推舟把这尴尬全转移到了龙君身上。

“君上明鉴，咱们东海的国库确实已不比当年，早到了捉襟见肘的地步，外人看着还是那么回事，实际亏空不少，已是寅年吃了卯年粮，卯年落下的饥荒还不知上哪儿填补去。账面进项愈发单薄，原本最繁华海市也被连年战乱搅和得萧条不堪，如今君上归位，百废待兴，总要想个法子调度才是……”

龙君正探首在一只紫檀匣里寻摸什么，漫不经心答道：“你除了哭穷，可还拿得出更有价值的事前来叨扰？”

太玄被挤对惯了，面不改色唏嘘两声，顺手拈过镜台旁搁置的海螺空杯，一双绿豆眼笑眯眯合成道缝：“昨晚那杯‘桃花醉’，君上用得可还顺意？老臣也没想到能进展得这么快而顺畅，真是覆水重收可喜可贺！想必幼棠姑娘……”

第二十六章

春思鸣廊到晓悬

龙君玉树临风的背影微不可察地抖了一抖，骤然回过身来，十分慎重地思量着开了口，恰到好处截住了太玄令人费解的话头。

“诚然国库空虚确是桩值得商讨的大事体，太玄忧国忧民之心可嘉，该当褒扬……那什么，你先把杯子放下，有话好好说。”

太玄搓摸着空空如也的海螺杯，欲放不放，内中曾盛着的，正是昨晚被我顺手捞来一饮而尽的那半盏冷茶。

“君上过誉，老臣实受之有愧，只是那海务经费却耽搁不起。远的不说，光眼下筹备四海盛宴就拉下不少饥荒……”

话未竟，便听得叮当声响，龙君叩指一弹，一道玄光直落进海螺杯里。伸头去瞧时，见是枚通体沉郁的珩璧墨玉佩，形如菱角，中间有一孔，以成串硕大华丽的南海黑珍珠贯穿之。一看就非同凡品——只不过，乃是他腰间众环佩里最小的一枚。龙君果然是龙君，大气得很隐约，小气得很明显。

但不管怎么说，珩璧毕竟也是龙王随身所戴的宝器，小则小矣，却丝毫不失贵重。古语有云：“君子无故，玉不去身。”可见为了堵住太玄的嘴，龙君这举动算是下了血本。

太玄捧着玉佩噔噔噔后退数步，险些栽倒：“这这这……君上这是干什么？”

“本座这是在……”

龙君长长呃了一声：“爱民如子。”

自斟了杯清露润润喉咙，继又道："这些年海疆不甚太平，真是难为你，里里外外担惊受怕得也够了，没有功劳也有苦劳。这操心得靴帮子上都挂满了螺蛳壳，也顾不上添双新的。玉佩你先拿着，换个两三千珠铭且应应急，海宴备办若还差什么，缺哪儿补哪儿，剩下的就自己掂量着用吧。"

我看得叹服不已，这莫不就是传说中的——明目张胆的贿赂？胡说八道也太明显了，两个月前他还大言不惭地掰扯道，自己膝下没有儿子，根本体会不到什么叫"爱民如子"。但太玄很是明白事理，懂得见好就收，连杯子带玉佩往怀中一揣，了然道："既如此，属下恭敬不如从命。"

于是那段教人摸不着头脑的话，只在我身上蜻蜓点水般掠过，又硬生生拐到关乎东海社稷的国本大事上去。我蓦地想起什么，忙撩起刘海对镜查看伤势，额角那处磕碰的破损已荡然无存，肌肤平滑完好如初，越发怀疑昨夜种种，俱是荒唐梦靥。水镜右下角的一小块污痕却赫然在目，清清楚楚提醒着，那场似梦非梦的迷乱，或许真的切实存在过。

满腹疑窦缠成乱麻，只虚飘飘落不到实处，真是磨人。越发打定主意，过后务必要寻个机会，去向春空打听清楚。

正胡乱思量，龙君已交代完正事，转头见我还被忘在水镜前无人认领，遂和颜悦色吩咐："头发既已梳成，便去画屏后把衣裳也一道换过了吧。经籍云，'有瑕生内，必见于外'，行头打理得这样光鲜，总要表里如一才好。今日四海盛宴隆重非凡，在本座身边伺候，需得言行举止从容有度，仪态端方，步子不可大不可小，更不许连蹦带跳……啊，对了，还有，说人话。"

我侧着头回忆了一番鱼仆蚌女们的举动，自觉照猫画虎也差不离，便似模似样欠身福了一礼："洒家这就去宽衣解带。"

龙君愣了愣，旋即顿足，一副痛心疾首模样："小姑娘家家，自称什么不好？'洒家'是什么意思？谁让你去宽衣解带了？"

但凡我难得字斟句酌对答上几句人语，他就摆出这么副表情，偏又总不死心，每每主动提出这种让大家都无所适从的要求，尴尬有瘾还是怎么着？

诚如他所言，我这一路走来丢脸也丢习惯了，只得厚着脸皮虚心请教："那……应该怎么说？"

龙君抬起小指搔了搔额角，深吸一口气，出其不意憋出两个字："人家。"

见我没什么反应，便耐着性子继续循循善诱："人家要去更衣。"

"啊？"

他额间渗出晶莹细汗，自怀中抽出折扇来，来回扇着并不存在的风，几乎是一字一字往外蹦："人，家，要，去……"

我越发惶恐不安，脱口而出应道："那你去啊。啊不不不……是……君上，请便。"

龙君望着我，无言地动了动嘴唇，耳旁忽传来"哎哟"一声，回头一看，见是太玄不知怎么，竟一脚踏空滑倒在阶下。肚皮朝天背壳着地，骨碌碌转了好几圈，手挥足蹬半天也爬不起来。我顾不上旁的，忙奔过去将他翻转扶正，太玄连声道谢，一边偷眼望向龙君，咧到耳根子的大嘴弧度翘得非常诡异，满脸欲言又止，也不知是内伤还是内急。

"殿前失仪，恕罪恕罪。容老臣再斗胆多一句嘴……有些事它急不来，还请君上少安毋躁……"

龙君皱眉不悦，"啪"地合拢折扇打断道："你不是还有要事在身吗，都什么时辰了，还耽搁在这儿扯些有的没的。去去去，赶紧去城楼盯着点，看宾客都来齐了没，该接引的好生上前迎一迎。"

托赖太玄这一摔，龙君对我官话的造诣哀莫大于心死，深受打击之下，再没兴致为人师表。我长舒口气，钻到折屏后头自去宽衣解带，哦不，准备更衣。

屏后木架上早有备好的裙裳，一袭紫鸢色深衣，内衬浅杜若色合襟，紫藤宝相团纹留仙裙层叠飘逸，裙摆还用银藕丝绣满了桔梗萱草，看上去繁而不乱，清雅别致。我窸窸窣窣换上，顿时从莲藕精顺利升级成茄子精。出来前尚不忘将袖口往下拽了又拽，春空这孩子也颇晓得轻重利害，仍旧异常安静，谨慎得半点声息不闻。

龙君的心情约莫已艰难地平复了些，继续面朝箱笼挑挑拣拣，不知在寻摸些什么。不多时，便从一大堆华丽佩饰里拎出对紫螺耳坠子来。这副坠子只顶针大小，素银弯钩，放在那些宝光四射的金银珠玉中并不算出挑，甚至被衬得略显寒酸。但细看去，却通体透着温润剔透的光泽，一丝杂色斑驳也无。螺壳纹理细腻别致，深浅渐渡如海波，清妍黛泽的郁紫色和我身上新换的裙衫倒相衬。

他将紫螺耳坠放在摊开的扇面，平托伸至面前："给你的。"

虽只是一对素银海螺耳坠子，但我觉得这同他一贯的作风比起来，绝对属于质的飞跃。

龙君一改常态变得如此慷慨，令我很是忐忑，生怕一时大意又踩个坑。然而他向来号称自己宽和大方，可能这就叫突然的自我。只是，这自我来得未免太突然了点，连个循序渐进的过程也没有。临渊君其人，真是神格复杂难以揣摩。

我试探着接过来，放在掌心把玩，果然触手生温，很是精巧讨喜。

"多少银子？"

他却只是笑笑，唇角清浅的梨涡若隐若现，无端令人心念一动："不挂账，就当是贺你成年及笄的妆礼。"

这理由倒说得过去。横竖月俸都已扣到了两年后，雪上加再点霜也不会太明显。但这瓢霜，不是我想加，想加就能加。平素从不着意打扮，哪里来的耳洞戴这坠子。

我望螺兴叹，为难道："耳坠子是很漂亮，可……小狐并没有耳洞。"

他微微一愣，俯身在我两只尖耳上凝眉细看："那可有点麻烦，只能现扎了。"

"还是算了……龙君好意，心领则矣……"

小气成了习惯的人难得大方一回，必得实施到底，贯彻始终，方成就个圆满。他果然不依："及笄是大事，怎能说算就算了？便是凡间最普通人家的姑娘，想必也不会如此怠慢。再说，这也不是对寻常耳坠子。你不是还要去黄泉海吗？戴上它，若遇到什么危险，你便叫我的名字。这样，不管相隔多远，我都能听见你说话的声音。"

顿了顿，又在我惊诧的目光中补充道："你也能听见我的。"

龙君信步绕到了我身后，镜中白绢扇面有意无意间遮着下半张脸，清眸浅垂，我并看不清他此刻的表情。

一对海螺坠子，无论是否相隔千山万水，都能听见彼此说话的声音。原来这并不是海中随处可见的普通螺贝，看似不起眼的素净外表下，竟然还有此等妙处。

伸手不打笑脸人，龙君如此盛意拳拳，纵然对那明晃晃的银钩尖头心生怯意，也不好再多言推拒。

“那好吧……现扎就现扎。”

他从我手中接过一枚螺坠，先伸出两指将弯钩抻直，在耳垂边比画着就要戳去。若睁眼看着只觉吓人，闭眼更是将感觉放大不知多少倍，左右都是作难，忍不住扁着嘴往椅子深处缩了缩。

“哎哎，等下……你动作轻点。”

“唔……第一次试大概总会有点疼，你忍着点。”

“一点疼可以，要是很疼就真的算了，我腰后的伤都还没好……啊！”

因为没什么本事，所以天生胆小，被木刺擦破点油皮都要喊痛半天，这般穿肌透肉怎能不心惊胆战。绷紧了身子，把全部的注意力都集中在耳垂上，果然一阵锐痛猝不及防地传来，火灼一般蔓延开，连带头皮都被扯得发麻。几乎与此同时，眼前荡过几缕极浅淡的粉色，如丝如絮漂浮在海水里，很少很少，近乎无。

“都出血了！我不要了，你快拿开，好痛好痛……”

“都过一半儿了，就快进去了，一会儿就不痛了，乖。”

他将声音放轻，好言安抚，手中却一刻不停。右耳刚挂上的螺坠在颈侧轻摇摆荡,果然疼得不再那么明显——因为新鲜饱满的痛楚已经转移到左边。最难消受龙君恩，他送的第一份礼物，就令我饱尝苦楚，真是有血有泪。

很久以后回想起来，也觉天意如邃。这莫非就是我与他之间缘舛的启兆，但凡相近，必有相伤。欢愉笑闹浅薄似云烟，人却总是更容易深深记得那个让自己疼的人。

我被那俩银钩子扎得欲哭无泪，微弱地嘶嘶吸了几口气，又念及今朝四海盛宴，阖宫上下都喜气洋洋，总不能一大早就哭哭啼啼，招来晦气不说，反唐突了龙君一番好意。为了分散注意力，站起来漫无目的四下转了几圈，却莫名地浑身不自在，总觉一举一动都被那遮挡在折扇后绵密洒下的眼风笼罩，缠绕得风雨不透。

第七声海钟悠然鸣荡而起，我刹住步子转回身，脑袋差点再次直撞上白衣身影的胸膛，他不知什么时候已站得离我这样近，脚步却半点不闻。

还未回过神，鼻端蓦地腾起一阵幽香。龙君不知从哪里掏出块青檀色的纱巾来，将我下半张脸遮住，薄纱两端被巧妙地扎进鬓边发髻内。

“大殿上人多眼杂，面纱不要随意摘下。时辰也差不多了，咱们走吧。”

我诺诺点头，随龙君一前一后往殿门行去，竟听见廊下隐约传来太玄熟悉的声音。他这龟速也算是东海一绝，耗了老半天工夫，居然才刚走到流泉宫大门，又不知为了什么和卒子在御铃廊前拉扯嚷扰起来。

“你没听里边什么动静？又是好疼又是快进去了……你哭我哄的正热乎着，这当口闯进去搅和，嫌脑袋太沉想卸下来歇会儿？”

“啊？有刺客？君上受伤了？！那你还拦着我干什么，赶紧破门救驾去啊！”

“救你姥姥！哪儿来的刺客！张嘴就胡咧咧，惊动了海防如何是好？里边儿就只有君上和涂山那位……怕是花儿好看刺也多，要摘下来难免被扎着几回手。哎呀老夫跟你个武夫说不清，总之君上现忙着呢，正在……咳咳……怀柔四海，不宜打扰。”

“君上这……兴致上来也不挑个时候，得多久啊？小的倒是能等，那满殿宾客可怎么交代？其余三海的海主可都到了，还有那位……”

“我怎么知道要多久，蛇交个尾都得小两三天，龙么……”

怀柔……四海？我心头咯噔一记，这词儿怎的那么耳熟？

回头一看，龙君嘴角抽搐，木呆呆杵在门后，脸色之精彩纷呈，与那日在城郊歇脚听了满耳朵闲言碎语时一般无二。我识趣地将不耻下问的念头打住，估摸着那并不是什么好话，虽听着文绉绉，大概属于文过饰非的某种暗讽，不然也不能把向来气定神闲的龙君给刺激成这样。

经门外这一闹，我则又学到个课书上所没有的常识：但凡龟类，说话都好掉书袋，且尤其爱用“怀柔四海”这个词。比如海亭的老海龟，比如龙宫的太玄。说起龙君的闲话来，实乃不分身份、不论年纪之通用敬语。

殿门“砰”一声打开，龙君已调整好表情，宝相庄严飘然显身，沉默即是无声的愠怒。

太玄和鱼卫双双惊呆，捧着下巴望住我俩，异口同声道：“这么快？”

第二十七章

等闲平地起争风

四海盛宴设在麟趾宫，张灯结彩虚位以待。各方水族之主，无论新朋旧故，不分远近亲疏，早请早到，晚请晚到，如若不到，锣鼓相告。

一个消失已久的人突然出现，一般不是发了横财就是得了绝症，无论哪种情况都值得拜会一番。这天的东海上空祥云朵朵，珠服华馔随处可见，兰车桂旗林立如云。龙君当年威名横扫八荒六合，甚是显赫，据说积下仇家众多，但凡事有两面，看来他人缘也还不错。

此番龙主重归，众水族听闻此讯，纷纷按捺不住要前来拜会叙旧。琼楼玉宇间衣冠冕旒，一时热闹非凡。夜明珠与长明灯的光芒交相辉映，满殿金樽清酒，珍馐玉盘。穿梭在席中侍奉的，清一色是打扮得光艳灼人的美貌鲛仆。

龙君因姗姗来迟，一入场就先自罚三杯，按座次与故交们挨个寒暄一番，方才得空落座。气氛相当融洽而欢快，称兄道弟和乐亲厚。

酒过三巡，宫宴最令人期待的助兴歌舞，是由十双未成年的鲛人殿前献艺。

鲛人是水族中最美丽的生灵，和龙一样，他们在成年之前都雌雄莫辨，两百岁后才能自由选择性别。也正因如此，无论男女在未成年前都带着些刚柔并济的风致，既不过分媚俗，也不至粗蛮。硬要往挑剔了说，成年男鲛就吃亏在阴柔太甚，女鲛烈性起来又阳刚得过了头。

这十双鲛人因并未成年，想是自幼受训，恰都避开了这两种过犹不及的缺点。那摄魂夺魄的美艳名不虚传，十二画楼笙箫，一舞镂月裁云，个个纤腰如绸，满堂流光盈袖。

我跪坐在龙君御座左侧的茵褥上，边斟酒边偷朝殿中打量，一曲《太平乐》正舞至尾声，鲛人们围成一圈，水袖垂地继又向后仰倒，蜿蜒轻纱如同花瓣层叠绽开，正中花蕊处众星拱月般托出个美人来，定睛一看，领舞的正是夜来。

如果东海水族知道有“人中吕布”这么句夸人的好话，那接上的下半句，毫无疑问必是“鲛中夜来”。

龙君左下第一个案头的座上客，浓眉虬髯，着一身金灿灿黄袍，几乎与身后的鎏金雕花壁融为一体，乍一看是恨不得要把自己镶进墙里那么低调，唯独两个眼珠子特立独行，活泛得简直快夺眶而出，从始至终都紧黏在夜来身上。

他那副魂不守舍颠三倒四的模样，想不引人注意都难，很快四下里便响起一阵低低窃笑。从依稀钻入耳朵的闲言碎语里，我才得知那花痴模样的华服上宾，原是西海的龙君琰融。

听说西海也有鲛人，但那个族类的鲛人又唤“雕题”，乃是一等一凶悍难驯的水族，且难得的表里如一，无论男女皆容貌丑陋，与艳名远播的东海鲛人不可同日而语。也难怪琰融对夜来这般惊为天人，久旱逢甘霖，当然激动得难以自抑。东、南、北这三海得天独厚，麾下水族千姿百态纷呈，饱汉不知饿汉饥，于是大伙儿打趣起这位没怎么见过美人的苦命龙君来。

夜来舞毕，并未急着退场更衣，先是率众仪态万千地向众座中宾客拜行大礼，又命鲛仆斟酒，亲自持觞一一敬过。先宾后主，才是地主之谊，一圈轮着喝下来，行至龙君跟前时，早已微醺至双颊酡红，胜似芙蓉带露，端得是艳不可当。

龙宫中即便是担着品阶的各色鱼官，无诏也不可擅自踏上玉阶离龙君太近，以示尊崇谦卑。但夜来身份非比等闲，劳苦功高又口碑上佳，向来不是寻常小角色可比。此刻一手擎了杯，另一手则提着裙裾大大方方拾级而上，仿佛是件再自然不过的小事。

仰头再看龙君，神色依旧，眉目甚温和，想是相当习以为常。我斟好酒递给他，跪坐在茵褥上的身子不着痕迹地往里挪了又挪，尽量离夜来逐渐近前来的双脚远一点。

夜来在距龙君御座不过一步之遥处停下，诸般礼仪都恰到好处。刚柔声细语念完祝酒词，不知脚下湿滑还是怎么，突然踉跄起来，手中杯盏滑落，先一步掉在地上砸个粉碎。她花容失色惊呼出声，百忙之中方位倒瞄得很准，眼看就要直直摔进龙君怀里。

事出突然，前后不过半瞬，帷幄后的丝竹都随着酒杯坠地的碎裂声骤停。然而鱼算不如天算，下一刻她整个人已被箭步冲抢上前的琰融稳稳接住。论资排辈，黄龙神琰融在四方海主间的地位之尊贵仅次于白龙神临渊，因此座次最为靠前，紧挨着上首御座，离夜来倒比临渊君还要更近几分。占尽天时地利，才能在美人遇险的关键时刻做到无缝对接。

千娇百媚的美人被横抱在魁梧胸前，纤弱得好似一匹单薄红绫，琰融则满面关切，如同捧着绝世珍宝般小心翼翼。她显然没料到这么个阴错阳差的结果，一时也怔在当下，好一会儿才反应过来，却是左右挣脱不开，被琰融结结实实搂得死紧。好容易挣扎着下了地，沉着脸欠身尴尬地对着琰融福了一礼算作道谢。

那娇柔婉怯的楚楚眼神下，难掩暗潮汹涌，已隐约见得是动了真怒，只不过碍于颜面不便当场发作。

翠冠碧袍的南海黑龙君适时擎了杯酒，踱步过来将魂不守舍的琰融携回席中，全程肃穆寡言的北海龙君也忍不住上前凑趣，趁着酒兴揶揄他道："这才几杯佳酿下肚，老毛病又犯了不是？抢着扶就扶吧，还半天不舍得撒手，啧啧……可惜啊，君子不夺人所好，偏这位最是招惹不得，琰融老弟这回怕是又要望而兴叹喽。"

又向上首一拱手："东君雅量高致，性子素来旷达，想必不会当真计较？哈哈。"

北海龙君笑起来满脸皱纹，站起来却身姿笔挺如同青年。按东、西、南、北排序，他的位分在四海最低，然年纪最长，众人都秉持着尊老爱幼的原则礼敬其三分，也只有他敢直接对琰融开口便称"老弟"，当然对着小他好几轮的临渊君，还是不敢太过逾矩，也得客客气气唤声“东君”或“临渊兄”。

这番话看似客气，实则很有几分唯恐天下不乱的意思。叫龙君怎么个应法？当着满座高朋的面，若说介意琰融举动失了分寸，是万万不能。一则坐实了与夜来的暧昧传言，二则也显得小肚鸡肠见色忘友，为个还没过明路的暧昧红颜跟兄弟翻脸。若说不介意吧，效果同上，却又难免扫了刚被不轻不重轻薄一番的龙宫大祭司颜面，进退两难。

龙君不愧是龙君，反应神速，最擅四两拨千斤。当即取过酒盏自满一杯，故作惊讶道：“这话是从哪里说起？小弟虽刚回东海不久，也听闻琰融兄这些年艳福匪浅，在宫中蓄纳了佳丽三千，五湖四海皆传作美谈，当真令我等孤家寡人好生艳羡，又怎会……必是北鲲兄有心取笑了，来来来，本座再敬诸兄一杯，多谢各位拨冗赏光一聚。一别千载，甚为想念，这杯先干为敬！”

大家原本都熟悉，好几千年交情积淀下来，比龙宫最珍藏的美酒年头还深，嘻嘻哈哈举杯共饮一轮，也就将这小段插曲顺带揭过，气氛很快便重新活络起来。

唯我僵坐一隅，望着掉落在案下的青檀丝帕，背脊生凉，只觉悚然心惊。

夜来摔倒时，双手挥舞着划过半空，离我所在的方位仅咫尺之遥。还好早就心怀警觉，始终暗自提防着，向后一仰闪躲得还算及时，否则定要被那蹼间利甲在面门狠狠划出四道血口子。她的“小意外”，险些变成我的血光之灾。

但赴宴前龙君亲手给系上的面纱，终究还是被抓落了。众目睽睽下，我不敢起身上前去拾起那方纱巾来重新戴回，动静太大必定引人注意，倒不如当作什么也不曾发生，息事宁人，反正也没人会关注一个毫不起眼的小侍婢长得什么模样。夜来如此明艳夺人，一举一动皆是万众瞩目的中心，相衬之下，我的存在感就几近于无。

龙君一番酬唱，终于转圜得宾主尽欢，夜来当即适时表态：“原是属下的过失。想是因昨夜恰伤了腿脚，方才又舞得时候长了些，一时疼痛难忍站立不稳，这才险些摔倒……还望君上恕夜来殿前失仪之罪。”

我刚放下一点的心瞬间又卡到嗓子眼。夜来好手段，一番告罪说得含糊不清又万般委屈，龙君只要不是块榆木疙瘩，必然会关切地垂问她昨夜究竟如何负了伤，她便可借着这话头，顺理成章地把我和大垂当众告上一状。凌波的声嘶力竭言犹在耳：姑娘不能伤得不明不白，今晚之事绝不会就此作罢，你等着瞧！

没想到她的报复来得这么快，这么冠冕堂皇又不留余地。不过一夜之间，闭上眼再睁开的工夫，可不就赶上了。大垂说得对，所谓见招拆招地化解刁难非议，实在只是我一厢情愿的天真妄想，谈何容易。她简单抛出三言两语，我便再难招架。然此时此刻，最该担心的并不是自己，而是还藏在腕间的小春空。

心念电转间，脑中闪过无数种可能，却没有半分把握以保万全。唯一的指望就是今日恰逢四海大宴，龙君向来顾惜颜面，或许不至于在如此隆重的宴席上当场降罪一个侍女，搅扰了众人雅兴。只要能挨延过这片刻，席中寻隙溜出去，将春空转交给大垂藏好，他就还有转危为安的机会。

至于我是怎么有眼不识泰山"重伤"了无辜的祭司大人，随便他怎么理解好了。反正我嘴笨，几句人话都颠三倒四说不顺溜，哪里辩得过伶牙俐齿的夜来。

但他竟然没有询问，半个字都没有。只闲闲伸出两指拈起掉落在案下角落里那块不起眼的小纱巾，随手搁在托盘旁。面纱上四道新鲜的划痕赫然在目，破口边沿被削断得齐刷刷，一丝碎茬也无。

"无妨。以后若身体不适，就不要勉强，换别的舞姬侍宴也是一样。先退下歇息吧，无事不必过来了。"

话音方落，夜来不可置信地抬头，双眸渐晕染上一层我见犹怜的朦胧水光。但她站得太高，面对着龙君，端立在玉阶高台的尽头，因此座中无人有幸得睹这梨花一枝春带雨的风姿。

美妙的事物大多短暂，她很快便垂下了眼睛，保持着完美而无可挑剔的礼仪，敛裾称"是"，便在两名鲛仆的簇拥下款款而退，隐至配殿。从始至终，并未看我一眼。

这就打发了？我简直既惊且喜，忙抬袖抹了把额间的细汗，内心戏太多，果然容易搞得身心俱疲。

一阵叮当哐啷响动传来，众人循声望去，原是那促狭的北海龙君不知何故，径自捧腹笑得打跌，桌案杯盏被他抖动的袖袍不慎扫倒。

“哈哈哈哈……临渊兄有所不知，琰融老哥哥五百年前命犯桃花是不假，可惜是朵桃花煞。啧啧……他龙宫里头这么些年，就只藏了一位佳丽，那佳丽名叫个‘三千’，乃是居延海[1]虎蛟族长的掌上明珠，端的是性烈如火，刚成亲就把先时蓄纳的妃妾尽皆散了去，再不许添半个新人。琰融老哥风流半世，这回却不知缘何受教得很，竟真的服了管束，可见是一物降一物，哈哈，好一段良缘佳话……”

一通解释下来，四下汇聚的洪亮的笑声轰然而起，几乎要把殿顶掀翻。

我恍然大悟，原来这就是“后宫佳丽三千”的由来。好厉害的西海君后，名副其实的一人足抵三千。难怪龙君祝酒时，琰融满脸讪讪欲言又止。

龙不可貌相，这西海龙君虽长相略显粗放，也是一条情债缠身有故事的龙。怪就怪他家夫人闺名取得太别具一格，惹下这么大场误会，琰融约莫也觉着惧内这事一旦被捅破更颜面无光，因此从不肯多言辩解，才白白枉担了虚名。

我双耳灌满了嗡嗡嘈杂，被巨大声浪掀起的海波震得东倒西歪，使劲扶着桌角也把持不住。孰料乐极生悲，手上一滑便骨碌滚跌下了玉阶，当着众人的面摔趴在正中。

震天的喧嚣突然落寂，不用抬头看也知道，已有无数道探究的目光投来，如芒刺在背。通常要掩饰一个窘境，最好的办法就是将这窘迫转移。为缓解当下的尴尬，忙手足并用爬起来，以袖掩面，垂着头用人语向四方告罪不迭。

“小婢失礼，实在是，被西海的冠名风俗震撼……无以言表，万分激动……那，西海龙君的坐骑又叫个什么？”

龟丞太玄救场及时，天衣无缝递上话来：“就叫马。”

这一打岔效果上佳，众人的注意力大部分又被转移到西海龙君身上，纷

[1] 居延海：《山海经》中的“西海”，位于昆仑（祁连山）的北面，即弱水。汉称居延泽，后也称“西海”，唐以后众支流汇聚之处统称居延海。

纷窃笑琰融想是吃足了名字的苦头，矫枉过正起来，连给坐骑取个名儿都恨不能板上钉钉实事求是。

四座笑语如潮，唯那酒酣耳热的北海龙君看热闹不嫌事儿大，摇头晃脑从座中探首，眯着眼朝我打量。

“扯块袖子老遮着脸作甚，快放下来！咦？临渊兄几时改了规矩，竟肯叫个娇滴滴的小侍婢跟着贴身服侍了？这丫头年纪倒不大，难道也是刚成年的女鲛不成？小弟细瞧着，倒比那位冰山美人大祭司还更标致得多些，真可谓顾盼神飞、清而不妖，这么个出水芙蓉似的妙人儿，方才怎的却没发现。要不……干脆把这小鲛女指婚给琰融老弟，稍慰他家有河东狮的老怀苦楚。东海龙王亲赐美婢，想必‘三千佳丽’也不好驳回，哈哈哈哈。”

第二十八章

四海劫波杯中藏

琰融闻言，一双凸目在我身上转来转去扫了好几个来回，再偏过身去抚须一笑，算作默许。我这好不容易刚站直溜，险些又一跟斗栽倒，咬着手指头紧张地望向龙君。

按凡间的规矩，皇帝老儿赐给臣子的女眷，哪怕出身只是个宫女，亦称“贵妻”，正室不可拒纳，也没有置喙余地。南、西、北几位海主与临渊君这四海龙王之首对外既担着君臣之名，私下里也情同兄弟。上古年史记里曾有载，四方龙神早在天地大战时就已经歃血为盟拜过把子，论渊源绝对似海深。一边是出生入死的同袍把兄弟，一边是巨债难偿的麻烦小侍女，他会不会碍于交情顺口就应允了这个荒唐提议?

大垂自从疑似哥哥附身后，确有先见之明，龙族果然性淫，琰融一大把年纪比太玄都老，还这般恬不知耻眼馋肚饱。真要被送去西海龙宫里，恐怕过不了三朝，我这单尾狐狸就要变成佳丽三千身上的狐裘坎肩。

眼巴巴盯着龙君波澜不兴的面孔看了半天，怎么也衡度不出他究竟是个什么想头。我呆若木鸡杵在中庭，手脚一寸寸发凉。茫茫东海，举目无亲，倒霉只能靠念经。罢了，他什么反应不重要，就算退一万步退到坑里说，我的姻缘大事连父君都强扭不成，怎么也轮不到他胡乱做主。琰融先看上的明明是夜来，若是为了舍不得夜来，真要仗着人多势众拿我去送顺水人情，大不了故伎重施，半途落跑。黄泉海又没长腿，没了他同行未必找不到。我虽没姐姐拒个婚就敢把天族太子的洞府砸个稀碎的本事，惹不起总归躲得起。

见上首毫无动静，北海龙君锲而不舍：“临渊兄意下如何呀？咱兄弟几个也不需拿那套虚礼出来客套，小弟今儿就当着众人的面替琰融老哥哥求个亲，好歹成全了他那寡人之疾，岂不皆大欢喜？”

话说到这份上，继续装聋作哑是不成了，怎么都得表个态。龙君神色淡然，步下玉阶顺手给琰融斟了杯酒：“北鲲兄的提议本也算功德一件，但本座却做不得这个主。琰融兄向来多情，求美之心可以理解，不过嘛……把简单的关系复杂化就不好了。实不相瞒，这姑娘并不是东海鲛仆，实乃故人之妹，因有要事需在东海耽搁些日子，本座少不得照应一二。今日陪宴在侧，也是一时心血来潮之举，倒教诸兄误会了，委实过意不去得很。”

说罢转头看我一眼：“幼棠你来，替本座向西海龙君满奉此杯，既无姻亲之缘，便认个义兄也罢。”

他的意思是要我把这酒接过来递给琰融，就算顺水推舟挡掉这桩破事。

杯中琼浆映着波光，晃得眼前一片白光，我却不愿去接他那酒，眼观鼻鼻观心只当没看到。

北鲲君在一旁抱臂闲作壁上观，咂嘴奇道：“故人之妹？东君的故人还有谁是我等不曾识得的？敢问是哪位故人，说不定大伙还都是旧相识来着，大水冲倒龙王庙，这可不凑了巧嘛！哈哈。”

龙君怔了怔，显然也没料到此公居然给个梯子都不下，借酒遮脸追问到底。舌灿莲花如龙君，也有词穷时。我不知道他在顾虑什么，只知道再空耗下去，恐这群老不正经的又要闹出什么新麻烦。当下把心一横，生硬地回道：“承蒙诸位龙君看得上，只是小狐却高攀不起。小狐有哥哥，涂山少主涂九歌。”

耳边开始响起古怪的嘶嘶倒气声，刻意压抑的窃窃私语，童年常常看到的那种诡秘笑容重又出现在面前。我看不懂，但明显觉出来此中并无多少善意。龙君抿着嘴，短暂的沉默之后，缓缓地轻声说：“对，她姓涂。”

北鲲被龙君异常的沉默摄住，脸色已变得十分难看，蒙眬醉眼都猛然清醒了大半：“难怪……难怪。此事原是小弟冒失，多喝几杯就胡言乱语这老毛病总也改不了，教诸位见笑，还望临渊兄海涵。”

琰融即刻带着歉意拍拍额头道："这是哪里话说的，老夫自两百年前闭关方出，已是潜心修道，何曾再有过纳妾娶小的心思？北鲲不过酒后戏言，东君不必当真。"

海水仿佛凝固，本就稀薄的空气变得更难汲取。我感到胸腔发闷，随着面孔不可抑止地发热，耳垂间两处新伤又隐隐作痛起来。那些似笑非笑的面孔在交流着同一种秘密，仿佛我的族姓在这里，不仅仅是一个来历，而是一个不能擅碰的禁忌，一个只可意会的耻辱。

正在僵持当下，一把婉转清脆的嗓音忽袅袅而起，与此同时，已有纤长玉手越众而出，从龙君掌中把我视若无睹的那杯酒接了过去，再好整以暇递到琰融面前。

玉手的主人娉婷而至，顺势将我挤开两步，一派天真娇嗔："姨父只顾着修道，倒把嫡亲的外甥女忘在一边了吗？"

琰融作恍然状，笑着接过杯盏，和蔼打量道："锦澜丫头如今真是女大十八变，姨父我都快认不出来了。倒常听延维提起，只一直抽不出空来多走动。唔，这身衣裳和你很相衬。"

这厢热热闹闹远亲相认，龙君的面孔越发冰冷，举步从众人身边走过，重新回到宝座。我在阶下已无立锥之地，只得亦步亦趋跟随他身后，依旧缩在脚榻旁的茵褥上待着。

老好人太玄服侍完龙君落座，又低声从旁提点，西海君后三千是虎蛟族长长女，而三千的妹妹沉渔嫁的则是玉琼川鲤皇。可惜沉渔刚诞下第二位公主后不久，就在津河跃龙门时不慎触壁而歿，形销骨毁。这是所有心怀化龙宏愿的水族所不得不面对的命运，天道森严，收取飞升的代价总是毫不手软。如此说来，锦澜和西海龙君原沾着裙带亲，难怪方才那声姨父叫得嫩脆生生，几乎要滴出水来。

一干人等四散归席，殿堂正中留下的唯一一个身影就显得尤为扎眼，五彩斑斓令人难以忽视。

这天，自玉琼川远道而来的锦澜公主在殿前声泪俱下，言辞恳切地控诉了夜叉族对鲤族所犯下的罪行。又言如今的玉琼川积贫积弱满目疮痍，已是无力反抗，因此恳求龙君下旨，与另三海联兵荡平蛮寇，以报鲤皇惨死的血海深仇。她抬起迷蒙泪眼，充满期待地望着龙君，匍匐在地的身子微微颤抖着，带着几分羞赧与凄楚，仿佛下一刻就要因悲痛而昏厥。那弱不胜衣的哀艳确实教人于心不忍。

以一只狐狸的眼光来看，面前这鲤鱼公主的姿容，也就勉强算个清秀佳人，但放在后辈的神族里，亦属可圈可点。可能因为先天不足，只能靠后天外力弥补，于是着意打扮得浓墨重彩，整条鱼就是一株会移动的金银脂粉树，只见罗衣不见人。玉琼川若真如传说中那般国祚不兴，大概是因为要供养这么一位火树银花的公主之缘故。

龙君静静听着，锦澜涨红了脸，语声渐低，同时也清楚地表明，若龙君肯出兵襄助，这救援的代价，就是她。

她倔强而又满怀希冀地高仰起头，目光终于不再退避。这就是她此次背负的使命，以一个公主的身份，一个高贵却没什么实际用处的头衔，来作为代价交换军队。

大殿在她的泣诉过后陷入沉寂。唯一细微的响动，来自她腰间佩戴的珍珑同心球。那球由一整块白玉挖成，从内到外透雕出九颗空心圆球，层中有层，环环相套，交错重叠。每球周身遍布百孔，雕镂着精美繁复的百花纹饰，最内一球为实心，颜色丹碧粲然，其外八球则洁白通透。若以金簪自孔中依次拨之，则内中所有球圆转活动，日夜不歇。

如此精雕细琢，巧夺天工。下了这样巨大的功夫，希望他能喜欢她精心准备的每一样饰物，进而喜欢这些装饰下的人。能做到这一点，最起码证明了她的出身实至名归，并且怀着何等志在必得的决心，将自己当成一件礼物拱手献上。

外面的世界终究和涂山不同。我觉得颇费解，既然族中正经历着如此巨大的浩劫，真的心忧戍国，则该以军人的身份，光明正大表达为解救国家而舍身的决心。眼下这番造作，以为把对方置于冠冕堂皇无法拒绝的高处，就能得偿所愿，实则把自己逼到了进退维谷之境。孤注一掷是小孩子的幼稚把戏，结果往往连个水花都见不着。所谓难堪大任公主病，最误人是少女心。

龙君听了，脸上仍旧没什么表情。没有表情的面孔可以解释为客气，也可以说是冷淡。

他的目光穿透湛蓝海水，落在一堆绕着光柱旋转的斑斓鱼群上。看得出他其实很不耐烦。每当他觉得无聊的时候，就会露出这种漫不经心又略显忧郁的神色。我却怀疑，他可能是在偷偷想念溪涧那些无欲无求简单快乐的彩带鱼。

但当着高朋满座，身为四海之主应有的涵养风度仍旧无可挑剔。

锦澜越发心里没底，带着求救的目光朝西海龙君呜咽一声："姨父……"

琰融打个哈哈："这个……今日聚宴原该只叙旧情，不谈国事。有道是客随主便，老夫何德何能，一切但凭东君定夺罢了。"

连锦澜的亲姨父态度都这样模糊，南海、北海两位龙君自然更乐得静观其变。这其实很好理解。以他们的位高权重，不蹚这浑水毫无损失，掺和进来，未见得有什么好处，却免不了损失自己麾下兵力。一群各怀心思的主儿被摁在同一张桌子上，眉眼官司打得热闹，满堂肃穆里藏也藏不住一派锣鼓横飞的铿锵。

龙君将视线收回，终于懒懒开口。

"玉琼川之乱，鲤皇罹难，四海同悲。但——本座不能为了一个女人轻易动用军队。即使是多么举世无双、出类拔萃的女人，也绝不能成为一个值得贸然发动战争、置万千水族性命于不顾的理由。"

没有人感到意外，他的回答也并未出乎我意料。信心满满的锦澜脸色顿时变得很难看，一时惶恐无语，龙君干脆利落的拒绝吓得她不敢再继续哭泣。

在众人的缄默里，龙君懒懒起身，拂袖而去。司礼鱼官识相地唱喏，长宴中场暂歇，早有鲛仆奉上备好的醒酒汤，服侍宾客们入雅室暂歇，重整仪容，以待再次被宣召入席。

随龙君一行曲曲折折地绕了好一会儿，心里还惦记着方才的不快，忘了观摩麟趾宫的景象。不知走了多久，眼前出现一座大殿，名叫浮梁殿。虽是白昼，殿前仍旧灯火通明，辉煌灿烂得一石一木都纤毫可辨。

有个锦衣丽人正压低声音训斥一名侍从，看服色依稀像是入城那日为龙君拉车的鲛仆之一。堂堂七尺男鲛，此刻抱头瑟缩在廊柱下，浑身颤抖，几乎快被当场骂塌。

走近才发现，锦衣华服的丽人正是夜来，看神情和动作都显得很是焦虑急切，往日娴静风仪荡然无存。这么反常的表现，猜也猜得到只有一个原因，想必锦澜在宴席中搅起的风波她已经听说了。真是一波未平一波又起，情敌环伺，把好端端一个如梦似幻的美人搞得那么扭曲。何况这情敌还是个出身名门，美貌和财富兼备的劲敌。

龙君的身影一出现，夜来骤然收声，敛裾参拜，却并未跟进殿来。紧跟而至的，是名身着铠甲的魁梧武将。奉茶的仆婢称其为“犴貐将军”。这犴貐将军生得黑面阔口，脸上两排鳃洞裂开，露出森白利齿，十分彪悍骇人。细看去，原身竟是尾电鳗，一激动就浑身火花乱窜。

想是他早已按捺不住，大步踏上前来便要直言进谏，语气也带着出身军旅之人一贯的悍勇刚毅：“玉琼川与东海一向同气连枝，君上今日何必对鲤皇遗下的孤女如此不留情面？”

龙君固执地坚持己见：“本座也知道这是同玉琼川建立两国联盟的好机会，但本座不能为了一个女人就轻易将三军族众丢上战场。再者说，海夜叉这些年究竟是怎生崛起，根基深浅如何，哪里来的靠山，根本情势未明。贸然倾举国之力挑起干戈，还不知渔翁得利者谁。”

一道幽蓝电光噼啪闪过，震得太玄手中的炖盅盖子直扑棱，脚下金砖都跟着颤了三颤。犴貐将军激动得一手紧按腰间佩刀，几番纠结，还是耐着性子再劝：“君上此言差矣，若能借此机会发兵拨乱反正，岂不正好将属国玉琼川直接纳入麾下,效仿昊帝娶凤鸿氏接掌凤鸟族？就算不为开疆扩土考虑，那海夜叉如今已是几次三番欺上门来，若一味退让、打不还手，我东海水族岂不成了四海八荒的笑柄，还谈什么海清河晏四方太平？”

龙君对犴貐的怒气置若罔闻，揭开白玉碗盖伸头一瞧，皱眉道：“最近御厨里海马多得炖不完还是怎么？回回入膳都有它，早也喝来晚也喝，本座现在见着海马就发腻，换个口味不成吗？”

太玄笑眯眯一揖到底："君上容禀，这海马又名'龙落子'，虽算不得什么稀罕物，却是固本培元、养精益肾的良材。药补不如食补嘛，俗话说'欲速则不达'，有些事……太快了，反而不得其妙处。君上平素海务缠身，难免劳神太过，又有幼棠姑娘在侧，就譬如今早……"

第二十九章

素手翻云英气长

龙君持盏的手僵在半空，那种无比委屈又欲言又止的样子只集中表达了一个意思，就叫作百口莫辩。

“太玄啊……人家的手下是用来挡事儿的，本座的手下怎么就专会挖坑？”

定了回神，才扭头对着满脸红黑莫辨的犴貚长吁一口气：“你方才说什么来着？四海太平是吧，把海疆图拿过来本座再琢磨琢磨。”

犴貚有备而来，早从怀中掏出一幅图卷呈上。龙君顺手将那盅不对胃口的大补汤搿到一边，续道：“幼棠，你随太玄去趟潜鳞宫，把侧殿暗格内的水晶匣子取来。”

我领命待去，幽暗的帷帐后却悄无声息漾出一痕翠影，未见其人，先闻其声。

“潜鳞宫乃供奉历代泉先英灵之所，外族并无资格擅入。属下已亲自将那匣子带了来，派去迎接贵宾的风雷浮车也刚驾临城下。”

比起一腔热血却总是不得要领的太玄和忠勇有余然而不知进退的犴貚，毫无疑问，夜来带来的，才是唯一能令龙君展颜的好消息。他听罢，嘴角终于徐徐勾起一抹笑意：“今日盛宴中最后这位姗姗来迟的贵客，才是真正的素手翻云之辈。”

礼乐长鸣，盛筵重开，龙君率众亲自迎出龙宫泰昌门。一驾缀满了金光闪闪宝石的浮车缓缓降临城头，华盖四周还有银铃和珠幔，看仪仗却是东海的御辇。

“殿下一路舟车劳顿，有失远迎。”

众人伸长了脖子，好奇地踮足打量。待鲛仆掀起绡帐，从浮车内大步迈出的身影，原是位武将装束遍身铠甲的裙钗女将，英姿飒爽，举手投足间气度磊落洒脱。不禁令人暗生感慨：鱼和鱼的差别真是太大了。她就是龙君口中“素手翻云”的鲤族皇长女锦芙公主。亲见其人，方知她果真称得起这一赞。

麟趾宫大殿，龙君当着四海族众的面，只问了她一个问题：“你的妹妹适才提议，以嫁入东海和亲换取四海联兵，但本座觉得不大妥当。你有没有带来更值得出兵的理由？”

她毫不畏惧地与他进行了漫长的对视，然后慨然答道：“锦澜身为鲤国皇族的金枝玉叶，所能选择的舍身方式不多，她提出的建议，已经是她能采纳的最好方法。但今日站在大殿上的，并不仅仅是一个亡国的公主。臣女启程之前，刚刚率族众经历了一场同海夜叉的恶战。臣女找不出更好的理由，只有唯一的选择。我的国家仍在万众一心苦苦支撑，若玉琼川沦落敌手，我将成为鲤族最后一个倒下的军人。军人的职责，就是不管采用什么样的方式，也绝不允许有人践踏我的子民。”

那番话语铿锵落地，一石激起千层浪，众人都被锦芙视死如归不让须眉的豪情所慑服。

一时满堂岑寂，唯有缓慢清脆的击掌声自上首响起。

龙君拊掌而赞，面带嘉许道：“你说得对，今日傲立殿前慷慨陈词的，绝不会是一位亡国的公主——你将成为玉琼川，乃至整个鲤族，有史以来第一位登基的女皇。”

锦芙深深吸一口气，单膝落地，行了一个落落大方的跪礼：“鲤族将世代铭记东君为玉琼川所做的一切。”

她太直率，丝毫不懂得掩饰眼中的疲惫，就连龙君终于应允出兵襄助的喜讯，也难以洗去战火在那坚毅面孔上留下的悲怆和愤懑。

龙君施施然起身，走到她身前，亲手将那只神秘的水晶匣子递给锦芙。并告诉她，内中所盛之物，乃是多年前他与鲤皇对弈作赌时，赢下的一枚万年鲤鱼鳞。

鲤皇在津河遇难，法身全毁，原是彻底泯灭于天地，且再难入六道轮回。但世间竟还存有他的一枚锦鳞。这就意味着，只要用聚魂灯将缥缈在三界的魂魄集齐，至多不过花上两三千年，就能令老鲤皇起死回生。照龙君的意思，那时的鲤皇，估计已成了颐养天年的太上皇。统领玉琼川的，将会是他英勇无畏的女儿锦芙——鲤族唯一的女皇陛下。

聚魂灯天上地下再寻不出第二盏，三界都无人知晓此物到底流落何方。我却心知肚明，这宝物原是父君费了好大周折才得来，只为救回云门姐姐。然云门始终芳魂难觅，聚魂灯也就一直闲置在狐狸洞府落灰。我被锦芙视死如归的护国大义而感动，便暗自寻思，来日若有机缘，该当为她求一求父君，将那灯拿来一用。

她站起身来，将水晶匣小心翼翼合拢掌心，紧捂在胸口，轻咽一声："父皇……"

和那动不动就哭得梨花带雨的妹妹锦澜不同，锦芙眼角的泪光只是转瞬即逝，虽悲恸难抑，也端庄自持毫不失态。

最后，龙君看了早就跃跃欲试的犴獬将军一眼，后者立即越众而出，跪倒请命。

一个拥有华而不实头衔的美妾并不足以使龙君冲冠一怒为红颜，但若对方是一个爱民如子的公主，同时也是一个能豁出一切的军人时，她值得。

锦芙是鲤皇的嫡长女，出身正统皇族，在玉琼川有着很好的声望。能亲自上阵带兵御敌，则说明她在军中有着号令禁止的最高权威。血统和军权、信念和勇气、判断形势的智慧、当机立断的果决，这些成为君王必备的条件，她一样也不缺。并且，身为一介女流，她襟怀何等坦荡，对那避战远走，躲在歌舞升平的龙宫偏安一隅的妹妹毫无半字微词。而目前，唯一有可能继承皇位的，是她的堂兄延维——一个并没什么实际功绩的宗室子弟。

所以龙君毫不犹豫选择了她。只有他亲自交给她的皇位，才能让她带领的玉琼川与东海结成真正稳固的联盟。

国与国之间的紧密维系，靠的从来就不是什么软玉温香枕边风。

龙君好样的，明明长了张吃软饭的脸，偏要靠实力。他是早就胸有成竹，四海盛宴开始前便遣使去往玉琼川与锦芙密谈，将她火速接回东鄰城，才有了今天这一幕。也正因如此，他自回宫后始终对锦澜避而不见，看似对玉琼川的倾国之祸漠不关心，实则一切都筹谋在握。

其余三海龙君在琰融的带领下陆续表态，冠冕堂皇颂扬之词不绝于耳。但所有的快乐背后都会有人失望。席中一派宾主尽欢，每个人都在举杯预祝大战旗开得胜，我却在长廊尽头瞥到一个仓促背影，尾鳍卷起大片水花凌乱四散。火树银花的斑斓彩衣如同盛极而凋的灯火，倏忽便熄灭在暗潮深处。

大局已定，接下来只要继续喝两杯小酒扯几句闲篇，就能愉快结束这场跌宕起伏的圆满盛宴。龙君也露出轻松神色，推杯换盏间谈笑风生无懈可击。

捧哏熟练工北鲲君笑容可掬地起身，不着痕迹地朝我扫了一眼：“东君龙潜千年，也不知遁往何处潜心修道去了，想必已有所大成。四海之中，原就属临渊兄道行最高，这艳福嘛也总是百花齐放柳暗花明得妙，怕是再过不了多久，山海相连指日可待，真是叫兄弟们望尘莫及啊！哈哈。”

琰融抬了抬下巴，意味深长地跟着含笑举杯：“东君坐拥四海，霸业峥嵘，令吾等好生艳羡。推举女主继位，更是闻所未闻，大开革旧立新之先河。若论韬略眼光，当是无人再出其右。我那锦芙外甥女好福气。”

又是一片沸腾，连素来言辞审慎的南海龙君也朝上首丢了个只可意会的眼风。

龙君半倚在宝座上，长袖半掀，鸦鬓玄斜，唇边始终挂一抹淡然得体的笑意：“暌违多年，北鲲倒是童心不改，越发爱说笑了。东海上古以来便自成一国，何曾意图攀扯过哪座仙山福地的荣光？”

涂山狐擅读心术，整晚侍宴下来，四海这几位龙王的关系格局我也略揣摩出了点头绪。南君苍凛态度看似疏远，反倒与临渊君相交最厚。他轻易不开尊口，但他的话分量绝对不轻；北君北鲲年纪最长，在每个人面前都能左右逢源如鱼得水，脸上总挂着一股急不可耐的友善，却是个面热心冷独善其身的做派。换言之，他的立场摆在何处，只取决于哪方更可堪倚仗；西君琰融位分仅次于东君，权广势大，老成持重，实则绵里多藏针，总不忘与临渊君暗自较着劲。

此刻数壶佳酿下肚，琰融已有几分醉意，咧嘴笑了笑："东君此言，哈哈，未免太着意撇清了些。便是覆水重收，也算喜事一桩，对着咱们这些老故交，又有什么好藏着掖着的？老夫赴宴途中，在一处海亭歇脚，倒无意闻得个趣事，说来仅供大伙一乐。不知诸位可听过一回话本，唤作《龙狐传》的不曾？坊间禁书，淫词艳章，原也作不得真，然今日得见东君身侧这位故人之妹……"

龙君擎杯的手顿了顿，一股浓浓的尴尬弥漫开来，酒香都遮盖不住。也不知凑巧还是不巧，本已退席自去歇息的夜来已换了身裙衫，重又游回殿中，毕竟是龙宫二把手，盛宴尚未落下帷幕，总有许多琐事纷杂，少不得露面操持。早不来晚不来，这下却正把北鲲口中的闲篇听个一字不缺。

我攒眉，对琰融的厌恶顿时又加重几分，顺带着深深同情起龙君。本来清白无碍的主仆关系，短短时日内竟被描黑成这样。若谣传止于东海也就罢了，眼下身份已被迫挑明，万一再传到涂山岂不要了亲命。才离开家没几天，惹出来的流言蜚语比那些规行矩步的同族一辈子都多。

这么一想，挺身而出平息非议的雄心蠢蠢欲动。他不方便开口自己解释，我就得担此重任替他解释。误会嘛，生于揣测，死于坦白，没有什么话是说不清楚的，不就当众跳了个舞么，怎么就够格被谱写成淫词艳章了？哦对，他们水族管那叫交尾。何况也不是真跳，原不过为着教我怎么用尾鳍浮水。若能趁这机会把话说开，或许可以化解夜来的敌意。在找到妙方宝境之前，还需行走龙宫些许时日，难免低头不见抬头见，关系搞太僵也不好。

解释是个技术活儿，不能流于刻意，否则就变成此地无银三百两。需将声音放温柔些，嗓子不能太高也不能过低，状似无心，也得吐字清晰教众人听个明白。

主意打定，我若无其事地问龙君："西君所指，可是在即翼泽交尾的事？上次腰太疼了没学会，承蒙君上不弃，改日有机会再教我。"

边说边放下手中托盘，对夜来诚恳相邀："夜来姑娘若有兴趣，也可以一起啊，人多才好玩嘛，君上爱热闹。"

我自觉这提议极是光明磊落，又不着痕迹地解释清了即翼泽的讹传，不明白为什么话刚落地，就炸得满座哗然。

席面议论纷纷，狐狸耳朵尖，隐约听见说的是："现在的神仙，也太会玩了……这个世风啊……"语气很是感慨。

身旁的鱼官瞪大双眼，娇弱得仿佛随时都快要晕过去，夜来则捂着胸口一脸惊骇。太玄遍寻不见，一个眼错已经缩进壳里，不知装睡还是装死。再看龙君，俊脸上的温文尔雅再挂不住，和手中掉落的酒杯一样，碎成一地拾也拾不起来的渣渣。一种大虾烹煮熟了才会出现的潮红，从秀颀的脖颈处一直蔓延到天灵盖，将肌肤温雅的瓷白彻底掩盖。

小半壶都没喝完，脸就红透成这样，酒量真是差得可以。

他伸手摸了摸后脑勺，两眼茫茫："本座……不胜酒力，失陪少许。诸位请随意，不必客气，千万别扫了兴致。"

话毕，一阵风似的卷出麟趾宫。

作为贴身侍婢，我不得不紧紧跟上。

"君上怎么了？……"

龙君盘坐在一大丛随着洋流漂卷的海带盆景下，瓮声瓮气道："突然觉得胸口有点发闷，气顺不大上来，出来舒散舒散。"

"哦……英雄气短。"

他白我一眼："难为你，没说成英雄气断。"

我甚茫然，这又怎么了？被众星拱月似的捧得高高在上一条龙，还动不动掉脸使性子。方才受委屈在前，遭人非议在后的，明明是苦命的本小狐。

一口闷气堵上心口，顿时也英雄气短起来，干巴巴丢下句："要没什么别的吩咐，奴婢告退。"我说完拔腿欲走。

刚掉转过身，衣袖却被他垂在身侧的手紧紧牵住。腕子上的小夜叉真是我命中死穴，看在春空的分上，只得立时站定，再不敢乱动分毫。

"还在恼琰融那个老不知羞？"

原本打算自行消化的委屈，忽被冷不丁提起，一经说出，便徒然放大许多倍。力气不知几时流失，慢慢地蜷膝蹲下。

“我让你上前敬酒，并不是为抹不开和他的旧日交情。当年青龙王广仁战死于北荒降魔之战，东海骤失龙主，将成一盘散沙。而剩下的龙神之中，又以琰融辈分最高。他原本一直惦记着要趁机将东海收归囊中，结果广仁却将族众托付给了本座。琰融未能遂愿，视作终身大憾，郁郁难解，愤而闭关数百年不出。后又飞快定下与虎蛟族的亲事，不过是为了政治联姻，打着结盟固权的算盘，要借居延海之势与云梦泽分庭抗礼，而今果然始终稳坐四海的第二把交椅。”

远处麟趾宫灯影纷叠，又响起丝竹婉转，想必长袖善舞的夜来已将满殿宾客应酬得风雨不透。那远远传来的欢声笑语，将龙君的沉默衬托得略带萧索。

他轻叹一声：“太虚黄泉海，恰是居延海的门户之境。不过……你放心，妙方境一诺，言出则必行。”

我蹲在沙地上画圈圈，默然听了半晌，忽想起什么，仰起头问：“太玄刚才说，今早什么事太快了不好啊？”

龙君脸上好不容易褪尽的潮红却又泛了起来，狭长眼尾一挑：“太玄的意思是，本座有天雷伤在身，该好好将养将养。咦，听说狐狸炖汤大补，比海马胜之多矣，不如……”

此时不跑，更待何时。

第三十章

双姝反目

我边跑边把那对紫螺耳坠摘了下来，用帕子裹着，小心收进怀里，满脑子都是龙君那双潋滟的桃花眸子，含笑带谑，偏又掩不住的认真笃定。只一句“你放心”，之前的种种不确定，俱落定心间，角角落落都熨帖得山沉水静。

摸到厨下，揣了一兜新鲜糕点欲去离火宫寻大垂。袖中忽传来喁喁童声：“姐姐……昨天晚上……其实……”

我正在廊下转得晕陶陶，随口应道：“唔，其实什么？”

“其实不是你把我落在地上被虾卒拾了去……是……是龙王把我解下来拿开的。”

脑子嗡然一响，天雷轰顶也没那么震撼，我堪堪刹住脚步：“那……那后来呢？”

春空奶声奶气咂咂嘴：“姐姐，我只是个小孩子，有些事属于少儿不宜、不可描述的范畴。”

“不对啊，大垂这么蹩脚的障眼幻术，要是个傻子可能还真就看不出来，龙君他法力高深道行通天的，怎么可能亲自拿起来都没察觉？”

“又或许龙王一时大意，并没发现吧！……再说，姐姐那么好看，有你在，谁还顾得上看我来着。”

正被春空的话唬得一时脑子转不过弯来，天灵盖忽被不轻不重敲了一记，十数枚鸡蛋大小的物事紧跟着噼里啪啦不断砸下，又弹开去，骨碌碌滚落满地。

头顶炸起一连串嘟囔抱怨："你说谁的法术只有傻子看不出来？！"

可见白天莫提人，晚上莫谈鬼。无心说顺一回嘴，又得罪了堂堂千年狐仙涂青岚大人。

待要俯身去拾那接二连三砸我脑门的物事来瞅瞅，树干后忽飘出个人影，早有双生着趾蹼的手先一步伸来，仔细捡起。

我心头一惊，忙抬头细看，来人原是姜夷。她乌发披散，含羞地朝我婉转一拜，道声："涂姑娘。"

大垂紧跟着从数丈高的海青果树上跃下，手中还握了把缠满海藻的贝壳梳篦。

他神色尴尬地将那梳篦朝姜夷面前一递："喏，拿去吧。下回再有这活儿，记得叫几个侍卫来帮忙。梳子是不可能把青果从树上打下来的。"

今朝果真是个黄道吉日，人人上赶着动不动就脸红。

姜夷柔柔一笑，将那梳篦接过了，把散落的长发绾上，口中再三道谢，仍旧蹲下身捡拾滚落满地的青果。我甚纳罕："你要这些果子去做什么？这时节海青果刚挂枝，半大不大酸涩得很，如何吃得？"

她只摇头微叹："哪里是我要去摘它。我原在离火宫避了一晚，左右都难以安心。龙宫法度森严，怎能一声不吭就跑到别处长留。又恐待得久了，姑娘越发恼我，倒连累涂公子，便趁公子睡熟时自己回去了。"

大垂拍了拍衣袍，愤然将缘故细说分明："夜来那厮本在麟趾宫侍宴，不知怎么突然怒气冲冲折返，见着姜夷便拿她撒气，用法术封了她尾鳍使她不能游弋高处，又命她将未熟的海青果多多摘些回去——说是今晚第一轮月汐之前办不好这差事，就把她两条手臂的鳞全刮了。"

我恍然，大垂这是救美救到底，送佛送到西，又挺身而出替有冤无处诉有尾不能游的姜夷摘果子来了。他俩尚蒙在鼓里，我却心知肚明。夜来究竟为着什么给气成这般模样，始作俑者除了琰融那老不知羞还能有谁。

便将殿前献舞后的那一段插曲掐头去尾说与他俩听了，姜夷听得直皱眉。

"竟有这事？西君这些年越发僭越，竟当着君上的面就……难怪姑娘气得脸都白了。只是偏不凑巧，龙宫遣去迎锦芙殿下的浮车仪仗途中出了点差池，险些不能按时抵达东鄰城，姑娘这才急得不得了，倒不是为着锦澜殿下当堂求和亲恩旨的缘故。”

大垂嗤笑：“不为这个还为哪桩？我看她对你们那油头粉面的龙王动了心思不是一天两天了，只要不瞎不傻，谁都能觉出来。”

“锦澜殿下求援心切，但那事谁都知道定成不了的，这么不管不顾非当着众人的面提了，不过自取其辱。姑娘一早就断言，她根本不担心这个。”

我与大垂双双讶然：“为什么？”

转念一寻思，凭夜来的才干容貌，和那条长都没长开的小小鲤鱼一比，不消说是胜券在握，满怀自信也是理所应当。这么想着，抱臂的双手不觉又隔着衣衫将那对耳坠子摸了摸。硬硬的紫螺梗在胸口，仿佛一个生在心头的结。

姜夷把一裙兜青果好生收拢在怀，娓娓解释道：“鲤皇遭难，长公主领兵在外御敌，玉琼川国中诸务暂归延维世子权处——那延维世子却是西君的亲生儿子，西海的二皇子。西君家里那位三千君后厉害得很，这皇子因是未过明路的外室所出，长到三百岁才勉强认祖归宗，却在西海无立足之地，一直养在玉琼川，托赖鲤皇照顾，上下都尊他一声延维世子，不敢以皇子相称的。”

话未竟，突然惊怯掩口，似是心生顾虑不欲再多言：“时辰不早，我得赶紧回宫复命，再要耽搁……”

说罢捧着那兜青果对大垂再三拜谢，仓促自去了。

真如龙君所言，琰融始终对龙神位序之争耿耿于怀，必然有心趁玉琼川国君新丧，一力扶持延维继位，便等于不费吹灰之力将鲤国纳入囊中。既有亲儿子把持国政，又怎会舍近求远，去促成一个没什么用的外甥女与东君结缡？岂不等于将到手的玉琼川拱手让给东海。难怪锦澜陈情时，他在席上态度如此模棱两可，近乎回避。虽未明着反对，却连半丝赞成的意向都不曾流露。

放眼三界水族，能与玉琼川沾着点远亲的，也就只有西海。琰融借援助之名，硬生生塞了个既无军功也无政绩的世子去坐收渔翁之利，锦芙困于内忧外患，贸然推拒不得，才当机立断应邀赶赴东海求东君做主。

姜夷的解释将前因后果一一对上，我顿时豁然开朗。暗叹是多妙的锦囊也抵不过专管挖坑的手下。想前晚在御铃廊前，锦澜的侍婢红袖还铆足了劲撺掇，说是当着客座中诸位长辈的面求和亲联兵，更多有助力。孰料千算万算押错了宝，她家公主一心指望的西海龙君压根儿没这想法。现摆着延维在前，谁亲谁疏一目了然。这么个馊主意，那锦澜也不知怎么琢磨的，竟头脑发热信得厉害，果然落了个贻笑大方的下场。

见四下并无旁人，憋了一晚加一整个白天的春空又忍不住冒泡："我皇叔早说了，这二公主纯属五行缺脑，整天转着圈丢人，谁要娶她来着？就算不为自己，也得为后代的根基考虑嘛！"

大垂被塞了满口的点心呛住，咳得涕泪涟涟，幽怨地将我看着："眼下最该考虑的，是怎么把这小祸害赶紧送出龙宫！"

我把剩下的点心全揣进他怀里，两手一摊："怎么送？眼下四海龙王齐聚东鄰城，守卫比平时森严了十倍不止，偏赶在这节骨眼上偷运敌俘出宫，你五行也缺脑？"

"啊呸！本公子七窍玲珑，亏就亏在交友不慎，光你一棵病秧子还操心不过来，再又添上个嗷嗷待哺的夜叉奶娃子，耽搁在这鬼地方早晚不是个事！"

原是一份关心情切，听在耳里恁地刺挠。好好的话不会好好说，也算涂山男狐狸精一大特色。

大垂在离火宫替我干那等烟熏火燎的苦差，寻常见不着半个人影，连水蚊子靠近都嫌热，想来也十分寂寞。我心一软，伸手在他胸口随便薅了两把："算了，先凑合着吧……春空很乖，一时半会儿想必出不了什么差池。"

安抚完大垂，左右闲着无事，便晃晃悠悠朝另一个方向走去。

与黑灯瞎火沉寂如墓的冷泉宫相比，锦芙当晚下榻的沉璧宫则是另一派光景。据说那是龙君在东海登基之前的居所，穿廊画阁，灯火幽盈，却又无比风致。

东海对她以上宾之礼相待，一应供奉用的都是接待盟国君主的规格。与此同时，犴貀将军已领命，带精兵三万作为前锋连夜奔赴玉琼川。

重兵压境，一则是为即将拉开的大战做准备，二来也是防备皇世子延维心怀不满再生枝节。那延维身世的确坎坷，将来继承西海划土分疆这好事定轮不着他。原本另辟蹊径接掌鲤国也算守得云开，这下子倒好，一盘大棋朝夕之间前功尽弃。别说延维，恐怕连西君心里亦多有不甘不忿，的确得防患未然。

因为尔虞，所以我诈。难怪龙君不仅下旨好生招待锦芙姐妹，更以故交久别重逢，该多欢聚几日为由，将其余三位海主全部留在东粼城。

殿前一番对答，我对锦芙的高洁品性倒很赞服，有心相交，于是琢磨着前去会她一会。若言谈投契，就给她留个信物，一则方便她日后亲至涂山求聚魂灯救父，二则顺道把我和大垂的下落带个平安口信回去，也免得父君跟昌邑长老日夜悬心。

大概因为是龙君新擢的贴身侍女，这一路畅通无阻得很，侍卫们对我视而不见亦不加阻拦。刚从偏殿角门跨进沉璧宫，就远远听得一群宫婢三三两两聚在廊下嚼舌，为首的刻薄声调却有点熟悉。

“红袖你劝二公主且消停些吧，成日里唯恐天下不乱，就知道拱火！这又撺掇她到大公主跟前闹，听说席上龙君把话都拍板落定了，又能争出个什么结果？”

“谁唯恐天下不乱了？我就是不服这口气！平日里敬上怜下做出副温良模样，关键时候背地里给亲妹妹捅刀子！”

“也……算不上捅刀子吧？二公主这几个月一直住在东粼城，玉琼川发生了什么如何得知？大公主又一直领兵在外，要和这边互传消息也没那么容易。唉，谁能想到龙君会私下派人去将大公主接了来。”

“既然早有打算抬举大公主上位，何不一开始就把话挑明了说？三番四次求见都被拒之门外，偏赶在这节骨眼当着众人的面弃如敝屣，倒平白害得二公主变成四海笑柄！”

“唉！谁说不是，我方才路过龙绡宫，连那帮轻嘴薄舌的小蚌婢都敢随意胡诌取笑，说是‘亡国之女也妄想攀高枝，被拒纳也是情理之中，从没听说真龙配鲤鱼的，莫非嫌弃鲤鱼腥气重’？把我气不过，刚要上前理论，偏撞见夜来姑娘也在，先一步呵斥住了，就没敢再嚷扰。”

绿袖的声音细如蚊吟，迟疑劝道：“彩屏你少说两句，知道红袖姐姐脾气大，还把这些污糟话学舌回来作甚？万一传到二公主耳朵里……”

红袖夸张一叹：“脾气大有什么用，也帮不上二公主什么。谁知道呢，许是人家嫌弃鲤鱼腥，却不介意狐狸臊。那个涂山来的狐媚子整天缠着龙君，说不定也对和亲之事从中作梗来着。听说今儿席上，好不知羞，竟口无遮拦直接邀龙君交尾，还攀扯上夜来姑娘。哎哟，我的老天爷！这家风得放荡到什么地步才能做出如此厚颜无耻之事？”

“寡廉鲜耻的狐狸精还谈什么家风不家风，原不需咱几个去操那闲心。我看夜来姑娘这回也被得罪个彻底，早晚有那骚狐狸好果子吃，走着瞧吧！”

若没记错，“走着瞧”这话，自入了东鄰城以来，不过短短三五日间已听了不下数回。我藏身在回廊转角，不由得想起大垂在东鄰城外的一语成谶：“在东海你没有朋友。”

可我来东海，不是为了跟这些人做朋友。我有大垂，有春空，还有……龙君。

既然锦澜也在这儿，今晚想必不能再去寻锦芙，不如趁她们还没察觉，悄悄原路折返罢了。

这么想着，便轻手轻脚转身欲回，还没跨出门槛，一声哐啷巨响如平地惊雷炸起。我吓了一跳，忙探首去瞧，见是一盏七宝琉璃宫灯，不知被谁从主殿扔了出来，触地摔得粉碎。

第三十一章

津门破壁

山风空邈，云霭微凝，纶音如珠玉纷扬滚落，祥云中散出幽檀之息，飘拂了整片云海。明明艳阳高照，又似隐有寒风，刺骨流动。

龙君一身烟青薄衫，丰神俊秀，白玉冠将墨发束起，负手立于河津龙门前。虽衣冠飒飒，几缕发丝仍垂落肩前，隐约流动。山石嶙峋，仙姿缥缈，各自庄严不可言说。

南君苍凛与北君北鲲也都齐齐到场，唯独不见琰融。苍凛似笑非笑闲道：“听说琰融兄今早喝了盏消渴化腻的青果茶，不知怎么竟闹起肚子来，直呕得手脚发软，许是脾胃不调，因此未能亲至，甚以为憾。”

我瞬间明白了夜来命姜夷去摘那些尚未成熟的果子的用意。若此刻没有变化成人身，定要欢快地摇一摇尾巴。

北君挑眉：“有这样巧的事？想是亲外甥女化龙，这等大事半分徇私舞弊不得，做龙君的亲姨父总不好在场，省得落下口舌，为避讳是非，这才托病回避，也属人之常情，哈哈。”

龙君轻笑了笑，无置可否，抬袖反手一拂，在山石平坦处化出一几案、一香烛和小炉温茶。他朝众人比了比手，将请入座，边拈茶叶，边以热水洗杯，一手茶艺行云流水，已臻化境。

少顷，半空云海间浮现出一双窈窕倩影，轻移莲步跃下云头，朝座中依依下拜。

待走近了细看，原是锦芙、锦澜姐妹二人。锦芙仍未褪下戎装，气度从容如昔，跟在她身后数步之遥的锦澜也难得的未施浓脂艳粉，一时差点认不出来。两人行止虽一致，举手投足间亦难掩几分冷淡疏离，眉目却都沉静收敛，教人无从探究蛛丝马迹——昨夜那盏宫灯被掷碎后，不知发生过何等剧烈争持，又是怎样收场。

龙君起身，开门见山对锦芙道："所谓'人身难得今已得，佛法难闻今已闻'，既有了眼下的造化根基，朝夕间毁于一旦岂不可惜？化龙之途凶险万端，想必已无须本座再多赘言。你若现在后悔，还来得及。"

鲤族的飞升之途与其他灵物不同，不在化龙池，而是需得飞跃河津龙关。一旦触壁，当即形神俱灭，轮回无门。

锦芙昂首，扬声朗朗："天地众生，无论神佛也好，妖魔也罢，履世之途皆如逆水行舟，今日怀怯而退，却教身后万千鲤族再向何处逃避灾劫？臣女心意已决，纵肝脑涂地亦在所不惜。若臣女今日殒命龙门，唯有一事相求，万望君上谨遵诺言——举四海之力助玉琼川子民共御外敌。"

龙君闻罢，负手踱步至她身前。

"午时将至，天地间阳气最盛，造化吉时稍纵即逝，这便请吧。本座拭目以待。"

辰时五行属水与木，乃上古"群龙行雨"之时，水气大盛，河川激荡最为凶险。龙君特意摆下一场茶局，将时辰延宕至日和正午，午时五行属火与金，金能克土，阴极阳生，风浪之势被抑，方是飞跃龙关的最佳时机。

他望了一眼始终沉默一言不发的锦澜，说道："令妹今日跟来，可是也有心一试？"

令所有人意外的是，锦澜竟也跟着点了点头。

龙君颔首："如此甚好。"

云波霞涛之下，浩渺的长河横沙如拍，万水齐声。锦澜面向万仞，屏息凝目远眺，龙君则亲自为其护法。

是脱胎化龙，还是散作浮云，今日便见分晓。

锦芙化出原身，一尾硕大矫健的银鳞鲤鱼朝禹门赤水飞纵跃入，平地顿时卷起风雷骤雨，顷刻间天河暴注。

水天一线之间，众水族鱼贯而下，万千斑斓锦鲤向着河津口前仆后继涌来。半空中，越来越浓的气机，纠结引动。两侧沙滩上人迹灭绝，万岩幽壑，舞千重潮音滚滚，如泣如诉。

一片莹莹玉光忽凭空腾起，灿白灼然得令人难以逼视，那光聚成大扇如实如虚的巨钵，朝游在最前的锦芙扑面袭来，刹那光明在她眼中烧出瞬息的虚花。已有修为不够、法身孱弱的小鲤鱼，在白光的直射下瞬间蓬化成烟，水花四溅。

龙君闲闲一挥，替锦芙湮灭那轮直射而来的光焰。法界成，戾气一沾即退。

第一轮的艰阻将被击破，化龙之劫奇险迭出，尤有愈演愈烈之势。碧清的海浪顿时化遍殷红血池，怒涛拍岸，腥膻之气沸腾，催人欲呕。挣扎其中的水族们如同置身滚油，发出撕心裂肺的哀号，一旦惨遭血海灭顶，就再也浮不上来。

在那轮白焰刚被扑灭之时，一直悬立崖边的锦澜本打算趁机跃入赤水，就在将跃未跃的刹那，水面却又生惊变，竟是一重更比一重惨烈。血池沸煮，对一尾皮娇肉嫩的鲤鱼而言，将是多么难以言喻的痛楚。

锦芙在炼狱油锅般的赤水里载沉载浮，周身银鳞很快已渗出密密血丝，融在血水里，反倒看不太出来。她每一次的破浪搏击，都会损毁一部分鳞片，裸露出伤口泛白的嫩肉。所谓“鱼怕刮鳞，龙怕抽筋”，毫无防护的肌肤赤裸裸浸泡在滚烫血池里，可想而知是何等的痛楚难熬。锦芙尚且如此，她身边水族殒命者更是无以计数，很快就减少过半。

这就是太玄所说的，锦鲤化龙前，需得褪去周身鳞片的必经之途了。老鲤皇便是在这紧要关头被夜叉所趁，最终殒命河津。

血波滔滔，万魂齐喑，越来越巨大的声浪一波接一波直刺脑海。锦澜迟迟没有跨出那一步，赤红的锦鲤重又变回人形，喃喃唤了声：“阿姐……”随即惊恐地捂住嘴，瘫坐在地。

眼看锦芙已体无完肤，就快被沧浪所溺。

我揪心不已，忍不住拽了拽龙君衣袖：“不是说好为她护法嘛……”

“还不到火候，再等。”他仍旧归座烹茶，面上波澜不显，也不知话中所指的，究竟是锦芙还是手中那壶半沸的清茗。

“可是……”

“你可知蝴蝶破茧，也需得靠自身力量反复尝试。若借助外力将茧壳划破，纵化成了蝴蝶也有翅难翔，过不了多久便会坠地而亡。天道如此，过分护惜，却是害了她。”

我咬着手指，看得紧张万分。原以为化龙只需纵身越过高崖即可，怎知还有如此精彩的回目上演。

不知过了多久，每一瞬都显得如此漫长。龙君的春茶终于煎煮好，手托杯盏边喝边行至峭壁边沿。锦芙还在血池中翻滚，寸步不肯退却，周身银鳞已全部损毁褪尽。他的目光却仿佛穿过锦芙，凝固在不知名的时空中。似望见故人，又似看到天下水族的命运。光阴箭走，不可违拗。

少顷，龙君将手中半盏清茶朝脚下血海泼去，半凉的香茗如杯水车薪，却奇异地浇灭了滚滚沸腾的血浆孽海，赤水渐渐变得清定无波，澄澈见底。

锦芙失去所有鳞片，变得虚弱无比，半浮在水面上，甩动尾鳍，扬起几点浅浅水花，算是对龙君致谢。须臾又强打精神，再次一个猛子扎进水中，继续朝龙关绝崖奋游而去。她连半刻都不肯暂歇。

第二轮劫数已渡过，接下来只要越过龙关峭壁，就算大功告成？还未及发问，只见崖底海水徒然下陷三尺，无边涡流不知倾往何处，大片寸鳞不存的鲤鱼们毫无防备地暴露在天地之间，无遮无拦。

恰在此时，明晃晃的日头旁突然跃出两枚黑点，越来越近，竟是一对单翼罗罗鸟。这种远古神兽，早就灭绝殆尽，只有为数不多的种群仍旧存活于娲皇补天宫内，轻易不会现世，不知何以突然出现在此地。

龙君撇撇嘴：“上古神兽嘛，拘在补天宫镇日闲得发慌，跑出来添乱就是寻找存在感的唯一方式。”

“所以它们添乱的方式是……”

未待龙君答言，锦澜发出一声尖叫。我的狐狸耳朵被叫声刮得刺痛不已，很快便亲眼看见了什么叫不作不死。

那一双罗罗鸟斜刺里滑翔而出，朝赤水俯冲直下，一下子就叼了满口肥美鲜鱼，连撕带咬吞吃入腹。它们趁乱杀出，乃是以生擒鳞甲褪尽的鲤鱼为食。

此鸟性凶顽劣，光是生吞活剥犹不知餍足，又不断以利爪从水中钳起毫无抵抗之力的鲤鱼，扔在空中互相抛掷玩耍，一丢一接，玩腻了再“啊呜”一口吞掉。

锦芙毕竟长了一千六百多岁，鱼形硕大，力气比那些惊恐四散的小鲤更强劲些，甩头摆尾避过数轮，身上也被罗罗鸟的利爪狠狠划过，留下几道极深的伤口，皮肉俱都翻卷开来。

我被正午的日头晒得口干舌燥，将案几上的茶壶端起又放下，却是焦灼得半滴也难以入喉。这些茶水作用如此神奇，能化血池为碧波，不知囫囵个儿砸过去，能否把那对乘鱼之危的凶兽击毙当场。

正自摩拳擦掌跃跃欲试，锦澜冷不防箭步冲上前来，将我一把按住，“你干什么！想要趁机落井下石阻我姐姐化龙不成，君上的法器怎能随意抛掷，万一砸不准伤着姐姐，整个鲤国必将与你涂山氏誓不两立，你担待得起吗？！”

这二公主，与我本素昧平生，背后污言秽语，当面胡搅蛮缠，一而再再而三的，我忍得便有些辛苦。再好的性子，也少不得反唇相讥。何况锦芙正徘徊在生死关头，这要紧当口，身为一母同胞的嫡亲妹子，袖手旁观就罢了，还拦住想要施以援手的人恐吓威胁，也不知谁更有心落井下石。

“既这般姐妹情深，要不你下去帮帮她呗？反正你身上鳞又没落，又硬又滑，罗罗鸟一时半会儿寻不出地方下嘴的。”

若没记错，这却是我同她开口说的第一句话，就开了个不友善的头。锦澜闻言，所有对龙关的恐惧顿时转化成莫名其妙的愤怒，按住我胳膊的指甲几乎要掐进肉里：“你——”

龙君恰在此时转过身来，轻挥大袖，不着痕迹地把她那双利爪掀落，顺带将茶壶从我手中取过，又闲闲沏了杯茶，边喝边道：“这不过是把茶壶。便往下扔个十只八只，连片水花都溅不起来。这等无知妄语倘传扬开去，怕是连本座身边的锅碗瓢盆，都要被认作法器。”

三言两语，轻嘲之意四两拨千斤。话罢，仿佛刚刚发现锦澜的存在般，复又面带惊讶："唉，你怎么还在这儿？还化龙不化了？趁午间日头尚在，还剩一线机会可试。不过嘛，眼下'日轮赤焰'和'般若血池'两回大劫都已完结，便是趁着这机会入水，再侥幸跃过龙关，化出的龙形也须爪不全。再者嘛，未经血池褪鳞，那龙身想必斑驳得很，杂七杂八既有鱼鳞又有龙鳞，委实不伦不类了些，但好歹算是条龙吧。是要长长久久做条鲤鱼还是放手一搏，你且自好生斟酌。"

锦澜被抢白得满脸通红，前一刻还恶狠狠的眼神躲闪开来，退后两步嗫嚅道："既如此……想是时机不宜，也……也不能勉强。臣女今日就不下去添乱了……免得不自量力，反碍手碍脚阻了姐姐飞升……"

说话间，赤水中弱小的锦鲤已被虐杀得差不多，锦芙在双鸟夹击之下支撑得辛苦，几度载沉载浮。龙君不再分神，招来云头跃上半空，一掌推出，喝然气动。层叠衣袂猎猎翻飞，一身桀骜睥睨苍生之态，狂放难收。

只见掌风过处，长虹顿起，绚烂光影中出现大群跃动的锦鲤。鱼身虽小巧玲珑，胜在细鳞柔软若绸，五彩斑斓，比起那些刚刚经历了两轮大劫，连鳞片都褴褛不全的鲤鱼不知精神多少。

罗罗鸟见之心喜，同时扑向那幻术所成的鲤鱼。转瞬光华四散，长虹意料之中地消失，二鸟收势不及，狠狠相撞在一起，紧接着砰然掉落，被摔得失去知觉。笨重的鸟身被锦芙拍尾一甩，随波逐流渐远。

这报应堪称立竿见影，天道好轮回啊好轮回。可见活到现今的神兽虽珍贵，奈何脑子不能与时俱进，蠢得得天独厚。

我心头挂住的大石终于落地，禁不住蹦起来击掌欢庆。又不解问道："为什么不直接将那对傻鸟击毙了，省得日后再出来祸害化龙的水族？"

龙君按下云头悠悠而返，挥斥千军万马的气势顿然全收，仍换作那副游山玩水公子哥儿的倜傥模样。但见他眸转清辉，笑得促狭，便猜着此龙老毛病犯了，眼看又要胡扯八道起来，答的多半不是什么正经话。

果不其然，他撣着袍角夸张地喟叹："罗罗鸟虽只有单翼，也属鸟族。龙族与凤鸟族的关系十分微妙，本座若亲自出手，相当于正式翻脸，那可不妙。你不明白身为四海之主的烦恼，任何行为都不仅仅代表自己，里里外外还要牵扯上一堆干系……”

这人，每天不把自己夸满两百回就浑身难受。

在龙君倾力襄助之下，锦芙数度化险为夷，很快便靠近了跃龙台。整个鲤国的命运终究如何，全在这最后一搏。

随着罗罗鸟的偃旗息鼓，被神兽单翼扇开的沧浪重新汇流弥合，那原本只算得上寻常陡峭的山崖却突然明晃晃拔地而升，须臾便高逾数百丈。峰峦绝顶处被云烟雾霭掩映了大半，无论如何望不分明。

我瞠目惊叹：“龙门这么陡峭？简直快比天还要高，小鲤鱼怎么可能跳得过？”刚说完，瞥了眼身旁的气鼓鼓的锦澜，她的脸色已难看得恨不能把我生吞活剥。“呃……不好意思，就事论事。”

但这千真万确就是所有一心化龙的鲤族们所要面对的最终考验。

经历三轮劫关，原本乌泱泱数不清的群鲤已被筛除近乎三分之二，剩下的仍旧数以万计。它们浑不畏死，拼尽全力朝那几乎不可望也不可即的龙门峰顶跃去。头颅一旦触壁，当即脑浆迸裂，碧血瞬间染遍青山。

这一刻，我仿佛明白了龙君所说的，即使被踏碎在尘泥里也要守护的梦想。不惜一切代价，以身作偿，用千百年清苦的修行来拼却一个未知的宿命。不觉眼角温热。

锦芙周身腾起一片微弱的银光，绷紧似一支蓄势待发的箭，心无旁骛开始了她的第一轮飞跃。

银鲤破水而出，以穿云裂石之势，携着凌厉风声朝天际扶摇直上。快了，还差一点点，就差一点点……

第三十二章

嫁祸

以前在涂山，哥哥总说我这狐狸脑瓜孕化得骨骼惊奇，从来不知道什么叫三思而后行。对素有“足智多谋”之称、百算而无一失的灵狐族来说，实在是个异数。

果然事到临头，还是毫无长进，行动永远在思考之前。口中尚来不及惊呼出声，手里的兜云锦已被捏了个诀抛上险峰，挂在一处突兀斜出的峭壁上，招展开来与云雾浑然一体。

锦芙在距离龙门仅咫尺之遥的高度力竭而弛，再难以为继，堪堪撞在被兜云锦遮挡的山石间，避过了肝脑涂壁的一劫，重新坠落回水里。

这回我却觉着自己并没做错。别说三思，就算略犹豫那么一瞬，恐怕锦芙就要殒命当场。可我记得她说过，就算是死，也要死在戍卫疆土保护子民的战场上。这大概就是她无论何时也不肯脱下战甲戎装的原因。

说来惭愧，那云雾织就的锦缎虽勉强可护她不受伤损，奈何我法力稀松，想必这一撞，仍旧痛得不轻。

锦芙翻转入水，激起一声闷响。不消片刻，她调匀气息，又要再试。

偷眼去看龙君，姿态仍旧翩翩，不紧不慢从怀中抽出折扇来，边摇边轻吁道：“昴日星君今儿个兴致倒好，正午日头越发毒了。你那手帕子老泡在海水里，眼看颜色褪得厉害，挂出来晾晾也好。”他倒似乎并无责怪之意。

我讪讪抹了把额头的汗，从善如流调出个笑来：“君上英明，因难得见着这么高的山，想必离日头也近……”

这厢还只顾低头东拉西扯，脚下却不知从何处平地刮出一阵妖风，几乎没被立时掀个跟头。定睛一瞧，见是龙君手持那把玉骨折扇，越发扇得邪乎，从左至右一扬臂，赤水猛地暴涨，瞬间湮没了河床。宽阔水面卷起千重碎浪，越涌越高，势犹未止，几乎要漫过了三分之一的龙关峡。

锦芙瞅准这千载难逢的良机，借着浪涌之力再次奋力跃起。琼碎玉裂的白浪高高托着一尾银鲤，瞬间隐入层云，那险要的龙门绝顶此刻水雾蒸腾，已是白茫茫一片，什么也看不清。

我连眼都不敢再眨一下，迎着刺目的日光仰起脖子探看。不过半炷香工夫，山巅的水沫子纷扬散落，那团雾气也被徒然盛起的银色光芒穿透，霞光瑞彩，紫气千条。

半空紧接着传来一声轻啸，蜿蜒的巨大阴影绕着龙关峡盘旋而下。角似鹿，鬃如狮，利爪银钩，通身鳞甲如镜。

龙君当风而立，垂眸合十："恭喜鲤族龙皇今日归位。"

龙女锦芙呵气成云，重新化回人形，只是换了装束。一身裙裾层叠，披帛绕臂，朦胧胜似轻纱，仍是绰约女仙模样，亦在云中深合为礼。

"臣女代天下鲤族拜谢，东君深恩，亘古永存。"

"龙皇心志坚纯，化龙亦属造化之功，和本座并无多大干系。"

我吃惊地望向龙君。认识那么久，还从没听过他口吐这等谦虚之言，竟没故态复萌把自己夸个天花乱坠，实属难得。

龙女翩然而降，周身水泽之气将山巅暴烈的燥热都逼退了三分。忙碌了这大半天，我已累得快要四爪抽筋，只觉直立行走都使不出力气，还是变作狐狸省心。化回原身三两步蹦上前，朝锦芙若隐若现遮着半段藕臂的袖口蹭去。因从没见过女龙王是什么模样，只觉新奇，看了又看，嗅来嗅去。唔，衣袖好香。龙君虽也是龙，奈何终究雌雄有别，也不好没羞没臊地将他里里外外研究个仔细。

龙君咳嗽一声："幼棠你在干什么？"

"这还看不出来嘛，我在攀龙附凤啊。"

锦芙扑哧一笑，从怀中掏出块叠得齐整的帕子来，蹲下身把我脑袋上沾染的水珠仔细擦拭了。那帕子看着却眼熟，原是我扔出去挂在山巅的兜云锦。

“这位想必就是众人说的涂姑娘了。涂山白狐闻名遐迩，今日方得一见，果真玉雪玲珑。”

我甚羞赧，连忙把单薄的尾巴朝身下卷了卷，好生藏起。她如此说，大抵是因为还没见过涂山我那些钟灵毓秀的同族狐狸们。那么多风华绝代摞在一块，包管绝上个千秋万代。

锦芙言行端秀，果真气度非凡，纵是一朝化龙，也丝毫不拿腔捏调摆架子。她语声轻柔，含笑又道：“攀龙附凤实当不起，我倒虚长涂姑娘九百多岁，若不介意，便只管以姐妹相称无妨。方才龙关之险，多亏……”

话未说完，便被一把委委屈屈的哽咽之声打断：“姐姐刚化了龙，就认起八竿子打不着的妹妹来，倒忘了自己嫡亲的妹子吗？”

我摊开两爪，好生无奈。前两天刚上赶着认过嫡亲的姨父，今儿又是嫡亲的姐姐。普天之下皆她亲，想是忘了昨晚那盏宫灯怎么碎的来着。

正无语望苍天，忽发现苍天之上，一团绿云七扭八歪自东边滚滚而来。

那驾云诀捏得委实惨不忍睹也就罢了，颜色又诡异得惹人遐想万千。苍凛、北鲲两位家中都有夫人的须眉纷纷不约而同往旁避开数步，以免绿云罩顶，好生晦气。

尚未娶亲的龙君初时未曾察觉，待反应过来才发现，山巅绝壁方圆有限，已是无处可避。只得故技重施，将折扇抽出来一挥，打散了那云团。

当空翠沫四溅，待浮絮散尽，从中“啪”地砸下一坨墨绿的龟来。

太玄脸色煞白，骨碌碌满地乱滚了三个来回才找准方向：“君上！不……不好了……离火宫……走水了！”

四条龙、一只狐狸、一只龟并一尾红鲤鱼，一行浩浩荡荡赶回东海。

隔老远就望见镜城下方海域一片通红，水面上还四散漂浮着许多残碎不全的兵器铠甲。

龙君蹙眉，难得地面露几许惊诧之色。这惨状活像刚刚经过恶战一场，绝不仅仅是走水这么简单。

大伙片刻也不敢再耽搁，当即扎入深海，朝着烈焰红光最盛的方向游去。

我来东海时日尚短，便是奔着探望大垂也并未进过几趟离火宫，是以并不大认识路。一程游得磕磕绊绊，又不好意思当着众目睽睽拽扯龙君的袖子，辛苦自不待言。万幸锦芙颇有当家长姐风范，始终游弋左右照顾周全，助我分波划浪。

到了事发地，便是不认识也认识了。因整座海底东鄰城，从没有哪一座宫阙如此水火兼备，融合得天衣无缝，堪称奇迹。龙君炼丹的乌金炭非同凡品，同太上老君兜率宫中所用的一般无二，烧出的乃是三昧真火，风扑不灭雨浇不熄，自然也不惧海水。

熊熊火光辉映，随着洋流尚有四下蔓延的趋势，照得我浑身白毛都泛出绯红，不禁感叹："真是烧得蓬荜生辉啊！"

锦澜抱臂冷哼："走兽异族，果然就会幸灾乐祸！听说被派去看守丹炉的也是只涂山狐狸，焉知不是他们串通一气做下的祸患！"

她这句煽风点火，呛得我心头猛地一沉。大垂！看守离火宫的可不正是大垂，他如今哪里去了？会不会有什么危险？这家伙平日虽没正形，却绝不至于糊涂疏忽至此。眼下弥天大祸寻不出人担待，龙君会不会也以为他是畏罪潜逃了？

刚捏起避火诀，拔脚欲往通红一片的离火宫闯去，却不料被龙君一把拉住，不由分说拦腰揽回。

"别急。"

怎么能不急，我急得跺脚，只是挣脱不开，不假思索就低头往他胳膊上咬了一口。

龙君乍然负痛："啊呀呀……狐狸咬人！"

"狐狸没咬人，狐狸咬的是龙。"趁他不防，好容易寻隙抽出身来，还没跑出几步，火海旁就慌里慌张冲出个人影来，两下里刹不住脚，当即脑袋对脑袋撞作一堆，各自仰面摔倒在地。

世人但凡受了委屈，总爱埋怨个苍天无眼。然而现世报这桩事情，在我身上应验的效率总是高得出奇，真是呜呼又哀哉。

这一撞着实不轻，我痛得眼冒金星半晌爬不起来，对面人影已扶着泛青的额头爬过来泣道："涂姑娘你可算回来了……青岚公子他，他被海夜叉抓走了！"

和我相撞的这位现世报并非旁人，正是鲛人姜夷。

她带来的，真是个彻头彻尾的坏消息，比离火宫被烧成渣渣还要让我悬心。勉强称得上半个好消息的则是，恰逢三位龙君齐齐在场，再厉害的妖火、真火都不算个事。

龙君们合力将离火宫赤焰扑灭，夜来恰在此时率众战将匆匆而归，形容看起来相当狼狈，像是刚经历过一场恶战。

她看见龙君，突然激动得不能自持，层叠的裙袂铺散了一地，摇摇欲坠悲愤泣道："龙宫有奸细！"

从她身后赶来搀扶的，是个相当英武高大的武将，通身银甲衮袍，盔明戟亮。细看战袍之下，露出一段粗壮的鱼尾来，鳞片闪烁着健硕光泽。原来也是个鲛人，看样子还是泱泱东海里，唯一肩可扛、手可提且能上阵打仗的男鲛。东海鲛族中的阳刚之气，似乎并不像之前呈现的那么衰微。

这陌生男鲛对夜来的关切之盛，也盖不住眉目间翻滚的熊熊怒火。他长得并不似其他成年男鲛那样旁逸斜出，轮廓硬朗分明的面庞浓眉皓齿，皮肤虽黧黑，反倒平添坚毅。

夜来堪堪站稳，不动声色理了理发鬓，顺势从他臂弯中滑脱出来。男鲛扬尾近前，手中尖戟对准我眉心，把他铿锵的结论一字一字砸在我脸上："自从这两只涂山狐来了东海，龙宫内外就接二连三外敌来犯，没有一天的太平！她和那看守离火宫的白狐就是奸细，所谓被夜叉掳走，不过是事成之后金蝉脱壳的避祸之计！"

开口就是这么严重的指摘，声色俱厉，当着事主的面毫不避忌，说明在这些水族眼中，我和大垂都不过是其心必异的外族小辈，修为也低微，根本不配他谨慎地挑选措辞。可他又是谁来着，有什么资格这般不分青红皂白就出言不逊？

刚要反诘，见姜夷躲在夜来身后，悄悄朝我摆手，神情中满是小心翼翼的劝阻之意。

这一切被苍凛君尽收眼底。他双目微眯，审慎地端详我。到底靠年纪和阅历兜住惊诧，与龙君交换了个眼色，方字斟句酌说出几句折中之言："海夜叉这些年恣肆劫掠挑动争端，已成四海大患。虽是国事，眼下到底真相不明，况还牵扯上涂山，亦属东君的私事，在这人多眼杂的地界嚷扰起来终究有伤体面，不如先回内城再作计较。"

我望向龙君，可他并没看我。此刻我才发觉，平日里总是仪态风流的龙君，竟也有如此矜持凝肃的一面。他负手站着，每道目光都控制得恰如其分，流水一样从所有人面上滑过。片刻，头顶响起温朗语声："回宫再议。司宵不必跟来，速带兵卒去将城周布防重新清点安排，若再有疏漏，按律领罚。"

一行人马随龙君悠着步子朝流泉宫而去。男鲛话语中夹缠的寒意，扩散在这刚被三昧真火烧得灼热滚滚的海水中，令人无端瑟缩。

太玄行动缓慢，走不出多远就落在后面，恰和我并排，便凑在我耳边低语："方才说话的是鲛族目前唯一执掌兵权的武将，名唤司宵，东海三分之一的兵力尽归其麾下。司宵大人的父亲东宁将军，原是鲛族老族长也就是夜来姑娘的父王座下第一大将。后来老族长和东宁将军在那场……咳……一场战事中双双阵亡，留下这两个伶仃孩儿，青梅竹马一同长大。老族长大去前曾留下话，嘱君上千万好生善待这苦命的女儿。他俩倒也争气，一个成了大祭司，一个继承乃父遗志披上战甲，担当起了东海所有鲛人的指望。司宵这孩子素来脾性如此，涂姑娘不必放在心上。"

我感激地朝他点点头，想要道谢，却发现不知该如何称呼，微张了嘴，一个字也说不出来。初见就闹了场那样尴尬的误会，后来也再无机会面对面说过几回话。这些日子却多亏了他三番两次照拂解围，大垂如今下落不明吉凶未卜，我身在茫茫东海，头一次感到孤苦伶仃，瞬间再也提不起精神来。

太玄仿佛知道我在想什么，咧嘴笑眯眯道："照旧还叫龟大叔？"

杏子林的不打不相识，现下回想起来竟也满是欢趣。我眨了眨眼睛，拱手便脆生生唤了声："小叔叔！"

这称呼不知怎么，竟惹得太玄一怔，总似汪着一泡静水的深碧圆眼，也在海波中泛起几丝涟漪。见我茫然无措地只顾咬唇，又忙偏过头去解释道：

“老臣哪里担当得起……倒是多少年没听得这声称呼了，真是……见笑……见笑。”

入得流泉宫，苍凛称在津河耽搁整个晌午，很是疲乏，欲自去行宫歇息。北鲲也道东海的家务事旁人不好置喙，有东君定夺即可，告了个罪便即回避。

夜来挥动琵琶袖，鲛绡在水中轻盈画出一个大大的圆圈，花瓣般的红唇翕动，字字句句言之凿凿，力证我和大垂就是混进龙宫和夜叉里勾外连的奸细。

她说琰融君身子不适，正午便告辞摆驾回了西海，御医的医案上却记载得明明白白，琰融的突发不适，乃是因误服了未熟的海青果茶。前一晚，她的侍婢姜夷则亲眼看见了那只看守离火宫的白狐涂青岚，正在夜阑人静之时偷摘海青果。

第三十三章

双城迷踪

言下之意，西君为避讳徇私帮助外甥女锦芙化龙一事，没有随众人一道前往津河龙关，而是留在东鄰城。东鄰城尚有一位龙主坐镇，外敌无论如何不敢轻易来犯，于是我和大垂就用果茶算计了琰融，将他支离龙宫。琰融前脚刚走，海夜叉便发起突袭，其中关窍耐人寻味。

惊恐得瞪大双眼的姜夷被凌波一把拽上前来："当着君上的面，把你昨晚上看见的统统说出来，是不是那个守丹炉的九尾狐上树去摘的海青果，又偷偷把未熟的果子放到西君的茶瓮里？！"

姜夷为难得就快要掉泪,看看我,又看看夜来,瑟缩着肩膀只是不敢吱声。

凌波不依不饶，继续使劲推搡她："说话呀！你也被毒哑巴了还是怎么？！你不是说那狐狸摘完果子还优哉吃起糕点来。今儿派人去查看，树下掉着好些点心渣子，那些点心都是御厨里备下的，可见那狐狸定是去探过厨下！这不就对上了，人证物证俱全，前后一丝都不曾错的！"

姜夷臂上被凌波掐得吃痛，咬着唇支吾不成言语，却左右都无处可躲。

我脑中嗡然作痛，口干舌燥。事情不是这样，绝对不是这样。可姜夷的处境，我早就心知肚明，并不能强求她什么。此刻谁也指望不上。

激战方休的大祭司花摇柳颤款摆而至，不费吹灰之力就拍落了凌波掐在姜夷胳膊上的利爪。

"姜夷，你只需要告诉大家，昨晚是不是亲眼看见这位涂姑娘带来的九尾男狐狸，上树去摘了未熟海青果。是，还是不是？"

刻意放得温软轻柔的语气，比凌波的咄咄逼人更令姜夷惊恐无措。

夜来神色越发怜恤："姜夷莫怕，有君上做主，凭是再厉害的外族，都不敢在我堂堂东海龙庭伤你分毫，尽管放心大胆地把实情说出来。此事关系着一方海疆太平，有多严重，你想必也明白。"

姜夷唇角几乎咬破，终于颤抖着应了句："是……"泣声细若蚊吟。

太玄看不过，将半藏进壳里的脑袋探出，伸长了脖子温暾发声："宫中海青果树并不止一株，就算那位涂公子摘了果儿，也不能据此就认定他故意把果子放进了西君的茶里。夜来姑娘，这事非同小可，切莫无凭无据就……"

如果哥哥在，他一定会告诉我，在做任何决定之前，必须要量力而行。因为只有自己有责任去保证，所做的这个决定、这份意志，对所有人来说都是最好的选择。如果不能，反而会对想要保护的一切造成伤害。错误的决定带来恶果，无异于搬起石头却砸了脚。

此刻狠狠砸落脚面的，不是石头，却是化回夜叉原形的小春空。他再也无法变回绿帕子的模样，从我袖中滚跌出来，就这么猝不及防地出现在众人面前。

我和春空面面相觑，从头到脚都凉透。大垂的法术忽然消弭了。这意味着，他此刻一定处在极危险的境地，身陷遥远的囹圄，已经没有余力维持在东鄰城的小小幻术。

但这一幕在龙宫诸人眼里看来，则是毋庸置疑的铁证，瞬间坐实了夜来的指控。

殿前侍卫如临大敌，纷纷亮出兵器，始终一言未发的龙君脸色也变得阴沉。

窗外电光隐隐，映得夜来美艳的面庞上一片妖异银白。她已经什么都不必开口再争，春空的存在就是最好的佐证，如此占尽天时地利人和，胜券在握。

太玄愣怔阶下，不可置信地动了动唇："涂姑娘？……"

春空当场吓蒙，揪住我裙角可怜巴巴："姐姐救我……"

我回过神来，缓缓蹲下身，伸出一根手指竖在唇间，示意他噤声。然后重新捏诀把他变回手帕子，再好生放进袖中。

石头不该搬也搬了，脚面不想砸也砸了，事到如今，无论如何都要设法保全春空，善始善终。

锦澜跃跃欲试半晌，终于趁此良机落井下石："狐族性狡，满口都是谎话连篇，我早就看出她包藏祸心！竟胆大包天带了个夜叉在身边，还偷藏进龙宫，定是要趁人不备对君上不利！太玄你也老糊涂了，还一口一个涂姑娘，现在谁敢担保她不是和夜叉里应外合图谋不轨？莫非你也是叛徒内应？"

"我担保。"

所有人都被这句掷地有声的话震住，循声望去，龙女锦芙步伐沉静，站到我身侧。"我给涂姑娘作保，她绝不会是这次偷袭的内应奸细。"

水族之中，以龙为最尊。身为龙君力捧的盟国新任君主，又是一朝化龙的女龙皇，锦芙的笃定态度显然令在场的每一位都大出意料之外。殿内重新陷入沉默，两下里剑拔弩张地僵持着。

时间拖得越久，春空就越危险。

"锦芙姐姐……可不可以，借一步说话？"我下定决心，仰起头期待地对着她的眼睛。用力地，深深望进去。

长这么大，还是生平第一次使用狐族与生俱来的惑心之术。也不知道用对没有，就算操作无误，凭我这点修为，究竟能不能对一条神龙奏效，心里完全没底。但我无心摄控她的灵智，更不愿伤害她分毫，只是试图用这种方式来传递给她我的所思所想。她是否能从这不为旁人所知的意念交流中明白些什么，对我接下来打算做的事，又会做何反应？如果她拒绝，我又该怎么办？

漫长的一瞬在静谧中无声流逝，她在我焦灼不安的等待中微笑着说："好。"

被锦芙携着衣袖，一前一后走到殿门前立柱下站定。看在女龙皇的面子上，虾兵蟹卒们的刀戟纷纷迟疑收起，侧身避让。

我从脑后拔下三根头发，托在掌心，呵一缕气，青丝变回细软的白狐毛。

"聚魂灯在涂山狐帝芜君手里，姐姐若想救回鲤皇陛下，带着这毛发亲至涂山，芜君必不会为难，定能将灵灯借出，助此良愿成真。"

我和大垂双双在龙宫出事，四周全是水族，再无人会冒险将这消息带回涂山让父兄知晓。但我知道，锦芙救父心切，现在唯有她，有非去涂山不可的动机。

四面楚歌，只能自救。她既然肯冒大不韪直言对我的信任，我要做的，就是在最短的时间内找出一个令她无法拒绝的理由。没有人会阻挠新任龙王去设法救回惨遭夜叉杀害的太上皇。

锦芙闻言，果然面露惊喜，郑而重之地将狐毛接下，小心放在盛着鲤皇鱼鳞的盒子里，贴身藏好。

锦澜远远轻哼一气："乔张做致！"

龙君终于开口，语调缓慢，似是斟酌了再三："幼棠，如果……"

如果什么，我却不愿让他说出来。

话一落地，就成了真，不可逆转不能收回，也没有任何可供幻想的余地。

我不能再留在龙宫，必须设法脱身。若他信我，我又何苦当着一干水族的面让他为难，这么个沦为奸细的"故人之妹"，只会令四海之主颜面有损；若他终究不信，那么不要说，更不要让我亲耳听到。

都说百口莫辩，我没长着一百张口，更想不出天衣无缝的伶俐说辞，也不愿枉做徒劳的辩解。就像天生没有九尾一样，狐族天赋的舌灿莲花在我身上丝毫没得到体现。

但须臾之间，我那总是不开窍的迟钝脑瓜突然明白了春空在廊下的戏言："口中说的是无所谓，其实心里很在意。"

是，我在意他。春空说得对，他的不信，对我而言，就是伤害。而我瞒着龙君私藏敌俘，对他来说，又是不是一种不可饶恕的背叛呢？但无论如何，我做不到眼睁睁看着这孩子因为我的错误决定而被乱刀砍死在龙宫。

原来我那么那么在意他。在意到害怕听到他半个字的不信，在意到宁可冒着破釜沉舟之险去逃避。总算懂得了自己的心意，一切却已太迟，迟得再难转圜。

我的头很疼，耳中轰鸣不休，被突然出现的涡流一样的幻音绞得支离破碎。这场景好陌生又仿佛旧难重历。昨是今非，似是而非。

——“你为什么不肯相信我？看到的就一定是真的吗？”

——“如果这样的事再发生一次，你会怎么做？还会把自己的命运交给那些满怀恶意的人来任由发落？”

——“绝不！”

绝不。

龙君的“如果”戛然而止，接下来他原本打算说的那些话，如果此番还能活着离开，大概足够我慢慢猜上很久很久，久到忘记他为止。

所有人措手不及的瞬间，龙女锦芙已被我挟持在手，倾尽修为凝聚的一团气机化作光练，缠绕在她纤细优美的颈项中，只要轻轻一勒，当场就会身首异处。

“我现在就要把小夜叉带出东鄰城，谁若上前阻拦，就是置玉琼川龙皇安危于不顾！”

立柱本就离敞开的殿门极近，几乎跨不了数步就顺利出得流泉宫，侍卫们被眼前骤变的一幕骇得瞠目结舌，没有龙君指令，半丝也不敢轻举妄动。

不知是不是那生疏的惑心之术突然起了作用，锦芙也一言不发地默默配合着我且行且退的动作，没仗着法力高深当场发难。否则一条神龙要有心动手和我兴风作浪打上一场，谁胜谁负不言自明，我根本没把握挟制得住，局面也将全盘失控。或许她自始至终都明白，我不会真的伤她，更不会为了逃生就取她性命。

眼看就要顺利逃出内城，斜刺里突然冲出个琥珀色身影来，定睛一看，是凌波亮出十只利爪正狠狠朝我脸上抓下。

“恩将仇报通敌藏奸，没一句解释就要跑？休想！”

我提气闪身急避，手中还控着锦芙，终究失于灵敏，顿感肩头阵阵火辣吃痛，想是挨了不轻的一记。

电光石火一转念，顺势把怀中锦芙朝凌波处用力一推：“我跟你解释不着！”

龙皇千金之躯，如玉山将倾，挟凌厉势头将凌波撞了个大跟头，顺带扫倒一片侍卫。龙君也从御座上分波而至，排出掌风稳稳托住了她。趁众人手忙脚乱关注锦芙有无受伤，我抓紧这稍纵即逝的生机朝城外逃去。生怕手脚浮水游得不够快，把心一横，将半身龙尾化出，摆动间卷起水波乱横。

身后远远传来凌波尖锐叫喊：“龙狐兽！是她……真的是她，她是回东海报仇的！”

紧接着是夜来沉着迅疾的指令：“传令下去，所有鲛卒集结待命，全城戒严，无论奸细还是叛军，一个也不许放过！”

最后一声话语渺茫而至几不可闻，却令我心头缠绕的乱麻酸得揪成团死疙瘩。他说：“都退下，不许追。”

四周海雾森森然，我只顾往没人的去处奔逃，无法辨别方向，一头扎进黯蓝深处，海礁和珊瑚的黑影惶惶交织，在眼前不住倒退，不时被尖锐的枝丫勾住衣裙甚或划破肌肤，也全然顾不得。

我尽挑那蜿蜒曲折的小径钻来钻去，不知游了多久，前方忽跃出一朵朵磷火微光，在入夜后的漆黑深海尤为扎眼。按说游了这许久，早已远离了龙宫内城，以海族对鱼膏灯油的珍重，不可能将灯烛随意燃起在龙君不会踏足的角落。这些不大移动的光斑，也不像快速游弋的灯笼鱼。

我躲到一堆乱石后凝目看了又看，才勉强分清，原是灯火倒映在海水里的幻影。

茫茫东海，彻夜灯火通明的就只有一个地方——水面上的龙宫镜城。

据太玄所言，镜城是龙君千多年前所造，具体干什么的却又含糊了过去。但有一样千真万确，这空无一人的华美宫阙，是整个东海不可擅越的雷池，一个讳莫如深的禁地。

最危险的去处也最安全。

一个所有水族都不敢靠近的地方，岂不正是眼下得天独厚的避难所？流泉宫那一闹，挟持龙皇、打伤鲛婢，还将奸细海夜叉在龙君眼皮子底下劫出内城，这座东鄰城势必已内外戒严，巡防岗哨都不知增添了多少，在这节骨眼硬闯出城，等于自投罗网。我自问没那么大本事，既然误打误撞来到了镜城外，干脆一不做二不休，闯进去躲一时风平浪静。等事态稍微平息，水族布防松懈了，再寻机会出城不迟。

心念稍定，片刻不敢耽搁，当即扬尾朝城下游去。

我一心只顾寻个人迹罕至的清净处藏身，却忘了太玄告诫我的另一件万不可忽略的事。镜城由两条蜃龙日夜轮替，严加把守。那龙口吐云雾，笼罩着整座如幻如真的宫阙，胆敢擅闯者，上天入海都将难以遁形。这才是镜城人迹罕至的真正原因。

笨拙如我，遇事总是后知后觉，毫无半点狐族该有的灵慧机智。突然悟到这性命攸关的紧要处，已经太迟了，那庞大的黑影已风驰电掣迎面袭来。

蜃龙无角，通体黧黑，身长足有百尺，一口獠牙狰狞雪亮。它张着血盆大口，离得那么近，连口颚处的纹路褶皱都丝丝分明，像是马上就要把我囫囵吞吃入腹。

龙涎散发阵阵腥凉之气，越逼越近，我被激荡的洋流挤到一处岩壁的缝隙里，避无可避，只得绝望地捂着脸闭上眼睛。

第三十四章

空城遗梦

“涂灵殿下。”

等了许久，背脊渗出的汗都快跟海水融为一体，想象中的噬咬和撕扯却迟迟未至。头顶响起的，是一声闷如洪钟的咕哝。

从指缝间偷偷掀开一线眼帘瞧去，灯笼般的龙眼里倒映出我瑟缩成一团的身体，半段龙尾紧紧盘在身前，因为紧张和恐惧，侧鳍全部倒张开来，鳍刺根根树立如刺。

它是在叫我吗？想要应声，努力了尝试好几次，只能从嗓子里发出几声断续的呜咽。若被龙君看见，定又要被嘲笑胆小如鼠没出息。

“这位……龙神……是在叫小狐？神尊大人……认……认识我？我……我不是故意闯进来……”

蜃龙眨了眨眼，搅起水波暗涌，将我散落身前的长发全部拂到脑后，眉目清楚露出，再无一丝遮挡。就这么定定与它对视了半炷香，却见它终于收了利齿，卷起尾鳍，往后猛地退开数十尺。

我一动都不敢动，卡在岩壁正中，恨不能当场融进石头里遁形。

约莫蜃龙今日心情上佳或实在心情太糟，以至于没有胃口，竟默然扭头扎进了茫茫海沟深处，转瞬便销声匿迹。

绷紧的心神一驰，四肢都瘫软如泥，摔落在沙地上。习惯性地掏出手帕子来要擦擦额间冷汗，却反应过来那手帕乃是我命中的克星——小春空。反应过来后，汗当然还是要继续擦，越擦越堵心，越堵心就越用力，简直快要把额角鼓捣破。

春空被揉搓得浑身发痒，忍不住奶声奶气叫唤起来。

我学大垂的模样拎起他来抖了抖，叹道："你可真好命，看来蜃龙今晚肚子不大饿，否则咱俩全加一块儿，都不够给它塞牙缝。"

见四下无人，便将春空化回原形。刚刚死里逃生好几回的小奶娃，神情竟出奇地镇定，牵着衣袖安慰我道："姐姐别害怕，他不敢吃你。看门的仆从，不会拦着主人回家。"

几番连惊带吓，本就糨糊一样的脑瓜越发转不过弯来："你说什么？……"

"没什么……蜃龙走了，我们快进去吧。"

托赖龙君最后那声仁至义尽的吩咐，沿途都没撞见半个兵卒，但可想而知接下来必定还有一轮铺天盖地的搜捕，赶紧遁入镜城龙宫避一避才是正经。

随龙君厮混过不长不短的时日，对内宫格局虽算不上了如指掌，也不至于全无头绪。沿着记忆中的御铃廊行去，绕过八角楼小径，就看见中庭栽着株令人百感交集的海青果树，同大垂替姜夷爬的那株，位置一模一样。这华美诡异的宫殿，果然从里到外都和海底宫城互为镜影，大到一砖一瓦，小到一草一木，几乎分毫无差。

在先去熟悉的流泉宫还是先去御膳房这个问题上，我和春空第一次产生了比较严重的分歧。

嗷嗷待哺的春空自从进了东鄰城，日夜藏身担惊受怕，还没正经下肚过一口热乎饭食，早就对龙宫御厨的手艺垂涎已久。我则一心想先去流泉宫，不知龙君曾指点给我看的那方溯世镜是否在镜城里也有一面。如果万幸能寻到，便可从中看看海底留下的那堆烂摊子现如今什么状况。我是龙君大庭广众下诏要带在身边照拂的故人之妹，过不了几天偏又不争气地"通敌叛逃"。识人不明太过打脸，恐怕会令他在东海水族面前声望大跌。

说来说去，到底还是放不下他。但这点放不下的小心思，可实在经不住被拿到明面上说来说去。小夜叉一张利嘴，损起人来入骨三分，我早在他调侃锦澜时领教过，心有余悸得很。

掂量一番，遂决定先带他到厨下寻摸些点心垫肚子。

舍近求远拐到御膳房，望着满室清锅冷灶，顿时双双傻眼。这才想起来，镜宫虽不出所料的精致奢华，也理所当然荒凉得万径人踪灭，连半个水族影子都没有，哪里来的御厨和佳肴。

仰天长叹一回，只得挽起袖子来亲自下厨，就地取材，把那树根底下的珍珠海蘑菇挖了好些出来，架在灶火上一通猛烤。

橙黄的火舌跳跃，映得颊边温热，不禁想起杏子林旁，龙君月下烤蘑菇的风姿。一时失神，回过头来再看，眼前这蘑菇，难免就烤得有那么点……呃，焦香四溢。

春空望着盘中颜色杂灰杂白的物事，大眼睛忽闪忽闪，愣道："姐姐的手艺……真是独树一帜，令人赞叹。"

"废什么话，姐姐我手艺再不济，肯定毒不死人，吃不吃随你。反正我成年了，又不是两百来岁的小娃子，不吃东西也不会饿死。"

"所以……狐族对好厨艺的判断标准，就是能不能毒死人？"

"那不然呢？春空啊，吃饭这事，纯属口腹之欲，乃是我等修行之人须得克制再克制的杂念。这么简单的道理都参不破，怎能有所精进？你看龙君，除了推不掉的宫宴，什么时候嘴里吃个不停。"

小奶娃被我唬得一愣一愣，终于抵不过腹中空空，带着视死如归的坚决朝蘑菇咬了下去，脸上挤成皱巴巴一团："未来的姐夫……好口福。"

装模作样这事，只要开了头，就得一气呵成，断没有半途而废前功尽弃的道理。我转过身去，给他留下个高深莫测的后脑勺，清了清嗓子笃定道："那是自然。"

春空吃得艰难，慢条斯理好半天才咽下一小口，又眨巴眼："一句话都来不及解释就这么跑出来，姐姐一定很挂念龙王吧，三句话不离他。"

我心惶惶，诧异回头："有这么明显？"

难为他小小年纪，时不时扮个老气横秋的样子倒也活灵活现。这小子两爪一摊："姐姐自己觉得呢？"

"才怪，欠他那么多高利贷，这下一笔勾销，心里不知多爽快。"

"唉，俗话说那个'易求无价宝，难得……'"

这话就严重了，我被念叨得头皮发麻，赶紧抽刀断水："俗话还说了'食不语，寝不言'，这盘蘑菇要吃不完，以后连草根树皮也欠奉。"

春空嗷呜一声，赶忙把整张脸埋进盘子里，吃得狼吞虎咽头也不抬，显然是真的饿坏了。

"春空啊，你说你干点儿什么不成？小小年纪，干吗跑出来乱打仗？这下知道战场刀剑无眼，不是闹着玩的吧。"

春空口里塞满吃食，含含糊糊答得牛头不对马嘴。

"我还有两个妹妹和一个弟弟……"

"长兄从军？可就算征兵不足，也没有硬拉两百岁的小奶娃去上阵对敌的道理，这太……"

"不是征兵，是我自己一定要去。姐姐有所不知，按族谱记载，我和弟弟妹妹正好排在了'思'字辈。二妹妹名'思夏'，三妹妹唤'思秋'，最小的弟弟叫'思冬'。"

"唔……好名字。大俗大雅，朗朗上口得很。按排行，恰是个'春夏秋冬'嘛。"

夸完才猛然觉出不对，"等等……春夏秋冬，'思'字辈……所以你其实……应该叫……叫……"

小奶娃把空盘往脚下一撇，当即瘪着嘴泫然欲泣。为了维系来之不易的忘年手帕交，我硬是把"思春"两个字咽下肚去，憋笑憋得肝肠寸断。难为他，好好的唇红齿白少年郎，叫什么不好，偏叫个思春。这样让人难以启齿，已经明显超出什么雅俗之论的范围，难怪他死活不能接受。

彻夜促膝闲扯间，我终于弄清楚连鱼叉都捏不稳的小春空，何以够胆孤身闯龙潭。

话说夜叉族崇武，军功才是衡量族人在族中地位的唯一标准。没有战绩，就没有赢得尊重的资本，更别提话语权。夜叉四皇子乃春空的皇叔，可见这孩子出身不低，大小也是王族宗室子弟，论资排辈也好，尊重旧俗也罢，轮到头上的排行就是板上钉钉，改名更是万万不能。若哪个小字辈都敢随心所欲地自己更名改姓，岂不乱了辈分纲常？

于是苦命的春空求告无门，绞尽脑汁才琢磨出个不是办法的办法：偷溜进此番偷袭东鄰城的前锋营，到真正的战场历练历练，试图蒙混个看得过去的军功扛回家。说不定在族谱上改名的事还有商榷余地。

一席话听罢，我唯有咂着嘴唏嘘不已：“少年，就为区区一个称呼，你也是太拼了。”

“原本小孩子家叫个什么都无所谓，贱名儿好养活嘛。可我很快就会长大啊，再过八百岁就成年了，难道等以后遇见心仪的姑娘，我要站在她面前说‘大丈夫行不更名坐不改姓，思春是也'？”

他边说边咬牙握拳：“为了终生幸福，必须豁得出去。”

那画面太美我不敢想，默默抱着腿打了个哆嗦，“诚然你的顾虑，也不是没有几分道理……”

这厮打着饱嗝，夸张长叹一声：“所谓风萧萧兮易水寒，少小离家老大还……”

春空一转文，我就脑袋疼。好容易把他哄睡下，片刻也等不下去，立即去寻流泉宫。

如果迷路能当饭果腹，世上哪里还需要蘑菇。

原本熟记于心的几条通途，走着走着就迷茫到神仙也犯愁。

伫立在面前的巍峨殿宇，和记忆中的流泉宫位置一般无二，规格却又大了数倍不止，重檐叠翠，飞阁流丹。此情此景，令人如坠迷雾。我几欲破壁而去，又见匾额上书三个龙飞凤舞的大字，细辨之下，题的是“绾云宫”。

虽不是要找的流泉宫，来都来了，哪有过门不入的道理。

缓步拾级而上，推开虚掩殿门的刹那，已被眼前场景震惊得无法言语。大片闪烁的流萤汇聚成一片光影的潮水，争先恐后朝外涌去，差点把我掀个跟头。

我手忙脚乱赶紧将殿门闭合，宁静的漆黑重新蔓延开来。

殿中全无半点灯火，剩余的流萤蹁跹四散，洒下一片淡绿的幽焰，点染得四下清光斑斓。内中格局与海底流泉宫肖似，借着穹顶镶嵌的夜明珠微弱光辉，依稀可辨，内中端的是空空如也。藻井画壁色泽凝艳欲滴，仿佛昨日刚刚点画而成。帷幔轻纱悬空飘垂，不见一几一案，一应摆设俱无。高台玉阶的尽头，当然也没有另一面溯世镜。

当下甚觉失落，茫然不知该往何处去。这地方又大又空寂，静得人心慌意乱，光线暗淡得近乎不能视，但冥冥中似有一股力量，牢牢缠绕住双脚，被不由自主拉扯着前行。

我从没来过这里，却又对每一条本该陌生的甬道了如指掌：哪里有立柱、哪里设隔屏、何处转角窗扉净、何处雕阑悬宫铃。

最后停在殿宇尽头紧闭的朱漆对门前。

从悬梁直开落地的两列长窗被海上疾风吹开，海风清澈微咸，如同湿润的眼泪漫卷。空气中都弥漫着一股浓稠得化不开的哀戚，被这莫名的伤感牢牢抓住，连手脚都变得冰冷。

如果没有做好承受一切真相的准备，就不要轻易打开掩藏秘密的匣子。

满室大红帷帐如怒潮翻卷，心头狂澜亦相去无几。

门后是个奢华无比却显然荒废已久的喜堂。

一切都维持着它当年的模样，断裂成两截的古琴横陈案上，一弦一柱，诉说着无从探寻的变故和慌张。烧了半截的龙凤喜烛，红泪淋漓，似凝固千年的血，凄怆而触目惊心。

牙床前的纱屏倒地，斜搭在覆满尘埃的脚榻上。雕花喜床四周挂满无数影影绰绰的红纱，约莫见其后锦衾横陈，一片凌乱。我咬着唇，孤零零站在地心，如被困在茫茫孤岛浮屿，迟迟不敢上前去将那濡湿的纱帷束起。

龙君从不让人靠近的海上禁地——东海镜城最深处的秘密——就是这看起来兵荒马乱的喜堂。原来他是娶过亲的，却不知出于何种原因，整个龙宫上下都守口如瓶，连太玄也从不敢提及半字。他娶的究竟是谁？东海龙主正经迎娶的君后，何以在《八荒志》里全无丁点记述。只有一个原因，那是个不容于诸天的堕仙。

章峨山上，他曾望着我的额头若有所思说：“我见过这么大的堕仙印。”

海上风云瞬息万变，疾风过后必有骤雨滂沱。半空中忽炸起一声闷雷，冷意四起。

我仓皇后退，急欲避开这一室触目惊心的殷红，逃出海底龙宫时，身后追兵杂沓，也没这么恐惧过。慌不择路间，脚下冷不丁踩中一只歪倒在地的鼓凳。惊惶之下，徒然地伸出手去欲寻个攀扶之物，却只拽住半幅在半空中摆荡飘拂的纱帘。可那腐朽的帘幔并不牢固，竟被撕扯得整片断裂脱落，兜天罩地飘下来，层层缠绕了我满身。

这一滑摔得极不凑巧，额角恰磕在香案的翘头边，一阵猛烈的晕眩袭来，万般心事萦怀，终归于沉寂。

第三十五章

一劫一缘

耳畔尽是冷雨喧哗，梦里梦外都避不开这恼人的混沌。

风雨交织成一块绵密的银丝绫罗，湮灭尘光。漆黑的混沌忽被撕开一线破口，亮烈浓酽的红色涌入，仿佛蔓延的火焰，将那冥黑渐渐绞碎吞噬。

由暗到明，寒暖交织。

明珠与鱼膏长明灯交相辉映的微芒遍地流淌，鱼味晕染的灯影里，身着瑰锦霞帔的身形端坐在牙床正中。女子窈窕纤纤，面容全遮在朱红喜帕之下，半丝端倪不显，完全看不分明。唯有那珠冠上钗环轻微碰撞的响动，流露几许她的慌乱和紧张。

雨声忽远忽近，女子的思绪也从模糊转为清晰。

我没见过她，但我熟悉她。这微妙的感应，大抵源自涂山狐族一脉相承的通灵心术。她是涂山灵狐。

风摇光影在她唇边晃动，仿如微笑。她在盖头下，反反复复练习着将要在花烛之夜绽放给良人的第一个笑容。

“出阁前，族里所有雌狐长辈都私下里传授给我各式各样的小诀窍，关于一只狐狸该如何运用天赋来吸引夫君的关注，获得怜爱，真是耳目缭乱到令人全无主张……唯一记住的，是教习姑姑最后嘱咐的那句话。她说在掀起盖头的那一刻，你可以什么都不说，但记得一定要对他微笑。用你不加修饰的第一个眼神，告诉他，你是怀着怎样白首同心的深情来做他的妻子。不管他以后始终待你如初还是恩宠渐稀，都会长长久久记得这个笑容。临渊，怎样的笑，你会最喜欢呢？”

我不知道她等了多久，那姿势一动不动，仿佛已化为石像，可以就这么伴着窗外风疏雨骤，直坐到地老天荒里去。

而她的良人迟迟未归。

龙凤红烛燃尽了一根又一根，窗外天色已有七轮日月轮替。唯有那清灰的雨幕吞没了整座海上宫城，片刻不曾止歇。

每经过一个昼夜，都会有侍婢担忧地在门外相劝。但她的回答从未改变，只有一个安安静静的“等”字。

在第七百七十九根红烛燃过一半时，期盼已久的熟悉脚步，终于在门后长廊响起。缓慢而均匀，透着无从揣摩的肃杀冷意。

一双藕丝步云履出现在牙床前，相距不过数步之遥。

接下来挑起喜帕的，不是盼望中那双白皙修长的手，而是一柄凛冽青锋。

三尺长剑毫无预兆地探入她眼底，把还来不及绽放就仓促凋谢的笑靥凝固在唇边。

森寒的白刃轻挽一朵剑花，就将她面前的喜帕绞割得支离破碎。喜堂下起漫天红色的雪，纷纷扬扬如絮。

……

瘦得不成样子的一双手抠在门后，时而徒劳拉扯，时而不停拍打，用力得骨节苍白，却无法将紧闭的厚重门扇撼动分毫。

“小叔叔……你放我出去好不好？求求你……放我离开这儿……等他回来就来不及了！连你也不肯相信我，是不是？……小叔叔我求你，只有你能帮我……”

……

太多的红色，涨满眼帘，是种几近于盲的单调。刺目的白光从被昨夜狂风撞开的窗棂洒落满地，茫然似虚幻薄霜。荒凉被新的荒凉所替代。

我虚弱地拨开缠绕满身的红纱，便望见春空满脸焦灼，正使劲摇晃我的肩膀。好不容易调匀的一点真元都快被他颠得岔了气，四肢百骸像被碾过般酸痛不已。

“春空？你在干什么……”

“姐姐你终于醒了，担心死我了！我半夜发现你不在，就知道你肯定偷偷跑来这儿……我找了好久，发现你摔晕在地上，好像还魇住了，怎么叫都叫不醒，又一直哭个不停，好吓人……”

“哭？……谁哭了？……”

伸手一抹，果真双颊湿透，满是泪渍。思及昏迷中所见所闻的一幕幕，胸口像被猛地塞进一块寒冰，只想赶紧离开这处处透着奇诡而不祥的喜堂。

“姐姐找错了，这不是流泉宫……我们走吧。”

绾云宫内的一切，让我已经有足够的理由确定，龙君就是那个被整个涂山氏恨之入骨的姐夫。我觉得难过，却分不清是为云门，还是为自己。他们之间究竟发生了什么？云门帝姬的仙陨，真像族人们说的那样，全是被负心薄幸的龙君所害吗？他究竟……对云门做了什么？

很快我就再没精力纠结这些。被困在空旷如死城的镜宫，最初那点劫后余生的庆幸，被更深的忧虑与不安取代。

镜宫伫立海面之上，是座陆城，没有无孔不入的海水。之前总暗暗抱怨老浸在咸涩海水里，皮都要泡皱了，乍一离了水，简直身轻骨健，行动都自如了不知多少，也不必每日辛苦地游来游去。但春空是海夜叉，离开海水太久，只会令这根基尚不稳固的孩子越来越虚弱。他眼下之所以还能活蹦乱跳，完全是靠我用内丹那点修为在勉力强撑，再加上海面蒸腾不散的水泽之气养护着。

我肩头被凌波利爪抓破的四道伤口迟迟难以愈合，且有日渐恶化的趋势，流出的鲜血颜色不断加深。失了兜云锦的包裹，腰后那处雷火擦伤，状况也不容乐观。不能用吐纳日月精华的修行之法来疗伤，镜城半空有龙君密布的结界，一旦施法硬抗，触动了气机，就会把藏身之处暴露。想起兜云锦，就不得不想起他。不知他胳膊上那几道极深的天雷伤，是否痊愈。

我心里清楚，经过半个月的消耗，这副内忧外患的身骨早就不堪重负，已是强弩之末，恐怕再也支持不了多久。

这些天，除了夜以继日地四处挖珍珠蘑菇喂饱春空，就是蹲坐崖边望着脚下万顷碧波，愁眉不展。镜城上不接天，下不触地，是一座困在海中央的孤城，某种意义上来说，同囚笼并没什么分别。当初情势所迫，不得不藏身于此，不料却陷入了新的困境。这么一想，又焦躁又泄气，不知怎么办才好。

我从来不是一只聪明的狐狸，不像其他千伶百俐的同类那样，逢山开道遇水搭桥，什么危险都能靠机智来化解。如果哥哥被困此地，他又会怎么做？如果是云门姐姐……念头刚冒出，浑身都禁不住泛起一阵寒战。那梦魇中惨烈的哭求仍盘桓在耳边，挥之不去。

掏出怀中收藏的紫螺耳坠，犹豫了许久，迟迟未敢戴往耳垂。虽然我很想听听他说话的声音。这么多天过去了，搜捕无果，龙君该怎么给东海水族一个交代呢。可我更怕一旦戴上耳坠，他就会听见我这边的动静。海潮拍打在岩石上的碎浪声，鸥鸟低回的鸣叫，很容易就能判断出，我此刻身处之境，仍旧是在茫茫东海上，并未远离东鄰城。

眼看镜城的蘑菇都快被挖得山穷水尽，终于被我找出一条可行之路。

时值夏初，每隔三天，月色最浩瀚的午夜，看似平静的海面都会出现一大片快速移动的黑影，随着潮汐溯流的方向游去，极有规律。起初我以为是巡海的蜃龙在穿梭来去，仔细观察才发现，那是鱼群在洄游。

鱼群最密集的地方，透出点点幽蓝的光斑。如果没猜错，应该是砂光鱼。

课书里曾记载：砂光鱼[1]，又称天浪鱼。这种鱼儿身骨娇嫩，既不能承受炎夏盛暑，也不堪忍耐寒冬严酷。于是每年盛夏将至前，都会大波朝北迁徙，寻找气候更凉爽适宜的滩涂产卵。严冬来临前，再千里迢迢游回南地。

现在看来，朝北这场迁徙，东海是它们绕不开的必经之途。而一旦穿越东鄰城，很快就能抵达北方，靠近北溟夜叉族世代繁衍生息的阆星城。

那些天浪鱼，就是春空离开东海镜城唯一的指望。

世间万物的宿命皆有天道可循，再高深的道行也不可擅加干涉。于是只有在鱼群洄游繁衍的时候，龙君布下的镜城结界才形同虚设，不能阻挡这些孱弱的水族分毫。

[1] 砂光鱼：引用自“沙光鱼”，学名矛尾复虾虎鱼，畏寒畏暑，是一年生暖温性近海底层鱼类，靠洄游迁徙产卵的习性来保证族群繁衍。

机会转瞬即逝，虽冒险了些，为今之计，只得死马当成活马医。

跟苦命的小奶娃好生分析利害，又反复交代了再交代，他终于勉强同意先一步潜海逃生。

“姐姐为什么不跟我一起走？困在这地方，每晚都做噩梦，你已经好几天没敢合眼睡一会儿了。”

“一起走太过扎眼，容易被发觉。砂光鱼胆子小，万一半途嚷嚷起来岂不前功尽弃？这是逃命啊又不是游山玩水，还非得拉个伴儿不成。”

“可是我知道……城里的蘑菇已经全部都被我吃光了……”

“姐姐是千年狐仙，不吃东西也不会饿。放心吧，砂光鱼三天后还有一波，姐姐会跟着那群鱼游出东鄰城。”

见他满脸狐疑，又多补一句：“没了你这小累赘碍手碍脚添麻烦，不知跑得多顺风顺水。”

春空瘪着嘴，眼里瞬间蓄满一泡泪。我心头一酸，硬起心肠不去看他。离愁别绪，总是令人怆然。

待弦月当空，浪静风平，黯蓝光斑又点点绕着浮屿漂移。抬手扬臂，将化成一尾小小砂光鱼的春空远远投进海里，瞬间跟成千上万的鱼群汇合在一处，再也认不分明。

正怅惘若失，见脚下一点蓝光又沉沉浮浮逆流回来，臭小子信心满满：“幼棠姐姐，我们一定还会再见面的。”

看他再次混进砂光鱼群里渐游渐远，比游鱼更灵敏的身形穿梭其中，很快就彻底失去踪影。不是不想护着春空一起走，只不过，助只有两百岁的小夜叉变化成砂光鱼，已经彻彻底底耗尽了我最后一点法力。

眼皮越来越沉，连站稳都变得异常艰难，一个踉跄直摔在岩壁下，再也爬不起来。黯蓝的潮水不断涨落，朝身下层层浸润，就快要彻底漫过肩头，又湿又凉。

莫论醒时如何穷崖绝地，梦中总有万水千山。

一缕幽思穿越荒原，路过星辰，再恢复意识时，却见肉身仍困囿在方寸之境。

那床榻全然陌生，绣满缠枝珊瑚暗纹的帐子空空杳杳，随风飘荡如烟。

大开的窗下，一个背影正端立案前，蘸着月光，执笔写着什么。

我探身出来，裸足踏上薄玉砖，凉彻心扉。踮着脚尖轻轻朝窗前走去，却见他笔下落定的，是四个没头没尾的大字。一手篆书饱满遒劲，俊逸风流，书道：一劫一缘。

一劫一缘皆前定。

天命难逆，他是姐夫。

龙君面上挂住温煦笑容，被清润月光映着，肌肤如牙瓷一般，而黑发似锦，眉目中光彩流动，飞扬挑达的神态，便是闭着眼也能认出。

他搁了笔回过身来，曼声低回："是我。"

"小夜叉已经走了。"

"我知道。他跟着砂光鱼群，一路朝北游了四天五夜，此刻想必已经平安回到阗星城。我不是来找他，是来找你的。"

本以为瞒天过海，原来这点小伎俩，早就被他了然于心。脸上一红，忙调整了下，讪讪笑道："你不生气吗？"

"怎么不气？"下一刻，整个人忽腾空而起，被他打横抱了起来，二话不说丢回床榻。

"头也不回就敢跑得全无踪影，现高热刚退，又这么光着脚下地乱走，我真是……早晚被你气死。"

竟半字未提我"私藏敌俘"又"毒害西君勾结外族偷袭龙宫"的事。在涂山时，老哥被满身桃花运缠粘得不胜其烦，总是冷口冷心地轻嘲道：念念不忘，没啥回响才是正常的。眼下这个状况，必然极其地不正常。十有八九，还是看在他早逝的先夫人——我那薄命姐姐的分上。

比穷得叮咣乱响更惨的，是穷得叮咣乱响还身负巨债，被债主穷追不舍。

"如果被你的大祭司抓住，扣在龙宫，大垂就彻底没人救了……"

但最初的惴惴不安过后，却是无处掩藏的欢喜。既见君子，云胡不喜？

他沉吟片刻，眼睫轻颤，满室的寂静无端惹人慌张："你想从海夜叉手里救出涂青岚吗？"

“这还用问？大垂是因替我看守了离火宫，才会被偷袭的夜叉抓走，身为涂山的狐狸，怎能见同族有难而置之不理。”

“那么……”

临渊君其人，嬉笑怒骂皆舌灿莲花，威胁起人来更是出口成章，连七步都不用走。我从未见过他如此吞吐，欲言又止的模样。

“那么，我如今又救了你一次，你有没有想过，对我换个称呼？”

俗话说长兄如父，长嫂如母，哥哥将来若娶了亲，嫂嫂就等于是我半个高堂。那反过来，姐姐的夫君……我脱口而出：“干爹？”

他神色一僵，委顿地伸手扶了扶额头：“幼棠……”

我一哆嗦，往后又挪了两寸，这也太亲热了点：“你要干什么？”

静静等了半晌，他终于下定决心般续道：“要想救他，就嫁给我。”

第三十六章

鸳俦之盟

五雷轰顶海水倒灌，也没这句石破天惊的鬼话更让我惊撼：“为……为什么？这两件事……有……有什么关系吗？”

龙君坐在床沿，双臂张开来，撑住我身后床栏。我的左右都被那咫尺间的怀抱拢得严实。

“当然有关系。你不能回涂山求援，芜君那边，暂时还不宜知晓此事。涂青岚是在东海丢的，狐族和龙族本就有嫌隙在前。眼下所有人都以为你俩勾结夜叉才导致龙宫被偷袭，若不能由我发兵讨伐北溟夜叉，将涂青岚救回交还给涂山，则一切都无法水落石出。误会永远也解释不清，很快就会被有心之人煽动成两族的大战。”

他边说边趋身近前，海水般清冽的气息重又迫在鼻端，风雨不透：“幼棠，难道这是你想看到的结果？”

我偏过头去，望着窗下被风吹得哗啦翻动的纸页，竭力往后靠一点，艰难地一寸寸挪：“所以，你这算是……在求亲？”

他郑重点头：“对。”

脑门又昏沉沉热起来，我有点发蒙。水族的求亲方式，真是别开生面，能直接把人呛晕。

然而他毕竟是在求亲。前几天还以为再也相见无期，过不了多久居然面对面商讨是否共结连理。

我心中的那头小鹿蹦来蹦去，以为是生气的缘故，可生气只会憋得胸口生疼，并不会有这种复杂难言的况味。从未这么无畏，从没如此胆怯，如此真实，却又如此虚幻，如此痛惜，又漾满难言的柔情。

原来爱上一个人，会有这般强烈到水深火热的难过和喜悦。这是否就是话本里写的“相近情怯，悲欣交集”？不管他有多矫情，多小气，多霸道，这就是生平第一个认真说要娶我为妻的人。突然分别的日子里，思念有多清晰，都丝丝镌刻在眉间心底。

在他说出“嫁给我”的那一刻，我几乎以为上天被我的意志打动。已经不必找借口否认，我爱他，并且，愿意嫁给他。可……不能是因为这种原因。

调匀了数次呼吸，才艰难地吐字道：“我不答应。”

话一出口，当即被深深的失望湮没。

龙君微怔，唇角滑过几许模棱两可的失落。

我下定决心，鼓起勇气仰头对上他的脸。那容颜俊美无俦，分明轮廓沉浸在月华的阴影里，瞳眸深处翻起暗潮如涌。他大概还不太习惯被拒绝。

“你不是说过，绝不会为了一个女人而动用军队吗。即使多出类拔萃的女人，也不值得这么做。我并不是什么出类拔萃的名门贵女，只是芫君捡来的单尾野狐狸，涂九歌名义上的妹妹，当然也就不是正经涂山帝姬。我……高攀不起。”

“可若这个女人是我的夫人，她就值得。不管她来自哪里，只要我认定并明媒正娶留在身边，她就是天地载册的东海君后。”

够了。

捂住耳，闭上眼，瑟缩到床角的尽头。他眼中坚定的光芒化为利矢，猝不及防刺痛我，肺腑被扎出千疮百孔，空荡荡透着风。

他要娶我，只是为了发兵北溟能更加师出有名，心心念念记挂的，也只是龙狐两族的关系是继续水火不容，还是迎来新的转机。上神的世界我不懂，也理解不来。若锦澜能有锦芙一半争气，他恐怕就会毫不犹豫答应联姻玉琼川。靠婚姻嫁娶来巩固势力，本就是这些远古神裔用以抗衡天地最司空见惯的手段。

走神的刹那，蓦地想起喜堂那张残琴。一弦一柱的思念，终于落完最后一个音阶。

"你凭什么会觉得，我为了大垂就一定肯答应？从夜叉手里救回族人，是我的责任，不管多难多危险，都没有理由逃避。但终身大事，在你眼里，就只是场用来赌一赌两族能否冰释前嫌的交易吗？当你赢了以后，我又算什么？"

"我输了。"

这人，一举一动永远出乎意料，这下换作我张口结舌，不知该何以为继。高傲如他，居然落落坦然地开口认输。如果没记错，在口舌之争上，这是我头一回超常发挥力压龙君，堪称开天辟地。

他自嘲地牵出个苦笑："我……我是怕你不肯答应，才会糊涂到用涂青岚来做借口。没想到反而弄巧成拙，让你这么生气。真是昏了头。"

"我没有生气……只是伤心。真奇怪，到了此时此刻，我难过的，并不是你把和我成亲当作出战的借口，而是……是……我竟然蠢到对前车之鉴视而不见，喜欢上你这么一个满脑子都是政治联姻的人。"

"你说什么？！……"龙君突然异常激动，我以为他终于被挫败感激怒，倒吓得一个哆嗦。

定了定神，终于鼓起勇气，坦然望向他的眼睛："我刚才说的这些，可能在你们水族眼里，是寡廉鲜耻家风不正。可是在东鄰城外，大垂跟我说过一句话。他说，连自己真实心意都不敢面对的人，就不配得到最好的相对。所以我并不觉得，承认对你的喜欢是种耻辱，尽管……这是很不该有的心事。可惜你并不，你把娶我当成交换条件，才是对我的羞辱。所以，我不能因为任何别的理由答应这桩婚事。"

"如果我说，想要娶你，只是因为喜欢你呢？幼棠，我不是在跟你谈交易，也从未想过强迫威胁你……我是在求你，嫁给我。"

他很少，不，是从来没有这么温柔地唤我的名字，这么低声下气地说话。

"你喜欢我什么呢？我那么笨，来历不明，修为糟糕，连尾巴都只有一条。"

"我喜欢你乐观执着，连着烤煳了七百九十六朵蘑菇，居然从没怀疑过自己的厨艺，还能在我找到你之前，靠吃那个活下来。”

我抿着嘴哭笑不得。这才是他。

龙吉公主曾预言，将来帮我承过第一轮千年劫的人，就是我未来的天命夫君。我笑着反问她，如果最终战胜千年劫的，是我自己呢？那是否意味着，我命中的夫君将永不出现。而她对我说，没有永不改变的命运。连星辰的轨道都能逆转，世间又有什么能恒常如一？所谓命运，就藏在人的言行之中。你所做的每一个决定，说的每一句话，都有可能形成新的未来，改变既定的宿命。

龙君伸出手，小心翼翼撩开我鬓边碎发，观察我的脸色：“好不好？”

这才发现，他的声线不同于以往清亮，似是熬了多日未曾歇息。低哑的尾音勾出几许缠绵意味，如水波层层荡漾。

“答应我，好不好？”

他方才说春空游了四天五夜，才刚刚抵达阒星城。那么我起码已经昏迷了四个晨昏。原来龙君早就已经找到我，却一直藏在不知何处，默默看顾守护。这些日子，连我一共祸害了多少蘑菇都数得一清二楚。直到春空远走，才现身相救。而且，他并未再对那孩子出手刁难，佯作不知，放了敌俘一条生路。

“东海龙君若娶了只山林走兽，大婚之日，是否要双双悬于东鄰城外十丈高台，参拜四海？”

若不是城外激战，他放出将海夜叉统统扒皮制成海疆图祭旗的狠话，也不会让我误打误撞救下小春空，更哪来今日这番因果。此话一出，我俩都忍不住相视笑起来。

他俯身再近前几分，将额头抵住我的，却不慎压着那处曾在喜堂磕出的伤口，当下痛得我嘤咛一声。

见他指叩法印，捏起咒诀，掌心腾起一轮清光，再将那光晕贴覆在伤处，顷刻便复原如初。

“还有哪里受伤？”

我松一口气，忙摇摇头表示没有了，他却不肯就信。

“这里呢？……”耳珠旁掠过温热，耳垂已被一阵湿润包裹，酥痒瞬间漫过四肢百骸。

柔软的薄唇继续辗转，又似雨丝拂落在颊边：“这里有没有？”

未及回应，便突然用力扳过我的脸，用舌尖撬开齿关：“我要检查一下。”

这番“检查”，里里外外仔仔细细，彻底不留余地。

唇齿相覆，掌指交缠，肌肤熨帖，连指尖血脉都扑扑狂跳。我偷偷将眸子睁开一道缝瞧去，却发现他也正不转睛地望着我。他白皙的面庞泛出桃花色泽，眼波似能滴出水来。黑暗中，一龙一狐，就这么执拗地望着对方，谁也不肯服输地先闭上眼睛。我是难抑紧张和好奇，他是不是因为天生就不懂得什么叫害臊，完全不得而知。此情此景，和话本子里描述的风月沉醉相差无几，却又有那么点儿不一样。看来书这东西，还是不能尽信。

多亏即翼泽一番启蒙，这次我总算知道，空出来的胳膊该摆放在哪里。

然而“不懂害臊”并不是此刻面临的最大问题。他的得寸进尺越发没完没了，很快就不满足于方寸间的攻城略地，开始沿着耳际滑落至颈项，一点点厮磨下去。那齿痕细密熨帖，混着呼吸的灼热，烫得人浑身如浮在云絮，轻飘飘使不上半分力气。

一啄一饮，一劫一缘。

喘息的间隙，徒劳地抵住他胸口往外推，说不要。

“我……我还没答应马上嫁给你。”

“没关系，明儿再答应也是一样。”

他急切而坚定，势如燎原，分寸不让。拉扯间，腰后垫的绣墩不知怎么被丢下了地，远得够都够不着。整个背脊失去了所有依托，被压得仰倒在衾褥间。一上一下，相贴太紧，交叠的姿势无比暧昧，连彼此心跳都清晰可闻。一声接一声，都是情潮如沸。

龙君这是要干什么……这么快就等不及把尚未落定的夫妻之名坐实吗。虽然狐族行事一向洒脱不羁，并不似凡间男女，有那么多繁文缛节的礼数需得遵守。便是还未成大礼的鸳侣，情到浓时共赴巫山也没甚大不了。但现下离他出言求娶，前后都不过一刻钟，他就这样……不明不白，不清不楚，究竟当我是个什么。心头突然泛起一阵浓浓委屈，怎么都化不开。

所有的不确定，蔓延若决堤，我这才真正慌了起来。

左右争不过，忽悟到什么，忙把下半身化成龙尾，不料又被他用同样的变化压制住。浅金银白两段龙尾绕在一处，鳞片摩擦的沙沙声如珠玉相击，每动一动都绞缠得更紧。这下简直不知如何是好，忙乱中手臂挥动，拽扯住纱帐，忽将床架旁悬系的珊瑚钩子撞得哐啷乱响。

那珊瑚钩的响动听在耳里，不啻惊魂铃。声声遥远而空茫，却在脑中劈开一道雪亮的豁口，巨大的恐惧和悲伤猛地钻涌而出，每一根寒毛都凝结成冰。

我不明白自己究竟为何那么惧怕这声响，尖叫着抽泣得上气不接下气，无论如何自控也停不下来。

龙君从我身前松散的领口间抬起头来，意乱情迷中醒过神，也显出少见的愕然和无措，耳郭边沿泛起的潮红瞬间褪去。

他将我不停拍打的双手齐腕扣住，控在头顶，身子却迅速弹开两尺，离得稍远，再不敢近前。一边躲避踢蹬，一边迭声轻哄："是我不好，一时忘情，吓着你了……幼棠别怕，我不是存心……我……"

从来只见他巧舌如簧，谈笑间轻易就能把人挤对得灰飞烟灭，几时这等耐住性子温存软语。百般地解释道歉，急得脸都发白，我竟觉得有点于心不忍。

本就虚弱，哭闹得累了，再度昏睡过去。不知过了多久，天边钩弦都沉落云霭。侧身面朝西窗斜躺着，略低头扫了一眼，身上被揉皱松解得不成样子的衫裙，已经重新变齐整，每一根系带都绾成结，仔细打理过。他也侧躺着，从身后揽过来，双臂环绕腰肢，下巴抵住我头顶，是完全包裹占据的姿势。

龙君的怀抱仍旧炽热，呼吸却平缓，连一根手指也不再乱动。就这么安静地一言不发，心跳在同一个位置。是自己这些天太过紧张，发生了太多事，难免一惊一乍，想必也把他折腾得够呛。这么想想，当即原谅了方才的莽撞，任由他抱着。

寐语浸夜，月漫花窗。宫城下的潮汐温柔涨落，水声轻拍岸。晃碎的波光映得满室潋滟澄澄，似一个遥远而不真切的梦境。

轻吁一气，马上被身后人察觉。

“在想什么？”

“想春空。也不知道这孩子现在怎么样了……回了家，和族人在一起，再也不必流落在外受人欺负，他肯定很高兴。”

“你若是喜欢孩子，我们自己可以生。”

脸颊又烧起来。好不容易风平浪静，这话头怎么也得支开去。

“那……我睡着的时候，你在想什么？”

他用下巴蹭了蹭我脑后的头发，语气平实：“忍得难受，在念静心咒。”

诚实是美德这句金玉良言，在他身上怎么就半分都体现不出来。毫无遮掩的坦白，只会让我在黑暗中更加面红耳赤。

长久以来无处释放的困惑，鬼使神差般冒了出来。这个口口声声要当我夫君的人，曾经娶过我的姐姐，这是不会改变的事实。

“你要和我成亲，真的只是因为喜欢我吗？我……不是你的第二只海螺杯子。”

第三十七章

替罪

龙君闻言，胳膊僵了僵，又再度拥紧。

“你在说什么？什么海螺杯子？”

“在海亭的时候，那只老海龟你还记得吗？他说，如果打碎了一只极心爱的海螺杯子，总要再寻个差不多的来慰怀。我去过绾云宫了。临渊……你是姐夫对不对？当年和云门成亲的，是你吗？”

不长不短的寂静，坠得我心沉如铁。他沉默越久，我越不敢揣测接下来的答案。既希望他承认，也盼着他否定。这样矛盾而难以取舍的心情，生平前所未有。

可他既没承认，也没否定。背后飘来冷静话音，带着几分难掩的苦涩：“原来你一直是这么想的。都是我的错，不该把你再带回东海。”

脑海中骤然静默，无缘无故闪过幕幕梦魇的残片，魔障一样的喁喁泣诉纷至沓来，挥之不去。

“就算我没见过那喜堂，难道发生过的事就可以一笔抹去，当作从未存在吗？你不知道自从云门姐姐被诛仙以后，这些年，整个涂山国被封在天罗印里是怎么过的？阿娘再也没有醒来，再没看过父君和哥哥哪怕一眼。你什么都不知道，居然……”

居然还敢再度翻身压下，把那些未出口的诘问全部严严实实堵在唇间。

和前番激烈的求索迥然不同，他的亲吻，充满了小心翼翼的温存和克制。我浮萍一样的心事无处可依，揪紧他的衣襟，眼角溢出泪痕，在月光下化成小颗透明珠子，从软枕旁滑下，滴滴答答滚落了满地。杂乱地，没有章法。此时此刻，对自己困惑感到无能为力，说不清为谁悲哀。那条传说中的孽龙就是他。害死云门以致阿娘长眠不醒的就是他。挑起了两族之间仇视对立，使那裂痕再也无法弥合的，就是他。然而怎么办呢，我还是爱他。

“姐姐当年和你……究竟发生了什么？她怎么会死得那么惨？你是因为忘不了她，才……”

他将脸埋进我颈窝深处，我看不见他的表情，但能感觉到那种深刻的无助和痛苦。

“幼棠，我从没把你当成谁的影子。刚才那样对你……只是不知道——该用什么方式才能把你留下，不再从我身边离开。”

肌肤那点湿润的温热，是他不肯示人的泪迹吗？我轻轻拍抚他颤抖的背脊，禁不住心软：“你不是已经找来了吗……当时流泉宫里众口一词，我挟持锦芙跑掉，也是迫不得已……”

他固执地重复：“是始终留下，而不是找回来。重回固然已很难得，但也意味着之前必须经历分别。我再也……再也不允许当年那样的事再发生一次。”

我等着他继续说下去，那样的事究竟是怎么回事。但他没有再解释，却突然抓过我的手，从领口深入，往襟怀内探去。

我一时惊得目瞪口呆，忘了挣扎。直到指尖触到又凉又硬的一块圆印，滑滑的，似乎很厚，边沿分明。

“这……是什么？”

“你看看不就知道了。”

我哆哆嗦嗦掀开他的领口，肩胛的轮廓优美矫健，锁骨往下，温雅白皙的胸膛前，赫然嵌着一枚银色鳞片，比他的眉心轮还要大一点。那是块银白的龙鳞。

应龙的鳞甲泛白，边沿浅金，我曾不止一次在他化回原身时见过。那么眼前这枚，必然是不属于他的龙鳞，才会如此突兀怪异地硬生生嵌在肌肤里，即使化作人身也不能完全融为一体。

“昊天塔下诛仙阵，我赶到时，已经来不及了。只留下这个……”

云门的龙鳞。

于是他活活把自己胸前的金鳞拔掉，再把这枚仅存的鳞片嵌入心口，从此日夜带在身边，和血脉紧紧相连，滋养成一块终生终世的心病。

我摊开手，贴在那处说是伤口又不算伤口的地方。奇异的冷暖穿透掌心。冷的是银鳞，暖的是他肌肤的温度。心跳蓬勃有力，和窗外潮声起伏交叠。

“疼吗？”

“不会比天火剔骨更疼。”

“姐姐的死，是为了你，对不对？所以，你还是忘不了她，可她的魂魄再寻不回来了，连父君也束手无策。其实我和她一点儿也不像，涂山的长老们都说……”

“想要娶你，只因为我喜欢你，和你像谁还是不像谁，有什么关系？云门的诛仙劫，并不全像他们说的那样，大概……也和你猜测的不太一样。这个我以后再慢慢告诉你。等黄泉海之事完结，不会太久。”

他将手覆上我的，一同按在胸前：“幼棠……你信我，好不好？”

那胸前的鳞片银光晃得我眼眶酸涩，终于轻轻点头。不管他和云门曾有过怎样的往事，终究逝者已矣。既然能将她的龙鳞始终带在身边，可见也不是真如传言中那般凉薄寡性。他是爱过她的，并且娶了她。而现在，他信誓旦旦保证，眼前的求亲，和他早逝的先夫人，我那出类拔萃名动三界的姐姐，没有半点关系。

自己肋下那块原以为是斑秃的银色硬甲，和龙君胸前的鳞片何其相似，恐怕来历也不仅仅是天生那么简单。

“可是……我信不信你，或许并不重要。这桩婚事，就算我答应，父君和哥哥会是什么态度，不用我多说，你也能料到。”

“我会去想法子求得狐帝的谅解。你不用担心这些，只要告诉我，你是不是答应嫁我，愿意跟我回去？”

说到回海底宫城，我当即一个寒战。

龙君宫里那帮“生旦净末丑”，光想想都要头大如斗。肩头的鲛人利爪之伤虽已被他施法愈合，但水族对涂山狐的敌意却不会那么轻易消除。还有夜来……夜来对他的情意如此不加掩饰，他真的毫无所觉，半丝也不曾动容吗。我这么想着，于是就傻乎乎问了出来。

他将衣襟随手掩了掩，就这么半敞着怀，仰倒在枕畔，偏过头望着我笑，唇边浅浅的梨涡何其坦率而无辜。

“为夫可不可以理解成，幼棠这是在吃醋？”

我颊边顿时火辣得发烫，绞着手指头后悔不已。真是，宁愿承认一千遍自己最大的追求就是吃好吃的，也不能坦白这种比没出息还要丢脸一万倍的小心思。

“那我可以不可以理解成，你整天守着那么个一往情深的大美人，必定辛苦得很，还不知从早到晚要念上多少遍静心咒！”

此话刚出，临渊笑得差点滚跌下床，我正要抬脚踹去助他一程，却被他拧身避开，翻转过来，将手肘支着脑袋，空出的另一只胳膊将我重揽入怀。

他揉着我的头发缓道：“夜来嘛，原是东海鲛族老族长的女儿。三界法度未立，兵戈迭起的那些年，她父亲曾随我四处征战，立下过不少汗马功劳。后来族长过世，临终前托我定要照顾好他唯一的女儿，这才一直将夜来留在龙宫委以重任。至于别的心思，那可是半点没有，夫人真真冤死我了。”

“花言巧语。谁知道你是不是又骗人。”

“我几时……呃，除了在积石山假装要捉你炼丹，和在秋浦村买船以及克扣月俸之外，几时还骗过你来着？”

我憋笑憋得好生辛苦：“那么多‘除了’，这话你自己听着，像话吗？别满口夫人夫人，谁是你夫人？”

“除了你还能有谁？你若不肯下嫁，我只好去修四大皆空，可惜三千婆娑世界早被鳏寡孤独们塞得满满当当，往后算少说十几万年，都没一个成佛的果位能虚席以待。”

“又胡说八道！那你告诉我，究竟什么叫‘交尾’？还蒙我说是跳舞，如果真的是，为什么我在宴席上好心替你解释了，私下里却被红袖骂得那样难听？跳舞怎么就成了厚颜无耻家风放荡？”

他当即倒抽一口气，愣怔了片许，作势开始摆弄我腰侧系好的纱结。这鲛绡缝制的衣裳也忒不结实，又薄又滑溜，三两下便松脱散开。

“你——确定，真的想要知道？”

咫尺趋近的容颜，笑意轻暖，银钩在眉。那眼眸中蓬然流转的火焰，令我猛地想起方才他用龙尾紧缠的举动，张弛有度，一松一紧，顿时恍然了几分。似乎，有那么点明白了他意所何指。

我真是，从未见过如此厚颜无耻之龙。

“不……不用现在就知道。我可以答应先定亲，但不能马上就嫁你。如果你愿意等到寻出妙方境救醒阿娘之后，那时……说不定父君欢喜之下，会同意我们的婚事……”

临渊轻叹，笑容里的一抹苦涩虽淡，却仿如隔夜残香，将尽未尽，徒惹伤怀。

“你不知道，要找到你，有多不容易。涂山被狐帝禁锢得壁垒森严，我半步也踏不进去。没人给我机会解释或弥补。每隔百年，我都会去积石山的怀其叶林，把每一朵花都试遍，却从未占卜出一个成形的梦兆。蹉跎到如今，才终于得偿所愿，又怎会等不了区区一段黄泉海的路程。”

我抚着他唇边清浅梨涡，只觉是今生见过最好的花，恰在最好的今夜此时，绽放眼前。

“如果你实在不想回海底龙宫，也可以留在这镜城。毕竟此地离水，住着会更舒服些，我可以另外挑选合适的侍婢来伺候……”

“不不不……真的不必那么麻烦。”我顿了顿，终于老老实实地说，“我不喜欢这里。”

狐族乃山林走兽，在海里待得久了，终究难以适应。若没猜错，这座海上宫阙，原是他为云门所造，也是他们曾经成亲的地方。然而我被困在镜城的每个夜晚，都无法安眠，不是诡异纷杂的梦魇，就是耳中连绵不绝的碎语。

让过去留在过去。不属于我的东西，终究不能勉强，也不该被觊觎。

他没有勉强：“也好。目前海疆局势紧张，若不能时刻将你带在身边，我也不放心。”

我自幼长在涂山，从未踏足过纷攘三界。哥哥只教过我一种看人的方法，那就是辨识他们心底的欲望，从而做出准确的预判和决策。涂山狐被传得神乎其神的通灵摄魂，其实很简单，是万变不离其宗的道理。

我以奸细的身份逃离，再次重返故地时，却被钦定成未来的东海君后。这个消息不啻平地惊雷，在整个东鄴城掀起了轩然大波。但这短暂的风波，如意料中很快平息。水族当然对此感到不满，在固有的观念里，神龙的姻亲最好缔结在同族之间，其次则是凤鸟族，乃千古以来轻易不得擅改的规矩。

但他们不能再次失去龙君，所以只能接受我。每个人会做什么，取决于想要得到什么。当现实与理想发生冲突，必然会为了心底的欲望和渴求让步。

我坐在溯世镜前，心不在焉摆弄着衣襟上的流苏，一个不小心，扯断了几根。

几乎与此同时，姜夷被夜来一记耳光扇倒在地。手劲之大，掴得姜夷在地上足足翻滚了两圈才停下，嘴角顿时冒出鲜血。想必当着满殿众目睽睽，好歹手下留了几分余地，没将利甲化出，否则姜夷就不仅仅是被打落牙齿那么简单，恐怕半张脸都要被当场撕烂。

溯世镜里清清楚楚流转而过的画面，是姜夷取走大垂帮忙摘下的海青果后，径直去了御膳房。那双往煎茶炉里投下未熟果子的纤纤玉指，指间生有薄蹼，千真万确是一双鲛人的手。那几个炉灶和器皿上都篆有戳记，乃专奉西海龙君琰融饮食所用。

一切似乎拨云见日，很快就水落石出。但镜子只能照出单薄的画面，照不出人心百转千回的曲折。

我毒害西君勾结外敌的指控被轻易洗脱，就连私藏春空这个小敌俘的不赦之罪，也被擅于言辞的鱼官粉饰为“未来君后宅心仁厚，不忍见无辜稚子丧于战场乱刀之下”。

姜夷当堂认罪，坦白她在宴席间看到西君当众轻薄夜来，于是心怀怨愤，才自作主张用未熟的海青果换掉给西君煎茶的茶果，想要给他个教训，替自家姑娘出气。至于为何将此事嫁祸给我和大垂，她的供词是，反正大垂已经被海夜叉抓走，大概凶多吉少，便说他勾结夜叉、烧了离火宫，再随敌潜逃也是死无对证。而我吗，龙族与狐族多年来早就势同水火，东海根本容不下一只狐狸在龙君身旁招摇，除一个不如除一双，正好一箭双雕永绝后患。

这腔调真耳熟。和在御铃廊被绊倒那天夜里听到的叱骂，简直异曲同工。凌波的咆哮言犹在耳：东海没有人欢迎你！

奇怪的是，向来口舌如刀的凌波，今日沉默得反常。

我盯着姜夷红肿的半边脸，她泪痕披面，目光呆滞如死灰，寡淡地说出上面那一大篇话，连语气也毫无起伏。若有判官再追问细节，她也只是机械地将证词重复一遍，翻来覆去都再不多吐出半个字。

夜来沉着脸，上前跪奏，姿态何等恭敬又大义凛然，话音充满令人揪心的遗憾：“姜夷一念之差，犯下此等大错，细究都是因臣女而起，臣女难辞其咎。虽素来疼惜姜夷，却不能因此徇私枉法。请君上下旨，将这贱婢按律处死，以儆效尤。”

她是雷厉风行、骁勇善战的鲛族翘楚，龙宫万人之上的大祭司。杀一条鱼这种事，对她而言，是动动嘴唇就能轻而易举做到的。

黄昏的最后一缕夕光扫过窗棂，向重重宫阙后隐没。海底这么深，夏日的温煦在这里彻底无迹可寻。

第三十八章

扫宫

印象中素来胆小柔弱的姜夷，似乎对自己的结局漠不关心。听到夜来说出“按律处死”时，连睫毛也没眨动一下，更没露出任何恐惧不甘的神色，没有哀求，没有辩解。当然也没有人会站出来替她说话，为她求情。

大家急于看到的是，龙君究竟能为了狐族的新欢做到什么地步，这将很大程度上决定他们以后对我的态度。

临渊面向血红的窗扉，负手沉吟，终于缓缓开口。

“龙角，庭杖三十。”

为了让我安心留下，他开始亲自动手替我“扫宫”，甚至不再顾念大祭司的面子，对她的近身侍婢降下重罪，杀鸡儆猴，以震慑那些蠢蠢欲动的反对声音。

他之所以没直接采纳夜来的进谏，大概也在顾虑，这桩貌似盖棺定论的栽赃案，背后尚有疑点重重。

姜夷或许不必死，但活罪难逃。龙角杖刑仍旧是不轻的责罚。

龙宫的杖刑分很多种，有蛇骨杖、鹿角杖、象牙杖、麟脊杖……其中最厉害的，就是龙角杖。

一声令下，两列鱼卒分别提着一只硕大木桶和一根五尺来长的刑杖入得殿内。

那棍杖通体褐红，不知是否被陈年血迹渗透染成。一端枝丫虬结，状似苍龙犄角，另一端略呈锥形，包裹着厚厚的兽皮，看起来沉重密实，得四人同抬才能搬动。

鱼卒们将包裹兽皮的棍尾朝木桶戳进去，静置不动。我探头一瞧，木桶内盛满晶莹洁白的海盐，就像有生命的冰霜般，迅速沿着棍尾攀缘而上。太玄捶了捶腰，低声告诉我，那是在等盐刺覆满刑杖，浸多久、多深，都有极仔细的讲究。他边说边摇头："落杖时，盐刺入肉如同倒钩，乃是第一重的皮肉之苦。起杖时，那盐刺就折断在肌肤内，慢慢化尽，噬咬伤口，才最令人痛不欲生。"

我一点也不想看到，用它打人将是怎样血腥的光景。

绕着木桶转了一圈，盐刺如毒藤蔓延，发出冰凌冻结时才会有的嘶嘶声响，已快要结满龙角杖的三分之一。

"君上前日不是还说起，要给幼棠新添几个使唤的婢子吗？"

龙君略感意外，侧首道："本座确实说过这话。怎么，你有了中意的人选？"

"不如就她吧。"我指指被鱼官五花大绑在刑凳上的姜夷。

此情此景，突然当众提这个，确实出人意料了些。僵立一地的众水族，都抱着静观其变的心思，并无一人搭腔。

既然打定主意要做个谜一样的君后，不管多么匪夷所思的举动，发生在我身上都算正常。经过四海盛宴上"交尾"一邀，估计大伙也早就习惯了。小叔叔太玄果然安之若素，倚着扶手喃喃："话说回来，姜夷小妮子倒生得一双巧手。东海鲛女会织绡针线者众，却没几个能及得上她。真要一顿棍杖打残了，可惜可惜……"

这梯子递得恰到好处，我心领神会，朝上首摊开手心，掌中赫然便躺着那几根拽断的流苏穗子。

"不巧裙衫上的流苏方才松脱了，我很喜欢这件衣裳，那么叫姜夷来替我缝缀吧。以后就留在上元宫当差，也算将功折罪。"

阖宫严审，临渊架子摆得十足。他淡淡扫了眼我手中的流苏，仍旧面沉似水。

"既然你不愿计较她栽赃诬陷之过，本座也不必枉做恶人。就这么办吧，望她知错则改，日后在君后身边小心服侍，行走龙庭更谨慎言行。”

姜夷恍如身在梦中，被刑官奉旨从条凳上松绑下来时，仿佛一条被抽干了水分的鱼，傻傻匍匐在地半晌，还茫然不知所措。经鱼官拽袖提点，才打起精神游近前，伸手怯怯搭在我膝上，垂首不住谢恩。

最先忍不住开腔吐刺的，还是浑身扎手的凌波。

“这会子千恩万谢，早先信口雌黄时都想什么去了？敢做不敢当，简直是鲛族之耻！姑娘方才赏的那巴掌也不冤。这不才离了龙绡宫，转头又进了上元宫。好在未来的君后宽容大度。不过亏得姜夷这一闹，倒撮合了东海同涂山族定下这门姻缘。可见老话说得好，吃亏是福。”

身为东海未来的君后，就该宽容怜下以示大度。我立即诚恳颔首：“那本宫祝你福如东海。”

太玄揣起手，幽幽搭腔：“凌波小妮儿好大福气，还不快拜谢君后。”

再看龙君，已闲闲调开了视线，装作完全听不懂的样子，唇角却弯起若隐若现一抹浅勾。

凌波被呛得一怔，求助般望向夜来，可惜夜来浑然不觉，连半分眼风也吝惜示下。她又瞅瞅那根在海盐中腌渍得结满盐晶针花的龙角杖，微微打了个寒战，终于俯身潦草下拜。

“婢子谢君后赐教。”

这就是大局已定了。

呈堂刑杖既免，龙君摆摆手挥退了众判官，携我同回内宫。夜来和凌波原地恭送，姜夷紧跟在我身侧，太玄亦步亦趋随步在最末，仍旧颤巍巍、慢腾腾。

万年老龟，中气十足，伸长脖子一声唱念，意味深长，也不知敲打给谁听。

“眼神不好啊，就不要随便树敌啦。”

上元宫是我在内城新的居所，与龙君的流泉宫仅隔一处玲珑精致的御园，唤回风苑，两处宫阙比邻而望，靠九曲流雪廊相连。

随临渊重归东海后，定亲一事只以笔墨落定在诏书里，遣使宣昭四海。在我的坚持下，不得筹备任何招摇过奢的喜庆装点，不设歌舞宴席，礼乐大典等一概免去。因还未获得父兄的原宥，甚至都没有上报天庭。况眼下大战在即，凡事皆不宜铺张。

合婚庚帖叠好了收在兜云锦内，就藏于宫室的枕下。夜阑时取出展看，落笔字字苍劲，写的是：“喜今嘉礼初成，良缘遂缔，诗咏关雎，雅歌麟趾。看此日桃花灼灼，宜室宜家，卜他年瓜瓞绵绵，尔昌尔炽。谨以白头之约，书向鸿笺，好将红叶之盟，载明鸳谱。”末尾一双落款并排而列：敖临渊，涂幼棠。

定亲操办得诸般从简，龙君一直万分过意不去。我却很是欢喜，并不觉仓促委屈。那字字句句，都是他昨宵亲手题就，读来荡气回肠。

默默背诵了一遍，将锦囊重新放回贴身处，和那双紫螺耳坠子一起，紧贴着心口。

这个日子，被我长长久久铭记于心。后来我才知道，八荒六合之所以铭记这个日子，是因为，在这月光清静如水的初夏深夜，魔君重楼挣脱了昊天塔的束缚，再度现世。

魔族蛰伏在极北之地多年的残部迅速集结，出苍溟城直奔灌愁海，与郁水之南儋耳国的蛮族叛军相接，将云梦泽外城近万守军杀得片甲不留。直到很多年过去，仍旧令三界谈之色变的“重渊之争”，就在我背诵此生与龙君唯一一张婚书的时候——开始了。

姜夷浮在屋顶上，背靠着块珊瑚织绡。一匹织完，又是一匹。不多会儿，金丝翠纱屏上就挂满了数不清的如雾轻纱，随着水流飘拂，将寝殿渲染得影影绰绰。织绡如弄曲，都是心事的映现，那纱染满了忧伤的味道。她躲在屋顶老半天，大约是觉得愧疚，越发不敢在我面前露面。

我实在看得堵心，招手把她唤下来。姜夷微弱地应一声，踟蹰着游到跟前。她脸上还覆了半幅轻纱，可鲛绡毕竟太纤薄，溃破的嘴角和颊边红肿掌印，仍清清楚楚透出来。

她垂着眼，咕噜吐出一串泡泡：“涂姑娘……啊不……君后，有什么吩咐？可是要掌上灯烛？奴婢这就去办。”

上元宫的夜明珠比别处多出一倍不止，颗颗硕大如斗，虽不及灯火亮堂，点染夜色也已足够。我摇摇头，叫住她："长明灯油珍贵，何必如此铺张？且今晚也不是什么重大日子。"

"君上早有吩咐，上元宫一应用度，但有所需，绝不吝惜。区区几盏灯油罢了，东海鲛人万千，君后实在不必为此挂怀。"

她说得十分平淡，我却第一次感到原来油尽灯枯的死亡，一直离这些美丽优柔的生灵那么近。

"姜夷，你也是鲛人，如果连自己都将手中的性命视作轻贱，又有谁会真正在乎呢？无论贪心的凡人，还是狠心的同族，都能毫无顾忌说弃便弃，想杀便杀。可我今日救下的，是当初御铃廊下宁可挨罚也绝不为虎作伥的患难之交，而不是区区几盏灯油。"

鲛人无腿，要像人那样屈膝落跪是万万不能，她把鱼尾卷曲成极艰难的弧度，才勉强屈身倒伏下地。

"君后宽宏，姜夷自知罪孽深重，已无面目相对，哪里再当得起一句患难之交……便是来日青岚公子脱困回来，知晓了这段因果，也……不会原谅奴婢……"

我抚摸衣衫上早已缝缀如初的玉色流苏，唔了一声，道："人活着，难免说几句言不由衷的话，做几件违背本心的事。撒个谎罢了，又不是触犯天条。若担心这个，大垂他也不是不明事理的人。"

她掩面啜泣，鲛人连哭声都那么动人，如歌如吟，回荡着无尽哀愁。

"起来吧。我并不想问你什么，你宁可挨上三十龙角杖，也不能轻易说出，自然有必须守口如瓶的理由，不算罪孽深重。真正罪孽深重的，是那些作了恶却不敢承担责任，以为自己的清白名声，远比同族性命更重要的人。"

姜夷惶恐地抬头，又赶紧低下，片刻也不敢与我的目光相接。

"我是白狐，你是鲛人，但我和你原没有什么不同，甚至年岁道行都还远不及你，要杀我并不难。难的是，要如何处心积虑故布疑阵，来摆脱杀人凶手的嫌疑。要让一切看起来，像是心怀不轨的异族奸细在行事时败露，那么无论什么下场，都是咎由自取。"

"我……奴婢只是区区一条笨鱼，原本弃不足惜……涂山狐何等灵慧无双，君后心细如发，福气贵重，必不会轻易被……被奸人所逞。”

她口中的“奸人”，和我心中所想的，大概是同一个。那么关于目前局势的揣测，又有了几分准头。

“令我不能姑息的，并不是那个始作俑者的针对和诬陷。累及无辜，甚至不惜搭上你的性命，所要达到的目的，绝不仅仅是一剂毒药或一把刀就能做到的事——有人想借此，继续挑起龙狐两族的争端。沦为人质的大垂也是筹码之一，所以他暂时不会有事，起码性命是无碍的。你方才不也肯定地说，‘待他来日脱困回来’嘛。”

姜夷微张着嘴，吓得背鳍都纷纷奓立：“摄……摄心术？”

我忍不住捂嘴轻笑：“说了这半天，你自始至终都不敢看我的眼睛，我又该从哪里迷摄你的心？不过话说回来，在海里泡得太久，脑子都快要进水，差点忘了要紧事。唉，对了，这次回来并没看见锦芙姐姐，女龙王哪里去了？”

“锦芙殿下原本欲带着君后的信物前往涂山，求狐帝赐聚魂灯救回老鲤皇，后来……后来又被君上竭力劝住，只嘱咐她先回玉琼川待命，毕竟国不可一日无君。等过些时日战事稍平，再筹备涂山之行。”

龙君说过，大垂被海夜叉从东海龙宫掳走一事，最好先不要被狐帝知晓，想必我逃往镜城时，他就已经想方设法说服锦芙别急着前往涂山。

刚松出口气，姜夷突然急切地拉住我一只衣袖，下了很大决心般说道：“可是，光拦住锦芙殿下，根本没有用！”

姜夷不是爱说话的人，旁人不肯吹进我耳朵里的风，按说就更不可能从她嘴里蹦出来。

我有点惊讶，难掩心中的疑问，静待下文。但她自蹦出那没头没尾的一句话后，只顾咬着唇心事重重，再也不肯吱声。

两下里都沉默。我想追问，又怕过度惊吓了她。整个白天的挨打受审，死里逃生，已够她受的了。

姜夷深深垂下头，沉吟片刻，又道：“奴婢并不是不怕死，也不是为了维护什么人宁可被当场杖毙庭前。我们这样的鲛女，除了织个绡唱个歌，一点用处都没有。就算不变成灯油，恐怕也……若真有那么一天，下场还不如被熬炼成油，起码能给故土东海带来一点光明。”

能让姜夷比畏惧死亡更甚的“那么一天”，究竟是怎样恐怖的事？她吞吐的措辞总似话里有话。一点端倪稍纵即逝，留给我去绞尽脑汁抽丝剥茧地揣摩。

顺手从纱屏上拽下条姜夷方才织就的冰丝绡来，转个圈儿挽在胳膊上，和披帛差不多，两端还余下很长很长。将其中一端缠绕手腕，运气挥出，白纱顿时化作光练，灵蛇般游弋至南墙，紧紧绞缠住一颗半嵌在彩贝画壁中的明珠上。再发力拽紧，明珠顿时从墙体脱落，被整颗挖出，裹在鲛绡内飞回掌心。

我托着那犹自折射幽幽月光的夜明珠，递给她：“你看这月光，原本无形无迹，不可触摸，未经雕琢就什么都做不了。但世上唯有鲛人能将这些光束采集在指尖，分出经纬，密密压实，最终织成水火不侵的鲛绡。一旦凝练成束，就有了坚韧不可摧的力量。”

姜夷迟疑地将夜明珠接过，合捧胸前，宝珠散发出清光将她面上纵横交错的泪迹慢慢映干。

“君后，奴婢带您去一个地方，您想知道的答案，或许都可以从那里找到根源。”

第三十九章

移星陆

在所有的话本戏文里，御花园都是宫廷女眷们闲得发慌花样百出的地方和血光之灾的高发场所。只要一个疏忽大意走了进去，十有八九要和死对头狭路相逢。

每一千场冲突里起码有两千个傻子，为了合理回避风险，我提议绕过回风苑，从垂象楼前的宫道直接出内宫。

龙宫内城按旧制，仍旧还分内外两重。外层宫殿以流泉宫为主，乃龙君升座议事处理军机政务的地方，内闱也就是寻常说的后宫，是女眷、女官、侍婢们居住之所。姜夷说，要领我去的那个地方，在麒麟堂左边，也就是整个外宫的最西边。

路程说远不远，说近却也不近。姜夷把我送她的那颗明珠放进琉璃风灯里，提着照明夜路。那琉璃灯罩透明，还镂有精细的纹路，内中漏出的光斑深浅交错，随着脚步挪移，无风也滴溜溜转动，煞是好看。

有姜夷带路，沿途指点亭阁景致来历，信手拈来两段宫闱逸闻，秉烛夜谈十分有趣。她告诉我，鲛族祖上受海主庇荫，世代皆侍奉皇家，因此逐渐形成许多极严苛细致的规矩。比如行路时，若走在长廊，切不可大摇大摆蹚步在正中间，歪歪扭扭左摇右摆更是想也别想。要向左拐的，必须靠着右侧阑干行走；要向右拐的，则需紧贴左墙。只有这样，行至拐角处时，才不会因为视线盲角而相撞，有失体统。这也是为了安全着想，若两列宫婢手中正好都捧着滚水热汤，一旦迎头撞上，后果不堪设想。

左右看了看，由东至西的一小段回廊，我不巧正走在紧靠左墙的这侧。姜夷提着灯在前方两步远近，为了迁就我的步伐，也只得游在左墙。

这发现相当令人尴尬，我赶忙止住步子，抱歉地笑笑。同时感念她的细心体贴，为了怕我难堪，并没直接出言阻拦，而是婉转地用另一种方式善加提点。

刚要提起裙子挪到右边去，只听静夜里一声刺耳脆响，姜夷手中琉璃盏和另一只拐角伸出来的白玉宫灯碰在一处，同时撞得粉碎。

借着滴溜溜滚落在地的两颗夜明珠微光，我眯着眼细瞧去，还没看清来者是谁，姜夷已经噔噔噔连退三步，躲在我身后倒身便拜，口中不住称："婢子无心冲撞，夜来姑娘恕罪。"

我抬头望了望并不存在的天，暗叹司命老儿落笔好促狭，今儿这傻子怕是做定了。越不想遇见谁，偏就面对面堵个正着。夜来不知怎的，也有这般好兴致，携了侍婢夜游龙宫，还走到这样偏僻的地方。她身边除了掌灯的凌波，又新添了一位面生的小婢子，手中执雀羽纨扇，排场依旧十足。

也罢，既撞之则安之。身为千年狐仙，道行再低，起码的觉悟还是得有，一般人力能解决的事，不要随便麻烦老天爷。

未等对面发话，我抢先一步开口："错不在姜夷，原是我对东海宫规不熟，行路一时辨错了方位。多有冲撞，得罪了。"

夜来听罢，扫了跪地不起的姜夷一眼，将高傲的下颌一收，方缓缓敛裾俯身。此一时彼一时，今时今日两两相对，龙宫大祭司也不得不卖未来的君后几分薄面。但我仍细心地发现，她所行的这出，乃是个平礼。不分上下尊卑，纯属面子客气。

"君后言重。东海规矩繁多，要领教起来也不是三两天的事。"

凌波只跟着自家主人眼色行事，见状也不得不以仆婢之礼纳了个福。

她如今不敢直接对我迎头挑衅，便退而求其次，把矛头对准姜夷："姜夷呀姜夷，不管你多不成器，把天下鲛族的脸都丢得彻底，你我好歹姐妹一场，都是自幼受教一点点规矩学上来的，这才离了姑娘不到一天，连怎么走路都忘个干净，你说你……唉，亏得这回是撞着我，要换成正心司那帮大姑姑，把你皮不揭了的！凡间有句话怎么讲来着，‘南橘北枳’？真是学坏容易学好了难！凌珑，你说是不是？”

执纨扇的侍婢年纪看起来更小些，神色初时有些游移不定，原本将半张脸都藏在扇面背后，奈何被凌波撞了撞胳膊肘，点名出列，只得壮起胆子来齐声助威。

“凌波姐姐说得是，君后才和这丫头处了几天，就这样护惜起来。您有所不知，当初我家姑娘也是这么着，一味地宽纵怜下，倒把她惯得越发得意，成日里横针不拈竖线不动，懒得骨头都轻了。”

能在夜来身边服侍的鲛女，果然没有一盏省油的灯。既然嫁入这种地方，迟早要卷入到这些事里面。我已经可以面不改色听完她们不断推陈出新、尖酸刻薄的话。

我颔首一笑，便点头附和道：“是啊，姜夷在祭司大人身边时夤懒成什么模样，本宫并没瞧见。但她才到上元宫服侍了不过一天，可是勤勉得吓人，不但把衣裳上松脱的流苏缀补齐全，还另织出了十几匹隐雾绡。喏，本宫现挽着的这段披帛就是方才新织就的。多余的尚未来得及挑拣，宫里现还散落着好些呢，可见近朱者赤。唉，前半句是什么来着？本宫倒没有凌波姑娘这样伶俐的口齿，一时想不大起来。再则，涂山家教甚严，凡间粗言鄙语，一向是不让入姑娘们耳朵里的，更哪敢张口而出。”

又觉姜夷老这么匍匐在一地碎琉璃渣子上，终究不是个事，气势都矮了不止半截，便直接唤她起身。

一番连消带打，连日来的闷气终于出个通透，顿觉神清气爽。万物守恒，此消彼长，那么必然就有人不那么清爽。

夜来抬袖掩口，一双妙目光灿灿，将我周身从上到下扫了个遍：“咦……‘移星陆’？”

什么东西？见我没反应，她摆出副若有所思的神情，接着又道：“君后如此偏爱这裙裳，怎么竟不知其来历么？这袭流光裙名唤‘移星陆’，蜃龙口吐云雾织就，凤羽缀锦，星辰为珮，乃当年君上赐予前任君后的华服，寻遍四海也再找不出第二件来。大概姐妹眼光相似也无可厚非。但依我看，呵呵，改作‘移花接木’倒也未尝不可。新人着旧裳，君上当真长情念旧。也不晓得该说是衣不如新呢，还是人不如故？”

言罢，携一双侍婢扬长而去。

留我在原地怔忡，神思已不知飞往何处。

“带火移星陆，升云出鼎湖。”古书有载：龙嘘气成云，云固弗灵于龙也。然龙乘是气，茫洋穷乎玄间，薄日月，伏光景，感震电，神变化，水下土，汩陵谷。

云与龙之密不可分，早就铭刻于天地。原来这件名唤“移星陆”的裙衫，曾是他送给云门的。新人旧衣，孰重孰轻？覆在身上柔软轻暖的华裳，突然变得沉重不堪，仿佛披荆戴棘。

姜夷怯怯拉动我衣袖：“君后……君后？夜来姑娘脾气一向如此，不必当真。再说，君上待您的心意有目共睹，又岂是区区一件衣裳可以定论出个高低……”

“这不是区区一件衣裳……是我姐姐留下的衣裳。姜夷，你见过云门对不对？可惜我却与她缘悭一面，我出生之时，她早已被诛仙多年了。你觉得，我和她长得像吗？”

姜夷并不料我会突然有此一问，直吓得手足无措，干脆再次匍匐于地，始终未肯作答。

见她这样诚惶诚恐，又觉于心不忍，勉强牵一牵嘴角，算挤出个笑来：“算了，没什么，都这个时辰了，先办正事要紧。”

姜夷把滚落在海藻丛中的夜明珠拾起，用块手帕子包裹起来拎着充当灯盏，还在前方引路。跟着那点忽明忽暗的幽光缓步踏过浮沙，只觉向来璀璨堂皇的晶宫塑阁都瞬间黯淡了不少。锦衣夜行，是在书里读到的句子，也曾有过向往，却没想到是怀着这样的心情。

两三盏茶辰光，行至一处人迹罕至的殿宇，匾额上书“轩辕宫”。高五丈，有三层，相比外城的精致奢华，另有一番古朴稳健的风格。姜夷告诉我，这宫殿是龙宫最有年头的建筑，落成至今已有两千九百七十五万余年，经过历代东海龙君数不清的修缮和扩建，才有今日之规模。乃是收存自开辟鸿蒙以来，三界所有编年文籍和东海皇家藏书的史馆书库。

宫内细分为内阁大库、国史堂、皇史观园、五英殿、方略馆、实录馆、会典馆、五经萃室、藻堂、奎章堂等，再往下还有“四库七阁”。藏书之浩瀚，何止亿万。

照姜夷的说法，只要能将这座藏书楼里的典籍略通读个万分之一二，则上知天文地理，下通鸡毛蒜皮，海疆局势再纷扰复杂，也能在短时间内了解个七七八八。

踏入轩辕宫正殿，满目皆是贝叶书简、螺塔典籍、珊瑚碑文、隔水兽皮缝制的各种舆图。光翻看指引名录，就花了足足一个半时辰。终于决定，先从第三层宫室的望海堂开始查阅。

它原本名唤“文渊阁”，自云梦泽龙君接管了东海之后，为避君上名讳，遂改作“望海堂[1]”。

埋首在堆山填海的各类文献经籍里，玉钩落，晓星沉。没想到在涂山一沾书就瞌睡的我，居然能废寝忘食到如此地步。合上最后一卷贝叶简，捶了捶酸痛的腰，不知不觉间，窗外天色渐透拂晓，姜夷早已伏在脚榻睡了过去。

奇怪的是，我看完就随手往脚边一摞的卷宗，竟不知何时被收拾得整整齐齐物归原处。抬头四下环顾，却见一个硕大浑圆的背影正立在书架前忙碌。轻轻唤声：“小叔叔？”

太玄还是那副温暾模样，花了数十个弹指一挥间，回转过身，笑眯眯应道：“老臣知道君后一定会来。”

后来的后来，战火蔓延东海，彼岸花开得妖异灼然，每一朵都似人心里供奉的一尊邪神。重楼执戟在望，情天恨海怨难平。临渊深深叹息，说，我希望你没有来。我仍旧答他，我庆幸我来了。

为什么不？每一天，温柔而努力地活着，期待用自己的力量去改变能改变的，不管到来面前的是刀剑还是藩篱，而不是在天意莫测的爪牙下战战兢兢，束手就擒。每一生，每一世，我从来都是如此。

---

[1] 望海堂：契丹王子耶律倍建于五代十国时期的宫廷藏书楼，这里借用一下。

经过整晚巨细无遗的考证，总算弄明白了如今在海疆分庭抗礼的几大族群之渊源。

原来海夜叉并不是东海天生的死对头，整个族群在四海水族中的地位，甚至远超鲛人良多，简直高到离谱。

海夜叉本唤作海罗刹，乃是海上古战场惨死落水的怨魂。远古的某一任东海龙王便给了他们一个巡海的差事，渐渐演化成后来的巡海夜叉，从此代代为仆，供海主驱策。夜叉生性勇猛凶悍，原本是龙君麾下一支强有力的军队，专门负责戍卫海疆抵御外敌。

而东海鲛族原本不值一提的小小封地，在偏远的西北。后来那块地方被郁水之南儋耳国的蛮族、雕题鲛人不断侵占，蚕食得几无立锥之地，终于不得不连根拔起，以流亡的身份迁徙进内海，寻求海主庇护。一则为了感念这恩德，二来天性柔弱不擅兵戈的鲛人也没能耐保证自身族群的安全，必须寻找强有力的倚靠。于是鲛族族长决定，甘愿留在内海世代为奴。这就是第一代鲛仆的由来。

上古老龙王秉持着四海水族一视同仁之心，对这两大族群均施以仁政厚待，让他们发挥所长各司其职。孰料那海夜叉冥顽难驯，丑得这么高调，做事也不够地道。才不过区区十数万年，翅膀一长硬，说反就反了。

至于为何会演变到如今的境地，还得从上古说起。

龙是四灵之一，《太上洞渊神咒经》中有《龙王品》书五帝龙王：“东方青帝青龙王，南方赤帝赤龙王，西方白帝白龙王，北方黑帝黑龙王，中央黄帝黄龙王。”天族立了五方五帝，水族也有他们信奉的五帝龙王。

鸿蒙始判，天地初开的太古时期，飞禽以凤凰为长，走兽以麒麟为首，花草以扶桑为强，鳞甲虫鱼则以神龙为尊。

不论飞禽走兽，抑或花草虫鱼，皆敬天畏地，以天地之气、日月精华为食，或得道飞升位列仙班，或灵识渐开化为妖精，或智慧渐增修成魔怪，皆强于凡间人族。那些妖魔鬼怪毫无约束，纷纷开始作乱人间，搅得生灵涂炭。凡人虽弱，却是由娲皇开世造物所生，与远古神祇的渊源匪浅，神族自然不会对此袖手旁观。

鸿钧老祖出面干预，试图在三界间立下规矩，却导致三族爆发了前所未有的惨烈战争，天地为之怆然。最后三大族群互相残杀得精英尽毁，剩余的神通高明之辈全部归隐于方外，不愿再蹚这浑水。

万物凋敝满目疮痍之际，唯有这五方龙王挺身而出收拾残局，重新承天立地，肇立乾坤。再又历过千百万劫，才终使得人间太平，天下大治。水泽是万物之灵的发源，为使海疆安定，东皇按战功封青龙神为广仁王、赤龙神为嘉泽王、黄龙神为孚应王、黑龙神为义济王、白龙神为灵泽王。

龙君是白龙神，神仙传上所列名号便是御笔亲封的灵泽龙王。原本统领东海的东方青帝青龙王在三界大战中身受重伤，不得不解归元神羽化，临终前将全族托付于临渊，东海水族从此顺理成章归至灵泽王麾下。

太玄掸着历书上积满的螺壳青苔，不胜唏嘘地告诉我，东海与云梦泽两处相连后，势力得以大大扩张，将西、南、北三海都比了下去。原本在方外水泽逍遥度日无为而治的敖临渊，一跃成为四海龙君之首，天上地下都不敢小觑。大概正因如此，才终惹下东皇忌惮猜疑，引发了后来借神魔大战削兵夺权之举。飞鸟尽，良弓藏，寒了四海水族的心。

细算起来，化生于云梦大泽的龙君虽统领东海海族，却是客居之身，并不属于东海。这一方水土的是非盛衰，跟他本无多少干系。他肯答应守护东海，完全是看在并肩作战情如兄弟的青龙王面子上。

龙君受此不公打压，其余三海不过物伤其类，私底下骂两声便罢，再不济好歹还有他们的龙君在位护持。东海族众的心则寒得更彻底些，东皇的刚愎猜疑逼走了龙君，使东海地位一落千丈，从威慑四方变得必须忍气吞声。连郁水之南儋耳国的蛮族也敢时不时过来挑衅一番，抢夺虾蟹和美貌的鲛女为奴。后来那些南蛮胃口越来越大，已不满足于隔三岔五地强抢豪夺。不知用了什么法子，勾结上海夜叉，企图进一步将东海瓜分。

而东海目前最大的危机，却来自龙君的发源之地——云梦大泽。

Staread
星文文化

婆娑行

（下）

画骨师 著

长江出版社

目录

第四十章

论战

云梦泽水族本该与东海同气连枝共御外敌，奈何龙君仙踪无觅，与凶悍的海夜叉几次交手下来，自顾尚且不暇，难免对东海水族怨怼之心渐起，内部早就离心离德分崩在即。

云梦泽水族认为，若不是为了非亲非故的东海族众，他们的龙君又怎会遭此非难，进而连累了原本清平无扰的云梦泽？东海海族则觉同为水族，这种不仗义的想法明摆着是柿子专挑软的捏，没本事对抗东皇的不公为龙君正名，反而迁怒同样失去庇护的同类，真是墙倒众人推。

我沉下心，想要认真想想这是何种暗示。

姜夷带我来轩辕宫的目的，莫非就是让我从中揣摩出这几个看似已经决裂对立的族群内中千丝万缕的端倪。而这场牵扯诸方势力的大战，将决定东海鲛族悬而未决的命运。

电光石火间，我忽然明白了她说的——拦住锦芙也没用——究竟是意所何指。

回到上元宫，宫门外早就停着一驾鱼轩[1]，鲛仆们已垂首恭候多时。

连水都顾不上喝一口，就打算先回寝殿把这身衣裳换掉，再赶往正殿。但素来凡事无可无不可的太玄，此番竟态度坚决地拦住了我，伸手指指鱼轩浮车："事态紧急，怕是来不及更衣了，君后这便请起驾吧。"

---

[1] 鱼轩：古时贵族妇人所乘坐的车辇。

原来这个忙碌紧张的晚上，临渊也彻夜未眠。

登上浮车，穿越回风苑和流雪廊去往流泉宫的短短路途中，我才刚刚得知云梦泽被魔族勾结儋耳国雕题联手偷袭，以致出现了伤亡惨重的变故。

自顾蹙眉思量，从上了浮车便一直垂首不语。大概被太玄误会，以为我还在计较未能换掉这身饱受讥讽的裙裳之故，便突然冒出句教人摸不着头脑的劝慰来：君上虽外表不羁，其实内心传统，是条洁身自好保守的龙。活了两万多岁，只谈过一次恋爱，娶过一次亲。”

“唔……我已经知道了。他告诉过我，曾经娶过夫人。”那位只存在于传说中的前任君后，恰是我未曾谋面的阿姐，先君的嫡亲爱女。

通宵破万卷的疲惫漫上心头，已倦怠得说话也提不起力气。这句顺水推舟的回答，就连自己听来都觉得略显寡淡敷衍。不知落在太玄耳朵里，又被怎样揣摩。我却无心顾得了那许多。

“可惜落花双双随水去，龙女还是狐女，一般的黄泉无觅。阴错阳差可叹可惜。”连姜夷也趔趄了脚步，用匪夷所思的眼神望向太玄。

我冷不防呛了口冰冷海水：“他谈情说爱的和娶的不是同一个？然后她们……还都死了？”

看来龙君的情史，远比想象的更浩瀚丰富多矣，我一时有点转不过弯来。除了云门姐姐，还有谁家红颜这般薄命？要有机会回涂山，得往课本里添上一笔，龙还克妻。可究竟谁是另一个落花随水的龙女？若没记错，《五方志》里所载的灵兽涵盖古今，然寰宇漫漫数十万年间，仿佛并没听说有因情劫而殒的女神龙。

太玄说话的速度，对与之交谈的人而言，实在是种沧海桑田般的考验。等他好不容易摇完头再抄起手，准备继续开腔，浮车已抵达流泉宫殿外。

远远便听得司宵激动咆哮：“眼看玉琼川大战一触即发，偏赶在这节骨眼上釜底抽薪攻打云梦泽，难道仅仅是巧合吗？！可恨区区边夷小族，如今都敢太岁头上动土！若不趁此机会将他们一网打尽，来个敲山震虎，人心惶惶之下，哪还再经得住那些邪魔外道继续趁火打劫？只有先平南，为云梦泽死伤的同族们报暗算之仇，才是釜底抽薪之策！”

听这意思，这位身经百战的鲛族将军是在力谏龙君，柿子先捡软的捏。东海如今四面楚歌，需同时面对魔族、海夜叉、南蛮、雕题和云梦泽内乱的威胁。而他的做法，就是取易舍难，先从中挑出战力最弱的雕题氏族来杀一儆百。

乍一听合情合理，细琢磨却有说不出的别扭。

“可是，有多大的好处值得他们闹起来呢？”

满殿缄寂，我的声音突然响起，便显得尤为突兀，瞬间吸住了所有目光。夜来、司宵、几位高阶鱼官，还有数个叫不出名字的面生武将围在御座前站了一地，临渊正背向大伙负手而立，不知在琢磨什么，似乎对司宵的请战充耳不闻。

直到我走近御案，他才猛然回过神来，神色颇意外：“幼棠？你怎么来了？脸色这样差，昨儿个没休息好吗？”

太玄颤巍巍挪步上玉阶，照旧在香炉旁的老位置上站好：“东海旧制，若有战况紧急危及海疆，需奏请君后一同参议。这等要事，岂有掩瞒之理？老臣便自作主张，从轩辕宫接了君后亲至殿前。集思广益，共渡危难才是当务之急。”

辰时刚回上元宫，连殿门都没进就直接上了浮车，衣裳也未来得及换，更哪有空闲梳洗掩去倦容。我顺手捞过他身前喝剩的半盏碧螺春，润了润微哑的喉咙：“不过睡得少些，不碍事。”

临渊拧紧的眉宇松动少许：“原是去了轩辕宫。”

司宵的高见被打断，似笑非笑地斜眼看我，那目光仿佛是在说，走马观花囫囵读上几本史书，就敢来置喙，浅薄的妇人之见，真是不自量力。

“那依君后高见，究竟什么样的好处，才值得雕题冒着阖族掉脑袋的风险，竟敢去云梦泽捋虎须、触逆鳞？”

右侧疆域图上，郁水之南儋耳国蛰伏在一片纵横交错的海沟里，地势贫瘠险恶，洋流变化复杂，可想而知民生有多困苦。雕题是现存的鲛人里最古老的分支，和东海鲛人不同的是，他们无论男女皆容貌丑陋，除了天生的鱼尾，还有短而粗壮的四肢，性凶且蠢，崇尚巫术。因此在四海之中，他们饱受非议排挤，姥姥不疼舅舅不爱，天灾人祸都只能靠自己。

这么个挣扎在夹缝里艰难繁衍的族群，因生存环境过于恶劣，沿袭出极严苛残酷的法度，暴虐崇武，弱肉强食。族中生杀予夺的最高权力掌握在雕题王手中，但所有关系着族群命运的重大决策，都必须通过族中所有长老的认可才能执行。即便如此，一旦造成了恶劣后果，雕题王仍将面临被全族流放驱逐的下场，王位由新推举的继承人取代。所有被废黜的统治者，无一例外在流亡途中死于外族之手。又或者，成为新王立威震慑众人的牺牲品，派死士万里追踪绞杀。

总而言之，雕题鲛人几经战乱迁徙，好不容易才定都凌霄城，风平浪静的日子过了不足数千年。据说举国兵力全加起来都没超区区六万，还是在全民皆兵的状态下才能凑出这个数。按道理，不可能有胆子光凭早已式微的魔族残部一煽动，就贸然发兵挑衅云梦泽。背后一定有更不容抗拒的理由。

但光靠这些，我也并不能像久经沙场的老臣战将们那样，洋洋洒洒做出无懈可击的分析。

或许司宵对我的怀疑是对的，所谓少小不努力，老大徒伤悲。我没有令人信服的政治韬略和军事头脑，学识基本停留在门门功课垫底的基础上，就连对海疆局势和氏族渊源的了解，都是昨晚通宵速成的结果，纸上得来终觉浅。

尽管如此，此事关系着东海和涂山的未来，该说的还是得说。既然我也不能确定敌方许给雕题的好处究竟是什么，就直接把结论丢出来供大家商讨。

“打仗是要死人的，雕题氏族千难万险繁衍至今，不可能把性命前程全都押在魔族残部上。东海和云梦泽生了嫌隙，谁能从中捞取最大的好处？海夜叉啊。这么明显的挑拨离间，若没猜错，雕题背后真正的支持者醉翁之意不在酒，就等着虚晃一枪调虎离山。若此时大军立即出动平南，则被雕题牵制，魔族必定故伎重施掉过头来突袭东鄰城。”

武将中一名髯须虎鲨，满脸皱纹，跨出几步却威风凛凛不输青年。他抚须斟酌道：“臣以为，君后所言，并非全无道理。常言兵不厌诈，切莫因云梦泽遭难，就急怒攻心一叶障目，反中了奸计。魔族死灰复燃，尚不知其深浅，真正的心腹大患却是野心勃勃的海夜叉。若司宵将军把主力军队全带去围剿雕题，届时一旦魔军压境，又该拿什么保全东鄰一城老弱妇孺的平安？”

太玄虽是龟丞，职权范围杂而广，却多限于内务，这类场合总是半闭着眼从不多言。但他是龙君的近臣，从龙侍驾的时间比底下这群人全加起来都长。因此他偶尔睁开眼递出的眼神，总能准确地示意此时此刻，谁该开腔，谁该闭嘴。

下一个心领神会的，是虎鲨将军身边一员年轻副将。

“禀君上，玉琼川传来消息，犴獬将军首战告捷，但战报上却明言，这数场交锋都胜得太过轻易，显然夜叉族并未把主要战力集中在玉琼川，内中必有蹊跷。一则想必是见鲤国已有了新龙皇坐镇，再苦苦纠缠也讨不了多少便宜；二则，极有可能就是君后方才所做的猜测，夜叉只不过把雕题当作投石问路的箭靶，情况不对随时都可以被丢到明面上成为牺牲的弃子。就算踏平儋耳国，也对大局于事无补，令我军徒增伤亡罢了。真正和魔族关系匪浅的，是北溟夜叉啊！”

龙君逐级而下，在殿中踱步来回。群臣纷纷躬腰让道，唯夜来与虎鲨老将只略俯首示意，身形依旧挺得笔直。看来东海诸将，若论资排辈起来，这位耄耋将军的地位还远在领兵于外的犴獬将军之上。方才一番浅见，居然能获得他出言支持，实教人大感意外，堪称殊荣。临渊往虎鲨肩头轻拍一记：“泽伯带兵有方，记得当年本座离宫之时，元竺还是个毛头小子，如今也成器了。”

泽伯德高望重，便是年轻后辈中的翘楚司宵也不敢轻撄其锋，只得暂退一步追问道：“那雕题吃了熊心豹子胆冒犯云梦泽之事，就这么忍气吞声揭过了？”

云梦泽是临渊出生之地，唯一故土，怎可能真的坐视不理。缄默过不长不短的一瞬，站在下首苦苦待命的一众臣子战将，终于等到他们的龙君发话：“伐兵之道，攻心为上，擒贼莫过先擒王。一旦将雕题背后真正的靠山推倒，魔族残部也会元气大伤。伤其十指不如断其一指，夜叉若被打个半死不活，魔族和雕题想必一时没有能耐继续兴风作浪。”

彻夜未眠，我实在忍不住冒出个哈欠，赶紧伸手捂住，含糊道：“唔……如果打个半死他们还不服呢？”

临渊容色清宁，理所当然地挑了挑眉：“那就直接打死。”

我大以为然，觉得很有道理。于是放下心来，调整出个舒服的姿势歪倒在御座旁的小榻上。

司宵冷面沉声，他不笑时，嘴角的轻蔑更刺眼：“君后真是心细如尘，末将眼拙，沙场出生入死万载，竟没能识破这一着险棋。看来轩辕宫还是得常去，一夜之功，当抵征战千年。”

这话明着挑不出半个不是来，入耳却刮辣得很，也不知是借着标榜军功挽回几分颜面，还是为了把我的不学无术衬托得更矮矬矬。我困得三魂七魄都快出窍，勉力眨眨眼：“好说，好说。心有白兔，细嗅萝卜。”

靠在立柱旁熬了整宿，也正昏昏欲睡的鲥鱼小侍卫，突然哐啷一声，又失手把鱼叉掉在了地上。

我心中暗道，这鲥鱼小哥也是朵难得的奇葩，堪称心有灵犀的东海之花，很能领会本宫的风采。

经一番呈堂商榷，如无意外，东海近日就会颁布政令，下旨将云梦泽驻军重新部署，增派人手施以安抚，再集结兵力直捣海夜叉的老巢——北溟阒星城。大垂就被拘禁在那里，至今杳无音讯，难卜凶吉。

但打仗这事，不是光嘴上说说就能成。兵马未动粮草先行，除了要有人，还得有钱。

龙君挑了个水清沙幼的早晨，摇着折扇把我带到内城以东，一座灰不溜秋的巨大木质宫殿前。

这殿宇形制奇特，坚固无华，通体由不知名的黝黑圆木榫卯搭建而成。唯一可称得上装饰的，便是无处不在的繁复雕刻。定神看去，绕着宫墙栩栩展开在眼前的，是一幅细腻精美的上古画卷。天地四海、山川湖泊、仙妖神魔，千百亿灵兽珍禽，世间万物应有尽有。就连一朵莲华吐蕊的弯曲弧度，都极为讲究。

狐狸眼尖，我几乎立即就辨出，那是按天族昆仑神宫内，千佛照壁的法器微缩雕成。难怪这等眼熟，却记不起在哪里看到过，九重天阙是我此生未曾踏足过的地界。或许曾无意中在望海堂的陈年卷轴里匆匆一瞥，又或许出现于哪一本早被抛诸脑后的课书上。

正殿匾额由整块玄玉凿出，书的是“东来殿”。

刚要开口问个究竟，沉重的殿门已被身边人一扇子挥开。我立刻感同身受地体会到这地方为何叫东来殿。

紫气东来，照人欲盲。

第四十一章

拟诏

“龙……龙宫宝库乎？战资乎？”

临渊把折扇揣回怀里，右掌摊开放在我颈后，拎一只猫儿般将我携着便跨进殿去。“都心有白兔还能细嗅萝卜了，乎个什么乎？唔……如果你实在不习惯说人语，想说什么都可以。”

他语声轻柔，和掌心传来的温度一样令人心安。自从定亲以来，这厮觉悟见长，堪称洗心革面。不仅再没提过买船的那笔糊涂债，还把上元宫从上到下的月俸直接涨了好几倍，最末一等的小蚌婢都能领上一枚珠铭，文绉绉的人语也不强求我非得学着说。

但就算连用兽语，我也词穷于该如何形容眼前呈现的豪奢满堂。

这不是一座普通的宫殿，内中华丽璀璨的宝光如同星河拢聚，四壁雕嵌无数活灵活现的飞天女仙，纯金人物，姿态各异，翩跹在层叠如雪浪的羊脂祥云中，或反弹琵琶，或执长箫，或拨弄瑶琴，更多的则手捧提篮，朝四下撒落花朵。那些代表祥瑞的佛花朵朵，不惜用整块玛瑙水晶雕刻成型，花心探出银丝珍珠蕊，蓝宝作叶，碧玺为茎，穷工极丽世所罕见。

金珠玉翠玲珑七宝，塞得堆山填海连个落脚处也寻不出，真正的珍珠如土金如铁。东来殿，就是传说中富甲三界的龙宫宝库。四海奇珍，方外瑰宝，无不应有尽有。

临渊席地而坐，拈起身边一颗顶针大的绿珍珠，屈指朝前方金龛弹去，发出清脆悦耳的撞击声：“看见这宝库了吗？”

我心潮难抑，竖起两耳激动地点头。

“你觉得，要用这些金银珠宝去招兵买马，顺便安固边镇，能不能迅速抚平云梦泽水族久困战乱的心灵创伤？”

都有这么多金山银海来作弥补，还有什么过不去的创伤？那得多想不开啊。再则我嫁的这尊奇男子，着实天赋异禀，集万千小气精华于一身，想必已把整片茫茫东海的份额全部占光，那么其他剩下的水族必然心胸宽广。

我恍惚了一下，又换位思考了好几个来回，极没出息地搓着手指道：“能，肯定能。这么多钱，别说收买我，就是买了我都行啊！云梦泽毕竟是你的故乡，水族同宗同源，应该好商量！”

他眼角笑纹轻漾，继而抱臂起身，摆出一副指点江山的派头巡视了整个殿宇，才四平八稳续道：“这些，都不是我的。”

“……”

我无语望苍天。只觉盘桓在穹顶上那些衣饰华丽的女仙，不像是在散花，倒像提篮收了宝石正要腾空而去。原本绰约的仙姿顿时美感全失，同飞走的熟鸭子差不多。

怪我乌鸦嘴，之前为什么还要偷偷诅咒他未来的夫人连梳头油都得自备。这下好，活活地把自己给绕了进去。背运如我，恰就是他那苦命的未来君后。

比没钱更惨的，不是老没钱，而是守着一屋子钱却不能自由自在地花。

照那些陈年法度里的律例所载，东海宝库属于但并不仅限于海主一人。玉石珠宝是深埋大地的宝藏，珍珠是蚌母呕心沥血的结晶，珊瑚原本便孕生于水中，是水族至性至灵的无私供奉，和鲛人鱼膏灯油同样神圣。这便意味着，即使是这片海疆执掌最高权力的龙王，也不能仅凭一己的意志就擅自决定珍宝如何调度使用。

这是上古诸神混战时期过后遗留的铁律，为防止掌权者好战成性，以致征伐过度涂炭生灵。打仗毕竟劳民伤财，再多的银子也架不住流水般往战场上泼。

东、南、西、北四海都各有一座龙宫宝库，但若要将这些珍宝运出，充作战资，则需四海龙君都共同首肯。这项牢不可破的旧俗，代表着四海同心，一荣俱荣，有难同当；也意在警示海主，他所做的每一个关于战争的决定，都会影响到其余三海，务必三思而后行。

我恍然，就算事先商榷得多么缜密周详，真要出兵攻打海夜叉，没有其余三海的支持也不过纸上谈兵。南君苍凛自是站在临渊这一边；墙头草的北君北鲲，适当施加压力给他晓以利害，并不足为虑；最大的麻烦，恐怕还是来自心思诡谲的西君琰融。只要他不同意，甚或虚与委蛇打个太极，开战之日就将遥遥无期，危如累卵的云梦泽根本就熬不住、耗不起。

临渊苦闷地拿扇柄挠了挠头，重又蹲下："琰融那老小子，巴不得东海乱成一锅粥，好跟在后头捡便宜。筹集军费这事，怎会如此爽快？十有那么千儿八百不会答应。"

"你也太乐观了，依我看，十有那么万儿八千肯定没戏。"

嫁了一个连仗都打不起的四海战神，让人不得不感慨人生如戏。我随他蹲坐在地，内心充满贫贱夫妻百事哀的惆怅。

这一仗可能没有外援，却箭在弦上不得不发。大垂必须救，拖久了更恐生不虞。这数日下来，我已越发琢磨明白，光拦住锦芙不去东夷大陆报信确实没用。真正想挑起龙狐二族大战再坐收渔利的幕后黑手，肯定早已暗派细作前往涂山挑唆生事。就算有天罗印封山锁国，外族难以擅入，暂且瞒住这一时，时候长了难保不节外生枝。

万一私订终身这事从不相干的人嘴里传到父兄跟前，再添点油加点醋……父兄倘若知晓我逃婚则矣，还偏偏选了这么个看起来腰缠万贯、事实上穷得叮当乱响的……前女婿，后果不堪设想。不管从哪个角度考虑，这仗都必须打起来。

我拽拽他衣袖："既然国库不能擅动，不如……就想个法子，取之于民，用之于民？"

"你是说，征税？"

"这哪能叫征税？明明是众志成城，共抗外敌嘛。"

父君常说，筑起高高的城墙把疆土和子民围起来，无论这防线建得有多牢固，都不能算作真正的一方君主，也谈不上什么固若金汤。只有想法子让子民们自给自足，再合理捐税，才能称之为国泰民安的治理。

但怎么叫合理，就很有可供拿捏的余地。苛捐杂税过重，民不聊生，历史早已无数次证明，横征暴敛的君主都没有好下场。可若赋税寡薄，则粮草不足兵困马乏，将士们又怎能安心上阵对敌？一旦战死沙场，家中老弱连抚恤都成问题。

他负手沉吟片许："话虽如此，要说服一群几乎已经对局面丧失希望的人再去孤注一掷，不能光靠抛出两句大道理就能成事。"

"那就给他们希望。《国史志》里说，云梦泽水族素来行安节和，天性不喜争端，亦多是深明大义之辈。值此国难当头，赋税多加个三四成也是常情，道理他们都明白，不至于引起惊恐骚乱。但是再多，恐怕会超过那片海域的承受能力，税钱补不足的，就用兵役来顶。任何充满希望的未来都伴随着不可避免的风险——要么一盘散沙死在海夜叉的乱刀之下，要么团结起来向死而生。今天的无名小卒，说不定来日就……"

话未说完，口中突然被塞进一小块硬硬滑滑的物事，他将手指顺带在我唇角揩了揩，再把被堵住的下半句补全："就会成为阵前挥斥方遒的锦袍将军。幼棠，你和以前……很不一样。"

舌尖化开一阵甜润清凉，蜜汁的甘香溢满齿颊。原来他不知几时在袖中藏了糖块。我被那糖甜得晕陶陶，一时摸不着头脑，以前的我是个什么样？

还没等琢磨出个所以然，第二块蜜糖已接踵而至，滋味却分明不同，清甜中隐约透着几丝微酸，很是生津润喉。他又在咫尺间低头笑了一声，如糖块般甜中带酸的眼神望着我，半晌道："也好。这样我就放心了。"

冷不丁被他话里莫名其妙的伤感吓得咕咚一口，就把整块蜜糖给囫囵咽下了肚。

"把我喂成个胖子，你就放心了？我……我都跟你定亲了，相煎何太急啊？！要是吃糖太多变得越来越胖，所有衣裳都得重新置办，以征战之名滥用捐税装点后宫，可是昏君所为……"

我急得咳嗽，边说边扯着袖子朝他跟前比了比，袖口上大片璎珞刺绣的日月星辰纹样灿烂夺目，难免又想起夜来"人不如故"的讥讽，不觉愣在当下，满口蜜糖留下的余味，不再回甘，竟有些发苦。

讪讪缩回手去，顺带拿袖口把唇角的糖霜蹭掉，转念一想不对，心里再怎么别扭，也不能真当着他面就拿这衣裳擦嘴，越发尴尬得不知如何是好，几乎就要夺门而逃。

刚跑出没两步，便迎头撞进一处襟怀，左右被搂得严实。耳边传来几许低叹，淡淡地，浸得我手脚发虚，再挣扎不动："又想跑到哪儿去？唔，衣裳的事我听姜夷说了。移星陆是蜃龙口吐云雾织就，但蜃龙嘛，还记不记得闯进镜城时你遇到的那条？这也是它送予未来君后的见礼，并不是宫里留下的旧裙衫。我以为你会喜欢。如果它让你觉得不开心，那……"

"我喜欢的。"

就算对情爱无甚经验，也该懂得见好就收。哥哥说了，世间之事，最是难得糊涂。计较得分寸不让，不过落个水至清则无鱼。既然他都不厌其烦解释得这么详尽，我又何必徒添困扰。锦澜再不长进，有句话还是掐到点子上：活着的人，跟死去的，没法争。

真是自古多情空惹恨。端看面前这人，情债累累名声成疑，却正是我跋山涉水亲自择的不二郎君。似这般嘴角噙笑，星辰在眼，实在教人恨也不知从何恨起。

心头一软，便也还他个笑，仰着脸问："糖还有吗？"

他点头，拈出颗青柑色糖块挟在指间，细看竟还雕成颗花骨朵模样，冰晶般剔透，一晃却扔进自己嘴里。趁我怔怔时，俯身以口渡之。青柑蜜糖在灼热的唇瓣间辗转来回，仿佛许久才绵绵化尽了，又仿佛只是一瞬。

最终，这份不像诏令的御旨，由我亲笔执写，再落下临渊的盘龙宝玺，颁布东海及云梦泽。诏书上字字句句，用的不是人间措辞高雅圆滑的官话，而用的是鱼兽之语。使得这份御旨看起来，不像是冰冷生硬的敛税章程，倒更像一份诚挚恳切的纳万民谏。

我灵光乍现的想法只是抛砖引玉，真正实施起来，还有许多需要严谨考量之处。临渊在征税的基础上再添妙笔。元竺等边将原本镇守边镇，有向地方征税的职责，云梦泽水族自白龙神执掌东海以来，便向他们缴纳捐税，从未生起不满，此番照旧还由经验丰富的元竺去收。

犴獬将军因随女龙皇锦芙在玉琼川接连打下几场胜仗，大挫海夜叉，声威日涨，征兵之事便交由他打理。

将士们不能饿着肚子去打仗，伤亡也需有新的兵卒添补，光靠那点税贡显然还是不够。好在东海地大物博，拥有四方仙陆最大的净盐池，东接云梦泽，又绵延出最长的海岸边界。临渊遂下令，命所有不善征战的男女鲛人日夜织绡，用净盐和鲛绡在海市向陆上富豪商贾换取金银。北疆周边七七八八的弱小族部，这些年慑于海夜叉之凶残，被迫连年上贡，派兵马截取之，加起来为数颇为可观。用上等水族延年增寿的修行之法同他们的族长换取兵械、壮丁，又能筹集出好些兵卒战器。

这就是俗话说的“瘦死的骆驼比马大”，犄角旮旯里扫一扫，拔下根毛也比寻常人家腰还粗。只消想此龙放高利贷时轻车熟路的架势，就知道多缺银子也折不了他那小蛮腰。

多番铺排下来，顺利的话至多月余就能筹集出远征北伐所需的军费，而不必动用宝库一分一厘。临渊不愧身负亿万海族众望，这等思虑详尽，百密而无一疏，令人叹服不已。但他仍然把这些都算作我的功劳，对外只说法令是君后涂山氏所拟，一下子就把殚精竭虑体恤苍生的美名传遍海疆。

令鲛族赶工织绡的御旨下达至龙绡宫，意料之中，奉命前去传旨的姜夷又受了好些冷言冷语。但她回来并未抱怨半字，也未流露任何委屈。为怕姜夷再被寻衅责打，我又央太玄从流泉宫行走御前的女官里，挑了个口舌伶俐心思活泛的小侍婢拨到上元宫当差，平日便跟在姜夷身边打打下手。这次随行传旨的，就有她。

小丫头名唤雁书，娇憨活泼，果真把夜来一身傲骨学得个活灵活现。

她抱臂跷脚跳上条案，仰着下巴哼道：“无非泡了一宿轩辕宫，略得着点权术的皮毛罢了。如果这就算凤仪之姿，那天下能襄助明君开疆辟土的贤良何止千万？权谋之术易学难精，往往自以为得其奥妙反倒弄巧成拙的多，真不如不沾惹的好。做一个合格的君后所需要的本事，多半与生俱来，不是谁都学得会。照猫画虎反类犬，有些人一辈子也弄不明白。”

开战在即，司宵这些时日大多泡在龙绡宫，与夜来没日没夜地商讨战局。有夜来在的场合，他素来不会多言，以免喧宾夺主。从他口中落地的，据说是句言简意赅的评价："狐狸都是出口成章的谎话精。"

安静的上元宫里，我听见自己的心突突突跳。司宵或任何一个对涂山狐族持有怀疑和不满的水族的攻讦，都不能引起我情绪的丝毫起伏。但夜来"弄巧成拙"的讽喻，令我隐约生起不祥的预感。

攻打海夜叉的计划从哪个角度看都没有纰漏，但似乎总还有一处至关重要的点被忽略了，究竟是什么，我却怎么也无法将一团乱麻般的碎片拼凑起来。

第四十二章

鱼腹密书

为云梦泽水族报仇雪恨的鏖战，筹备得比四海盛宴还要招摇。其余三海虽不能参战，也要按规矩遣使前去告之。照太玄的说法，就得让天下水族都见识见识，堂堂东海龙君，不仅能靠脸解决问题，还能靠拳。有才有貌有道行，路见不平，撒钱来铺。

西君琰融一称病就闭关，对此事不置可否，没有任何态度和回应。看来同之前揣测的无差，此公因延维在玉琼川夺权失势，对抬举龙女上位的临渊积怨颇深，必然不会同意四海联手举兵相帮，不从中作梗就算不错；北君北鲲出于面子情儿，以恭贺东君定亲的由头献上礼单一份，也就算为筹集战资略尽了绵力。他对攻打北溟只字未提，便不至于在琰融处落下口实，两头都不得罪；南君苍凛却一改常态，既没有送来银两，也未暗通一兵一卒。这日掌灯时分，才向东粼城秘密传书鱼腹，上书“封侯非吾愿，唯愿海波平。兄倾国力攘夷于外，弟却恐萧墙之忧，又变生肘腋矣。慎行。”

言辞中，似乎对开战并不乐观。到底是世情薄如蝉翼，还是苍凛身在局外，反倒窥破另有玄机，实在令人好生费解。

临渊自午间散了朝议就不知溜去何处躲清闲，神神秘秘，问也不肯说，现下还是仙踪无觅。这封鱼书弄得我心里七上八下，实在坐立不安。苍凛君一贯谨慎，亲笔手书乃是用混了乌鱼骨粉的墨汁落在白绢上，展开来浸泡在海水里，字迹已褪得越来越淡，再过至多半个时辰就会彻底消失。要让临渊看到，必须尽快把这信交到他手上。

据那些行走宫闱逾千年的内侍龟仆们闲谈所言，这一代的海主，也就是白龙神临渊，由于出生在方外阴山脚下的云梦泽，自幼由烛龙抚养长成，因此和其他传承正统的四海龙王不同，修行之法也同脾性一样亦正亦邪。

这则在龙宫私传得最广的流言，来历已无从考证，被悠悠众口传来传去，如今已演变成：每当遇到难以抉择的麻烦，或国逢厄难，或恶战在即，他们的龙君都会寻个月汐最盛的夜晚，孤身前往鹤沼，向神秘的巫祝寻求指引。

烛龙阴山氏信奉的上古无名邪神，向来在困局中被视为出奇制胜的虎翼。多年前，世间仅存的一对烛龙为照彻幽冥而羽化，也与此有着千丝万缕的关联。那对烛龙就是临渊的养父母。

说来说去，还是因为这场毫无外援的北伐，结果太难预料。违反了对外征伐必须四海同心的旧制，再加上宿敌魔族的死灰复燃，越发教众人心里没底。

开弓没有回头箭，一旦开打，是会再一次威服四海，还是为东海水族带来更大的灾劫，连暂有的风平浪静也失去？他们的龙君行事素来乖张，又撂下海务在外逍遥了那么些年，万一战事不利，拖来拖去耗得龙君不耐烦，又把烂摊子一丢就跑得没影了怎么办？他横看竖看，都是一副更适合闲云野鹤的浊世佳公子模样。

这些闲话听在耳里，只替临渊哭笑不得。人的年纪大了，难免有些离谱传闻。尤其两万多岁的应龙，虽有战神之名，就因为长了张倾国倾城的脸，反倒被怀疑是否祸国殃民的能耐更胜一筹——毕竟野史里都是这么写的。

我心怀唏嘘，独自拎着颗夜明珠朝鹤沼方向寻去。鹤沼是一处禁苑，平时没任何水族敢擅自踏足。此地方圆千米黑灯瞎火，海带长得比人都高，死去的珊瑚化石旁逸斜出，充满了鬼气森森的诗情画意。

万千海带被洋流一卷，摆荡甚是飘逸，可惜作为一只陆上走兽，我实在欣赏不来。没了姜夷带路，七绕八绕很快就晕头转向找不着北。思来想去，决定掏出紫螺耳坠戴上，问问临渊他此刻身在何处，没什么要紧事就赶快显身，也好把我从一大堆黏滑腥腻的海带里扒拉出来。

刚把那坠子捏在指尖，还没来得及往耳垂上挂，熟悉的声音已经在耳畔响起，在寂静的鹤沼传递得尤为清晰。

我吓得抖了抖，失手便掉落一只耳坠，忙蹲下身去翻找，暗自寻思这对紫螺成精了还是怎么，都没戴上就已经能听见他说话了？

鹤沼的泥沙沉暗青灰，和无数螺贝积年的残碎空壳混在一处，摸起来尤为艰难。我匍匐在地遍寻未果，来不及去想临渊究竟正和谁密谈。

转瞬才明白过来，不是耳坠成了精，是他真的就在附近。和他躲在人迹罕至的鹤沼里窃窃私语的，也不是什么传闻中神秘的阴山巫士，而是——龙宫祭司。

从声音的大小来判断，他们应该就藏身在这片密密麻麻的海藻丛里，距我失掉耳坠的地方，至多不过十数尺之遥。

全仗这大丛茂密的海藻遮掩，再加上我蹲下身来矮了大半截，竟阴差阳错撞到跟前也丝毫未被察觉。一时进退两难，只得照旧蹲在海带丛里，再不敢胡乱动弹。

并非存心要偷听他们说什么，只顾虑若在这当口跳出来，显然不合时宜，怕耽误了临渊什么要事。毕竟夜来是龙宫的祭司，身兼神职，若恰是在与巫士行巫祝仪式，关键时刻被惊散，施愿的原主恐遭反噬。我对巫灵之术仅有的一点常识里，被巫术反噬可大可小，不得不多加小心避忌。但夜来接下来所说的一切，让我觉得，自己的存在，连每一次呼吸都是不合时宜。

世事无巧不成书，翻来字字都是毒。

“只要一想到当年……本座就恨不得立即将她一掌劈死在跟前方是快意。你放心，不会再委屈你太久。东海君后的尊荣，何时轮得上一只连九尾都修不出来的山林走兽？”

他的语声还是清朗如玉，在水中听来有说不出的蕴润。只不知是否白日朝议激烈，以致偶有咳嗽，持续的时间虽不长，但每隔半句就抑不住咳上数声。

夜来轻哂一笑，又柔柔地劝道：“君上少安毋躁，臣女并没觉得委屈。这些年……君上的苦心，夜来何尝不明白，两情若是长久时，又怎会计较眼前。只未曾想那尧君英明一世，终也有熬到老糊涂的一天，教出的女儿一个不如一个，坏的坏、蠢的蠢。难怪封山锁国那么些年，怕是都不好意思把涂山白狐的脸丢遍三界。”

“若不是涂山被天罗印封得水泼不进，本座也不会勉为其难和涂幼棠定亲。整日连句囫囵人话都说不顺溜，何止令人厌恶，娶个这般上不得台面的君后，简直惹天下耻笑。”

“君上忍辱负重，也真是难为了。好在这婚事只拟了个草诏便应付完事，并未敲锣打鼓上报天庭，月老和红鸾星君那儿想必也无正经录册，小孩儿过家家似的，谁会当真？来日说弃便弃了，没甚要紧。一旦天罗印开，大军深入狐穴，涂幼棠就是涂山氏的千古罪人！芜君老儿自顾尚且不暇，哪还有余力为这不成器的女儿讨还什么公道？恐怕不等君上动手，当先就一掌劈死了她。”

一阵咳嗽，紧接着又是一息喟叹：“阴山氏待本座恩深似海，当年刻骨血仇，总要有个了结。本座筹谋千年，只恨一直未得其门而入。除了借着这桩婚事，实在寻不出更好的法子靠近东夷涂山。”

一阵衣袂窸窸窣窣声，不用看也大抵能猜到，他或许，正解下大氅，将她裹着轻拥入怀。

午夜的海水充斥着迷境一般的寒凉。太冷了，就快被冻死在当下。我抱膝蹲坐在地，眼前一片漆黑迷蒙。再回过神时，才发现唯一用以照明的夜明珠，已在掌心被攥成沙尘般细腻的碎末。粉尘随水四散，早不知漂往何处。

指间沙，留不住，一片萧瑟万虑空。

临渊已经把话说得足够清楚，连一丁点能让我自欺欺人的余地都没留。如果不是担忧战局有变，傻乎乎地带着苍凛的信连夜来寻，恐怕还不会这么快就撞破他和夜来瞒过了天下耳目的私情。

“心”字上有三点水，是不是意味着一场情劫里，总会出现第三个人。哦，不……他们是真正的情投意合，那多余出来的第三个人，是我。一厢情愿的最高境界，说的就是本小狐。

以前总听人说，心痛如绞，却从不知晓是何滋味。做只灵兽，仙根仙骨一副，又不是肉身凡胎，哪里来的病痛肝肠。现下猝不及防懂得了，才觉出懵懂无知的好。东夷福地外的万丈红尘，终究不是我曾在心底偷偷向往描绘过的模样。

夜来说得也没错。我就是蠢，连几句人话都说不明白，竟天真到以为仅靠一纸儿戏婚约，就能让积怨千年早就誓不两立的龙狐二族前嫌尽释？简直痴心妄想到昏了头。我不知道“当年”究竟发生了什么，能让临渊将涂山氏恨之入骨到如此地步。先是云门姐姐……现又花言巧语骗我将终身托付，团团玩弄于股掌间。

大垂被偷袭的海夜叉掳走，完全是个意外，就连这意外，都要被不遗余力地利用一场。他所做的一切，不是为了救出大垂化解干戈，全都只为雪耻云梦泽之殇，收服雕题，震慑魔族残部，顺便借和我的婚约，借救出大垂的恩惠，打开涂山门户，好一举攻个措手不及。仔细数数，一箭何止数雕。这才是他啊……传闻中的四海战神，心深如渊，算无遗策。

海夜叉与魔族的勾结，注定把所有水族都搅和进这场灾劫，没有谁能轻轻松松置身事外。战场早就无止境地绵延，把整座东鄰城和涂山都笼罩其中，只是这里没有眼睛能看到的烽烟。

而我稀里糊涂被情障所迷，只顾沉沦在风花雪月的幻象里，却险些将涂山带入诡局，陷族人于万劫不复之地。

记不清在冰冷沙地上坐了多久，直到那两人脚步离去，渐行渐远，也不敢站起身来。鹤沼重又空荡得万籁俱寂，我撑着嗡嗡作响的脑袋，滑倒了好几次，终于勉力迈开酸麻双腿，摸索着往回寸挪。似一缕游魂，虚飘飘，空荡荡，只觉今夜东海的海水，尤其苦咸。

许是上天垂怜，终于把关死的那扇门给闪开一道窄缝，竟被我跌跌撞撞从偏远的鹤沼绕回了上元宫。迷路太久，当只有自己能指望的时候，再分不清方向也得学着走。若不是乍一出涂山就不辨东西，怎会稀里糊涂闯进怀其叶林，也就不会遇到他了。从一开始，便都是错的。

踉跄着推开殿门，就见他披一身霜白纱衫，孑然站在窗下，清癯的身影何其无辜，却又似充满了世间一切罪恶。

“幼棠你一声不吭跑哪里去了？晚膳也没动，还不许人跟着。姜夷她们满宫里找了个遍，都说没见着，急得不得了，我这正要下旨开了宫门派人再去外城寻去。眼下开战在即，若有敌人再趁夜偷袭，伤了你可怎么好？”

从未感到海水这样滞重，从四面八方挤压在身上，四肢百骸都酸沉不已。趁他不觉，寸挪到烛光所不及的暗处，借着纱幔遮掩，偷偷将肩头挂住的一根海带扯下来丢在角落。

“我……去了轩辕宫。顶层那处阁子有点偏，想是她们没发现。七天后就要开战了，我想去看看，还有没有什么能帮到你。”

原来撒谎这么难受。我不懂他是如何做到面不改色就信口雌黄。

他舒一口气：“以后不许再这么冒失，你好好地待在我身边，别让我担心分神，就是帮我。明日让太玄再多添些可靠人手在上元宫服侍，也好护你安全无虞。”

夜雾缓缓游动在他英挺的眉眼间，那些担忧和焦急，看起来如此真切动人。

是保护我，还是监视我。若我离开东海，一盘大棋就缺了关键的一颗棋子，涂山又将如何攻破。

“在没有彻底翻脸的本事之前，最好别太挑剔能下的台阶。”我好像听到哥哥在我耳边把这些话又说一遍。

于是我对他露出此生最艰难的一个笑容，说：“好。”

浅笑像烟花在他唇边绽放，刺得我眼眶禁不住发酸，只得别过脸去闭上眼睛。

水波流动，温暖的气息慢慢靠近，我浑身僵直定在原地，想象小时候那样，受了委屈就伏在哥哥怀里号啕大哭一场，想要大声尖叫，想把眼前的一切虚伪都撕个粉碎。暗中咬牙思忖，只要他敢再过来一步动手动脚，我恐怕会忍不住抓起桌前砚台，直接朝他当头砸下。反正以他的道行，一掌劈得我魂飞魄散也同捏死只蜉蝣那么简单。我若死在龙宫，他就彻底失去借着婚事引诱父君开山的理由。

但他并没有。只是伸手揉了揉我的头发，轻声嘱道早些歇息，便要起驾离开。

自从镜城重回海底，他便始终守之以礼，再未试图擅越雷池。也对，他那么讨厌嫌弃我，怎么会真的想要有所亲昵。说不定转头就恶心得皱眉欲呕。也真难为他一身戏骨，时时妆演登样，从不欺场。

殿外的穹宇中忽滚过成串巨大闷响，在静夜里惹人心惊。那是风雷战车列队待发的震动，听起来好似连绵不断的雷鸣。

雷声惊醒了我。一旦等到东海大军攻破阒星城，他便可将我和大垂同时拿捏在手，一切就都迟了。我来不及再犹豫，转身叫住他。

“临渊……”

“怎么？”

“你能不能……留在外厢陪我。就今晚。”

第四十三章

潜别离

他止住步子愣了一愣，想是大感意外，随即徐徐展眉："只有今晚？你若愿意，我便是每晚歇在外间窄榻守着，也不是不行。"

难得他此番没有轻嘴薄舌调侃取笑，却惹得我心头痛了再痛。被一只手揪起来碾来绞去，恐怕也不过如此。可是没有了，没有以后，没有每晚，如果一切都是骗局，就让所有美好的假象到此为止。

这是定亲以来，他第一次留宿上元宫。人是留住了，接下来该怎么办，我一点把握都没有。缩在被子里竖着耳朵细听外厢动静，只盼他早些梦会周公，却不料平日里那样贪睡的一个人，偏生这晚精神头好得很。挥退了一干值夜的婢子，每隔不多会儿就跑进来一趟，查看窗扉关严实了没，又问是否需得添茶递水，连被角都要亲自给掖了一回又一回，百般周到千般细致，无处不妥帖用心。

我傻了。预先设想的诸般情景里，从来就没有过这个局面，眼看子时更漏已迟，再要耗下去，留他下来直到天明也毫无意义。

既然等他睡着遥遥无期，或许最简单的方法才最直接有效。

右手藏在身后，一团雪光将帐幔映得雪亮。下一刻他已倒在雕花牙床上，双眸紧闭，呼吸均匀。

说来惭愧，在涂山时课业不精，咒诀法器样样稀松，过关全靠半混半蒙，唯有一个黄粱咒使得行云复流水，出类拔萃。哥哥说，这大抵是因为我天性嗜睡。

拽着胳膊将临渊往里挪了挪，纱帐放下遮好，又刻意露出半幅袖口来搭在床边，估摸这个角度上佳，既若隐若现又不过分显山露水流于刻意，才拉响床头铜铃，将殿外候着的近侍唤了进来。

“君上兴致好，多喝了几杯，今夜便留在上元宫歇息。吩咐下去，谁也不许来扰。若有要紧事，先去通报龟丞。”

那尾总是迷迷瞪瞪的小鲥鱼伸头探脑往纱屏后瞅了瞅，滴溜溜一双鱼眼在临渊露出来的缭绫广袖上打了个转，忙缩着脖子连声应了，诺诺告退。

水族对风月故事的想象力一向丰富撩人，不知过了今晚，会在满宫里被传成怎样。政事上素来勤勉不怠的龙君竟一改常态，耽搁在后宫数日不朝，夜来会因此怨怼委屈，要他解释吗……或许不会吧。她温柔识大体，又如此情深弥笃，总会万般体谅他的“忍辱负重”。而临渊，有着一副巧舌如簧的临渊，想必什么醋海风波都能轻而易举揭过。“上不得台面的君后，来日弃便弃了，又有什么要紧？”

这般满怀酸楚，望着他的睡颜苦笑。不管了。只要能瞒过三朝，之后这宫里会发生什么，就不是我需要考虑的问题。我是为什么来，又该如何应付没有朋友、满怀敌意的处境，往后的路该怎样走，风雨飘摇的前程究竟指向何处……统统都不想了。

枉担一场虚名，此时此夜，就是我今生能距离他最近的一刻。

念个小小的避水诀，把周身这小片海水间隔开。然后，慢慢地俯下身去，将侧脸贴在他额头温暖的皮肤上。泪水凝固成凉硬的碎珠，成串打落在绢枕上，发出怅怅闷响。

从未像这样爱过一个人，从未像这样恨过一个人……从未。

伤了他，甚或杀了他，我没想过。不是不敢下手，只是事到如今，我对他，已别无所求。

一个正确的决定总是伴随着另一个错误的决定，就像好运与厄运大多相辅相成，这才是吉凶守恒。

一狐一马，转着圈困在滩涂上发愁，无疑让我对此又有了更深一层体会。此番放倒临渊离宫出逃，正确的决定是，临走前偷去天上地下独此一家的法器少昊琴；错误的决定是，我顺手还拐了那匹牵着不走赶着倒退的白龙马。

用摄心术和它大眼对小眼互相瞪了好半天，此马才羞羞答答报上名来，原是唤作“越影”。

我瞠目：“‘越影逐日’，说的就是你啊？呃，久仰久仰……见面不如闻名。”看来神仙榜的排位，也不一定全都作得准。

逃跑这事，光有腿不够，两腿比不上四蹄，狐狸爪子再利索，也不能和四条马腿相提并论。但照目前这个情况看来，莫说指望它助我日行千里，弄不好我得驮着它跋山涉水。

马有了，路就摆在眼前，谁跑？真是万事开头难，然后中间难，最后结尾难，总而言之万事难。偷马不成蚀把草，活活拐了尊祖宗来添麻烦。

怎么办呢，我不会缩地成寸，就算不眠不休星夜兼程地赶路，没了神驹的脚程，也绝不可能在两天内抵达阗星城。但无论如何，都必须赶在临渊开战前，把大垂从海夜叉手里给弄出来。

对一匹被当成宠物来养的坐骑而言，长期养尊处优躺在临渊袖子里，怕是早已把原始功能抛到九霄云外，要找回来也不是光靠几句鼓励就能奏效。

越影自离了龙宫出水以来，就蔫头耷脑原地刨坑，有一口没一口嚼几下石生藻，一副你奈我何的无赖样。我蹙眉寻思一回，决定从关键处晓以利害。

此马骄娇二气十足，威逼必然是不行的。且它又贪吃，那么只能施以利诱，加上一点恰如其分的小恐吓。

刚把星展大陆上有多少绝妙风光给扒拉指头数说一遍，任凭掰扯得多么天花乱坠，此马油盐不进，只把脖子一扭：“不得闲，毋宁死。”

我抹一把额角细汗，甚感慨，什么叫物似主人形？这就是活生生的实例。

“看看，一言不合就自杀，你这个性子别说成大器，连活到老都成问题。还别说水深火热，眼下横竖是已离了东海，再不振作起来，你连水深火热的日子都过不上了信不信。”

话刚落地，越影当即歪着脖子瘫倒，口中发出垂死哀鸣，装模作样要把脑袋往沙堆里埋：“君上说了，陆上人心险恶，水深火热，不去。”

“连凡间驽马都知道终生的使命该是志在千里，身为一匹神马仙驹，你害不害臊？老蹲在窝里能有什么出息？就算不为了见识大好河山，也该踏翻红尘吃遍四方嘛。难道打算一辈子就靠几把海带度日？唉……可怜哪，可怜……世上奇花异卉何止万千，就连树林里的蘑菇鲜果都各有滋味。身为堂堂海主坐骑，天上地下首屈一指的神龙宝驹，竟然从来无缘一尝……真是闻者伤心，见者落泪……”

不记得谁说，凡上了岁数以后，游历山河的目的就会从风景转变到美食上。看来此话所言非虚。

越影长嘶一声，挥洒开来四蹄如风，不过半天工夫就横跨东荒大陆出了桑阳关。传闻中的“越影逐日”，终于实至名归。想这马跟在临渊身边当坐骑时，横看竖看跟头猪区别不大，倒也不能全怪它。又要马儿跑，又只给马儿吃海藻，这怎么行？可惜临渊这么大尊上仙，根本从来不懂这种微小然而踏实的快乐，尥蹶子把他掀下马背都算轻的。

在山深林茂的星展大陆纵横得风驰电掣，心道果然这才是白龙马的正确打开方式。

距北溟仍有一天一夜路程，我浑身骨头都快晃散了架，不得不勒缰暂歇，还需翻山越岭去给白龙马找可口的鲜果和蘑菇。

星罔山是八荒大陆里一个独特的所在，高山流水白云间，洞奇石灵峰峦险。课书里记载，此地的灵兽精怪民风彪悍，豪迈不羁且兼能掐会打。直观一点说，当地最负盛名的土特产，就是土匪。

身无长物如我，原不必担心被打劫，实在要躲不过，大不了哭出捧泪珠子奉上也能将就应付一阵。但身上负着的这张“桐峰紫瑟”非同凡品，万一惹来觊觎麻烦就大了。以我这点微末道行，哪来的本事直捣海夜叉老巢，要救出大垂全指望它，万万不能有所闪失。事成之后，也需得再寻个机会把琴和马都还回东海。

不管那些海誓山盟假得有多难堪多羞辱，他毕竟是替我抵挡了赤焰天劫的那个人。敖临渊并不欠我什么，我也不想亏欠他。来日大局落定分道扬镳，各自两清就好。

眼泪遇了晚风便凝住，断断续续砸落在手背上，疼得我醒过神来，禁不住懊恼，好好蹲在树根底下刨蘑菇，又去胡思乱想这些没用的作甚，平白自寻烦忧。

有气无力扒拉出半兜子草菇，犹豫了一瞬，还是把泪珠儿一颗颗重新捡起塞回袖子里。

龙最喜欢亮闪闪的东西。他喜欢的，我都忍不住习惯性地搜集起来放在身旁。可是又有什么用呢，美艳温柔的东海鲛女一样能对月泣珠。只不过他喜欢的，不是我罢了。情缘错落，终究不能勉强。这和能不能迎风洒泪哭出明珠，没有任何关系。

正满怀愁闷要往溪边走去，身旁斜坡上的草丛无风自动，一抹白色倏忽掠过，接着又是一道褐黄的影子紧随不放。

“你老跟着我做什么？！我们霜狼氏是高贵的狼族，从不与狈类为伍，你趁早死了这条心，否则叫我爹打折你四条小短腿，信不信？”

清脆的嗔怒在静夜里听得我心头突突一跳，倒不是畏惧传闻中脾性傲烈如火的星罔霜狼，只纳罕究竟命犯着什么太岁，走哪儿都能撞上干柴烈火在夜半私会。这是一种什么样的运气？通俗的解释是，出门没看皇历。

这下子走也不能走，留又不想留。倘惊散了这对打情骂俏的狼和狈，恼羞成怒再把火撒在我头上，那就很狼狈了。犹豫着猫腰蹲在树根底下，再一听，又好像不是那么回事。

一个油腔滑调的男子说话声响起，登台唱戏般抑扬顿挫：“霜霜，你是个好姑娘，就像远方一样令人神往。腿短如我，只有趴在你的肩头，才能在这片广袤的山林自由翱翔！”

我抖了抖，抚一把奓起的汗毛，努力平复了一下起伏的心潮。

当年昌邑长老在授课时，除了传授狐子狐孙们法典礼仪，还喜欢信手拈来些平素难得一闻的闲趣野话来寓教于乐。他说世人多诟病“狼狈为奸”，实则是个天大的误会。真正有气节的狼族，从不屑和宵小之狈勾勾搭搭。倒是有些犯了大错被族群驱逐的孤狼，为了生存下去，才不得不和投机取巧的狈达成盟约，由此走上被万兽唾弃的不归路，最终害得狼族被刁钻油滑的狈类生生带累坏了清名。

狈类天生前肢短小，后肢也不怎么长，跑起来一步三颤，战斗力基本废柴。倘落了单，在山林里就是广受各类猛兽们欢迎的优质食材。

说起狈这个东西，可算得上是厚颜无耻没下限的典范，世上灵兽千百亿万，就没出过这么一个专靠吃软饭来繁衍生息的孬种。若说神族之间广为联姻也是约定俗成的规矩，那好歹还算建立在互惠互利的基础上，狈对狼的诱哄和利用，简直堪称空手套白狼一本万利。它们一旦被容许爬到了狼的肩背上，从此便如附骨之疽，再也甩不开蹭不掉。除了拍拍脑门出个馊主意，哄骗无知兽类在狼爪下变成口中餐，就只剩下饱食无所事事。所有的猎食、迁徙、对抗危险，统统都依赖狼的尖牙利齿。

眼前这名唤霜霜的小狼女，恰是头白毛似雪的霜狼，三界狼族中首屈一指的显赫氏族。看样子，清醒骄傲如她，并没这么容易就让这二流子红口白牙哄骗了去。

霜狼又称战狼，素来以头脑机敏对战凶狠闻名，只要被惹炸了毛，以一挡百收拾一群赖皮狈都没问题。但她形貌太小了，至多不过三百岁。这狈年龄不知几何，化出个全须全尾的人形来，却比两万多岁的临渊都老了不止一倍，当然也可能是道行太低的缘故。

土坡上是一处半圆的小山坳，霜霜的去路被这缠人的狈堵了个严实，左右腾挪也摆脱不掉，气得咬牙："呸！林子就摆在这儿，跑得动你就自己跑，没本事你还可以去死啊！再说你都有未婚妻了，还恬不知耻非要来招惹我做什么？"

身为一只没羞没臊的狈，被严词拒绝一下显然并不能打消它那颗攀附裙带的心。更何况，调戏脂粉、哄骗狼女乃是他们的祖传技艺。

此公果然越挫越勇，捏着嗓子又继续游说："作为一只在当地较为英俊的狈，娶妻这事上我也是很有追求的，与狼共舞的决心，绝对磐石不移！至于族里长辈们给定下的那门娃娃亲，纯粹是为了传宗接代考虑，没有半点感情基础可言，怎比得上我对你的一片真心？唉……哥哥心里苦啊，漫漫长夜，对月叹息，空虚、寂寞、冷……"

霜霜翻个白眼，答得言简意赅："马上，让开，滚！"

一出多情风月顿时变作下流闹剧，我恶心得快要当场吐出来。

知道狈没节操，不亲眼见识见识，真没想到会下作到这种地步。明明已经有了妻室，还试图引诱无知少女欺骗感情，占便宜没够，令人深恶痛绝。这厮长得也不像个有能耐招蜂引蝶的德行，风流鼻涕迎风淌，横看竖看都一表人渣。

自从在临渊身边待了些时日，审美已被他那张俊脸彻底惯坏，对皮相的要求变得异常挑剔，对这只当地较为英俊的狈，实在欣赏不来。念头稍纵，又是阵阵揪心，他明明已经有了夜来，何必还要同我说些那样的话。我是涂山最笨的狐狸，痴长了千年，还不如个三百岁的小姑娘机灵，随便骗骗都会当真的。

“狼和狈，自古以来就是天作之合。清新脱俗如你，怎么能和那些目光短浅的狼一样拘泥于门户之见呢？此生不能与你做伴，我的心将寸草不生，这么一份纯真的爱意，一颗滚烫的灵魂摆在面前，难道你一点儿都不动心吗？”

我一个晃神间，赖皮狈已挪着步子将去路彻底堵死，朝霜霜越发谨慎地逼近。

第四十四章 霜满天

月光被山岚卷来云絮遮蔽，林中光色更暗了几分。月黑风高夜，实乃作奸犯科强抢良家少女的最佳时机。

我拨开面前草叶，借着月光定睛一看，这厮化了个人形，很是衣冠楚楚，走起路来满身环佩叮咣作响，约莫把全部的家底都穿在了身上。脑袋巧妙地藏在纶巾下，头顶倒是差不多寸草不生。

不要脸的最高境界也就不过如此了。

良家少女咬牙一声娇叱："少废话，要动手就动手，姑奶奶怕你不成！"

不知是不是因为霜狼天生毛色如雪，还是惊恐愤怒过甚，变作人身的霜霜一张脸煞白吓人，连同唇色都褪淡得同肌肤融为一体。

赖皮狈优哉游哉搓着手，笑得越发涎皮赖脸。真纳罕这厮究竟吃什么长大，一身还算五官端正的皮囊能让它发挥得贱成这样。

"何必呢，要是依了我呀，别说当姑奶奶，就是让我把你当祖奶奶供着也成啊！以后咱俩搭伙过日子，驰骋山林多么快意！霜霜小美人，是不是发现没力气打架啦？这就对了，我的审美还是比较传统的，昨儿晌午在你路过的那片林子里呀，留了点好东西在鲜果上。你看你要变回个凶巴巴的母狼，还怎么和我这英俊儿郎一起做有情人做的快乐事？"

我悚然心惊，抬头一看，云翳已将皎皎冰轮彻底隐没。此狈特意挑了个好时候，失去月光的灵气沐泽，啸月化形的霜狼将法力大减，且霜霜大概曾误食了下过咒术的果子，眼下连变回原相都做不到。没有尖牙，没有利爪，却有个对着她垂涎三尺的色中饿鬼在虎视眈眈。

涂山狐素来古道热肠，这桩污糟事既撞到面前，不管一管委实于心难安，且有少昊琴傍身，底气前所未有之足。便寻思着趁赶到阒星城前，先拿此狈练练手，熟悉一下使用方式也好。

想当初临渊从怀其叶丈高的树冠上携金边紫云出场，气势上就把穷奇震慑得先矮了半截。我有心效仿，却不料在海里待得久了，驾云诀略显生疏，这出英雄救美便模仿得出了那么一点偏差。费半天劲刚忽忽悠悠飘上去，竟没能从树梢翩然而降，差不多算是从枝头咣当砸下，正落在霜霜和色狈中间。

两兽都被吓了一跳，同时发出惊叫。

我借着夜色遮脸，暗道一声惭愧，赶忙爬起来清了清嗓子，指指那狈道："你这是要逼她跟你交尾吗？"

狈往后跳开半步，眯缝着眼朝我上下打量，又伸手摸了摸脑瓜："呃……这个嘛，我们兽类不说交尾，那是水族的说法，不过意思是一样的啦。怎么，姑娘也有兴趣快活快活？不过话说回来，这么漂亮的狐狸精，星罔山可是好久都没见着了，既叫本公子遇上，岂有坐怀不乱之理？不如这便一起……"

这狈眼睛不大，眼力却不差，居然一眼就能认出我的本相是只狐狸，可见修为怎么也在四千年往上。出得涂山以来，从未真刀真枪与人干过仗，虽有少昊琴在手，心里多少还是有点没底。但不管怎么说，害怕也不能摆在脸上。

"没有兴趣。你有没有滚烫的灵魂我不知道，但把你烧成颗滚烫的灵魂估计还是能做到。"

那狈咧嘴嗤笑一声，开始绕着我俩转起圈来："现如今的小姑娘家就是脾气大，千把岁的狐狸和三百多岁的小白狼，全加起来怕还挡不住本公子一搂呢！要不信哪，咱这就试试？"

我趁机将霜霜拽到身后，又把方才挖出的半兜子蘑菇朝她手里一塞："别怕，你拿着这个沿溪往上游走，不过两三里地东边有棵歪脖子老槐树，树底下拴着匹白马叫越影，把蘑菇给它吃，它会带你去任何想去的地方。"

靠得近了，才发现霜霜一直在发抖，双手冰得如从雪水里捞出来一般："狐狸姐姐……那你怎么办？这只狈……"

为了给自己壮胆，顺便也给赖狈一个下马威，我把背上负着的长琴解下来晃了晃：“看见这个了吗，天上地下独此一家的法器桐峰紫瑟，收拾只狈绰绰有余。”

事不宜迟，多耽搁一刻就多一分变数，霜霜不再犹疑，扭头朝溪边奔去。

漆黑的林子里，无星无月天地昏冥，涌动着危险的气息，只有狈的浪笑连绵不绝格外清晰。

我使劲回忆临渊当时操琴的姿势，将桐峰紫瑟横抱在胸前，背心抵在树干上，仿佛寻着点虚无缥缈的依靠。

“你笑什么？”

狈搓着手弓腰挪步，一双贼眼还不住瞄准我手中的长琴，口中不忘喋喋：“那什么什么紫瑟琴，小狈也曾略有耳闻，都说是早已被毁弃多年的魔物，几时重又现世来着？别误会，不是不信你这琴货真价实，东西确实是好东西，只不过……你确定你那千把年的修为，真使得动这玩意儿？眼下狼女被你放跑了，哥哥我后半辈子恐怕衣食无着，这下子很不高兴。”

我用尾指偷偷抹了抹冰凉的琴弦，硬而韧滑，龙筋感应到气机的凝聚，开始氤散出微弱的紫光：“唔，你不高兴了，那便又怎么样呢？”

“我们狈类君子风度闻名天下，最懂得个怜香惜玉，纵不高兴也不舍得对娇滴滴的狐狸精动拳脚不是？霜霜既没福气被哥哥疼，走就走了吧，这不还有你嘛！哥哥也看上你了，那便只有做了你的郎君，才能原谅不懂事儿的小娘子淘气一把。”

三根手指被那龙筋勒得全无血色，掌心却紧张得滚烫：“可我没看上你。还郎君？就你这样儿的，给我当邻居我都嫌烦。”

“烦”字还未落地，倾尽全力的执掌一发之势已借着素弦劲射而出，大蓬紫光呈扇形腾起，照得林子里一片妖异诡谲。这扇形和临渊当初用来制服英招的那轮比起来，小得不忍直视，但好歹也算成型。当年在涂山习艺，这类用于攻击的仙术大多跟我五行相克，好好练的都一言难尽，随便凑合的更一摊烂泥，让人感慨命运神奇。

紫光最盛之时，并未如我所愿般将那无赖的光头削下，却猝不及防地朝反方向回弹过来。我一时惊骇无极，身后抵靠着的大树也挡住了退避的去路，只得硬生生扛下这一轮重击，唇角当即涌出一阵腥咸，不用看也知道是被法术反噬所伤而呕出的血。背脊渗出的冷汗把衣衫尽皆湿透，被巨大的恐惧感包围。那狈所言，竟是真的。以我这点浅薄修为，根本驾驭不了千妖万魔锤炼而成的少昊琴。

这一下变故完全出乎意料，锄奸不成反倒伤及仙元，恢复起来恐怕不是一朝一夕。就算没有受伤，都不见得是那厮的对手，此刻孤掌难鸣，自忖凶多吉少，已做好准备祭出元丹，哪怕玉石俱焚也绝不受辱于狈。

有个熟悉的声音重又在记忆深处浮现。轻视生，轻视死，那不是勇敢，只是空虚。因为还不知道自己的存在，对别人有何意义。

重伤垂死之际，不忆平生唯忆君。我曾以为临渊给过我这种意义，然后又亲耳听到他将这虚幻的迷梦彻底击碎收回。情爱之事，妙就妙在难以长存，且死无对证。只可惜这琴，明珠暗投，落在我手中也是浪费，恐怕没有机会再亲自奉还给他了。

刚摇摇晃晃站起身来，一痕白光突然从身前跃过，如箭如矢，直取那狈咽喉。

霜白的掠影，迅疾有力，有那么一个恍惚的瞬间，我几乎以为那就是他。每每临危之际，只有他会在千钧一发的当口及时出现，救我于水火。

然而耳畔响起的一声娇叱，让这不切实际的幻想很快破灭。

“阿爹快咬死它，就是那个下流坯子！”

一声长嗥穿透山林，疾风骤起，将浓重的阴云扫荡得片甲不留，月光清净明光重又遍洒四野。

月华映照下，一头身姿庞然威风凛凛的白狼傲然而立，正仰天对月发出清啸。这公狼异常魁伟健硕，比起当初的穷奇有过之而无不及，每一根银毫尖梢都流转着黯蓝的光泽，如同幽冷的火焰。

公狼粗壮的前爪紧紧摁在狈的胸前，那厮想必当场受了重伤，连人身都再难维持，已彻底化回黑黄斑驳的兽形。仰倒在地，一动不动良久，两双小短腿忽又蹬了蹬，也不知是醒过来还是死过去了。

霜霜奔过来搀起我，蹒跚着步子往溪边退去，远离那林中泼天淋漓的血腥。临走还不忘咬牙切齿朝那公狼嗔道：“阿爹千万别口下留情，若放跑了那祸害，还不知有多少姑娘要遭殃！依我看，最好撕个稀碎吞下肚去，才算永绝后患！”

山涧水泽寒浸浸，撩了把溪水沾湿额头，才觉出浑身虚透，每根汗毛都发冷。劲力全失，差点抱不住那张琴，一个趔趄差点失手将琴滑落在乱石滩。惊呼未竟，身后探出一臂，仅凭两指之力便将沉重的桐峰紫瑟稳稳拖住。

霜狼的真身令人望而生畏，化成人形竟是个飒爽落拓的青衫儒生模样。霜霜的阿爹看不出年纪，眉目颇为英挺，举手投足间既不过分文弱也丝毫不显粗鲁。他蹲在溪边，不紧不慢地洗濯袖口上沾染的些许血污。月照清溪，明镜一样的水波里，照出一个洒脱身影，对着女儿悠悠笑叹道：“那东西太臭了，硬吃下去对身体不好，还是留给青头鸦吧。”

白狼精霜满天，也就是小狼女霜月落的阿爹，虽有一万八千余岁高龄，仍亲切地让我称他小满兄，这就是不倚老卖老要结个忘年之交的意思了。

他原是凡间某朝某代一位皇子须臾不离左右的征伐利器，那位皇子据说来头也不小，乃是九重天上的破军星入世历劫，打仗打得风生水起，攻城略地很是一把好手，被誉为一代军神。但世事难两全，破军星在凡世的命运被司命老儿大笔一挥写得异常坎坷，好端端一位天潢贵胄，尚在襁褓就流落民间，被追杀天涯。成人之后，擅使奇门遁甲之术，启箫声而动，引万山群狼入阵杀敌。领头的狼首，就是眼前这位小满兄。

如今霜满天尘劫已完，返本归元后重回星展仙陆，仍旧是霜狼氏族的头狼。

谈起风云变幻的凡界往事，小满兄很是唏嘘。通常这种时候，就需要寻个酒馆痛饮一场，对着我这种没见过世面的晚辈仔细数说当年勇，才算不负豪情。

果然这个提议深得狼心，霜霜当即欢快地牵着越影在前引路。据说霜狼族已多年不再参与战事，但漫长时日终须寻些去处来打发，因此星罔山脚下，市肆酒馆一应俱全，阖族皆以此为乐。每到月圆之夜，常聚众达旦笙歌，很有些世外桃源的风致。

山路走到一半，心头却犯了难。按说我这个岁数，和一把年纪的霜狼族长称兄道妹，已是占了天大的便宜，更何况方才生死悬命之际，还全靠他及时出现逆转危局，就更该做个东道，好好请小满兄喝个不醉不归。道理是这么个道理，可怀里仅剩的那点贝叶钱根本不够买酒，囊中羞涩，穷得浇愁都浇不透。

当下惭愧得双颊似火，悄悄把裙衫里外摸了个遍，还是一无所获。

为救出大垂，偷琴窃马已经是我无耻奔放的极限，若再顺手牵羊拿走临渊的银子，整件事性质就不一样了。这辈子第一场情爱，虽然不能落个花好月圆，也不能下作到这种地步。

所以从龙宫出逃前，一簪一环都摘取干净，件件不落留在了妆镜台前。华裳移星陆也脱下，叠放得整整齐齐，就摆在他身旁。硬要说带走了什么原本不属于我的东西，大概就是收在锦囊里的一纸婚书，和只剩一枚的紫螺耳坠子。另一枚失落在鹤沼，再也无迹可寻，大概早已被水流不知卷去何方了。

对我而言，临渊是曾经沧海难为水。留着零落不成双的一只耳坠，不过因心中痴念未断，只想着留个睹物可思的依凭也好。但或许对一条龙来说，世上沧海并不止一处，旧人如旧裳，撇了去，转身自可再去寻找新的汪洋。

星罔山脚下灯火绵延，灿若万千星辰洒落遍野，风过林木瑟瑟，时有零星狼嗥此起彼伏。遥望去，都是遗世独立的静暖。红尘中身无长物的落魄，顿时消融在迷人的月色之海。我伸手揉了揉脸颊，试图把唇角忧戚的弧度抹掉，生怕那一点点不能示人的心事在这夜里走漏风声。

绕过小片寒松林，随霜狼父女登上一处悬着油纸灯笼的吊脚竹楼，一轮明月照孤松，视野通透开阔，临风把酒几多快意。

小满兄万儿八千岁，何等晓味世情，自是一眼就看穿我的窘迫。方落座，扬手招呼狼小二把存在窖中的棠果佳酿尽数取出，说是要招待远道而来的贵客，至于酒钱则更只字未提，我也就只好客随主便，先斟满杯敬上。

夜已深浓，竹楼仍旧笑语喧哗，往来沽酒客络绎不绝。三五成群的山林走兽聚在一起，或酩酊大醉，或小酌怡情，这等俗世热闹欢腾，也是我前所未见的喜乐融融。

从不离身的少昊琴放在窗下，看得人满心惆怅。林中一战，本想小试牛刀，孰料出师不利差点身先死。我根本操控不了这件法器，已是明摆着的事实。受鹤沼一番刺激，脑子一热就偷了琴逃出龙宫，还是把事情想得太简单。紫瑟在临渊手里是震慑四方的利器，到了我手里却连根烧火棍都不如，要凭一双赤手空拳孤身前往阗星城救出大垂，谈何容易。

内忧外患，心事一个都无解，只怪自己太没用。哥哥曾说醉能解千愁，我以前想不明白，那么辛辣呛喉的液体，是怎么能让人忘却烦恼。现一杯接一杯灌下肚去，却仿佛有几分明白，原来口中苦得发木，心头的苦就没那么清楚了。

第四十五章

琴心妖魄

杯中那轮明月儿晃呀晃，正看得入神，对面伸来一只手，掌心向下，将酒盅按住：“你被桐峰紫瑟伤得不轻，这么个喝法，对元丹损耗太大。”

我摇摇头：“就算没这伤……”忽一个醒神，手忙脚乱蹦起来惊道，“小满兄……小狐冒昧，有个……有个不情之请，你既认识这琴，教教我怎么用可好？”

霜满天执壶的手臂僵在半空：“我也用不了它。”

刚升起的一线希望转瞬破灭，我失落难以言喻，只得重又坐下，闷闷趴在桌旁。酒香中传来声意味深长的喟叹：“不是我不肯帮你。这琴非同凡品，并不是在谁之手就能为谁所用的法器，控弦的奥妙亦大有玄机。若强行用仙术擅启，轻则反噬，重则入魔。”

原来如此。有勇无谋的我，真是太看得起自己。连修为近两万年的狼王都束手无策，我竟天真地以为，靠那点不入流的小法术，就能驾驭得了曾荡平八荒六合的少昊琴。这次只遭反噬受伤而未坠入魔道，大概也因为我使出的法术太过微末之故，实属侥幸。

“这琴的原主是昊天大帝，百鸟之国创立后，紫瑟便被毁弃得毫无踪影。我最后一次见识它的神威，是在约莫三千年前，在那位四海战神手里。”

难怪说偷来的锣鼓敲不得，偷来的瑶琴也不能胡乱弹。兜山转水都绕不开临渊交游遍天下的故人，面前坐得四平八稳的小满兄，既能对琴的来龙去脉如数家珍，显然是个识货的，自能猜到这么件举世无双的宝物，不可能平白流落在一只千岁小狐狸手里。他若觉出蹊跷，追问起来，可怎么是好？

我讪讪端起酒盅遮住半张脸，琢磨偷琴这事是据实相告，还是寻个话头遮掩过去便罢。霜满天的年岁，和临渊倒是相仿，说不定真有过交情。且他待我以诚，若存心隐瞒，未免显得太失于磊落。且以狼族之慧黠，一旦起了疑心，恐怕也很难再把谎圆得天衣无缝。

他将话末落在“四海战神”上头，并未继续咄咄逼人。但我知道，小满兄在等一个过得去的解释。千里之外的异族突然深夜闯入星罔山，还随身携带了如此危险的法器，于公于私他都不能不为族人多虑一二。

我抬起头坐正，坦然对上他平静的眸子：“小满兄和这琴的主人认识？是朋友？”

霜满天笑笑，仰头饮尽一杯：“我曾做过他的部下。东君其人嘛……和我在凡世追随的破军星，性子倒颇有几分相似之处。他们这类人有一个共同点，不需要朋友，更喜欢交易。即使内心痛恨的人，也能在需要的时候把他们当作‘朋友’，你能吗？”

这评价极为含蓄，也很客观，不落褒贬。我闻言略放下心来，他们就算谈不上有多深的交情，从话风里揣摩，倒似乎并没什么过节。但最后那个问题让我悚然心惊，是的，我不能。设想了一下，就算有天大的理由，需要我和夜来去成为‘朋友’并肩作战，我也做不到，过不了自己那一关。所以他们才是最合适的盟友和伙伴。

“小满兄看得没错。实不相瞒，这琴就是敖临渊的。我趁他睡着了，不告而取就把琴窃出龙宫，还骑着偷来的白龙马，途经贵宝地……”

霜满天未及答言，霜霜一口酒喷出，扶着桌角笑得打跌：“前些日子东海广下喜帖，龙主和涂山氏定下婚约，漫山遍野早传得沸沸扬扬。只是我和爹爹都没想到，竟这么快就在星罔山见到了未来的东海君后。姐姐拿姐夫的琴来用，哪里算得上偷？”

“姐夫”两字猛然在我心头扎下一刺，不用看也知道，勉力挂在脸颊的一点笑容定已零落得不像样。

霜满天毕竟不是胸无城府口没遮拦的小姑娘，察言观色想必也猜到内中另有隐情。略带责备地朝女儿丢个眼风，又低声吩咐她先回洞府取个什么物件，三言两语便敷衍过去。

“适才见霜霜骑着越影奔回洞府，还以为东君仙驾重临星展大陆，结果……确实大出意料，哈哈。”

说是没想到，但他的表情丝毫也不显意外，仿佛早就看出我的来历。

我苦笑：“山林走兽和水族的联姻……连天庭都未上报载册，儿戏一般，难为你们都当了真。少昊琴和白龙马，确实是我擅自带走的。这次出来，也没打算再回去。我和他……不合适。”

小满兄若有所思再斟一杯：“山林走兽又怎么？狐族和龙族的联姻，并不是没有过先例。”

“山林里的狐狸野性难驯，不受拘束自在惯了。龙宫规矩繁多，比如走路不许摇尾巴，说话不能叼手指，他还老笑话我人语说得磕磕巴巴，胆小又不认路，一副没出息的熊样。”

话刚落，邻座两只熊怒目刺来。我咕咚呛下一口酒，赶忙咳嗽着解释：“呃……不好意思，我……我也觉得这话太混账，种族偏见令人发指啊……”

霜满天爽朗大笑，甩袖丢过去一瓮陈酿作赔，两熊方咕哝着作罢。

“他们是有熊氏，一对兄弟俩，脾气虽急了点，却是忠厚守礼之辈，幼棠妹子不必紧张。”

星罔山有熊氏，也是灵兽中战力极为强悍的氏族之一。他们世代守护这片仙陆，服从狼族的统领和调遣，和霜狼们休戚与共。千年万载物换星移间，早已形成牢不可破的攻守同盟。

酒过三巡，闲篇也快聊尽，才终于切入正题。霜满天今夜喝得不少，但眼神清醒，口齿爽利，几乎毫无醉意。他放下酒盅，慢条斯理从怀中取出卷黄脆的册子向我随手抛来。

卷首“天狼书”三字如铁画银钩，跃然纸上。借着月色细看，厚厚故纸堆摞所载，全是详尽的战术要略。怎样设防、怎样对阵、何时是追击的最佳时机，又该在何处撤守诱敌深入，怎样巧取天时，怎样借用地势……多为如何以少胜多的巧策奇谋。

这是本不知出自何人之手的武韬兵书。霜狼氏虽早就不插手山外是非，但霜满天的立场已表现得非常明显："这册子原是我那位故人，下世历劫的破军星亲笔执录所传。据闻东海与北溟开战在即，幼棠妹子若打算在这之前独闯阗星城救人，而不将战火牵扯到涂山，或许能用得上。"

星展大陆能在霜狼这一任族长的统领下崛起得迅速，万年来自成一国固若金汤，想必也有这部不曾外传于世的兵法之功。

我盯着卷轴上的字迹，不知不觉攥紧了拳，放在嘴边，轻轻啃咬指甲："这兵书的确难得，若交给天分相匹之人，当是如虎添翼。可对我而言，如今怕是没有用武之地……"

以少胜多并非绝无可能，但以一敌万肯定没戏。海夜叉以善战著称，早在东鄰城外那场短兵相接时，就见识过他们的训练有素。夜来率众对阵尚无全身而退的把握，更何况一只仙术平平还身受重伤的笨狐狸。或许临渊说得对，我这样上不得台面的累赘，遇事只会叼着手指一筹莫展。从小到大，唯一会的乐器除了吹口哨，大概就是打退堂鼓。

可这次不行，大垂的安危关系着涂山国和水族之间是否能维持岌岌可危的平静。倘能兵不血刃救出大垂，我俩一起滚回涂山请罪，就当这些日子以来的一切，从没发生过最好。无论如何，我都不想看到父兄和临渊兵戎相见。

怅怅伸出手指，往那横陈窗下的紫瑟弦上轻轻划下，入耳却不是清音琤琤。一声尖锐仿似龙吟的呼啸携紫光破窗而出，横扫过竹楼西侧一片参天巨木，强劲之势犹未止，朝山脚继续席卷而下，所过之处，花木百草尽皆凋零委地。

我被琴音反噬，伤损了元丹，数月内恐怕都不能再动用仙术，这不带丝毫法力的一指弹拨，竟能造成如此令人瞠目的恶果。

天知道，我只不过想听听龙筋作弦的瑶琴，若当成普通琴筝来拨弄，会是怎样的仙乐飘飘。意外发生得太迅疾，连一向镇定的霜满天也面色微变。唯那有熊氏两兄弟激动得直跺脚，嗷地扑向断木残林。

晚秋时节，恰是秋蜜最醇美的辰光。整片遮天蔽日的巨木被拦腰摧折，原本高悬于树冠的硕大蜂巢纷纷落地，金黄蜜浆四溅，在月色下流淌若琥珀，漫山遍野都是甜润芬芳的香气。

粗壮原木砸在大地上的轰隆震颤方歇，很快便响起阵阵欢呼如潮。闻香而动的熊罴从四面八方蜂拥而来，和越来越多的灰兔、松鼠们围聚在一起，纵情享受突如其来的甜蜜盛宴。

疑惑重重，如同排山倒海，我举着右手直愣愣看了半晌。想要开口说点什么，却不知该从何解释。

人声鼎沸的小酒馆已散得鸦没鹊静，松涛断断续续将寒气从大敞的窗扉灌入。霜满天短促地笑了下："能完全不倚仗仙术，就将这琴弹得风云变色的狠角儿，我也曾有幸见识过一个。"

"谁？……"

他顿了顿，扶窗而立，淡淡地说："魔君重楼。"

那语气波澜不显，仿佛在闲谈一句"今夜月色不错"或"那坛子新酒滋味薄寡了些许"。

但这块巨石在心间砸出的汹涌，不啻惊涛骇浪。我对重楼其人知之甚少，却对名震史籍的"重渊之争"略有所闻。多年前因神魔大战中落败而被封印昊天塔内的魔君，是临渊的死对头。

霜满天转头看了我一眼，像怜悯，又像是为即将说的话感到歉意："少昊琴乃淬千妖万魔之魂练就，本就是件集天地邪戾于一身的杀器。若想操纵它为己所用，要么拥有极强的修为，能彻底以正压邪；要么琴心合一，魔就是琴，琴亦为魔。"

这种模棱两可的空泛之语，听完还是不知所云。我怔住，微弱但倔强地摇头反驳："这怎么可能……谁是魔？我根本不懂该怎么用它！我……我不是……"

那我是什么？我不是狐帝芜君的嫡亲骨肉，不是青丘的狐，也可能不是涂山的狐。霜满天的话，让我身上有些发凉，呼吸乱了节奏。看到他投来的目光，才真正察觉出秋意。

心似向着漫漫一道深渊滑落。

"言归正传。就算你能操控得了这琴，它也帮不了你什么。你的目的只是救出被俘的狐族同伴，不是把整个涂山国掺和进水族的内乱里，还是速战速决的好。难道你真打算孤身一人，拿着桐峰紫瑟去横扫海夜叉千军万马？恕愚兄直言，事情一旦声张开来，恐怕没那么简单。夜叉王承乙是何许人也？他麾下的悍兵猛将，可不会像这片无知无觉的树林子一样，杵在原地任你宰割。”

我暗暗心凉，咬着拳头发不出声。一切本不该是这样，可它原本该是什么模样，没人能给出回答。

寒鸦落啼，月影在窗棂沉默地偏移。狼小二不知何时蹑手蹑脚地将满桌杯盏狼藉收拾干净，霜霜似乎回来过，又悄无声息地离开。

空空如也的桌面，留下一支霜白短笛。

星罔山地气润泽，除了獾鬃土匪之流，还盛产白银。那制成短笛的银块成色鲜洁，触手细腻，仿佛裹了层冰壳般通体剔透。霜满天拈起短笛对月端详片许，平托于掌心递到我面前。

我惊得抬起头，正对上他的目光。霜狼的眸子，是一片深瀚无垠的苍穹。我竭尽全力也分辨不出他的好恶——可能他根本没有。也看不出他是信任我，还是怀疑我——可能他根本不用这种方式看人。这种玄虚无底的气韵，像薄雾一样轻飘飘不可捉摸，但绝对不可小觑，令人过目难忘。类似的神髓，我只在芜君身上看到过。

“灵狐都对摄心术运用自如，但如果遇到危险，哪怕只有十几个海夜叉包抄过来，你也没办法保证他们的眼睛能同时被你一双狐目摄魂迷惑。五识[1]之中，唯耳识最难破除，出其不意攻其不备，才能化险为夷。”

“在和那犾对峙时，我试过用仙术硬抗，结果只会被琴所伤，随手无心一拨，却没承想……或许我根本不是什么涂山灵狐……万一我是入了魔道的狐妖，说不定来日还会惹出更难以收拾的大乱子。小满兄为什么要把这么宝贵的兵书和法器给我？”

[1] 五识：指五种心识，即眼识，以眼根为所依，缘色境；耳识，以耳根为所依，缘声境；鼻识，以鼻根为所依，缘香境；舌识，以舌根为所依，缘味境；身识，缘触境。

“我们霜狼是方外蛮族，不管什么仙不仙魔不魔。你是狐仙也好妖魔也罢，既是我女儿的恩人，就是我霜满天的朋友。譬如那狈，便算再修上个万儿八千年，白日飞升成了仙，又待如何？照样给他一口咬死了干净。”

他指着竹楼外群熊，不紧不慢继续道：“刀兵本无善恶，端看谁来用它。甲之砒霜乙之蜜糖，你看，随手无心的一拨，让有熊氏多开心。”

“那……小满兄能不能，再帮我一个忙？”夜露慢慢濡湿衣衫，我接过短笛紧紧握在掌心，感受着银器彻骨的冰凉，终于鼓起勇气再次问道。

他身手矫健，白影一晃便不知从哪里取了瓶酒来，边喝边懒洋洋应声：“先说来听听无妨。”

第四十六章

独闯阗星

有醉意三分，要行路千程。

不属于我的越影和桐峰紫瑟，都被留在了星罔山。霜满天承下君子一诺，来日若有机缘，定亲自将此琴纤毫无损奉还给它真正的主人。

驾着云头，不快不慢地继续朝阗星城行去，身边只有从涂山带出的一方兜云锦和小满兄所赠的天霜笛。路已经走过多半，对错都没分别。如果能凭一己之力侥幸救出大垂，也算给私逃出山惹下的这堆风波做个了结。待前尘落定，便打算自去择一处山头闭关清修，应付五百年后的下一轮天劫，并且，再也不会试图冲破天罗印的隔绝。

涂山的晨昏从来不疾不徐，岁月似绵绵无绝期，一百年前和今天没有任何分别。至于黄泉海，或许只是年少轻狂时不知天高地厚的良愿罢了。承诺这东西，说的人可以任意改变或收回，那么听的人，最好也别太当真。念或忘，终究只是一个人的事。

东夷福地外的万丈红尘，我见过了。爱别离，求不得，贪嗔痴……种种煎熬苦痛，锥心折磨，欢欣喜悦，如梦幻泡影，如露亦如电。值得庆幸的是，对这曾发生过的一切，唯独没有怨。就如父君所说，世间之事，原本没有道理可讲，很多疑问，可能永远都寻不出个答案，又何必太过执着。

临渊是四海之主，有他的立场和选择。就算是为了那些我所不能明白的原因，枉造了段镜中花水中月，我也并不恨他。只当长梦醒转，梦中那碗黄粱的滋味，已独自封缄，再无一字一句可与人言。

天霜笛身长七寸，间有九孔，吹奏方式和柳叶哨差不多，指法稍复杂一些，也并没难到哪里去。法术只要勤加修习，终究可以熟能生巧，唯有人心幽微曲折，万化千变无从捉摸。

这并非一件杀人于无形的利器，笛声奏起，只能在片时内迷惑敌人心志，使之丧失攻击能力，甘为驱策，不再形成威胁。听得久了，也至多不过神思昏聩，从此陷入癫狂再难清醒。但带着它趁夜潜入阒星城，或许足够了。我此行只为救人，不是大开杀戒。海夜叉跟东海的恩恩怨怨，与涂山概无关联。

离开战之期还有三天，阒星城内却丝毫看不出明火执仗的紧张气氛，连巡逻守备都少得可怜，着实令人费解。或许全部倾巢而出，在营中集结待命也未可知。我不关心这些，只想快些找到关押大垂的所在，快刀斩断这团乱麻。

北溟的海和东海不同，不知是否入了秋的缘故，那海水味道更咸涩，近乎发苦，通透度也极低。一片浑蒙浸在周身，寒意着实刺骨。

斜晖余照下的阒星城内宫有种诡秘的凝重。殿宇建在无穷无尽的海牙荆棘林后，随手掰下一根都能当狼牙棒使。每有洋流卷过，海牙粗壮的枝条互相摆荡撞击，发出巨大的声浪。飞檐翘角皆狰狞，仿佛晦暗中蛰伏着一头不知名的凶兽，随时凶相毕露，准备将靠近的活物彻底吞噬。

小满兄所赠的兵书被我在来时路上熟读于心，总结下来基本就是部坑蒙拐骗技法大全。那位下世军神，舌灿莲花的功夫同临渊几乎不分上下，最擅长在困局里花样百出地示弱，然后不知不觉送你一堆心碎的方式。对于这点，我很服气。

然而服气归服气，奈何天分实在有限，难以领悟机要，到了临危关头，道理看得再多还是百无一用。

比如面对抱着鱼叉突然从廊下出来的小侍卫，我完全不知道是该先和和气气避让一下，还是大刀阔斧甩开膀子就开打。事情基本是这样的，拐弯，撞上。都怪我没能记住姜夷教的那套水族宫廷规矩，往左拐的时候偏还溜边走了外廊靠左的墙。

大家素昧平生，万一他只是凑巧路过，把好好一个擦肩而过硬搞成血光之灾就不大美妙了。小满兄也曾千叮万嘱，劫囚这事，最好悄悄地来默默地走，就算不幸遭遇以一敌十的围歼，都不要声张。否则一旦嚷嚷起来，马上会惊动更多的守军，变成一夫当关，万夫来开。

小侍卫显然也没想到，渺无人烟的宫道上会突然冒出个鱼不像鱼龙不像龙的家伙，拖着条大尾巴拦在路当中。

面面相觑半天，只得收起龙尾，先发制人没话找话："敢问这位壮士……什么物种？"

他谨慎地白我一眼："海夜叉。"

"失敬失敬……咳，夜深鱼静，路经此地有何贵干哪？"

小侍卫狐疑地朝四下打量一圈，反问："你又是干什么的？"

"呃……这个，你看我像干什么的？"我这么问，完全是按兵书上所说的计谋照葫芦画瓢。破军星写道，当敌人有心打探你的目的，必然不能老老实实有一说一。得设法让他先开口，再看对方比较容易相信哪种解释，就可以随棍而下。

小侍卫握紧鱼叉，义正词严道："我看你像劫狱的。"

我被海水猛呛进去一大口，咸得涕泪交流。看来战神也不是每次都靠谱。

但既然他这么说了，可见关押大垂的牢狱应该就在附近。我不由自主转动双眼，向茂密的海牙荆棘丛深处端详——并没有鬼鬼祟祟的兵卒埋伏窥伺在侧，面前这个，是只独行落单的海夜叉。

那就比较好办。我调出个诚心实意的笑来："这么不可告人的目的，你小小年纪是怎么一眼就看出来的？当真令人钦佩之情犹如滔滔江海连绵不绝……"

夜叉这个族群脾气直爽，好战也喜功，那么必然不经夸。小侍卫将祖传习性继承得很完善，果然得意起来："耳朵尖又有浮水尾巴的，不是鲛人，就是狐狸。我们北溟只有丑雕题，从没见过长得这么漂亮的女鲛，所以你肯定是那只胖狐狸的同伴，要趁东海龙王打过来时里应外合劫走人质！"

"话也不能这么讲，凡事都有两面性，不是那么绝对……就譬如你看这银笛，是不是也很漂亮？"

我拨散鬓发，将竖在外面的尖耳稍遮起来，又从怀中掏出那支亮晶晶的天霜笛晃了晃："表面上看，它千真万确是根笛子，但事实上呢……"

事实上，它除了是件乐器，更是件杀器。

清越笛音随着水波袅袅荡漾开来，四周顿时鱼沉虾寂，方才还竖着鱼叉横眉立目的小侍卫，早已四仰八叉瘫倒在地。

本不愿这么快动用这撒手锏，有个词儿怎么说来着，真人需得不露相。事到临头才晓得，狐假虎威如我，不露馅已经很不错。

把被笛声迷晕的小侍卫拖进荆棘丛里掩藏好，顺手摘取了他的腰牌和鱼叉，沿着阴森森的宫道继续寻摸。

披荆斩棘走出去两三里地，密布的海牙渐稀，寒水黯，夜潮急。眼前蓦地出现一处方圆五丈许的空地，当中巨木耸立，细看却是株盘曲虬结的铁海榕。

这海榕恐已有了上万年寿数，粗细不均的枝条纷纷从树冠顶端垂直扎进沙地，交织成一片密密麻麻罗网，再化生出新的根系，独木成林。那些看似柔软的根须，触手粗粝，比玄铁更坚韧，掰不折砍不断。用鱼叉猛斩上去，纵然金屑四溅，也纹丝难伤。

这么邪气森森令人望而生畏的破地方，就差在树干上刻着：此处是天牢。

拧身从海榕枝缝隙里钻进去，果然树根底下露出个半人高的洞窟，内中漆黑一片，入口被海藻层叠遮掩着，打眼望去很难察觉。

洞口虽然狭窄，仅容一人侧身而过，树窟窿里却别有洞天。

盘旋的阶梯向下垂直蜿蜒，曲折似没有尽头，不知转了多久才豁然开朗。这地牢非常宽阔，阶梯的尽头没有实地，玄色海波翻涌，如同深不见底的墨池。丢个贝壳进去，等了很久都听不见半点回音，若脚底一个没刹住，就会坠无底深渊。

和外面一团黑灯瞎火不同，牢洞中用以照明的，竟是鲛人鱼膏所制的避水长明灯。粗略数数，有十八盏左右。真是奢侈，连黑牢所用灯油都比龙宫寝殿设的还要多。

在夜叉族叛出东海之前，纯净芬芳的鲛人灯油一向是龙主对属国最高礼遇的厚赐，唯有适逢重大节庆或夜叉们立下卓著战功时，才用来颁作嘉赏。

除了天赋异禀的东海鲛人，雕题的尸体根本无法炼制出长明不灭的鱼膏，而北溟鲛族只有丑陋凶顽的雕题，这些灯油是从哪儿来的？

额头冷汗泠泠，仿佛突然碰触到一点谜团中飘忽不定的端倪，却又抓不紧、牵不牢，无法看得更清晰。

借着长明灯清润的银光极目望去，光滑的洞壁毫无落脚处，半空却密布施了咒术的树藤丝网，纵横勾连，倘不慎在跨越黑池时触碰，则牵一发动全身。黑池中散布着错落的梅花桩，看似杂乱无章，实则暗藏玄机。那些桩子通体赤红，依稀是万年珊瑚凿磨而成，有高有低，九宫八卦为形，纵横斜列皆九十九步到头，合九九归元之数，一旦踏错，不知会引发什么天雷地火。

珊瑚梅花桩的彼端，兀立一块方正石台，上面瘫软着团模糊白影。大垂的九条长尾呈扇形分开，每一条末端都被紧紧缠绕在一根海榕藤蔓上，悬挂吊起。九尾是涂山狐致命的罩门，一旦钳制住，即使四肢不被束缚也无济于事，所以他连人形都无力维持。

这就是春空化作手帕的小小幻术，会在那么个不合时宜的当口骤然消弭的原因。显然大垂一被掳进阗星城，就被打回原形直接镇压在铁海榕树根底下。他困囿于暗无天日的深海地牢，远比我以为的时间还要漫长。就在我昏头昏脑和狐族的死对头谈情说爱私订终身时，为顾全我安危而执意同行的大垂，正做着水族的阶下之囚，呼天不应叫地不灵，或许还受了许多意想不到的屈辱折磨。

洋流湍急，石台反射的冷光森森直刺进我眼里，晃得一片酸疼。那种全然陌生的感觉，如无数毒藤恣肆蔓延，搅得肺腑阵阵闷重翻腾。一念心魔难抑，这是否就是经书里所说的恶嗔怒与偏见心。涂山狐天性淡泊，不喜好勇斗狠，却绝非任由欺凌宰割的懦弱之辈。哥哥的武装童子阵队训里怎么写来着，人不犯我，我不犯人，人若犯我，送他超生。

摸出胸口锦囊，将内中物事一股脑倒出，三枚乌黑发亮的弹丸滚落在掌心，滴溜溜打转。这是火烧离火宫大垂被掳走那天，我和姜夷相撞摔倒在地，顺手捡起的乌金炭。当时只想着，或许能从这些散落的碎炭上找到些许龙宫被突袭的线索，却不料还没来得及把证据条分缕析，就被夜来当堂反咬一口，诬我和大垂通敌。

凭我的本事，恐怕很难毫发无伤地闯过珊瑚梅花桩。乌金炭烧出的三昧真火避水，只需燃起一点儿苗子就能在顷刻间星火蔓延，用它来将这破树烧个灰飞烟灭，正是势单力薄之下最好的选择。内宫天牢走水，势必引得海夜叉惊忙扑救，便可伺机携大垂趁乱逃出城去。

正思量怎么搓起火来把这破树连根铲除，对面瘫软成泥的大垂却突然有了动静，甩一把乱糟糟打绺的白毛，挣扎起来嘻哈道："终于来啦？小丫头片子，士别三日果真半点长进都没有，哎哎你先别忙点火，先晃晃脑袋，快！"

"……呃？为什么要晃脑袋，我脑袋怎么了？"被他那一声吓唬，吓得赶忙扭头四下看了看，树洞还是空寂如常，地牢毫无异状，也并没倒霉到被巡逻的海夜叉误打误撞闯进来。

好大垂，一张臭嘴，被折腾个半死还时刻不忘插刀："脑仁儿里装了那么多水，居然没听到哗啦啦的响声？哎哟喂，能迟钝成这样也算不容易。"

孤身入敌巢抢狐狸这要命的活计，实乃生平头一遭，本就紧张得不行，再平白挨上一顿挤对，忍不住瞬间就要炸火："谁迟钝谁被逮，姑奶奶就算有水，也是神仙水！"

"你看你看，心眼儿小吧脾气还大，虽然瘦得干巴了一点，也不要总是用奓毛来改变身材嘛。那神仙水有没有告诉姑奶奶，这铁海榕树藤可是绑着小爷我九条尾巴啊，要都被一把火烧个干净，殃及池鱼了，你……你……你打算怎么赔？海夜叉的地盘，要杀人放火我都不反对，你好歹想个法子先给我解开成不成啊？"

话虽难听，理却正经。施过法术的藤蔓已经密密麻麻紧缠住大垂九条狐尾，一旦榕树被焚，火势难免不蔓延到他身上。我只顾救人心切，差点弄巧成拙，反倒害了他，顿感万分羞惭："这个这个……真不好意思，是我性子急了点……没考虑周全……"

这厮伸长了脖子嗷嚎一声，像只肚胖腰圆的大肥蜘蛛，在石台子上百无聊赖地打滚："性子急？那你咋不急着赶去投胎呢？"

要救出大垂，这遍地阴森可怖的九宫梅花桩，不想闯也得闯。只有越过黑池靠近石台，才能先设法把他和树藤缠绑作一处的命门从虎口掏出来。

摸摸索索找到这天牢就耽搁了不少工夫，事情宜早不宜迟，遂咬牙提起一口仙气护体，就要凌波点水而去。

“这就要过来了？哎哎等等，我跟你讲，看见最粗的那几根珊瑚桩没？七高三矮，分别在你左前两步，右前四步，正前……”

在涂山念书的辰光，大垂虽门门功课垫底，唯术数易理学得比我略好那么点儿，眼下矬子里拔出他这么个将军，也只好死马当成活马信。照着他老人家谆谆指教轻轻一跃，刚稳当落在左前两步那根异军突起的桩柱上，耳边突然滚过巨大轰鸣，脚底黑涛滚滚翻涌，所有珊瑚桩都开始猛地往下沉。

最后看到的景象，是大垂一双白眼翻得像夜空中最晶莹的那朵雪花。不对，两朵。

“涂幼棠，我想说的是，那几根桩子，不能踩。”

第四十七章

两难抉择

常年字斟句酌的昌邑长老在授业时曾一语道破天机："你可以性子慢，也可以性子急，但说话千万不要大喘气。"吾师诚不欺我。

大垂这个逆子显然没有很好地领悟到乃父精髓，该一气呵成的地方全变成了断句。这下好，人没救出来，反倒双双身陷囹圄。

梅花桩底下的黑池虽深不见底，内中却悬着张浑然一色的天蚕丝网，四方拉平绷紧，肉眼难辨，隐藏得极为巧妙。不结结实实摔进去感受一把，绝对想不到水雾波涛中还另有乾坤。

那天蚕网兜触手绵软如云絮，坚韧得令人发指，一旦坠落其中，立即被四面八方游走而来的铁海榕藤紧紧包裹，缠绕成厚厚的茧巢。

困在层层紧缚的一大团树藤中央，目不能视物，完全看不见石台上此刻是哪般光景，但能听见大垂说话。

"哎，你这些日子在龙宫，过得怎样？敖临渊那家伙，有没有……"

"没有。"

掉下珊瑚桩时携着从小侍卫手里顺来的三头鱼叉，闷头朝树藤茧壳子上砍了半天，意料之中的连半拉豁口都见不着。那个名字蓦地入耳，让心跳惶惶错漏，失手一滑，差点把掌心戳个通透。

"啧，我还没说他怎样了，你这么紧张干什么？那看来是有。他欺负你了是不是？"

放弃徒劳的尝试，抱臂在窄小的空间里蜷缩躺倒。这茧巢像枚悬垂的卵，封闭而静谧，又有说不出的奇异安宁之感。仿佛在某个遥远的记忆深处，曾有过这样一段彻底陷入昏蒙的沉睡时光。

“一言难尽，不怎么样……你呢？”

“我发现了件以前从没注意到的事。”

“是什么？”

“我呢，以前对海是有点偏见。其实吧，除了那些令人生厌的水族，茫茫沧海还是有很多优点的。毕竟上古诸神创世，既开辟了四海，必然有一定道理。”

这种颠覆过往认知的话能从大垂口里说出来，实在太令人刮目。我讶然：“比如什么道理？”

“海里除了不能吃的，可能就没有不好吃的。”

大垂还是大垂。贪嘴爱睡爱胡吹，天塌下来都不知愁为何物，牢饭也能吃出情怀。难为他如今脱困无望，还惦记着想方设法逗我开心。自从离逃东海，展颜一笑这么个简单的动作，竟已变得陌生。

适应了茧内的黑暗，渐渐发现藤蔓交织而成的杂乱缝隙里，也能隐约透进少许长明灯的微光。一束束光柱如箭，横七竖八将水波搅得支离破碎，似遥远的星子斑驳。

但此处是万丈深海底，除了囚笼和不知何时会冒出的敌人，什么都不会有。或许并非真的什么都没有，随着连串轻微脚步声靠近，身前的零星光斑被吞入黑暗。一大片未知的阴影被拖曳至头顶，笼罩了大半个黑池。

被发现了吗……我紧张得浑身颤抖不已，握紧的拳撑在膝上，屏息聆听茧壳外的动静。

侧耳良久，还是一息不闻，阒静中唯有洋流乱舞，深水的极寒摄住我整副骨架，几乎冻结全身血脉。

石台上却传来大垂懒洋洋拖长的腔调，浑然并无半丝忧惧：“哟，想什么来什么，又开饭啦？这回分量怕是带得不够。喏，珊瑚桩子底下还多出一张嘴呢。”

洞壁机栝响动，茧壳徒然被一股蛮横的力道拽扯提起，所有刀枪不入的枝条似被灌注了全新的生命，纷纷松脱瓦解开来，扭动着抽缩回树洞穹顶。

方才在孔隙中看见的大片黑影，只是灯光水波折射而成。面前的海夜叉身形矮小，穿件极眼熟的嫩鹅黄衫子，头顶束两个总角，仰起一张精乖小脸来，点漆般的眸子里满是狡黠笑意。

“我说过，我们一定会再见面的，幼棠姐姐。”

我惊喜交加，张大嘴巴又呛进去一口海水：“春空！”

春空默默摇头，伸出一指竖在唇边，旋即放下，谨慎地朝洞窟外探看。

一别数月山长水远，谁也没想到其后竟又添了这许多波折。手帕交的突然出现，把同在东海患难与共的往事重又拉回眼前。

风波历历，仿佛都还发生在昨日。大垂被俘，导致春空毫无预兆突然现形，于是窝藏战俘的我被控通敌大罪，身陷重围。拼着打伤凌波挟持了锦芙，才得以在镜城放走被族人在战乱中落下的夜叉童子。然后就是临渊态度逆转，急着求亲……自作主张和他匆忙定下婚约，短暂的甜蜜还没来得及在手心焐暖，真相却那么那么不堪。

刻意不去触碰的伤口被撕拉，血肉模糊窒住呼吸。我怔怔地凝望虚空，禁不住刹那失神。还没明白过来发生了什么，已经被他俩拖拽着朝牢洞外跌撞奔去。

待清醒过来，早已顺着暗道潜出老远。一切显得太过轻而易举，沿途连半个值夜的守卫都没再碰见，简直顺利得反常。一定有哪里不对。

我猛地顿住脚步，蹲下来望住春空的眼睛：“等等……大垂被关在这儿不是一天两天，你一直照拂到如今，如果要私放人质并非没有机会。既然天牢的机关对你来说形同虚设，那为什么是现在？”

春空咬着唇左顾右盼，眼神中闪过些许惊慌失措。大垂也一反常态没再顾上挑刺儿，只顾撺掇我快走：“哪儿那么多为什么，八成是我在这奶娃子心里分量不如幼棠你呗！你可是他救命恩人，都掉坑里了，担着多大罪过也得救啊！我嘛，就是个顺捎的。”

这梯子递得恰到好处，小奶娃就坡下驴，趁势撒起娇来，直嚷狱卒换岗的时辰快到了，不能再耽搁。他们两个一搭一唱，我看在眼里，越发狐疑，事情一定不仅仅是这样。

非是信不过春空，他若要擒了我和大垂捆作一处去邀功，就不必多此一举把我俩从树藤罗网中放出来。可眼下时局微妙，我和大垂担着涂山一族的荣辱，又身陷阒星城尚未完全脱险，实在不能轻举妄动。

见我百般不肯作罢，定要问个清楚，春空这才吞吞吐吐把隐情交代分明："本来……东海的邀战檄文上写着，九月十五在城外三十里长阳坡对阵，非要一雪云梦泽和东鄰城被袭之耻，顺便抢回龙宫被抓的烧火仆役，可是……"

话未说完，就被大垂跳脚打断："什么什么？！檄文上真是这么写的？天怒人怨啊！敖临渊那家伙，有眼不识泰山，小爷我堂堂正正一尾涂山灵狐，几时成了龙宫的烧火仆役？还有没有天理了！明明是他人品不端奴役我在先啊，还恬不知耻诋毁在后，这话要是传出去，老子一世英名……"

懒得搭理大垂的故弄玄虚一惊一乍，抱起春空往暗处走了两步，再将语调放轻柔些："可是什么？告诉姐姐，到底发生什么事了？"

尽管设想了千万种可能，春空带来的消息还是令我背脊生凉。

这孩子露出少见的忧戚，面色逐渐凝重，嗫嚅道："可龙王不知为着什么缘故，已经带兵提早打过来了。因是趁夜突袭，大伙儿都措手不及，兵马折损了好些……龙王他……这会子正和雕题的人马缠在城楼下对峙。"

海夜叉们之所以全民皆兵，连内城的巡防都抽调得一干二净，不是为了备战，而是正在迎战。

我抿了抿绷紧的唇角，声音很干涩："怎么会？"

那晚施加在临渊身上的黄粱咒，足斤足两童叟无欺，起码能让他人事不省睡上七个日夜。

然而看来事实并非如此。他不仅很快醒了过来，还提前开战，这么快就带着万军压境，直接兵临城下。按日子算，集结备战最快也需一个昼夜，那么就是说，他至多只昏睡了两天两夜便清醒。

深吸一口气，藏起微颤的手，示意春空继续说下去。

"直到我发现天牢布下的禁咒有了动静，原来姐姐已经先一步潜进内城救人……还……还掉进天蚕丝网里去了……"

"咳咳……这种大家都知道的事就不用再重复得那么详细了……"我心头乱成一团，抱着春空原地转了好几圈，满脑子都在揣测阗星城外现在是何光景。想了想，蹙眉又问："所以，这根本不是出城的路，对不对？"

大垂等得不耐烦，搓着手咬牙："你还走不走？不管往哪个方向，咱俩只要离开北溟回了涂山，四海就算乱成一锅粥也跟八荒神兽没有半点干系，你管他姓敖的跟谁打？神仙嘛，寿与天齐闲得慌，嫌太平年景长得腻味，爱怎么打就怎么打去。就算闹个天倾地毁，大不了最后再哄个稀里糊涂迷了心窍的痴人去祭塔……"

一语惊破沉寂，我猛然抬头："你刚才说什么？谁被拿去祭塔了……什么塔？"

他半截话噎在喉头，唇角微微翕动，却郑而重之唤了我的名字："涂灵，跟我回涂山，别再搅和跟敖临渊有关的任何事。打听那些陈年旧账，没有任何意义，你知不知道你的名字，究竟意味着什么？"

在黑水滔滔的北溟深海底，大垂前所未有地一本正经起来，告诉了我"涂灵"两个字的来历和深意。这是个忠告，也是个警示。他在提醒我，身为狐帝之女所肩负的责任，不能由着性子把全族的安危当作儿戏。

话罢大步上前，一把将春空从我怀中拎出："你在龙宫救过这小娃子一命，如今他放我俩出地牢，也算一报还一报仁至义尽。接下来的路咱们自己找吧，被人撞见反倒连累他。我带你出城！"

春空哇一声哭出来，攥住我衣襟死活不肯撒手："姐姐你不能就这么一走了之！龙王突然出兵，一定是为你来的，你俩一走，到时连大垂哥哥也交不出，龙王肯定不会善罢甘休，以为三皇叔扣着人质不放，阗星城恐怕今晚就要被夷为平地……三皇叔无德，可我的族人也是无辜的！海夜叉世代为龙主尽忠，我的母族，还有那些叔伯堂兄弟，还有千千万万的族人，他们从来没想过要和东海为敌！"

我愕然："你放我俩出来……是……是为了要我赶在破城前，出现在城楼正门前，拦住东海的大军屠城？"

他点点头，啜泣得上气不接下气，双手在我袖口抠得死紧，半丝也不放松："父王临死前早就说过，三皇叔昏了头，为争夺大位竟然一心要和魔族联手，执迷不悟到处惹事，早晚会捅出天大的娄子。"

"这孩子，仗着年纪小就口无遮拦，见你为了保全夜叉族也是一片苦心，但咱讲道理行不行？你那个作死没够不添乱难受的叔非要捅出的娄子，说到底关我们涂山的狐狸什么事？把我抓也抓了，关也关了，我悄无声息地走掉以后就当没这回事，涂山族日后也不会再来秋后算账，还不算大方？大家非亲非故，凭什么我家幼棠往阵前一站就能拦得下千军万马，再者说了……"

"才不是非亲非故！姐姐已经跟龙王定了亲，合婚诏书早就传遍四海，还有哪个水族不知道！龙王动这么大干戈等不及地打上门来，就是怕涂山氏和水族再闹误会，这关头谁去劝都不管用，只有幼棠姐姐才拦得住，她是东海君后！"

春空此言一放，不啻激起千重浪。大垂顿时面如霜雪，扭过头不可思议地瞪我，惊得语无伦次："你……你……你居然又嫁给他了？！什么时候的事儿啊这是，我的天……这……这怎么可能？你胆子也忒大了，真是好了伤疤忘了疼！"

我无语望天。透过海面千重风浪，挂着白苍苍一弯月，照得人一心的单寒。和临渊定亲就在大垂被掳走后不久，他一直被关押在树洞底下的黑牢，半丝风声不闻也是情有可原。这下子骤然将此事说破，一时难免不能接受。

可我却不知该把这段无果的儿戏婚约，再从何处细说到头。伤疤仍在，疼还照旧，该忘的人，也并没那么容易一转身就全数忘个干净。

"你就是我唯一想娶的那个人，天地载册的东海君后。"蜜语甜言犹在耳，真相却如此丑陋不堪。为了那些我所不知道的过往仇怨，又或者为了山海相连一统东陆的霸业，他甚至不惜拿苍天厚土来遮盖谎言。若不是为了避免涂山氏和东海水族彻底撕破脸，走到兵戎相见的地步，我又怎么会孤身来闯阗星城劫囚。

春空情急之下的口不择言，把难题明明白白摆在眼前。

脚下岔路分两头，方向背道而驰。究竟该往哪边走，跟着大垂还是春空，才是此刻该做的最正确的决定。

第四十八章

围城

随春空在荆棘林中浮水穿行，边忙着回忆望海堂里读过的夜叉族史记。

老夜叉王年高德劭，三百多年前才以十九万九千的岁数羽化归元。嫡出的大王子早年随父四处征战，死在沙场，这下一任王位继承人，原该轮到春空的父王，二皇子常羲。

春空的另两个叔叔，乃是三皇子承乙和四皇子雍禾。雍禾向来体弱，又性喜沉溺风花雪月，对征伐毫无兴趣，因此从不过问政事，是北溟王族里难得的富贵闲人。但承乙的性子就恰恰相反，据春空所说，这位皇叔同那三个兄弟也是一母同胞，之所以养成这么个多疑狠戾的刁钻脾气，还得从更早年间的坎坷经历说起。

在海夜叉族还未被收归在东海龙主麾下受庇时，常年困于四方劫掠欺凌，朝不保夕，随时都有可能面临灭族之祸。老夜叉王为顾全大局，在诸多蛮族割据的缝隙里带领族人艰难求存，便在一次惨烈的征战后，把小小年纪的承乙送到儋耳国雕题手中为质，定下纳贡条约，换数千年相安太平。

俗话说专挑河边走，必得湿回鞋。才刚风平浪静了没多久，雕题越发贪得无厌，开始屡屡出兵挑衅东海边境，结果被当时的东海龙王一举打得落花流水，好些年都缓不过劲来。雕题族这才终于摆正了自我认知，偃旗息鼓在海疆南蛮之地做半民半匪。

老龙王广施恩泽，从此成为夜叉族最有力的靠山，又把战力彪悍的夜叉们收编成军队，给点了个戍卫海疆的差事。自幼就沦落敌手的苦命三王子，方得以结束质子生涯，重新被接回北溟。

承乙的童年基本上是在战乱和颠沛中度过，不知倒了多大霉，竟被亲爹从三个孩子里选出来当作人质送给雕题，成年累月受了不少委屈折磨，变得扭曲偏激也在情理之中。

雕题性恶凶顽，自是不会白费力气去悉心教养这个敌国的落魄王子，所以长大成人的承乙回到北溟后，言行举止都显得格格不入。很长一段时间里，不仅被亲生母亲排斥，视为异类，还遭到族人的刁难和轻蔑。老一辈的海夜叉都和雕题积怨甚深，对这个被雕题抚养长大的孩子，难免不“另眼看待”。唯有老夜叉王对其心怀愧疚，包容无限，从不忍心过分苛责他。出于补偿，反倒有意提拔，放手让他培植军中势力。好几万年过去，承乙终于靠战功在族中积累起了一定的声望。

但这一放纵，就为阖族埋下了巨大的隐患。

被放弃过的那个人，总是比主动放弃的更难以释怀。时乖命蹇如此，承乙没得选，心结轻易难解，虽从不流露任何怨怼，和老夜叉王的父子之情却淡漠得很。

他在族中唯一算得上有手足之情的，是秉性温厚的亲兄长二皇子，也就是春空的父王。

老夜叉王和王后双双羽化那年，族中上下开始筹备新王继位。在这紧要关头，阆星城突然接到魔族长老一封密函，半邀半迫地请两位主事的皇子前往极北苍溟城，说是有要事相商。那时东海的龙君临渊正云游在外不知所踪，东海内乱迭起，连云梦泽都失去龙主庇佑，地位一落千丈，更别提远在北溟的陪都阆星城。

于是夜叉们左右一合计，魔族那是相当不好得罪的主，遂决定还是先应邀前往，探探对方是何虚实，再见机行事。

在魔族苍溟城内的会晤，因是密谈，保密功夫做得很彻底，究竟发生了什么，外人不得而知。

那场密谈过后，两位皇子在回北溟途中，突然遭到雕题的围歼偷袭。钦定的夜叉下一任继承人，二皇子常羲在伏击中意外身亡。那次随驾出行的夜叉兵卒全军覆没，一个活口都没留下。大家最后看到的，是承乙背着他哥哥的尸体独自浴血杀出重围，浑身是伤昏死在阒星城外。所以途中到底是如何中了埋伏，常羲又是怎么遇刺，重伤致死，也只能全凭承乙一面之词。

王位父死子承的族规，被承乙以主少国疑必致动乱为由，改成了兄终弟及。那时春空连两百岁都未满，勉强继承大位确实难以服众，四皇子雍禾又是个不管事的，对此也无异议。于是手握重兵的承乙，顺理成章取代了春空，成为继任夜叉王，一手独揽大权。

一切看起来毫无破绽，但春空却说，没有破绽就是最大的破绽。

承乙是三界中除了魔族长老之外，最早知道魔君即将冲破昊天塔封印现世的人。

我问他为何如此肯定，春空双目含悲："因为那次密谈，并不是只有父王和三皇叔在场，我也偷偷跟了去。"

启程前夕，春空放心不下父王安危，闹着非要同行。常羲经不住这般软磨硬泡，大概也有心历练长子，终于答应将他变成块玉佩藏在身边，偷偷带进了魔族的地界。

"因是头回出远门，看什么都新鲜，早耐不住性子在城中四下乱逛去了。直晃荡到天黑，他们还关在密室里不出来，我一时好奇，就躲在门后偷听。里面似乎在吵架，乱得很，只隐约听见三皇叔说什么'良禽择木而栖，那龙王根本无心理政，东海已成一盘散沙，我等再不另谋出路，只顾抱着愚忠坐以待毙，恐怕过不了多久就要重蹈王子为质的老路，到时二哥舍得把我那春空侄儿送出去不成？'父王从不轻易发脾气，这回却恼得厉害，拍桌骂道：'我族世代受东海龙主庇佑，倒戈随魔族同流合污，无异于与虎谋皮，倘来日惹下大祸被天诛地伐，下场又能好到哪儿去？'"

一场密谈最终闹得不欢而散。魔族的长老并未难为他俩，仍旧客客气气将两位皇子送出城去，道是结盟之事事关重大，不忙在一时做决定，尚可留出时间容二位回北溟同族人细细商议，再定夺不迟。

真如春空所言，承乙和常羲的政治立场产生了严重冲突，于是他为了和魔族达成协议，不惜弑杀亲兄篡权自立。回程途中的那场"意外"，多半也和他脱不开干系。

事发之时，变作玉佩的春空始终被常羲紧紧攥在掌中，倾尽全力相护，至死也不肯松脱半分，这孩子才侥幸得以随着父王的尸体，被不知情的承乙一道扛回了阆星城。

承乙继位后，为防人诟病，对常羲留下的孤儿寡母照拂有加，也早早立下诏书，言明一旦自己身故，照旧还把王位交由春空继承。但随着承乙的几个儿子陆续出生，春空这个年幼丧父的小世子，终究身份尴尬，有名无实。过了不多久，连母妃也忧病交加故去，他便彻底成了父母双失的伶仃孤儿。

大垂默默瞥了春空一眼："你果然是个有故事的少年。"

小奶娃两手掐腰，大义凛然道："夜叉自古谁无死，谁叫我们是战斗种族呢。"

隐情一旦道破，种种蹊跷就大抵都能解释通了。

在承乙心里，夜叉族唯有彻底脱离属国地位，巩固属于自己的势力，才能不断壮大，再不受外族欺凌。眼看东海龙主仙踪难觅，他为达目的不惜向魔族借力，甚至一条道走到黑，摆出不计前嫌的面孔把雕题也扯进这潭浑水。

于是在承乙继位成夜叉王的数百年来，海疆局势动荡不断。魔族、北溟夜叉、儋耳雕题这三股势力为了各自的私欲扭结在一起，试图一步步蚕食东海，直至瓜分殆尽。

真是一盘大棋。我抱紧春空温暖细幼的小身躯，百感杂陈。

大垂新添了个毛病，自从出了涂山，动不动就要跟我谈人生，每次都必须谈到我从头到脚怀疑人生。

他的开场白风格比较稳定，通常都是："幼棠，我说句话你别不爱听……"

"我真不爱听，你还是别说了。"

春空抽出手来紧捂着俩耳朵，拼命朝他做鬼脸："不听不听，王八念经！"

大垂垮下脸，作势提起拳头唬道："小王八蛋骂谁？！"

眼看他俩又要掐在当下，我忙卷起尾鳍向旁游开数尺，护住苦命的小春空：

"大垂，我和临渊并没正式成亲，那婚约……只要我不承认，就作不得数。所以，我还有东西要还给他。要断便断个干净，再没有比当着千军万马为证，更能说得分明。以后也不会再有水族四处嚼舌，说四海龙君之首，居然纡尊降贵娶了只单尾狐狸。”

这几句解释丝毫没能化解他的担忧，仍旧只顾摇头，口气严峻：“你是说身上这条龙尾？你有没有想过，如果它本来就是……就是……”

就是什么呢？连他也吞吐半截说不下去。拿了别人的东西不还，难道日子久了便能真当成自己的吗？我明白大垂千拦万阻地，只是不想我再和临渊相见，当断不断，恐又生纠缠。

争辩无果，谁也说服不了谁。三人各怀心事，陷入沉默。

怀中小人儿忽动了一下，怯怯地嘟囔：“姐姐……你和龙王吵架了？所以才自己跑出来的对不对？为什么婚约会不作数？嫁给龙王不好吗？你明明很喜欢他。”

我恍惚一刹，陷入深深的无力感，有些索然无味：“婚姻嫁娶这种事，不是一厢情愿就可以。我不愿嫁给他，因为他真正喜欢的，是别人。”

“瞎说！龙王怎么会喜欢别人。你当着龙宫那么多人的面带我跑掉，他都没生气，我回来不久就听说你们定了亲。”

大垂一蹦三尺高，痛心疾首顿足不已：“什么什么，喜欢别人？那他急吼吼和你定个劳什子的亲？果然始乱终弃了对不！是不是一边和你海誓山盟，转过身就和别的女人勾勾搭搭，和那个夜来？我早就说过，龙性本淫啊，占尽便宜抹嘴就不认账，都是靠不住的家伙！”

我蓦地回想起什么，眼眶酸疼，赌气似的随口答他：“我不便宜。”

“你有没有听说过‘禽难自控’？所谓浪子回头只是个传说，禽兽都很难转性的。”

“我只听过‘宁拆十座庙，不破一桩婚’。大垂哥哥说话要有根据，你又没亲眼见着，怎么知道龙王始乱终弃？说不定其中闹了什么误会呢！那可是两万多岁的应龙，又不是一般兽族，神格就算不那么高尚，起码管住自己的下半身总没问题。哎，说了半天，涂山狐难道就不是兽？骂人还带把自己摁进去作陪的啊，也是拼了。”

“管住自己的下半身？他是龙哎，除了脑袋全是下半身，那么长，管起来恐怕尤为艰难些。你小孩子家家懂个屁，他们龙族早年间……”

我被他俩闹得头大如斗，实在听不下去：“够了！大垂你要是想自己先回涂山也不是不行，我自己去城楼。”

大垂以一种我从没见过的目光打量我。

“真的非去不可？你可要想清楚，你现在站在这里，还没有卷入战争。一旦露面，需要面对的，绝不仅仅是一个敖临渊。”

“难道眼睁睁看着海夜叉被屠城灭族？我在东海还听说了些事情，一时半会儿跟你解释不清。一旦放任魔族把东海搅得四分五裂，过不了多久八荒仙陆上的兽族也难独善其身。承乙或许只是被利用，这仗能不打最好还是不要打，起码别借着救涂山狐的名头来打。我先去看看，躲在一个谁也发现不了的地方，如果……如果能快刀斩乱麻地解决，当然更好。”

这话说得连我自己都不敢尽信，为避免尴尬，只得划开波浪加速朝东城门游去，近乎落荒而逃。

身后一阵水花乱响，必是大垂紧跟不放。

人还未至，话已如尖刺扎入耳中：“你口口声声不肯认这婚约，可一听说敖临渊就在城外，整个人都乱了，什么都不管不顾非得跑出去看上一眼。他性子这样风流，便没有那个妖里妖气的大祭司在旁守着，保不齐隔三岔五就从哪里再冒出个姐姐妹妹，你这笨狐狸哪里应付得过来？幼棠你听我一句劝，等那边退了兵，马上跟我回涂山吧，半刻也别再耽搁，他说什么都别信，反正也没一句正经。”

心中只有难言的失落。此时此地，我辨不清此番执意要再去阵前涉险，究竟是为了不忍弃春空于不顾，还是像大垂说的那样，仅仅只想找个名正言顺的理由再看他一眼。

从涂山弃婚出逃，是我生平第一次选择自己要走的路，尽管后来发生的事情，和我所想的并不一样，但仍旧是完完全全遵循本心的意志，没有一丝勉强。因为遇见临渊，化解了本该令我灰飞烟灭的天劫，让我感到自己活得与众不同，第一次有了想要追求的未来。虽然痛苦，却并不后悔。

正是这一切，才令我变成今天的我。我想要的，不是一纸婚书、一件华服、一个名分，而是找寻到自己存在于这天地间的意义。他已经亲手改变了一次我的命运，往后的路，都该由我亲自去决定该怎么走。

然而事实很快证明，如果一个人能改变一次你的命运，那他就有能力改变第二回。

春空赖在怀里，不住絮絮叨叨："夫妻嘛，拌嘴闹别扭是常事，哪能一言不合就悔婚呢！当年我父王在时，和母妃三天两头就闹得家翻宅乱，吵完以后还不是如胶似漆，照样接连生了我们兄妹四个。那句话怎么说来着，床头打架……"

床头怎么打架我没见过，城头打成什么样倒是可以想象。只听正北方向忽炸起一连串震耳欲聋的轰鸣，雷霆之势席卷起千重巨浪滚滚压来。春空吓得当场噤声，面孔煞白。

第四十九章

诡计

夜叉不愧是战斗种族，城邦军防工事的完善度简直超乎想象，女墙、角楼、悬门、瓮城等应有尽有。

阆星城正门称“平凉门”，我随春空横穿瓮城地道，往西北角一处废弃的角楼潜去，登上箭台，眼前的景色豁然开朗。角楼建在城角，视野开阔，地势取高，主要用于防御两面夹击，因此隐蔽性也极强，最适合用来藏身观望。这角楼坍塌残损的痕迹都是新茬，大概是前半夜东海军队偷袭时留下的重创。

待浮沙碎石搅起的浑浊逐渐散去，视线愈加清晰，正赶上观赏大垂嘴里“从来没正经”的赖皮龙亲身示范：如何优雅地离开犯罪现场。

他换了身银甲战袍，优哉游哉分波划浪，从遍地堆积如山的浮尸中掠回十数丈外，身后是一眼望不到边的东海军队，旌旗林立，盔明戟亮。

当一个地方突然聚集起很多人，说明发生了不是靠人数就能解决的问题。

月光穿透深海，寒凉森然。我极目远瞰，原本平坦宽阔的沙地已变得满目疮痍坑坑洼洼，还劈出好几道深不见底的裂谷。但耐人寻味的是，倒在地上的兵卒里，却并无几个海夜叉，竟大部分都是四肢粗短鱼尾壮硕的儋耳雕题。

看来承乙并不傻，既然联兵结了盟，险恶之仗也知保存己方实力，不知用了什么法子，撺掇脑子缺根筋的雕题大军先去作前锋填命。

一个昼夜下来，雕题既已折损大半，夜叉再也没有退路，被拱到风口浪尖。

东海大军战鼓如雷，大呼反贼承乙出城受降。承乙既铁了心造反，对东海而言便再也不是夜叉一族的王，直接以叛党称之。此次出兵交战，东海打出的旗号就是拨乱反正，清理门户。

当先跨马出城迎战的身影，一身玄黄战甲极为讲究，胸前一块护心镜不知是用什么打造，非金石玄铁，通透莹润，如玉璧平整，光洁得能照出人影来。

夜叉在夜间视目极锐，春空很快就发现，那根本不是承乙，甚至也不是他认识的任何一家宗室子弟。虽然此人穿着最高级别将领的铠甲，可在名将如云的夜叉军中，大概是个不入流的角色。这一点，从他拿枪执戟的姿势里就能看出来。

战斗种族的城池里，当然不缺将军。但海夜叉和空有蛮勇的蠢雕题不同，千万年的沙场捭阖，令他们久经历练，善战而有谋。

雕题劫掠成性，遇事率先出头的通常是族中最有名望的战将，队伍的核心人物，既是荣誉的积累，也是不可推卸的责任。这原本无可厚非，但不妥之处在于，实力暴露得太早，一旦被擒贼先擒王，很容易溃如散沙。海夜叉常用的手段则是，重要人物绝不轻易出手，他们更喜欢蛰伏在一个谁也不知道的地方，默默窥视，等待最合适的契机，出乎意料地暴起发难。

按规矩，来将得先通名。这厮唰唰舞了轮华而不实的花枪，字正腔圆报上称呼："鄙人翻江倒海素浪滔天倒转昆仑万夫莫敌探海夜叉赛白龙，百里风是也。奉吾王之命，特来拜会东君。"

话音落地，当即惹来东海军中一阵哄堂爆笑。

但临渊没有笑，只略挑了挑眉，似乎很认真地默默听完，还琢磨了片许。

我不禁怀疑自己先前的判断是不是出现了谬误，毕竟海水不可斗量，自称能翻江倒海的人，更加不可貌相。忙压低嗓子问春空："翻江倒海素浪滔天……夜叉赛白龙是什么？夜叉里很厉害的新物种？"

春空满脸蒙圈，回过神来尴尬地摸了摸鼻尖："不认识，没有听说过他形容的那种东西。"

我心里没底，准备静观其变，感慨道："他要是战死了，两人高的墓碑也刻不完这一大串名字。"

辰时刚过，紧张刺目的红日从海平面跃升而出，曝晒过整片黑涛翻涌的北溟，投下重叠交错的影。

冷眼看着临渊持剑立在阵前，衣带当风，风姿翩然，一如既往地胡扯八道。他提起长剑对着百里风随手一指，正经道："那你拜吧。"

百里风一愣，迟疑地滑下马来，杵在原地，一时不知该做何反应。

东海立马跟着起哄："快拜快拜！君上都准奏了，你倒是赶紧的啊！光说不练，果然是虚伪的种族啊！反贼手下无良将，承乙平日没教给你参见龙主该行什么规矩？"

身边清脆碎响此起彼伏，低头瞧去，却见刚才还紧张兮兮的小春空，已经盘腿端坐在地，又不知从哪里掏摸出一包瓜子来，边嗑边看。

大垂气喘吁吁四爪刨水赶到角楼，我们仨席地而坐，都眼睁睁等着看百里风怎么翻江倒海，谁知等了半天，连个水花都没见着。

百里风两次张嘴，想说的话不知换过多少遍，终于说："若平时参见，拜么自然是该拜的……可现在是在打仗……说到打仗，明明约好三天后才是开战之期，何故率众趁夜偷袭？身为东海之主，却这般不守信义，就算打赢了又如何能使众人服膺？"

"你们上云梦泽生事，不也没提前跟本座打招呼？报仇嘛，不管三天后还是现在，对本座而言没什么区别，早报晚报都是报，不争来早与来迟。打过来就打过来了，难道还得看皇历？"

临渊唇角轻勾，像在反驳一个光天化日的笑话，不嗔不恼，边说边越众飘然而出，朝百里风趋步走近，停在他身前七步之遥。那姿态漫不经心如闲庭信步，仿佛处处露着破绽，细加揣摩却大巧似拙，每一处空门都笼罩在右手那柄光华伦卓的剑锋下。

如果百里风忽起偷袭之意，要拿刺伤龙主的战绩回去邀功，念头不会快过他手中的剑。

百里风被噎得倒退两步，仿佛在艰难地思考，最后憋出一句："做神仙，要讲道理。皇历固然是不用看，但偷袭之举终究不够光明正大！"

"兵者诡道，那叫夜袭，不过动静小了点，本座素行低调，凡事不喜敲锣打鼓闹得天下皆知。再则，我们东海水族是爱憎分明的水族，能动手绝不动口。如果凡事开口讲道理能有用，还要军队做什么？”

临渊站得笔直，呼吸吐字之间仿佛经过度量，平稳均匀。话未竟，忽一个拧身，白影如光似练，一个眨眼的工夫便绕到怔立原地的百里风身后，一脚狠狠踹上他右臀，然后掸了掸袍角，换了副云淡风轻口气：“道理就是这么个道理，你回去自己想想吧！要还想不明白，洗干净尊臀，本座随时奉陪。哦对了，记得把承乙叫出来，既自封为王，躲在雕题身后缩头缩脑像什么话。”

可怜的赛白龙当场被正牌白龙踹得长枪脱手，往前摔了个素浪滔天，面朝沙土扑倒在地。

这一下兔起鹘落，何止实力碾压，简直直接碾塌。自古成王败寇，道理确实是这样，话虽嚣张得气人，似乎也并没什么不对。

“本座艳压四海，专治各种不服。关于趁夜攻城这件事，你还有什么意见？”

百里风已快被他呛晕，连滚带爬挣扎不起，“末将不敢，只是……”

“敢也没事，憋着就行。”

春空挤眉弄眼憋住笑：“姐姐，跟姐夫吵架，你一定很辛苦吧……”

我掩口咳嗽，面上有点挂不住，把话支开道：“那什么……瓜子还有吗？给姐姐拿一点。”

大垂阴阳怪气哼一声，伸手就把那兜瓜子从春空怀里抢过：“她那点短斤缺两的伶牙俐齿，全留着挤对我了。被外人欺负得泪珠子流了一箩筐，还当个宝似的不舍得丢。”

刚要还口，春空却不住使劲拽扯我袖子。

紧闭的城门下，百里风已灰头土脸爬将起来，拾起滚落在临渊脚边的头盔，默默扣在脑袋上。始终木讷的语调，第一次变了味道。

他是不是真有能耐翻江倒海，尚待考证，但这一定是个习惯说谎的人，面不改色就能鬼话连篇。目前为止，最突出的优点是打不还手脸皮厚。

“东君息怒，容末将再禀。前些日子，尊夫人东海君后涂山氏大驾光临，阒星城蓬荜生辉，此刻正在城中奉为上宾。难得君后和我家大王一见如故，相谈甚欢，东君若执意挥兵破城，倘惊扰了君后，可不大好。”

也许我想错了。承乙之所以派这么个连缨枪都提不稳的家伙冒充大将出城，不是因为城中无人，而是还不需要。他根本是想不费一兵一卒，就使诈逼迫东海退兵。

临渊嘴角微微皱起，声调仍旧平稳：“你是说，本座的夫人，现如今正在阒星城内？”

我一颗心提到嗓子眼，掌心不由渗出汗来。可承乙是怎么知道我闯进了阒星城？并且，此刻还没完全脱身。

我和大垂双双不约而同盯住春空。

春空也呆住，带着哭腔摆手：“不是我，不是我！姐姐我发誓没告诉过任何人！”

正不可开交间，大垂似突然发现了什么，朝下一指道：“快看！”

只见百里风不紧不慢从衣襟内掏摸半晌，拎出片瑰底云纹织金锦缎来，抖搂开，毕恭毕敬呈到临渊面前。

“末将有此为证，请东君过目，这可是君后随身不离之物不是？”

仿佛被大盆冰雪兜头泼下，我咬紧嘴唇，几乎站立不稳。那张婚书！

拽出脖子上的绣囊，哆嗦了好几下才勉强打开，内中果然空空如也。一定是取乌金炭时大意了，没顾上把荷包丝带系紧，摔进黑池后才不慎失落。

大垂被劫一事，定然已经被城中的海夜叉们发觉，在搜查牢狱是否留下什么线索时，找到了这片锦缎。阒星城被围，里外严加把守得密如铁桶。临渊的兵马暂时还进不去，但城内也连只水蚊子都飞不出来。

所以失去人质的承乙决定孤注一掷，抛出这唯一筹码，诈称我和大垂仍旧被挟在他手，意图拖延时机，迫使临渊投鼠忌器进而退兵。

大垂嗤笑一声：“这承乙和敖临渊也真算是同道中人，上梁不正下梁歪么，明明手里一个果子都没有，却敢允诺出一片森林。”

临渊白袖一抖，伸出剑锋，将那锦缎从百里风手中挑起，转过身去仰头略扫了几眼。身姿是一片烟斜雾横的剪影，看不出神态与情绪。

东海水族，百里风，和阒星城中暗暗窥伺的不知多少双眼睛，都在等他的回应。

我从没见过他被威胁，也就无从猜测他被威胁时，通常会作何选择。此时此刻，远远观望，才倏然发现：我只认识了临渊短短半年，和他的朝夕相处，已经是我人生中全部的情感经历。而在这之前，他还有大段我一无所知的过去，在那漫长的以万年计的岁月里，他是个陌生人。

“又不是玉的。”婚书如同他的话语，轻飘飘打着转儿落在地。剑尖锋锐，吹毛断发，瞬间便将那片薄薄的锦缎从中划成两半，刺目的殷红如残花零落成泥。

按规矩，神族之间的联姻一旦成文落定，便该上报天庭，将合婚辞一字不落篆刻在补天石所开凿的白玉板上，以示天地为证不容反悔。与此同时，女方家族则应将答婚书镌于银板，是为约成。

为期三个多月的婚约，不过相当于私订终身。我明明知道，却挥不开难以言喻的失落。我还不够资格成为足以威胁他的筹码。

所谓誓言冷却，如吞热炭，呕出冰雪。这段缥缈无定的姻缘已在他剑下裂为两截，随心事枯沉海底，无处归依。

大垂口气阴沉，一动不动瞪着城下：“我非拦住你来掺和这笔糊涂账，不是贪生怕死，只是不想你再伤心。看，就算你此刻真的落在承乙手里，他也会毫无顾忌。”

眼前耀目的红色突然失去光泽。取而代之的，是大片浑浊血污，薄刃折出一片雪光，百里风一双手掌在剑下齐腕而断，骨碌碌滚在临渊脚旁。

“君后随身不离的东西，几时轮到外人染指。既被你碰过，留之也嫌腌臜。滚回去把承乙叫出来，本座耐心不大好，不会再重复第三遍。最后期限，傍晚之前。”

他既不肯妥协，也没马上下令攻城，只是执意要发动这场叛乱的夜叉王露面。

我分不清是松一口气还是心有不甘，或许二者都有。

大垂大概猜出我的意图，咬牙冒出一句：“还不走吗？真要看他和承乙面对面你死我活打起来，才肯死心？”

“……再等等。”

爱是逆风执炬，残念亦同风中之烛。点燃一盏灯很容易，但要守护它很难。我已经苦苦支撑了那么久，不痛到图穷匕见那刻，死心谈何容易。

“真闹不明白你还在等什么？万一……”

“你不觉得奇怪吗？承乙为什么要这么做，如果仅仅只是想逼东海退兵，一旦他交不出我俩，大军早晚还是会卷土重来。”

“那你说，承乙究竟想干什么？”

被废了双手的百里风趴在马背上碎步蹒跚，摇摇晃晃颠簸回城。两扇玄黑巨门轰然闭合，将他负伤的身影彻底吞没。过后是久久的沉寂。

天光紧熄，暮色四合。春空抱膝蜷在箭台角落，良久都不敢吱声。我猜他一定很想知道，临渊究竟会不会真的不顾人质挥兵破城。如果他会，那或许已经被放弃的我，又该凭什么阻拦他呢？

“我又不是承乙，怎么会知道他肚肠里打的什么算盘。但我总觉得……他好像是在……”

很快我就知道夜叉王承乙究竟意欲何为。

灰色的云层越积累越厚，海平线上，马蹄飒沓的骑兵队伍毫无征兆地突然跃出，鲜明的旗帜把残阳浓酽的最后一丝辉光映得黯然失色。那是承乙的徽号，兵卒皆着玄黑军服，原来他自始至终都根本不在阆星城内。

第五十章

玄机

隔着遥远的距离，承乙的面孔实在难以分辨。但春空说，那确实就是他的第三位皇叔，如今的夜叉王。

承乙骑乘的战马比寻常坐骑都要高大，俨然一座会飞奔的黑色铁塔，迅疾如飓风骤卷，须臾便逼到了临渊近前。

他对强敌身后望之无垠的军队视若无睹，只扫视了一眼遍地雕题残肢，淡漠道："东君善战，名不虚传。"

临渊付之轻哂，"铮"地弹了一下剑身，清越脆响嗡然回荡。

"难怪世人都说，若无家贼，定引不来外鬼。巡海夜叉世代戍卫边疆，与雕题誓不两立，如今脚下一尺一寸，都是你的先祖搏命所留，就在这阒星城外，随便找块地往下挖，不出十尺必定埋有忠骨。南蛮雕题贪婪凶残，早有吞象的野心，拍拍脑袋就跟他们同流合污，不怕引火自焚？"

所谓谈判，必须找出对方阵营中能做出有效决定的那个人来谈。只有同是位高权重者，才会真正明白彼此的价值和分量，能站在势均力敌的角度判断对方给出的筹码轻重几何。所以临渊不愿跟百里风浪费时间。

他等了一整个白天才姗姗来迟的承乙跃下马来，声如洪钟，随海波扩散到很远："剑有双刃，武备七德，战之功过，原本祸福难料。但我海夜叉自天地有序以来便自成一族，从未屈服于任何刀兵之下，也不该成为你东鄰城的附庸。我要做的，是带领族人在这茫茫沧海缔造属于自己的国家！"

打破四方神龙分治海疆的局面，划出一片不隶属于任何强大族群的地盘，供海夜叉世代生息繁荣，就是承乙宁可豁出性命也要实现的愿望。

临渊沉默片刻，语气微冷，用清泉敲玉般的声音徐徐反问：“武有七德，你已失其六。那么你是觉得，自己有本事可以做到在本座眼皮底下，引来外族践踏东海世代守护的海域？”

“不容易，但值得付出性命一试。上天既将人放错了位置，就该凭自己一双手去披荆斩棘，让双脚走到正确公平的地方！”

父君曾在论道时说过，天地虽不再混沌，但世间之事却不能化作白纸黑字摆在面前，任由人去按对错品评。书中的道理固然值得遵循参考，但人心之曲折变化万千，不会照本宣科，难免泥泞周旋。每个人都有他自己认为正确的事，要想愿望成真，首先要学会选择愿望。

我不能站在临渊的立场上，轻易指责承乙的愿望是个逆天而行的谬误，也不能认同他弑兄篡位试图倾覆东海的做法，只是为城下即将掀起的血雨腥风捏一把冷汗。

“统领全族这种事，不太适合你。你只会把你的族人卷进无法平息的战乱，搞得浮尸遍海，生灵涂炭。”临渊平静地说。那安闲的态度，仿佛在谈论一件遥远且与他无关的事物。

“诚然三界广袤，允许存在各式各样的野心或者欲望。就注定有些人的愿望将截然相反，不能同时实现。有破灭的，就有被成全的，这才是万物运行的规则，规则就是一种平衡，而不是所谓的公平。如果只要付出努力就可以得到想要的回报，肯投入全身心孤注一掷的人不会少。天地间将充满各种拥挤的不甘和执妄，这片古老的大地会变成什么样，你想过吗？”

咄咄逼人又绵里藏针的诘问令承乙心潮难抑，将手中兽首弯刀狠狠掼进沙地三尺。金石之声铮然轰鸣，像是在为他接下来要说的话壮大声势。

“这天地将会变成什么样，那是至高无上的神祇才需要操心的事。而你，有什么资格在这里对别人的愿望指手画脚，傲慢地否定？”

他顿了顿，又跨前一步继续嘶吼：“你有过理想中的国家吗？一个固若金汤、富饶而法度井然有序的乐土——你想象过它应该是什么样子吗？你没有。因为你本根就不在乎！身为东海龙主，为了个早已灰飞烟灭多年的女人，抛下海务千年不闻不问，连个面都不露，又把东海万千水族置于何地？他们在你心里，究竟能占多少分量你自己有数！青龙神广仁当年瞎了眼才把东海托付给你这样一个难堪大任的风流种子！你深谋远虑，你法力高强，可是那又怎样？就算能做到完美地驾驭这片沧海，却从未想过去改善它，引领它向前，去开拓新的未来！而我，甘愿为此付出任何代价！”

临渊面无表情地望着紧闭的阗星城城门，仿佛又深思远游。

“王冠不是屠杀的战利品。你所谓甘愿付出的代价，只是不断把别人的性命供奉在野心的祭坛上。一个没有敬畏之心、也不懂得尊重苍生的王者，一旦开始挥起屠刀，就不会停下。你一心只想着称霸一方列土封疆，云梦泽与东海万千水族复有何辜？雄心没有错，就怕一开始拿歪了主意。滥行杀戮之辈，必须接受惩罚。如果你已经做好充分的准备迎接死亡，那么，如你所愿。”

该说的都已说到山穷水尽。临渊终于收回眼神，皎洁的侧颜浮现几许阑珊之色，吐字却愈加沉稳清晰。我便知道，此刻他已在心里做了决定。

我默默蹲下，抱歉地望了春空一眼，又赶紧把视线调转开去。

如果这场仗，是为了东海的未来而非打不可，身为涂山狐族，根本没有立场去阻止和反对。

承乙仰天大笑：“余一人之死何足惜？和你为敌的第一天，我就知道我有可能会死，甚至万劫不复轮回无门。”

他用余光瞥了瞥被残沙掩埋大半的两片锦缎：“但你确定，真要拿你新娶的夫人来陪葬？”

我下意识搂紧胳膊，胸口堵得慌。战场离我很远，但害怕的感觉前所未有地强烈。我害怕听到那句不管不顾的回答。

无论如何抗拒，他的声音还是字字入耳。

“涂山氏是狐帝芜君珍贵的女儿，伤了她，整个东夷都不会同水族善罢甘休。甚至只需要挟她在手，本座必然不会拿万中无一的侥幸去冒这个险。可惜你大概误会了一件事——那座城里，并不是每个人都怀着和你同样的想法。”

临渊的剑没有指向承乙，却直直回挑向身后的军队。那整齐的天青色队伍，突然从中裂分为二，让出一道仅容一人通行的缝隙。

整个白昼的僵持，不是空等。

春空惊得捂住嘴巴，眼睁睁看着他的四皇叔雍禾从整肃的军队中越众而出，在剑拔弩张的两个人中间停住脚步。

“三哥，收手吧。开辟鸿蒙以来亿万斯年，从没有一个海夜叉要和龙主划阵为敌。这是忘恩负义，有违天道伦常。大哥、二哥都已经没了，父王留下的骨血就剩我俩，你在雕题手里当了三千年质子，才换来族中太平，大家才有今日的一切。我不能眼睁睁看着你自取灭亡，也不能任由你拿全族的性命去赌一个疯狂的痴心妄想。若你现在迷途知返……”

我顿时恍然。与其说我成为人质这件事，能对临渊的决定起到关键的作用，不如说海夜叉们更急于摆脱对战争的恐惧。能用谈判来解决的问题，没谁真的想搞到血流成河。

承乙不在王城，春空年幼无法左右战局，但城中还留有唯一一个能名正言顺暂摄政务的雍禾。据春空言谈透露，此人性子儒雅倜傥，对王位毫无兴趣，向来没什么存在感。谁也没想到，这个韬光养晦多年的文弱皇子，竟不知何时偷偷倒戈，投向了东海阵营，关键时刻把承乙诈称有人质在手的谎言揭破，可见也是深藏不露之辈。

我不得不重新开始打量临渊，仿佛这才是初次见面。人心在他眼中如同白纸黑字般清楚，一眼望过去巨细分明，就像熟悉自己的掌纹一样。他游刃其中，狂妄但并不鲁莽，懂得在最恰当的时机分毫不错地掐住对手的命门，然后为己所用。

受制于人忍气吞声这种蹩脚戏码，他不屑入场作陪；两败俱伤硬碰硬的赌徒打法，他根本不会去尝试。尽管很需要赢下这场仗，但他说，绝不会拿我的性命去冒险。

我为之前的悲观感到些许羞愧。耳边仿佛又响起太玄拖长了尾音的慵懒声调：眼神不好，就不要随便树敌啦！

这个言语迟缓、看起来总是马屁拍不到点子上的老好人，他其实比我更了解临渊。任何心无旁骛的忠诚背后，必定有着超乎寻常的信任。他从不怀疑临渊就是东海水族唯一的指望。事实也再次证明了，他的判断没有错。

承乙的脸被硕大头盔遮挡过半，激动得双肩都在微微颤抖。

“人各有志，四弟既执迷不悟，认定眼前这厮更值得追随，尽可自去走你的阳关道。本王大业未成，岂有半途而废之理？就算苟活于世，他日恐怕无颜回想生平。”说着拔出戳进地面的弯刀，直指临渊。

深海的黄昏稍纵即逝，数不清的雨丝开始降下，将夜幕拉合得严密。北溟的寒冬，似乎比任何地方都来得更早。我感到一阵刺骨的冷意穿透衣衫，忍不住打了个哆嗦，不安愈发强烈。好像有更大的恐惧即将随着黑夜降临，却没法更清晰地分辨出，那究竟是什么，来自哪里。

临渊被刀抵在胸前三尺远近，仍自岿然不动，淡淡道：“战之过，不该祸及城民。”

他迟迟没有举起手中长剑，转而望向沙地上蜿蜒深纵的裂痕，我从那孑然的背影中看出一丝黯然。

“这些沟壑，本座不介意用雕题的残尸去填平，但城中老弱妇孺，也是东海的子民，他们不该为你一人的执妄付出代价。”

“现在放此狂言，不嫌太早吗！”

承乙挥舞长刀，长啸一声发出号令。但等了很久，都毫无动静。没有夜叉一兵一卒出来助阵。洞开的城门一片死寂，唯有他在一夫当关。

雍禾的里应外合相当于一次政变，带来最直接的后果，就是导致了阗星城内极可能已经激突到白热化的派系分裂。春空曾说，他的大部分宗族长辈们，从未想过要与龙主为敌。承乙的亲信主战，以雍禾为首的那一支自然主和。

在海夜叉归顺龙主后的千万年以来，北溟作为海疆北地的门户之境，很长一段时间里，仍旧过得动荡艰难，能选择的晋升之途并不多。想要站稳脚跟，在东海辟出一席之地，除了靠搏命杀敌、扫清异己，便是尽可能地同内海联姻。族中举足轻重的宗室将门，也由此而积累出了好几代的姻亲关系，交织互渗，一损俱损。在他们眼里，承乙和临渊的争执不过是东海内乱，和儋耳雕题之间，却担着不共戴天的世仇。

因累世居于蛮荒，时刻面对强敌环伺，夜叉族中崇武之风极盛，解决问题的方式一向粗暴直接，相信没有刀口底下劈不开的结。换言之，这些粗鲁豪迈的武夫，一旦觉出族中人有异志，可能危及自身，立即会毫不犹豫地拔刀相向，翻脸的速度不会慢过翻书。

承乙拉着世仇雕题来闹这一场，族中誓死同心者当然有之，反对者必定数目更为可观。此刻的阒星城内，不定有多少巴望取他性命来立功的表兄弟正排队等着。于是那些原本该出城迎战的叛军队伍，还没拉开旗帜就被雍禾的人给提前收拾利索。大战当前，内乱已生，分崩离析也不过只在朝夕。

以上种种，都是我的推测，不过经由春空一番探讨，和内城实际情况应该出入不大。所以此刻的局面是，承乙在外单挑，身后城门依旧紧闭，孤掌难鸣。

没想到在救出大垂后短短一个昼夜，看似平静空寂的阒星城，实则暗潮汹涌动荡迭起，居然发生了这么一连串变故。

倘若真能如临渊所言，通敌逆乱的滔天大罪只由承乙一人以性命担当，春空所担心的屠城灭族之祸就不会发生。同样，我也就没有再露面的必要。对所有人来说，这都是目前局面下可以得到的，最好的结果。

我还是想，就这样安安静静躲在角楼上，看他用兵不血刃的方式，来解决这场叛乱。承乙伏诛后，夜叉族将在雍禾和春空的带领下重归东海。阒星城开，里面没有我，没有大垂，没有任何一只涂山狐。就像我们从没来过，从未出现。东海发生的一切，都和东夷涂山牵扯不上任何关系。

大垂似乎也略微放下心来，懒洋洋靠在墙角，只等着城下完事，便一同启程回涂山。

这应该是我第三次亲眼看到临渊孤身对敌。才发现原来除了抚琴，他的剑也使得这样好。游龙身姿，携长风云雾，寒冽浩荡。手中利剑快得化作一片清影，根本看不清来处，也来不及判断它下一刻将刺向哪里。

承乙誓死周旋，一开始就拿出浑不畏死的劲头，不是个好对付的对手。他心里很明白，若输，则百般筹谋功亏一篑，连忍受枯寂余生的机会都不会有。尽管被剑光交织的罗网逼得举步维艰，然而左劈右削之间，每每都有惊无险地避过杀招，只在四肢添上几处不致命的伤痕。

在实战中，花架子是没多大用处的。刀舞得再诡辣取巧，也只暴露了后劲不足的软肋，抵不过对手一记势如风雷的直取要害。临渊突然抛开长剑，一振衣袖，袖笼中暴窜出数道灼白焰光，朝对面摇摇欲坠的身影袭去。

乌沉沉的天几乎要倒扣在海面上，云海奔涌，同滔天黑浪汇聚在一起倒灌进水中，激起一轮巨大的漩涡。

承乙连人带刀被绞缠在刺目欲盲的光焰中，喉头发出一声古怪的响动。就在我以为这场胜败再无悬念时，意想不到的事发生了。

第五十一章

紫衣重楼

命运不可深思。每一个决定，甚至每一个微小的举动，会造成未来千千万万个结果中的哪一种，没人知道。

所以每个愿拿前程乃至性命作赌的亡命之徒，手中都应该握有不止一张底牌。

承乙在大战来临前居然放弃坐镇守城，黄昏时分才勉强赶回，苦苦斡旋，只为拖延时间，等待最终的强援。

看样子他苦心不负。

翻江倒海狂风肆虐的景象再可怖，也比不过此刻替承乙击破致命光焰的身影更瘆人。

一紫一白两道光破水而出直窜天际，在乌云中追逐穿梭，连稠密如针芒的闪电都避之唯恐不及，密集地砸在了方圆十数丈外的海域，惊天的巨响不啻地裂山崩。

趁大垂还跌坐在震惊中没来得及反对，我咬牙抱起春空追出海底。

紫光的主人半隐在云天之外，飒飒的衣袂随风铺卷，深浅堆叠的黯紫几乎要和云层融为一体。

他的容颜无法描述。只能让我想到书中所写的，那些盛开在黄泉彼岸的接引之花：无法逼视的靓丽，美而颓，无瑕到不祥的地步。风华流转，艳极成灰。

漫天风起云涌，倒映在那双深不见底的黑瞳中。唇色苍白，语声不扬。

忽而露出抹意味深长的笑来："昊天塔下别过千载，难得山河如旧，故人也都无恙。"

没了角楼的遮掩，我只得听从春空指点，找到一处小小的浮屿，窝在罅隙内勉强藏身。转头却发现身旁早已是鱼山虾海夜叉成群，一大片脑袋挤挤挨挨浮出水面，都在等着瞧这场千载难逢的热闹。相形之下，我和大垂两副陌生的狐狸面孔顿时泯然于众，轻易再分辨不出来。

一般来说长得太好看的人能耐都马马虎虎，除了摆看没有别的用处。这回遇上两个姿容难分轩轾的对头，还都战力雄厚，太难得了，必须围观。

众水族眼巴巴紧盯着半空，每一次光束撞击都能引起此起彼伏的议论惊叹。

"那厮是谁？霸气逆风都侧漏啊……这下龙王可算遇上劲敌了。"

"就是，紫衣服的什么物种来着，保不齐胆子撑开来比天还大，连龙王的逆鳞都敢撸啊……"

雍禾管束住私自出城观战的族人，一齐游向距离电光雷火稍远的地方。他似乎对天上的打斗没什么兴趣，只一句轻轻浅浅带过，就让众口沉寂。

"他是重楼。"

在我印象中，每一个提起这名字的人，总会尽量把话音放得极尽轻微。不是因为这名字分量不够，而是说话的人，害怕被旁的耳朵听见。

我屏住呼吸重新扎进海水里，化出龙尾朝雍禾所在的方向追去。在成群的鱼虾中蹚出条窄道来，又看着他们摩肩接踵昂首翘望，重新密密麻麻拥挤在一起，把欲划水跟上来的大垂死死堵在浮屿边。我渐渐望不见他的身影，只隐约听见身后传来气急的嘶吼："涂幼棠你干什么？不要命了？快给我回来！说好了一起回涂山啊啊啊……"

雍禾接过春空，望了望我身后那段摆荡的龙尾，眼中并无多少惊诧，只轻叹道："你还没走？"

似乎除了春空，人人都巴不得我赶紧消失在此地，却没人肯告诉我具体原因。

但这位四皇子风度翩翩，眉目俊秀，举手投足皆是化外散仙的儒雅做派，看起来不像醉心权术之人。若非亲眼所见，绝想不到他会闷声不响就敢在承乙两肋各插进去一刀。

我指指天上正和临渊斗法斗得难解难分的紫衣身影，问他，“和承乙作对，等于同时惹下睚眦必报的魔族，不怕连最后独善其身的一线机会都失去？”

身为夜叉族中从不干政也没什么实权的四皇子，无论承乙和临渊的鏖战谁胜谁败，对一个富贵王侯都不会有多大影响。可他大张旗鼓地为自己选择了一个立场，起码表面看来是这样，并因此卷进风口浪尖，再也没有回头余地。

他牵着春空微微一愣，随即报以苦笑：“苍生百代，前程社稷，非我这等资质平平的俗子能够干预。他们争的东西，我没兴趣。暗中帮扶东君，只是为了一个人。”

我张了张嘴，不知该作何回答，心中只有茫然。半空中风云变色的缠斗，胜负难料。魔君再度现世，所有人都把这视为天地间另一场浩劫的开端。我这么问，或许只是想从他的回答里汲取一点信心。我以为雍禾甘冒奇险，是为了更深刻的原因。比如甘愿为宏大的时代而作出牺牲，避免东海水族自相残杀；又比如，坚信遵循临渊的脚步，才能使族人免受战乱流离之苦。可他说，只是为了一个人。

这样的同伴，既不足够坚定，也不见得可靠。我心怀谨慎，不动声色地默默把春空拉回身后。

“那个人……是谁？”

他很快脱口而出一个熟悉的名字，“锦芙。”

没有半分迟疑，没有过多思量，应该不是撒谎。我再次感到意料之外的震惊。

雍禾低垂着头，慢吞吞又道：“津河化龙之险，若无东君倾力护法，恐怕她早已触壁而亡。我与她……说来也是惭愧，总是襄王有梦，奈何神女无心。虽无缘结缡，终究痴念难断。锦芙殿下如今化龙飞升，成了玉琼川唯一的女皇。她的恩人，也是我的恩人。今日之事，聊作报答罢了。”

这段不成风月的故事，我倒是略知一二。之前在东海，曾听春空八卦过，说他这位四皇叔，乃是个难得的痴心人，对鲤国长公主一往情深，立志非卿不娶。然而多情总被无情伤，锦芙志怀高远，早早许下重誓谁也不嫁，要留在族中治理国家，因此几次三番拒绝了雍禾的求亲。雍禾锲而不舍，年年被拒年年求，蹉跎至今未果。

春空抽出手来掏掏耳朵，伤感地做了总结："问世间情为何物，看我四叔。"

小子絮絮叨叨，又把我抛出兜云锦助锦芙化龙的细枝末节给好一通渲染，添油加醋在雍禾面前念了一遍，他看我的眼神瞬间有了极大的转变，和之前的冷淡判若两人。

于是雍禾投桃报李，也将他所知的魔君来历娓娓而叙。

这一代的魔君重楼，原身乃是天禽凤族之后，神鸟凤凰的爱子。此子天生神异，然性傲不羁。还没修出人身时就是个刺儿头，成年了变成整个天族的麻烦，被流放以后堪称三界的灾难。

若不是闹得太出格，本也能好好做个顺风顺水的仙二代。只因年少狂妄，犯了极大的罪过，为诸天法界所不容，终遭贬黜，落地成魔。他被驱逐到极北苦寒之地后，仍不甘寂寞，聚集起零落八荒的妖魔，自封群魔之首，成一方霸主，后世皆以魔君称之。

提起重楼这名字，小字辈或许没多少印象，但他入魔前的身份之尊贵殊胜，却无人不知无人不晓。魔君在堕天之前，尊号孔雀大明王。

纵然我的课书被哥哥不知出于什么目的，删节得到处都是残篇，但万禽之首的凤鸟族族史，还是留下了多半。

鸿蒙开辟之初，天地荒芜，善恶混沌，弱肉强食能者得之，万顷河山处处埋骨。直至诸神显世，平定千秋，立下法度，神、仙、妖、魔、人、鬼六界生灵终于各自相安，魑魅游魂亦不再被随意捕杀吞噬。那时世人皆对神明心服口服，将其奉为至高无上的圭臬。

天地大战后众神凋零，剩下最为显赫的三大族乃是龙族、凤族与灵狐族。为万世千秋计，龙凤联姻渐成一项牢不可破的规矩，他们立下誓约，两姓之好如苍天覆地，千古不易。

但金翅大鹏鸟的出现，使得龙凤两族一夕反目。

重楼的生母是神禽之祖，神鸟凤凰，在南禺山涅槃后得不死不灭之身，称火凰赤霓。按约定，原本该同无明山的云龙伏泽结为夫妻，彼此早有婚约在前。

云龙乃上古龙族之首，身有紫火云雾缠绕，白鳞淬火而练就纯金之色，经行过处，遍生佛花优钵罗。这尊龙神的来历已难以考证，结局同样隐晦而鲜为人知，后世只留下寥寥诗文记述他的高华殊胜：“披毛戴角世间来，优钵罗花火里开。烦恼海中为雨露，无明山上作云雷。”

这样一对貌似天造地设的神仙眷侣，却没能将龙凤两族的世代交好延续下去，到底还是为的一个“情”字。

雍禾叹道，那段往事实在过于代远年湮，他也不过从年岁极高的老夜叉王口里略知一二。

据说伏泽身为龙祖，观念比较传统，认为通婚还是同族的好，否则不定生出什么奇怪的后代，因此对和火凰的联姻一直心怀抗拒，又与族中白龙女澄琉有情在先，便不顾天族劝谏，执意摔碎刻有合婚辞的补天石解除婚约。最后姻亲是没结成，反倒添上一桩世仇。

禽鸟性骄，火凰尤烈，喜则光芒万丈，怒则赤地千里。赤霓将退婚一事视作奇耻大辱，誓要伏泽夫妇为此付出最惨痛的代价，方能稍解心头之恨。但仅凭她一人之力，无论如何都不可能做到手刃龙祖。哪怕集合天下飞禽同仇敌忾，要与龙族一较高下也无异于痴人说梦。

就在赤霓心怀怨恨却又苦于无计可施时，伏泽已经一意孤行迎娶了情投意合的澄琉，隐居天外，过得和乐美满。不久又顺利诞下后代，完全没把凤族几次三番的挑衅和诅咒放在心上。赤霓但凡寻上门来滋事，伏泽夫妇多闭门不出，不愿生起正面冲突，反好言相劝再三，祝她早日觅得佳偶，勿要为一时意气作无用之争。

伏泽的态度其实无可厚非，他与赤霓之间清白无碍，不过幼年曾在灵山脚下听法时有过错肩之缘，俗称的听课同席排排坐罢了。连认识都谈不上，更遑论什么移情别恋。对他而言，只不过拒绝了一个不太熟且并不爱的女人，既没脚踏两船，也没始乱终弃。但赤霓却在那一面邂逅里情根深种，以至于单恋不成由爱生恨，实在可悲可叹，也只能说造化弄人。

分庭抗礼之势持续了好几千年，才出现一个逆转僵局的契机。这个搅事担当来历同样显赫，他就是鲲鱼离镜。

“北溟曾有鱼，南迁而扶摇。”上古神兽中，有鲲鱼名离镜，化生于北溟沧海，寿数十亿，所食者九天清气也。鲲鱼又称鲲鹏，因其本相无定，能自在随意变化。在水为鲲，在天为鹏，其翼挥张不知几千里也，是地位可与神龙相匹配的瑞兽。

苍天造物何其公平，鲲鱼身宽体大，心眼却和体型堪成反比，小得惊人。

从来乱世造英雄，那会儿正赶上冥府众妖破地而出，欲与东皇将这天地分权而治。就在灾劫席卷三界的紧要关口，离镜有心要大显神威，铆足了劲非得借此一战跃上神仙榜排名之首。这个名垂青史的亮相太重要了，第一印象么，必须光辉不可磨灭，于是乎他很纠结，不知是该以鲲之形还是鹏之态隆重登场。琢磨来琢磨去，万万没想到竟然在犹豫中错过良机，等他忽忽悠悠从天外赶来，战场早已被收拾得七七八八。

伏泽在这场平乱中功不可没。龙神执掌天下云雨，是万水之宗，他放言若众妖不肯归降，便切断东荒云梦泽与幽冥地府相连的源头，使“怒、怨、悲、忘”四大冥河永远枯竭。

一旦失去冥河水的润泽，茫茫冥府连黑风冷雨也会一并消失，数以亿万计的妖众将在熊熊不熄的无间烈火中被万世焚烧，饱受赤焰淬骨炼魂之苦，无有尽时，永生都不能再入轮回。

冥府妖王无奈之下，同意私了此事，和东皇不知达成什么秘密协议，允诺永不再踏出冥界，换来全族性命得以苟延。难得的是，一向性好赶尽杀绝的东皇此番竟也大发慈悲，一场几乎搅得天翻地覆的叛乱就此揭过不提。

鲲鹏很尴尬，落水狗也捡不着打，琢磨着自己好歹也是上古神裔，真身如此令人望而生畏，却连个排得上号的名位都没混上，风头全被同根生于沧海的云龙占尽，因此始终耿耿于怀，万般的不服不忿。

但鲲鹏同样奈何不了龙。于是他这次决定曲线夺标，勾引情伤未愈芳心寂寞的赤霓，只为生下天地间唯一的一只金翅大鹏。

大鹏鸟名迦楼罗，是火凰赤霓与鲲鹏离镜的长子，几乎完美继承了水族鲲鹏和神禽凤凰的全部杀伐之力，甚至更胜一筹。此鸟面白羽赤，翅膀张开如利剑，羽翼缝隙中会降下热沙雨，所扇之风若误入人眼，会致目盲。

除此种种殊异处之外，迦楼罗还有个特别的癖好，这也是赤霓之所以同意嫁给离镜的最大原因。大鹏鸟[1]是龙族天生的克星，专门屠龙为食，一次五百条，吸溜吸溜吃面一样，不费吹灰之力。

迦楼罗诞于赤霓对伏泽的恨和离镜对伏泽的嫉，乃身负“痴、怨、嗔”三种重孽的煞星。他的出生，是龙族亘古以来最大的劫数。

然凤凰古老神圣，凤鸟现世时，连菩提树都还不知在哪里，因此这桩公案三界神佛都不便插手，只得隔岸观火。

金翅大鹏满一千五百岁那年，赤霓终于宿怨得偿，云龙夫妇双双殒在迦楼罗口中。伏泽被迦楼罗的金刚利喙咬断了龙脊，囫囵吞吃得连片鳞都不剩，澄琉不肯独自逃生，殉夫同丧于鸟腹。他们未出世的孩子，还只是一枚尚未孵化的龙卵，也无人知晓流落何方。

神龙之祖葬身鸟腹，这业报滔天，纵一时奈何不了赤霓，惩罚却应在了她的后代身上。“凤育九雏”，火凰生下金翅大鹏后，又先后诞育孔雀、彤鹤、蓝凫、紫燕、招风、奔雉、百鸣、雪鹄。作为杀龙的天谴，终其永世，她都将再也无法生出凤凰。

重楼就是赤霓的第二个孩子，孔雀。

[1] 大鹏鸟：《观佛三昧海经·卷一》载，此鸟以业报之故，得以诸龙为食，于阎浮提一日之间可食一龙王及五百小龙。

第五十二章

龙祖伏泽

雍禾说，上古蛮化初开，百兽皆为天地灵气所化，嫁娶之事也多自由随性，退个婚并不是什么大不了的事，毕竟强扭的瓜不甜。

“就譬如你们狐族，接二连三退了天族两桩婚约，上至太子三足乌，下至守门开明兽，无论出身高低，统统入不得涂山帝姬的眼，最后不都和平友好地解决了，也没见谁能闹成那样。”

我被天上瓢泼浇下的暴雨淋得发抖，只好对这句明显意有所指的玩笑佯作听不大懂。但听他话里的意思，我这次弃婚私逃，并没给涂山惹来太大的麻烦，刚暗暗松一口气，却听身后传出一嗓子暴喝：“喂！不懂就不要人云亦云，你说的民风旷达不拘礼数是青丘那一支，我们涂山的狐，向来是很忠贞纯洁的。”

大垂裹在一堆鱼虾中间载沉载浮，好不容易挤近前来，一贯的狐还未至话先到。

雍禾并不以为意，只顾沉溺在龙凤之祖相斥相杀的惨剧里，摇着头不胜唏嘘。春空说，他这四皇叔是个彻头彻尾的情痴，堪称古往今来风月故事的一部情史纲目。无论耳熟能详还是不能详的各种艳闻，就没有他不知道的，可谓术业有专攻。一旦开了话头，不说个尽兴是无论如何停不下来的。

果然，雍禾望着半空风云变幻，幽幽续叹道：“赤霓之所以妒恨成狂，并非全因退婚之事折堕凤族颜面，不过是个借口罢了。因为除了这，根本也找不出更堂皇的理由。她对伏泽用情至深，奈何从头到尾不过是场单相思，伏泽并无此意。她太执妄，得不到便立誓要亲手毁弃，才会宁可错嫁也非置他于死地不可。她曾对伏泽放言，‘就算得不到你唯一的爱，也要得到你最深的恨，恨需要花费的心力，一点儿也不比爱少。’”

“错嫁？她和离镜的目的不都达到了么，终于如愿以偿害死了龙祖夫妇，应该很满足才对。”我撇撇嘴，对这种一厢情愿死缠烂打的行径很是嗤之以鼻。

雍禾耸眉：“不是错嫁是什么？她对离镜半分情意也无，离镜也不过为了那点卑鄙的私心而诱娶她。这样一对怨偶，一旦失去共同的目标，就彻底没了继续走下去的理由。唯一对结果感到满意的，大概只有离镜。”

“那这对怨偶最后怎么样了呢？还生了那么多孩子，想来磕磕巴巴也能凑合过下去。”

“结果啊，赤霓连伏泽的恨也得不到。龙祖性傲，伏泽既没爱过她，便连所谓的恨也吝予。自始至终，都淡漠至极。最后关头，赤霓要伏泽当着她的面手刃发妻，便可召回迦楼罗留他一命，还是被伏泽毫不犹豫拒绝了。他答她，‘生死不过如万物兴衰寻常，纵粉身碎骨亦无所惧。心中所念，唯有吾妻，白龙澄琉。’灵兽每五百年需渡天劫，火凰每五百年涅槃一次，赤霓在生下第九个孩子后，心灰意冷，为了平息爱子孔雀犯下的罪过，涅槃时再也没有从火焰中出来。”

“女人嫉妒起来真是太可怕了，啧啧，简直不可理喻完全没有理智可言啊！总而言之，三角恋太危险了幼棠，尤其是和龙有关的三角恋。”大垂气喘吁吁拍着水，关注点永远戳不到正题上。

我紧张地追问雍禾：“龙祖伏泽执意要娶的那位夫人，可是白蟠龙？”

上古以来，神龙分五色，多见苍龙青甲、螭龙鳞黑、火龙赤朱、黄龙须爪皆橙，白色的神龙却是极其罕有。

大垂扳住我肩膀龇牙咧嘴：“你到底有没有听懂我在说什么？三角恋，生命危险啊！”

雍禾愣了一刹，自顾蹙眉思索，露出不太确定的神情：“你说澄琉？她嘛……好像是。”

“那……你刚才还说，云龙夫妇有过一个孩子？那枚龙卵既没被迦楼罗吃掉，究竟藏在何处，就再也没人知道了吗？”

心中有个念头倏忽闪过，仿佛抓住一线来自远古洪荒的暗示，还来不及把线索连起来琢磨，就被半空传来的兵器相撞声打断。

抬头一看，见是临渊的长剑和重楼的方天画戟纷纷脱手，在半空互击，一时流光四溅、金石迸裂，最后从中折裂为两段。兵器都玉石俱焚了，两人仍各携一片流云站得很稳当，还是那副剑拔弩张的对峙模样，委实辨不出个胜负来。

这热闹瞧得我甚迷茫。据闻千多年前魔君作乱，就是被临渊率众攻破北荒付虞山，亲自镇压入塔。神魔之间的对决输赢早有定论，按说不应该缠斗了这半天还难分高下。

临渊望着跌入海中的残剑，闲闲笑道：“昊天塔下封印一千六百多年，身手虽算不上生疏，倒也不像有所长进。”

我简直忍不住要笑。这人，骄傲得要死的性子到哪里也改不了。明明两人手中的兵器都折损了，并没见占着多大便宜，嘴上却半点不肯吃亏。

那紫衣魔君薄唇微张，张狂意态中伴有冷漠决绝，叫人看得浑身凉意从脚底直窜入灵窍。他摇头，一字一顿：“是一千六百九十三年零七天。”

“唔，没错，记性很好。输的总是比赢的那个记得清楚。”

此话方出，果然令紫色的身影僵了僵：“看来本君入塔前说的最后一句话，你也一并忘个干净。那战本君虽力竭落败，真正输的，却是你。”

临渊敛起眸子，往万顷波涛下闲闲一瞥：“那倒未必。该回来的，总会回来。”

我被他若有若无笼罩下来的眼风吓得寒毛爹起，弓起身子猛地缩回大垂背后，几乎以为藏身之地已被看破，又或许只是错觉。

他们口中晦涩难明的对话，我一个字也听不懂。更别提身边那群呆头呆脑的小鱼小虾，瞪圆了眼半露出水面，纷纷交头接耳叹道，上神就是上神，随便吹口气都透着高深莫测，不是寻常水族能够理解的范畴。

雍禾在旁沉默了半晌，却突然挤出句更加高深莫测的总结来：“所谓胜败，如同世间对错，原本是分不清楚的。”

我怀疑其实他也听不懂，但好歹当着一众手下，为了维护夜叉皇族仅存的颜面，也要把蒙圈表达得清新脱俗一点。

这一战从辰时又生生打到入夜。

大垂被我那一揪，当即心领神会，甩开两膀子把我的小身板遮得风雨不透。他虽是好心，未免挡得太过严实，本就飞沙走石的层云间更是什么都看不清。

不知过去多少时候，暴雨闪电渐稀，天外却开始扬起袅袅琴音，如流珠叩玉，一点点穿透凝固的水汽，在天地间婉转抑扬。弦筝中隐有沧海龙吟之啸，琴心剑魄，收发之间浑成流畅，无形胜有形。

桐峰紫瑟奏出的音律，我就算捂住耳朵也不会听错。

想必霜满天不负所托，在我离开星罔山后便将这琴带去东海还给了临渊。

他竟真的如春空所言，是因为知道我独自去了阆星城救人，才急着提前挥兵打来吗?

难怪修行时，哥哥总说执念妄想最难拔除，简直和耳边萦绕的琴音一样无孔不入。我走神走得魂飞天外，就没顾上细聆听那半空中的琴声，不知不觉中竟从清澈梵调变作邪戾魔音。

雍禾一向寡淡如水的嗓子骇然而变：“怎么会这样？”

大垂钳住我一双肩膀的胳膊越发使劲，手背都迸出青筋，像是怕我再突然冲破束缚冲出去。

一定发生了什么。我用尽全身力气挣扎着露出脑袋，半空已变幻了一番景象。浓稠得化不开的云雾被肆虐的飓风扫荡干净，属于临渊的桐峰紫瑟，被重楼擎在手中，指掌拨弄，不断发出万千昏鸦般的喑哑嘶鸣。

七弦锋芒如矢，紫光奔涌，又和临渊弹拨出的流丽音阶大相径庭，透着股压也压不住的邪妄之气，针芒般扎得心口生疼。

修为较弱的鱼虾早就被那琴声折磨得东倒西歪，四下逃散，连十数丈外的东海军队也不过勉强维持阵形不溃。

一线艳红血丝从临渊嘴角徐徐滑坠，将落未落，被烈风扑面染溅在雪白前襟，斑驳刺目。

重楼望着云之彼端的这一幕，面容平静，无悲无喜，只是加快了弹拨的速度，指间留出的琴曲又换成更激昂的调子，不断朝临渊迫近，一心一意，酝酿终极的致命一击。

我打着哆嗦，张大嘴却不能呼吸，周身的血都凉成冰碴，徒然地在大垂钳制中挣扎。

就在琴上最后一声锐响破空时，一抹窈窕纤影突然从海中破水而出，以身为盾挡在了临渊胸前。

重叠飞扬的裙纱后，隐约可见碧翠鱼尾在半空划出一轮优雅的半弧。东海鲛人万千，拥有翠色鳞片的却只有一个夜来。

锥心的酸楚中混杂几丝庆幸。还好还好，有大垂在旁死拽着，我没能不自量力地冲出去，要不那场面该有多尴尬。一开始就迟了的人，往后的每一步，都是来不及。在我误打误撞出现在临渊身边之前，他们已经在一起经历了比我年龄还要漫长的岁月。所以危难当头，她可以毫不犹豫为他豁出性命，生关死劫都相替。

然而重楼的倾力破击，终究没能落在夜来身上。

只能说，红尘痴人何其多，兜兜转转一张情网，全是粉身碎骨也要扑火的蛾。

夜来挡在临渊身前的瞬间，另一个铠甲铮亮的魁梧黑影紧随其后，动作何其迅猛，姿态义无反顾。临渊没有半刻迟疑，在千钧一发之际拂袖将夜来重重推开，却没法再顾及第二个冲上前来的肉盾。

不敢细想，某个空白的瞬间，我内心深处甚至闪过些许自私的念头，被击中的那个人，是她，或者是我，甚或任何人都好，只要不是临渊。

现在看来，这个阴暗卑鄙的愿望只实现了一半。数不清的紫黑琴光，就这么锐啸着破空而至，结结实实扎进了司宵的身体。即便如此，夜来因为靠得太近，仍被少昊琴的余韵波及，云雾一样的衣袖裂成无数碎片，纷扬洒落，被浪潮卷去。

即使在这一刻，我仍旧忘不了鹤沼偷听到的那番对话，字字如刀，言之凿凿不可磨灭。我羡慕夜来，也羡慕司宵，他们都可以随时随地挺身而出，光明正大地为自己所爱之人赴死。而一个被厌弃、被利用、被愚弄的多余的我，却连奋不顾身挡在他面前同担厄难的资格都没有。

高高在上的东海龙君，愿同他患难与共的水族多如过江之鲫。

司宵受此一击，从云端重新跌落海中。这舍生忘死的一幕令人动容，东海大军同仇敌忾，开始在太玄的号令下，有条不紊地列阵围拢上来。

重楼对此视若不见，似乎丝毫也不担忧。霜蓝的月色映在他眼中，闪烁着冰雪般奇异晶莹的光。那瞳眸，就像两块无动于衷却熊熊燃烧的冰。任何情感都无法蒙蔽这双眼睛，仿佛昊天塔下无穷无尽难以言说的岁月，早已彻底抹掉他所有的情绪。

临渊用手背拭掉唇边血迹，指指列队聚拢的东海大军，沉声道："你们跑过来干什么？就算把整个东粼城的兵马全加上，也不是这魔头的对手，不必白白送死。都退下。"

话罢，扶起摔在脚边的夜来，眼睛朝驾着绿云亦步亦趋飘过的太玄一扫，后者立即会意，将虚弱不能反抗的夜来接手，交给身侧两名近侍搀着。名为照拂，实则已经是一种制约，令她不能再贸然掺进眼前危险重重的对决。

重楼不露声色，端着一张无动于衷的脸，盘膝坐在月下抚琴。冰冷弦音伴着他同样毫无温度的话语，从半空断续滚落："不急。收拾了你，自然轮到他们。"

杀一人还是一万人，甚或十万众，在他口中没有区别，在他心里也是。

夜来气力难济，却始终不曾停止挣脱的尝试，用力得浑身都在颤抖："要不是君上前日同娲皇斗法，早有重伤在身，就凭你这手下败将也妄想乘人之危？胜之不武，贻笑天下！"

我怀疑耳力早已被魔音搅乱，以致听错了，只得紧紧盯住她的嘴唇。这么说来，临渊在出兵之前，曾独自去闯了补天宫。他去那里做什么？还受了不轻的伤，面上却半点也不显山露水，赶回来连番大战城下。娲皇是创世母神，避世索居多年，诸天神佛都敬而远之，未敢擅扰。这奇高无比的辈分摆在前，跟任何人动手都不过是教训晚辈，更遑论谈得上与之斗法，连东皇恐怕也没这胆量。

但显而易见的是，重楼对除了手刃临渊之外的一切事情统统缺乏兴趣。淡淡笑道：“哦？这事儿倒是略有耳闻，为块破石头去闯补天宫，还惹下娲皇一场大怒，真真好兴致。敖临渊，你真以为这般惺惺作态，就能把亲手铸成的孽债全部一笔勾销？”

临渊挥退了众人，摆好金刚座，手结定印，缓缓匀气，眼角眉梢都暗蓄风雷之色：“前尘余罪，总要有人担当。只不过，系铃的那个从来就不是你，解铃人也必然不是你。两万多年过去，天下疮痍早被火凰的死粉饰了太平。重楼，不会死，不代表没有输。执意带回无尽的杀戮，只不过是因为，你心里明白，这世上已经再也没有记挂你的人了。”

“这不重要。重要的是，我的命，天不敢收！而你，就算美人依旧，无论何时也少不了左拥右抱，又能怎样？有冤的偿冤，欠命的还命，有这么个心深似海擅弄离间的蛇蝎美人带在身边，黄泉路上也不至寂寞。说不定忏罪台前，你的祭司大人，还有很精彩的故事讲给你听。或许是关于——哎，你知道，当年在阴山逃脱的那几只白狐，到底有几条尾巴吗？”

第五十三章

孔雀大明

临渊气机调息未稳，忽地气血涌逆，当即闷声重咳。席卷海天的狂风突然静止，连海鸟羽毛上抖落一片微尘的簌簌声也清晰可闻。所有竖起的耳朵都在齐齐等着，重楼口中半遮半掩的秘密，还要吊人胃口到几时。

他却故意止住了话头。眼中冰焰流转，又朝太玄身后激愤得面色赤潮的夜来剜去。衔孽而生的妖物，笑得极其虚伪，也极其俊美。

“今儿就算他没受伤，也必败无疑。知道为什么吗？桐峰紫瑟是千妖万魔残魂淬炼而成的宝物，强用仙术来压制操控，何如释放它嗜血本性来得顺畅快意？琴就是魔，魔就是我。前世的账，便由我今生替她来讨！”

不得不承认，重楼一把嗓子低沉微哑，非常具有蛊惑性。哪怕说着再放恣激烈的言辞，也丝毫不显气急败坏。奇怪的是，一向牙尖嘴利人语顺溜得跟抹了油似的夜来，竟出人意料地抿紧了唇，一言不发。她似乎很紧张，对可能揭晓的谜底没有任何期待，俏丽面孔猛地变得煞白，在浓暗的夜雾映衬下，显得尤为凄惶。

我生平头一回见着比临渊讨债还要执着的家伙，难以想象是什么样的仇怨能让他心障如此之深，简直走火入魔。不对……他本来就是魔，由上古尊神后裔堕地而成的群魔之首。我想问雍禾，知不知道重楼口口声声要替其讨还公道的人究竟是谁，是“他”，还是“她”？心中却对此生起莫名抗拒，始终没有足够的勇气去追寻答案。

雍禾垂着眼眸，淡漠地解释，也不知说给谁听：“光明化生于黑暗，如果没有妖与魔，哪里来的神与佛？魔君是不会死的。神魔本是一体，就连如今权柄九天的东皇太乙，当年也是妖王出身。”

我以前不明白，《山海异世》藏简中记载的各路妖魔，为什么总是不停被封印，又周而复始地破禁而出。若在制服的当初直接灭掉，或者将可以解开封印的生门摧毁，不就彻底断绝了后患。可现在，雍禾的话让我觉得，其实神本就没想除魔。魔与神本就是一体，而洪荒万世里流传下来的种种玄机，只是冥冥天意在无尽黑暗中沿途留下的依稀灯火，用来指引那个招魔的人。

但我的想法不重要。如果神与魔必须彼此制约、生生相克，那么阴极阳生，此时此刻，绝不会是魔高一丈的绝境。

临渊站起身，停了片刻，像平常那样凝望遥远的苍穹。风息云止，玉斗澄辉，海天一线之间，开始出现陨落的光痕。一道，两道，无数道。凡世的人们将这种流光称为陨星雨，又叫天火，寓意光明吉祥，荡除一切灾劫苦厄。那猝生的明光何其耀目，荧荧然，煊赫照天，热不可近，将黑紫的浓云撕拉开无数裂口。

天上法网，肉眼虽不能见，但在修行者眼中却分明森严。地气之中，亦有禁制，不可断绝。

才一眨眼工夫，繁英落絮，妙音悠扬，半空云中舞出十双带翼白额猛虎，呼啸之声铿锵鸣琅。东皇座下十大妖神，今日齐刷刷到场六位，阵仗不可谓不大。

眼尖的春空马上认出，那十双白翼虎乃是随娲皇归隐补天宫的神兽，寻常绝难一见。余者以白泽为首，依次是：钦原，双翼大如鸳鸯，惹鸟兽则死，惹木则枯；鬼车，又名九头鸟，翼广丈许，双目昼盲夜明，能吸人精魄；毕方，火神，单腿形似鹤；九婴，叫声如婴啼，能吞水吐火；蜚廉，鸟头鹿身，口生青白獠牙，四蹄踏焰。

传闻娲祖跟东皇素无往来，不知两拨人马是怎么凑在了一起。而我竟天真地以为，这些洪荒异兽重返仙陆，是来助阵降魔。

都说天无绝人之路，但其实呢，若没有头顶这方波谲云诡的天，世上哪来那么多绝人之路。六妖神中，以吞吐火焰为战者又占了大半，个个都是水族的克星，可谓水火不相容。他们恰在此时出现，带来的，是条九死无生的绝路。

重楼横琴在手，谨慎地往后退避丈许，凝眉道："看来本君被困塔底这些年，掌上风云，世人果真都尽忘了。当年昆仑墟一战，玄天神佛无不丢盔弃甲溃不成军。敖临渊今日在劫难逃，凭你们区区六个怪物，也妄想横加阻拦，就不怕重蹈噬天之劫？"

世闻昆仑山有瑞兽白泽，体魄如狮，头生两角，浑身白毛似雪。此兽擅言人语，通晓世情，能知过去未来一切事，逢有圣人出世治天下，方捧书而至。

这样一位以睿智著称的耄耋鸿儒，留在东皇身边，掌天下鬼神命谱名册，名声和资历都非同小可，但他并不是能征善战之辈。此番既不见天成瑞兆，也绝非圣贤临凡，竟率洪荒五兽亲至，想必不是为了同魔君在海上大战一场。

白泽抖抖遍身白毛，抚须慢道："诸位少安毋躁。无论是东海和魔族的争执，还是你同东君间的积年私怨，都与东皇无关，吾等也无意横加干涉。"

话罢忽换作疾言厉色，目射精光直指临渊："天道有序，为一己之利干涉津河化龙，徇私舞弊，妄图将诸天神佛都欺于掌中，敖临渊你向天借了胆不成？！"

暴声断喝，激起三军哗然。五兽各展其翼，开始围着临渊四周蓄势盘旋，个个眼里都闪着兴奋难耐的光。这些神兽性凶好斗，拘在昆仑神宫的异兽园日子过于久长，天界近年又清平无战，难免寂寞。毕竟他们除了拉帮结伙出来搞事，也没什么别的功能了。

我心中一凛，原来白泽带着他们大张旗鼓地显身，却是为算锦芙这一笔账。

太玄曾说，受青龙神广仁临终之托，东海得以联袂云梦泽，身为东海龙君的临渊日渐势大，早就令东皇忌惮颇深。前番借着抬举鲤国新皇化龙之事，再将玉琼川收归麾下，更是犯了东皇的大忌。

欲加之罪也要编纂出一套堂皇说辞来，何况现成的把柄。

眼见这般光景，我已数不清心向下沉了几回。事实就摆在眼前，还是不敢置信。说好的正邪誓不两立呢？只为了权柄倾轧，转脸就能握手言和铲除异已了？

我巴巴揪住大垂的衣袖：“白泽……刚才的话是……是什么意思？天族竟然放下架子和魔族联手，要一起对付位列仙班的东海龙君？这跟同流合污有什么区别？”

“幼棠你冷静一点！你亲口说过，和敖临渊已经没关系了，他惹下的麻烦，件件罪大滔天，哪一桩都不是你能插得上手的。”我要的答案，大垂那里根本问不出究竟。他只会把我拽得越来越紧。

“他们不会。”雍禾忽然插声，“你可知重楼当年犯下的，是什么样的罪过？”顿了顿，补道：“百鸟之中，孔雀至美。据说姿容很有龙祖伏泽年轻时的几分风致，也因此最得凤凰宠爱。此子被娇养得性傲凶残，素行不羁，把诸天神佛都不放在眼里。终有一天，狂性大发，将佛祖吞吃入腹。只此一件，足以使得天族和魔族世代交恶。后来嘛，佛祖破其背而出，视为奇耻大辱，便欲怒而斩之。西方天帝因娶了凤鸿氏为妻，和凤鸟族沾亲，劝阻曰‘杀孔雀则伤凤凰，万万不可’。最终的结果，孔雀重楼被投入无间道，放逐于三界外，落地成魔，不死不灭。条件是，赤霓要为爱子所造之孽以身谢罪，涅槃圆寂。”

雍禾描述的往事里，有种比天意更阴险森冷的东西抓住我，害我一身凉意：“那他们早不来晚不来，偏赶在这节骨眼计较，闹的又是哪一出？”

雍禾冷哼一声：“东皇处心积虑，借孔雀之罪灭赤霓，使后世再无神鸟凤凰，眼下又想对龙族故伎重施罢了。之所以挑这紧要关头出来，不过是因为东君战神之名叱咤八荒，十大妖兽绑在一块都未必是他的对手，只好苦等重楼先出手重创，才来捡个现成便宜。”

照这么说，若东皇有意落井下石，重楼只需等在一旁坐收渔人之利即可，甚至不要脸地打成车轮战，你方唱罢他登场。临渊腹背受敌，又负伤在身，恐怕长出三头六臂也难再力挽狂澜。

片刻之间，白泽摊开厚厚书简，已把罪状历数到“骄狂好战，穷兵黩武”。这必指的是发兵攻打阆星城之举。接下来更恬不知耻追说道：“遍地雕题的尸体就是证据。”却只字不提雕题联手承乙偷袭云梦泽，致使无辜的云梦泽水族死伤无数。

原来这就是南君苍凛那封密信的真正含义。他说，若东海执意倾举国之力发兵于外，恐怕“萧墙之祸，变生肘腋”。他指的不正是琰融这背后一刀？未经四海龙君共同认可的战争，也正好坐实了挑起战乱涂炭生灵的罪状。我却在鹤沼乱了心神，以致没能及时把这封信交到临渊手上，使他疏于提防。

重楼突然拊掌大笑起来，笑声像倒抽冷气一样令人心悸。

“妙哉。账要一笔一笔算，本君有的是耐性。一千六百多年都等了，不急在这一时半刻。但有言在先，东皇老儿爱降下什么责罚都请便，敖临渊的命得给本君留下。”

这就是摆明了坐山观虎斗的意思。白泽咳嗽一声，满面白须盖住老脸上不易察觉的绯红。估摸实在忌惮魔君毁天灭地的架势，板着脸诺诺道：“上天固有好生之德，虽有过该罚，却不至于毁伤神龙性命。”

夜来气急，若不是太玄死命拉着，纤纤玉指定要狠戳上白泽那半秃脑门：“胡说八道！捉贼捉赃，鲤皇化龙乃是靠自身之力飞跃龙关，实属天地造化之功，凭什么就说是君上徇私干涉？你个老糊涂虫哪只眼睛看见了？就敢信口雌黄！这罚旨降得莫名其妙，如何服众？天下水族都不会认这张捏造的罪状！”

白泽不以为然，伸手一指西方：“老夫是没看见，但这事铁证如山，且有人证亲眼见证，断容不得尔等狡赖。东皇他老人家降下的责罚，岂容你个小小的鲛人置喙？不领也得领！负隅顽抗，就不怕连累天下水族共担罪责？”

顺着他所指的方向，一朵橙边祥云缓缓而降，露出三个衣饰浮华的身影：“哎呀，有话好好说，这剑拔弩张的，又是何必呢？平白伤了兄弟们一团和气。”

若把这句话翻成兽语，意思就是“来来来，大家让一让啊快让一让了，我有个兄弟要出卖一下。”

西君琰融笑眯眯朝白泽施了一礼，又指指身后陌生的青年：“犬子延维。还不快来见过你白泽伯伯。”

白泽所指的人证，竟是锦芙化龙当日一同在场，却最终在血池前却步的锦澜，锦芙的亲妹妹，鲤族二公主。哦不，听琰融口中所言，她已经嫁给延维，成了名正言顺的西海世子妃。

心比天高却志大才疏的锦澜，穷尽此生也无法化龙，但好歹嫁给了龙。身为一条早上发愿修行，中午就可能被捞去炖汤的菜鱼，居然能有这样的进取心，还最终夙愿得偿，真是可歌可泣催人泪下。

父君曾说，一个人的野心若和能力不相匹配，只会自取其辱。但一般正常点的都懂得知耻而后勇，更潜心修行也就是了。锦澜显然不在此列，她选了一条更立竿见影的捷径。临渊对和亲的拒绝，在津河龙关的几句调侃，竟让她如此怀恨在心。恨到宁可背叛亲姐背叛故国，转投进一直视临渊为死对头的琰融阵营，拿住这把柄一状告上九重天。

琰融皮笑肉不笑，对着临渊拱手惺惺作态："兄弟一场，为兄本也不愿见今日真龙坠地，四海喧嚣。怎奈津河一念之差，错已铸成，为天下水族计，只好忍痛割袍，顾全大义。"

诸罪加身的临渊，负手而立，始终一言不发，看他们互相一搭一唱个没完。忽露出一抹无辜又无谓的笑："那么，琰融兄在东皇面前给本座求下个怎样的责罚，愿闻其详。"

雍禾唇色苍白，语声不扬，只喃喃道："东君计谋深不可测，向来如冰山浮水，只见一角，此事必定还有转圜……"

这说辞何等空洞无力，不知是安慰我还是说服他自己。这事牵连到锦芙，一旦临渊伏罪，龙女难保不遭牵连，又有重楼那煞星在旁窥伺，阆星城更岌岌可危。

白泽清了清嗓子，开始宣读东皇最终的旨意。

诚如白泽所言，天族虽不至于明目张胆行赶尽杀绝之事，但这责罚也绝不轻松。结果是要将白龙神贬落凡间，下世历经百劫，方能赎还此罪。且需卸去一身法力，通天的本事也施展不得。临渊不在东荒仙陆期间，东海则暂归西君琰融辖治。

流放和赐死没多大区别，前者更漫长痛苦，结果却几乎一样，还等于间接给魔君递上把屠龙刀。一旦被封住法力，则与脆弱的凡人无异，随便动动手指就能捏死。别说重楼不会善罢甘休，就连临渊曾经的仇人都不会放过这天造地设的良机。

但白泽早有言在先，临渊和魔君的私人恩怨，天族概不插手。三言两语就把借刀杀人之举撇脱得干净，用心何其险恶狠毒。

风云一夕突变，血光之灾层出不穷。东海军中哀戚之声渐起，一柄长刀却不知从何处破浪而至，不由分说朝雍禾当头劈下。

第五十四章

权斗

龙君失势，孤注一掷反叛承乙的雍禾等于失去所有靠山，处境立马变得相当尴尬。

被重楼从桐峰紫瑟下捞回半条命的承乙趁机暴起，风卷残云般扑面杀来。反正他已经开了弑兄篡位的先河，再手刃一个弟弟也没什么不可以。此时此地，还有谁能拦得住杀红了眼的夜叉王。

局势逆转太快，所有人都没反应过来。雍禾身边护驾的一小队夜叉军茫然不知该如何是好，索性呆呆怔在原地不动，像庙里供的泥胎。

阴风外溢，承乙把长刀抡得飒飒有声，寸寸逼近都是杀招。

手无寸铁的雍禾一个猛子扎进海里，既支不出招架之力，也毫无还手余地。才险险避过数轮，腹背就添了好几道裂骨刀伤，鲜血很快把周身的海水染红。

春空咬着拳头扎进怀里，哭得肝肠寸断："怎么办，怎么办？……谁快救救我四叔，呜呜呜……"

雍禾要有个三长两短，这孩子等于彻底失怙，先别说栖身之地，恐怕接着就成了承乙的下一个刀下亡魂。我最见不得这等恃强凌弱的混账事，抬起一脚就踹在大垂圆咕隆咚的屁股上："你到底是不是男人，都这时候了还只顾抓着我干吗？快去救雍禾！"

固执如他，也能看出我眼中不可动摇的怒火。大垂点点头，目光竟有些萧瑟："此地不宜久留，再耽搁下去，情况也只会变得更糟。我去帮雍禾，能拖多久算多久……你带着这小奶娃赶紧回涂山，听见没有？”

说罢不待我回答，身形一晃，向刀锋凌乱处奔去。

雍禾落到这般境地，只为一个从来也没把他放在心上的锦芙。怀着一腔无处寄托的痴心，默默用自己的方式，替伊人报偿恩情。

如果一个陌生人，因为做着一件完全出于私心的决定，和正义无关，并由此引来杀身之祸，既没有彼此扶持的价值，也不算志同道合的伙伴，是不是就活该被剥夺一切？若有一天，自己也落入穷途末路之境，周围会不会也没有一个人肯伸出援手？

我的心里还来不及得出答案，双手就已经做了选择。这选择不够理智，却足够坦然真实。那是因为，彼时彼刻，我还对这世间的善意抱有期待。芸芸众生，无论鸟兽虫鱼，性灵皆成于天地，每一个生命，都是万物本身，连神明也没资格随意予夺，更不应该由所谓强者凭手中的一把刀来决定。擅造杀孽，手足相残，扯出再多的理由都罪不容诛。

转身把春空交到雍禾近侍的一名小头领手里，便拿出天霜笛潜入海底。

一千五百岁的大垂，怎么可能打得过身经百战的承乙。就算承乙刚被临渊揍得三魂去了两魂半，剩下这半拉也足够玩得转。这闲事是我非要管，总不能自己反倒袖手作壁上观。

“你俩是什么人！活得不耐烦了？”承乙被大垂缠住，一时半会靠近不了雍禾，耐性渐消，目中早已凶光毕露。眼看一刺未拔，又再添上一双，难免气急败坏。

“阁下真是贵人多忘事，昨儿还跟我在城中‘一见如故相谈甚欢’，这才两天不到，就不认识了？”

承乙刀锋一滞，咬牙冷哼：“涂山氏？你果然还留在阒星城附近！敖临渊已经快完了，本王今日忙着清理自家门户，并不欲跟涂山结下梁子，识相的赶紧滚，就当你俩从没来过！”

我不愿再跟他废话，道不同，半句都嫌啰唆。沉下心来凝神静气，将银笛送往唇边。

几乎与此同时，一片炫目的银光从暗潮深处激涌而出，磅礴之势锐不可当，承乙连哼都来不及哼一声，就被整个吞没其中。

大垂目瞪口呆地望着我，连我自己也被眼前这光景吓了一跳，区区千年道行，几时能发挥出这么大的威力来着？

定睛再看，才发现自己果然想多了。银光深处，鳞甲烁亮，流转着幽冷高贵的气泽。原是一尾银龙悄无声息潜至，缠上承乙的身体，再倏然盘紧。

承乙遍身玄铁重甲，被绞得扭曲成匪夷所思的形状，面庞涨紫，目眦尽裂，只顾拼尽残存的力气举起手中长刀，朝银龙身上砍去。吹毛断发的刀刃撞上龙鳞，火星四溅，很快就崩出缺口，鳞甲却仍旧平整光滑如镜，连一丝划痕都不曾留下。

承乙再枭狠棘手，毕竟只是个海夜叉，没有任何水族能躲过龙的致命一击。

半炷香时辰都不到，凶神恶煞的夜叉王就殒命当场，一句遗言都没来得及留下。他的雄心也好，野心也罢，执妄和理想，是非对错，连同裂成碎片的铠甲一起，消失在这片亘古的海域。

银龙收起狰狞利爪，在水中优柔一转，化作了人形。那身影秀颀窈窕，气度却不输须眉。

“锦芙！”我惊喜地欢呼出声。

龙女面露微笑，朝我缓步行来，落落大方地欠身施了一礼：“拜见君后。臣女刚回玉琼川不久，就听说君后已同君上定了亲，只是刚登基不久，内忧外患未除，又政务缠身，一直都没来得及亲往拜贺。”

这个误会实在太大，我窘得面红耳赤，正不知如何解释才好，雍禾忽跌跌撞撞冲了出来，一跤滑倒在锦芙脚边，搅起一阵泥沙，却顾不上爬起身，就这么半躺在地，痴痴地仰头望着锦芙，声音仿如梦呓：“我……我真是做梦也没想到，竟然是你及时相救……”

锦芙仿佛此时才发现他的存在，疑惑地抽身往旁挪了挪步子：“这位是？”

我松一口气，朝这位痴情皇子比了比手：“呃……他就是那个每年都要向你求一次亲的夜叉族四皇子，‘四海情圣’雍禾殿下。”

“四海情圣”这个美称，诚然是我怜恤雍禾相思至苦，本着日行一善的原则给他临时添补上的前缀，倒也不算夸大其词。

锦芙露出思索的表情，面上却没什么波澜。对雍禾这个名字，或许有印象，或许完全不复记忆，不管哪种，都只说明了一件事，那就是她完全没把眼前的男子放在心上过。

她垂下头对着雍禾充满期待的脸，一双眸子仍旧坦荡澄明："杀承乙，是为我父王报河津龙关之仇，此行并不是特意为了救你而来，实在不必放在心上。"

"那怎么行？我们夜叉是是非分明的水族，救命之恩，非报不可。"雍禾被拒绝习惯了，越挫越勇，不达目的誓不休。

想是常年领兵在外，早已习惯了军人做派，锦芙即使继承了皇位，说话也还是直来直去："那另找个时间再拜谢不迟，我还有要事在身，恕不能奉陪。"

"哎等等，别急，我……我马上就能报啊！"

锦芙实在磨不过他，只得无奈顿住脚步："那你报吧，快一点。"

雍禾慌张爬将起来，绕着锦芙惶惶然转了两圈，一副六神无主手足无措的模样，忽正色起来，单膝落地一跪，牵住锦芙臂上挽着的披帛，眼巴巴道："这恩深重如山，小王实在无以为报。思来想去，只好……只好那个什么，以身相许，你看行不行？"

锦芙大惊，不可置信地望向我和大垂："这是什么情况？"

大垂两臂交叠在胸前，连忙摆手："别看我，我跟这厮不太熟，也就今儿刚认识……哦不，都算不上认识，路见不平随便帮着打一打罢了。"

恰在此时，雍禾的一众近侍终于醒过神，提着鱼叉围拢过来，被眼前这一幕惊呆，纷纷不太明显地笑起来。

雍禾对身周一切充耳不闻，自顾絮絮叨叨："我……我这人虽不大会打仗，也没本事治理国家，但绝不是毫无优点。我精通音律，可以作曲子给你听，诗词歌赋舞乐书画也都擅长，可以陪你下棋作画读书解闷。我还知道，身为女皇，责任重大，基本没闲工夫儿女情长，可就算国政再繁忙，也需要偶尔放松身心，对不对？你若无心主内，没关系，我甘愿做你背后的男人，你忙你的，连孩子都不用抽空生……”

雍禾扭头，从近侍头领手中将春空一把抱过，续道：“我这贤侄，父母双亡，伶俐无双，抱在膝下一养，现成的天伦之乐有没有？总而言之，收下我，绝对一个赚俩，不会后悔，不会亏啊！”

许是被“父母双亡”这句话触动，她带着同情的目光摸了摸春空的脑袋，疑惑又认真地低声问道：“你叫春空？我们在东鄴城见过。唔……你这位叔叔，是不是刚才脑袋被打坏了？他平时也这样，动不动就拖家带口到处以身相许吗？”

春空羞愧地捂住眼睛：“龙女姐姐，我只是个小孩子，搞不懂以身相许这么复杂的事。我叔要许，是我叔的身，我没那个意思……”

锦芙被众目睽睽盯得浑身不自在，秀眉轻蹙，话音已带了几分气恼。对雍禾认真道：“你到底要干什么？快把手放开，再这样胡闹，我就要打你了。”

在我耳中听来，这是句仁至义尽的最后通牒，而不是虚张声势的假意威胁。锦芙性子干脆利落，向来言出必行，她既说清楚了要打，那就是准备真打。

锦芙裙下死，做鬼也风流。这厮一改方才在海面上述古论今的低调矜持，眼神已温柔得要快化成一摊春水：“打是疼，骂是爱，就算你不疼、不爱我，只要肯收下我，让我以身相许好好报恩，任打任骂绝无半句怨言，就算被你亲手打死，也心甘情愿！”

雍禾生得清秀斯文，眼角眉梢一派款款痴慕，对龙女又是真正的一往情深，即使这般缠磨，竟也丝毫不显猥琐，委实难得。

我生怕他好不容易刚从承乙刀下逃得一命，再要回过头折在锦芙手里，那真是太惨了。

锦芙言出必行，举起了巴掌，我忙把她拉过一旁，又指了指上头，低声道：“我知道你此番是为东君而来，但你去没有用。你妹妹举着大义灭亲的名头来做证，一口咬定是亲眼看见，琰融又早有心要取临渊而代之，十有八九也借此事和东皇私相密约，这些人各怀鬼胎，化龙舞弊已成盖棺定论，你再露面只会引火烧身。”

锦芙固执摇头：“即便如此，这场祸事归根结底是因我而起，岂有坐视不管之理？大不了打回原身，照旧做条鲤鱼也罢了。”

见她义愤之下如此糊涂，只得竭力再劝：“你这龙身得来不易，千万好自珍重。若将前功尽弃，岂不辜负了君上一番心意？再失去一位龙皇，又置鲤国千万子民于何地？”

最后这个理由太有分量，锦芙终于不得不妥协：“臣女惭愧。锦澜那不长进的丫头，回玉琼川后，昼夜闭门不出，也不知在想些什么。过不了几日，竟将君后所赠的白狐毛偷去一根，意图私自潜往涂山，所幸被我及时察觉，罚她禁足内宫闭门思过。谁知她仍不知悔悟，不知几时又悄悄勾搭上了那位延维世子。登基大典一结束，延维再没理由留在玉琼川，被西君遣来的仪仗迎回，锦澜也借机私奔去了西海。没想到，千防万防家贼难防，到底还是连累了君上。”

这番陈情，说得我一颗狐狸心连蹦带跳就快钻出嗓子眼。好个锦澜，诚然不是块化龙的材料，却委实当得起两面三刀的一把好手。本来左右不过一根毛，丢便丢了没什么大不了，但要落在她手里，用处就绝不仅仅是去求盏聚魂灯那么简单。这大概也是她叛出玉琼川的筹码之一，否则单凭一条千把年的小小鲤鱼，何德何能会令眼高于顶的琰融瞧得上，还这么快就娶回去做了儿媳。

有那狐毛开道，不知他们到了涂山会煽出什么歪风邪火，这情天恨海一锅粥就再也瞒不住。哥哥若寻了来……恐怕不是立时半刻，也再晚不过一两日之间。

抬头望，海面电闪雷鸣，涛声震耳欲聋。那是修行者封存自身仙术时，召唤九天荒火护法的前奏。时间紧迫，再不能多耽搁一刻。

我咬唇，紧握住锦芙双手：“事情闹到这地步，不是你跑出去担当就能善了。东皇要算计的不是你，是临渊。阆星城今日势必落入魔君之手，已无力回天，只能以后再设法转圜。你若敬我是东海君后，就听我安排，把这叔侄俩带回玉琼川照拂一段时日，保证他们的安全。雍禾君其人，脸皮是厚了那么一点点，但基本还算在底线之内吧……且对你绝对是没有坏心，承乙方才把他伤得不轻，若放着不管，真忍心眼睁睁看他带个小奶娃四海飘零不成？”

锦芙凝眉，略迟疑了一瞬，当即肃容相应：“臣女领命。”顿了顿，又勉为其难叹息一声，“对有些人来说，所谓底线的程度，相当于别人的坑。”

我甚汗颜，四海情圣倒戈承乙的人情，也只能替临渊还到这里，再多的就帮不上了：“还有另一件要紧事，却不是命令，只算我私下的所求。锦芙姐姐，能不能再帮我一回？”

“只要是力所能及之事，但凭吩咐。”

我松一口气，附在她耳畔低语几句。

我化出龙尾破浪而去，海底斑斓纷杂迅速从眼前退却。渐行渐远处，回首匆匆一瞥，见大垂被拦在锦芙化出的水晶屏障中，左奔右突，急得用肩膀死命撞击结界，但终究徒劳。

“喂！你回来！幼棠你等等，你听我说！你听我说啊……”

我对他笑笑：“你说得都对，可我做不到。”

交代给锦芙的最后一件事，就是帮我拖住大垂。

涂山狐一生只爱一人，动情便至死不渝。

生死攸关的一刻，才豁然明了，眼前取舍，从未如此坚定不移。我对他的爱，但凭本心，不计得失，不痴不妄，不加掩饰，不自乱纠结。愿同光同尘，同劫同灰，同死同生。

第五十五章

同心劫

这世上，没有孰重抑或孰轻的欺天罪，只有诛此还是诛彼的分别心。

助锦芙津河化龙，我也有份。眼下东窗事发，又被琰融处心积虑从中调唆，急转直下到如此糟糕的地步，若把全部罪责都撂给临渊承担，自己反而躲起来独善其身，我不是能扛得动这种包袱的人。

我方破水而出，就赶上迎头劈来的一道万钧雷火。

但愿不要被白泽那一干人等看出端倪，这一挡几乎已用尽我全部修为，才能勉强装作不费吹灰之力的模样，将那雷击化解。

俗语说得好，见人说人话，见鬼说鬼话，见神呢，那就只能说神话了。

“只望见眼前杀生万孽，却看不出身后三千善果，悬于济世之舟，佛祖有云，你不入地狱，那谁入地狱呢？”我边说边将烧焦的袖口攥紧，小心藏在身后，抬眼扫去，见所有人都愣怔当下，面面相觑。重楼手中弦音戛然而止，周遭一时静得只闻衣袂荡拂的窸窣。

唯临渊凝目深望过来，眼底一片黑潮汹涌，浓黯得无边无尽。那脸色复杂难明，将微微一抹惊讶不露痕迹地遮掩。良久，方轻声开口道：“你要做什么？”

我心头猛地一颤，定住元神不去理他，扭头朝丈外的那团绿云招了招手。

“哦，差点忘了，诸位是上古神兽嘛，除了满腹经纶的白泽神君，其他几位可能都听不大懂人话。太玄，把本宫的意思用兽语再给他们重复一遍。”

久违的小叔叔驾着绿云越众而出，高耸的龟壳像座小山，稳扎稳打滚滚碾了过来，慢条斯理道："我家君后说的是……"

还不待他说完，就被一段尖厉的女声打断，锦澜急不可耐地跳脚："真是天网恢恢，疏而不漏。白泽上神容禀，津河龙关大开那日，干涉化龙她也有份！原以为大难临头各自飞，这狐狸精早就脚底抹油跑得没影儿了，如今偏又自己撞上门来，也好，省了劳动诸位神君再去涂山叨扰一轮。"

"一人做事一人当，我这不就来了。再者说，父君近年来耐性越发不好，连三清上神要前往拜会，也得提前一个月便开始焚香斋戒沐浴。东夷福地，不是你一条鲤鱼精想叨扰就能随便叨扰得了的。"

我转头瞥她一眼，同时在心里默默告了个罪。善哉善哉，劣女不孝，实在情势所逼，不得已拿着涂山的名号招摇，虽把锦澜挤对得痛快淋漓，也连累了父君清誉。那话怎么说，将在外，正好造谣。

"若要人不知，除非己莫为！以为抬出狐帝的名头就能躲得过责罚吗？徇私舞弊扰乱天道，可是万死难赎的重罪！那日明明是你在旁不住地煽风点火，一力撺掇害东君犯下大错，若论该罚，你才是真正的始作俑者！殷商怎么亡的国？狐狸嘛，千古祸水的名声总归不是白来的！"

我佩服自己，被指着鼻子祸水长、祸水短骂了个底朝天，还能留出闲情来打量久未谋面的这条鲤鱼，攀龙附凤后装腔作势的本事可有几分长进。锦澜自从嫁给了龙，果真今非昔比，连脸上所涂胭脂水粉，成色都比之前所用的提升了不少档次，激动起来一脸的青红皂白，五花斑斓得很，简直堪比漆黑夜幕中最夺目的那道彩虹——蜡熔的。

之所以镇定如斯，并不是神格有多么高大，胸怀有多么宽广。锦澜这么刻意针对，旁人不知道缘故，我心里却明白得很。她的故国玉琼川，同东海一衣带水，关系向来比西海更紧密，是以她对东海君后的名分早就觊觎已久，加之化龙不成，或许对临渊还存着几分痴念未断，就把和亲被拒、化龙无门的怨愤，全部算在了我头上。

说到底临渊不肯娶她，又不是为的我，却是为了夜来。因此并不值得十分气恼，全当她咬牙切齿痛恨叱骂的，是不远处云头上的夜来。我暗暗寻思一轮，对这个结论很满意。人生已经如此艰难，全靠这么会自我安慰才能走到现在。

白泽捧着满卷罪宗直皱眉，对锦澜的新一轮指证明显兴致欠缺。他此行的目的是贬黜白龙神，估计不包括听一只狐狸和一条鲤鱼吵架。

此公沉吟片刻，皱起一张老脸，皮笑肉不笑地开了腔：“这位莫非就是东君新娶的夫人？另一位涂山帝姬？东君虽犯下大错，但东皇仁德，罪不及亲眷，泱泱东海并无一人受此牵连。君后这般横加阻拦，到底意欲何为？难道为了给东君脱罪，要借涂山国之势抗旨不成？”

我摇头，认认真真答他：“不是来脱罪，是来认罪。”

云天的另一端，琴声又幽幽响起。由轻渐重，如喷玉，如点珠，暗含肃杀之势，细辨却又多了几丝说不清道不明的悱恻。我听在耳里，只觉像凡间话本里形容的那一折，唤作《英雄末路，四面楚歌》。

反正事已至此，能扳回一城算一城。临渊说过，不管看得到还是看不到，努力去改变自己不能接受的事，它就会换一条道路。

“白泽神君方才也听西海世子妃亲口指认，当日河津龙关，是我执意要干涉锦芙化龙，东君拗不过，只略搭了把手，论罪过轻重，也该有主有从。至于证词，更没有信一段却不信另一段的道理。东皇这责罚，降得重了，便是闹到西方梵境去论个公道，也断说不过去。”

我记得太玄曾说，临渊满一千岁时，在灵鹫山转男身，是在佛祖座下承了金刚印的，佛缘极深，荫庇长存。果然，一搬出西方诸佛，白泽脸色微变，随即又诡秘地笑起来：“老夫长久不出来走动，竟不知现如今的后辈，这等勇气可嘉，滔天的罪过也抢着认。既肯主动同担罪责，那是最好不过。那么若依君后所言，对东君的责罚重了，又该如何斟酌才算公允？老夫好意再多提点一句，东皇的旨意非同儿戏，可不容朝令夕改。”

诚如白泽所言，东皇的谕旨，等同天威，一旦白纸黑字落定，在司命星君处的命谱也得跟着做相应更迭。换言之，无论多寡如何均分，涉事者都只能生受，必得结结实实落在人身上才算完。

我却能借此将这劫数分掉多半。一身道行不过区区千年，全扔了重修也罢，若换来临渊下世时，至少保留一半的仙术护身自保，怎么算都不亏。这就是目前唯一还可能行得通的权变之策，不是办法的办法。

出涂山前，常逃了学去听一只爱说书的老狐狸闲侃。老狐狸讲过一个故事，说娲皇曾有过一位后人，乃是条修出了女体的白蛇，原本好好修行，也能飞升成龙，投在南海紫竹林门下，便是观自在菩萨莲花座前唯一的净瓶龙女。奈何世事难料，白蛇下到某一处凡世游历时，因报恩与凡人相恋，终为诸天所不容。她却执拗，非得挺身与天地抗衡，最后落得千年修行尽毁，被镇压在一座名唤雷峰塔的佛寺塔底，除非水枯塔倒，否则永世不见天日。

以前总觉得那条蛇太傻，来历出身已如此矜贵，拥有天下灵兽都艳羡不已的仙途前程，却宁可为场镜花水月毁于一旦。凡人岁寿不过弹指，恐怕千万轮回之中，早就把她的痴心尽忘。现在看来，我的智慧也并未超过她。

很多事，抵不过一句心甘情愿，就再没什么好说的了。火烧眉毛，且顾眼下。

我固然是没什么想啰唆的，但不代表旁人没有。

想是怕这一搅和，间接坏了顺畅屠龙的好事，重楼一对沉甸甸眼刀率先飞过，却不是对着我，直接稳扎稳打戳在临渊苍白的脸上，刮骨般扫过好几个来回，咬牙冷笑道："敢做不敢当，倒不似你当年风范。自己做事首尾不净，捅出了天大娄子，就把罪过丢在女人身上，妄图独善其身？"

一直冷着脸不知在闷头琢磨什么的白龙神殿下，终于也忍不住抬手揉了揉额角，出口的，却不大成个话。他没理会心心念念急着取他性命的魔君，却对着我缓缓说："你是不是傻？"

我气结，抬头望一回四四方方漆黑的天，果然没有眼。

"这叫风度、叫担当，是我先出手把兜云锦抛上山头救了锦芙一命，才有后来的化龙飞升。此次出来认罪，要保全的是我涂山狐族的清誉，免得牵连父兄。你我之间，也就只剩这桩罪还可以分一分，但求清清楚楚无亏无欠。你别想太多了。"

他嫌我傻早不是什么新鲜事，在龙宫哪天不要被笑话个三五七回，这关头听在耳里却尤为刺心。就算再没本事的狐，也有小小的骄傲和自尊。

横下千儿八百回狠心，才挤出这么句干巴巴的话来，我自觉已经是撒谎的极限。话音落地，浑身都虚飘飘一松，踩着云头悬在半空，从未感觉这般没着没落，四下都无所依凭。

从此以后，大概就是茫茫凡世里，渺渺众生中，一只再普通不过的单尾狐狸。做人真难，口中所言，往往不能是心中所想。心里想的，却有无数个不能出口的理由。说不定，还是做回狐狸比较简单开心。

从哀伤中回过神，临渊已不知何时掠至身后，将我拦腰重重一搂。脚底下两朵薄云当空撞在一处，浮白的碎末四溅。那么近，近得能把他眼中腾腾烧起的火焰看得如此清楚分明。

“什么叫——想太多？你要跟我算清楚什么？嗯？”

被他擒在怀里，头一次感觉那躯体紧绷僵硬得如同岩石，几乎要被磅礴的怒气迫得无法呼吸。方省悟过来，我划清界限未免太急了些，尤其在他这么多仇家跟前，实在很失颜面。

但又有什么法子呢。再拖下去，我怕自己会后悔、会犹豫。就算他爱的并不是我，起码看起来，是我选择先放弃。话已经开了头，无论如何都要继续到底。

“婚书前日已被你亲手用剑斩断，诚然……我把它带着，只是身边正好缺块帕子。你也说过，那并不是天地载册的玉谱，作不得数。我同你的婚约，不如就……”

一把低哑嗓音沉到耳畔，灼热的气息拂在面颊，却吹得我遍体生凉：“不如就怎么？”

手臂的力道却加重了不知多少，“作罢”两个字还没来得及说出，就被勒得一口气没上来，忍痛抽了抽嘴角，暗暗使劲却死活挣不开，只好偏转过头去。

他却猛然将我下颌扳过，逼得四目相对，无处可躲。这么定定望了半晌，凌厉的眸光竟透出几许疲惫颓然：“我本来很欢喜，以为你突然露面，是担心我一人应付不了。如今看来，确实是我妄想了。”

说着又朝南边那片紫云上猝然一瞥：“幼棠，你说这些，是因为他？在东海才定下婚约不久，云梦泽被袭，你就知道了重楼破塔而出的消息，从那时候起，已经打算好要偷偷离开东鄰城，是不是？就算救出了涂青岚，你也不会再回来。”

我甚茫然，他一定气糊涂了，这是个什么因果关系？我退婚退得再不合时宜，好歹也帮他分担了一半的罪过，却被面对面指责跟魔君沆瀣一气是同伙。

果然不被爱的那个，做什么都是错。活着他嫌你碍事占地，死了也嫌你污染空气。

心盲如我，却为了这样一个男人，将生死轻抛掷如指间沙。胸口一阵钝痛，越发懒得做无谓的解释：“你若这么想，随你。”

无论他怎么理解我今日的所作所为，反正结果都一样，从此分道扬镳罢了。

这句话不知又戳中他哪根敏感神经，他原本阴沉莫测的神情骤变，萧索而凄怆，锁在我腰间的胳膊却渐松了几分。

“每一次，你都只会这么说，真是半个字也不差。”

是也不行，不是也不行，那到底要我怎么答才皆大欢喜？

刚透出口气，只觉那力道重又收紧，几乎要把我胸腔勒个粉碎。良久，紧贴着的那堵胸膛一颤，他终于缓缓道：“你我白首之盟已成，有没有那张帛书，都不可更改。无论你说什么，这手绝不会再放一次。若要将婚约废止，除非我元神化灰，魂魄湮灭。”

可能水族的心，全是海底针，教人钻破脑袋也摸不清也猜不透，太奇怪了。这意料之外的几句剖白，同鹤沼那番对话，竟能出自同一张口。乍听之下，我亦不是不曾动心，却仍不敢确信。只觉临渊近在咫尺的容颜，化在一片云山雾罩里，无论如何也看不分明。

他究竟在想什么呢？若今日陪他共担这场大罪，我势必赔尽一身仙元，届时同凡世一只普普通通的单尾狐狸也没多大区别。犯下这样的弥天大错，等于当着天族的面同涂山断绝关系，也不敢奢想能得到养父和族人的原谅，彻底成了无亲无眷孑然一身的野狐狸，再没有一丁点利用价值。失去了涂山挂名帝姬的名号，所谓山海联姻也就无从谈起，更别提借着这婚事大开涂山之门户。换言之，和我成亲，对他要报的那桩仇怨一点助益也无，他既爱着夜来，却还不依不饶非得和我挂着夫妻之名，到底所为何来？

正满怀惴惴，临渊已换过一副平淡神情，昂首对着那琴声断续处，朗然扬声：

“既然今日到得齐整，便没人能妄想独善其身。哪怕躲在庙堂里诵经念佛，哪怕飞升做了菩萨，不也还得忙着普度众生？重楼，你甘心也好不服也罢，涂山氏是本座未过门的夫人，共担下世轮回之劫，名正言顺。就算你现在拼着拂逆娲皇，用少昊琴取了本座性命，她也是本座的未亡人。”

仿佛在应和他的挑衅，那十双白额妖虎在半空猛地振翼，遮天蔽日撑开了肉翅，口中尖啸此起彼伏，一股磅礴汹涌的气泽自虚空中波动而来。

第五十六章

迦楼罗

我冷眼望去，那大片紫云的颜色瞬间更暗了几分，阴沉得快要和周边夜色融为一体。

云中蓦地映出张苍薄冷峻的面孔来，似笑非笑间露出森白的牙，放恣之态狂放难收："若杀你有用，本君愿造此孽。只可叹仙界漫漫，人间滔滔。那之前多少岁月，多少前尘旧事，待她全部记起，可还会一如既往，心甘情愿？且让本君拭目以待。"

我这一惊非同小可，疑惑地回头看临渊，他却轻轻避开我的眼睛。少顷，对着缄默观望的一众妖神笑道："渺渺天宫，三界众生，能以肉身堕临凡尘广济人间者，又能得几人？"

白泽掩袖轻咳一声："这么说，东君对这道谕旨并无异议，必会遵从，不致令老夫难为了？"

"两个条件。"临渊长眉微挑，眸底尽是沉静决绝之意，话中却有极清冷的烟火气。

白泽迟疑一瞬："愿闻其详。"

"成汤灭国，全因商纣无德，冒渎娲皇以致自取灭亡。这位西海世子妃方才所言，可是对娲皇遣九尾白狐化身妲己去施以惩戒之事，怀有异议？若因此指责狐族皆是祸水，岂非对创世母神大大的不敬？本座下世之前，哪怕只差着一个时辰，都是毋庸置疑的四海之主，即便令在座的西海龙君按君臣大礼拜称一声君上，也是受得起的。方才他的儿媳明目张胆对本座的夫人出口辱骂，岂能放任不理？若不按天族律法施以惩戒，三界尊卑何在？八荒六合的规矩是立来做幌子的不成？”

原以为他会趁机讨价还价，好歹让艰险重重的下世之途多些便利，谁知全然不是那回事。都这关头了，还不忘顺带拉上个冤家来垫背。这种有仇当场就报的作风，倒很符合他一贯脾性。难怪龙生九子，其中必有一个睚眦。

昌邑长老常挂在嘴边的一句劝诫就是，世事浮云千重变，有风莫要使尽帆。锦澜原只需再耐下几分性子，消消停停等到我俩化去修行被投身凡界，也就心愿得偿，非沉不住气要逞一时口舌之快，平白递个现成的把柄出来。本来没这几句辱骂之词，临渊就算有心治她一治，当下也找不出太好的借口。这就是传说中的，作得一手好死。

白泽同琰融默不作声交换一回眼色，我便嗅出几分大局将定的索然味道。

“大难临头之际，指望旁人的慈悲和善意来逆转危局，是痴人说梦。若不想成为随手便能抛掉的弃子，就要让自己手中永远有筹码。”我仿佛听见昌邑的另一句谏言，在我耳边阴沉地响起。

锦澜显然不是持有这种筹码的人。背叛龙皇锦芙，使她失去鲤国二公主的身份；没有玉琼川作倚仗，一尾永远化不了龙的鲤鱼，对西海而言什么也不是。能做的都做尽了以后，她的利用价值也就到头了。

六合八荒四大仙陆之中，以天族的法度最为森严。上下尊卑仙阶序列，规矩半分差错不得。现成的律例摆在那里，半分也难通融。

五光十色的胭脂彩虹霎时褪成煞白，锦澜惊恐不能自已，当即屈膝扑倒在云端，伸手死死拽住琰融袍角不肯放松，口中带着哭腔连声求告：“父君救我！这对祸害摆明了在公报私仇，哪里是为着孩儿随口数说了几句涂山氏……孩儿是无心的，一时口误，对娲祖绝无丝毫不敬之心啊！”

琰融仍是一脸事不关己：“也怪本尊平素太过心疼这孩子，不料却纵得她恃宠生娇，行事越发没个分寸。现摆着白泽神君在此，秉公定夺也就是了。”

延维一动不动想了想，谨慎地抄起手来，往他父王身后又退了一步：“内眷不贤，令父君蒙羞，孩儿惭愧。”

锦澜不可置信地抬起头望向延维，灰白的唇抖了抖，仿佛费了很大的劲，才勉强吐出几个零落不成章法的字：“夫君？你……”

这才猛然悟过来，为了使临渊放弃反抗，令东皇的罚旨得以顺利实施，没人介意牺牲她。

“琰融兄深明大义，老夫很承这个情。”白泽字斟句酌地说，“按天族律例，以下犯上，辱蔑仙族，该当废去修行，打回原身从头修过。可这位世子妃嘛，怎么说也是延维侄儿的妻室，老夫此行，乃是为东君一事而来，节外生枝的插曲，却不便亲自动手。”

琰融做出恍然大悟的样子，不疾不徐点头：“既如此，那就按神君说的办吧。”

这一对老奸巨猾之徒，三言两语就把担子互相推诿得泾渭分明，都有共同的目的要达成，却谁都不愿得罪对方。

见这桩交易已经再无转圜，锦澜慌不择路起身欲逃，终躲不过琰融猝不及防的出手，满身绫罗顿时挫成灰飞。待掌风散尽，前一刻还趾高气扬不可一世的锦澜，成了扑腾在延维脚下一条不停挺身拍尾的小小鲤鱼。那口唇无声张合，溢出血迹，睁圆的鱼眼，即使睡觉也无法再闭上。

琰融这厮，喜怒皆不显山露水，面上总挂着一团和气，心地竟狠辣至此。势如雷霆便将儿媳两千多年的修行毁尽，还不忘假惺惺叹惋一回：“锦澜这孩子触犯天规，虽不能再与吾儿承欢膝下，可毕竟叫过本尊一声父君，本尊断不忍就此将她逐出门庭。延维，为父只得改日再替你另择一门姻缘。且将这鲤鱼带回西海，好生照拂便是。”

她做了太多，也知道得太多。他不会轻易放过她。

我僵直背脊，直惊出遍身冷汗，手腕却被牵进一握暖烫掌心，紧了又紧。

延维化出个水泡子来，往小鲤鱼身上一扔，用袖子囫囵兜起揣了回去。我总觉那双不能瞑目的鱼眼，正挣扎着往这边死瞪，仿佛有千言万语未曾吐尽，但再也来不及。

白泽面无表情地说：“这桩公案现已了结，东君可还满意？”

临渊忽将身形向半空拔去，扇沉三指，翩然拧转，最后以不可思议的盈逸姿态，足尖轻点在其中一只翼虎的獠牙之上。

"听好了，本座的第二个条件是——"

却故意卖了个关子，将尾音拖长，落在琰融极力按捺的鼻息末端。紫云中琴音急管繁弦，嘈杂切切；翼虎则按兵不动，气氛徒然紧张。

再深沉的性子也要露出冰山一角供人揣测，可临渊似乎只有冰山没有一角。他再次提出了一个令所有人都始料不及的要求。

"三千婆娑世界数十亿凡世，择哪一处下界渡劫，须由本座亲自来选。"

白泽长眉一拧，待要作声，却被临渊掌中化出的一道虹光生生震慑住。

"哎，先别忙着反对。诸位神君且看——"

我却识得，那正是龙族最厉害的法术"观沧海"。此时显露这一手，对白泽等人来说，是个无声的威胁。若不能满足临渊提出的这些条件，就没有俯首甘愿认罪受罚这一说。一旦整个东海水族都誓死抵抗起来，算上东皇十大妖神全部出马，也未必讨得了多少好去，何况今日列阵的，只有五位。光会捧着法典耍嘴皮的白泽不能算在内。

虹光中礼乐盛起，山海群妖若隐若现，好一场繁华浮屠，道气入骨。

大团虚白的云雾后面，露出一个人身蛇尾的轮廓。因是背对而立，看不清真颜，但装束极为古雅绮丽，墨发微曲垂地，褐色肌肤闪烁着诱人的光泽。那就是人间之母——娲皇上贤。

观沧海里重现的场景，正是娲皇在补天宫内同临渊谈下的条件。

沧海为镜，景致再换，却是一处浩瀚的银装素裹，湖泊澄澈如碧，静水深寒似玉。若见多识广的哥哥在，一定会告诉我，那是人间某世某朝里，一等一的风流繁华地，富贵温柔乡，名唤临安的帝京。这美轮美奂的素雪漫堤，便是负有盛名的"西湖晴雪"。而我曾听过的那条为情所困的白蛇，娲皇和伏羲所诞育的百子之一，恰被镇压在这座佛塔之下。

娲皇惜言，诸般前因后果，便由临渊向众人一一道来。我万没想到，这里面竟还有和魔君重楼脱不开的干系。

不周山倒后，四极废、九州裂、天柱折、地维缺，日月星辰皆西移，人间面临前所未有的灭世之劫。娲皇与人王伏羲兄妹相婚，炼五彩石补天，以泥胎重造精魂，方成就如今的人间大地，瑰丽繁华。

而今变故正出在人间。火凰赤霓的长子迦楼罗因吞噬龙祖伏泽这桩罪过，被废去金身，只弥留三分神志，无形无相，无认知，无触想形识，流落下界踪迹飘零。如今两万多年过去，迦楼罗凭着那点残余的气泽，费尽苦心罗织，终于集成一缕精魄，却只能困在乌鸦的身躯里。

在世人眼中，乌鸦羽毛黧黑，叫声不堪入耳，是最不受待见的下等禽鸟。人们甚至口口相传，见到乌鸦即会带来死亡和灾祸，乃大不祥的预兆，因此处处喊打喊杀。

可想而知，迦楼罗在凡间夜以继日受了多少窝囊气，大鹏变乌鸦，比龙困浅滩、虎落平阳还不如。俗话说物极必反，这饱受磋磨的孽障，不知受了哪个魔物点化，誓要集齐流落人间的九朵兜率火，用镇祭在西湖塔底的王气淬炼，意图重塑大鹏金身。但这样一来，临安王气断绝，人间锦绣山河将重蹈倾世浩劫，娲皇的后裔白蛇也必受牵连，随烈焰葬身塔底。

如今迦楼罗手中已持有八朵，只需再寻得最后的一枚，便可行此灭世之举。

人间由娲皇亲手所造，身为创世母神，怎能眼睁睁看着自己的子民被迦楼罗一己私欲毁灭，更何况那夕照山雷峰塔底，还囚着她嫡亲的血脉。

临渊此行下世，便身负这救世之责，要替娲皇阻止迦楼罗的逆天恶行。难怪十双补天宫的白额翼虎会和白泽等人一同现身，却始终沉默观望，并不表明态度。

洪荒十妖神中，必然也有临渊早早埋下的暗线，但没人知道是谁。雍禾曾说，四海战神从来不是束手就擒之辈，必定还另有底牌未及揭露。我以为这只是几句宽言安慰，现在才知，临渊君其人，行事诡辣无双，心机深掘天地，无论身处多糟糕的境地，都能力挽狂澜。

临渊没有底牌，他手中似有无穷无尽的牌，永远也翻不出一个尽头。

而救世渡劫，是把双刃剑。救的是人间繁华盛世；要渡的，却是迦楼罗的劫。

因和娲皇有约在前，迦楼罗只能由临渊亲手渡化，重楼再复仇心切，也不能亲自毁了同胞长兄从乌鸦体内脱困的机缘。也就是说，在这桩差事处理圆满前，他还不敢对临渊痛下杀手。麻烦的是，金翅大鹏非同凡品，乃是凤凰和鲲鹏的长子，且他已经有了一个堕天的弟弟孔雀，总不能再逼出一双手足魔头来，所以这番较量，即要阻止乌鸦用兜率火耗尽临安王气，又不能伤了迦楼罗性命。最上算的结果，是想方设法加以点悟，让金翅大鹏残余的那点精魄，得到一个广济众生的机会，好弥补曾犯下的过失。

听起来像痴人说梦一样不可思议。且不说临渊剩下的那一半法力够不够在应付新旧仇家的同时降服迦楼罗，乌鸦再落魄，好歹前身是傲视群鸟的金翅大鹏，除了凤凰就属它。又不是信鸽，怎会乖乖听话让干吗就干吗。让它放弃重塑金身，简直比杀了它还不如，用脚指头想都知道，它绝不可能甘愿就范。至于让这么个不惜灭世也要满足一己私欲的主儿去广济众生，差不多相当于去跟山贼说咱不打家劫舍了，改吃斋念佛成不成？答案必然是滚。

但眼下情势危急，能多一分选择的余地也是多一线生机。临渊虽吃足了苦头，仍是一副气定神闲、死不悔改的轻佻神色："迦楼罗一旦淬兜率火成魔，又得回大鹏金身，必搅扰得三界不安；若不然，便相邀这整个仙界，以飨浩劫，你看如何？"

娲皇的懿旨更不容拂逆，有那十双翼虎在旁虎视眈眈，见惯场面的白泽自然知道该如何权变。总之只要临渊肯让出东海龙君之位，伏法下世，就算能给东皇的雷霆之怒一个交代。至于他去的是哪一处，去干吗，都不重要。

秉持着两头都不得罪的原则，白泽顺顺当当在那张罪状上添了几笔，心满意足仰天长叹："东君携君后双双下世，渡化人间万劫，也算功德一桩，真乃一举两得。"

这玩笑开大了。忒大，补天石都未必补得上。

我挣上前去，满面凄凉："我有一句'去你大爷的'，不知当讲不当讲？"

白泽嘴角抽搐，神色颇为忌惮地望了望临渊掌中那团尚未消融的虹光，终于按捺住情绪，重新板正起一张法相庄严的冰块脸来："老夫还得回九重天上复命，不宜耽搁。既有补天宫的仙友在此，想必出不了什么差池，这就告辞。"

说罢拂袖跳上毕方鸟，不过转瞬之间，已化作天外一串黑点。琰融父子也不知何时悄然身退。

我目瞪口呆，对着那黑影不住挥手：“哎等一下啊，不是这样的，我只负责津河化龙那桩罪过，救不救世不归我管，我不能和他去同一个地方……你等等！”

白泽一行置若罔闻，细瞧去，似乎还将毕方挥动的一双翅膀催得更急了些。

大局已定，不去也得去。

浓云散尽，只剩一轮月明晃晃照得人心慌。临渊伸手在一只凑近前来的翼虎下巴旁不住挠痒，似抚弄猫咪。那长得凶神恶煞的妖兽也不知着了什么道，被捋得甚欢快，喉咙发出腻歪的呼噜声，就差身子一歪倒在他脚边撒娇翻滚。

临渊边逗弄那虎，边望着我跳脚的模样，满脸似笑非笑的表情，非常、非常之欠揍。

第五十七章

两脚踏翻尘世路

我在万丈虚空中破光而驰，最后回首望了一眼。东荒之上，雨丝霡霂，云碎风如潮。唯独天音仍自遥遥传来，依稀唱念的是："生身受度，劫劫长存。永度三途，五苦八难。随劫轮转，与天齐年。超凌三界，逍遥上清……"

不知在长吟这世间何种繁华，何种凋零。

执意抛却一切也要远走天涯的少年心性，总以为将来比过去更深远。还来不及勘破，那些铸造信念的幻愿，也必将化身成梦魇。都以为有一世的聪明可误，而白驹千宿，不知流年风霜，何等漫长蹉跎。

既肯卸去一身修为下世，便得做好准备，以这脆弱肉身去经瘟疫、地劫、天灾、末法，应各种凡胎天数。不幸中的万幸是，为了能顺利完成娲皇重托，十双翼虎在为我俩护法时，恰如其分地网开了那么微乎其微的一面。这点薄面令我能在法力全失的情况下，勉强保留这具人身。

刚落地，好巧不巧正砸在一处桃花灿然的山谷。春寒如纱，似有实无，景致同我在观沧海中看到的不大一样。

天上一日，人间四季早换过七轮。想必此时的临安城里，早已过了天寒地冻的落雪时节。

在投入轮回的当口，我有心使个小诈，脚步略滞了滞，临渊便比我早半刻坠入通往那处凡世的涡流中。前后稍稍一错开，落地的时辰和地方就千差万别。

按凡间的日月经纬换算，他落地的辰光，应该比我早了三个多月，也不知现今身在何方。

诚然我没什么出息，却自认是只很有骨气的狐，说不要跟他一道同行，就必得想法子分道扬镳，因此自然是不会再去寻他。为了这段一厢情愿的孽缘，所有能做的和不该做的，都已经做到头了，我能帮他的也就到此为止。

履世之途，处处陌路，我彻底孑然一身，全不知该上哪儿找个地界暂栖。想了想，还是先去寻一寻下世前在虹光里看到的翠湖长堤。毕竟那是我亲眼所见的第一个地方，对茫茫人间唯一的印象。

那些书卷里的场景突然被拉到近前，我还记得话本里常写的是，一个落单的姑娘家行走江湖，最好女扮男装比较方便，否则很容易招来各路幺蛾子。

趁元丹中那点仙泽尚未散尽，赶紧掐个诀，将衣裳变作一身竹青长衫，手里又晃出把折扇来，临水照了照，自觉很满意。若论风流倜傥，就算比不上哥哥，起码也不输雍禾。

临行前，托赖太玄一番殷切嘱咐，说是此地民风淳朴，光天化日路不拾遗。城中吟花赏柳的文人雅士居多，读书人嘛，最是行安节和，轻易不生争执等。惹得我一颗凡心激荡不能自持，光想想都觉得前途里定埋伏着很多令人期待的好事，也终于明白为什么人间对青丘的狐狸们有那么大的诱惑力。

顺着下山的羊肠小道走了两三个时辰，遇见的第一个凡人是个樵夫，正扛着满担子柴草晃晃悠悠走来。

我仿照记忆中书生小哥文绉绉的模样拱手一揖：“请问这位大叔，去往临安城中最大的那个湖，该怎么走？”

樵夫须发半白，身板却硬朗，说起话来中气颇足，先客客气气把我夸了一遍，表示关切：“小公子生得好相貌，怎的孤身一人在这荒山野岭里迷了路，身边连个书童也不带，要赶上天晚了，山中有虎又有狼，可不是闹着玩儿的！”再细问道，“你要去的，可是西湖？”

我却也不知道那湖在此地究竟叫个什么，只得赧颜再施一礼：“就是边儿上有座雷峰塔的湖，很大很大。”

砍柴大叔果然古道热肠，特别认真地指点说：“下了天竺山脚，遇见的斜岔路，朝左转，直走四五里地再右转，走上百十来步，右手边有棵歪脖子老槐树，就是天竺村口，穿过那村子再朝东走两里半，正赶上今日钱塘大集散得晚。”

拎着个不认路的狐狸脑瓜勉力记了半天的左左右右，务求不出差错，孰料此公话锋一转：“那边人比较多，你再问问。”

说罢挑起柴担，转身便走，端的是健步如飞。

想是常年上山打柴之故，大叔脚力甚强劲，在崎岖山路上如履平地，三两下便没了踪影，唯他口中哼唱的歌声仍隐约传来，调子似曾相识，有着说不出的洒脱悠扬：“踏歌蓝采和，世界能几何。红颜三春树，流年一掷梭。古人混混去不返，今人纷纷来更多。朝骑鸾凤上碧落，暮见桑田生白波。长景明晖在空际，金银宫阙高嵯峨[1]……小公子，那岔路口可千万别走反了啊！须知‘尽日寻春不见春，芒鞋踏遍陇头云’哪……”

留我在原地被落山风吹得打愣，说好的民风淳朴呢。

我定神寻思他话里的玄机，什么寻又什么云的，似是而非，惹人心头千缠万绕。惊觉过来，方才那樵夫脚底踩着的，却是双十方鞋[2]。

这般情景，倒有几分像书里常写的，山中偶遇仙人的桥段了。可我也是狐仙啊，呃，虽是被贬落凡尘了吧，好歹沾着点仙气。奈何这点近乎无的仙气，弱得连个土地公都拘不出来，也只好顺着那樵公指点的方向且行且看。

边走边寻思，要真是仙人指路，想必用意也差不到哪去，总归不会故意把人引沟里。后来在凡间待的日子长了，我才知道这仙人也不是全都靠谱。总有那么几个看热闹不嫌事儿大的家伙，为给自己多积下几桩功德，就胡乱牵搭出许多新的因果来。

好容易跋涉到乌金西斜，才出了天竺村，却见大群村民打扮的男女老少朝村口涌来，边走还边伸出手来比画，满脸兴奋像是在议论着什么新奇事。

我拦住一个闻起来人间烟火气甚重的大婶，从她头上包的布巾到脚下穿的鞋袜式样都挨个打量一遍，再三确认了这就是个普通得不能再普通的凡人，方作揖问道：“叨扰片刻，请问这位姐姐，西湖该怎么走？”

[1] 注：选自唐代诗人蓝采和《踏歌》。
[2] 十方鞋：指清修云游的道人所穿的一种鞋子。

书里还说了，除了奶奶辈儿的和稚龄小姑娘，其余但凡是个雌的，一概得唤作姐姐，不然轻则收获一堆白眼，重则惹下血光之灾。闲书中道理繁多，基本上都不欺我。

大婶听得这声唤，烟熏火燎红扑扑的脸上顿时笑成一朵花："小哥可真会说话，瞧着模样俊俏，嘴也够甜的。哎，都这会儿了还赶着去游什么湖，上钱塘大集看看吧，横竖也差不了两步路。现下正有酒楼老板在典卖个绝色的小贼，可邪性了，瞧着是个富贵人家公子哥儿模样，谁知酒足饭饱却付不出饭钱，还偷摸溜到后厨，把人酒楼里养着做菜的好几笼子狐狸全给放跑了！哎哟哟，老板这下子损失大得咧，差点没背过气去！"

这番话听完，我也差点没背过气去，冤家路再窄也就不过如此了。偏还不死心，总希望是自己想错，深吸一口气，弱弱再问："那个小贼，可是姓敖？"

"对对对，你也听说了？这姓氏倒少见，准是个外乡来的。消息传得够快的啊，这刚抓了两三天，十里八乡都知道了。也难怪，那小子长得可好看可好看了，我今生今世没见过生得那么漂亮的男人，俩眉毛中间还有个奇形怪状的天青色印子，倒也不影响容貌，真是说不出的风流标致……只可惜不走正道，偏去做了小贼。去晚了他可就要被卖掉抵账了，其实若有富人家买了去也好，只可惜那苦主见他实在生得副好皮囊，身价银子钱标得忒高，倘今晚再卖不掉，就要配去流放充军呢！"

挥别了喋喋不休的大婶，内心充满纠结，脚步却已不由自主朝集市的方向挪去。

人间偶有美色，然神尊至灵，以色为心，以貌为骨，以态为魂。能把一干凡人看得如此五迷三道神魂颠倒的，除了"艳压四海，谁与争锋"的临渊上神，实在想不出还能有谁。

要不是他最好，万一真的是……那我也没招。总之先看看。

逆着散市的人潮往前行去，才知道沿途散掉的那拨村民，只是很小一部分，事发地还围堵着更熙攘庞杂的人流。

被小贼吃了霸王餐的酒肆相当好找，稍加打听就知道，名唤"楼外楼"，乃是临安城中首屈一指的光鲜地界，平素往来者，多是富绅豪客，商贾名流。

我跌跌撞撞挤过摩肩接踵的人流，一眼就看到正中间斜靠在圈椅上的背影，论形貌嘛就是那副样子了，和一般作奸犯科之徒的背影也差不多。长及腰侧的乌发未曾梳起，全部垂在肩后，只用一根茶色帛带松松绾系。

细瞧之下，男子搁在圈椅扶手上的左腕子，还被一截粗麻绳给牢牢绑缚着，以防他跳起来逃跑。

暗中观望了片许，发现无论苦主说得多么唾沫横飞，都是跃跃欲试询价的人多，真肯掏出银子来买的，一个没有。三千两的天价，绝不是踏青逛晚集的寻常百姓人家消受得起的。诚然凡世有句话说得好，能用钱解决的问题，都不算什么大问题。但问题是，凡是能用钱解决的，我统统解决不了，我的兜比脸还干净。

那奇货可居的男子始终一言不发，静坐一隅等着被待价而沽，姿态远离尘嚣。仿佛周身人山人海、私语切切，都与他全无半分干系。令我唏嘘之余不由感叹，脸皮能厚到这个程度的，想必除了临渊君，天上地下也再寻不出第二个来。

古城晚照里，飞絮浩荡如雪，吹落满肩，那人蓦地回眸一刹，却眉目清秀，好似春风卷帘。而鬓边垂落的发丝拂掩间，仍能看出眉心轮的青海波颜色已褪淡了好些。他果然还是失掉了一半修为。

其实就算只有那仅剩的法力在身，要脱眼前之困，也绰绰有余。好歹余下一万多年的修行，挣脱凡间一根麻绳必不在话下。但神仙堕世也有须时刻谨记的规矩，那就是不得随意干涉凡人命数，也绝不能擅用仙法伤害这些脆弱的生灵。眼下临渊欠了人家饭钱还放跑若干食材是不争的事实，楼外楼损失不可谓不大，掌柜一口气咽不下去，非得从他身上找补回来不可。若想和和气气化干戈为玉帛，就得老老实实按凡世的规矩来解决，所谓欠债还钱。

掌柜梗直了脖子，历数从天而降的这颗灾星诸般罪状，简直抑扬顿挫，就差声泪俱下："大伙说说，就这细皮嫩肉的小白脸德行，除了搔首弄姿也没别的用处，留着能指望他干点啥？啊？没钱来吃哪门子的饭，还光挑贵的点！你说你怎么就能人穷志短成这样？白吃白喝也就罢了，我后厨里那些狐狸招你惹你了，好端端非给我全放跑了是图个啥？从何处来的一问三不知，就会摇头，也没个远亲近邻，这笔糊涂账倒叫老汉我上哪里讨要去？！”

看热闹的人里有一两个爱嚼舌的，不知积些口德，还只顾往掌柜痛处撒盐加料：“我说掌柜的，你捉的这小贼标致是标致，只可惜坏也坏在实在太过俊俏了些，瞧着倒像是富贵人家养来消遣的小倌儿。青天白日下，但凡出得起三千两价钱的，谁好意思当着这么多人面买来着？便是有哪家小姐姨娘瞧上了，恐也拉不下脸来当场做成这桩买卖，谁上街买个胭脂水粉，腰里还揣着三千银子？可是白瞎了个好打算。”

絮絮数落了两三盏茶辰光，老板口干舌燥之余顿感哀莫大于心死，一拍大腿恨道：“实在卖不掉，也是无法，左右命里该破这一遭财。唉！不卖了，拉回去干一宿活计，明儿赶早就报与官家，发配去充军，也能拿回几两饷银，补点儿是点儿吧……这叫个什么事儿！晦气！”

正没奈何处，入了禅定般的灾星却不知着了什么魔怔，忽扭头朝我定定望过，口齿如清泉漱玉，缓慢而清晰地说出句石破天惊的话来：“棠君，你终于还是寻了来，只是到得稍显晚了些，叫我等候良久，很有几分辛苦。”

围观之众一片哗然。数百道探究的目光同时往这边招呼过来，我浑身抖了三抖，直觉凡间的晚风实在太凉飕飕，也生平第一遭晓得了，有口难言是种什么样的滋味。

掌柜大骇：“原来你会说话啊？还以为是个俏哑巴呢，没嘴葫芦似的闷了半天，赖账也赖得这么有诚意，老汉我服！”

掌柜表示完心悦诚服以后，便龇着牙急冲冲上来，一把揪住我衣袖就往中间拖：“你是他朋友？可算找着个能给这烂摊子包圆的主儿了！”

我被拽得东倒西歪，脑子里嗡嗡乱响，冤有头债有主，饭不是我吃的狐狸也不是我放跑的，找我做什么？此间若是六月，定能生生憋出场大雪。我冤。

临渊垂眼一瞥，唇角若喜若嗔地挽起个梨涡来，又激起人群中一阵沸腾。

“掌柜好眼光，这位小公子确实是来寻在下回去的。因前些时日同我家棠君略闹了些小别扭，一赌气便自个儿跑出来游逛，可巧身上忘了带些银子。但也无妨，我只知，无论是惹下多大的乱子，棠君也不会当真弃我于不顾。

否则不就是把我俩曾一块做下的誓盟都狠心抛却了吗？”

人群里轰然炸开了锅，纷纷叹道：“今朝赶集没白来，算是开了眼。断袖寻常也不算稀奇，这么高调坦诚的却真真头一回见。”

临渊是铁了心非赖上我这冤大头不可，一干肉眼凡胎看不出来，我这双狐狸眼睛明镜似的，这厮故意散出周身仙泽，举动媚态浮生，直如流云幻影，落在世人眼里，愈发可堪垂怜。

掌柜老泪纵横：“有人管就好办了，公子既是这小贼的断袖之交，就劳烦高抬贵手，把他欠下的账都付了吧！”

我张口结舌，一双贵手如灌满铁铅，沉重得死活抬不起来。这么无耻到没下限的家伙，他，他……他怎么可能会有朋友？

第五十八章

承君一诺不相负

西湖的水我的泪，有缘千里来倒霉。

楼外楼前喧哗如沸，许多原本只是路过的行人，也纷纷围过来一探究竟，甚至开始起哄，嚷嚷着小作怡情终成眷属。看来大伙都已经把他公然吃白食又惹事欠债的行径，当成了情人间你追我逃的游戏之举，无伤大雅。怪就怪临渊做出的那副苦情姿态，实在广受无知妇孺欢迎。

我甚悲苦，暗叹世风日下人心不古。

热辣辣的目光从四面八方聚拢，直刺得一张脸腾地红个通透，只觉面子落地摔八瓣也不过如此了。真是丢人丢回涂山姥姥家，只想速速离了这是非之地。

要把临渊赎回，就得付钱，却又不能用法术变个障眼法蒙骗苦主，何况我身上除了这身货真价实的断袖男装，实在无余力变出半块银子。许是急中生智，人要逼到一定份儿上，什么歪招都想得出来。我从颈间扯出从不离身的绣囊，里面除了在龙宫捡的乌金炭，还有十几枚饱满圆润的珍珠，最大的有如鸽卵，色泽斑斓炫目。

那是我随临渊一同入海回东鄰城的路上时，沿途蚌精们供奉给龙王的礼物，可他并不以为意，随手便转送给了我，说是可以拿去海市换些喜欢的小玩意儿。

这就是我身上唯一值钱的东西。虽然对见惯珍宝的龙宫水族来说，或许不值一提，但这是人间，说不定可以拿来一试。

“我只有这些……万丈深海底的彩珠，每一颗的母蚌都有这么大……”我扬起双臂，在虚空中比画出一个大大的圆，用力地解释。

掌柜将信将疑，拈起一颗对着即将消逝的天光看了又看，不一会儿便瞪圆了眼，口中啧啧有声。

“唔……果然油光锃亮水头足，也不知是哪里的采珠人，费了多少工夫才集来的。”再开口时，话风虽还是照旧的四平八稳，语声已然微微发颤，似是在强忍住激动。

一富绅打扮的中年男子越众而出，探首附和道：“掌柜的，撞大运了啊！我开珠宝铺子这些年，从没走过眼，不瞒你说，这种成色的珍珠可不是普通采珠人能遇得上，就是遇上了，怕也没命采回来。机不可失时不再来，你还不赶紧收了，改日若需脱手变现，记得千万要来我的天宝阁，价钱咱好商量啊！”

见有人帮腔，我赶紧抓住机会打蛇随棍上：“咳咳……掌柜果然慧眼识珠，这些宝珠，颗颗都采自东海，能孕化出这么大的万年蚌母，海域离内陆没有万里也有千里之遥，实属不易得的无价之宝，换个蒙吃混喝百无一用的小贼，怎么都抵得过了，你看……”

掌柜被那捧彩珠的宝光晃得心荡神摇，渐渐把持不住：“那就这么说定了，珠子我收下，小贼你带走，咱两个还需立下清账字据为凭，可不许反悔！”

小贼一双桃花眼亮若星辰，在椅子扶手上支着腮帮，火上添油道：“我家棠君向来出手大方，再者说了，那月下分桃、帐中断袖的情分，岂是区区珠宝俗物能比？”

脚下如踩棉絮，浮浮沉沉，也不知闷头跑了多久，总觉那人山人海的起哄笑闹不住往耳朵里灌，怎么都躲避不开。

没想到变作凡人以后，体力也大不如前，不过疾走上三五里就喘得上气不接下气，只能往路边一歪，扶着棵歪脖子柳树暂歇。

不疾不徐的脚步声自身后响起，不用看也知道，定是那狗皮膏药般甩脱不掉的“断袖之交”。

堵着一口顺不下来的气，将耳根憋得滚烫，也不知该憋出一句怎样的话，才能恰如其分地表达我的愤怒和委屈。

他的手心轻轻在我脸颊边贴了一下，被我用力一把挥开："你老跟着我干什么？"

小贼抵肩斜靠杨柳，悠悠展颜："你方才不是当着众人的面买了我吗？还不吝出了那样高的价钱，我以后就是你的人了，跟着你原是理所应当。"

我简直要被他气得掉泪，支撑着树干好容易挺直起腰来，怒音都带着压抑不住的哭腔："谁跟你月下分过桃？谁和你帐中断过袖？厚颜无耻！让人看笑话还没看够？东海上话已经说得够清楚了，你渡你的救世之劫，我做我的凡夫俗子。就算我买了你，那我也有权利不要你！我现在一无所有，涂山和我也再没有半分关系，你就行行好，以后不要再出现在我面前了，成不成？"

在心头辗转过无数次的狠话终于脱口而出，却没带来丝毫轻松。临渊默了默，凝眉做思索状，忽一本正经摇头："那也不成，你还欠我一块银子和一个答案。"

"我——欠——你——银子？"

要不是寻思实在打不过他，我也就动手了。

"你说欠就欠吧，你高兴就好。我身无分文，凑不出你要的银子，脑袋又一向不大灵光，想必也琢磨不出你要的劳什子答案。你要跟着就跟着，别和我说话。"

一番怒吼，将积攒了好些时的劲力全部抽走，四肢顿时酸沉得半分力气也使不出来，将要靠着树干往下滑溜，却觉腰间一暖。未及反应，已被他伸出胳膊一把捞过，面对面挤在树干上。一双身影挤挨得严丝合缝，浸在黄昏余晖里，摆成个暧昧得不堪入目的姿势。

"屋漏偏逢连夜雨"，都这个时辰了，居然还有行人从斜边的小径上路过，也不知是赶得巧，还是热闹没瞧够又一路尾随而来的看客。路过这棵没羞没臊的柳树时，原本急匆匆的脚步显见地放慢了多半。有人掩着袖子投来异样的眼神，不住窃窃私语。

我有气无力挣了两下，徒劳地哀叹："我不是断袖……"

临渊略偏转头，凌厉眼风扫落，将那几个不知好歹的闲汉吓得一溜烟跑没了影。又用空出来的左手将我额前发丝拨开，似叹非叹的一息热气吹在耳畔，搅得灵台一片混沌。

“那些泪珠子硌得我睡不安稳，瞌睡咒也没用，不过一天两夜就醒来。教人弄不明白的却是，你既弄晕了我，拿走东西跑便跑了，又为什么要哭？”

我觉得他关注的点似乎出现了极大的偏差，几乎要出溜到天边。他没问我究竟为什么要跑，关心的是我为什么跑之前要哭。

回想逃出龙宫的那晚，独对别离之际，我一时情动，与昏睡过去的临渊额头相抵，只觉那便是此生与他最接近的一刻，以后恐怕再也不能如此的相依。就在那时，忍不住流下许多眼泪，化成泣珠洒遍床榻。

现如今低头望望，贴合得几乎容不下一丝缝隙的上半身，才发觉确实是我当时想得太过天真。什么叫接近，遇上他这样不知羞的，没有最近，只有更近。

“我……我在海水里泡得太久，眼睛难受而已……没别的……”

他对我苦心孤诣挤出的答案充耳不闻，再往前挤了挤：“既舍不得我，又为什么要自己去阗星城？我醒来把龙宫翻了个遍，只找到你在鹤沼丢下的一只耳坠子。你去那里做什么，是谁跟你说了什么，对不对？”

我是去找你。

这么简单一句话，百转千回还是生生咽了下去。时隔多日，南海龙君苍凛的手书早就化作白绢一张，再要拿来寻根溯源，也无从说起。我还怕，这裂痕一经说出，立即变得真实到再也无法弥补。我希望那只是个误会，他对夜来说的那些话，有什么不得不说的理由，也担心那并不是我一厢情愿以为的迫不得已。这冤家寸寸俯身迫近，摆出十足无辜的姿态不住追问，当真磨人。

我偷偷望他一眼，很快别开了脸：“你这趟下凡，原是有正事要办的，实在不必浪费时间为这些微末小事纠缠不清……”

他摇头，轻轻吐出一口气，仍没打算将我放开：“这就是正事。”顿了顿，又反问道，“你知道你突然从海里窜出来要共担这桩罪过，我为什么没拦着你吗？”

我甚茫然，仔细回想了一番，确实，他自始至终都只是冷眼旁观，既没出言辩解，也没对卸去我千年修行的责罚有任何不满或质疑。难怪我总觉得有哪里不太对，但又说不出个所以然。爱一个人，难道不是应该生怕对方横遭苦厄，希望这个独一无二牵肠挂肚的存在不要受到任何伤害吗？就像我对他那样。

他却正色起来，附在我耳畔清清楚楚地说："任何弱点都可以靠修炼弥补，唯独喜欢的人，是唯一无能为力的软肋。软肋嘛，总是要放在身边触手可及之处，好生护着，才能放心。魔君已破印而出，三界再无一处安宁之所，我一旦下世，留你在东荒孤身一人，如何能够安心？不若顺水推舟，将你一道拐了来凡间。"

夜色渐深浓，月光柔柔围拢在身周，在凡间遥观天象，和在八荒仙陆上也没什么区别，只是冰轮中那株桂树的影子略淡了些。我晕乎乎看他撑着胳膊，又窸窸窣窣从怀中摸出块圆咕隆咚的物事来，捉住我一只手，摊开掌心将那东西放在正中。

"喏，玉谱。这是用娲皇宫中最好的一块补天石所造，我略费了些周折才讨来。所以，你可不正欠我一块银子？这婚约已是天地载册，再无改弦易调的可能，按仙家规矩，你该还我一张银板篆刻的答婚书，以示文定礼成。"

半透明的玉石静卧掌中，触感清润柔凉，不断散发出澄澈的五彩玄光，美得无法言喻。同他方才吐露时的款款情肠，相得益彰。

"这就是你去闯补天宫的目的？只为了求这个？你……那怎么会弄得一身都是伤？夜来说你去攻城之前……"

"你忘了河津龙关前被大水卷走的那几只罗罗鸟？"

我喉头一滞，垂下头掩饰眼角那点突然涌出的酸热。龙族和凤鸟族本就担着嫌隙，罗罗鸟又是最早一批随娲皇归隐天外的山海异兽，甚得喜爱。伤了那几只笨鸟，等于直接扫了娲皇的颜面，同补天宫结下梁子。明摆着得罪娲皇在前，还冒险再去叨扰，终于揽下桩人人避之唯恐不及的"交易"。换来这块玉石的条件，就是替娲皇救人间之祸。

狐狸脑袋再不灵光，稍加一琢磨也能将前因后果理得七七八八。他却只用一句“略费了些周折”就轻描淡写带过。傻子都猜得到，能从娲祖手下讨到便宜的神仙，至今还没化生出天地。

临渊白玉般的颈侧晕出几丝不易察觉的绯色，语调却还是淡淡的：“当年补天事毕，遗下顽石众多，补天宫内俯拾皆是，但玉质浑浊裂纹遍布，几乎都残缺不全。幼棠，我想给你最好的，只有去求她。”

气氛扭转得太突然，甜如灌蜜的火沿着脊背滑下，燃起一阵酥麻。我握紧那块五彩晶莹的玉石，捋了好几遍舌头，才磕磕巴巴说出几行蚊子哼哼般的断句：“玉谱得来不易，我会好生收着。那什么，有话好好说，你先放开……”

耽搁这半晌，天已黑透，要是再撞上几个走夜路的凡人，瞧见我俩这个你中有我我中有你的形容，毫无疑问会被指认作一对货真价实的断袖，真是跳进西湖也洗不清。大宋民风再开化，也不至于到能容忍断袖们在光天化日下搂搂抱抱，夜黑风高也不行。多么有伤风化，很容易被双双绑了去沉湖。

但临渊显然丝毫没有意识到事态的严重程度，微眯着双桃花眼往我身前又挨近了寸许，开始耍赖：“不放。你都买了我，我以后就是你的龙了，便把我身上的鳞一片片拔下来，我也不放。”

他的龙鳞，每一片都比我脸还要大，开什么玩笑。

下一刻，满目景致倒转，荒烟蔓草树影幢幢忽换作星河璀璨，我以为的这个玩笑，确实并不是一个玩笑。低头瞧去，身上那件竹青男子长衫不知何时已变回女儿装束，整个人被他打横抱了起来，严严实实扣在胸前，不知要往何处走去。

临渊足踏一地月光，悠悠踱着步子柔声道：“你那身衣裳化得倒不错，我瞧着很新鲜有趣，可惜终归看不习惯，搂搂抱抱也不大方便，还是帮你变回来，这下也不必再担忧凡人皆误会你是个断袖了。”

“谁稀罕同你搂搂抱抱！真是……没见过这么口无遮拦的神仙，上赶着承认自己是个断袖，你怎么琢磨的啊？”

“颜好，任性。”他顿了顿，“我怕你真的转身就走，不要我了怎么办？要是被个腰围六尺满脸麻子的富家小姐先一步掏钱买下了，还了得？那你觉着，一般来说正常人遇到这种情况，该怎么反应？”

“恕我直言，一般来说，正常人都不会遇到这种情况。白食好吃吗？赖账就罢了，还跑去后厨把人家养的狐狸都放走做什么？”

“还别说，楼外楼的厨子所烹佳肴滋味甚妙，尤其一道西湖醋鱼，将鲤鱼做得是嫩滑适口鲜香四溢，就是烟火气稍重了些。哎，那些狐狸不是你的同类嘛，你夫君我爱屋及乌，不忍见它们都做了菜刀下的冤魂，还是放归山林，积下功德一桩比较合算。说不定以后有几只得遇天地造化，变成美人儿报恩来，就拨给你做小丫鬟如何？”

我忍不住笑，将脑袋往他肩下埋了埋，心跳沉稳有力：“当真小气，还记着锦澜的仇？她都被打回原形了，虽说也是自作自受，到底可怜。唉……先别光想着美狐报恩这种好事，早着呢，眼下所有宝珠都拿来换了你这小贼，我俩此刻身无分文，该去哪里投宿？”

“这个嘛……船到桥头自然直，有什么可担心？遇山我给你踏平，遇海我给你填满，你夫君我光明磊落，所行大道皆是坦途。”

“喂，小贼，你是不是对光明磊落这个词有什么误会？”

他臂力强劲，托着我许久也不见疲累，步子还走得极稳当。这些日子劳神太过，一松懈下来就再也支撑不住。强打精神同他斗了几句嘴，很快迷迷糊糊睡过去。

我不知他会将我带去哪里，也不晓得漫漫尘世路上，还会遇到什么难以预料但必定兑现的艰难险阻，可那又何妨。这臂弯如此温暖妥帖，令人安心。就这么随他走到无垠无涯之境，远离天族的倾轧纷争、远离挥之不去的夜来、远离属于云门的海上空城，和一切令人不安的疑幻疑真。只有我和他。

不久的以后，当我第一次站在黄泉弥渡彼岸，再回想起这月下动人情肠的回幕，也只能惊叹于命运的离奇残酷。伏笔早已饱蘸恶意，每处起承转合都遍布荆棘。而那滴悬而未决的浓墨，无论躲到哪里，都注定无处可逃。

第五十九章

三尺秋水尘不染

随临渊夜夜栖于城南竹林破庙，太阴最盛时，他会坐在残破的屋脊，用竹叶吹奏出好听的曲子。我则盘膝蜷在绵软枯叶堆中，试着用早先在涂山习得的吐纳之法，引月魄精华来调息吐纳，以这肉身凡胎从头修过。但不知为何，进展比做狐狸时还要缓慢得多，或许资质实在太差。临渊不以为意，只好言劝慰我不要心焦，顺其自然就好，太过急进恐岔逆了气血，万一被魔障所困，岂非得不偿失。

他不知道的是，我之所以心怀失落，并非因为对道行高低有着不自量力的执念，否则也不会毫不犹豫就肯主动散去一身修为随他贬落凡间。身为涂山的千年资深废柴，自己是个什么斤两也早掂量清楚，断不至于在这上头生出什么非分之想来。我担心的只是，迦楼罗不晓得会在哪天突然出现，届时定免不了一番厮缠。临渊如今身上只余一半的修为，就算帮不上什么忙，也希望尽量不要成为他渡劫救世的负担。

这段日子以来，雍禾所说的上古遗事在脑中挥之不去，关于迦楼罗弑杀龙祖伏泽夫妇的这段冤孽过往，我总疑心和临渊自幼成孤的身世有关。好几次话到嘴边，却又犹豫咽下。若只是巧合也罢，万一他和迦楼罗之间真横亘着上一辈的滔天血债，又会不会对临渊这次历劫造成什么影响呢？因果这样莫测，还是多一事不如少一事的好。

临安城中山明泉秀，树茂风柔，借着几缕竹叶曲的悠扬调子，与他整日无所事事打发辰光，醉里论道、醒时折花，将漫天星斗数遍。我只觉这般俗世鹣鲽与共的相对，远胜所谓仙家岁月多矣，行乐处，只争朝夕。

昴日星君当值后，我俩双双执了手在临安城中优哉闲逛。被仙族规矩拘束久了，从未亲历过人间这等桃红柳碧的繁盛，一切都目不暇接。

西湖艳色，在晚照中徐徐收敛，而天边一点浓光未散，翠柳长堤之上，游人往来梭织依旧熙攘。

也曾刻意留心，欲替他寻一寻那迦楼罗出没的痕迹，可惜三朝两日看下来，临安府确是个足斤足两仙妖无欺的福地，芳菲四月里，黄鹂夜莺等雀鸟随处婉转呖啼，乌鸦却连根毛也没见着。

他似乎完全没把应承娲皇的重任当一回事，每日里只顾牵着我东游西荡，指点一处处名山胜景，扯些野话闲篇，如此便消磨了数月。

这日行至钱塘名妓苏小小墓，说起这位命途飘零早早便香消玉殒的奇女子，都很唏嘘。

歇在墓旁的六角攒尖亭中，见两旁立柱还题有长匾，立诗云：湖山此地曾埋玉，花月其人可铸金。

临渊说，她慕的不是才，是那段求之而不得的情。情郎阮郁弃她而去后，从此再无音讯。伊人便相思成疾，终于沉疴不起。后来某一日，苏小小游湖之际，偶遇一名长相酷似阮郁的落魄书生，遂慷慨解囊，授以银两盘缠助其上京赶考。那考生不负青眼，果然高中，钦点了个滑州刺史的官衔，赴任时途经此地，却恰赶上苏小小病重夭亡，抚棺大悲一场，只得出资将红颜葬在西泠松柏下，造了这坟边亭阁相守，聊作对知遇之恩的报答。因有这段典故，亭子便唤作“慕才亭”，长长久久纪念着苏小小不容于世的一片痴情。

我抚着坟前离离青草，心头忽涌上几丝说不清道不明的失落，缠成个死结无处排遣，负气的话不经脑子就冒了出来：“就像镜城上的绾云宫？”我深深望着他的眼睛，“心爱之人再也求不回来了，于是遇上一个容貌肖似的，难免牵动隐衷。只不过因为，她只会在后来遇到的每一个人身上寻找阮郁的影子。如果书生长成另一种模样，苏小小还会如此慷慨惜才吗？她毕生所爱，自始至终都只有一个阮郁。”

临渊愣住，握住我的手一僵，良久方低声道：“我不是个念旧的人，但她留下来的东西，我是很少移动。却并不是为了寻找另一个替身，放进去当作睹物思人的安慰。你若不喜欢这些凡间的故事，我以后不再说便是。”

近在咫尺的眸子定定回望过来，水墨般黑白分明，看得我一阵慌乱。本来好端端的踏青赏景，又去翻出些陈年旧账来斗嘴，也是自讨无趣。哥哥曾说，水至清则无鱼，凡事太过计较，只会平白折损了福气。道理是这么个道理，然而随着时日流淌，我越发按捺不住渐增的焦虑，充满矛盾。既希望临渊能平顺化解这劫数，早日拿回被封的法力，便能少一分危险，又担心此事一了，就得立即返本归元重回东夷。

是的，我根本不想回去，也不知道回去以后，该怎么处理那些千头万绪难以收拾的残局，和四海天族之间令人作呕的权术纷争。但这不能成为莫名其妙就对他发火的理由。我很羞愧，手足无措地试图解释和道歉：“临渊我不是那个意思，我……我是说……”

他呵呵一笑，伸手将我额前的碎发拢到脑后，却紧接着说了句颇为奇怪的话：“三尺秋水尘不染，天下无双。”

我茫然不知所谓：“你在说什么？”

“等你什么时候明白了这句话的因果，或许就不会再对云门如此介怀。可我既盼你能懂得我的心，又怕……”

临渊笑意清浅，小心掩饰住眉间愁意，将话停在了欲言又止的边沿。我却隐约感觉，他所害怕的东西，我比他更恐惧千千万万倍。还没有勇气面对的事，只得选择暂时回避。

“又怕我肚子饿了，却寻不出银子来买吃的对不对？我现今是个肉身凡胎，会有衣食所需，很容易饿的。”

“唔？怎么我却记得，你在东荒做小狐仙时，一样动不动就叫饿，顿顿都不能落下？可怜我龙宫里那些水灵灵的海蘑菇啊……”我俩相视莞尔，重又牵起手朝热闹街市走去。

下世之后，我的容貌身量虽然和在东荒时并无二致，但也就仅此而已了。凡人的肉身何止脆弱，简直就是累赘，会怕冷、会害困、会肚子饿，还极其容易疲累，也需承受病痛之苦。奇怪的是，额间被刘海遮挡的那枚印记却始终未曾消隐，也丝毫没有褪淡。反正不痛不痒，我也就懒得再去琢磨，只越发笃定那果然就是块胎记。

既到了凡间，就得按俗世的规矩度日。临安气候宜人，风物和美，堪称鱼米之乡。而美好的东西大多很贵，所谓一分钱一分货不是没有道理，要养活我这么个一日三餐都嗷嗷待哺的凡人，还得靠银子。

临渊对银钱基本上毫无概念，出手素来大方随意，有多少花多少。一进客栈，又点了满桌酒菜，我算了算，正好把前日里赚下的银子花个干净，加上打尖的行价，精确到最后一枚铜板。时值盛夏，但山中露宿终究难以遮风避雨，在我染过几回不轻不重的风寒后，他便决定能投宿店家就尽量不再回城南破庙。

这数月以来，我俩几乎把所有的茶馆酒肆戏园子尽皆逛了个遍，切身体会了一把江南繁华地的风土人情。得出的结论是，若论道听途说打探小道消息，没有哪里比得过这些三教九流聚集的地方。临安府中谁家的母鸡下了双黄蛋、哪户的老牛半夜叫不停，风吹草动巨细无遗。

但即便如此，还是没有听说关于迦楼罗的半点蛛丝马迹。我们能做的，也只能是时刻关注城中的天象地貌有无发生异动，总不能揪住个人就问，你有没有见过一只长得像大鹏的怪乌鸦？

这日的如归客栈入了夜仍旧热闹非凡，原是新到了个敲着响板说书的女先生，喝彩打赏之声喧沸不绝。

竖起耳朵默默听了几句，原来那天楼外楼前的一场闹剧流传甚广，坊间已经撰出了词话：集市上那个貌比潘安的小贼，没有辜负大众的期望，果不其然是个断袖，还被另一个相好的断袖给一掷千金买走，双双欢喜地做了对断袖鸳鸯。这词话里编排的，就是这对看起来出身富贵的断袖，如何金风玉露一相逢、如何在深宅大院里承受世俗的指摘煎熬、如何因为长辈给蓄纳的成群妻妾闹起了矛盾，最后一个负气出走，一个割舍不下万里追寻。叫作个什么“万斛明珠换玉郎一笑，渡山越海携春风双归”。

我低头扒着饭，感到很是憋屈，剜了他一眼讷讷说道：“我觉得这个桥段的难听程度，还不如《龙狐传》。”

委屈完了，也忍不住被凡人的想象力深深折服，认识不过一盏茶的工夫，转身就能给你杜撰出好几辈子的前尘因果。我原以为司命星君一手笔墨已足够离奇刁钻，这下恐怕要被比对得心如死灰。若这些口舌活络妙笔生花的凡胎都能得道飞升，信手拨弄三界仙凡命运的这桩肥差，哪还轮得上拘泥守旧的老司命呢。

临渊将折扇潇洒一挥，半遮住那张让凡人看一眼就流连忘返的脸，夸张喟叹道："凡人寿元有限，短短数十春秋，还逃脱不得生老病死爱憎别离之苦，难免要寻些虚妄刺激的乐子来满足一下。但凡数得上的话本传奇，什么月过西厢、书生跳墙，基本上就是诲淫诲盗系列。凡人嘛，固然也有好的，但坏起来也是一发不可收拾，比少根筋的鱼头虾脑要难应付多了，你这么傻……呃那个天真，很容易被拐带偏了，还是少琢磨些，也不要四处乱走动，只有待在夫君身边，才最可靠安全。"

绕来绕去，不就是想让我时刻不离他左右，简直狡猾到没朋友。自从换回姑娘装束以后，只要出街就隔三岔五遇上登徒浪子纠缠不断，临渊不胜其扰，看来也是终于琢磨明白，表现出了一点应有的紧张。虽是罐故作聪明的醋，但我被酸得很如意称心。舔了舔唇，故意笑话他："我怎么觉得你是在诈我？把占有欲说得这么一本正经，太有心机了，不好。"

"这就是你想不开了，我又没嫌你单纯好骗不是？莫论世道如何艰难人心多么险恶，一切自有夫君替你打点铺排，做只没什么心眼的狐狸，每日里自在快活，又有什么不好？"

"那你怎么不干脆找个二傻子呢，整天对着你笑，还忒活泼。"

他斜斜眼："已经找到了。"

酒足饭饱，台上风水换过好几轮，夜又更深。说书人早领了赏钱告退，现正唱着一出唤《游园惊梦》的折子戏。年轻的伶人转一个圈，裙裾便四散如烟花，水袖旖然迤逦。

扮书生柳梦梅的小旦拖长了唱腔："小生哪一处不寻到，你却在这里。"

那声韵婉转绵润，起伏间尽是丝丝入扣的情意悠长。凡人的春闺梦，比起庄周戏蝶来，也不遑多让。原本素昧平生的两个人，在梦里邂逅，情不知何所起，一往而深。他却说，我找了很久很久，才终于在恰到好处的此间，和你遇上。

临渊掩着嘴角，凑过来对我重复道："我已经找到了。"

这景应得恰到好处，我低下头去，摸摸吃得圆鼓鼓的肚子，觉得很圆满。

躺在客栈单薄的木板床榻上，看月影慢慢浸过西窗，许是吃得太饱，竟难得地辗转反侧难以入眠。

抬起腿踢了踢墙壁，想问问一墙之隔后面的临渊睡了不曾，孰料一脚下去，隔壁顿时传来阵惊天动地的响动。杯盏哐啷落地，椅子翻倒的动静和木板脆裂之声交织起伏，令人难以想象小小一间厢房里，会是怎样兵荒马乱的场景。

我惊得寒毛根根倒竖，出什么事了？他是不是有什么危险？赶紧翻身下地就往外跑，刚拉开门栓，却见临渊正好端端站在廊下，怀里还抱着床忒厚实的棉被，满脸平静无辜："我床塌了。"

我："……"

"你把床都踢散了架，我今晚总不能睡地上，只好过来借宿。"

我缓了好一会儿，努力平复了一下心情，捂着胸口悲凉道："你在把这张不知招谁惹谁了的床压塌之前，做的一番铺排也确实算得上可圈可点。闹出这么大动静还没小二上来问个究竟，想必整间客栈的活口都已经被瞌睡咒给放倒了吧！"

他无所谓地笑笑，完全无视我的错愕，径直登堂入室。一派理所当然的姿态，将手中被褥丢在榻上仔细铺好，还坐下拍了拍："唔，仿佛比我的那床被更绵软蓬松。

"你这间屋的床太大，一个人睡横竖都空得慌，正好匀出半张来给我。"

第六十章

落翅影

作为一只天性保守的涂山狐，当下顿感纠结。

肌肤之亲这个事，其实我并不排斥。既然两情相悦，便是水到渠成顺其自然的因果。何况如今我俩之间，并不止于口头山盟，有了玉谱婚约，在奔放的仙族眼里，早就已经可以想怎么不可描述就怎么不可描述。

但是太突然了。

他不紧不慢褪去外衫，身上空荡荡虚掩着一袭绀碧中衣，弧度优雅的锁骨若隐若现，肩胛流线似雪峰峻峭，再往下全是不可描述的部分。不得不承认，当真耐看得很。俗话说的金玉其外，大概就是指的这副姿容。令人忍不住好奇，沿着合襟的交领将目光继续深入，会将怎样旖旎的风光一览无余。

猛然回过神来，架不住一阵晕眩。难道我对临渊——居然已经有了这么不可描述的想法？这个发现让我不禁开始怀疑人生。

看来做了凡人以后，不仅灵识退化得厉害，连定力都漏洞百出。狐族天性的好色有增无减，灵兽应有的矜持却荡然无存。太丢脸了，这么的没羞没臊，若不及时扳住，保准要被他取笑个万儿八千年。

好在这厮似乎还无所察觉，自顾跷着长腿往枕上放松仰倒，慢悠悠说：“幼棠，过来。”

我全身的血都冲到脑门，咬咬牙，豁出去了，不就是抵足而眠么，有什么了不起，谁怕谁。雄心壮志积累得差不多，挤出来的话却比蚊子哼哼大声不了多少：“那个……我半夜容易口渴，起来喝水怕是会吵到你……呃，我要睡外面。”

生怕他不同意，又紧接着底气不足地续道：“作为一个鸠占鹊巢的借宿者，要懂得客随主便这点基本常识。”

“我不是客，是你夫君。”话罢不紧不慢地往里挪了挪，勉强将床沿外侧空出来窄窄一片地方，歪着头想了会儿，道，“不过既然你想睡外边儿，倒也不是不能通融。反正以你现在这具凡人的身骨，就算睡在大门口，我要缩地成寸把你抱过来，也费不了多大事。”

事已至此，为了维护我涂山的颜面，要相信自己的定力，狐定胜天，必须不是盖的。故作镇定躺上去才发现，我那床棉被竟被他铺在榻板上当成了褥垫，也就是说，照目前的情况来看，我俩只能同盖一张被子。

论不要脸，我果然还是太年轻了。一千来岁的段位跟两万多年的经验，天差地别，彻底没法比。

我生平头一回和一个男子同床共枕，双双衣衫不整，且这男子还是我未拜堂的心上人。漫漫长夜，长得望不到尽头。良久，才敢试着略动一下，往外挪了微乎其微的半寸，见里面没有动静，再接再厉又加半寸。

第三个半寸尚未得逞，忽觉重心不稳，腰背一空就要翻滚落地。还来不及惊呼出声，整个人便被一把捞过，严严实实裹在衾褥中，往里带去。

这个缩地成寸，缩得忒彻底，我被他整个抱起来放在身上，相对交叠，拥紧至一丝空隙也无。

与此同时，一把醇和绵软的嗓音低低响起：“你今晚，是打定主意要睡在床边的脚榻上？”

我干笑一声：“没……不是，我口渴了，想去倒杯茶来着，一时没注意动静大了点。吵着你了？真是对不住……”

“正好我也有些口渴。水族的传说里有个典故，叫相濡以沫，要不要试试？”

他躺在床角，任我压着，一只手从腰间环过，另一只手却沿着背脊蜿蜒而上，炽烫的掌心贴在我脑后玉枕穴上，又堪堪向下滑至颈窝，用指腹有一下没一下摩挲着那方寸间的一小块肌肤。我觉得很燥热，灵台仅剩的几分清明早已被搅和得荡然无存，全是天旋地转的重影。这么浮浮沉沉的当口，却没来由想起他在月下抚琴的模样，指如白玉，轻拢慢捻抹复挑，何等温柔笃定，迂回又从容。

鼻息暖热，拂在额角，薄唇似花瓣轻柔，开始沿着眉梢辗转到耳垂。我呼吸一窒，赶忙将眼睛闭上，满心不知所措，当真慌乱得很。

唇舌的吮舐带来一阵陌生难耐的焦渴，像疯长的藤蔓一样沿着四肢百骸肆意蔓延。不知何以浇熄，只能生涩地将他缠得更紧一点。

原来，相呴以湿，是这样。相濡以沫，是这样。

不知过了多久，才微喘着意犹未尽地分开。

身下垫着的胸膛很温暖结实，那碧色薄衫上也不知熏染了什么香料，霜雪般清冽的味道混着几丝松柏草木的气息阵阵传来，氤氲了整个帐幔。

我将脸埋在他肩膀，轻轻嗅了嗅，只觉心中很是平和安宁。左右挪来挪去，换过好几个方向，才终于蜷起身子调整出个舒服点的姿势，准备沉梦一场。

临渊微张开眼，缓慢地深呼出一口长气，声音微哑：“我本来只打算抱着你睡一晚。你要是再乱动，我就……”

我困得厉害，随口喃喃应道：“就怎么？”

他顿了顿：“我就彻底睡不着了。”

这么一说，我感到很过意不去，自觉这番扭动稍显频繁了些，遂抿着唇抱歉地解释：“唔，我睡觉其实一向都很老实，睡着了就不动了……方才是老觉着有什么东西杵在腿边，你睡觉还带那么大块玉佩？摘了吧，太硬硌得慌。”我隐约记得在龙宫时，他腰间常挂着块云头如意形状的墨玉翡翠，无事时握在手中把玩，几乎从不离身。

迷糊间窸窸窣窣往他腰间摸索过去，手刚伸至一半，腕子就被他擒住，不轻不重地牢牢扣在小腹前，再也不能往下移动半分。

茫然地睁开眼，他却用另一只手突然捏住我下巴，无奈中又带些气恼，一字一字道：“幼棠，我之前怎么没发现，你的胆子原来有这么大。”

我实在不明白他这种莫名其妙的结论究竟怎么得出来的：“明明是你自己把床弄塌了，非要过来蹭铺盖，还……”

话没说完，他竟好意思突然翻身，把一上一下的位置给瞬间掉了个个儿。我还想再挣扎一下，把这笔糊涂账好生掰扯清楚，结果是直接给稀里糊涂地压平了。唔，也不是很平，玉佩仍旧很硌很硬。

我被硌得英雄气短，一个把持不住，唇角虚弱的嘤咛便溢出半声："算了，我大人有大量，不和你计较还不行吗？"

不知被哪句话给刺激到，临渊白玉般的耳郭开始发红："你不是一向说我小气得很，我这人别的缺点都不大明显，就只没什么度量，想来想去，还是要和你好好计较一下方说得过去。"

我很茫然："那你打算，怎么个计较法呢？"

他垂头望着我，默了那么不长不短的一瞬，眼神似浸在深井里一弯皓月。那月影一荡，我只觉下唇微痛，这么着醒悟过来，方才自己是作了个什么样的死。他答得干脆且利落，隐晦又直接："大概……先把体内的洪荒之力疏通一下吧。"

最后一点困意也被驱散得无影无踪，我望着头顶上一汪湖水般平静的天青色帐幔，脑子仍旧迷糊，双手却自然而然地拢上了他的背。他呼吸的频率比以往急促些，听得人心慌意乱，又有缠绵难解的况味。我费了九牛二虎之力终于想明白，身为一介凡人，原是没必要苦苦天人交战的。七情六欲如逆风之火，比洪荒之力尤甚。人未必能胜天，便是胜了又怎么样呢，春宵苦短，且顾眼下。

耳畔风声一片大乱。

这间厢房临水，窗外明明什么都没有，可一片空白的窗棂为什么突然遍布斑驳黑影，还有羽毛扑棱过棉纸的摩擦声。那声音太突兀，粗粝瘆人，像是什么硕大无朋的物体将整个屋子笼罩，沿着墙壁唰唰游移。又或许，只是风吹得前院树叶摇晃？

我猛地一个激灵，双手哆哆嗦嗦撑在他胸前："等一下……我……我总觉得……有什么东西一直在附近，在偷看……"

他微抬起身，瞟了一眼窗扉，唇角勾起个莫测的弧度，稍纵即逝难以揣摩。静默片刻，才低头柔声道："没事，我在。"

我把踢到床角旮旯里塞成一团的棉被拽上来点，盖在凌乱不堪的衣襟前："还是别了……我心里不踏实。"

临渊听话地往旁挪了挪，顺手拈起我一缕头发，绕在食指上缠了几圈，却故意委屈地小声嘟囔："真要我一辈子做和尚？"

"那你去娶夜来，鲛人性淫，正好夜夜做新郎。"

话刚出口，立马后悔，自己怎么鬼迷心窍又提起这茬。

他并不介意，只是笑笑，将被角再掖紧一点："睡吧，没什么好担心的。"

可我却无论如何睡不着了。偷偷睁眼望去，临渊支着胳膊侧卧在旁，眼神落进窗棂投在地面的雕花阴影里，不知想些什么。我看了半晌，他也丝毫没有将神思收回的迹象，只得叼着手指嗫嚅道："你打算怎么去找迦楼罗？这么久了，一点头绪都没有。"

"不急，寻他做什么？"

"找到他，才能设法把这孽障给点化了，赶紧向娲皇交差啊。东海落在琰融手里，你都不担心吗？还有云梦泽，就不管他们了？"

"云梦泽我事先已托付了苍凛代为照拂。至于东海，有太玄在，想必一时半会儿还不至于闹出什么大乱子。"

"可小叔叔他毕竟年纪大了……琰融可不是好应付的。要是你原来的部下都不肯服琰融管束，一块惹出祸事来，岂不吃亏？"我很奇怪，东鄰城里能坐镇的除了骁勇善战的司宵，还有位高权重的夜来，这两个一文一武的鲛中翘楚，向来把东海海务操持得风雨不透，怎么临渊只字未提，似乎并不像之前表现的那样信任他们。

"年纪大了，不代表老糊涂。部下嘛……你是指犴獬他们？这你就不懂了，深海水族，只要没和凡人打过交道的，基本都算得上纯真善良。我不在这些日子，忍辱负重一时，当是不在话下。"

我把半张脸埋进被褥里，瓮声说："原来如此，那你和凡人一定很熟，犯起坏来驾轻就熟，欺负人也轻车熟路。"

临渊面不改色："你这么夸我，我会害羞的。又有点拿不准，到底是该欣慰你人语说得大有长进，还是……"

“你说得没错，我确实就是实心实意在夸你。”

为了表达足够的诚恳和安慰，我还特意伸出手来，往他额角挠了挠，又拿掌心蹭了蹭。

“这又是在干什么？”

“听说，摸摸龙角，心情会好。”

他气定神闲捉过我的手重新放回被褥中：“与其担心这些远在天边的麻烦，不然想想近在眼前的债务。明儿一大早，还得去双桥坊继续干半天营生，总得赚出银子来把客栈的床赔了不是？迦楼罗的事，不用太担心，也无须大费周章地去寻，他自己早晚会找上门来。”

作为一个有节操守规矩的下世神仙，不能动不动就使障眼法变出假银子来蒙吃混喝，但多如牛毛的律法里并没有一条，说不许光明正大赚取凡人的银子。

次日天气晴好，一向贪睡的临渊比我还早起多半个时辰，神秘兮兮道，他掐指一算，午后有贵客将至，需得打起精神前去候着，以免被旁的江湖骗子抢了生意。

对了，我俩如今在凡间赖以为生的这门行当，就是摆摊卜卦，俗称算命的。

以临渊剩下那一半修为，窥破区区凡人的旦夕祸福，简直易如反掌，稍加指点便无有不准，短短时日内，立即红透了整个临安城。上到八旬老翁，下至三岁小儿，都知道双桥坊街口有个戴着面具算卦的半仙，每日只限三卦，价高者得，多了概不搭理，改日请早些排队。

近一个月下来，入账相当不菲，花起来更如流水般顺畅。我俩数钱数得欢快，在柴米油盐里心无旁骛地打滚，把满身仙气熏得荡然无存。

司命很忙，来不及在这些凡夫身上一一分派玄机，也就谈不上泄露天机。他们所困扰的，其实多是些鸡毛蒜皮的小事。譬如家传了好几代的纺锤不知丢在何处，遍寻不着，临渊就装模作样地让苦主在纸上随便写个什么字，不着边际地胡诌一通，最后告诉他，纺锤便是被这家贪玩的小儿子偷偷拿出去摆弄，不慎失落在了村头第三口老井旁的大柳树下。又譬如方才挺着大腹便便抱着新生幼子来求名字的富家翁。

此翁姓李，年过半百才盼到这么一个儿子，疼得心肝儿似的，可偏偏这孩子时辰生得不大对，火命，五行还缺水，是个弄不好就要干柴烈火烧得家翻宅乱的糟命格。此子尚未满月，祖宅就已经莫名其妙遇上三回祝融之灾。房子烧了可以重盖，儿子总不能扔了再生。李老被这把邪火烧得寝食难安，不惜重金多方求访，只求哪位高人能给想个什么法子，将这倒霉孩子的命格破一破。

临渊默默听完，捏住那孩子肉乎乎的手心，横看竖看了好一会儿，便煞有介事道："这孩子筋骨强健，寿元倒是极长，就只命格实在偏颇了些。其实无妨，要破也容易，只需在取的大名儿上多多地添上几笔水，则水火相济盐梅相成，不多不少刚刚好。"

李翁闻之大喜，又二话不说掏出兜金叶子来，恳请半仙救人救到底，顺便把这多多带水的名字给一并赐了。

临渊瞅了眼那袋金光灿灿的酬金，没有吱声。我却瞧出来，他并非有意端着架子，实是昨晚折腾半宿，兼起了个大早，实在难忍困倦，已经不耐烦得很。

他懒洋洋歪了半晌，终于开口应道："那就叫沙漠吧。"

李翁诚惶诚恐的笑脸抽了很大的一抽："这个……我儿原是命里缺水，这沙漠……"

我憋住笑上去打圆场："这位老伯伯，您有所不知，且把'沙漠'这二字拆开细看，岂不是足足地添上了六笔水吗？莫少水啊！再没有比这更适合令郎的名儿了。是好听顺耳重要，还是家宅平安要紧？"

好容易送走这缠磨的李沙漠父子，我长舒了口气，开始数金叶子。

因来前我曾问过临渊，要等的贵客是个什么模样，他只答了一句，是个挺着肚子行动不大稳便的。眼下想是已经完事，第三个客人不等也罢。便把那兜金叶子往他怀里一揣："你若实在累得厉害，不如早些收摊去寻个凉快处歇着吧。反正贵客也料理过了，并没错失什么。"

他却摇摇头，沉吟道："不是他——"

话音未落，脚边响起一声啼泣，我吓得弹开三尺，低头再看，原是个身怀六甲的年轻妇人，不知从哪里窜出来，扑通跪倒在了卦摊前。

“小妇人姚氏，汤阴县桐庐乡人士，因得游方高人指点，孤身跋涉寻来，万望仙人大发慈悲，救救我一乡百姓的性命。”

第六十一章

河妖

桐庐乡说远不远说近不近，地处临安府西北，依山傍水，还有条富春江斜贯其中，是难得的钟灵毓秀之地。越上风上水的好地方，天地灵气就越足，虽滋养一方水土，也难免招来些邪祟作怪。

一介身怀六甲的妇人，之所以不顾危险跋山涉水求告而来，实在是走投无路。

姚氏本出身书香人家，因故乡遭灾，父母双亡，逃难途中偶遇后来的夫郎岳和，言和意顺便成了亲，定居桐庐，打鱼为生。家境虽无多大的富贵，也算殷实，就这么过了几年清平安乐日子。

谁知命途多舛，她那夫郎在一次出水打鱼时，竟被出没在沧浪水的河妖所害，尸骨无寻，可怜姚氏孤苦伶仃，腹中孩儿尚未落地就成了新寡。

河妖肆无忌惮为祸一方，靠水吃水的桐庐乡已再无人敢下水打鱼。长久下去总不是办法，断了生计不是闹着玩的，于是乡邻们三五个铜板挨家挨户地凑，好容易请来一位高人做法除妖。那位高人据说本事很了得，道高足有一尺，可惜并没干过那魔高的一丈，被料理得落花流水，险些葬身江心。

高人有幸逃脱一命，大彻大悟了生死面前钱财都是身外物的道理，回村后便将酬金尽数退回，告诉大伙那河妖乃是条成了精的巨大鲤鱼，张口就能吞下小半条江，略摆摆尾，可将一座小山大的船拍得稀碎。总而言之，他是爱莫能助。要想降服此妖，需得如此这般。于是便有了晌午卦摊前的那一幕。

我仍不解："姚姐姐，村里难道再寻不出个身强体健的男人来了嘛，怎会需要你一个有孕在身的妇人家这般颠簸，外出求救？”

姚氏茫然摇头，勉力牵起嘴角，却只挤出个不成形的苦笑：“小妇人也不知，只是那高人言之凿凿，说腹中小儿来历奇特，与仙家有些缘法未竟，唯有亲身来求，才有望劝动仙人屈尊一行。”

说罢，目含期待朝临渊所在的方向看了一眼——她满心信望的仙人，正在接过我数钱的重任，一心一意扒拉李翁留下的金叶子。

我嘴角抽搐了下，尴尬满得快要兜不住。不得不说，姚氏虽长居乡野，涵养却好得很，见状忙把牢牢藏在怀中的布包取出打开，里面银角子有大有小，成色不一，内中还混杂了不少铜钱。这些想必就是所有村邻倾囊凑出的降妖酬金。

临渊出乎意料地摆摆手：“不必。若用这些当盘缠，无论雇车还是赁马，走陆路到桐庐乡起码还得再耗上一个多月。”

我表示很刮目。一般来说，正常情况下的临渊，不是个同情心泛滥的神仙。分内的责任都能让太玄翻山越岭找了来，才勉为其难担待一下，身外俗务的热闹，基本能躺着看就懒得坐着瞧。可眼下这桩劳心劳力的闲事，他不仅答应管了，还连酬金也不肯收，看来姚氏才是真正要等的贵客。

兽拜月、仙清修、佛寂空。不管不顾见了活人便要吞吃入腹的，料也就是个根基浅薄的旁门小妖，想必不难收拾。

木船荡悠悠，无桨自徐徐分水而行，江波聚合，映照长空。

我们赶到桐庐乡的时候，正是个晦暗黄昏。立在渡头抬眼瞭望，天地窒闷无风，唯有雷电暴闪，顷刻便狂雨瓢泼。浩渺烟波中，似有犀利气机正聚集翻涌。

这么诡异的景象，就算我没有道行也能察觉出妖气冲天。

我省却一切虚礼，先将身子沉重的姚氏放归家中候着，嘱咐她告知众乡邻关门闭户，无论听见任何动静都勿要出来。然后便随临渊驱舟渡往江心，去寻那妖孽的踪迹。

临渊解下束发帛带，随手往河中一抛，陡然间，整条河面变了色彩。

深碧河流，泛起层层灰色浮沫，散发出催人欲呕的腥膻。水中红芒暴现了一现，河面当即下沉三尺，露出巨大的漩涡。

涡流越转越急，仿佛熔浆渐沸，将恶臭熏天的河水烧得如同铁水。岸边杨柳枝条悬垂，但凡触及水中，瞬间便焦黑枯萎，扬化成尘。

兜率真焰，神魂尽灭。人间诸般桃红柳绿都变作灰颓。难怪他说，我们根本无须特意去寻迦楼罗，那厮自会投罗网而来。因为流落于世的第九朵兜率火，根本不在凡世，自始至终，都藏于临渊手中。

春江已变作火宅，唯有身下这叶扁舟恬然不惧烽火如炽，破浪逼近江心。

当整条河水都变得通红，半明半暗的空中架起了一道艳若滴血的虹桥。凝目细看，虹桥圆弧之上，还托着一个庞然大物。

想是水中烧得待不住，终于把这妖物逼得离水逃生。

不——不仅仅是为了逃生，它在反击。

整条江水被鱼妖张开的血盆大口吸起一半，泛出妖异红光，滚烫的水珠顿时化作万千密集箭雨，朝小舟铺天盖地兜头浇下。

压顶的黑云被搅散得纷聚而离合，水天之中，一片缭乱。

我蜷缩起来躲在临渊身后。

他自不动不移。

一身雪青重缎绸衣，襟袍如屏，拂袖似障，用一股庞然无形的劲气，将化作利矢的水箭挡了回去。

虹桥环绕中的鱼形逐渐清晰，一身红鳞被掌风震得迸裂开来，淋漓湿透。那声惨痛的哀号，听在耳中，竟觉有几分熟悉，再看鲤鱼瞪圆的瞳仁颜色……我掩口惊呼：“锦澜！”

临渊亦拧眉唾弃：“又是你！”手中化出的长剑无花无巧，已朝红鲤直刺而出。刹那间，清啸劲鸣。浓云开裂，妖异的虹彩从中折断，硕大的鲤鱼似枯萎般缩回棒槌大小，重新摔落舟旁。

“自己了断，还是要本座亲自动手。”

水上水下，六目相对，枯舟悠悠。

红鲤拼尽最后一丝活气弹上甲板，化回褴褛人身，声嘶力竭喊道：“天极帝星出阴山！”

剑尖微滞，离她眉心已连一根发丝的距离也无，血线顺着青肿的鼻翼蜿蜒淌下，半凝半融。

但终究没有继续刺下去。

她哽声继续："君上剑下留情，放我一条生路，我有你想知道的秘密！"

临渊面无表情垂首瞥她一眼，面色肤白入骨，眸中星芒微微流转，极淡极倦："你本已被琰融打回原形，何不老老实实待在西海安度余生，却私逃下界为非作歹，竟又撞在本座手里。究竟是吞吃了多少生灵，才勉强修回的这副皮囊？如此孽障，留之无用。本座也没什么要紧事非得从你口里知道。"

锦澜咬牙，用双手紧紧合握住剑身："你难道不想知道，当年阴山烛龙是为了什么才会被逼羽化的吗？"

临渊身形一动。阴山烛龙，他的养父母。

天露晴光。暮色还剩一线未收，乡间田野虫鸣，又恢复一派清和安宁。

回到姚氏所居的房舍，临渊未及落座，先探身去缸中捞了一瓢私酿，那酒色泽浑浊，还带着辛辣微酸的香气。

他浑不介意，倒进蒙尘的粗斗碗里，仰头饮尽，满足地叹道："人间就是这么有烟火气。"

姚氏欣喜惶恐，不知如何招待才是妥当，只得另寻出几只鲜洁瓷碗洗净，重新舀了米酒呈上。临渊来者不拒，喝得认真仔细。我捧着装了锦澜的瓦钵站在一旁，看得百感交集。

烛龙夫妇是阴山之主，高贵的上古神族，临渊还是一枚龙卵时就被收养膝下，自幼耳濡目染都是极严格正统的教育，对一切俗世的热闹毫无概念，除了课业就是修行，早也习惯了漫长的冷冷清清。若非如此，好像就不能体现出神仙的高贵矜持。

我觉得既然好不容易来趟凡间，怎么也要想法子弥补他这个遗憾。低头一看，瓦钵里的红鲤鱼恹恹沉在水底，尾鳍鳞片上遍布伤痕，平添几许狰狞。

趁临渊正捧着酒碗半躺在窗下竹榻歇息，我唤过姚氏，低声嘱咐几句。

"夫人想得周到，这实是件造福一方功德无量的善举！"姚氏答道，言罢拧身出了房舍，自去备办。

过了两三盏茶工夫，姚氏已带着大群乡邻蜂拥而至，眨眼就把三间茅舍挤得水泄不通，茅舍外头还一层层围堵了不知多少攒动的人头。

两个壮汉一马当先，抬出张香案来往竹榻前一摆，点上香，抱着蒲团跪下便拜。

临渊惊得跳起，想要躲开，却发现整间屋子已经没有能再插下一只脚的空隙，只得跳上那竹床，诧异道："你们要干什么？"

满屋子黑压压的脑袋凭空矮下去一半，瞬间便全部扑通跪倒满地，个个双手合十，口中还不住念念有词地祝祷："龙神保佑……"

保佑的内容堪称包罗万象。从包生儿子治百病，再到五谷丰登六畜兴。我才知道，原来凡人虽然寿数短浅，一颗尘心却相当炽烈，有着那么多、那么蓬勃的愿景。他们把所有我能想象和闻所未闻的愿望全都数说了一遍，说完还得敬香上供。

临渊从片刻前还甘之如饴的人间烟火气里抬头，直直望过来："幼棠……"嘴唇动了动，喃喃道，"救命。"

我费了半天劲从人群外围挤过去，却被满屋香烟缭绕迷得视目不清，差点找不到临渊这么大尊上神究竟被供在哪里。

好不容易凑到竹榻前，才发现他已经化出半身龙尾，直接盘到了房梁上。唔，这大概是表示，身为上神，只可远观，不可亵玩的意思。

不可亵玩的龙神此刻居高临下，享受着凡人的顶礼膜拜，细看还眼泛泪光。

"是不是很感动？你都流眼泪啦？"我感到很欣慰，跳上房梁揽住他肩膀，内心充满与有荣焉的欢快。

临渊嘴角莫名一抽，抑不住咳嗽数声："我这是，熏的。"指指下面，又问，"这些人，你让叫来的？"

我猛点头："你开心吗？看，这么多人间烟火，"

他欲言又止，默默了半晌，最后牵住我的手，豪情万丈地回应："你夫君神品非凡，能忍常人所不能忍。"

我俩执手相望泪眼，双双挂在房梁，咬牙撑住。就快被熏成风干肉肠前，前仆后继的村民终于膜拜完毕。

夜静更深，最适合做的事情莫过于花前月下，可惜今晚无星无月，这院子里也没有花——何止没花，就连仅剩的几根杂草，也被千百只脚给里出外进地踏平了，让人没有想法。我俩借宿姚氏家中，实在无所事事，相互琢磨了下，唯一有点意思的，就只剩刑讯逼供了。

锦澜被从瓦钵中放出，丢在地上，挺尸般挣扎扭动片许，从一股黑烟化回女子形体。

有人的唇齿主要拿来说话、有人的口舌是为了饕餮美食，但她长这张嘴，一定是用来号啕的。记得在东鄰城第一次遇见，就是为了把哭个不停的她从流泉宫门口劝走，未承想还来不及露面，就被她那俩侍婢骂了个狗血淋头。

临渊刚经历一番连轴转的烟熏火燎，好容易脱身躲个清净，又被她吵得脑仁疼："还会不会说话了？再这么嗷号，本座立马让人捆了你拎到隔壁灶上炖了，给姚氏补补孕身，你看如何？"

锦澜抬起一张灰败的脸，哭腔拖得荒腔走板："我心里——苦——啊，哭一哭都不行吗？要不是实在活不下去，怎么会冒险私逃下凡，整日里东躲西藏，没有片刻安心……琰融那老东西禽兽不如，延维也翻脸无情，半点夫妻情分都不曾放在心上，卸磨就赶着杀驴……"

临渊轻描淡写地纠正："是杀鱼。"

匍匐在地的锦澜呼吸一窒："他们丧心病狂！三个人折磨我一个！"

临渊挑眉："这不离五马分尸还差俩呢吗？"

我实在听不下去，叼着手指默默转过身，寻思姜果然还是老的辣。

这边厢，锦澜双手捂脸，终于抽抽搭搭收了哭腔，想是已经认命。

"刚才说三个人，是什么意思？除了琰融和他那不成器的儿子，你还得罪了谁？"

"我没得罪她……只是知道了她那些见不得人的秘密。"

我顿住脚步，扶着门框和临渊对视一眼，两下里都决定默不作声，等锦澜自己把她卖的关子抖搂完。

锦澜声音嘶哑，带着几分恶毒的快意一字一顿说："君上还不知道吧，你们刚刚下凡不久，龙宫的大祭司转头就跟了琰融那糟老头子，如今位同副后，荣宠无双得很呢！可见素日里多少殷勤小心，都是故作姿态的幌子罢了……我刚才说的，就是夜来那个朝秦暮楚的贱人！"

第六十二章

连环局

扒拉手指头算一算，我和临渊在人间总共待了半年余，对东荒仙陆上的仙族而言，不过弹指一挥个把月。这个把月辰光里发生的事，在锦澜口中简直峰回路转惊涛迭起，堪比一出锣鼓喧天的热闹大戏。

撇开私心和过节不谈，夜来对临渊的情意我是一直心知肚明，无论从哪个角度来看，都不太可能那么快改投向琰融的怀抱，其中必定还有隐情。但这话却不方便由临渊亲自来问。一则顾虑我的心情，再就是锦澜此女，品性成疑素行不良，若被牵着鼻子走，一个不慎恐又着了她的道。

他果然面露微讶，蹙眉思量半晌，仍旧一言不发，显然心里已经有了某种推测。

这种时候，还有谁能代他开口探寻根由呢。我定了定神，走回去蹲在锦澜面前："据我所知，琰融对夜来姑娘动了贼心不是一天两天，夜来却未必有兴致消受。四海盛宴上那场风波你也亲眼所见，和你现在说的这些，岂不前后矛盾。"

我想了想，又再添一句："涂山狐的摄心术想必你也听过，在我面前撒谎，没什么好处。"

锦澜偏过头避开我的眼睛，肩膀抖了抖："我没撒谎……她跟了琰融是真的，只不过……只不过一开始不大愿意。她恼我撞破她的秘密，才给了琰融借口要挟强娶，便对我恨之入骨，百般折磨……"

果然。我心叹，可见人活在世上，还是不要制造太多秘密的好，撒谎容易，要守住就难了。

东海之上，对阵魔君，夜来在临渊身临奇险之际挺身而出以命相护，无论如何是个不可抹杀的事实。这一点上，临渊欠她一个很大的情面。现在我该问的已经问完了，对这个和临渊始终扑朔迷离的情敌已经仁至义尽，接下来该问什么，怎么问，都不是我有兴趣多管的闲事。

我自去寻把椅子坐了，端起临渊剩下的半碗冷酒打算喝来润润喉咙，被他不动声色从手中夺过，换上杯热茶，然后“唔”了一声，轻描淡写续问道：“夜来她——究竟有什么非掩藏不可的秘密，能被拿捏到如此地步？”

“她虽是被迫，也是咎由自取。”

锦澜再开口时，不看临渊，却把一双溃烂红肿的眼睛对上我的，仿佛下定什么决心：“你可知道，那晚在鹤沼听到的对话，原是她和司宵互相勾结设下的一个局？”

临渊听得云里雾里，疑惑地朝我望过。

我惊得差点从椅子上滑落在地，艰难地稳住身形，却还是不慎将手中的茶泼洒出来半杯：“继续说。”

想当初在东鄰城做小侍婢的时候，锦澜和夜来两个好得比亲姐妹还胜三分，眼下却恨不能将对方扒皮拆骨才甘心。但我已不是当初那个时时懵懂犯蠢的笨狐狸，并没觉出多少意外。

这段日子以来诸般经历，也略知晓了一些世情，才明白她们的姐妹情看似亲厚，实则漏洞百出。锦澜对夜来好得那么刻意，无非因为夜来是当时唯一最有资格接近临渊的女人。女人如果很爱一个人，就会愿意和情敌做朋友。那是一种很复杂的、潜藏敌意和窥探的亲近，只不过试图在那女人身上寻找所爱之人的蛛丝马迹。

每种灵兽，都有属于他们独一无二的秘密。或者也可以说，一种无可比拟且从不外传的技艺，这是保证族群能在任何险恶环境中，尽量繁衍生存下去的关键。东海鲛人的独特之处，在于他们精妙的嗓子。除了对月吟歌惑人心神，还能够模仿任何人的声音，天衣无缝，再高深的耳识也无法分辨。唯一的破绽只是时间不能持续太长，否则会间歇性地咳嗽。

难怪，那晚蹲在海藻丛里，听见的临渊的话音，虽殊无二致，但时不时爆发出压抑的咳嗽声。在那之前，他没有显露过任何身体不适的迹象。想也知道，两万多年修行的应龙，怎么可能轻易被风寒所染。我却那么大意，一点都不怀疑地被骗入局中。

夜来指使不起眼的小蚌婢监视着我在上元宫的一举一动，任何风吹草动都尽收眼底，于是能在恰到好处的时机，指使几个嚼舌龟仆“不早不晚”地从我窗下路过，留下数句闲言碎语，将我引到鹤沼。然后让司宵冒充临渊说，他要娶我不过是为了能进涂山替离珠姑娘报仇。

离珠这名字相当耳熟，我苦思冥想，终于从遥远的记忆尽头寻出端倪：在被千年劫劈散的那艘大船上，临渊告诉过我，离珠是烛龙夫妇唯一的女儿，他名义上的妹妹，只惜红颜早逝。可是离珠的死，跟涂山又有什么关系？

不待追问，锦澜犀利地直视我：“结果你果然听进去了，不过一夜之间就被气跑。其实你从来没有真正相信过君上吧？才会那么容易觉得自尊受挫，什么都不顾地一走了之……”

我心头茫茫地，扯出个笑来，笑得十分没有底气。这不是一种傲慢，只是悲观。我只是一只天生没有九尾的涂山狐。

临渊端起瓦钵就把剩下的河水朝她劈头盖脸全泼了下来。锦澜一沾水就化出鱼形，整个瘫软在地，双目紧闭。

“等着你啰唆太多，还是本座自己来看。”

鲤鱼的元丹被取出，悬浮于临渊掌中，散发淡淡腥香之气，如龙涎麝腺，令人微生排斥却忍不住被吸引。

光芒忽转，一团浓稠的白雾聚拢又散去，茅屋陋室换过另一番光景。

临渊取出锦澜元丹，携了我的神志一并潜入锦澜灵窍之中。他做事一向这么性情中人，出手一针见血斩草除根。元丹为控，无论锦澜心思有多少曲折，都如画卷摊开，一览无余。

流水乱石中有浮光成亭、萤火成群，细看之下，青苔遍布的台阶都由玉石琉璃所砌。这么别致风雅的宫室御园，除了大祭司所居的龙绡宫，再寻不出第二处。

亭中锦衣美人，娴然静坐，手中化出无形之梭，素手拈来月光织就鲛绡，纱影重重，围着亭阁飘荡，十分缭乱人眼。

披盔戴甲的身影从月门缓步踱出，摆动鱼尾拾级而上，脊背挺得笔直，身姿却略显蹒跚，似乎带着很重的伤病。来者正是替夜来硬接下魔君致命重击的司宵。原来他受伤落入海中后，造化恁地深厚，竟然没有一命呜呼。

司宵一路步履虚浮游至亭中，声音微微颤抖，一如既往地饱蘸深情："夜来……"

锦衣美人抬起头，手中织梭化作玉簪，插进发髻中。

四目相对，呼吸声一急促，一安详。

夜来翦水双瞳中一片空蒙，半分波澜不兴："你醒了？既能下地行走，过不了多久就可复原如初。"

"我来，不是要讨论我身上的伤。就算为你粉身碎骨，又有什么要紧？"

"不讨论这个，那就回去吧！我没什么话想跟你说，你如今的身份，也不便在我宫里逗留，让人看见，又要节外生枝。"

"你怕什么？怕琰融那老东西不高兴？原来宫里传的都是真的……你真的打算嫁给他？他不配！"

夜来转回身来，眸中流露一闪而逝的恨意："是！我是答应嫁给他，你嚷嚷什么？又有什么资格在我面前质问？他是龙王，如今大权在握，整片东海都落在他手里，我区区一个鲛女，就算千不甘万不愿又能如何？今时今日的结果，不正是拜你一手所赐？他不配，你配吗？先背叛我的人，是你。"

司宵被那最后一句诘问狠狠击中，捂着胸口靠在亭柱上，脸上都是痛苦神色："你都知道了？我……我真的没想到……"

"没想到什么？这话该我说才对。原本撺掇锦澜去她姐姐那儿偷狐狸毛，只不过为了使涂山也蹚到这浑水里，好让那贱人早日离了君上身边。至于勾引延维嫁进西海，再把化龙的事闹到东皇面前，她没有这个脑子，是你背着我私下调唆的不是？你若不肯认，不如当面对质？"

夜来口齿森冷，边说边把石凳后面一个海牙荆条编制的笼子丢出来，狠狠甩在司宵脚下。关在笼中的红鲤鱼受到不轻的撞击，险些被笼子上锋利的长刺贯穿鱼身，惊恐地吐出一大串泡泡。

那就是被打回原形的锦澜。她沦为阶下囚后的遭遇，存于灵识深处，化作我和临渊如今历历在目的一切。

司宵咳出一口血，苦笑道："没什么好否认的，就算不把她扔出来，我也没打算再瞒你。事已至此，后悔也晚了。"

夜来咬牙，嫌恶地瞪他一眼："覆巢之下，焉有完卵？知道你头脑简单，却不知你竟蠢到这种地步！你明明答应过我，要不惜一切代价设法帮我赶走涂幼棠，为什么要半途倒戈，连君上也一同算计？现在落得这种结局，你满意了？没那个本事，就别学人家玩手段！"

静默中，司宵勉力站起身来，试图去触夜来的手，却被夜来轻轻滑开。

"我是没本事，除了打打杀杀，连神龙的一根汗毛都比不上。关键时候，只需要丢出去死一死就够了，对不对？鲛族从来受人鄙夷，男鲛尤甚，不只是你，所有水族心里都这么想。可我所做的一切，自始至终全是为了你！赶走涂幼棠又怎么样，敖临渊神通广大，只要他愿意，随时可以再找回来。然后呢？还不是照样对你视若无睹挥之即去。这么多年了，他心里根本没你，你怎么就是看不明白呢？当年我们费了那么大力气，找来青丘被放逐的野狐冒充九尾杀死烛龙的女儿，才把涂云门赶下后座，可结果如何，敖临渊还是忘不了她，不知上哪里又寻出另一只龙狐兽来，长了张几乎一模一样的脸，据说还是涂云门的妹妹。他对九尾狐的执念，就像我对你！"

良久，亭中响起一声似责似讽的轻笑："是啊……可我对他的执念，也是一样，有什么要紧呢。自从父王故去，我从小就被养在龙宫，被君上照拂长大，心里早就认定了，他就是我此生此世、生生世世也要跟随的良人。这些年浮花浪蕊也见惯了，上赶着贴上来的莺莺燕燕还少吗，眼前这条不自量力的臭鱼不就是？"

口中说着，还踢了地上翻倒的囚笼一脚。锦澜如同死鱼，直挺挺漂在笼子里，连呼吸都不敢张鳃。突然听到这么超乎想象的秘密，生怕一点动静就招来杀身之祸，只好尽量降低存在感。

"他喜欢多少只狐狸精都不要紧，来一个，我就能收拾一个。当年的云门帝姬何尝不名动三界，人人赞她才貌双绝，那又怎么样，还不照样是我的手下败将。涂幼棠嘛，比起她姐姐来差得远了，更蠢更好骗，除了那张脸，何尝还有半分相似之处？我哪一点比她差？我得不到的，谁也休想！”

她的话撞在我耳朵里，疼痛钻心。旧日恩怨排山倒海而来，积年的霜寒雪重，浸得我遍体生寒。难怪带春空逃出龙宫时，夜来的侍婢凌波乍见我那条龙尾，会如此惊恐万状，直嚷嚷我是回来报仇的。她们疑心生暗鬼，所以害怕。

我扭头去看临渊，他一动不动，唯脸色惨白如纸。突然一阵浓烈腥香四溢，我分出元神来，见那枚元丹上竟已显出几丝极细的裂纹，大惊失色，忙按住临渊的手腕，传音与他：“要是捏碎元丹，锦澜立时灰飞烟灭，你就彻底没机会知道什么了。”

眼前景致模糊一瞬，当破碎的雾气再次聚拢时，清晰的画面才又重现。

说完那些，夜来不再开口，俯身拾起锦澜转身，大步离去。她身后的浮光水晶凉亭也一并烟消云散，原是幻术所化。

司宵身影一移，卷尾追去，终于抓住她的手：“就算我算计了他，敖临渊现在不也没事吗？还顺理成章携了涂幼棠下凡，撇下东海自在一身轻，不知多逍遥快活。自食其果的，是我。谁知他几时又攀上娲皇的裙角，‘三界斗智，无越灵泽者’。此言不虚，今方信矣。”

夜来拂袖将他甩开，语声挟怒：“你追上来，就为跟我说这个？”

“我是来劝你，不，是求你，不要嫁给琰融。他是龙王又怎样？听说他那虎蛟族的君后脾气悍烈，从来眼里不揉沙子，我们可以想法子……”

“我们无法可想。”夜来垂眸，语气中竟带着几许悲悯，“司宵……别人的天真，至多不过害苦自己；可你的天真，却让多少人付出本不应背负的代价。”

司宵浑身一震。

“娶那悍妇，不过意图巩固西海之势对抗君上，如今琰融终于坐拥东西二海，又怎么还会忌惮区区一个虎蛟族呢？我嫁给他的第一个条件，就是要把那位三千君后幽禁冷宫。”

夜来望定他，唇边笑意残忍如刀：“当初我和夜叉王密约，让他们偷袭龙宫抓走涂青岚，也不过许以珠宝财帛，为的是故伎重施嫁祸涂幼棠通敌，可惜她命大，姜夷那贱婢做事又不牢靠，竟留了破绽。但你——你做了什么？！你私底下和承乙做的那桩交易，如今已快捂不住了。阒星城现落在重楼手里，承乙还活着时为了求得魔族撑腰，早就把你卖了！就在你醒来前三天，承乙留下的残部已经伙同儋耳雕题来东海要人，手里拿着的，正是你司宵将军亲笔落印的密约！”

我按在临渊腕侧的手指轻轻抽回，沉下心去理解锦澜神志中那个尔虞我诈的世界。许多的碎片被一点点拼凑成型，我的猜测是对的，当时龙宫里确实有通敌的奸细，只是谁也没想到，主谋竟会是亲身上阵迎敌的这两位鲛族翘楚。这么说来，姜夷三番两次欲言又止的恐惧也就有了答案。

第六十三章

鬼胎

夜来何等心机，早就看明白，利用外人，从来就没好结果，回报只能是任由他们鱼肉宰割自己的百姓。所以她即使一心将我除之而后快，也只敢许给承乙造反所需的军费财帛。而司宵则利用主帅的身份，和夜叉王达成另一个秘密条件：用族中美貌的鲛女来交换；报偿是，事成之后他要取夜来而代之，并借此得到夜来。

要说服夜叉王不难。承乙大概觉得，一个为了爱情而昏头的女人，一旦达到目的，对他就再没什么帮助。司宵则不同，他是男鲛，东海男鲛向来因娘娘腔和没出息而遭水族耻笑，司宵最大的心愿，除了得到夜来，便是要在四海重振东海鲛族的地位。一旦帮助司宵拥有了掌控东海政局的影响力，他必会投桃报李和夜叉族结成相当稳固的利益联盟。出让地盘，厚赐珍宝，为承乙招兵买马提供无数方便。

真是各得其所的一招连环局。却不料人算不如天算，承乙暴毙在锦芙手里，导致司宵失去最后的筹码。魔君本就和东海有仇，手里又拿着他亲笔落定的契约，本着趁火打劫的原则和看热闹不嫌事大的祸心，堂而皇之来索要鲛女也是顺理成章。

幻景内，东海鲛族最优秀的一双男女面面相对，眼角眉梢都藏着各自的鬼。

看懂之后，我忽然有种悲哀之念。好像有一点明白了，为什么经书里会写，欲不可执、恨不可长、爱不可远。世人求长生，为的不过那一点永恒。

而真正能享有绵长寿数的神灵们，又对自己做了什么？

已经不想再继续听下去，可他们的对话还是不停钻入耳中。

司宵悲愤难抑：“琰融那老色鬼，就是拿这个要挟你？”

伊人语声轻柔，已换过云淡风轻：“那不然呢？为一己私欲出卖族人，这丑事一旦捅破，四海之广，你我将再也没有立足之地。即便如此，要彻底摆平魔君也只是痴人说梦——琰融能做的，是把你和承乙约定的鲛女数量减去一半，剩下的，照旧还得给阗星城一个不少绑了送去。”

“是我对不起你……夜来，你别怕，琰融他要挟不了你，我们逃吧，四海无立锥之地又如何，下界为妖为魔又有何不可，拼上我这条命，就算一起死了，也……”

夜来宛然一笑，忽出手暴击，胳膊上缠绕的白纱化作灵蛇，将司宵拦腰卷起，摔砸在一处礁岩上，碎石四溅：“可我不想和你一起死！”

她身形灵巧，白纱重涨，复又勒上司宵脖颈，只消轻轻一拧，便可令他身首异处：“下界为妖为魔？说得轻巧，许下契约却不履行，你以为重楼会善罢甘休吗？琰融好不容易夺来大权，怎会允许你坏他好事，平白递给重楼挑起战事的借口？”

她扣牢薄纱，亦步亦趋拉紧，脚底朝司宵走去，终于蹲下身，面孔与他贴得极近。那神色何等温柔朦胧，如梦似幻，眼神却冰凉：“似这般痴缠万年，机关算尽，想要的，却还从未有一刻能够拥有，叫我如何能够甘心呢……我不能死，我要活着。不管嫁给谁，总还能有再见到临渊的机会。他一定会是我的。”

司宵胸口旧伤裂开，涌出大片血迹，心如死灰：“既然如此，你动手吧。能死在你手里，也算死得其所。”

水晶亭阁幽幽浮现，荧光翩跹中，夜来手中白纱应声断裂。

“你以为你如今是靠什么才能活下来？你自问有那个本事从魔君的必杀之招里留下生机？是我求琰融救活的你，这也是我答应嫁给他的条件之一。你欠我的，又何止一桩、一件而已？你的命，也是我的。”

司宵睁开眼，重新望定眼前伊人，目光似熟悉，又似陌生。千生万世，贪恋爱怨，翻滚难以止歇。

夜来再开口：“我要你帮我做一件事。”

下一瞬，已将他拥入怀中：“东海天地已换。事到如今，局面已非区区你我能够掌控。”她悠悠攀至司宵耳畔，声若柔丝，吐气如兰：“虎蛟族那位三千君后一直无所出，延维虽是个不成器的纨绔，却是琰融膝下唯一的儿子，此次借着我扳倒三千的东风，竟登上了太子位，平白坐收一场渔利。看琰融的意思，等这边诸事料理顺遂了，总还要再回西海坐镇，东海就打算交给延维。我岂能让这废物踩着我的肩头爬得顺心快意？”

“你要我去杀了他？”

夜来眸中闪过一丝无奈，又按下性子继续：“你不要整天满脑子只知道打打杀杀，世上有很多事，是可以兵不血刃解决的。你是鲛族的将军，刺杀龙族太子，无论成与不成，都将给全族惹来灭顶之灾，又怎会不牵连到我？”

司宵茫然：“那……我该怎么做？”

“我看延维是眼中钉，延维看我这个晚娘未必不是肉中刺。为今之计，只能先下手为强，让他折在自己所犯的错上。”

“我还是不明白，我有什么办法能让他犯下致命之错。他是琰融唯一的儿子，就算把天捅个窟窿，琰融自会想法子给他补上。再说，我看他也没那么大胆子和本事，否则怎会在玉琼川白耗了那么多年，倒落得被锦芙那小丫头片子灰溜溜赶回来？”

“早说了延维就是个废物，琰融未必有多看中他。你说，要是日后有可能再添一位新的龙子呢？最先坐不住的，会是谁？”

司宵瞪着夜来勾起的唇角，那笑容极无耻，也极魅惑。她倾身迁就，俯在他耳边低语几句。司宵猛地弹起半身，几乎撞上夜来的脸。夜来不闪不避，仍旧寸寸朝他逼近。这个姿势的暧昧程度，和临渊当初把我挤在树上所差无几。

“你简直疯了！开什么玩笑？就算，就算我肯，我俩生下的孩子也只会是鲛人，又不是蛟龙，谁会觉得那是琰融的老来子？”

夜来蹙眉，捏住司宵颤抖的下巴：“你是不是傻？我要的从来就不是什么龙子，谁稀罕和那老色鬼生儿育女！我只要赶紧怀上一个孩子，都用不着等这孩子落地，就有办法把延维从太子位上拉下来！”

司宵脖子一梗：“我……我做不到。你还是另想办法。”

夜来叹口气，却并不见气恼，拈起他肩头散落的一缕黑发在手中把玩，露出玩味的笑意。

“怎么……你不想？你不是说爱我吗？”

“你……可你心里爱的并不是我。为什么非要……要这么做？”司宵仍旧抗拒，语气已不似方才强硬。

“你若不肯，自然有的是男鲛愿意，大不了事成之后杀之灭口，费不了多少周折。可我还是觉得，东海的未来，应该掌握在鲛人手里，你不也一直这么希望吗？才会一时糊涂和承乙做下交易。眼下就是机会，我和你的后代，无论男女，都会是东海最优秀的鲛人。”

司宵眸中燃起一簇光亮，又很快熄灭。他的失望，同样来自懂得。他太了解夜来。

“在你心里，东海是敖临渊的，无论他在与不在，你都会用尽所有手段替他算计琰融，守住他或许根本就从不在乎的这一切。选我，除了因为我的执着和愚蠢，还有别的理由是你认为有必要放在眼里的吗？”

夜来撇撇嘴：“反正三天后我就要嫁给琰融，跟他不如跟你。起码，你对我，确实如你所说的那般，情真意切。既然已经为我做了那么多，横竖不差这一桩，且能让你得偿夙愿，又有何不可呢……”

“背叛你和承乙联手，是我一念之差，却并不是为了独占你，和你……那什么。你笑我痴心妄想也罢，我总盼着有一天，敖临渊离开东海永不再回来，只剩我和你，或许日子长了，你会慢慢发现，真正对你好的人其实……”

“嘘……”夜来的耐心已经耗尽，竖起手指抵在司宵絮絮剖白的唇间，示意他别再继续废话。

数不清的鲛绡，一寸一缕从她带蹼的指间流淌而出，将水晶凉亭层层缠绕起来。纱帐内，影影绰绰两条鱼浮在半空，鳞片拍击声短促清脆。

司宵急得咳嗽，在亭中浮水乱转，试图冲破越裹越厚的重纱，每次刚触及边沿就被捉了回去：“你……你等一下，你再想想，我还没……”

“我已经想好了，这孩子我非要不可。你别老乱动，行不行？非逼我把你手绑起来拴在柱子上？”

我瞠目结舌。长这么大，不正经的书看得比正经的多得多，活春宫还是头一回有机会撞见。而且这一撞，撞得无巧不成书，恰能观赏情敌正为守住自己夫君的帝业，捉了个痴心炮灰在强行交尾。

夜来不愧鲛中翘楚，事事雷厉风行，说绑就绑，说上就上，连第一次交尾都能自己主动。一眨眼错愕的工夫，司宵已被双腕齐缚，绑在了水晶亭柱上。

亭阁像一枚空悬的茧，越裹越密实，内中轮廓也愈发模糊难辨。

偷眼瞟了瞟临渊，他是娶过亲的人，想必也见过这等世面，并没像我这般没出息地盯住凉亭猛瞧。他一动不动站在原地，神思已不知飘往何处，脸色白中泛青，不是一般的难看。尽管此情此景，让我对“没接触过凡人的水族基本都纯真善良”这个说法生疑。但现在不是和他计较这些的时候，锦澜的元丹上，红光微弱地闪了一闪，似残烛在风中扑朔。

我拽了拽临渊袖子：“时间耽搁太长，耗费元神，锦澜快要撑不住了。”

退出神识幻境，我擦擦手把元丹重新放回昏死在地的锦澜口中，还好心地提醒临渊将上面捏出的裂纹给补了补。

做完这些，锦澜尚未清醒，临渊也默默坐在竹椅上支颐沉思。要想从元丹中窥得更多奥秘，起码得让锦澜再缓个十天半月。目前为止，东海的景况之复杂糟糕，已经远超乎我俩的想象。他需要时间冷静一下，我也同样。

姚氏的三间瓦房离支流不远，无论朝哪个方向走上半盏茶辰光，都能寻至江边。我跳上一叶泊岸孤舟，摘了几片荷叶垫在身下，枕着胳膊躺倒。

水上凉风袭人。

凡间的星星，没有涂山的大，但更清透漂亮。

迷迷糊糊中，耳畔响起细碎脚步，还没醒过神，一件染满苍柏淡香的外衫就盖在了身上。

锦澜元丹中的一幕幕，实在是令人叹为观止，但我没法和他讨论观感。搜肠刮肚老半天，只能憋出一句：“夜来，女中豪杰。”

他顿了顿，牵过我一只手："委屈你。"

云门的往事太离奇遥远，我也只从司宵的只言片语中揣度出个轮廓，具体细节全不得而知。毕竟不是发生在自己身上，其实没什么深刻的感觉。鹤沼那桩风波，细想想，并不能全怪夜来。锦澜的话未必没有几分道理，若不是我对他缺乏信任，又始终耿耿于怀自己的平凡，也不至于被三言两语挑拨就负气出走。

但临渊此刻所指的，仿佛并不仅仅是这件事。他最深的心结，始终横亘在那里，无论什么时候被触碰，都能激起波涛翻涌，难以平息。

"如果你是她，会原谅一个曾经冤枉你、伤害你，不给你任何解释机会，就听信谗言自作主张的人吗？"

我想也没想就脱口而出："可我不是她。"

他锲而不舍，"我是说如果。"

我反问："她还活着的时候，没有原谅你吗？"

"我……不知道。还来不及问。"

"那她也没给你解释的机会，很公平。"

握住我的那只手僵了一僵，继又握得更紧，有些疼。

我想了想，老老实实说："其实我也不知道。你曾说以后会慢慢告诉我，当时你们究竟怎么会落得如此结局，但始终没有再提起，我也就不问。反正不会是什么赏心悦目的故事。但还是觉得，这世上并非什么都值得被原谅。经书上常说，世间爱憎如梦幻泡影。诚然仙家岁月无边无际，事情总会过去，久远到和那些星星一样，肉眼几乎看不清，却不代表不存在，也不可能当作全没发生过。夜来对你的痴情，我无法评价。但她对云门所做的一切，对涂山、对父君和哥哥造成的伤害，不是轻易就能一笔勾销的债。"

临渊默默听完，神情萧索："这一切，都是在我的纵容和失察下造成的，我原本难辞其咎，也没什么可为自己辩白的。"

攥紧的手渐渐松开，我反过来扣住他泛白的指骨，这才发觉那手竟这般冰凉。

"但你没有骗我，对不对？我并不是生你的气。"

他肩头一颤，迅速抬起头来。

“小时候有一回，哥哥喝多了几杯，不小心说漏嘴，告诉我云门姐姐是为了保护整片东夷仙陆才舍身羽化，她是为了涂山族而甘愿牺牲。不管在那之前发生过什么，云门的死，并不是你造成的。欺骗才不可原谅，你也是被蒙蔽的那个。”

我设身处地地想想，如果突然发现长久以来熟悉又信任的人，竟对我持有那样病态的执迷，甚至为了实现自私的占有欲不惜坏事做尽，我不会觉得感动，只会恐惧和厌恶。临渊他也不容易。

水天一线之间的星辰愈发淡去，浓云泛起蟹壳青，这一夜很长，也终究快要过去。

浮光明晦间交睁，若日熔金，发梢眉眼都沉浸在逆光里，看不太分明，但那点漆深瞳中，都是彼此的倒影。

临渊伸出手臂将我揽过，用力揉进怀里。多少急景凋年，如东风远去。唯有眼前紧紧相拥的片刻，才是唯一可触的真实。

“我知道，不应该嫉妒早逝的姐姐……可还是，还是不喜欢你老提起她来和我做比较。她若活着，能不能原谅你，自该亲自去问她。如今她已不在了，你老追着问我有什么意义呢？再怎么假设我是她，我也毕竟不是她。除非，你真的时常把我当成她的影子，夜来也这么说……”

他下巴抵住我额头，洒落一笑：“又吃醋吗？原是我失言了，以后不再犯就是。夜来是什么样的人，你也亲眼见过了，她说的话怎值得放在心上？我从未把你当成过旁人。毕竟呢，像我家幼棠这么傻的狐狸，寻遍天上地下也很难再找出第二只了。”

做狐仙也好，做凡人也罢，我度量还是一般的小，出息也并没变得更大。

临渊话音刚落，就被我心满意足地踹进了春江水里。

下一刻，乐极生悲的我也被龙尾拦腰卷落水中。一双尾鳍丰泽，游弋在绸光水色间，闪着碎星般的幽芒。

每次沐浴完都有洗心革面焕然一新之感，精神都为之大振。

这两天一夜的奔波嚷扰，让临渊极为疲惫，枕在我膝上睡得很沉。

我低头凝望他俊美而略带憔悴的睡颜，微笑着问自己，爱一条龙究竟是什么样的感觉?

大概就是，看见他锋牙利齿，却忍不住想象他换乳牙时的模样，觉得可爱吧。

但我有更重要的事要做，不能现在就放松下来休息。狐族独有的直觉告诉我，真相还没搞清楚之前，这件事暂时不能让临渊知道。

第六十四章

生死棋

“这世上，想要帮自己避免落入最糟糕的局面，有很多种方法。有人选择伤害或背叛他人，有人选择交换利用价值换取帮助，有人选择置之死地而后生。你呢，打算怎么自救？”

窗外朗日高悬，但犬吠鸡鸣皆被挡在肉眼难辨的仙障结界外，半点传不进来。昏暗的小柴房内，唯有我和锦澜。

趁临渊在里间熟睡，我催动自己元丹内仅剩的灵力让她提前醒来，损耗不可谓不大，为了掩饰虚弱，语气和脸色想必都好不到哪去。

曾趾高气扬的鲤国二公主如今衣衫褴褛，瑟缩在墙角，神灰意懒，意气也一片消沉，和当初在东海上趾高气扬的模样判若两人。

锦澜有重伤在身，元神涣散，能支撑到让我们看完夜来那场春宫，已经是她能力的极限。其余未来得及观览的秘密，只能由她口述。给一个濒临绝境的人指出条明路，求生欲会让她好生约束自己的口舌，轻易不敢再撒谎。

她动了动干裂的嘴唇：“你告诉我吧，省得我再想——胜者的心思，往往最难猜。我猜错一次，结果付出了这样惨痛的代价，已经没有信心再试。”

“狐狸都是出口成章的谎话精，怕你不肯听。”

“涂幼棠，你是我见过看起来最不聪明的一只涂山狐。”她突然仰起脸，倔强地说，“我曾经见过比你更优秀、出色得多的前一代东海君后。可惜她只懂得如何救别人，没来得及明白如何救自己，到头来还是栽在夜来手里。没想到，最后是你赢了。嫁给君上的，竟然是你。”

"我内心对待输赢的标准，和你们不一样。之所以不会输，是因为不曾争过。我和临渊只是有婚约，并没嫁给他。"

她面露惊诧："你们还没成亲吗？与下世的上神缔结姻缘，不过五百年内便可升入天庭。这么好的机会，为何白白放着，不怕夜长梦多？你知道我说的，是哪个'夜'。她这么几次三番算计陷害你，难道你就不想扬眉吐气报一箭之仇？君上也不会眼看着自己的夫人被个鲛人如此轻贱戏弄！"

我索然地笑笑："去天庭做什么呢，在东皇老儿的异兽园继续做狐狸？算了，我没兴趣。你我不是姐妹，也并非朋友，何必故作亲密聊这些私房话题。再说，你恨夜来是你的事，有本事便自去寻她晦气，借刀杀人这种上不了台面的花招，以后还是不要拿出来让人小看鲤族了。你也几次三番骂得我称心快意，我要不要现在去临渊面前哭哭啼啼，让他替我出手教训？"

她勉力强撑的那点精明和傲慢只是个空壳，稍微一戳就泄了气："涂山白狐，名不虚传。是我不自量力……到底还是小看了你。"

我没时间和她虚与委蛇，坐下来直奔主题："我呢，是为了和你做个交易，换一样东西。作为报偿，你也可以得到重回玉琼川的机会。"

锦澜抖了一抖，指甲几乎掐进腿上的肉里："承蒙君后看得起，我如今落得这步田地，连这条命都朝不保夕，还能拿得出什么来同你交易呢。回玉琼川……你以为我不想吗，长姐已失望透顶，定不会再接纳我。"

"的确，你已经被龙皇御令废黜，失去鲤族公主的身份，又遭延维所弃，想要再被敲锣打鼓迎回族中，确实是天方夜谭。但那不代表，茫茫玉琼川，容不下一条安分守己的鲤鱼。既然允诺了你，怎么做到那是我的问题，你要考虑的只是，接不接受这桩交易。"

"你……想要我做什么？"

"不难，我只要你保守一个秘密。"

"天极帝星出阴山"这句似是而非的谶语，是锦澜在琰融的卧榻之侧偷听入耳。

自从得了夜来这位美妾，琰融不消说被迷得神魂颠倒，几乎日夜泡在龙绡宫，春宵宴饮乐不思蜀。过不了多久，又传来宠妾有孕的喜讯，从此对夜来更是言听计从，凡有所愿，必能成真。

夜来手段相当了得，一面应付琰融，一面统领内闱，连海务朝政也通过不知何时笼络在手的外臣武将牢牢把持，料理得顺风顺水。东海水族对琰融的抵触情绪，在表面上看来，已经在夜来的铁腕重典下平复了。琰融乐得清闲，得到如此美貌又有才能的内助，简直心满意足再无所求。

很快，夜来就借肚子里和司宵做下的“鬼胎”，设计了一个局。先是买通医官，将孕得龙子乃是男胎的消息传遍宫闱，又借为胎儿祈福之名行祭祀祝祷之事，示意巫祝为这孩子批示出一个相当贵重的命格，预指其将来必堪当大任。所有铺垫做足，然后嘛，当然是嫁祸延维为觊觎龙庭下毒谋害尚未出世的手足。琰融色令智昏，暴怒无极，果然将刚立不久的太子废黜，流放至外海蛮荒之地，无诏再不得回。

放逐延维的当晚，琰融念及父子天伦，多少还是心有戚戚。夜来温柔解语，一向伺候得殷勤，借机灌下他许多杯酒。琰融醉后口无遮拦，便推心置腹吐露了一个惊天秘密。

夜来在龙宫万人之上，虽一时风头无量，毕竟所嫁非人，心内难免气苦。表面上还是敷衍得天衣无缝，喜怒从不轻易形于色，背地里总要有个发泄处。锦澜就是这个倒霉的出气筒。

被打回原形的鲤鱼口不能言，夜来兴之所至，还撺掇琰融拿她当众凌虐取乐，若正赶上司宵入宫觐见，也可留下共赏。

锦澜被圈禁在施了法术的海牙笼子里，被夜来的侍女凌波每日随身携带，上天无路入地无门，只得咬牙苦挨，遍体鳞伤从未痊愈。她心知肚明，自己和夜来距离越近，意味着越危险——知晓了那么多秘密，心狠手辣的夜来怎会放她活路？暂时还没把事做绝，只不过还没玩腻。一旦夜来在她身上泄够了怨愤，等在前头的就只有千刀万剐。

夜来疑心颇重，对任何心腹都不能完全信任，到了晚上，就把锦澜从凌波手里提出来，放在自己寝宫床榻旁的密室才能安心。正因为被牢牢看管着寸步不离，锦澜才能听到这对同床异梦夫妇的枕边密语。

当年临渊在烛龙的抚育下破壳而出，禀赋得天独异，方满两百岁时已修出人形。烛龙夫妇心中甚喜，携他同往灵鹫山法会听禅论道，有幸得鸿钧老祖赐一偈，曰：天极帝星出阴山。谓此子有统御八荒承天立地的命相，前途不可限量。

能得鸿钧老祖如此青眼有加的后辈，数十万年来也没出过一例。烛龙新得的幼子一时名动八荒，被众口相传奉为佳话。

有人欢喜有人愁，这话在烛龙听来是佳话，传到东皇耳朵里就全然不是那回事。静观其变了数千年，直到小白龙离开阴山，在云梦泽自立门户，又积下战功赫赫。一切至此，都还在东皇能容忍的范畴。孰料神魔大战中，青龙神广仁意外战死，羽化前竟将东海托付临渊，他终于一跃而成为四海龙主之首。

要杜绝这个隐患，只能先设法让这生不逢时的孩子失去强有力的倚靠。

但烛九阴是上古神裔，轻易不好得罪，来硬的必然不行。东皇费尽思量，示意当年共为妖王时的兄弟亚古兽率妖族起兵祸乱，撞碎了西北半壁天穹的星宿银河，逼得烛龙夫妇殉天地大道而双双羽化。为弥补星盘的残缺而用元神作祭，为西北照彻幽阴，从此再不能以龙形现世。

自那以后，临渊再次双失父母。东皇犹不知餍足，惺惺作慈悲惜才之态，将毫不知情的临渊当成一件东征西战的杀伐利器。四海战神的美誉，便是无数次出生入死血染八荒换来。如此又遭忌惮，再被寻衅夺权，东皇为一己私欲，竟将天下水族的命运操弄于股掌之间。

但这并不是最重要的一点。寻根溯源，临渊之所以会成为一枚孤零零流落在羡鱼川的龙卵，乃是因为迦楼罗吞噬了龙祖夫妇。只是谁也没想到，就连龙凤相杀，都不仅仅是场情缘错落的意外。

东皇明知龙祖和火凰早有婚约，便在背地做了手脚，威逼月老偷偷将伏泽和澄琉的姻缘线牵在一起，却并没解开火凰赤霓系向伏泽的那一段，反而将伏泽和赤霓的红鸾星盘打乱，用生死结牵牢。那是仙族最严苛的禁咒之一，即使最情志弥坚的爱侣也不敢轻易动用，一旦牵成生死结，则一亡俱亡，同生同死，无法可解。伏泽身死，则火凰爱恨难偿，心亦成灰，最终也选择在涅槃时圆寂。

东皇一石二鸟，将龙凤之祖除之于无形，且令两族从此反目，终于稳操三界大权，从此高枕无忧。

我最担心的事竟尔应验。这番前因后果，和我当时听完雍禾所说龙凤相杀的往事后所猜测的，相差无几。临渊果然就是龙祖伏泽和白龙澄琉的遗孤。

我将锦澜吐露的隐情从头到尾琢磨一遍，思路逐渐清晰，心中已有了决定。

“我知道的，刚才都说完了。这么要紧的事，便是给我十个胆子也不敢到处传扬开去，你究竟要我守住什么秘密？”

我沉吟片许，又问：“小叔叔……太玄他还好吗？”

“软禁在泉台，比我好不了多少。他被削了职权，已经不再是龟丞，不过念在多年来劳苦功高，在东海也算德高望重，并没受什么苦楚折磨。”

虽也在意料之中，我心头还是一抽：“你也知道你干下的那些勾当，于公于私都罪不可赦。临渊一旦醒来，无论你表现得多么诚心悔过，以他的性子，恐怕不一掌劈你个灰飞烟灭也差不多了。”

锦澜缩着肩膀，露出恐惧神色：“我……我明白。”

“烛九阴被逼羽化的真相，你被捉时为求活命，已在渡头说漏了嘴，临渊过后必会追问，要改口是不可能的，你便据实以告无妨。但龙祖夫妇的死，事关重大，还牵扯到临渊的身世，必须先瞒着他，也不可对任何人吐露。这就是我要你守住的秘密。”

兜率火已现世，过不了多久迦楼罗就会找来，到时免不了一场大战。但娲皇所下的指令是，这凡世固然要救，迦楼罗却只能度化不能斩杀。如果在这紧要关头，让临渊得知他的生身父母是丧生在迦楼罗口中，我怕他一时难以取舍，万一复仇心切之下，误将迦楼罗仅剩的那点神识给灭了，必将惹来滔天大祸。

东皇贬抑龙族之心早容不得一丝幻想余地，步步为营设局到如今，一旦抓住这个绝好的借口，岂会善罢甘休。更别说拂逆了娲祖的旨意，会带来怎样不可预计的恶果。临渊将成为众矢之的，天地间便再没有足够分量的人能站出来替他说话。

在还没有同东皇和娲祖同时撕破脸的本钱之前，暂时隐瞒此事，是为了救他。这就是我竭尽所能想到的——目前唯一的可行之路。

锦澜膝行上前，诚惶诚恐攀住我一片裙角："承蒙君后看得起，事到如今还肯信任我能够保守秘密，我一定……"

"我不信任你。"我说得十分平淡。锦澜对我素有敌意，在东鄰城时受了她多少明里暗里的挑衅排揎，历历在目，如今想来当真年少无知冤枉得很，更不可能凭这几句见风使舵的示弱就轻信了她。

"等会儿临渊醒了，定会提你过去问话，该说什么不该说什么，我已经说得非常明白。只要你不再耍花招，今晚子时在柴房等着，我找机会把你放进富春江。绕过哑海往东一直游，取道沧浪水，就能避开夜来的爪牙，回到玉琼川——从此以鲤鱼的模样安分守己，安稳度过余生也就罢了。"

这世上不会出尔反尔的，除了死人，大概还有不会说话和写字的鲤鱼。

柴房内寂静闷热，空气沉重得仿佛凝固，好像人间轻快的鸟啼风吟都避开了我们。锦澜不可置信地抬头，爆发出崩溃哭喊："不——"

人心不足蛇吞象，鱼心贪婪也不遑多让。

我把裙摆从她指甲里扯出来，皱眉道："你想要的不是活命吗？果然一旦觉得危险远去，立即就开始得陇望蜀。被琰融打回原形，纯属咎由自取，这具人身原本就不属于你，乃是在富春江为非作歹吞噬生灵夺来的，有罪而不罚，死在你口里的那么多桐庐乡百姓何辜？"

临渊在阗星城下跟承乙交涉的话重又浮现耳边，我依葫芦画瓢学了一遍："人想要实现愿望，首先得学会选择愿望。目前你能交换的筹码不多，没资格跟我讨价还价。不如痛痛快快接受提议，我还会附赠一张亲笔手书让你带回去，锦芙看了，应该不会驳我这个面子，也不至于太难为你，皆大欢喜。"

她接二连三受了许多刺激，神色变幻莫测忽喜忽悲，恍恍惚惚说："涂幼棠，你够狠。难道就不怕将来君上知道真相，怨你在背后只手遮天欺瞒于他？"

对前半句中肯评价，我表示还算满意。擦擦手拉开门，临走前还往锦澜的瓦钵里多加了半瓢凉水，礼尚往来，当作对她知趣的褒扬。

院子里明晃晃的日光铺天盖地，刺得我一阵晕眩，似有片斑斓袍角在墙角一闪而逝，定睛再看却又什么也没有，或许只是眼花。想了想终究放心不下，绕过去探看，一只破旧的木桶横倒在地，内中泼洒出的残水在泥地上渗出块印子来，痕迹边沿尚未干透。说不定是哪户邻舍的猫狗蹿过，踢翻了水桶也不一定。

我急匆匆奔回房，掀开帘子便见临渊还在沉梦中，顿感松一口气。踮起脚尖走过去，依旧在竹榻外侧和衣躺下。这张竹榻太短小，只能挤成一团和他挨得很近。临渊睡得酣畅，不知几时化出了原形，还算考虑到了竹子的承受能力，只化得同蟒蛇差不多大小，好歹没把这间屋内唯一的陈设给压塌。

龙跟蛇有许多相似之处，比如好懒贪睡，这大概是他封神之后保留的最接地气的习性。忍不住伸出手去，捋一捋浅金的层鳞，片片明净丰泽，有很凉滑细腻的触感。他翻过身，缠绵地唔了声，顺势将脑袋埋进我颈窝蹭蹭，仍旧未醒。

很爱一个人，大概就是这样，觉得他哪里都好，什么模样都见之欢喜。

从小到大痴长千岁，我还是一只没有亲口撒过谎的笨狐狸。和锦澜的交涉，却非一时心血来潮，而是经过深思熟虑的结果。我很确定，从未如此刻般坚定清醒，打定主意要将迦楼罗的秘密掩埋到底。就算将来他知晓一切，不能接受我从中隐瞒他杀父之仇的真相，怨我恨我，也在所不惜。

有什么关系呢，取舍总要有人担当，这恶人只能由我来做。而我别无所求，唯愿他一世长安，再无劫舛。

第六十五章

参商

一切出乎意料地顺畅。

锦澜说完她该说的一切后，当着众人的面被再次打回原形，盛在口大水缸里示众三天，以祭奠枉死的村民。我事后同临渊商量，提议将如今已是一尾普通鲤鱼的锦澜放归玉琼川，也算给老鲤皇一个面子。否则千年万载后，鲤皇的魂魄好不容易在聚魂灯下集齐，醒过来却得知故交将自己犯错的小女儿给一掌劈死了，终归不大说得过去。临渊对此并无微词，只说随我处置。

降服了河妖，桐庐满乡百姓都很高兴。当晚在村头老槐树下燃起篝火，载歌执酒，欢庆终宵。

清风佳酿，热闹凡俗的人间岁月，似这般度日如梦。

带着蒙眬醉意与临渊携手江畔，踏月而行。我装着满怀心事，脚步难免显得沉重了些。自顾絮絮叨叨："你说迦楼罗究竟什么时候找来呢？世上真的会有长得像鹏鸟那么大的乌鸦吗？兜率火究竟有多厉害，够不够应付？"

正魂不守舍，忽察觉他正叠声唤我名字，"幼棠，幼棠。"

我迟迟"唔"了一声："怎么？"

"迦楼罗一事了结后，你可还愿再随我回一趟东荒？"

这话问得稀奇。我固然是不大喜欢那些个血肉横飞的权斗倾轧，但云梦泽毕竟是他的故乡，无论做不做东海龙君，断没有狠下心肠不管不顾的道理。更何况，小叔叔太玄如今身陷囹圄，我无论如何都做不到把故人安危全部抛诸脑后。一想起那位女中豪杰，鲛中夜来，立马觉得脑仁疼。默然良久，感慨着在心里做了个总结，只要人人都克制一点爱，世间将变成美好的桃源。

但对我而言，只要有临渊所在之处，哪里都是桃源。

对照这良辰好景，本应说几句诸如患难与共、生死相随之类动听的句子，那些流传甚广的话本戏词里，无一例外都这么写。但我向来口拙，隔着墨香看纸上风月并没觉得怎么，一轮到自己，反倒近情情怯，一紧张便词穷。揉了揉鼻子，好容易挤出两个字："当然。"

简简单单别无花巧，但我知，他定能懂得。

临渊停住步子，垂眸望过，浓长的眼睫轻覆，皎皎若兰芝玉树。被他一手拦腰托着拥在胸前，心中满是甜蜜安宁，觉得自己选夫君的眼光真不错。

他低下头凑到耳边，沉声再问："那么，等这些杂事都料理完了，我们就成亲，你可愿意？"

从此共戴天穹，共拜日月。生，一日浮休。死，桑田未老。

"我……"

答允尚未来得及出口，就被一把沉冷的嗓音打断。

"她不愿意。"

我惊得一个踉跄，循声望去，长身玉立的青年从夜色深处显出身形，足见轻点江面，正分水凌波而来。

"哥哥……"

临渊拧眉，神色复杂："涂九歌。"

刚出涂山那段日子，我孤单无依，日日盼望哥哥能早点寻来，却没想到劫后余生的再度重逢，会赶在这么个不合时宜的当口。

有太多的误会来不及解释，我蒙在当下，完全不知该作何反应。方从喜忧参半中回过神，已被哥哥拽着丢上一朵云头，踉踉跄跄不知往哪里飘去。以哥哥的修为，就算出来寻我的这段时日再荒废课业，也不至于把个捏云诀掐得这般惨不忍睹。仔细再看，这朵瑞气千条的祥云下头，还挂了朵同样瑞气千条的祥云，亦步亦趋跟得死紧，磕绊间散落漫天浮沫。

临渊舍了自己那朵成事不足碍事有余的座驾，直接跃到面前把路拦个严实："等等。"

说着便伸手欲将我拉回，还没触到半片衣袖，就被哥哥挥出手中白玉长箫挡开："我今日寻来，是为带我妹子回涂山，没兴致跟你打架。"顿了顿，又道，"你身上如今剩下那一半修为，不是我的对手。还是留点力气想想怎么应付迦楼罗吧！"

寡言少语、冰块脸的哥哥向来很少说那么多话，若他突然一反常态，只有两个原因，要么喝多了，要么很生气。目前看来，显然不可能是前一种。

我回头看他，呜咽了一声："哥哥……你，你怎么知道我在这儿？"

哥哥素来疼我，无论惹了多大麻烦，哪怕为了烤个地瓜不小心把父君的座驾一把火烧成渣渣，只要露出这种可怜巴巴的神情，他都能立即心软到没原则。可这次不行，哥哥硬起心肠别过脸，完全不睬我。横眉立目瞪住临渊，漠然道："我朝西寻了你七万九千里，连根狐狸毛也没看见，正没头绪，一只穷奇兽去涂山通风报信，自称是昊天大帝之子，名英招，和你有一面之缘，又说你让龙妖捉走。我踏遍西北水泽，将每一个龙妖的洞府都探遍，却没想到你竟是被敖临渊拐去了东海。现如今，天上地下，有谁不知道狐帝的女儿不仅胆大包天干涉化龙，还被废去修行贬在这一处凡世历劫？"

我背上冷汗涔涔。照以往对哥哥的了解，把每个龙妖洞府都探遍绝对是个含蓄的说法，没意外的话，他应该是把西北水泽所有倒霉的龙妖都打了个遍。

临渊端立云霭，身形显得很萧索，却没再开口做任何辩解，只固执地拦在前头："我不会再让任何人把她从我身边带走。"

"你害得她还不够？幼棠年纪小识人不明，做哥哥的不能眼睁睁看着她一次又一次跳下同一个火坑。就算刻下玉谱又如何？以狐帝和补天宫的交情，若设法求娲皇收回成命也不是难事。幼棠是我狐族的继任女帝涂灵，不是什么人说娶就能娶——尤其，不能是你。"

这是半分商量余地都不给留的节奏，我越听越惊悚，跺脚不迭："哥，天大的误会，有没有？天将降大任选错了人啊！想必父君对姐姐思忆过度才会一时糊涂，现摆着你在，我哪有那么大能耐去做什么继任女帝，这不是开玩笑嘛，十大长老跳出来反对的起码得有十一个，大垂都比我靠谱不止一点点……”

哥哥对每个字都充耳不闻，将我手腕攥得死紧：“我现在就要带她回去！最后问你一遍，这路，是让还是不让？”

“不让。”

“那你是打算，把千年前没打完的那场架继续分出个胜负了。”

临渊面上挂着淡淡笑容，似在做什么无关紧要的决定一般：“请出招吧。”

浓云蔽空，万千星辉同黯。

事情怎么会变成这样？！哥哥语气不善，想必不会手下留情。以临渊现在的修为，恐怕连过上三招都勉强，他这是在找死。

哥哥手执长箫，朝我脚下踩着的云朵上划过，割出片略小些的来，将我丢上去用仙障牢牢锁住：“听话，老实待着。”

我急得快哭出来，被拘在里面团团乱转，用尽全身力气也无法将那金钟罩般结实的仙障撞开半条缝隙。

一道白影掠过眼前，长箫如利刃，直奔临渊面门而去。

少昊琴已失，临渊不知为何，并没有化出对阵时惯用的长剑。抬袖一挥，封住长箫汹汹来势，有形的法器被挡了回去，无形的劲气却当胸贯穿而过。他硬生生接下这千钧一击。

血雨如泉，纷扬在夜色里，弥漫刺鼻的腥甜。我被那血气熏得眼角热辣，边抽抽噎噎边徒劳地撕扯脚下绵软的云絮。

“这一下，是替云门教训你有眼无珠，妄信谗言。”

临渊不答，低垂的眸里有万千雾霭迅速沉潜。

哥哥卷土重来，一股劲气将袖袍撑得满胀欲裂，长箫如利剑破空，继续在身后紧追不舍。临渊仍旧只守不攻，拧转身形，几个起落才堪堪避开，终究迟了半瞬，被长箫抽中腰腹之间，砰然一声击实。

外袍应声碎裂，扬挫成缕。衣衫底下，显出一条深深血痕。

“这一下，是替幼棠教训你全无担当，诱哄欺瞒。”

一句话间，长箫已接连五招破风抽打而下，重重落在临渊肩背、胸腹乃至臀腿。裸露的肌肤上印痕遍布，青肿渗血。我咬紧嘴唇，虽在丈外，亦如身受。

“你今日的痛，可比得上她当日所受的焚心凌迟之万一？”

哥哥催动法咒扣于弹指，长箫挟风，还欲再打。临渊被他的攻势迫得猛退了数步，竟似无力回击，终于踉跄摔倒在我脚边那片薄云上。

他偏过头，隔着看似无形却牢不可破的仙障低声哄道：“别哭，乖。”

哥哥怒意磅礴，翻掌挥过：“离她远点。”

一来一去，纠缠难分，临渊少说已挨了四十余杖击，身上衣衫尽皆褴褛。滔天恩怨迫得我无法呼吸，眼前万物都在崩坏之中。天地之大，禁锁重重，如何才能荡尽劫波，无怖无忧？

眼看临渊已无还手之力，单膝跪倒在地，大口喘息。背上翻卷交错的伤痕露出，血肉模糊，一片纵横狼藉。

仙障如万壑千沟，我没能耐踏出半步，但它束不住我的手脚。盘膝趺坐，急急吐纳，转瞬便将一枚小小灵珠托在掌中，扬声喊道：“哥哥住手！你今日若不顾兄妹之情非杀他不可，我马上把元丹毁掉。你自可带着这具白狐尸身回涂山，也算给父君一个交代。”

迅如疾风闪电的身影陡然凝滞。

哥哥面色如冰：“幼棠你干什么？胡闹！”

我摇摇头，还来不及开口再劝，天穹中忽然倒劈下一道旱雷。眼前的元丹被一股强劲的罡风席卷，竟脱手而去，在浓密的云翳后头闪了一闪，不知落在渺渺天外何处。

遥远的天边传来清笑，声如枯木逢春，明媚中又透出难以描摹的邪气。

“不枉我等了这老半天。说那么多废话作甚？都是有深仇大恨未偿的人，有什么事不能心平气和地动手打上一场呢？”

惊雷安，电光熄，颀长男子的形貌，自氤氲天地的淡淡烟气中浮起。

一袭紫袍，踏幽冥鬼火踱出，那赤焰般血色在足底层叠开谢，步步皆是孽焰莲华。他身后，还盘旋着一个硕大怪异的黑影，羽翅呼啦啦拍得人心乱如麻。

来者，一孔雀，一乌鸦。

站着的人形，是魔君重楼，他身旁发出桀桀怪笑的猛禽，想必就是迦楼罗。

奇怪的是，见我的元丹被魔君夺去，哥哥脸上竟显出几许轻松神色，似乎并不为此担忧。

“多年未见，阁下每次现身，总是那么会挑时候。”

重楼潦草拱手，甚恹恹打了个哈欠：“好说，来得早不如赶得巧。”

明明该是水火不容针锋相对的两人，却像久未谋面的老友般随意寒暄。我呆立云头，已经被眼前发生的一切震住了。

重楼忽想起什么似的，转头朝那样貌丑陋奇突的瘟鸦清淡吩咐一句：“最后一朵兜率火就在那孽龙手中，兄长请便。若有兴致，事成之后，自可用他的血喂饱咽喉。”

哥哥抱臂冷哼：“今日携迦楼罗到场，便是为了趁火打劫不成？倒不像你平素作风。昊天塔下千载蹉跎，竟磨得转了性子？”

重楼掩口而笑：“非也，涂山少主的便宜，本君可不敢随便捡。亲兄弟也要明算账，迦楼罗要重塑大鹏金身是他的事，本君懒得插手，此行也不是为的敖临渊，不过顺路罢了。今次唐突，只为佳人。”

前后左右到处看了一遍，除了我是个雌的，其余一龙、一狐、一乌鸦、一孔雀，连半个佳人的影子也没瞧见。半晌才琢磨过来，魔君口中所指，莫非正是不才在下本小狐？

哥哥牵起嘴角，眼中却有异芒一闪：“恐怕难如所愿。难道你忘了当年的约定？”

云雾陡然收拢，重楼微微踏前半步，声如冷月：“她在星罔山催动桐峰紫瑟，弹指便将大片参天古木扫平，这事瞒不过该瞒的人。你现在非要将她带回涂山，恐怕全族都会被卷进勾连魔族的罪名里。而今没有万全之策，她只有留在我身边才最安全。”

他虽定定地看着哥哥，我却分明感到有如实物的目光扫了过来。头一次见到，传闻中毁天灭地、傲慢、不可一世的大魔头，意态神采竟能如此飞扬。

哥哥抬头望着夜天，幽微一息长叹：“如果非要把她交给一个人，我宁可那人是你。”

万事万物皆如谜团，在眼前不安地晃动。我竖起耳朵，汗毛爹立，无论如何不敢相信，这话是从最疼爱我的哥哥口里说出的。

闪电轻划长空，骤雨瞬间瓢泼。哥哥诧异地望向临渊：“你还有余力招云唤雨？”

临渊已化出手中长剑，撑着重伤之躯挣扎站起。很慢，很艰难，但不曾停。

“敖临渊，你算了。你如今自身都难保，拿什么来护她平安周全？”

临渊沉默片刻，正欲开口，忽然动容。凝视我半晌，却道：“也好。”

第六十六章

太微垠

那声音何等温柔，如刀锋剐在骨，却教人沉醉无言。

初在临安相聚，夜宿城南破庙的那晚，他和我说的话还似回荡在耳边。

他问我：“若是来日大战不敌迦楼罗，被他变成大鹏一口吞了，你待要如何？”

我当即笑着打趣道：“那我就等你的魂魄转世，上天入地也要寻了来，无论你投生成个什么，都寸步不离守着你长大，再将你拐到手，绝不许任何别的姑娘同你亲近，就连看一眼也不行。太玄说那叫个什么什么……养成，对不对？听说其中乐趣，很是妙不可言呢，到时你比我小那么多，也不会再有人笑话你老龙叼嫩草。”

他扶额苦笑：“本座一身正气，虽不拘泥繁文缛节，姐弟恋勉强可以接受，婆孙恋实在消受不能。”

“那我只好霸王硬上弓。”

“先搞清楚，究竟谁是霸王，谁是弓。”

……

算得出天意无常，算不出动如参商。只当是情到浓时随口玩笑，怎知一语成谶。

临渊用仅剩的修为和哥哥强行斗法，真正的实力至此已遭重创。重楼刻意选了这么个糟得不能再糟的紧要关头携迦楼罗半路杀出，不费吹灰之力就捡个大便宜。

迦楼罗曾弑杀他父，也定不会放过他。

娲皇顾惜苍生的情怀，只对她一手铸造的人间，而非对临渊。若他不敌迦楼罗，葬身鸟腹，导致人间将倾，也是他未能践行约定，咎由自取。只为了一块补天石。情天恨海，却不知要用什么才填得平？

最无辜之人，反而要背负最沉重的命运。我浑身颤抖，灵台仿佛被浇下一瓢滚沸熔浆，痛楚欲裂。

猎猎风起，临渊长发被吹得向一面扬起。千丝万缕，千头万绪，都是化不开的执妄痴迷。

深深望他最后一眼，便被重楼卷进遮天蔽日的孔雀华羽里，什么也看不见，听不明。只来得及留下一句仓促的祈求，被撞碎在猎猎狂风里，也不知哥哥是否听清。

“求你，帮他。”

明晦倒转，曙色在东，耳边缭乱风声终于将息。

我一路被颠得头昏脑涨，此刻方能从孔雀翼下探出半个脑袋来。睁眼所见，却是山岚风烟如絮，日色相玲珑，纤云映罗幕。

明明是群魔乱舞藏污纳垢之地，竟布置得如洞天福地般祥云缭绕。

孔雀落地，袖袍一振，照旧将我的狐狸身抱在臂弯，如怀揣幼儿。

元丹离体太久，我早已无力再维持人形。

“这是太微垠。”他语声安然。

如游山玩水般，步履悠闲，神态轻松，将沿途所经的雅致泉林一一指点。

我全无兴致，含怒瞪他，若还有半分法力在身，只怕当场要喷出火来。

重楼站定，微微眯起眼，试探地用指尖掠过我额前绒毛，抚上那块淡红印记。

我瞅准时机，仰头张口便咬，却快不过他抽手一记虚晃，扑了个空。

这厮似逗弄宠物，饶有兴味地展颜一笑，露出排细碎糯米白牙：“咦——狐狸咬人吗？”

“孔雀也算是人吗？鸟人？”

他却不恼：“总算肯开口同我说话了？还是那般伶牙俐齿。”

简直无耻至极。我一股邪火直冲天灵，愤愤抬起爪子盖在眼睛上，不再理他。

又不知在通幽曲径中兜转了几个来回，鸟鸣渐淡，水流撞击声轰隆入耳。

再看时，他已携我立在一处半壁山高的菱花石门外。洞府旁遍植海棠，涧云飞瀑，花丛中竟杵着一头患兽[1]，捧着个比肚腹还大的酒葫芦喝得人事不省。

此兽身长数丈，其状如牛似羊，目透青光，嗜酒如命，乃是由世间忧愁所聚化的形体，不可杀，唯灌酒能消其暴戾，因酒能忘忧。

除了好酒，患兽还有个天上地下都难寻的妙处，精通医理，能辨识所有具备起死回生功能的草药。但或许是应了那句医不自治的老话，这么稀罕的兽，千万年来病的病、死的死，数量越来越稀少，存世的不过寥寥二三，早就踪迹难寻。若能得一患兽，不仅伤病无侵，还能将万种烦恼顿消。

我很惊异，传闻中早已灭族的远古兽族，竟重现在重楼所居之处。

患兽是除昆仑墟白泽以外，唯一以满腹经纶著称的神兽，可惜那些才华满得横溢了，腰围摊开来几乎与身高等长。

身为贪杯之徒，还能这么精擅药理医道，也是有原因的。世间灵兽千万，与生俱来的习性本能皆是天赋。患兽嘛，不知哪辈祖宗在手边缺酒时，一时冲动造下了极大的恶业，与生俱来的是天谴。它们生来体质独特，存活极为不易，自打娘胎落地就染遍各种疑难绝症，堪称神兽界的百草纲目，但凡所过之处，能吃的补药基本上都被啃得寸草不留。

喜欢养患兽的人，要么经常受伤，要么常怀忧戚。坠入魔道的孔雀大明王，会是其中哪一种呢？我张开指缝，偷眼去看他冷峻眉目，只觉好生费解。原以为像他这种桀骜不驯的魔头，大概会喜欢豢养饕餮、梼杌那类凶兽，最不济也得是雪狮玄豹之流。却万没想到，他养了只除了杀不死以外，战斗力基本成渣的患兽。

转念再一琢磨，他们魔族喜欢打打杀杀，动不动就要遇上血光之灾，养

[1] 患兽：《搜神记》有载，古代汉族传说中的神兽之一，嗜酒，可以吃掉忧愁和疾病。

头患兽在侧，惹是生非的底气都足了好些，也算未雨绸缪有赚无赔的买卖。

重楼咳嗽一声，口中轻念禁咒，石门轰然开启。患兽闻声而动，擎着酒壶摇摇晃晃立起身，四蹄刨地，以示恭敬。

内中果然别有洞天。

这洞府是将整座山峦拦腰横截、内中掏空开凿而成，白色的钟乳倒悬，方圆足有数十丈，长廊净室错落其中。再打磨出大块纯白水晶嵌作穹顶，日月星辰的光辉都能被滤成柔光铺洒而下，乃是个山中有山、水中环水的格局，粗犷中不失韵致。石门一闭，顿时和山门外的鸟语花香隔绝，自成天地。

我牵挂临渊安危，只顾一门心思四处东刨西挖，掘地三尺也想找出个缝来钻出去。可这四面八方，无论往哪个方向鼓捣，除了石头还是石头，坚壁清野没有尽头。气喘吁吁瞎忙了半天，终于技穷，垂头丧气找了个角落蜷起来，揉揉酸痛的四爪。

哥哥的仙障是铜墙铁壁，重楼的洞府则固若磐石。我现在才知道，他之所以懒得捆束我手足，并非心有多宽，不过料定了我插翅也飞不出这石头笼子里去。

他似十分困倦，打个哈欠，竟微微笑着，倒向石床和衣睡下。

俊美至妖异的神色之间，一片浓重暗影，似阴似悒。

这一觉昏天黑地，睡得雷打不醒。

听闻魔族昼伏夜出，个个都是夜猫子，被日头一照反而没什么精神，也只得耐住性子等下去。等他醒来，又能如何，心里却完全没底。有很多的疑问有待澄清，一时又不知该从哪里追究根由。

夜色如水，明月皎皎透过水晶穹顶时，照壁上终于幽幽浮出个如风似月的人影。他懒洋洋抻了抻胳膊，翻身跳下丈高石床，稳稳落地。宽袍敞着怀，牵动紫衫纱影翻飞，一连串动作似行云流水。

孔雀之美，虽不敌凤凰，却有着仅次于其下的旷绝艳色，何况一身妖相魔骨，那等轻狂浮华的张扬之态，举手投足间都欲放难收。放眼三界珍禽，除了凤凰就数他。但托赖东皇一番处心积虑，世间已再无神鸟凤凰。

他在石案上祭起一盏小小孤灯，便从袖中掏出那颗狐狸元丹，朝我口中喂去。

元丹入体，腹中升起一股暖流，瞬间涌遍四肢百骸。我思量自己即便化回人形，也比他矮上一个头，说话都得仰视，实在缺乏气势，不如仍旧维持狐狸模样，有尖牙利爪，好歹显得威武些。

世人都爱诟病美丽而没脾气的皮囊是花瓶木头，觉得无甚情趣。但既美且傲，脾气又大过了头的，譬如孔雀重楼，却又觉得消受不起。动不动就连佛祖也敢张口就吞的家伙，解决问题的方式一定不是讲道理。

既然讲理没用，那就单刀直入最省心。

我弓身奓毛，前爪踩着鼓凳跳上石桌，冲他龇牙咧嘴调出个凶相："你捉我来做什么？"

仿佛这是个十分新奇的问题，重楼偏着脑袋认真想了一会儿，又望了眼地面上被我刨出来的百十来个坑，淡淡笑道："你想做什么，便做什么吧。"

莫非他以为我的爱好是在石头上刨坑？变态真是难以沟通，思维方式果然异于常人。

"我想出去。"

"现在不行。"

"那什么时候才行？"

"到你真正想清楚你要去哪里的时候。"

"你刚刚才说我想做什么都行，出尔反尔很有趣？"

"这个除外。"

"那我要是想杀了你呢？"

"等你有这个本事再说。"

我一口闷气吊在嗓子眼里，干巴巴咽不下去也吐不出来。

灯火跳跃如躁，重楼缓缓移步，去架上寻书册。再回来时，一手还拎了副冷暖玉棋子。

他安稳落座，不再搭理我，一边看棋谱一边和自己对弈，推敲之间，态度安闲。

时间在这石洞中仿如凝滞，前所未有的平寂漫长。没有声音，没有风，连尘埃都不再飞舞。

我气鼓鼓在棋盘边蹲守了半天，时不时故意伸出爪爪把布好的棋子捣得乱七八糟。他却视若无睹，连眼皮也不抬，一颗颗捡起被拨乱的棋子，将散沙恢复原位，然后继续。面上波澜不兴，简直不动如山，记性和耐心都好得很。

记性好的人，都爱记仇，也时常容易不开心。

月影移至中天，南壁发出闷响，缓缓撑开一线幽门，那患兽驮着老大一只青花酒瓮奉至跟前，又转身悄无声息退下。

重楼轻挥衣袖，壁橱无风自开，从里头凭空飞出两只粗陶酒盅，落在棋枰边上。他将其中一只朝我面前推了推，取过另一只，自斟自饮起来。

我甚没趣，对方才小家子气的举动感到羞愧气馁，猛然醒悟过来，自己这个狐狸模样，活像陪着主人下棋的宠物，委实不大看得过去，臊眉耷眼找个角落化回人形，又别别扭扭在对面石凳上坐了。

皱着眉百无聊赖，实在想不出还有什么法子能说服这个不动如山的变态放我离开。青花瓮里的酒被不知不觉喝掉大半时，重楼终了一局，紧接着便将这盘费尽思量才好不容易成就的棋面抬袖扫落，毫不顾惜，又再开一局。

活生生的变态啊！……可算是见着活的了，这见识短浅的千把年算没白活。

我内心咆哮，僵坐得欲哭无泪，疑心再和他这么耗下去，就要化成石像，和洞府融为一体。终于忍不住再开口：“你这个棋……还要下多久？”

他仿佛没听见，隔了好一会儿，落落答道：“整晚。”

他耗得起，我耗不起，临渊那边情势危急，如今还不知怎样了。

重楼在石盘阡陌间填下一子，忽然眯起双眼：“自从你走了以后，我再也想象不出，你在我身边时是什么样子。”

我隐隐觉得自己要疯了：“你脑子是不是有毛病？”当即嗖地跳起来，不可思议地指住自己鼻尖，“我……我跟你很熟？几时在你身边待过？我是狐仙，你是妖魔，大路朝天各走半边，懂不懂？”

为了充分表达出内心的愤慨鄙夷，还做了个拍案而起的动作。对准棋枰一巴掌下去，痛得眼冒金星，才想起来这个变态的品位迥异，洞府内一应陈设，非竹非木，全是童叟无欺实打实的石头。

输人不输阵，再痛也得忍。我咬紧牙关，把震得发麻的手臂藏到身后。

“还是这么倔。你从不在人前示弱，唯一一次主动来太微垠找我，晕倒在石门前，浑身都是伤，可眼睛里，没有一滴泪。”

话是不知所云，但他眼底那一抹深不见底的怅然，不像假的。

“你是不是认错人了？自出涂山以来，也时常有人将我误认作云门姐姐，但我真的和你不熟，也从没踏足过这个地方。这千真万确是个误会，你能不能放我走？”

“不要急。”他靠近身前，离得很近，唇齿吹出幽幽气息，却无欲邪之感，“等你能赢过我一盘棋，自能找到出去的路。”

第六十七章

有情皆孽

听说重楼千多年前和临渊干过一仗，直打得风云变色，结局以重楼惨败、被封印进昊天塔告终。他在塔底一关就是一千六百多年，可能早已对充满禁锢的生活习以为常，但我不一样，这么幽闭在石洞里，时候长了难免不疯掉。我拿出压箱底的诚恳和耐心劝导他，仔细回忆一下被封印之前的日子，是何等自由快意，想干什么就干什么，自由多么珍贵而美好。

他摇摇头："没什么区别。就你看到的这样，白天关门睡觉，晚上喝酒下棋。"

我："……"

能把一个充满希望的话题聊得这么死，而且死得够透，基本上无药可救，除了他也是没谁了。

我却不能轻易死心，再循循善诱道："那你破塔而出以后，有没有油然而生一种重获新生的感觉？特别激动、特别兴奋，有一种要把满身闲出来的霉灰抖抖干净的冲动，想赶紧把以前所有想做而不能做的事全部实现？"

如果他说有，任何一个但凡天良未泯的人应该都会觉得，答案是肯定的。那么我就可以因势利导，告诉他，我也是多么渴望这种冲破束缚的感觉啊！这就是所谓的将心比心，以德服人。

可他说，没什么想做的。也没什么人想见，更没什么话非说不可。

这么个寡淡性子，和传说中傲烈不羁的魔君相去太远。

我一时好奇，便小心翼翼问起他吞佛而食的往事。重楼无所谓地扬了扬眉，顺势又给自己满上一杯酒，仰脖饮尽，三言两语就把那桩震惊三界的惨案给概述了一遍。

吞佛事件真正的始末，和我之前道听途说的所有版本都不一样。

两万八千多年前，重楼还是只少年孔雀，有一日路过梵灵山歇脚，恰赶上一场热闹法会，认识了个初在梵天熬出果位的候补佛。候补佛大约因是凡僧得道飞升，初上天界，自觉无依无靠，便主动来攀扯交情，想和神鸟凤凰最宠爱的儿子交个朋友。

但这位凤凰最宠爱的儿子却觉得,此种急功近利的做法心不清来欲不寡，实在惹人生厌。再者那些佛门中人行事矫揉造作，规矩忌讳太多，言谈又寡味，交之无甚意趣，于是想也不想便拒了。对那候补佛应道：飞禽性孤，孔雀尤喜独来独往，朋友这东西，多一个，少一个，我不大在乎。

候补佛被噎了一记，并且像我这般不死心，抖擞起来再劝：孔雀兄此言差点意思，俗话说朋友多了路好走，孤高自诩是没前途的。

孔雀展开双翼跃立山巅，笑这佛见识短浅满身红尘习气，傲然道：天地通途，皆是大道。世间风云，能者控之，何处不可畅行无阻?

结果那佛定力不足，被激起勃然大怒，觉得受到空前的羞辱。为挽回颜面，竟厚起面皮苦苦纠缠不休，非要和孔雀斗法一决高下不可。孔雀避让三回，终于不耐烦化出原身把他吞了，落个耳边清净。

故事听完，顿感唏嘘。原来傲慢无匹、气性大的名声，就这么莫名其妙祸从天降，真是闻者伤心。我从这个故事里总结出个教训，歇脚一定要挑对地方。

重楼哑然一笑，反问道：“你又怎么能够知道，哪条路是对的，哪条路是错？哪条路一定畅通无阻，哪条路必然遍布艰险？人的想法会改变，走到最后所抵达的，未必是开始想要去的那个地方。”

他的尖锐始料未及，我被问得蒙了一蒙，还是鼓起勇气反驳：“可世间没有完美的宿命，天意也不可能讨好所有人欢心，人只能走自己最甘愿的那条。每条路上都有艰险阻难，化解的答案，总会巧妙地隐藏在沟坎背后，唯有走过去，才会知道。伤便伤了，有什么要紧？我在凡间听过一出戏，那戏词写得很有几分铿锵豪情，唱的是‘脑袋掉了碗大个疤，大不了十八年后……’”

十八年后再怎么，我却又一时想不起来。

重楼把玩酒杯，幽幽续道：“十八年后，正青春被师父削了头发？这出戏叫个《思凡》，倒是不错。你很有眼光。”

我摸摸脑袋上耷拉的白毛，顿时觉得做一个好汉，实在是太难了。

重楼的酒量如海，向来千杯不倒，但俗话说酒入愁肠更销魂，许是回忆起往事之故，今晚喝得比平日更快，还足足地多添了半瓮，话也变得多起来。趁着醉意，又跟我说了另一个故事。

“很多年以前，准提菩萨在普陀珞珈山道场讲法，座下最得意的弟子将难解困惑抛诸于众——修行之人，该如何分辨妄想，降服妄念？前来听法的后辈苦思冥想，无一人敢答。满山岑寂中，却有个小姑娘在蒲团上睡得歪倒，连撞翻了一串散修，引发哄然大笑。菩萨不悦，唤起她来训诫道：‘众人皆参详佛法，你却在此呼呼大睡，可是轻藐之意？既如此，你便替这位师兄解惑答疑吧。若不能，却当领个责罚。’”

我嘶嘶吸一口气，也被勾起惨痛回忆。想当初在涂山习业，每每授课时偷睡被当场抓个现行，向来没什么好结果，不是罚抄经书就是打坐面壁。

重楼笑笑，续道：“那小姑娘揉了揉惺忪睡眼，站起来笑吟吟答，‘菩萨明鉴，小女正是在给诸位师兄师姐们以身作答。若有了这个绞尽脑汁分辨的心，已经坠入妄想。因真妄一体，都是本心本性，不必取舍分别。此心清净，不需一法，哪里有这许多啰唆——参！’”

诸般恼人课业里，唯佛理最难，我向来学得一塌糊涂，顿时对这位小小年纪就慧根满满的姑娘很是倾慕，问道：“那小姑娘后来如何了？”

“后来嘛，她没有被责罚，却是那场法会里唯一被菩萨授了佛印加持的后辈。”

“不是这个后来，我是说，这姑娘如此聪慧伶俐，又深有佛缘，假以时日起码能飞升个上神。咦，她不会是你心中喜欢的人吧？让我猜猜，莫非她为了跟着菩萨清净修行，不要你这大魔头了？”

重楼单手持瓮，倒空最后一滴酒液：“对，她就是我唯一喜欢过的人。三界神佛都说她日后仙途无可限量，可惜……终究参不破妄想，偏偏选了八万四千法门里，最折远的那条路来走。”

长夜浅曙，启明初露峥嵘，又到了他该倒头大睡的辰光。

太微垠所在之处，超离天外，因此时辰和仙界凡世都不相同，此间一轮晨昏，莫约只抵得上凡世半个时辰。

自从立下赌约，为了早日脱困，我便打足精神，每日里同重楼斗棋斗得昏天暗地，喝着患兽酿的无忧酒，不问晨昏。

那酒初入口时平平无奇，日复一日喝得多了，才能领略其中妙处。身骨日渐轻畅，气脉通窍，灵台清明。心中所思所想，日渐深沉开阔，和他对弈起来，亦时常冒出奇怪智慧，似有什么在冥冥中提点。

但不管怎么绞尽脑汁，总还是棋差一招，无论如何赢不了他。有时心焦起来，跳上棋桌对着他破口大骂。重楼涵养甚好，从不与我做口舌之争，也没一不耐烦就把我吞下肚去。

事后我觉得抱愧，便拉下脸来好言相求：“你看你这洞府，好端端的铜镜上头齐刷刷挂了八串佛珠是什么意思？好歹也是魔族君主，这种品味传出去会惹人笑话的。我在龙宫做过烧火丫头，很会收拾打扫，照顾人也有经验，不如以后我替你打点起居，做满三个月你就放我走，好不好？”

重楼原本云淡风轻的脸色肃然沉凝，久久地注视我，嘴角挑起，冷冰冰地问：“他竟然让你做婢女？”

不待我应声，忽又背过身去，语声淡淡：“洞府平素都是患兽拾掇，它一年里头酒醒的时候全加起来超不过一天。我向来不大在乎这些，你若看着不顺眼，就摘了吧，我没意见。”

言罢自顾盘坐，结印趺坐入了定。

石室内悠悠青灯，狂跳而灭。

骂也好，求也罢，不赢过这盘棋，他是铁了心不会放我出太微垠。

当我使出吃奶的劲终于和他打平了一局时，重楼说要引我去见一位故人。

半个月来头回踏出这禁闭的石洞，见满目翠景连绵叠嶂，山谷间清气浩渺，被熏得很是晕了一晕。

穿过无忧瀑，原来那一大挂宽阔的水帘后面，天外有天。他将我从一个石洞，带到了另一个石洞。

这石洞比他常居的洞府小了太多，素净得除了空空四壁什么摆设也无。因此踏进一只脚去，抬眼就望见南墙上刻着八个银钩铁划的大字，几欲破壁而驰。

细辨之下，写的是：有情皆孽，无有余冤。

我心头怦怦，定了定神，又在那字斜对角的石壁前发现一个七宝琉璃金龛，足有两个我那么高，造型庄重华丽，恐怕重逾千斤。佛龛前对开的金扉刻满凤羽状藤蔓祥云，缭而不乱，两旁分别垂下淡绿纱幔，影影绰绰。

令人难以想象，本应供奉在里面的神明，该是何等尊贵无双。

但佛龛内中悬着的，是幅画像。

卷轴里呈现一张明俊绝伦的脸，姿容如电，雀羽斑斓的外袍迤逦似雀屏，在足底千瓣莲花间投下谦卑的阴影。尤其旃冠上那一抹丹朱，似流动的琥珀，艳若泣血。

我在涂山天工馆内看过不少珍藏的神佛仙祖肖像，张张千人一面，呆滞无神到令人发指。老实说，把那些远古尊神们一巴掌拍死在纸上，也就差不多是那样。

但这幅画绝对是个例外。画中人一手执开敷莲华，双眸俯瞰案前飘摇四散的香火，专注如有神灵，却又包容万象虚空，似空无一物，又仿佛应有尽有。那是种超越尘俗、化归于空无的气质。虚空无垠的极致，竟成圆满。

我在那注视下动弹不得，找不出别的言语能够形容，不由得心生肃穆之感。

屏息凝神认了半天，终于从画中人衣饰上的图腾辨出来，那正是重楼入魔前的本尊宝相，孔雀大明王。

原来重楼要引见给我的故人，竟是他自己过去的一张画像。不过鉴于他是个货真价实的变态，也就觉得这种怪异举动，尚在可以接受的范围。

我看看画，再看看他，赞道：“画工不错，真是化腐朽为神奇。”

无论我如何出言不逊，刻意激怒，他好像从来也不会生气。

只说：“用心再看。”

反正闲着也是闲着，我沉下心来再看一次，入眼的全是细节。那描绘线条极尽讲究，白缯轻衣上，每一道衣褶的起伏都体现出落笔之人婉转细腻的心思。将每个边边角角都仔细抠遍后，视线被璎冠上那抹夺目的殷红牢牢吸住。

整幅画色调淡雅，衬得那点滴艳色实在太出挑，盯久了，便觉得诡异。那画像上，似乎有股熟悉的气泽在缭绕盘桓，但我无法感知出具体轮廓。

抬手一指，问他：“那是用什么染就？”

“那是人王伏羲之印。”

见我愣住，又似笑非笑地解释道：“是九尾狐刺破连心指血，溶入丹砂所成的色泽。”

伏羲印我倒是听说过，传闻是人王遗留在天地间的最后一道法印，有物换星移，甚至干涉阴阳生死之玄奥。这么稀罕的东西，不知怎么会出现在太微垠魔君的洞府，成了他画像上的点缀。还有连心指血，谁家的九尾狐那么想不开？

我不知道他带我来看这个，究竟意欲何为。

重楼转过身，逆着洞口的白光，神情并看不分明，却能感觉到他投来的目光中，出现隐约的同情。

“患兽的无忧酒，你已经喝了快一个月，气血都调理得差不多了。我想借伏羲印之灵，为你洗骨伐髓。这门功法运转，共需经六十四重天，可能会令你受些苦楚；一旦功成，则记忆尽复，灵识归位。从此便可长留太微垠，有我在一日，就算天倾地毁前劫重蹈，也能护你无恙无忧。”

脑子嗡的一响，被这魔头的异想天开惊呆，只觉他口中所说的每一个字，我都听不大懂。哆哆嗦嗦往后挪了好几步，背心抵住湿寒的岩壁，再也无路可退。

“谁告诉你我想同妖魔为伍？你……你凭什么自作主张就要我洗劳什子的骨，变作和你一样的妖魔？棋也下了，酒也喝了，识相的就赶紧放我出去，我要……”

“要去找敖临渊？不如我现在替你去告诉他，丧生迦楼罗之口的龙祖伏泽，正是他从未谋面的生父。这场厮杀，该有多精彩？真令人拭目以待。话说回来，屠龙不是要遭天谴嘛，他若死在迦楼罗口中，省了我亲自动手，罪过自有迦楼罗担当。反之，丧命的若是迦楼罗，我便正好多了一个名正言顺的理由，为兄报仇。”

他跨前一步，像怜悯，又像为即将说的话感到歉意：“涂山嘛，你再也回不去了。”

第六十八章

黄泉弥渡

我动了动嘴唇，嗓子干涩如火灼，手脚却冰凉。自己都弄不清想要说什么：“涂山虽不是什么了不得的地方，也算八荒仙陆里数一数二的宝地……你想要什么，只要开个口，想必都能勉力寻了出来给你……你放我走，好不好？”

他撇嘴轻笑，半晌，悠悠丢回来一句：“若我想要的，是你呢。”

“你是在开玩笑嘛……一点也不好笑。”何止不好笑，我吓得快哭出来。

洞口瀑布声震耳欲聋，重楼亦步亦趋靠近，脚步无声，嗓音缠骨。

高大的阴影瞬间兜顶笼罩下来，他挑起我鬓边一缕头发：“身上既有妖骨亦有仙脉，天地之间钟灵毓秀，实在举世难得。反正你现在修为尽失，若能趁此机会脱胎换骨，没了那些仙族的繁文缛节束手束脚，傲啸三界，呼风唤雨，触手可求，便是成魔又如何？”

我往身后的石缝里缩了又缩，攥起手心一把薄汗：“呼风唤雨这种事……太夸张了，我……没什么兴趣。我从小就胸无大志，学什么也学不好，所以……比较喜欢做普普通通的狐狸，真的。”

重楼不语不动，面无表情。我吃不准他这个模样是不是在考虑，哪怕只有一线机会，也不能轻易放弃。他的前身毕竟是佛，课书里也曾记载，孔雀大明，无量菩提。就算已经堕天成魔，说不定多少还能剩下那么点慈悲心。

我把心一横，倔强但微弱地开口祈求：“迦楼罗是你亲哥哥，此番若不能被临渊度化，就彻底断绝轮回，你为了一己私欲，宁可戕害手足，不惜眼看着人间倾覆？”

“人间就算尸横遍野，关我一介大魔头何事？手足又怎么？我同那位翅膀发达、头脑简单的兄长自小没见过几面，谈不上很熟。若不是他脑子一热就弑杀龙祖，说不定，母亲现在还好端端活着，我也会成为天地间第二只凤凰，而不是只能当孔雀。”

迦楼罗屠龙的果报之一，便是赤霓再也无法诞育出神鸟凤凰。

我心灰如死。他却饶有兴致地将手背轻抚上我面颊，似乎很享受这种残忍的快意。他方才说，想要的，是我？怎么可能。像我这种来历不明修为浅薄的狐狸，既没有动人的容貌，也缺乏出众的才学，和他醉酒那晚提起过的心上人相比，简直低进尘埃里。我何德何能，竟让名动三界的美艳孔雀有心垂涎。他只是对曾经的落败耿耿于怀，为了羞辱临渊。

“求求你，不要杀他。我……我答应你炼骨化魔，从此再也不踏出太微垠……我可以为你做……你所希望的……一切。”

话出口，已经泣不成声。心头无比羞耻，只得闭上双眼。泣珠连绵不断滚砸在地，溅出清脆碎裂的声音。

他却突然暴怒，闪电般将肌肤相触的手抽了回去：“你以为我是敖临渊那个禽兽不如的东西？把你留在这儿，是为了救你！”

朝夕相处那么久，还是第一次见他如此失态，大发脾气的模样。我几乎崩溃：“我死活，关你什么事？”

“你的命是我给的，你说关不关我事？”

“……你在说什么？”

重楼剑眉紧拧，额心堕天法轮红得快要滴出血来，森森咬牙道：“身为涂山灵狐，你为什么只有一条尾巴？芜君说你自幼被遗弃山野，和他并非血亲，却又为什么对你视如己出，甚至要把帝位相传？你有没有想过，就凭那点不值一提的仙族修为，何以随手就能催动少昊琴？”

我想过，统统想过，只是从来不敢追根究底。真相在心里载浮载沉，却宁肯它随波而去，不愿正视它刺人的锋芒。

重楼的话如醍醐灌顶，浇向心头。

“这世上没有什么秘密能永远不见天日。”

我胸中如注铁铅，又如将要溺死，心心念念的疑惑像最后一口呼吸，游丝般从唇边逸出：“哥哥为什么会让你把我带走？他想让我成魔？”

“很多事，不是你闭着眼睛不看就可以当作没发生。与其自欺欺人逃避现实，不如睁开眼睛面对，认清楚何为虚情假意，看看他究竟对你做过什么。你很快便会记起来，千生万世，所有一切。”

我张开眼眸，洞内半壁山门无因自坍，震得脚底发麻。

重楼的面容近在咫尺，眼芒却锁向云海苍烟中，某个虚无缥缈的地方。

忽觉腕脉一紧，还来不及尖叫，他已牵我迈过遍地碎石岩渣，在一处空旷断崖边站定。

一架浮桥在薄雾里若隐若现，朝望不到边际的前端无尽延伸。

“瀑布下的水泽，通往黄泉弥渡。这无妄桥，就是出太微垠唯一的路。你想要的答案，也都在里面。我会在弥渡的彼岸等你。”

“如果这是出太微垠唯一的路，为什么你可以在外面等我？”

“因为你是狐仙，我是妖魔啊。”

他顿住脚步，背影竟显出惆怅。

“这路，只能你自己一个人走，谁也帮不上。当你真正凭自己的力量走出去，或许能够弄清楚，究竟什么样的路，才值得甘心情愿。你想好了，无妄桥一旦踏上，只可进不能退。”

空灵梵唱，不知从何处渺渺传来。

“一叶零落，两岸冥火，三途径陌，四方石刻，五行皆破，六道轮回，散尽七魄……”

无妄桥是条贯通幽冥的往生之途，也是种至为艰难的修行，通常只有大奸大恶迷失了本性的堕仙，才需要经受这样的考验。

神仙拥有无穷无尽的岁月，其中一些修为精深开了天心目的，譬如涂九歌，更有在一定程度上预知天命的能力。可哪怕身负通天彻地的本事，对既成事实的发生，却不能倒转逆回，更无法插手干预。于是他们的妄想心，并非出于对未来的好奇，而是对过去的执念。

穿行无妄桥，要降服的魔障，恰恰是面对已发生之事的态度。据说踏上去，便能在脚下清清楚楚看见往昔中的一切，如亲身重历，却又超离旁观。这条路一旦走了就不能回头，若不能承受，半途退却，就会永远被困在回忆中最凄惨的部分，锥心之苦往复轮回，超脱无门。

唯有穿越弥渡，才能离开太微垠，重回凡世临安。这是我一个人的路，只能自己来走。

“我想清楚了。我走。”

我忘了八万四千法门，只能走我自己认定的那条。而只要它是通往临渊的方向就够了。所谓殊途同归。

栈桥两旁皆是万仞深崖，云絮狂涌，似泣似舞。

步步刺骨，前缘尽复。

“涂云门”三字，呼之欲出，一如浮生在世。

少年不识爱恨，恨桑田沧海太匆匆。

她的笑容略过了千年岁月漫长，不落一丝风霜。

她的脸就是我的脸。她是我被遗落的前世，我就是云门。我看见她执着地追寻，被忽视、被伤害，却如此浑然无惧，并不在意。直到……她满心欢喜嫁给临渊,在清辉堂等了七天七夜,可等回的,是一个再也醒不过来的噩梦。

星霜聚散，似万千年的尘埃都漫天纷扬而起，往事化成数不清的碎片倾盆而来，割得我体无完肤。

很久很久以前。那时，爱都还没有变成恨。

缘起，是在蓬莱山。

那年的云门帝姬将满千岁，狐帝芜君接了帖子，便打算让女儿去露华鉴略露一露面。道是将来飞升上神后，早晚要承涂山女帝之位，借此机会结交些同辈的仙友，也多有助益。

她遵父命孤身赴会，途经蓬莱化龙池，无意撞见一只凶形恶状的怪鸟蹲守池边，暗中窥伺刚从化龙池蹦出来的小龙。

那鸟硕大无朋，遍体黧黑的乌鸦羽毛，却又生着大鹏的利喙和钩爪，正对两条身长不足丈余小蜃龙穷追不舍。

小姑娘捏起法诀拦在当空，仰起如玉剔透的脸庞，清声呖呖：“草木虫鱼，皆有其灵，何况龙乎？尊驾凌风展翅，足以横扫九霄青云，本可以天地灵气为食，何必对刚出生小龙枉造杀孽。不如同我打个赌，若你输了，以后便不再吃龙，如何？”

重楼所言无差，迦楼罗性凶且蠢，除了翅膀发达以外，头脑相当简单，不出所料地输了赌约。

云门千岁以前，基本没出过涂山，也从未和狐族以外的灵兽打过交道，性子单纯。因此万没想到，眼前这怪鸟竟言而无信，输了赌约便万般不服，歹念一起，连她也打算一并吞下肚去。

刚满千岁的九尾狐，修行再精进，也不可能打得过一万多岁的凶禽。其实若肯弃了那两尾幼龙，独自逃生总不成问题，但她不忍见死不救，竭尽全力苦苦支撑。

云门擅使的兵器，乃是一对明月弯刀，双合则为轮，单拆则为弦，适宜近身相搏。

我行在万丈虚空中，遥遥望着，只觉她双弯刀使得当真好看，身法利落，进退间有如行云流水。换作这一世的我，连皮毛之术都驾驭不得。

然强弱终究悬殊，她过不了多久便气力难继。迦楼罗越战越凶，张开利爪朝云门背脊狠狠抓下，若闪躲不及，恐怕当场筋骨尽断。

千钧一发的当口，持剑跃入法阵的白衫青年化解了这场岌岌之危。

那是她与他的初见。彼时还不是东海龙君的临渊，一双眸子深如海玉，身姿颀秀清癯，既有清正威仪，亦有化雪柔情。

他逗弄怀里刚救下的两条小蜃龙，笑着问她：“为何明知不是对手，还非要强出头？你难道不怕死吗？”

她微微愣住，随即答道：“万物有灵，一个有序的天地，不是让其中最强大的那些可以任意欺凌弱小为所欲为，而是让最弱的存在，也能得到庇护。”又指指他怀里的小蜃龙，“它们比我更害怕。若我今日逃了，它们就算侥幸被你救下，将来长大，也会对其他身陷险境的弱者袖手旁观。”

那一刻，连我亦动容。仿佛此刻才觉出这个似熟悉又似陌生的姑娘，当真美得动人心魄。怀着复杂心情，仔细打量这副隔世皮囊。一袭素白纱衣，如烟云流动，若隐若现的肌肤尽显冰霜雪色。九尾狐的瑰姿艳逸，一颦一语，皆发自天然，风花雪月万种旖旎，全在一念流转。

白衫青年默了一瞬，低头对那两条小龙道：“去谢过涂灵殿下。”

云门大惊：“你是谁？你又怎么知道我是谁？”

青年挑眉：“我不光知道你是谁，还知道你要去哪里。咦，既是参加露华鉴，为何身边没携一头灵兽相随？”

忽闻此问，她却洒脱一笑：“只是去看看，没想和她们争。你既知道这么多，怎么却没听说过，异兽园里但凡长相凶悍些的灵兽，早在半年前就都被走后门借光了？”

露华鉴的比试，只为展示习艺所成，点到即止，当然不能让姑娘们真刀真枪互相拼斗，万一不慎有了伤损，可谓得不偿失。于是规矩被一再修改，终于变成，让参加比试的后辈们和自己所带的猛兽较量，将战术绝学稍做演示一番，走个漂亮过场便罢。

云门从小到大，无论课业还是修行都是同辈中的翘楚，诸般比试从未输过，并无什么争强好胜的心，也不觉得多赢一场或输一回有什么要紧。

而生平至此，唯眼前这俊美如海上明月初生的男子，认真对她说，你当临九霄兮众羽之上。

毕竟身为阴山烛龙的养子，为避人眼目，不便露出蟠龙本相，临渊遂化作一尾青鳞无犄角的苍龙，将她丢在背上便驮着往凌霄台驰去。

她伏在他背上，广阔云海中遨弋，耳畔风声凛冽，心中前所未有的静。她不知道他要把她带去哪里，却一点儿也不觉得害怕。

云门帝姬在露华鉴的亮相，不出所料惊艳全场。

苍龙在半空召唤电闪雷鸣，做出激烈相搏的模样，又口吐云雾遮掩，教底下众人无法看得分明。忽一记拧身翻转，背朝下重重砸落高台，仍稳稳将云门托在胸前，看上去像是被她擒在身下，动弹不得。

趁人不备，觑个空儿凑向她耳畔，略带几分轻佻戏道：“哎呀，我输了。”

一切发生得太快，她还在震惊中未回过神来，就莫名其妙技压群芳。

他故意在众人面前输了这一场比试，却赢走了她的心。

众目睽睽之下，云门帝姬降服的，是万物之灵的龙。不消说，将在场所有珍禽异兽全都比了下去。

主持露华鉴的陆压道君对这场精彩比试赞不绝口，道是玉人惊鸿照影来，三尺秋水尘不染，天下无双。

原来，这便是西湖苏小墓前，那番对话的由来。

岁月洞长。所有不成章的碎片都逐渐真实，可碰可触，再不消逝。

若非一念起落，怎知深种情根。

“你救了两条小龙，身为龙主，我该还你两个愿望。如今你已在露华鉴拔得头筹，还剩一个机会，可有什么想要的？”

她望着他的眼睛，坦坦荡荡，不动不移：“愿，山有木兮君有意。”

他含笑伸臂揽过，便答她：“心悦卿兮，亦同此。”

以为珠联璧合，谁料珠璧有隔。

第六十九章

余情画尽

龙族与别的灵兽不同，自幼无分性别，八百岁时方可以修为高低择人身。但为了回避烛龙义妹离珠的痴情，临渊蹉跎到足足满一千岁才在灵鹫山前转男相。

“整个阴山，她的声音最响亮，她的言行最无所拘束。如果一个人，从小到大得尽万千宠爱，从来没人伤害过她，从未经历过悲伤，也从没有人让她失望，该怎么拒绝才最妥当？我从小就知道，他们希望我长大以后娶的姑娘，是离珠。养父问我喜不喜欢她。我说喜欢。其实就算我说不喜欢，他们也会继续问，你可以试着喜欢的吧？但我说的喜欢，只是手足之情，和他们期望的那种，不一样。”

他很苦恼，一边是养育深恩，一边是私定的终生。烛龙夫妇的心意原本无可厚非，把女儿托付给青梅竹马一同长大的养子，可算是最圆满妥当的安排。何况他们将这孩子视如己出，教养得如此出类拔萃。

云门和离珠，只有过一面之缘。印象中，那是个生得清清爽爽、面庞恬静的小丫头——离珠，牙齿极白，笑起来如春花盛开。或许因为是烛龙晚年意外所得的女儿，先天略带些不足，身骨偏弱了些，不宜修行，也难承惊恐忧惧。

那次见面并不愉快。临渊第一次将云门带回阴山，告诉养父母，这就是他想娶的姑娘。烛龙夫妇是上古神裔，气势庄重中难免几分矜傲。仙族应有的礼节准备得一应俱全，极周到，也极冷淡。他们只肯承认这是同为神兽后裔的涂山氏帝姬一轮再普通不过的拜访，而非养子认定的未来妻子来拜见尊长。

石室内传出激烈的争辩。云门心中难过，悄然退了出去，在阴山脚下的缭绫池边木木坐着。

离珠便是这时候从碧水寒潭中显出身形。

龙女步态扶风，肌肤苍白几近透明，既哀弱，又怯怯地求她："你把哥哥让给我好不好？不要把他带走，不要让他离开阴山。我的寿元不会太长，自己知道……我可以只做他的妹妹，只要能时常看见他，也已经心满意足。"

这天真荒唐的诉求，让云门不知该如何作答，终于有几分明白了临渊的为难和困扰。

她从未和人争过什么，也不晓得该怎么去争。但这一次，唯有这么一个他，不愿拱手相让。

情爱之事，从来容不下半粒沙，要如何与别的女子分尝呢。

但她什么也没说，只是苦笑着，转身驾云而归，连头也没回。

于是也就看不见，年少的离珠因伤心过度，引发旧疾乃至动了仙元，晕倒在缭绫池畔，许久都无人发现，险些酿成大祸。

烛龙心疼爱女，迁怒云门，往涂山修书一封，用很考究的言辞同芜君探讨了一下对女儿的管教问题。狐帝不便驳尊神颜面，何况离珠险些意外丧生也是事实，遂以静修思过为名，将云门禁足，不许她再和临渊相见。

没人在乎她什么也没做，她出现在离珠面前就是错。

这期间，临渊一次也没有来找她。云门当时不知，他不是不愿，而是不能。

她耐着辗转相思，日日苦等，出现在涂山的，却是孔雀重楼。

他说，听闻兄长输了赌约在先，出尔反尔行凶伤人在后，实在有损凤鸟族的颜面，特来赔礼致歉。又重新立下赌约，承诺道，若云门能在棋枰间赢过他三局，他便设法说服迦楼罗从此不再以龙为食。

云门被禁足已久，无事可做，便应下这赌约。他从此每日来洞府拜访，风雨无阻，陪她闲敲云子，幽窗对弈。几百年就这样过去。云门心地磊落，表示不再介怀迦楼罗之恶，更将重楼视作知己，谈笑间渐渐熟稔。

流光抛若弹指。直到她终于连赢下三局后的隔日，重楼自灵山骑乘金孔雀翩然降临山门，带来白莲座、俱缘果、吉祥果和四支华丽无匹的孔雀尾羽，向狐帝求娶帝姬。

那是明王菩萨本尊的四种持物，莲华表敬爱、俱缘果表调伏、吉祥果表增益，孔雀尾表息灾。

她这才知道，重楼不知何时竟对自己动了这样的情思。所谓手谈赌约，不过是个借口。

可重楼毕竟是赤霓之子，前孽渊源太深，更为狐帝所忌。何况云门一心思慕的是白龙临渊，便亲口拒了此事。

重楼失落而归，临走前却执意留下那四支雀羽，承诺无论何时，云门但有所需，都可持此雀羽为凭，往天外太微垠寻他，任何所求，也必会竭尽所能为她达成。

他从此再未踏足涂山。

临渊之所以这么长时间杳无音讯，也有他的苦衷。

已经发生的事，会在某种程度上，决定将要发生的事。离珠当日泣血在地，画下一枚符咒谜题，似已揭开未来结局。

为了将离珠救回，临渊几乎耗尽全身修为，也执意不允烛龙插手。此举无异于削骨还父、割肉还母，是宁可用这种方式报偿养育之恩，也不愿答应弃云门而娶离珠。

离珠性命无虞，亦自觉羞愧，心灰意冷之下竟长病不起。过后不久，临渊便孤身离开了阴山，再无家可归，只得四处飘零，将散尽的修为一点点重头修起。

在此期间又发生了许多事。

将重楼打发走以后，芜君左右寻思，这女儿自从在露华鉴露了露面，便接二连三惹下许多风情月债，若再不收收心，恐怕难以平顺一生。因此日夜担忧，甚至还专程去司命星君处拜访了一遭。

司命老儿是个爱卖关子的，初时抚须不语，架不住狐帝几坛子好酒灌下肚去，终于遮遮掩掩给了半折批示，说道云门帝姬和龙族这个命格缘法，很有些奇诡波折之处，并不在司命所辖的仙族命谱里，是以连他也料理不大分明。总而言之一句话，姻缘不是没有，但少得只够错肩，若勉力强求，恐怕……至于具体恐怕怎么，按惯例是不可泄露的天机。

芜君回了涂山，很快便收下陆压的聘仪，打算将云门嫁入天族。后来发生的事，九尾狐族的后辈们基本都能顺嘴说上两句。

涂山被这桩不合时宜的联姻搅得天翻地覆，外面也不太平。

因弑杀龙祖而失去大鹏金身的迦楼罗始终恶习不改，在八荒仙陆已无立足之地，被一贬再贬，只能沦落凡世继续做乌鸦。他的兄弟孔雀大明则吞佛而食，犯下重罪堕地成魔。赤霓为赎此过，被逼在涅槃时圆寂。重楼闻知此讯，一怒之下将日月星辰全部拴在天穹之极北，惹得东皇暴怒。

那并不是什么风调雨顺的年景，天地间法度秩序还远不如后世那般分明，加之东皇大位初定，须以铁腕震慑，时常战乱四起，神魔仙妖打得难解难分。

临渊曾得鸿钧老祖点化，算是少年成名，在云梦泽自立门户以后，恰赶上重楼率魔族举兵，便同五方龙王一起挺身而出，为平定叛乱四处征战。

倏忽沧海桑田，他也从一条一无所有的小白龙，变成了灵泽龙王，又成了后来的东海龙君。靠手中一柄长剑，生生打遍八荒六合，搏下四海战神之名，只为有资格往涂山求娶继任女帝。

司命所下的批示令芜君顾虑深重，对这门亲事并不看好，奈何云门心志弥坚，在涂九歌的力劝之下，终于松口答允。

无妄桥已行至过半，四周浓云密雾，无昼无夜，无阴无晴。

因果往复，若想回首向来萧瑟处，却只能前行。

如果最完满无缺的一切，都能停在最初，可惜并不。

龙狐两族结为姻亲，使山海相连，整片东夷仙陆呈固若金汤之势。六合八荒传得沸沸扬扬，都道是东海龙君终于得偿所愿，功成名就之后抱得美人归，谱下好一段佳话传奇。

传奇固然亮耀眼目，但传奇中的人，却未必如意。

两人分别太久，自有许多离情要叙，临渊行事洒脱不羁，不像天族那么爱讲究些繁文缛节的仙家规矩。定亲之后，便驾青云将未婚妻径直带回了东海。

他待她心意十足，甚至大费周章，为即将迎娶的君后在海上另造了座和龙宫一模一样的离水镜城。

可住在龙宫的那段日子，云门并算不得有多开心。

临渊初接管东海，海务繁忙，三不五时还需要外出征战，一去便不知多久才得空回转。金碧辉煌的东鄰城，海水茫茫，举目无亲，只有那两条蓬莱山救下的小蜃龙与她做伴。

蜃龙出自化龙池，原身是金环白蟒所化，一朝飞升成龙，便需断去过往尘缘，也等于从此无父无母，便将有活命之恩的云门视作唯一庇护，始终恭谨有加。他俩花了七七四十九个日夜，口吐海市云雾，采撷明珠星辰，终于织就举世无双的云龙锦，裁成华裳“移星陆”，作为献给君后大婚的贺仪。

一切看似完满顺遂。云门最大的不安，来自龙宫祭司——鲛女夜来。

东海鲛人，妩媚天成，风情无疆。那鲛女的父亲，东海鲛族族长，便是彼时临渊麾下最得力的一员老将。

这鲛女心思之缜密令人惊叹，行事手段更是干脆利落，否则也没能耐小小年纪便震慑一帮，无论修为还是资历都远胜于其他的水族。临渊有空闲留在东鄰城的日子屈指可数，她几乎将内宫外政大权总揽，从未出过差错。

夜来对这位从天而降的未来君后，究竟持何种态度，明眼人都能瞧得出端倪，却没谁敢多嘴多舌招揽闲事，以免惹祸上身。

除了龙主回銮的那几日，须得略做做表面功夫，夜来从未主动踏足过云门所居的上元宫，连早晚例行的请安问候都时常称病推忙，当着众人的面将君后的旨意撇作耳旁风也是常事。无论多么微不足道的小事，都非要摆布得南辕北辙才肯作罢。

有一回云门携侍婢在御园闲逛，见麒麟阁附近生着几株阎浮杪椤，在白沙中开出成串花朵。此花又称地涌金莲，奇香四溢，她驻足观赏了许久，赞道，原是陆上仙山不常见的良材。第二日再去时，便发现那几株阎浮杪椤正在被连根铲掉。

干活的鲛婢凌波回说，夜来姑娘常年案牍烦劳，素有晕眩之症，闻不得这阎浮桫椤的怪味，遂禀了君上要将这几株花树砍了。君上顾念姑娘平日里辛苦，当即下旨连根拔除，从此龙宫内再也不许出现此花。

云门听了，没再多说什么，只觉实在小题大做。东鄰城那么大，不见得容不下几株阎浮桫椤，这般惺惺护惜的情状，却是刻意做给谁看呢。她彼时还不知道，东鄰城那么大，哪里多了几棵树、何处少了几朵花，临渊如何晓得，他也没那个余力去操心这等微末小事。从头到尾，根本就是夜来在中间做戏，轻易就诓到她这只涉世未深的傻狐狸。

临渊不在龙庭的日子，夜来的嚣张更无所顾忌。

甚至仗着人多势众，几次三番当面挑衅。一日春光灿然，云门独自在回风御园踏青，却撞见夜来带着一大帮随从迎面堵住去路，指着园中的翘板趾高气扬道："玩过翘板吗，要有人在上面，就需要有人沉底。这游戏的最妙之处在于，谁沉谁浮，能做主的，取决于对面的那个人，而非自己。"

云门在涂山身份之尊贵仅次于狐帝，从未受过这等排揎，一时不知做何反应，微怔了怔，冷淡答道："我比较喜欢一个人玩秋千，你自己慢慢七上八下吧。"

从此便连御园也不大踏足，成日拘在冷冷清清的上元宫，只为尽量避免和夜来狭路相逢。寂寞深宫，唯一悉心提点照拂的，便只有老龟丞太玄。

但她从不言委屈，不想再给临渊多添烦扰。

彼时恰逢亚古兽率妖族叛乱，撞碎了银河星盘，使西北陷入永夜昏冥，天地间最后一对烛龙不得已双双羽化，留下遗孤离珠。临渊毕竟是烛龙抚养长大，为守热孝，只得将婚期向后推迟。

因为太在乎，反倒无所适从。云门性子平和，孤零零远嫁东海，面对前所未有的刁难排挤，难免失落无措。因此处处小心翼翼，试图讨所有人的欢心，生怕做了一点他不喜欢的事。那样低伏卑微，最后不过落得成个丢人现眼的笑话。

烛龙羽化后，临渊一度想将无依无靠的离珠从阴山接到东海，以全孝悌，又怕云门多心，便踟蹰着同她商议。云门对此并无异议，但离珠却对他俩的婚事十分介怀，并不愿以龙君妹妹的身份长居东海，便修书拒道，她已决意断绝红尘，要秉承父母遗志，守护阴山故地。离珠只想留在和临渊自幼一处长大的地方，就算只能伴着那点微不足道的回忆，也可以独自度过亿万斯年。

临渊为此郁郁了很久，云门亦不知该如何相劝，甚至担心他是否会因此对自己心生芥蒂。

第七十章

累世孑途风雪负

无妄桥上的风越来越冷，我走得愈加缓慢艰难。可是不能回头，更不能稍停。

往事摊开如卷，深深浅浅，沿着一步步的足迹，流过眼前。我只能眼睁睁，看一世情缘，是如何水落石出，顿化霜雪狼烟。

临渊为烛龙守孝，云门一等又是三百年。

也不是没有过快乐的辰光。

难得闲暇之时，他会带她同去巡海逐日，双双化出龙尾，潜碧海，共泳沧流，纵横风涛之下，振鳞横海，击水三千。

满月潮汐漫涌，繁星如织，巨大的龙形收拢逶迤的躯干，缓缓盘起来，一只小小白狐蜷在蟠龙浑圆的顶鳞之上，枕着那颗如意顶珠，如梦安闲。

他抖了抖浅金泛白的鳞，发出哗哗的动静："等我修成了通天彻地的应龙，就让你坐在我的龙角上御风驰骋，从此三界奈何，天地无疆。"

六月十三，是凡间祭祀龙王的盛大节庆，又称"雨节"，热闹集会通常持续三到五天，善男信女们献上贡品香烛，焚纸祭酒，祈祷来年风调雨顺，求龙神赐福免灾，保佑海事顺利。临渊自接掌东海以来，这片海域便风平浪静得多，海边渔村遍布，村民以捕鱼、采珠、海运和晒盐为生，因此都对龙王祭非常重视。

每到日子，船家、盐户、渔民便聚集在龙王庙前，按顺序依次行三拜九叩的大礼，锣鼓齐鸣，歌舞达旦不歇。临渊摇身化出人形，携她踏上东陆，共享这人间香火。

凡人对龙的崇仰和对海的敬畏，令云门很是唏嘘，站在熊熊篝火边，感动地许愿："我以后要生许多许多小龙。"

对那些力量微薄的凡人而言，龙神的眷顾，无疑代表着丰足年景和平顺康乐，就算岁寿不过弹指，也充满热忱，从不放弃希望。于是她天真地觉得，如果东海能多一些神龙，护佑这一方平安，是件无比美好的事。

他擎着杯茶坐在对面，含笑将她望着："唔，生许多小龙来做什么？"

云门回过神，颊边飞起连绵红晕，面庞在火光映照下，似一块冻成凝脂的蜜，散发琥珀色莹润的清光："带他们去翻江倒海啊，多好玩儿。"

临渊原本好生喝茶，忽被呛得喘不上气："那，惹了乱子以后？"

"当然是他们的父君去摆平。"

……

彼时离他们大婚的日子，只有不到十天。

山盟海誓，蜃楼海市。这红尘是非，怎经得从头翻悔。凡人有所执所愿，可以向神明虔诚祈求；那神仙的困惑，又该从何解脱呢？

海上镜城中，一瓦一石，一草一木都并不陌生。龙族喜水泽之气，成亲那天，海面上很早就飘起霡霂细雨，万千纷扬滚落，竟似甫洒银月辉光。

龙狐联姻，天地载册，乃是仙族的一桩盛事。他娶她那日，场面之煊赫，排场之盛大，四海八荒都绝无仅有，各路前来拜贺的仙家络绎不绝，整片东海被数不清祥云紫气笼得瑞兆万千。

流泉宫，清辉堂。云门换过盛装，被太玄引着，朝她避无可避的未来走去。绣罗衣裳照暮春，蹙金孔雀银麒麟。阖宫都是漫天漫地的红，灯笼照罗帷，竟显出几分凄怆。

外殿觥筹喧哗，她在清辉堂内独自静坐，隔着喜帕，听窗外潮汐涨退，声声入耳，甜蜜而略带慌张。

鸿蒙虚空之中，一对眼眸先至。原来带着春空闯入镜城后所做的那个梦，竟不是梦，每个画面都曾如此真实地发生。

长明灯辉光摇曳，将照壁上所镶的明珠都衬得黯淡。夜来拖着一连串水花分开人群，急急游过，对临渊耳语几句什么。他身子猛地一晃，眼神向某个不可测的深渊坍了下去。

手中杯盏触地而碎的同时，势蕴风雷的阴云已被召唤入海。

满殿宾客瞠目结舌，望着这场婚宴的主人抛下新娘，带着一名鲛女匆忙驾云而去，不知奔往何处，也没留下只言片语。

没人知道他去做什么、打算什么时候回来、还会不会回来。

云门也不知道。日落之前，甚至都没人敢敲开清辉堂的门，告诉她，她的夫君在喜堂上当着诸天神佛的面，带龙宫大祭司头也不回地跑了。

但我如今已经知道，也能清清楚楚看到，一切究竟是，何以至此。

头很痛，额间那块印记突然变得滚烫如灼，灵台清圣之气不住从眉心散逸，煞气和一股仙灵互相冲煞厮缠，盘旋不去，似刀绞火焚。咬牙强撑不住，终于跪倒在无妄桥边，被四面八方抽来的烈风鞭笞得不成人形。

夜静灯寒，天光亮了又暗。云门不语不动，被晾足了七个日夜。而离珠，早在七天前他们成亲的那晚，就被夜来和司宵派去的几只七尾狐狸所害。

天地间最后一条烛龙，夭折得极不光彩，也极惨烈。临渊赶到时，她已龙形尽毁，元丹不知所踪，死前甚至还惨遭轮番凌辱。唯一的“证据”，是指缝血污里，黏着的几缕涂山狐白毛，云门的原身白毛。

夜来推测，那大约是离珠抵死挣扎时，从元凶身上抓下。又或许，是行凶的恶狐逃窜时，不小心将主人的痕迹遗留。她替离珠收拾好破损难以蔽体的衣裙，垂了几滴泪，哀哀地感叹：“女人的嫉恨心，真是可怕啊！”

离珠死状目不忍睹，临渊被噩耗震惊有如泥塑，甚至无法保留几分清醒再多想一想：能施此暴的，必是雄狐，为何离珠抓下的，会是远在千里之外云门的狐毛。云门若遣涂山狐行凶，口传旨意即可，何必多此一举将贴身毛发留作凭证，还正好不偏不倚落在了离珠手中。

残杀离珠的，本就不是涂山灵狐，而是被青丘逐出族的七尾狐狸。它们被司宵收买而来。它们的毛发一旦落下，立即就能被辨识出来源，如何能拿来当作嫁祸的依凭。可龙宫有品阶的上等侍婢皆是鲛人，只要有心留意，要在云门起居之间搜集几根掉落的狐毛，简直易如反掌。

这是整件事中唯一有悖常理的破绽。可惜最该慎思明断的那个人，没能想明白。

一无所知的云门，被遗忘在新婚之夜的云门，被指作罪魁元凶的云门，还在等。还在傻傻地想，“什么样的笑容，他会最喜欢呢？”

料理完离珠的身后事，停灵七日，他终于带着满腔悲愤回到东海，提着剑径直去了清辉堂。

一轮青锋挑起喜帕，声铮如铁，怒似雷霆，将她所有的期待和信任绞得粉碎。

是非曲直都模糊。他眼里的曲，她掰不直。每多说一个字，都像是可笑的掩饰。所谓天长地久，尽时片甲不留。

孤身远离涂山，辞别父兄族人，留在东海蹉跎数百年，忍受无数明里暗里的刁难委屈，就换来如此结果。

她终于不再开口解释，心灰到极处，只想抽身远走：“你愿这么想，随你。既都说是我做的，那便是我做的吧。”

他举剑拦下去路，寒光烁利的锋刃斜斜抵在咽喉。云门鬓边一缕青丝触及剑气，霎时断作两截，轻飘飘落地。只要再往前倾身半寸，颈侧的肌肤就会被剑锋割裂。

她似浑然无所觉，抬脚继续往门外走。

长剑终于猛地抽回。他肩头微颤，嗓音沉痛至几不可闻：“你要去哪儿？”

“我要回涂山。如果想给你妹妹报仇，随时可以找几个得力手下，把那些人对她做的事重复一遍，不是吗？”

一句赌气之言，此时听在临渊耳中，不啻将冰锥从天灵沿着脊椎扎下。惨剧发生得太突然，他其实很无措。怒痛交加，完全不知道自己该做什么，神志从未如此凶狠迷乱。

“用不着别人。”

一念之差，魔障已如泼天孽网。

奢华璀璨的海上城池，被风雷交织的结界紧锁，笙歌红烛，灭如泡影。

云门脱身无路，激烈撕扯中将窗下瑶琴摔作两截。

朱弦断，明镜缺。

七寸龙骨长钉穿琵琶骨而过，将她整个人禁锢，半分力气也再使不出。痛不可忍，她仍未吭一声。

直到掌风将嫁裳挫裂成缕，她被摔进床榻，蜷在角落茫然睁大了眼睛：“……你要做什么？”

原来那么爱，可以那么恨。

不是没想过，有那么一天，嫁给他，做他的妻子，真正亲密无间，会是怎样。可从来没想到，竟是这样。

他的恨意如同匕首，狠狠扎进她的身体，深得互为血肉。她被撞得支离破碎，连哭都忘记，头顶帐幔起伏汹涌似狂怒惊涛，珊瑚钩子不停碰撞，乱响刺入耳，一下一下，比永夜还长，没有完结没有尽头。

我之所以对床帐上珊瑚钩子的响动如此深怀恐惧，尽皆来源于此。

云门哭得嗓子都嘶哑，终于忍不住低声求他：“临渊……求你停下……我好疼……”

可彼时他是如何回答呢。恨之弥狂，毫无怜惜，只用力捏住她下颌扳过，狠狠道：“原来你也知道怕？你也知道痛？那她呢？”

抵死纠缠，榻上余生。

一双雪白裸足缓缓步下锦毡。

脚榻上堆满撕裂的嫁衣红裳，褴褛不堪。血迹顺沿腿侧汩汩留下，随着蹒跚不稳的步子，被踩碎成无数残破莲花。莲子心苦，血瓣残莲的主人，却是连心也枯了。

那夜流下的泪，染污了她一生。

凉的泪，烫的血。一冷一暖，一梦一劫。

……

四周嘈杂无比，越来越巨大的声浪一波一波直刺脑海。彻底的黑暗席卷而来，断绝眼识。我想大叫、想用力号哭，张开口，却发不出丁点声音，只灌了满喉烈风，呛得灵窍欲裂，连腔子里最后一丝热气也似被抽空。

无妄桥，我走不下去了。心头缠乱慌张，开始不确定，这个决定是否正确。我究竟为什么要走上来呢？为了离开太微垠、为了重回凡世、为了找到临渊？

临渊。想到他，才真正懂得了那个“怆”字。若有所爱，皆满心仓皇，悲之复，是为怆。

怎么会是这样？！

前是刀山，后是火海，两旁皆是万仞虚空。我裹足不前，也不敢贸然退却。这条路，有进无退，若不能承受哀惧，就会变作魂魄不全的痴灵，被困在回忆中最凄惨的部分，反复徘徊，永不超生。

指间涌出一阵暖流，滴滴答答落在脚面，激得僵硬的腿脚恢复些许知觉。淡淡的血腥涌入鼻端，原是指甲刺破了掌心。可我觉不出痛。

往前挪出半步，再半步，忽然很想要知道，这究竟算不算是云门——不，是我回忆里，最凄惨的那部分呢。

命运的残忍，永远超乎想象。

那夜之后，云门被幽禁清辉堂，和涂山不通音讯。昔日华美的镜宫，已变成一座插翅难飞的、最牢固的囚笼。

没有人知道发生了什么。东海水族对婚宴上那场变故众说纷纭，却无人敢去求证。他们只知道新娶的君后涂山氏未能见幸于龙主，不知如何触怒了夫君而被囚禁。他们的龙王对镜城布下最严厉的结界，同时颁布禁令，任何人都不许擅自靠近。

当年特意为狐族君后所建造的宫城，转眼间清冷有如死域。

临渊没有再出现。他自问下不了手杀她，可也无法就这么放过。

其实又好得了多少呢？凡间有句话说，杀人也不过头点地。这般凌迟诛心，比一剑贯穿咽喉更残忍千百倍。

唯一能入镜城探视她死活的，还是只有老太玄。

她扒着门苦苦哀求，太玄亦无法可施，唯有隔着门掬一把老泪。

老龟丞不是不愿相帮，被龙骨长钉贯穿琵琶骨，云门已经连变化之力也没有，就算他设法开了清辉堂，她根本毫无可能冲破山下的禁制和守卫逃出生天。更何况，看守镜城的，全是司宵的手下。

于是她生生拗断了右肩整块肩胛，将龙骨取出，抛掷于地。汹涌的血从门缝溢出，几乎快漫过太玄脚背。

门终于打开。

云门右边胳膊全废，单手持弦月弯刀一路打下山崖，全身的血几乎快流掉一半。她的血和那些被弯刀所伤的侍卫的血混在一处，将镜城四周碧水尽皆染红。

丢盔弃甲的鲛卒连滚带爬回海底龙宫报讯。临渊听闻，默然良久，方低低说一句："知道了。"

夜来皱眉，小心翼翼谏道："要不要再派人去追？纵然一切都是涂云门作恶在先，咎由自取，可……若就这么让她逃回涂山，狐帝那边，恐怕会有麻烦……"

他倦极，闭目，动了动唇："滚。"

云门当然没有再回涂山。性子倔强如她，搞成这副模样，如何有脸面对父兄。

天地之大，竟尔走投无路。

绝望中，忽想起当年重楼留下的四支孔雀翎。

她就是这么遍体鳞伤晕倒在太微垠的菱花石门前。

重楼见之大惊，将她带回洞府救治。所幸患兽医道高明，山谷中起死回生的灵药也多如杂草，再加上重楼不惜耗费修为替她疗伤，半年后才终于转危为安。便如此，也足足将养了三年多才能起身下地。

可云门受刺激太深，似是失语，自清醒过来后，就再也没开口说过一个字。

重楼问不出因由，只得以元神脱窍，进入她神识一探究竟。花了两天两夜，才终于知道她嫁入东海后，都发生了什么，震骇难以言喻。

离珠之死，是一切的关键。重楼与烛龙素不相识，连半分交情也谈不上，因此更为冷静，很快就顺着那点破绽查出端倪。彼时他已统领魔族多年，手中眼目遍布三界，要寻出几只被同族放逐的七尾狐狸，并非难事。

第七十一章

何惧红尘罢离辜

魔君之怒，撼然山动，河啸天崩。

重楼欲约战临渊，一心要为云门雪耻，却不肯将自己费尽周折所查知的一切相告。只留下句似是而非的讥诮：“你猜，当年虐杀烛龙的狐狸，究竟有几条尾巴？”

临渊心神大乱，对招不慎被锁进崆峒印，脑中翻来滚去都是重楼咬牙切齿的狠话，“你根本，不配知道真相，也不配娶她。”

这一战，就是他和他之间，被后世称作“重渊之争”的第一场交锋。

数十万魔族誓要血洗东海，双方死伤无数，才终于使临渊受困不得脱身。但重楼同样也付出了惨重代价。他为将临渊制住，斗法之时不慎震裂了昊天塔。

那是与东皇钟齐名的法器，原为人王伏羲所有，乃天族重宝，有吸星换月、浩大无俦之力，能降一切神仙妖魔。数十万年来，不知镇压了多少罪大恶极不堪渡化的恶鬼邪灵。

昊天塔裂，数以亿万计的邪灵必将齐齐衔怨涌出，少不得四处为非作歹，则天地清明毁于一旦，三界将倾。这是谁也担待不起的灭世浩劫。

天族最大的毛病就是，如果发生了一件极糟糕的事，最要紧的不是去想法子解决，而是先追究这是谁的责任。

大概因对前番悔婚天族之事耿耿于怀，东皇认为，此事归根结底，涂云门难辞其咎。一则孔雀与龙王的争斗全是因她而起；二则身为仙族，却自甘堕落与妖魔为伍，对重楼施以狐媚，迷惑外人去寻自己夫君晦气，惹出滔天大祸，确实是狐帝教女无方所致。

继任女帝摊上这样的罪名，势必牵连涂山氏全族。

为了保全涂山，也为使重楼免于卷进更大的战乱，她自去昆仑墟领罪，终被缚于昊天塔下，受剔骨灭魂之刑，最后以元神祭了昊天塔，才将那道险些毁天灭地的裂纹弥合如初。

灵狐有九尾护身，可化体还魂九次，然一旦祭出本命元神，则无力抵挡天雷业火。那场刑罚之酷烈令人发指，云门被捆仙索绑在塔底，劈得九尾尽断，灰飞烟灭。

白色焚焰滔天，腾起巨大的光焰，几乎将整座山峦吞没。七七四十九双青鸾自西天而来，绕塔三匝，盘桓悲鸣不止。密如雨点的雷击电闪中，没有啼泣喊叫，却传出一把轻轻渺渺的女音，似在诵念着什么。

原是她小时候在涂山念学时，读的第一首对韵：天对地，雨对风……山花对海树，赤日对苍穹……雷隐隐，雾蒙蒙……烟楼对雪洞，月殿对天宫……鹤舞楼头，玉笛弄残仙子月；凤翔台上，紫箫吹断美人风……[1]

天雷十万，终于一道不少地尽落在受刑之人身上。嫦娥是否应悔偷灵药，没人知道。

彼时临渊被锁在崆峒印中，待他终于破缚而出，赶到昊天塔下之时，天地间唯一的一尾龙狐兽，早已罹灭。

情深催人老，恨重断人肠，贪嗔痴怨怒，都为他人忙。既甘愿舍身承担一切，她已有向死之志。可就连死，留下的都是一桩祸水污名。

还有零落在灰烬中的两片银鳞。

临渊寻得其一，将之嵌在胸口。重楼亦只寻得其中一枚，捧着那鳞失魂落魄地回到太微垣，揪住患兽，不惜一切代价也要将她救活。

患兽以为他疯了。就算世间有起死回生的法门，也需得一点魂魄气泽作引，可云门的肉身已在天雷中焚毁殆尽，魂魄俱灭，只剩这片无知无觉的鳞，

[1] 注：引自清代文学家李渔《笠翁对韵》。

够做什么使呢？

重楼痛愧欲狂，握着鳞片在洞府内醉得人事不省，孔雀的华羽失去光泽，形容枯槁不堪。患兽忧心其主，终于想起来，云门帝姬临走之前，还在洞府留下一张画像。便赶忙把那用尽心思绘就的孔雀大明王像捧至跟前，以作宽慰之意。

重楼终于发现，大明王像头上的红璎发冠，有几缕熟悉的灵狐气泽盘桓不去。半抹殷红，原是她刺破连心指血染入丹砂所绘，内中还封有涂山代代仅传于继任帝君的法印。

那是她留给他最后的礼物。伏羲印无人能破，倘或发生不虞之事，生死紧要关头，可以藏进印中的芥子须弥界保命。芥子须弥界一旦进入，只能从内打开，就算外面地裂天崩，也撼动不了分毫。

但令他欣喜欲狂的，并不是这个。为了结成法印，她留下体内鲜血作引。有连心指血，就有一线生机。

重楼祭起魔族圣物炼魂石，将那画像血渍中仅存的一息灵魄引出，再寻来有孕的白狐，取出婴胎，将一身魔骨妖血分予这普通狐婴，为她移魂易世，逆天改命，甚至不惜为此扭转了星辰的方位。

但那一点点狐血，实在太少了。为救活含冤惨死的女儿，狐帝不惜耗尽半生修为，云门的生母也同样付出了巨大的代价，她将带有魔骨的婴胎吞入腹中，再又六百年后，才终于孕化出了“涂幼棠”。银蛟千葵却因此熬得力尽神危，从此陷入长眠，虽生犹死，再未醒来。

身为灵狐族帝君，有统御东夷仙陆庇佑五方灵兽之责，却为了成全一己的骨肉亲情而和魔君联手，共同做下这瞒天过海的手脚。死而复生的狐女，必为诸天神佛所不容，此事一旦泄露风声，后果不堪设想。更何况，狐帝修为已失过半，无力应付或许会出现的变故。

为保守这个秘密，狐帝以闭关清修追思亡女为由，封山锁国，用天罗印将涂山隔绝，与外界再不通消息。

重楼一心为“惨死”的云门帝姬复仇，不顾重伤在身，很快卷土重来，再次起兵。这就是后来震动三界的那场“神魔大战”，东海龙君率山精水怪百万众攻上北荒。被封进昊天塔那刻，重楼在临渊耳边心满意足地笑道：“就算把付虞山夷为平地又怎样？你永远也找不到她，你输了。”

鏖战息，魔君封印，龙神则担上个穷兵黩武涂炭生灵的罪名，被削了兵权。临渊怀揣这一线似是而非的希望，抛下东海，踏遍八荒六合，寻找或许可能存在的一缕芳魂。他无法靠近涂山半步，却执拗地相信重楼那句话的意味，是指她还活着。

一晃千年过去。是非对错，千秋臧否。

资质平平的涂幼棠，是只没有九尾的普通白狐，以狐帝“捡来”的义女身份毫不起眼地长大。不记得往昔风云惨变，情缘冤孽都成梦影云烟。龙狐兽天生的一段龙尾被封印进莲花轮室里，连自己也不得而知。因浑身骨血有一半承自魔君，修为进展极为艰难，课业门门惨不忍睹，连眉心的印轮也淡而模糊。

但狐帝说，这样很好，做普普通通的狐狸，比名动天下的帝姬，更容易快乐吧。情深不寿、慧极必伤，自古以来都是这么个道理。

一千六百年，足够许多沧海变换桑田、山峦夷为平地。芜君深思熟虑，又同昆仑神宫守大门的开明兽定下姻亲，欲将这连天劫都没本事承当的女儿嫁入一个和天族有关系又不大起眼的门第，从此平安一世，寿同金石，直活到地老天荒去。

“涂山一脉的命运，随时可能横生枝节。如果这里面有谁能躲过潜伏的风险，就是你。你太美了，美得能让人忘记你的生命竟有一半来自魔君。”

无妄桥的尽头，冤魂泣、猛鬼哭，历历杀劫，千生万世。

我迈步挪下最后一级石阶，胸口似敞开一个大洞，空荡荡灌着风。地老天荒真是个满目疮痍的词，完全感觉不到美好在哪儿。天怎么会因人而老，地也不会为谁而荒。其中消磨的，都是红尘痴男女，侠骨断柔肠。

一只华彩斑斓的孔雀，身披金翼，正蹲守彼岸，趺坐护法。

蹚过这年岁细瘦，抵达黄泉弥渡的尽头，我终于记得他了。重楼。

他从禅定中睁开眼，漾出微笑。一句轻轻言语，却似穿透世间尘嚣：“你走出来了。”

是，我终于凭着自己的双脚，丈量过了无妄桥的每一寸。俗尘渺渺，天意茫茫，又有几人能得机缘，窥视轮回后的来世之果。一股清圣之气笼向百汇灵台，我似看见万千昙花盛开的那刻。悟缘起、离偏见、空无相无愿，乃成大解脱。

便笑着答他："纵遭霜遇雪，亦该有如此担当。"

"这话听着倒还像样，果真是你回来了。"

而后我俩双双沉默。残杯小酌，直喝了整轮日夜，饮尽苍茫。世事诸如此类，实在没什么言语可相对。

醉上眉梢之时，竟还有心思打趣他："拆骨续命，魔血引魂，照这个形容看起来，我是不是该叫你声阿爹？"

重楼舒然一哂："你便是死活都没法爱上我，也用不着找这种借口，简直丧心病狂。"

"啧啧，小狐失言，孔雀性子之傲烈，该不会一言不合就自杀？"

傲烈孔雀再绷不住，顿足扶额大笑。

爽冽的声音洒落在山岚幽谷，余韵荡回，又沾染几丝苦涩："如今你已记起一切，凡世，还要去吗？"

凡世。临安。救世之劫。

对他的爱是无尽之尽，对他的恨是无期之期。

"要去的。"

重楼眼中闪过黯色。

我仰头吞下大口酒液，将剩下的小半瓮递向他怀中："你还不明白吗？迦楼罗是凤凰赤霓之子，不能死在龙族手里。"

掐诀招来青云，我将他带去了一个地方。第十九洞天的清屿山郁木洞，在东夷之西，与扶桑仙境相接，乃洞天七十二福地之一。

"你知道涂山氏为何会有代代相传的伏羲印？"

重楼摇头："愿闻其详。"

"女娲和伏羲是兄妹相婚，人王伏羲和涂山白狐曾有一夕之欢，从此衍生一脉，就是后来的九尾涂山氏。这石洞，原是人王伏羲娶涂山白狐的所在。

说起来，我还该叫娲皇一声祖姑奶奶。”

亿万斯年过去，风情月债，尽成传说。

孔雀露出恍然神色，挑眉道：“那便又如何呢？”

“原本世代联姻的龙凤二族，为何落得反目成仇自相残杀？只有一个原因——龙、凤、狐三族与东皇分享天下，实在太久了，久到让人生厌。他之所以如此处心积虑，就是要打破这数十万年的垄断，一族接一族，先剥去凤鸟氏的荣光，让百鸟姓氏都泯然于俗众；接着是龙族；最终也会轮到我们灵狐。”

重楼沉吟片刻，眼眸灵犀遽动，光芒皆收摄于心中。恍然悟道：“东皇本也是妖王出身，封神劫后，娲祖携山海众妖避世不出，天族和补天宫的关系，向来十分微妙。要迦楼罗经龙族之手被度化，又不能斩杀之，此中深意，耐人寻味。想来娲祖对东皇的忍让和耐心，已经快到尽头。”

“所以嘛，这桩闲事，没谁比我更适合去管上一管了。”

“既如此，我便再陪你跑这一趟也罢。”

寥寥数语，心意相通，似旧友相逢，留下几句最寻常不过的寒暄。

妖风一振，重楼化出原身直冲入云霄。我伏在孔雀背上，细数羽翅间流动的莹莹光华。

他却转头问道：“当真半点私心也无？”

我苦笑：“瞒不过你。若非当年迦楼罗在蓬莱山出尔反尔背约行凶，也不会……因果循环报应不爽，欠下的，总要亲手讨还。”

重蹈凡世，入眼竟是一片滔滔。

天荒荒，地上皆魍魉。

富春江水被迦楼罗硕大无朋的黑翼扇起，洪水漫涌，将大片农田村庄湮没。浑浊水面上，漂浮牛羊尸体无数，残木断瓦，俯首可拾。

遮天蔽日的鸦群织出妖网法阵，搅荡起邪氛弥天。

临渊身形微晃，伤得比我被掳走时更重，已经无力掌控水势漫延。迦楼罗爪中劈出妖焰，他闪避不及，如一枚断线纸鸢，飞了起来，撞在山崖峭壁之上。石壁受不起一撞之力，轰然塌陷，碎石落地如齑粉一般。

似这般硬生生承了那道天雷荒火透体而过，却凝气不吐，提剑踏上云头，又欲再战。临渊的眼眸中淡淡傲世之意，清冷如芒。

披沥的金色龙血染在白衣上，在黑夜里泛出幽艳的光。

我不去看他。定了定神，对重楼道：“桐庐村东头有户瓦舍人家，寡妇姚氏，怀胎十月即将临盆，你替我去将她寻来。”又加一句，“无论死活。”

这小小一方天地，龙凤狐三族齐聚，上彻天地，下通阴阳，将一介凡人起死回生并不是难事。

灵狐之间，互为感应，我知哥哥他并未远去。

我如今去而折返，他顾念亲妹安危，定会现身相帮。临渊对娲皇许下承诺，对迦楼罗只能度化，不能伤其性命，亦不能真的强求重楼弑杀手足，若有哥哥相助，此事才可望几分胜算。

看那乌鸦一副死不悔改的凶顽之相，哪里有一丝被劝度的可能？

浓云半开，那半扇倾塌的山石后头，缓缓显出颀长身形。黑发束得齐整，每一缕发梢，都有气韵如实体流动。

一道明光祭起，照亮那冷酷英挺眉眼。哥哥手捏印法，指掌中万千星芒织成绵网，须臾寸寸爆裂，万千乌鸦顿时化作黑灰，烟尘纷扬四散，如苍茫浩雪。

玲珑眼波流转，九尾自如操控杀机，兔起鹘落便狠手封了迦楼罗妖脉。

一旦被封锁妖脉，就无法再与天地灵气互换，只能在耗尽体内真元后，慢慢走向衰落枯竭。

还不够。

我趁势跃上云头，夺过临渊手中长剑，朝前轻轻递出。

一刹那间，剑锋自后心，刺入迦楼罗身体，再从身前透体穿出。熊熊业火，自长剑边沿处开始燃烧，随风四溢。

一声长唳，刺破重霄。天地齐齐为之静安。

火焰环绕，乌鸦躯壳，先作焦炭，再化飞灰。他连讲出遗言的机会也无。

迦楼罗已殁，一应恩仇俱往。

临渊怔然望着我，漆黑的眸子，眼底雾霭深浓。

一时间，地裂合缝，江水倒转。颓颜败色再复柳绿桃红，人间苦夏，枯枝还春。

如同天地初开般的宁寂。

第七十二章
余恨难偿

唯一能看见迦楼罗临终表情的，是提着姚氏匆匆赶来的重楼，但他选择闭上眼睛。

孱弱的肉体凡胎，早在滔天洪水袭来时陷入昏厥，此刻躺倒在地，面容苍白。我蹲下身，探她鼻端，一息尚存。

我凝神轻叩弹指，掌中一缕金芒跃入妇人体内。腹中传来蓬勃的生命力，胎儿心跳怦怦，清晰可闻。姚氏醒转，满目惊惶。

我将她冰冷的手握了握，交代道："这孩子确与仙家有些缘法。既是金翅大鹏鸟托生，便叫岳飞吧，字定鹏举。好生抚养他长大，日后当有大成。"

想了想，又将霜满天在星罔山相赠的那部天狼兵书取出，转交与姚氏，当作留给这婴孩的降生之礼，有没有用，日后便知。

迦楼罗一缕精魂与凡胎合魂，孽障终结，化作新的尘缘，生生不息。如此度化，也算未曾枉造杀孽。此子定然天生神异，若自幼好生教导，若干年后成人，建功立业，救世人于倒悬，便成就守护人间的功德一桩。

大事已毕，心间极倦而淡，站起身便是一阵天旋地转。

临渊倾身上前，反手轻承，被我挥一掌挡开。

他负伤不轻，抵不住这一挣之力，被推得接连倒退三步。

缘深缘浅，至此终了。

我从未见过意气飞扬的龙君，显露出如此狼狈模样，唇白如纸，步履踉跄。

他垂首，散发遮住半边侧脸：“你都想起来了。”

就是面前这个山盟海誓鹣鲽亲昵之人，纵容鲛女兴风作浪，新婚之夜弃我而去，冤屈我、强迫我、囚禁我……往事历历，蚀骨焚心。

那个痴心的傻姑娘，早已死在昊天塔下。是非爱恨转头空，无根无依，无凭无据，无情无义。

我转过身，忍不住语带讽意：“你坑人也不能光揪着一个坑，好歹换一换不是？涂云门已经赔上过一条命了，就高抬贵手放过我，成不成？”

“幼棠……”

“你以后好自为之，不要再叫我的名字。”

天涯不见又如何，一见一生误太多。

不要再叫我的名字。

我以为，这就是我此生同他所说的，最后一句话了。

撑住游丝般一口气，狠心抽身而去。

身后传来哥哥淡漠嗓音，想是临渊欲追上来，不出所料被拦住。

“当年父君反对你俩定亲，是我从中力劝，才得以成全。现今想来，确是个错误。法力可以修炼，功名可以拼杀，但有些东西如果摧毁了，就再也重建不回来。她有她要独自走完的路，你也只是她命里一程的摆渡人。”

“我还有话要对她说。”

“你还有力气跟我打？”

我什么都不想再听。真话假话、情话狠话，聚散离合到头攒下一身账，陌路两立，还是誓不两立，都没区别了。

红尘兜转一圈，重回涂山之时，两手空空，徒携满袖风尘，心中千疮百孔。

父君似洞悉一切，但什么也没说。只伸手在我额头抚了抚，幽微一叹：“去看看你阿娘。”

海棠林如故，洞府还是旧时模样。哥哥将我的狐狸洞打扫得很干净，一桌一椅都纹丝未动，铜镜台前半片灰尘也无。仿佛我只离开过小半个时辰。

花花世界梦一场。

多希望一觉醒来，发现自己只是做了个好漫长好漫长的梦，所有悲欢离合、万般苦痛纠葛，都不曾真正发生。还是只折耳狐的大垂会突然出现在洞口，跳脚笑骂："笨狐狸，你又忘了背书啦，看长老怎么罚你，哈哈哈。"

黄粱一梦。我想去问问夜宿荒店的书生，梦中那碗黄粱的滋味，他可还记得。

落坐镜前，细抚着陌生又熟悉的容颜，幽幽问一句："你找到你要走的路了吗？"

极轻的一线声音，被微风吹散，仿佛从未存在，自然也就无从解答。

如万蚁噬骨的痛意，此刻才从足底延布全身。我抱紧自己，控制不住地发抖，被铺天盖地的黑暗席卷灭顶。

虚空中，是无边无尽的花香。

千树繁花快要落尽，枝头挂满碧青的海棠果，垂累重重，遮住视线。山谷中辨不清路，也望不见人烟。

我蹲在一棵花树下一动不动，哪里也不肯去。无论谁来相劝，都只会固执地重复："我不走啊，我在等人。真的。很重要的人，我哪里也不去。我走了，他就找不到我了。"

渐渐地便不再有人来。

山风渐寒，吹在身上，刺骨地疼。

又不知过了多久，一双藕丝云履踏近身前。我抬头，熟悉的面孔就这么猝不及防映入眼帘，笑意如世间最盎然的风月。故人依稀，星辰在眼。他蹲下身，柔柔笑道："你要等的人，不是已经来了嘛。"

我怯怯地任由他牵住我衣袖，患得患失，百转千回，满怀庆幸和委屈："你为什么这么久才找来？"

他说："别怕，我带你回家。"

风还是很冷，我在梦里笑逐颜开。

"幼棠，醒醒。"哥哥轻轻摇醒我。

棠花幽香随梦远去，洞外一轮冷月高悬。

"我怎么了……"还未完全清醒，伸手就先去摸床边的剑，"出什么事了？"

哥哥摇头："嘘……放松一点，没事。"温暖的大掌抚过我眉心，又道，"你这么，倒很好看。"

"什么？"

我茫然不解其意，摇摇晃晃从床上爬起，到镜台前照了一眼。

眉心那枚印轮，我原先一直以为是胎记的淡红迹子，模糊的边沿忽变作刀刻般清晰，圆满深邃。

"度化迦楼罗，亲手将金翅大鹏的魂魄送入轮回，这个劫数过得甚完满。幼棠，如今你已是上神品阶。"

"哦。"

又问："我这一觉，睡了多久？"

"二十天。"

千帆过尽，沧海无痕。

一觉醒来，就这么在长梦中换骨脱胎成了上神。

做只样样稀松的狐狸又怎么，做上神又怎么，如今我已不在意这些。

然而帝姬飞升上神，对涂山来说，终归算喜事一桩。有娲皇的颜面从中遮掩，父君终于撤了天罗印，拜贺的各仙友络绎不绝，把涂山脚下的草都快踩秃。据说被我逃婚的那头开明兽，也携了新娶的夫人前来恭贺，被迎为上宾，将前事一笑而泯。

重楼送来的贺礼，是太微垣那头患兽。

我感念他这番细心，将那兽拴在洞府门口好生照料，去哪里闲逛也都牵着。

其实没多少去处可逛，左不过涂山内这块方圆之地。我再也不像小时候那样，对外面的万丈红尘充满向往和好奇。

石中梦、蜃中楼、杯中酒、雪上舟，万般色相，镜花水月，都是空。

我最喜欢做的事，便是拎着酒壶，牵着患兽，一人独坐发呆。不挑位置、不挑时辰。喝醉了随处可睡，醒在哪儿算哪儿。朝与同歌暮同酒，满船清梦压星河。谈不上快乐，至少也不会太难过。

酿一壶心事无解，只盼杯中清浊，将春秋封缄。

患兽的无忧酒愈加出神入化，入口清甜，将心头浓涩的苦味浇得麻木不少。

如果能喝下一个东海那么多的酒，是不是就可以忘记他。

患兽能吞掉人的忧愁，最爱跟在心事重重的人身边。饲主的忧愁被它一口口吃掉，将皮毛滋养得油光水滑。半个月不到，这只腰围摊开来与身高等长的神兽，已经胖得腰围摊开来有两个身高那么长，走起路来肚子比四蹄先贴地，有些困难。我将它养得很好。重楼若看到，也该觉得放心。

早秋的夜色甚清朗，我抱着酒瓮漂在海棠林内的湖泊中央，从船上站起身，嘻嘻哈哈要去捞水上的月亮，醉得稀里糊涂，脚下一个不稳，就扑通栽进水里。

额角不知磕在哪处乱石上，血流下来将眼睛糊住，找了好久找不到游上去的路，就这么安安静静沉在水底，也很好。水底多么安全，远隔尘嚣，水草温柔拂过面颊，与遥远的记忆重叠。模模糊糊记得，有个人曾经拿起一只非常漂亮的宝塔夜光螺，贴在耳畔，教我听里面回荡的潮汐声，如歌如吟。他说，海螺无论离海多久，都会记得海的声音。

血流得多了，身边的湖水渐渐变温热。我一点也不觉得疼，一点都不。这都是患兽的功劳。

哥哥把我从水里捞出来，扛在肩头，一路怒气冲冲丢回狐狸洞。

“你这个半死不活的样子，要闹到什么时候？”

我笑他小题大做：“不小心掉湖里嘛，也不是什么大事。我是上神啊，上神哎，厉害吧？死不了的。寿与天齐哈哈哈……”

“你若实在放不下他，就出去见他，若铁了心一刀两断，又何苦关起门来这么折磨自己？”

怎么可能呢？他对我做过那样的事，我没法原谅他。

临渊不是没来找过。

看守山门的涂山童子阵小狐狸每日来通传一回，说是东海那位龙主，日夜站在洞府门口的海棠树下求见，风吹雨打也不动不移，就快杵成石头。

我若醒着，便清清楚楚吩咐一声：“让他滚。”

若正醉着，便含含糊糊吩咐一声：“让他滚。”

小狐狸们一开始忌惮他赫赫战名，还和颜悦色好言好语地将这口谕润色一番，传到他耳朵里时，变作春风化雨的四字：尊驾请回。

后来眼看请了多少次也请不回，实在烦不胜烦，便直接丢下一句：“涂灵殿下说了，不见就是不见，让你赶紧滚。”

好说也不成，歹说也不成。从我回涂山至今，六个月零一十三天，他就像在那块地面上生了根，怎么也不肯滚。

因从前见识过他讨债的执着，我觉得长此以往也不是办法，传扬开去，搞不好天上地下都以为我涂山欠了东海好多好多银钱。

我决定亲去做个了断。

数月不见，他竟消瘦得这样厉害。一身细绉青麻长衫空荡荡挂在肩头，漆黑瞳眸深深凹陷进苍白的面庞里，分明如刻，衬出几分凄清之感。面色和大战迦楼罗那日相比，好不了多少。想想也是，满身见骨的伤，没个三年五载也不可能将养得回。

但我如今心底已不再动起波澜。沉到了底，再没什么可失去。

“幼棠……”他踟蹰着，往前挪了微乎其微的半步。

我立即往后倒退一整步：“龙君自重。这是个什么称呼？不伦不类，无尊卑上下。龙君可称我涂灵殿下，倘日后承了涂山帝位，亦可如众仙友般，唤一声棠君上神。”

“大错早已亲手铸成，事到如今，自知不敢奢求你的原谅。你能不能……给我一个弥补的机会？”

我皱眉，把话清清楚楚一字一字说给他：“要我原谅你，除非天倾地陷、黄泉水竭、混沌重临。”

临渊肩膀微颤，唇色褪得极淡，近乎同苍颓的肌肤融为一体。

我扭过头，干巴巴续道：“改日我会随父君去一趟补天宫，将那玉谱奉还娲皇。你我之间，到此为止。你爱去哪去哪，爱干吗干吗，就是别继续杵在这里，平白坏了涂山清名，懂？”

他点点头，还想再说什么，我已转身头也不回地走掉。

一路疾奔回洞府，灌了满喉咙凉风，嗓子眼里又酸又疼。忽然觉得很口渴，四处扒拉还有没有剩下的无忧酒。我不需要他出现，不需要他来弥补什么。我只需要患兽，患兽是唯一能让我麻木忘忧的一剂灵药。

数不清的空酒瓮一个摞一个，从石洞地面直堆到穹顶，似大堆沉默透明的尸骨。找了好半天，才床角底下捞出仅剩的小半口。

又是一场酩酊。其实人只要想醉，喝的是酒还是水，都没什么区别。睡着了，毕竟比清醒着开心。

事后想想，如果我当时能多问一句，“你要去哪里？”是不是一切都会不同。可惜我没有。

再又三个月以后，哥哥一大早敲开我狐狸洞的门，神色复杂。

我揉一把惺忪睡眼，手里还拎着酒瓮，摇摇晃晃几乎撞上他胸前：“怎么？”

他皱眉：“你跟我出来一下，山门口有人找你。”

“……谁？”

“敖临渊。”

“不见。”

“他至多只能再留半个时辰，白泽那帮人也在。他有东西要交给你，谁去拿也不肯松手……你去看了就知道。”

一股寒意从脚底蹿起。长久没有跨出过洞府大门，不知不觉竟已是隆冬。

我想了想，回身从床头取下那把落满了灰的长剑，直朝涂山脚下奔而去，哥哥在后头紧追不舍：“我只让你去看看，你拿剑做什么？”

第七十三章

空琴醉生

好几团颜色各异的祥云七扭八歪挂在树梢，一眼便知，是东皇手底下那几个妖神又齐刷刷列阵到场。

人还未至，冷嘲热讽先纷纷钻入耳中："水族的终极梦想是什么？浪啊！一浪高过一浪。这下浪大发了，把自己拍里头了吧？一世英名啊，毁得干净，落个这等结局，啧啧。"

"白泽君，咱们要是把他带回昆仑墟，云梦泽那个龙宫宝库……"

"甭惦记，瞧见没，现摆着的例子，其实钱多了，也未必是什么好事。"

"能这么想，说明你还不够有钱。"

我翩然落地，挥挥衣袖把那几团彩云打散。不够有钱的鸟人毕方人穷气短，脸色便不大好看："棠君上神这是何意？这就是涂山的待客之道？"

"有请而来的才叫客。本上神对不速之客，向来待的就是这个道。几朵破云好没眼色，挂得忒不是地方，挡了我涂山的风水。怎么，有意见？有也憋着，不用让我知道。"

毕方面孔僵硬，动了动脖子，终究没敢再回嘴，将翅膀拍得啪啪乱响。

做上神就是这点好，不用再谨小慎微顾虑旁人脸色，偶尔使个性子，一干闲杂人等不想接也得接着。

白泽咳嗽一声，似笑非笑斜眼看我，但他开口时，说出的却是异常和蔼的话语："这位就是之前同龙王一道下凡历劫的涂山帝姬？果然一朝飞升，今非昔比。"

哥哥冷着脸，在一块大青石后头对我招招手："妹子，过来。"

我屏住呼吸，紧紧咬牙，不知不觉举步迟缓，朝巨大的青石边挪去。

有男子斜倚青石，白衣拖曳在地，周遭方寸之内，遍地枯草凋零。

那双肩仍旧清瘦单薄，如一抹虚浮侧影，一动不动望向虚无之处。寒冬的山风瑟瑟包围着我，四下再无别的声音。

我忽然不敢靠近，小心地唤了声："临渊。"

白衣褶痕如水，波澜不惊。或许是北风太嘈杂，遮盖了我细如蚊吟的声音，他没有听见。

我深吸一口气，走到泥塑木雕般的身影面前，蹲下。

映入眼前的，是张空洞、木然的脸。一双不可见底的深眸，直映着天边流云舒展，毫无半点波纹。无悲无喜，无情无绪。指节苍白的手中，还紧握着一个玉瓶。

我顺着他专注的方向望了一眼，前方只是块阴沉沉寡白的云天，什么也没有。

"……他，他怎么了？"

哥哥掉过头，似是不忍再看："把他从黄泉海捞上来时，就已经是这个样子。"

老白泽捧着从不离身的书简踱上前来，字斟句酌将前事挑拣着讲述了一遍，我才终于弄明白，这三个月里究竟发生了什么。

临渊手中紧扣不放的，是这天地间最后仅存的一瓢妙方泉水。

妙方境灵泉，能度魂魄逆越劫波，逃脱死门，不入寂灭。也是唯一能让千葵从长眠中醒来的药引。

他终于还是践了约。

太虚黄泉，划出阴阳交界。肉体凡胎一旦越过，即形销骨毁。生魂跨入，转瞬便成死灵。无论神仙还是妖魔，想要潜下黄泉海，都必须显出本相，卸去一身修为。

他为了去寻那妙方境，汲取灵泉，重伤之下勉力强撑，击退无数凶灵魑魅，才终于能够靠近灵泉。

临渊曾和我说过，黄泉海恰是西海的门户之境。

这样大的动静，瞒不过西海守卫。

琰融的爱妾夜来偷出龙宫秘药“醉生梦”，欲趁乱将虚弱的白龙擒获在手，却被琰融发现，恼她心有二志，或许爆发争执，推搡之中，竟失手将一整瓶“醉生梦”，全部倒入黄泉海。

“醉生梦”，传闻中的水族秘药，饮下一滴便可消解万古忧愁，两滴则忘尽前尘，三滴神志全失，虽生犹死。夜来倒下去了满满一瓶。

而化作龙形的临渊，正深潜在黄泉海底，无处可避。身中醉生梦之毒，神识骤然涣散，再不复清醒。没有人知道他在水底经历了怎样的痛苦。只是猜测，龙形在摆尾挣扎之时，不慎扫得泉眼坍塌尽毁。鸿蒙始判太初，就与天地共存的这汪灵泉，行将枯竭。

天界为之震惊。东皇大怒，下令彻查始终。

琰融百般辩白，当时场面混乱，实在记不大清。与鲛女的攀扯，约莫在推与未推之间。夜来则将全部过错抛给琰融，自称失的那回手，在滑与未滑之间。

然泉眼终是坍了。

天族诸神揣摩东皇脸色，不约而同将这滔天重罪扔到失去灵识的临渊身上。

天极帝星出阴山。他不会放过他。

天倾地陷，黄泉水竭，混沌重临。

我为什么要说出那样的话？

白泽说，南海龙君冒死潜入黄泉海，花了三个日夜才把重伤垂死的白龙寻回。

可那时，他就已经变成这个样子。虽然睁着眼睛，却仿佛陷入最深沉的梦境，麻木不知人事。

给他包扎伤口，他浑浑噩噩，既不知配合，也不知拒绝。没有欢喜，没有悲伤，再没有正眼看过一个人。只是紧紧攥着手里的玉瓶，谁也掰不开，取不走。

南君苍凛挺身而出，与天族交涉，将这戴罪之身接回南海，不惜修为替他过血逼毒，可无论耗费多少力气，皆如泥牛入海，半点回音也无。

三个月后，他口里含糊不清吐出两个字："幼棠。"从此又再无一丝声息。

眼看东皇给的最后期限已到，苍凛无法可施，只得传讯与哥哥，将临渊带来涂山。说的是，若能把这拼死取回的灵泉交还给念而不忘的人，也算了却他最后一桩心愿。

幼棠。幼棠。他忘了一切，连自己也不再认得，却还记得我的名字。

我握住他的手，轻贴上自己的面颊："是我，我是幼棠，我来了。"

他很顺从，任由摆布，仿佛可以这么安静地枯坐上一生一世。

他只是记得那个名字，已不再认得我。无论跟他说什么，他全然不知，木雕似的直视前方。

我浑身力气流失殆尽，慢慢地蜷膝趺坐在他腿边。

一口气不来，向何处安身呢？

满山青帐里，万千宝轮之中，男子素手轻挥，祭出观沧海，扬起俊美无双的脸庞，含笑说："你可以叫本座龙君，也可以称临渊上神。"

是这一世的初遇。

为替我担下千年雷劫，他出尽百宝，放贷耍赖，厚着脸皮硬要将我诓去东海："跟着龙君混，谈笑有豪情，红颜不薄命。"

龙宫灯火阑珊尽处，也曾执手温柔允承："你放心。妙方境一诺，言出则必行。"

人人说东君脾性难以捉摸，战名横扫八荒，何等疏狂睥睨。我却见过他眉目含情，软语求娶："答应我，好不好？"

对他的爱，像一盏孤渺青灯，伸手触碰，会烫；放手退却，会冷。

言笑晏晏，历历在目。一股辛酸热辣直冲眼眶，直欲迸出血来。

白泽等一干人，终于等得不耐烦，上前催促。

"把那玉瓶取走，人快些交出来吧。托赖南海龙君作保，才能将他带来一趟，也别让苍凛君难做。我等赶着回昆仑墟复命，实在耽搁不起。"

临渊依旧沉默，不知我在为他哭泣。

可哭泣没有用。我站起身，重新握紧手中长剑。凡世富春江畔，我劈手从临渊掌中夺下的那柄青锋。他守了我那么久，如今，换我来保护他。

“要把他带走，需先问过我手中这把剑。”

重楼说得无错，我身上既有仙脉，亦有魔骨，天地之间举世无双，如今又承了上神品阶，真要动起手来，十个白泽也讨不了多少便宜。

可哥哥跨步横栏在当中，语气不留一丝商量余地：“你要为了他，把涂山卷进谋反的麻烦里？”

我浑身颤抖起来。他沉声又问：“东皇手下可调之将，远不止这十大妖神，你自问能打多少？”

满腔战意，骤然如沸水浇入冰雪。

长剑哐啷落地。

“那我便随他同上昆仑墟吧。也不是没去领过罪，不是吗？”

我轻轻把玉瓶从临渊手中取出，交到哥哥手上。回身将那木无知觉的身体揽入怀中，他微带潮湿的黑发间，有熟悉的清冽水泽气息。就这么一动不动，好似造化从来不曾将他夺走。

“玉谱为证，天地载册，无论生死，我都是他许嫁之妻。纵有天大的罪过又如何，两人同担，总好过一个。”

我做了最坏的打算，得回一个没有糟糕到底的结果。哥哥劝我不住，只得回洞府禀了父君。

据说父君破关而出，直闯补天宫，不知用了什么法子，直磋磨了七天七夜，才终于请动娲皇出面，同往昆仑墟。

狐帝和娲皇的颜面，加起来分量不轻。更何况，女娲还带去了许多当年补天所遗的五彩卵石，允诺将坍塌的妙方境灵泉泉眼砌垒复原。

这些种种，都是我被囚在空琴山后，听说的事情了。

空琴山地处莽莽大荒之最北，超离三界八荒之外，没有四季之分，终年漫山大雪，寸草难生。

任何神仙妖魔，一旦落入空琴山，便是有通天的法力也使不出，和一介凡人没多大区别。唯一的不同大概是，凡人没办法在这么恶劣险绝的地方长期生活下来。划此山为牢，就是最终的惩罚。

好在，我和临渊没有分开。

空琴山很宁静。除了深夜风雪呼啸，听不见任何声音。山谷银白满目，长空浩雪飞浮，除了日升月落，连飞鸟的影子也见不着。

我伐了几棵雪松，搭了间木屋用以栖身，结果一觉醒来，门外头堆的雪比人还高，只得又重新开了个天窗以供出入。唯一的不足是，天上下冰雹时，屋里也需打伞。然而我们没有伞。就算有，什么样的伞也挡不住这么重的风雪。

思来想去，还是按做狐狸时的习惯，寻个看着大小合适的山洞，收拾打扫出个窝来，和临渊搬了进去。

他伤势未愈，有些畏寒，我便把原来造的那间松木屋给扒了，再劈成柴，燃起火堆，每日将山洞烤得红亮亮、暖融融。

薪柴除了可以烧火取暖，还能烧水做饭。

可惜空琴山找不到什么吃的，那么厚的雪盖下来，别说蘑菇，连稍微细弱一点的雪松都能压折。我们最常吃的东西，是烤松子仁儿。那东西若论果腹定然没戏，还不够塞牙缝的，无事时不过当个消遣。不幸中的万幸是，遭贬之前好歹是一双上神，不吃东西起码不会饿死。

松子被松木烤得焦脆金黄后，有股浓浓的松脂香，弥漫在石洞里，好几日都不曾消退。临渊似乎很喜欢，我便多采集一些，烤好了堆在石灶边，留着给他换药时用。

最初三个月，每晚都需要烧许多滚水，给他清洗换药。

第一次看他没穿衣服时的样子，却是为了包扎伤口。没有杂念，也顾不上害羞，只有难以言说的心疼。盘曲狰狞的伤疤蜿蜒过前胸腹背，在块垒分明的肌骨轮廓上纵横交错，深的深，浅的浅。发红的那些将快要愈合，青紫的就是还余毒未净。

用手掬起清水浇过他似毫无知觉的身体，指尖传来甜暖的热度。

龙性喜水，但未愈合的伤口沾了水却很痛，这时候往他手里塞一把烤熟的松子仁，就能哄得他安静下来。

空琴山除了冰就是雪，哪里来的草药呢？唯一能找出的治伤之物，就只有灵狐血。我每日都需将换下的纱布洗净晾干，再咬破腕脉，将鲜血涂在上头，浸满，再重新缠裹在他的伤口上。

拾叶为薪，野蔬豆羹。日子初时有些辛苦，习惯了也没什么。

有临渊伴在身边，我觉得无比平静满足。

如果这就是命运。他就是我的命运。我变得无所畏惧，再也不会害怕，心意从未如此笃定，勇敢地走过去，不管未来面对何种艰难困苦，都甘之如饴。

我每天都和他说话，他初时无动于衷，连眉心的一次微耸也不曾有过。那面容安静美好，眉目澄净得与世间险恶风浪毫无关联。

有时伸出手，用掌心贴住他的胸腔，那里的心跳很和缓，一片风平浪静。没有厮杀、没有倾轧、没有欺骗，也没有暗算和阴谋。或许在内心的那座战场，他已经放下了刀剑与铠甲。

失去灵识后的临渊，变得如同婴孩，整个人像被包裹在透明琥珀里，安静茫然，需要保护。

一年后的某个早晨，他终于学会了开口说话。

我被刺目的雪光照耀醒来，睁眼便望见对角的石床上空无一人，直吓得手脚冰凉，连鞋子也顾不上穿就奔出去找，却见临渊正坐在悬崖边，手里拿根树枝不知在划拉些什么。

晶莹白雪上，歪歪扭扭写着两个字：幼棠。

滚烫的泪水涌出眼眶，化作明净珠粒，颗颗砸在他手背上。

他似有动容，艰涩地开口，长久未曾发声的嗓音，低沉喑哑：

“幼棠……会找不到……回来的……路……我……等她。”

那个令人心碎的梦境，竟尔以这种方式，重新应验眼前。

只如今我俩掉了个个儿，在刺骨冷风中等人来寻的，变成了他。

我抚着临渊冻得发青的脸，柔声轻哄：“临渊，乖，我带你去找她。”他便听话地任由我牵着，往回走。

我相信他总有一天会慢慢好起来，就算不能复原如初，也没有关系。我会一直这么守着他、照顾他，不让任何人伤害他。

第二天我便继续砍树，几乎把背阴山坡上的雪松祸害得干干净净，才凑出足够的木棍，在悬崖边扎了道长长的篱笆。免得我一时看顾不住，他到处乱跑，会有危险。

后来，我再喂他喝水、给他擦身时，他会紧紧攥着我衣袖，问：“你是谁？”

我便告诉他：我是幼棠，你的夫人。

他低头，喃喃重复：“幼棠，夫人。”

许是松堆烧得太旺，跳跃火光在他眼底掀起微乎其微的漾动。

第七十四章

离弦再续

等临渊身上的积伤完全好利索，已经是四年之后。这四年，我腕脉上取血的口子从未得以愈合。但一切都是值得。

临渊学会说话不久，虽然还是语声模糊，断句也磕磕巴巴，但我仔细倾听，总能明白他所要表达的意思。当年他教我说人语，也是这样从无厌烦的耐心。

第一个来空琴山探望我的，竟是阔别已久的大垂。

他给我送了许多锅碗瓢盆、被褥灯油等零碎杂物，也带来了外界的消息。

我并不大关心，腾出手来收拾石洞，有一搭没一搭地听两句。

临渊留在涂山的那瓶妙方灵泉，果真有起死回生之效，阿娘如今状况已大有起色，想必再过个十年八年就能醒来。琰融自接掌东海后，日渐跋扈，东皇很快便故伎重施，以他御下不严纵容爱妾投毒行凶为名，削权罚在西海禁足。讽刺的是，那投毒行凶的爱妾夜来，却未曾受到什么责罚。据说她在昆仑墟东皇座下一番声泪俱下的陈情，很是楚楚惹人怜，竟又被东皇留在昆仑神宫，照样宠冠三千，呼风唤雨。

东海现如今同云梦泽一道，暂归南君苍凛照拂，太玄也被从泉台放出，仍担着龟丞之职。

重楼将当年从琰融和司宵手里抢夺的鲛女放归东海，从此隐居太微垠，再不过问世事。但在这之前，大垂已经从押送鲛女的队伍里救出了姜夷。为给姜夷养伤，两人一道在玉琼川待了不少日子，被锦芙奉为上宾。小日子过得顺风顺水，难免饱暖思那个啥，也就顺便发展了一下感情。

四海情圣雍禾君的死缠烂打没有白费，终于得偿夙愿，被女龙皇娶回玉琼川，成了鲤国唯一的王夫。送亲队伍史无前例的盛大，婚礼在阗星城新任夜叉王小春空的主持下，进行得很圆满。

哥哥之所以暂时抽不出空来探我，实在是因为刚飞升完上神，又和昊天大帝之女龙吉公主定了亲，忙得分身乏术。这位龙吉公主又称红鸾星君，也是曾给我算过姻缘的那位美貌女仙。她告诉我，将来为我承过第一个千年劫的人，就是我命中注定的夫君。万花丛中不开窍的哥哥，身上的姻缘红线并非被遗漏，而是被红鸾星君留给了自己。

如今想来，缘分真是玄奥。

因着这一层关系，涂山氏和西方天帝成了儿女姻亲。龙吉公主的兄长穷奇英招，曾为我前往涂山报讯，哥哥便替他向岳丈讨了个情，使他不必再长久流放在积石山，受颠沛之苦。英招流落积石山的日子里，收服了不少游荡山野的四夷魑魅，被驯化成为他手下战力不容小觑的一支庞大军队。昊天大帝对此很满意，只觉逆子悔过自新，终于成器。

故人们无论远近，都过得很好，我也就放心了。

大垂絮絮叨叨说了半宿，佯佯伸展四肢，叹道："这破地方真冷啊！冻得我耳朵都快掉了，真难为你怎么过的这些年。"

我替临渊掖好被角，笑着朝他身上撒一把刚烤好的松仁："咱们明人面前不说暗话，你那俩耳朵立不起来也不是一天两天，这借口找得实在令人发指。这不，刚和姜荑定了亲，耳朵就又往下耷拉，可见以后定是个怕老婆的，唯有自求多福。"

大垂抓起松仁塞进嘴里，嚼得嘎嘣作响："啊呸！看他这样子迷迷痴痴的，话都说不利索，也不懂怎么怜香惜玉，还得你整天伺候吃喝拉撒，到底谁该自求多福还不一定。哎，你要哪天实在熬不下去，不如我就舍生取义娶了你得了，我家姜荑性子好，定不会计较。佛祖说了，我不入地狱，谁入地狱。"

和大垂斗嘴，也算漫漫长夜里难得的消遣，遂装出个为难神情："大垂，实不相瞒，其实我一直把你当成最好的闺中密友……”

“你这话太伤人了，我好歹是个男的，他身上有的，我也不差什么。”

我看一眼临渊，他已睡熟了，被子上倒凸显出一些很是耐人寻味的轮廓。便侧过身子，让出个合适的角度来，再望望大垂。

“你确定？”

大垂满面惊骇，当即倒吸一口凉气：“涂——幼——棠，活该你死去活来也嫁不出去啊！”

我默了一默，随即无所谓地笑笑：“反正如今我俩已能长久厮守一处，嫁不嫁的，无非走个过场，又有什么区别？日子不还是这样过。”

大垂也有些讪讪，揉着鼻头：“话不是这么说……”

可话究竟应该怎么说，他又支吾不出来。

半晌又道：“我说，幼棠你到底是真傻还是装傻？”

我无辜瞪他一眼：“咱俩认识也不是一天两天，我的傻看起来像装的吗？”

大垂闷闷垂下脑袋：“那倒也是。”

一时两厢无言。

过不多会儿，他耸了耸肩，叹道：“其实吧，你们有没有想过，生几个孩子，长日里也好有些消遣。像这样每天大眼瞪小眼，除了刮风就是下雪，终归孤清了些。”

“空琴山又不是什么好地方，两个人受苦还不够吗？再说，我们……毕竟还没有成亲……你想多了。”

这下换作大垂瞠目惊叹，托腮作诧异状：“没想到啊万万没想到……桃花满天的东海龙君，私下里竟如此冰清玉洁，两万多岁高龄还是条童子龙，炖汤一定大补。”

边说边哆嗦着伸爪，往临渊被子上拽出件旧灰鼠皮袄来。临渊却不知何时醒转，紧紧攥住那袍子：“衣裳，我的，不能借给别人穿。”

大垂愤愤抽回手，又去扒拉我肩头那件，同样被按住：“她身上的，也是我的。”

我抿嘴偷笑，转身往火塘里多添了几把松枝。

大垂跳脚不迭，调出个凶巴巴表情凑近了，吓唬临渊：“你仔细看看，我是别人吗？我是你小舅子！”

临渊却不再搭理，自顾将身子转过，面朝石壁，又沉沉睡去。

大垂走后没多久，哥哥终于也寻得机会，到空琴山探了我一回。

彼时我正在一棵高耸入云的雪松下打坐，不可置信地看着那熟悉身影，正蹚过齐腰深雪，越来越近。老哥在我面前站定，问道：“我那妹婿呢？”话刚说完，一堆雪雹子便噼里啪啦砸下，瞬间把他埋没了顶。

我吓得一蹦三尺高，赶紧四爪并用，把亲哥从雹子堆里刨出来，抱歉地指指上头。他抹一把脸颊上挂住的雪水：“我知道了，他在树上。”

“真是不好意思，他最近在练习降雪，但是……呃，还不大熟练，哥你多担待……”

临渊的本相是龙，无论是否修行，天生便有呼风唤雨、调动云雾霜雪的本能。在空琴山虽然半点法术也使不出来，但天性还是要勤加练习，能恢复一点算一点。

老哥抽了抽嘴角，涩涩道：“妹子，你这跟带孩子似的……”

把临渊从树上唤下来，便领着哥哥回小石洞歇脚。

这洞不大，三个人也就塞得满满当当。门口垒了个石灶，内中一石桌、一火塘，再就是两张石床一左一右，分别凿在石洞两端。

我豪气干云地朝里头比了比手：“地方小，招待不周，连椅子都摆不下一把，石床倒是有两张，你看上哪儿就随意坐吧，无碍的。”

说罢便忙着生起炉灶，将新汲的雪煮化，不多时烧出杯滚水来，以水代茶。

哥哥自去我那张床上坐了，半晌不说话。忽古怪地看我一眼：“你们前世又不是没做过夫妻……呃，虽然那个洞房之夜是惨了点，但你有没有想过，故景重温，说不定能唤起他的一点回忆？”

我一个趔趄，生生从灶台边栽了下去。好容易爬起来，目瞪口呆将他望住。素来清心寡欲、冷漠如冰的涂山少主涂九歌，自从成亲以后，思路果真开阔不少，变得敢想又敢说。

老哥自谓来一趟不容易，拣日不如撞日，何不就趁今朝替我俩做主，了却这桩心事。天地是现成的，长兄如父，在他面前拜上一拜，便算正式结缡。

哥哥热心至此，我也没什么好说。在这个简陋至极的石洞里，和临渊跪过天地，拜过兄长，又折来树枝当筷子，吃了许多烤得松松脆脆的松仁，就此成了亲。

空琴山地气殊异，仙家不宜久留。哥哥将带来的包袱给我当作贺礼，驾云告辞。

我打量那包袱，早被摊开来，杂七杂八的物什占满我整张石床，便有几分明白了他的意思。

临渊坐在火塘边，眉目安和，不知想些什么。安静的面庞像极晚夏桃实，细而透明的薄绒似有还无，凉白之中透出几丝水润的绯色。澄澄火光映照下，颈似白玉，如琢如磨。

发梢的雪水融化，自脸颊滴下，一路蜿蜒，又沿着他的喉结，从领缘滑落进襟怀。

我走过去，坐在他膝上，轻轻用指尖描摹那滴雪水留下的痕迹。

"临渊，你今天学会降雪了，很了不起。"

又拉起他一只胳膊，轻轻环过腰间："所以……这是你的礼物。"

他的呼吸很暖，渐渐变得低促。睫毛轻颤，在鼻翼投下浅影。片刻后，终于将另一只垂在身侧的手臂抬起，迟疑地拢了过来。

唇齿如甘蜜清凉芬芳，躯体似岩石坚毅滚烫。

像小孩子吃糖，有了一颗，总忍不住想要接着品尝，好奇下一颗是什么滋味。

我很慌乱，紧张得甚至不敢闭上眼睛。旧时噩梦太令人恐惧，又怕他毫无应有的反应，那才真正不知所措。

怎么办怎么办，脑子里乱哄哄，把看过的凡间话本册子全部回忆了一遍，发现还是没有头绪。短短一瞬，已辗转过千百个念头，真是书到用时方恨少。他要万一不会，那我岂非骑龙难下……简直太无助了。

又不知怎的，想起当年在龙宫做婢女、年少无知时，曾无意中听小叔叔太玄和侍卫在殿门外聊些少女不宜的私房话题，说是蛇族交尾，怎么都得好几天才算完，龙就不好说要多久。我甚苦恼，自己虽也有一半龙形，但一次几天几夜这种强度绝对是不行的，只好委屈夫君。

他的手终于摸索到裙裳纱结，一扯便松脱。我心里一松复又一紧，还好他会，他居然会，他怎么会……他果然会。而且，相当地会。

发丝缠绵的温柔，眼角眉梢的触动，鼻梁的峻挺，唇角的温软。

某一刻，终于忍不住蹙眉，在他颈侧轻轻咬了下去。

绵亘千年的痴缠爱恨，似在浮沉中寻着依凭。情浓之极，眼角便有些许晶莹。

他摸到那泪珠，忽然停住，眼神迷蒙，有些无措地喃喃："别哭……我……我轻一点……"

我惊却睁开双眼，指甲快要陷进他肩头，迭声细问："……临渊？你记得我是不是？是不是？是不是？……"

记忆如潮汐涌来，痛楚中亦裹缠着难明的渴望，充实而圆满，难耐又不舍。

他却沉溺不答，十分投入，只低低俯在耳畔呼我的名字。从额角到唇峰，辗转研磨，轻飘飘的，云一样游走。一呼一吸，一张一弛。就像那些过去的岁月，峰回路转，一步一曲折。

洞外风紧雪急，石室内煦暖如春，覆着一层薄汗的肌肤，看上去愈加鲜洁晶莹。

那本编造得香艳骇人的《龙狐传》，终于实至名归。

我不知道他神识中支离破碎的记忆，究竟有没有因此而清晰一些，但接下来的日子里，孩子气的临渊变得愈加黏人，并且身体力行地尝试了享用礼物的一百八十多种方式，乐此不疲。

山坡上的松子都被摘得差不多了，等新的长出来还需要一段时日，我无事可做，晴天牵了临渊出门晒太阳，阴天就腻在洞里窸窸窣窣。掐指一算，空琴山一年到头下雪的日子几乎超过三百六十天，天公作美。

我问他："你喜欢吗？"

他便迷迷糊糊"唔"了声，弱眼横波，将下巴蹭进我颈窝，气息拂得耳畔酥痒如麻。风雪再稠密，仿佛也不是那么冷了。

凡间那些册子编得天花乱坠，却也有句话说，纸上得来终觉浅，情之所至，或许并不需要那么多书。我是涂山狐，媚骨天成，大概天生便懂得如何让自己的夫君更快乐。

哥哥回涂山后，大概将我俩已经成亲的消息散布出去，接下来的日子，偷偷摸摸前来道喜的故交络绎不绝。鉴于空琴山实在是个山贫地瘠的不毛之地，大伙儿临走时都贴心地留下些用度，有衣衫鞋袜，有被褥茶具，小小山洞收拾出来，也颇像模像样。

雪后初晴，遍地琉璃。龙是冷血动物，见了太阳就走不动道，临渊化出原身，懒洋洋趴在洞口晒太阳，每过半个时辰就翻个面，四爪松弛，肚皮朝天，应龙的两只翅膀无意识地垂在身边，偶尔顽皮地扫起一小团雪块，朝我裙子上飞来。

我正拾掇不知谁留下的一只包袱皮，被那雪撞得手头一松，包袱中滚出个瓷瓶，叮咚落在脚边，捡起来细看，见封纸上光明正大地写着：金风玉露丸。

这种奇奇怪怪又引人浮想联翩的名字，连傻子看了都能猜到，定然是个帐中助兴暖情的药。

由此可知，世人对娶了狐狸精的男人，普遍抱有多么巨大的担忧和同情，以至于纷纷不吝添砖加瓦，连床笫之间也要众人拾柴火焰高。

我想起了那些喝得临渊鼻血直流的海马汤，琢磨来琢磨去，估摸出了点头绪，能送出这种大药丸子的，除了小叔叔太玄，大概也没别人。

以我对临渊的了解，这种玩意儿他实在用不着。但那瓷瓶很好看，上面绘着精致的缠枝莲花纹样，便把药倒了，瓶子留在床头，作插花清供之用。

如今的空琴山，已不再是荒芜雪国。

旧友们留下许多果蔬花树的种子，临渊很喜欢，在山洞外头搭出个棚子，捡来石块垒出花洼，还将山谷向阳的那面也开垦出来。晚间若落了雪，他就第二天大早去把雪扫掉，固执地相信，终年大雪纷飞的苦寒之地，也能长出茸茸绿意。

我俩在苍茫浩雪里相依为命，一晃便是百年过去。

临渊每天去向阳山谷，挑一枚成熟得最好的菩提果来给我吃。我问他，为什么不一次多摘点，非得一趟趟来回折腾。他便伸出手一边比画一边说，要给幼棠最新鲜的果子。

颓垣之上画壁成卷，深雪里能够长出菩提，沙丘也可以种出海棠。

第七十五章

曾盼岁月须臾驻

我以为我们可以就这样留在空琴山一方小小天地里，一个百年接着下一个百年，一个千年接着下一个千年，绵绵无绝期。

然而只是，我以为。

夜来把临渊带走的那天，空琴山下起百年难遇的鸿蒙大雪。

他沉沉昏睡，躺倒在銮驾之中，被四双穷途兽拉着，往昆仑墟跃空远去，化作一个遥远的小黑点。

穷途兽，末路穷途，再无归处。

其实那只是个寻常日子。自从来了空琴山，我不大记那些天干地支五行时辰，见天气忽阴沉得反常，便将临渊留在洞内，自去摘些松枝枯叶将那几亩花洼盖住，以免遭了霜冻。

漫天昏冥中，忽浮出一驾金碧辉煌的车辇，悬悬落在山巅。

车辇以日月星辰为徽，四壁悬垂了轻若云雾的纱幔。我一眼便认出，那是隔绝寒暑的上等银丝鲛绡。

绡帐被一双纤手从中拨开，指如削葱根，白似吴盐。紧接着便有绰约女子形体从帐中滑出，轻盈不自持，遍体生华香。

自从勾搭上东皇，她如今已有天妃名号，出行一趟，排场喧天。

我懒得问她有何贵干，也不欢迎这种莫名其妙的窥探，在裙子上擦了擦手上的残雪，打算回去将洞门关好。

刚走出两步，被她举臂当胸拦下。单刀直入地宣告来意："我来要人，今天必须把他带走。”

我瞟她一眼：“怎么东皇的异兽园，如今正缺一条应龙吗？”

她也不恼，慢悠悠绕着我转了一圈，上下打量。

“他现在修为全失，神识尽散，除了多出双翅膀，和条土龙也没什么区别。若能得昆仑墟灵气沐泽将养，总比留在这穷山恶水的雪沟沟里好得多。如果你真的很爱一个人，为了怕他痛苦就会成全他对不对，这么从中作梗，何必呢？”

我简直失笑：“我都不是真爱了为什么还要成全他，我就是喜欢看他痛苦啊，因为我不是真爱啊。他伤成这样，究竟是谁造成的？他遍体鳞伤差点死在黄泉海时，你在哪儿？他被白泽押上昆仑墟定罪时，你又在哪儿？你有什么资格来和他明媒正娶的夫人讨论什么真爱不真爱？”

连声诘问被吹散在风雪里，无人相应，只撞得我心口生疼，隐隐生起不祥的预感。

她清清脆脆笑起来：“那好啊，我们讨论点别的。你有本事帮他渡天劫吗？”

龙生来高华无双，然而劫难也比任何物种来得惨烈。别说临渊早已不再司神职，就算还是东海龙君时，也是听调不听宣，修为再高也只能位列散仙游龙。

散仙中的上仙，在野不在朝，身份很微妙。这就意味着，应龙也是要渡天劫的。

夜来掰着手指头算给我听，还有不到一年时间，临渊将面临一轮雾露乾坤劫。

以他如今这般情状，别说这么酷烈的天劫，就算普普通通的雷劫恐怕也够呛。而被囚在空琴山法力全失自身难保的我，还能再为他做什么呢。

照夜来所言，她已说服东皇，将如今毫无威胁的临渊带上昆仑墟，条件是设法替他挨过那轮天劫。临渊终究是鸿钧老祖口里的天极帝星，就算已经变得迷迷痴痴，搁在眼皮底下圈禁着，终归放心一些。

我疑心夜来诓我，雾露乾坤劫岂是随随便便说担待便能免了的。东皇再大的胆子，也不能擅自干涉天道。

可她接下来告知的一切，彻彻底底碾碎我最后一丝渺茫希冀。

昆仑神宫太华山谷地，供着当年妖巫大战时，被东皇从巫族手里抢来的圣物玉珑台。那东西据说是万年玄冰中开凿出的玉魄所造，极阴极寒，能抵一切天雷荒火。若想让临渊毫发无损地挨过这轮天劫，只能将龙形盘于玉珑台上，或可幸免。

“你若不舍得，那就看着他死喽。我得不到的，没人能得到。”

彻骨的寒意冻住我浑身血脉，攥紧了拳，大口呼吸了好几下，呛进满腔风雪，才终于吐出轻飘飘却又无比沉重的四字。

“如你所愿。”

“这就对了。反正结果都是一样的，倒耽搁我在这破地方多费半天口舌。”

我没有力气再和她斗嘴。拔出被大雪埋至膝盖的脚，跌跌撞撞朝山洞走去。我还要再看他一眼，最后一眼。

她追上来。

“涂幼棠，我还有句话送给你。”

“你自己留着吧，我不想听。”

“你非听不可。”夜来提着曳地裙摆拦在身前，“得不到没什么，守不住才丢人。”

我胃里一抽，满心烦恶，几乎弯腰欲呕。

临渊走后第三天，风雪才稍霁。我将石洞内的每一寸都细细抚摸了一遍，独自离开了空琴山。

这也是夜来的条件之一。她不希望我继续留在这个和临渊长久生活过的地方，最好消失得干干净净，谁也找不到，以免节外生枝。临渊挟在她手，她拿他的安危做筹码，放言我只要敢再出现在他面前一次，便是玉石俱焚。

事已至此，任何要求，我都只能答应。

但她说，不用留在空琴山受苦，也是她心怀仁慈力劝东皇，留给我的、最好的免罪结局。

山谷里的水晶菩提已经长成参天大树，石洞外的海棠花虽幼弱，也渐次成林。冰雪煮出的茶很轻软，松枝烤出的果仁焦脆香甜。这里其实一点也不苦。

可她怎么会懂呢。

临渊失去灵识后，记性一向很短。他大概很快就会彻底忘记我，又或者可以把任何一个悉心照拂在侧的姑娘，认作“幼棠”。我没有别的所求，只希望夜来能善待临渊。让他免受惊苦，就算永远神识不清，也要平静安稳地活下去。长长久久，不死不灭，寿与天齐。

怀着这个伤感的念头，我去往凡世，漫不经心地独自度过了很多年。朝代几度兴衰，但我只一心流连临安如梦风烟，因此不断重回这个时代。如果神仙的生命也可以选择，我宁愿反复停留在和临渊最初的那些岁月。

待的时候长了，便知道有些预言，只不过留给痴迷之人一线渺茫希望，是永远不可能实现的。西湖水不会干，雷峰塔也不会倒，永镇塔底的白蛇，其实再无逃出生天的可能。

娲皇和伏羲的后人，尚且落得如此结局，我还有什么好于心不甘的呢。

若知一切有尽处，何以执斯念不悔不悟？世间本无地狱，烈火焚身，刀斧之痛，不过都是自酿自饮，予取予求。

那日路过西湖旁的老字号“御清斋”，店家新做好一屉点心，唤松仁龙须酥，热腾腾地叫卖兜售。凡世的松子仁，第一口便甜得发苦。捧着那糕点慢慢蹲在街心，不敢让眼泪流出眼眶。

身边尘烟如织，脚步纷杂。一精乖小童奶声奶气拽我衣袖：“姐姐姐姐，你怎么啦，是不是身体不舒服？”我茫然摇头，将那包点心送给他：“姐姐弄丢了很重要很重要的东西，心里很难过，不知道该怎么办才好。”

小童抽抽鼻子：“那就去找啊！光蹲在这儿难过有什么用？不管找不找得到，连试都不肯试，怎么知道结果？”

凡世五个甲子，天界方满一年。我夜观天象，见那雾露乾坤的劫数终于有惊无险揭过，决定再去一趟太微垠。

只有彻底忘记一切，才能在临渊迎面走来时，真正做到视而不见。否则我怕，万一哪天实在忍不住，想再看他一眼……夜来说得出做得到，只这个念头，就足够害死他。

自从我离开涂山，患兽便被哥哥还给了重楼。如今迎在门口的，还是那醉醺醺的熟悉面孔。

重楼什么也没多问，径直将我带去那挂着孔雀明王法相的石洞，结界护法，洗骨伐髓。

五识全开，幽幽梵音顿起。

“无染著嗔恨愚痴之念，心念住于三昧定意、恒常处于无为寂静，一切智慧通达无碍。”

我竭力忍耐，以吐纳之法自行运转，却压不住胸中烦恶愈盛。

“安住于空、无相、无愿三解脱门，不假造作，不起妄念……”

喉头泛起腥甜，终于忍不住，满口血吐在前襟。

重楼见此状，说道：“幼棠，算了。”

“不，我还可以坚持……”

“你怀孕了。”

瀑布声轰隆如千军万马，将灵台搅得一片混沌。我以为自己听错。

“……什么？”

“如果一定要勉强，你或许会失去这个孩子。随意斩龙会遭天谴，误伤龙子也一样，恕孔雀未敢擅造此孽。这孩子，是敖临渊的骨血吧。”

我茫茫然把手轻放在腰腹间，感觉很神奇，又有种奇异的安定。

临渊已离我远去，这胎儿却不知是何时悄然而至，安静藏于母体，仿佛一种神秘的连接。骨中分出骨，血中生出血，是生生世世也无法斩割的羁绊牵连。

可如果，如果这孩子的存在被天族知晓……我不寒而栗。

重楼似一眼望穿我心中所想，蹙眉道：“当年一剑斩杀迦楼罗的涂幼棠哪里去了？为什么一定要躲呢？退让总有尽头，今天她敢直接上空琴山抢人，你拱手相让了；再过一阵，她要你把孩子交出去，母子永世不得相见，你也肯给吗？”

“你说得对。”

没有人应该走被安排好的道路，若无自由，清净亦是枷锁。所谓永生不死的仙家岁月，不过是漫无止境的折磨。

一切痛苦和灾难的根源，都在昆仑墟。我再怎么忍让，也不可能靠委屈就能求全，终究难逃阴晴圆缺。

毁天灭地又怎的，三界众生与我何干？什么是对的，什么又是错的？所谓历史向来由胜者书写，正邪之分也不过由赢的那方决定。谁强谁的话就是道理。那么不要管对错，只做自己想做的。一念入魔，妖心炽盛，眉心轮渗血一般慢慢浸染成了赤红。

我辞别重楼，直奔南海而去。

劝反苍凛，没有想象中那么难，尽管也不容易。

东海如今归苍凛暂摄，我只问了他一个问题："东海短短数百年内便已几易其主，那前三任龙君，现今如何？"

青龙神广仁战死、白龙神临渊被囚、黄龙神琰融被软禁西海。若再继续放任东皇弄权，屈服于此淫威之下，下一个轮到的，就是他。

说服父兄，也是同样的道理。

凤凰龙祖相残而死，烛龙惨遭设计被逼羽化，迦楼罗入世，孔雀成魔，龙凤二族几乎凋零殆尽，东皇犹不知餍足，对涂山几次三番的施压挑衅，已经足以昭示包藏的祸心。

一个人独揽大权太久，难免耐不住寂寞，动不动心血来潮众生就得遭殃。

是时候纠正这一开始就不应该纵容的错误了。

第三回踏上昆仑墟，再不同于前两次服罪之姿，身后盔明甲亮，旌旗如云。

神宫看大门的，还是老熟人开明兽，他睁只眼闭只眼地，只作瞧不见，往立柱旁让了让，便通融过去。

须发皆白的上古妖皇，整张脸皱得完全看不清表情，中气倒很十足："你们干什么？"

我朝身后望了一眼，站有涂山氏、霜满天所统霜狼氏与有熊氏、锦芙携玉琼川鲤族、新任夜叉王小春空麾下的北溟海夜叉、南海水族、西方昊天、穷奇英招统率的四夷魑魅以及魔君孔雀。

林立的队伍里，仙魔妖兽可谓一应俱全。

顿时觉得东皇老儿这个故作姿态的问题，问得忒有水平。

将手中长剑铮地弹出嗡响，朝他一指，朗声笑道："造反啊，还不够明显吗？难道是为了找你喝茶聊天？"

这次攻上昆仑墟的檄文，明明白白写着：荡除天地，更造日月，布置星辰，改弦易调。

简单说，就是要东皇禅位。

白须一抖，御座上响起一声短促轻笑："世上要人人都像你这么想……"

"那你最好烧香拜佛，祈祷世人都别像我这么想，否则你有得操心了。废话少说，把敖临渊给我放出来，否则我保证你失去得比现在更多，百万仙兽拼着灭族也要踏平你这昆仑墟！"

东皇默默良久。

我等得不耐烦："怎么，真想试试？"

他这次答得很快："当然不，你光着脚，本君穿着鞋。"

复又摇摇头："敖临渊他，根本不在昆仑墟。"

所有积蓄的勇气突然无的放矢，我愣住，手中握着的剑似有千斤重。

"我不信。把你那位夜来天妃叫出来，涂云门那一世，她设计我的就算可以略过不计较，也还欠着烛龙离珠一条命。"

形势比人强，率众逼宫这招，从古至今都好使。

鲛女被从太华宫一路押到昆仑巅，身上竟还牢牢扎了一段捆仙索。东皇的态度非常明确，为了自保，他率先示好，干脆利落地放弃了这个曾经万般宠爱的女人。

可夜来告诉我的是，雾隐乾坤劫后，最后一轮雷网尚未收熄，始终盘踞昏迷不醒的临渊，却突然从玉珑台直蹿入天际，不知所踪。彼时的天劫惨烈万端，暴雪成团砸下，霹雳雷火在天穹里开裂，四下蔓延，斑驳的乌云汇聚，交织出奇诡的异象。众人忌惮雷火，没谁敢靠近玉珑台半步，事后要追也不知该往何处寻去。

他跑了，怎么可能？他明明什么都不记得，什么都不知道，脆弱得如同婴孩。何以偏偏在渡最后一轮天劫的紧要关头，迎万钧雷火而上，他会去哪儿呢？是不是……还活着？我还没来得及告诉他，他就快要做父亲了。

持剑站在云雾重重之中，听见自己喉咙里抖得错乱的声音："我不信……"

我不动，没人动。

眼前一片天昏地暗的模糊，甚至没察觉东皇正扶座而起，蠢蠢欲动。

孔雀俯身在耳边低语几句，便顺势将我手中虚虚提着的长剑抢过："这剑，你也用不着了。去吧。"

惊梦乍醒。

一朵云被踩得漫天掉渣，我用尽此生最快速度，朝空琴山跌撞而去。

从云头摔进厚厚积雪里，一点也不觉疼痛。

旧日石洞门前，已是棠木成林。白衣清削的侧影，正俯身拈起一片翠叶。

我屏住呼吸，生怕那是个一触即碎的幻影。

无数片白莹莹的微光，在头顶延伸、交织，一天一地飘落下来。

他似有所感，毫无预兆地转过头，水墨般分明的眼眸，亮彻清醒。漆黑的眼底，映出了近在咫尺的梦。

"我在等你，带我回家。"

第七十六章

千秋岁

打仗这种事，有时候人越多，反而越打不起来。

昆仑神宫终究未被踏平。

听哥哥说，那天我走之后，娲皇携鸿钧老祖双双露面，欲将此事从中调停，能不血流成河，最好和平解决。

当然，开弓没有回头箭，商量也要有底线。在苍凛君和狐帝的坚持下，东皇太乙最终还是被从御座赶下。那始终未过明路的天族太子陆压，将用他自己的方式，开启一个全新的时代。

作恶多端的鲛女夜来被魔君化出孔雀原身，啄瞎双目，丢入了太虚黄泉。她被罚镇在灵泉旁最大的一块补天石下，永世看守妙方境泉眼。数年过去，一尾被族中放逐出东海的男鲛找到她，便总是穿着身破破烂烂的盔甲守护在侧，须臾不离。

棠君帝姬辞帝位，转承长兄涂山少主九歌。历尽劫波的一龙一狐，从此相携归隐离恨天外，再不过问三界是非。

我后来问临渊，渡劫那天究竟怎么回事，神志又是何时清醒？

他摇摇头："想不起来了。只依稀记得，不知哪天早上醒来，发现自己躺在块极寒的玉石台子上，每片鳞都快冻成了冰。我以为是梦里，睡着、醒来、又睡去……种种梦境交替，反复出现一个风雪山谷里的石洞，火堆……还有你。或许那玉石台子的寒气真有殊异之灵，我渐渐分清哪些是真的，想起许多无知无觉时候的事情。夜来每天来看我，我故作痴傻，听到许多疯话，也大概猜出置身何种景况，只得每日装睡，再偷偷借助寒玉的灵力复原修为。后来天劫突至，再不跑就没机会了，便借着雷火遮掩冲破雾遮云罩，回头看了一眼，才知道那么久以来，一直被困在昆仑墟。”

“那……你为什么不去找我？”

他苦笑：“我去了南海、跑遍玉琼川、去了阆星城、去了太微垠，又去了涂山，连霜满天都找不到……好像一夜之间，所有人全都消失不见。”

我恍然。当时，那拨人正都被我带着去直挑昆仑墟，正好阴错阳差错过了。

“跑出来的时候，受了点雷伤，有时还是会犯迷糊，梦境和现实都错乱颠倒……只有在空琴山度过的那些日子，越来越清晰。我记得你每天给我换药，教我说话，教我招雨、降雪，一起在雪地里种出水晶菩提……我们还成了亲。我只能找到这里，看见石洞，便知道一切都是真的。洞口的花洼被雪埋了好深，重新打理许久才又长出绿叶。我总觉得，海棠花再开的时候，你就会回来。”

“嗯……我这不就回来了吗。”

“幼棠幼棠，你夫君是不是很厉害？喝掉那么多醉生梦都能醒过来，怕是这一世都再忘不了你了。”

“那便又怎么样呢？”

“唔……我记得，这种时候，应该会有‘礼物’的。”

“……你大概记错了。”

“没有吧？我记性很好的。你还问我喜不喜欢来着……我喜欢的。”

松枝烧出的火光红彤，岩壁上映出起伏交叠的身影，似温柔潮汐，一波一波蔓延没有尽头。我不舍得闭上眼睛，手指探入他浓密汗湿的黑发间，肌肤相泽，深深嵌合，如此亲密无隙。那些在空琴山相依为命的岁月，清苦而甜蜜的缠绵，全部都回来了。

小小石洞，互为天地，就是整个宇宙。

……

六年零九个月后，我们的一双孪生儿女在曼殊紫竹林降世。

长子是一尾小白龙，取名敖九川，也就是后来的九川大神；幼女是一只毛色浅金的九尾龙狐兽，唤敖临安，百岁时拜在南海观世音门下。

又是很多年很多年过去，陆压离开昆仑墟，回到西牛贺洲，隐姓埋名收了个灵石化生的仙胎为徒。乃是只聪明顽劣的石猴子，便将一身的本事尽传了与它。这猴儿也颇争气，继承了师父胡闹的人格，跑到东海抢走定海紫金梁一根，直打上天庭闹得落花流水。又有南海龙王的小女儿，眼有灵泉的龙女，竟苦恋上一只猪，那猪也不是普通的猪，前身原是天蓬。

熙熙攘攘红尘，热闹有趣得很，恩怨情仇都层出不穷。我与临渊偶有听闻，亦不过付之一笑。打趣道，多年前欠陆压的那份人情，也就算由他徒弟讨回去了吧。

再又过了几世几劫，连那惯爱惹是生非的石猴子都已经修得正果，混成斗战胜佛。最喜欢做的事，是蹲在天边看紫色的晚霞。

无论如何，那又是另一出很漫长很漫长的故事了。

各自因果各自修。

瓷青的雨水顺着风飘下，能清晰听见水珠在竹叶间洄滴的声音。

紫竹林，一几、一案，墨香宛然。被雨光笼罩的寂静天地，沾染了一种暮鼓晨钟的味道。

氤散在白石笔洗中的墨痕，好似渺茫清穹上璀璨的云霞，深浅相叠，又像远方迤逦开来的苍色山峦，若隐若现。

白绢铺陈，落笔寥寥数行，浅字深描勾。

“清江社雨初晴，秋香吹彻高堂晓。天然带得，酒星风骨，诗囊才调。汭水春深，屏山月淡……如君样、人间少。[1]”

临渊不知何时悄然行至身后，将我往怀间带了带，轻声念毕，宛然提笔再续：未放鹤归华表。伴仙翁、依然天杪。知他费几，雁边红粒，马边青草。待得清夷，彩衣花绶，哄堂一笑。且和平心事，等闲博个，千秋不老。

一龙一狐，相视而笑。

——我找了你那么久，那么久，怎么舍得没有以后。

---

[1] 注：引自宋·吴泳的《水龙吟·清江社雨初晴》。

——临渊……

——嗯?

——你就是我唯一的神通。

渡山亦越海，幻里觅真经。飒沓逐云起，逍遥驭风行。

番外 画棠春晓

夜来篇

山海苍茫间，寒来暑往几多回，地处东海之门户的玉琼川，正值春华灿烂。换一轮密雪敲碎琉瓦，月波相接处，濑挹山光。

在单尾狐仙涂幼棠眼里，再美好的风景都只是浮云，路在她脚下就分两种，一种是认识的路，一种是迷路的路。

若平日里游山玩水不慎走丢，再不济，还能拘出个土地老儿来给指一指方向，奈何此刻足底茫茫白沙，头顶碧水苍蓝，万丈深海底，不归陆上的土地管。

昆仑墟那一仗虽没能真刀真枪打起来，结果却好得完全出乎意料。陆压取代东皇执掌昆仑墟后，秉无为而治之心，八荒六合分权自立，彼此互为掣肘，法度秩序得以重新承立清明。越俎代庖这种事，绝不会有神仙敢拎着脑袋随便掺和。所以脚下这块地面现在该谁管，幼棠她也不知道。

自迦楼罗伏诛，八朵兜率火就都收归在孔雀重楼手中，待天地初定，他又将另七朵分赐予了各方仙陆山海中有名望的君主，涂山继任狐帝涂九歌亦是受赠者之一。数年后，幼棠在紫竹林诞下双生龙雏，重楼前往道贺时，曾对此举做过一番深入浅出的解释：法器嘛，虽然威力无穷，最主要的作用却是当个摆设，只要谁敢率先丢出第一枚，保管其余所有都会往他头上扔。

如此一来，原本相互之间关系紧张到如履薄冰的仙妖神魔，都各自寻到合适的进退位置。三界相安再无战事，武将们大多卸甲念佛，原本就有心向道的，更动不动把慈悲为怀挂在嘴边，品阶无论大小，无一例外地谨慎安分得很。

否极泰来，天祥地瑞，好事总会接二连三发生。

狐帝芜君将聚魂灯借给女儿的闺中挚友锦芙时，还顺手把剩下的小半瓶妙方灵泉相赠，以全鲤国山海联兵直挑东皇的情谊。灵泉对水族有起死回生之效，原本千八百年才能重新现世的老鲤皇，竟有望提前醒来。锦芙把鲤皇仅剩的一丝灵魄聚集在临渊保留的那片鲤鳞上，佐以姜夷所授的鲛族织绡秘术，用聚魂灯日夜缀补，渐渐滋养得骨血丰足。某一日，玉琼川陵宫所在的鱼鲮岛四周突然地气翻腾，激起万千涡流逆涌，天星飞坠如雨，直亮彻了半壁天穹。种种异象都昭示，老鲤皇仙元复位，就快破晶棺而出。

这也就意味着，情路坎坷的四海情圣雍禾君，也终于要修成正果了。

锦芙为父皇尽孝，成亲后始终独居鱼鲮岛皇陵，为鲤皇聚补残魂而殚精竭虑，始终未曾同王夫圆房。两人说好，待鲤皇重新归位，便是真正的团圆之期。

和女龙皇成亲以来就独守空房的雍禾君对此没有异议，因对锦芙用情至深，便将朝朝暮暮视作等闲，拍着胸脯道，“上千次求亲被拒都锲而不舍未曾放弃，还在乎为老岳丈多等这几年嘛。”

玉琼川双喜临门，给当年一同举兵反抗东皇暴政的各路仙友都下了帖子，还遣小仙使特地跑了一趟曼殊紫竹林，长年隐居离恨天外的白龙神夫妇得知喜讯，欣然应邀。

佳期转眼将至，临渊本打算携幼棠一同前往，孰料启程前，擅长翻江倒海（惹是生非）的一双儿女偏又在这当口惹出了点不大不小的乱子，需得做父君的亲去打点，只得让幼棠先行一步，说是料理完了随后就到。

事儿倒也不算严重，就只说起来令人哭笑不得。

小白龙敖九川满百岁生辰那年，从漂亮的孔雀叔叔那里得到只刚出生的小患兽当作灵宠，但白龙神夫妇日子过得和美顺遂，紫竹林没有忧伤可供吞食，小患兽吃不饱肚子，日渐消瘦虚弱，很快就饿得奄奄一息，一对兄妹为此都很焦急。

九川琢磨来琢磨去，终于思量出了个釜底抽薪的办法。所谓冤有头来债有主，灵兽的生死祸福总有源头可寻。他带着妹子临安冲进司命星君的神殿，揪住老司命一顿好打，放言他要敢把小患兽的名字从三生石上抹掉，就把他那身老骨头根根拆散挫成灰，洒遍四海以祭患兽英灵。

老司命被揍得鼻青脸肿，原本就捉襟见肘的发际线终于褪至山穷水尽。跑到陆压面前哭诉日子没法过，满地打滚外加四壁挠墙，非得给这委屈讨个说法。

对这种天外飞来横祸的事，陆压当然表示无比同情，同时也委婉地提示了一下。当年因顶不住东皇压力，老司命晚节不保，丧失了作为一个司命的基本原则，将龙祖的姻缘命数大笔一挥改得惨不忍睹；如今挨上龙祖孙子一顿好揍，也是天道轮回因果循环之定数，实在算不得冤枉。

因此好言劝道："能忍忍就忍忍，实在忍不下去，歇会儿接着再试试。"

司命一口老血堵在胸口，缓了好久才回过气来。写了大半辈子命谱，事到临头也得学会认一回命。

为显公允，九川的父君临渊上神总还要亲自露一露面，表个诚恳致歉的态度，一来一回，便得耽搁上两天。

这也就直接导致了孤身前往玉琼川的幼棠，此刻手里举着个紫螺耳坠子，茫茫然蹲在一丛海藻旁边画圈圈。

"临渊临渊，一个好消息和一个坏消息，你先听哪个？"

那边默了一默，语声清柔："其实应该区别不大，你喜欢先说哪个，我听着就是了。"

"好消息是，虽然多花了两天两夜，终于算勉强走到了鲤国地界；坏消息是……你夫人走丢了。"

"走丢了？丢哪儿了？"临渊话音一顿，转瞬琢磨过来，要知道丢哪儿了，就不叫个丢。只得耐下性子再循循善诱："别着急，你先看看旁边都有什么？"

"海藻。"

"还有呢？"

"路。"

"呃……你再往上瞧瞧，太阳在哪个方向？"

"头顶一群彩带鱼，在日影的左边……啊不对，已经游到右边去了！"

"出门前我给你画的那张海疆图……"

"要看懂这张图，我起码还得问天再借五百年左右吧。"

彼端传来一息悠悠长叹："你站在原地别动了，等我过去。"

然而这双贤伉俪对原地的理解，不出意外产生了点偏差。对幼棠而言，海底处处景致大同小异，差不多的方圆百八十里以内都算原地。临渊就算缩地成寸赶往玉琼川，要找到她总也还需耗上个把时辰，枯坐在光秃秃的沙地上空等岂不闷得慌。于是左顾右盼地，一步一挪，忽忽悠悠就晃荡到一处礁岩叠嶂的海沟。

奇怪的是，四周旁逸斜出的海牙藻丛里，散落着许多长短不一的薄纱。

捡起来一看，那纱料斑驳稀疏，经纬的纵横全部纠结错乱，像交织成一团乱麻的慌张，透着令人不安的诡异。薄纱上流转的月光森寒浸骨，这确实是海中最珍贵的织物——鲛绡。

沿着渐行渐窄的海沟甬道前行，岩壁上、枯藤间，四处都飘挂着残破不全的鲛绡残纱。招魂幡一样，随水流浮沉摆荡，像在装点一场盛大而令人心酸的葬仪。

无法用言语形容的凄凉嗓音，虽难掩几丝沙哑，仍带着如歌如吟的韵调，一时低泣嘤嘤，一时笑似银铃。

"我织的鲛绡漂不漂亮？还是白色吗？白色……是最干净的颜色……海底真黑啊……嘻嘻……我要织绡，用白色把这脏兮兮的破地方全部遮满……你说，像不像空琴山的雪？"

幼棠心头一惊，放轻步子，将身形藏在凸起的青岩后，朝黑沙翻涌的海沟探头望去——裂谷甬道的尽头，垒出座坟包状的小山，厚厚的苔痕纵横斑驳，几乎快同泥沙混为一色。饶是狐狸眼尖，也勉力分辨了好半天才认出，那些看似毫不起眼的石块，竟是当年娲皇用来修补坍毁泉眼的补天石。

封砌得纹丝不动的巨石裂缝中，延伸出一截尖钩倒刺遍布的麒麟脊，只比水蟒略细，脊骨末端，锁着一双伤痕累累的雪白裸足。锋利锁环几乎卡进皮肉深处，磨得皮开见骨。那触目惊心的伤口翻卷开来，浸泡在咸涩海水里，已经腐烂溃脓，再无愈合的可能。

鲛绡水火不侵，可那双脚的主人，只一心一意将刚织出的薄纱扔得漫山遍野，却没顾上拿半片来包扎伤处。

幼棠捂住嘴，几乎不敢相信，那个被拴在泉眼旁神情癫狂的褴褛疯女，是东海最美丽的鲛人夜来。

旁边那个披挂满身破烂铠甲的，想必就是被东海逐出族中的司宵了。

“别织了！我求求你，清醒一点好不好？你抱一下他，睁开眼睛看一眼你儿子！”

“睁开眼？哈哈哈……你才疯了！你忘了吗？我的眼睛早就已经瞎了，什么也看不见……什么都……不想看见……”

语声渐渐低微飘忽，撕心裂肺的压抑哭声又起。鲛女黯蓝的长发凌乱纠结，似疯长的海藻，将夜来一把嶙峋瘦骨缠裹其中，结成自缚的茧。

司宵怀中抱着个咿呀婴孩，手足无措：“夜来……我……我不是那个意思……我一时失言……你别伤心了，好不好？”

许久都没有回音。海沟枯寂如墓，葬着两个虽生犹死的鲛人。

残破的白纱如殓尸布，无声飘拂，在为这场没有尽头的残酷惩罚，陪衬一场脏旧的雪。这雪和空琴山的苍茫浩荡，全无半点相似之处。

一团苍绿在暗处动了动，幼棠初时未曾在意，只以为是块遍布荇藻的石头，细看才发觉，那庞大身影，是始终沉默不言的龟丞太玄。

这大概是如今唯一肯不计前嫌，来泉眼探望这双鲛人的故旧。

太玄颤巍巍上前，伸手欲将襁褓中的婴孩接过，司宵抿着唇暗暗较劲，只是不肯撒手。

夜来背转过身，再次开口，带着心灰意冷的清醒平淡：“让太玄带他走吧。等他长大了，不要让他知道，自己有这样一对父母。”

司宵愣了愣，绷紧的胳膊松悬下来：“你真的，连抱一抱他都不肯？”

“……抱了又如何？明知留不住的，何必徒留牵念。”

她不肯和刚刚出世的孩子有任何亲昵，原是怕抱了，便舍不得。

夜来和司宵的孩子终究出生了。她曾说，这孩子是东海鲛族翘楚的后代，必将成为东海最优秀的鲛人，带领整个族群开创全新的未来。

而如今，东海最优秀的鲛族后代，降生在一处无人踏足的漆黑海沟内，没有期待、没有祝福，母亲身负重罪永陷囹圄，父亲因出卖族人而被流放驱逐。

太玄小心翼翼接过婴孩，托在臂弯，长长喟叹一声："你们俩啊……"

夜来又开始机械地编织鲛绡。这么深的海底，是月光无法抵达之处。她采集每一束渺茫的幽光都至为艰难，因光束不纯，织出的绡纱凹凸不平纹理粗糙，可她似浑然不觉。

司宵蜷曲鱼尾，将整个上半身倒伏在沙地，朝太玄重重叩头："太玄叔叔宽仁，小子知罪孽深重，万死难赎，却不忍连累无辜稚儿……"话未竟，哽咽难以为继。

"人来人往，生生死死……老夫一把乌龟年纪，见得多了。日月几回换新天，百代君王不过是龙宫的过客，真正搭建起那座宫殿的，是我们这些世代侍奉皇家的水族啊！"

素来脾气温暾的太玄乎化身成怒火狂龟，中气十足又痛心疾首斥道："命如蜉蝣，不值一提——这话我们自己说说，是自嘲，可你错就错在，不把咱们放在眼里当人，拍拍脑袋就把族众送给外邦为奴为婢肆意践踏。要是开了这个口子，不管以后执掌海域的当权者是谁，还能有我们这些鱼虾龟蟹的活路吗？！"

司宵的头垂得很低："我知道……这次只遭流放，而非赐死，已是托赖太玄叔叔力排众议网开一面……"

"那是看在过世鲛族老族长的面子上，若论起当年交情，你这浑小子都还没出世。行啦，孩子老夫带回东海好生教养，只是若想他平安长大，必须隐瞒其身世，你俩日后也不可再与他相认。"

司宵无话可答，唯有重重叩首。

太玄抱着幼鲛浮水远去，留下无动于衷的夜来和失魂落魄的司宵。

东皇禅位后，昆仑神宫内蓄纳的一众妻妾皆作鸟兽散。风波平定之后，这对曾经在龙宫万人之上呼风唤雨的鲛人就此销声匿迹，再也无人提起。临渊没有收回赐予夜来的一双腿脚，也没做任何伤害她的事。她已经得到了最公正的惩罚：双目已眇，永世被镇压在黄泉海底。

夜来一边撕扯着残破不全的薄纱，一边自言自语，仿佛身边发生的一切生离死别都与她无关。失去眼珠的眼窝深陷，是两个没有表情的黑洞，再也无法因哭泣而流淌出晶莹炫目的珍珠。

“你给了我一双腿脚，我只用来追你寻你……循你的足印，踏遍你走过的千山万水，却始终不能靠近，也无法触碰你的心……”

幼棠沿着来路悄无声息地离开。司宵一往情深的絮语仍从身后断续传来：“你还是很想他，对不对？没关系……我……我学他说话的声音给你听，一直陪着你，再也不离开你……”

……

这样也好。她的目盲，是不幸也是幸运。从此可以一直活在心中固执不醒的那个梦里，听司宵用鲛人灵巧无双的嗓子，模仿出她念念不忘的那个声音，把他当成“他”。

幼棠蹑手蹑脚游出海沟，转了好几个圈才远离那些被残破鲛绡挂出的“雪景”，心头不胜唏嘘。不知不觉就踩在一扇浅金尾鳍上，被滑得一个踉跄。惊却抬头，正对上双笑眯眯桃花潋滟的眸子：“又踩本座的尾巴？”

说罢伸臂将她拦腰揽入怀：“你怎么了？神不守舍的。”

趁他不觉，幼棠将手上还牢牢攥着的一小片鲛绡塞进袖子里，笑着应道：“没什么，只是迷路太久，有点累了。九川兄妹俩呢？”

“留在紫竹林闭门思过。司命老儿笔下素来无德，隔三岔五就有满怀愁怨的苦主前去闹场，我跟他商量了下，说好以后随时让九川和临安带着小患兽去他府上填肚子，这桩公案也就算圆满完结了。”

在玉琼川小住的日子里，听闻万年单身汉老龟丞在巡海时，捡回来一尾父母双亡的鲛族遗孤，聪明强壮，同太玄很是投缘，被收为义子养在膝下。幼棠便借着敬贺龟丞老来得子之喜，让临渊取出龙宫封存已久的祭司法杖相赐。她想，这大概是最合适的安排。

若无意外，当此子长成以后，将会继承他母亲的法袍，成为东海鲛族新一任的大祭司。不知他会用什么样的方式，带领族人走向怎样的未来，能否亲手实现他那志大才疏的父亲，长久以来的夙愿呢？

大垂篇

白龙神夫妇是鲤国贵客，被安排下榻在内城最精致风雅的一处宫室。外庭还很有诚意地按江南园林造景，缀了亭台池阁。算算距鲤皇归位的大日子还有不足十天，幼棠闲来无事，便日日陪着姜夷在御园中给锦芙织鲛绡，缝制华美吉服。一边比着面前的池子，将大垂被涂九歌一趟趟踹下碧水寒潭的少年往事说来逗趣，嘻嘻哈哈欢快得很。

正说得热闹，忽闻一声娇叱，一个圆咕隆咚的白毛球便从她俩头顶划过一道圆弧，稳稳当当砸进了面前的池水中央。

大垂自从成亲后，竖了没两天的耳朵就再也不曾立起来过，看着低眉顺眼了不是一星半点。为配合这么副慈眉善目，便号称一心向佛，脖子上老挂着一包铁观音，没事还能捏两撮出来泡水喝，可谓内外兼修一举两得。

幼棠不失时机，直指池水中央对姜夷说："快看，场景再现！就是这个样子，大垂的没出息一向发挥稳定，落水姿势千多年都没变过啊！"

接着又向池中载沉载浮的那团白绒球叹道："你怎么得罪狼女了？惹得她发那么大脾气，霜满天可不是好糊弄的。"

这厮龇牙咧嘴从池子里爬上来："此事说来话长……"

"那你长话短说。"

大垂气喘吁吁，垂着肩头无比心灰："我就怀着同道中人不耻下问的心，请教了她一个问题啊！不想答便罢了，至于嘛就把我一脚踹池子里？"

幼棠和姜夷面面相觑："你问她什么了？"

"我问她，晚上要是睡不着，数羊有用吗？"

姜夷白他一眼："可霜霜是狼啊！说你不活该都没人信。"

伸着懒腰从殿中踱步而出的临渊向来比较善于抓住重点，蹲在池边打量道："那你究竟为什么睡不着？"

大垂瞟一眼垂首织绡的姜夷，支吾半天，声音比水蚊子哼哼大不了多少。临渊顿时了然，拎着后领口就把落汤鸡"小舅子"从池水里提溜起来。

幼棠目瞪口呆，之前完全没察觉，他俩总是乌眼鸡似的关系竟不知何时融洽了许多。对于这一点，大垂解释为，男人嘛，成亲以后，总得有点不足为夫人道的小秘密，这就是牢不可破的交情基础。

一对难兄难弟勾肩搭背，朝庭院南边的海葡萄架下走去。

洋流却在此时变换了方向，将两人窃窃私语的话音卷到池边，一字不落漂进了夫人们的耳朵。

"实不相瞒，小弟我励精图治，早已掌握了九九八十一个藏私房钱的好地方。"

临渊嘶嘶吸气："佩服佩服，那你还有什么好睡不着的？"

"地方是找好了，就差银子啊！"

"这就是你想不开了，守着会泣珠……呃，就算你不舍得让她哭吧，鲛人不还会织绡嘛，这几年海疆清平，海市上鲛绡的价码翻涨了好些，你还不知足，老惦记着存什么私房银哪？话说回来，我家幼棠比姜夷不知难哄多少，要实在应付不来，待本座传授你夫妻和谐的二十字真言，包管水到渠成水乳交融。"

"夫妻和谐的二十字真言，是什么？"

"夫人说得对，都是我的错，马上就去办，绝对保大的。"

大垂掏出小本本，一字不落记下。

"刚才说到哪儿了，私房钱是吧，要说一点没存上那是假的，临渊兄如此仗义，改日小弟必得做一回东……"

正称兄道弟热泪盈眶，姜夷将手中玉梭一放，起身朝葡萄架下走去。不多会儿，就响起大垂一迭声惨叫嗷号："夫人你误会了……啊不不不，夫人说得对，都是我的错，都是我的错啊！"

始作俑者临渊上神，却觑个空儿绕回池边，将说什么都对的顺毛狸横抱回寝殿，还不忘顺手将门关得严丝合缝。被挥退的小蚌婢们鱼贯而出，脚步匆忙，一个个都莫名其妙红着脸。

“这么坑你‘小舅子’，于心何忍呢，真是越来越没正经。”

“君子报仇十年不晚啊，这就叫不正经？还有更不正经的，拣日不如撞日，要不现在试试……”

锦芙篇

老鲤皇不负众望，终于在一个风和日丽的早晨破晶棺归位。变回赤尾鲤鱼的锦澜，自称犯下大过悔不当初，愿长留在鱼鲮岛静心思过，替长姐尽孝侍奉父皇，从此不再离开玉琼川。

流水夜宴摆足七天，“四海情圣”雍禾君就快过上没羞没臊的幸福生活。

龙女眉目沉静，映在最澄澈的鱼膏长明灯下，柔美不可方物。装束一改往日飒爽利落，换上姜夷敬献的银丝鲛绡裙，端的是绰约多逸态、轻盈不自持。

雍禾激动不已，痴痴望着帐下佳人。自寻思，从对锦芙种了情思，年年求亲年年被拒，直蹉跎上两千多回才终于抱得龙皇归，虽是个入赘的倒插门，也夙愿得偿心满意足。

锦芙坐在牙床边等了许久，终于忍不住探出手去，在雍禾眼前晃了好几个来回：“你老盯着我看做什么？”

“好看。”

“那你打算杵在那儿看多久呢？”

“一辈子吧。”雍禾认真答道。一张俊脸，笑得痴痴迷迷，“就这么看着你，我也已经心满意足。”

锦芙用看神经病的眼神打量了他片许，漂亮的嘴唇嘟起，正经道：“那怎么行，既成了亲，就是名正言顺的夫妻，身为王夫，更肩负着给鲤国传宗接代绵延国祚的重任啊！”

雍禾紧张地扭绞手指，眼神一刻都不舍得从锦芙脸庞挪开：“你说什么都对。”

锦芙扶额：“你还没明白过来，现在该干什么？”

下一瞬，两眼茫茫的雍禾君就被整个提起来推倒在牙床深处，重重纱帐滑落。

“过来，给龙皇，侍寝。”

窗棂缝隙处，一双黑葡萄般滴溜溜的眼睛，顿时瞪得更圆了些。

小春空来不及惊呼，便被幼棠捂着嘴抱起，朝殿外走去。

“小孩子家，乱瞧什么热闹？被龙皇陛下发现，非得揭了你的皮。”

言罢也不禁暗自感慨，锦芙真乃不负女中豪杰之名，何等直爽干脆，跟雍禾确实算得上强弱互补、相得益彰的一双佳偶良配。

春空嘟着嘴气鼓鼓不服：“我都是夜叉王了，不是小孩子！以后若遇上了心仪的姑娘，想要娶回来做王后，也好提前准备点经验啊！你们不都说雍禾叔叔是什么是什么……‘四海情圣'吗？我看不像，傻不愣登的，连洞房都不会。”

“没满一千岁的小奶娃，就算当了夜叉祖宗也是未成年，脑子里成天都在想什么啊？”

“这话我就不爱听了，要说不思进取咱俩算半斤八两，你不也没满一千岁就从涂山跑出来把龙王姐夫拐走？”

话音未落，被不知从哪里钻出来的龙王姐夫给弹了一记脑门。

宫宴进行到热闹处，山海众仙兽齐聚满堂，觥筹交错。戏台上锣鼓铿锵，仙乐飘飘，正上演极精彩的回目。

“幼棠姐姐，戏词里唱的红颜薄命是什么意思啊？”

幼棠顺手从袖口拽出那段鲛绡来，给小春空擦了擦满嘴的点心末：“意思是，红颜多了，皇上薄命。”

这句戏言传来传去，后来成了雍禾君口里念念不忘的梗，没事就凑在锦芙耳朵边念叨：“听见没，红颜乃是祸水，不小心整多了，皇上就得薄命啊。”

这般未雨绸缪，当真其志可嘉。

锦芙抿嘴，忍住笑戳上他脑门：“可我怎么觉得，宫里就搁着你这么一个王夫，我也挺薄命的。”